LES CONJURÉS DE LA FLAMME

David Morrell, quarante-quatre ans, a été professeur de littérature américaine. En 1971, il a créé dans son premier roman, *First Blood*, le personnage de Rambo, interprété au cinéma par Silvester Stallone et devenu un véritable symbole de l'Amérique moderne. Ses romans – *La Fraternité de la rose, Le Jeu des ombres, Les Conjurés de la pierre, La Cinquième Profession* – traduits dans plus de vingt langues, sont des best-sellers dans le monde entier.

*Dans Le Livre de Poche :*

LES CONJURÉS DE LA PIERRE.
LA FRATERNITÉ DE LA ROSE.
LE JEU DES OMBRES.
LA CINQUIÈME PROFESSION.

DAVID MORRELL

# *Les Conjurés de la flamme*

TRADUIT DE L'ANGLAIS
PAR JEAN PERRIER

ÉDITION N° 1

*Pour Barbara et Richard Montross,*
*en souvenir de Matthew,*
*des soirées du samedi*
*et d'un château en Espagne*

*Si quelqu'un ne demeure pas en moi,*
*il est jeté dehors comme le sarment et*
*il sèche.*
*Puis on ramasse les sarments, on les*
*jette au feu.*
*Et ils brûlent.*

Évangile selon saint Jean, XV, 6

# PROLOGUE

## *La fureur de la flamme*

# MERCREDI DES CENDRES

*Espagne, 1391*

Emporté jusqu'à l'excès par son catholicisme fervent, l'archidiacre Ferrán Martínez prêchait contre tous les hérétiques des sermons de plus en plus enflammés. Le 15 mars, mercredi des Cendres, son éloquence vibrante de haine, mais charismatique, poussa ses paroissiens à un tel degré de frénésie qu'ils quittèrent en courant son église pour se précipiter vers le quartier juif de Séville. N'était le sens de l'ordre dont firent montre les autorités civiles, un massacre aurait pu s'ensuivre. Au contraire, ce furent deux meneurs des émeutiers qu'on appréhenda pour les flageller. Mais leur châtiment, loin de décourager leurs fanatiques partisans, fit d'eux des martyrs et alimenta encore la haine de leurs compagnons. Une fureur antihérétique se répandit de Séville dans les villes voisines et, pour finir, à travers toute l'Espagne, avec la terrible conséquence que, durant l'été de 1391, dix mille incroyants, selon les estimations, furent exécutés, la plupart roués de coups et lapidés.

Quelques-uns, pourtant, furent jetés au bûcher.

# LES GARDIENS DE LA FOI

*France*

La frénésie religieuse ne se limitait pas à l'Espagne. Depuis l'aube du Moyen Âge, une hérésie, dérivée d'une théologie qui s'était développée au Moyen-Orient dans l'Antiquité, avait attiré de si nombreux disciples que l'Église se sentit menacée. Cette hérésie, connue sous le nom d'hérésie albigeoise, soutenait que le Bien et le Mal étaient des forces qui s'équilibraient, que deux dieux — et non un seul — se partageaient l'univers, que Satan égalait le Seigneur aussi bien en combat loyal que par la ruse. Le corps — c'est-à-dire la chair — était le domaine de Satan. L'esprit — l'âme — , la voie du salut.

Cette notion d'un Dieu double horrifia l'Église. Le Christ, incarnation physique de Dieu le Père, ne pouvait pas être mauvais. Dieu fait chair, Il ne pouvait en aucun cas être l'œuvre du démon alors que, crucifié, Il S'était sacrifié pour racheter Ses enfants déchus. Il fallait écraser l'hérésie.

La croisade qui en résulta contre les albigeois fut impitoyable : elle fit des dizaines de milliers de victimes ; mais l'hérésie persista. Des milliers d'hommes moururent encore jusqu'au jour où, enfin, en 1244, dans la forteresse de Montségur, en Ariège, le dernier bastion des Albigeois fut assiégé, pris d'assaut et incendié.

Mais le bruit courait que, malgré la brutalité de la croisade, l'hérésie n'avait pas été extirpée ; qu'un petit groupe d'hérétiques avait utilisé des cordes pour s'enfuir du sommet de la montagne la nuit qui avait précédé le massacre, emportant avec eux un mystérieux trésor ; et que ce noyau d'hérétiques avait survécu et continuait à propager dans la clandestinité ses croyances répugnantes.

## LE LIEU DU BÛCHER

*Espagne, 1478*

Les massacres de Séville et de Montségur ne furent que deux exemples de l'hystérie religieuse du Moyen Âge. Juifs, Maures, Albigeois et protestants devinrent la cible commune d'une entreprise de purification de la foi, autorisée par le pape sous le titre officiel d'Inquisition. Les pays du nord de l'Europe rejetèrent l'influence de l'Inquisition, mais l'Italie, l'Angleterre et la France commirent en son nom des atrocités.

Cependant, nulle part l'intolérance religieuse n'était aussi extrême qu'en Espagne. Là, l'Inquisition, menée par un dominicain aux yeux creux, Tomás de Torquemada, procéda à des dizaines de milliers de tortures et d'exécutions. Le but était de faire l'éducation des hérétiques et de les guider vers la vraie croyance.

La victime avait les mains liées derrière le dos et on la soulevait ainsi au moyen d'une corde, ce qui exerçait sur ses épaules une douleur abominable.

— Confesse-toi ! lui ordonnait-on.

— Me confesser de quoi ? gémissait la victime.

— De ton hérésie !

— Quelle hérésie ? se lamentait la victime.

— Hissez la corde ! ordonnaient les inquisiteurs.

On tirait sur les bras, les épaules se disloquaient.

Si la victime survivait, on l'écartelait sur le chevalet, et si elle survivait encore mais persistait à nier son erreur théologique, les inquisiteurs lui enfonçaient au fond de la gorge un morceau d'étoffe.

On versait alors de l'eau. Quand les victimes étaient au

bord de la noyade, l'étoffe — qu'on retirait brusquement — n'était pas seulement saturée d'eau mais aussi gorgée de sang.

De telles victimes avaient perdu tout à la fois leurs biens et le droit de contester le dire de leurs accusateurs. Impuissantes, elles n'avaient que deux possibilités : se confesser et implorer miséricorde et, mieux encore, dénoncer des compagnons d'hérésie ; ou alors ne pas démordre de leur innocence, prétendre que des voisins jaloux avaient menti en les accusant. Avouer, même si la victime n'était pas réellement hérétique, c'était une chance de recouvrer la liberté. Affirmer qu'il y avait eu une erreur, refuser d'en trahir d'autres, entraînait le châtiment suprême.

Sur le *quemadoro,* la place du bûcher, on amenait les accusés tirés de leurs prisons pour qu'ils fissent leur *auto-da-fé ou* acte de foi. Tous portaient des robes jaunes et des cagoules. Ceux qui avaient été condamnés à mort portaient, reproduites sur leurs vêtements, des flammes noires, la pointe tournée vers le bas. Les autres n'avaient pas pour autant la certitude de survivre. C'était seulement au moment de monter sur l'échafaud qu'ils connaîtraient le jugement des inquisiteurs. Certains — une poignée — étaient libérés. On avait accepté leur confession, mais il leur faudrait faire pénitence. D'autres étaient condamnés à la prison — piètre répit pour une mort lente.

D'autres encore étaient étranglés.

Mais les plus grands pécheurs étaient brûlés vifs sur le bûcher. Leurs cendres étaient répandues avec celles de prisonniers soupçonnés d'hérésie mais qui étaient morts avant que les inquisiteurs eussent pu les interroger. Même après leur mort, ces « suspects » continuaient de représenter un danger, aussi exhumait-on leurs corps pour les purifier par la flamme.

Cette défense fanatique de la foi persista plus longtemps qu'on ne le pense en général. Pendant des siècles, lors du passage du Moyen Âge à la Renaissance, puis jusqu'au prétendu siècle des Lumières, l'Inquisition imposa ses dogmes. C'est seulement en 1834 que l'Institution fut enfin dissoute.

Du moins officiellement. Mais des bruits couraient...

# PREMIÈRE PARTIE

## *Causes et conséquences*

LE SEIGNEUR EST MON TÉMOIN

# 1

## Bataille au Sénat pour l'air pur

*Washington, 10 juin (AP). En cette année d'âpres confrontations entre démocrates et républicains, le Sénat ouvre aujourd'hui un débat sur le projet de loi si controversé de Barker et Hudson sur l'air pur, qui préconise que la Nation ne se contente pas d'adopter les sévères règles de contrôle de la pollution atmosphérique récemment prises en Californie, mais qu'elle aille encore plus loin.*

*« Notre air est aussi infect que la fumée d'un champ de pneus en flammes », a annoncé hier le sénateur Barker (démocrate de l'État de New York) dans une conférence de presse smoggy sur les marches du Capitole. « Respirez un bon coup — enfin, si vous en avez le courage. Essayez de ne pas suffoquer. Nous devrions porter des masques à gaz ! »*

*« Et restez chez vous », a ajouté le co-auteur du projet de loi, le sénateur Hudson (démocrate du New Hampshire). « Ma femme et moi, nous sommes allés faire un tour hier soir. Cinq minutes, c'est tout ce que nous avons pu supporter. Nous sommes rentrés en courant à la maison pour nous assurer que toutes les fenêtres étaient bien fermées. Voilà une douzaine d'années que j'ai renoncé à fumer ; j'aurais aussi bien pu continuer. À en croire les statistiques, l'atmosphère est si encrassée que nous inhalons chaque jour l'équivalent de deux paquets de cigarettes. Si ça vous est égal pour vous-mêmes, alors protégez au moins vos*

*enfants. Nous devons cesser de détruire leurs poumons et les vôtres. »*

*Le projet de loi Barker-Hudson préconise une interdiction totale de fumer dans tous les lieux publics, des amendes exorbitantes pour les fabricants d'automobiles et de camions s'ils ne parviennent pas avant deux ans à réduire les émissions de gaz toxiques, une amende tout aussi exorbitante pour les industries qui, dans le même délai, n'auront pas réussi à diminuer la pollution atmosphérique, une taxe supplémentaire sur les cartes grises pour les propriétaires de plus d'un véhicule, un système obligatoire de filtres d'extraction d'air dans les restaurants, les teintureries et...*

## 2

*Georgetown, Washington D.C.*

Comme il en avait l'habitude, le sénateur républicain du Michigan, Roland Davis, s'éveilla à 6 heures du matin, en prenant garde de ne pas déranger sa femme. Il descendit se faire du café, donner à manger au chat, sortit sur le pas de sa porte pour ramasser le *Washington Post* et rapporta le journal plié dans la cuisine. L'éclat du soleil de juin qui se réfléchissait sur sa large baie vitrée était atténué par la brume et le smog. Davis but une gorgée de son café brûlant, chaussa ses lunettes, étala le journal sur la table à la recherche d'une mention de son nom.

Il n'eut pas à lire beaucoup. Un gros titre faisait allusion à la loi Barker-Hudson et, dans l'article sur deux colonnes qui suivait, Davis était cité à plusieurs reprises comme étant, au sein du parti républicain, le chef de l'opposition à « une approche extrême, répressive, radicale et économiquement suicidaire d'un problème provisoire dont personne ne nie la gravité, mais qui demande du temps et de l'attention pour être résolu ».

Davis hocha la tête, approuvant à la fois sa propre rhétorique et la fidélité avec laquelle le journaliste l'avait cité. À cinquante-huit ans, il était grand, avec une belle chevelure grisonnante, un visage de patricien et un corps svelte qu'il maintenait en forme grâce à une demi-heure d'exercices quotidiens sur une bicyclette d'appartement. « Je ferais mieux de me mettre à pédaler, se dit-il. J'ai une journée chargée en perspective. » D'ailleurs, il avait hâte de regarder le journal télévisé du matin.

Mais il voulait d'abord terminer de lire l'article du *Post.* Barker et Hudson prodiguaient de nouvelles déclarations apocalyptiques selon lesquelles « la pollution atmosphérique contribue à l'effet de serre et à l'appauvrissement de la couche d'ozone... augmente le taux des cancers de la peau... les risques de sécheresse... la fusion des calottes glaciaires des pôles... l'élévation du niveau de l'océan... un état d'urgence. » On aurait dit le scénario d'un film de science-fiction.

Davis ricana. Ces démocrates n'avaient pas une chance de voir leur projet être adopté au Sénat, mais il fallait pourtant reconnaître un mérite à Barker et à Hudson : ils savaient attirer l'attention des médias, et ça ne pouvait pas leur faire de mal au moment des élections, du moins avec les libéraux qui votaient dans leurs circonscriptions. Ou peut-être leur tactique allait-elle faire long feu. Personne ne souhaite réélire des perdants, et Barker et Hudson perdraient sûrement aujourd'hui. L'air pur ? Une idée formidable. Le malheur, c'était que les Américains n'aimaient pas faire des sacrifices. Ils préféraient laisser les autres en faire. Tous les fumeurs, les propriétaires de plusieurs voitures, les ouvriers d'usines qui se préoccupaient de leur travail ; tous ceux dont le mode de vie ou le portefeuille risquait d'être affecté par le projet de loi insisteraient pour que son sénateur votât contre le projet.

Barker et Hudson n'avaient-ils donc jamais entendu parler de compromis ? Le mot « modération » ne figurait-il pas dans leur vocabulaire ? Ne comprenaient-ils donc pas qu'il fallait aborder un problème par étapes au lieu de sauter dessus à pieds joints ?

Davis termina l'article, enchanté d'avoir été cité une fois de plus, vers la fin, comme la voix de la raison : « Je pense que nous devrions tous nous mettre d'accord ; l'air n'est pas aussi pur qu'il pourrait l'être. Nous avons un problème, assurément, du moins dans certaines grandes villes, en tout cas de juin à septembre. Mais les conditions s'amélioreront quand la température redescendra. Cela ne veut pas dire que je conseille de rester assis sans rien faire. Mais nous ne pouvons pas changer la société du jour au lendemain, bien que mes distingués collègues semblent précisément vouloir le faire. Ce qu'il nous faut plutôt, ce que je compte proposer dès que j'aurai évalué toutes les statistiques, c'est une solution équilibrée, modérée, appliquée avec soin et sans rupture. Ce qu'il nous faut, c'est du temps. La pollution atmosphérique a mis du temps à se développer, il faut du temps pour la réduire. »

« Excellent, pensa Davis. Le *Post* m'a donné beaucoup d'espace, et je suis sûr d'en avoir encore plus dans la presse du Michigan. Les fumeurs de ma circonscription vont se sentir un peu moins bafoués. Tout comme les familles à deux voitures menacées d'une taxe supplémentaire sur leur carte grise. Mais, et c'est le plus important, les fabricants d'automobiles vont se montrer extrêmement reconnaissants de ne pas avoir à se soucier de nouvelles restrictions sur les fumées d'échappement de leurs voitures et de leurs ateliers. »

« Extrêmement reconnaissants.

« Et diablement généreux ! Oui, certainement. »

On sonna à la porte. Davis regarda en fronçant les sourcils l'heure affichée par la pendule digitale du micro-ondes : 6 h 14. Qui pouvait lui rendre visite de si bonne heure ? La réponse la plus plausible lui vint aussitôt à l'esprit : un reporter empressé. « Auquel cas je ferais mieux de m'assurer que j'ai l'air présentable. » Davis se recoiffa d'un geste, serra le nœud de sa robe de chambre, quitta la cuisine et fit de son mieux pour avoir l'air guilleret quand il ouvrit la porte de la rue.

Il fronça brusquement les sourcils, parce qu'il n'y avait personne. Son regard sombre parcourut la rue embrumée bordée d'élégants hôtels particuliers, mais, à part une voiture qui disparaissait au coin d'une rue, il ne vit aucune activité.

*Qui donc...*

*Qu'est-ce que...*

Soudain un objet posé sur le pas de sa porte attira son attention. Une grande enveloppe jaune. Agacé, Davis la ramassa, inspecta de nouveau la rue, rentra et ferma la porte à clé derrière lui.

« Ce ne pouvait pas être mon assistante, songea-t-il. Susan aurait d'abord téléphoné si elle avait eu quelque chose d'important à me montrer d'aussi bonne heure. Même si elle n'avait pas eu le temps de téléphoner, elle ne se serait pas contentée de laisser cette enveloppe là avant de filer sans explication. »

Troublé, Davis décacheta l'enveloppe et en tira plusieurs documents. Trop curieux pour attendre d'être assis dans la cuisine pour les lire, il parcourut rapidement la première page, mais à peine en avait-il lu la moitié qu'un gémissement lui échappa.

*Seigneur !*

*Oh, mon Dieu !*

Il s'empressa de finir la page et feuilleta les autres.

*Bon sang...*

Les documents fournissaient des dates, des lieux, des noms et des sommes, tous les pots-de-vin qu'il avait jamais reçus, toutes les contributions illégales à sa campagne, toutes les vacances passées en notes de frais, tout !

Et, en annexe des documents, il y avait des photographies qui le firent se cramponner au mur, craignant que la brusque douleur qu'il ressentait à la poitrine annonçât une crise cardiaque.

Les photographies — des tirages en noir et blanc nets et brillants, œuvre d'un professionnel — montraient Davis et sa superbe jeune assistante nus sur le pont d'un yacht et ne se contentant pas de faire l'amour mais s'adonnant également à certaines pratiques illégales, parmi lesquelles la sodomie et l'amour oral.

Davis se souvenait fort bien de cet exquis après-midi d'été. Son assistante et lui étaient seuls. Prenant soin de ne pas être suivi, chacun s'était rendu séparément jusqu'à cette petite île privée des Caraïbes appartenant à l'un des plus puissants électeurs de Davis. On leur avait assuré que l'île serait déserte, mais, par surcroît de précaution, Davis avait conduit le yacht en mer pour que personne ne risquât de les espionner. Pas d'affaire Gary Hart pour lui.

Mais quelqu'un les avait bel et bien espionnés !

D'après l'angle des photos, Davis conclut qu'elles avaient été prises au téléobjectif depuis un avion. Et les photos étaient si nettes qu'on aurait pu dire que Davis et son assistante posaient. Leurs visages étaient tout à fait reconnaissables, sauf lorsque Davis tournait le dos à la caméra, la tête enfouie entre les jambes de son assistante.

Et, bon sang, ce n'était pas tout !

Après avoir vu les photos, Davis n'avait plus cette douleur à la poitrine mais bouillonnait de rage, et il frémit en déchiffrant la note anonyme dactylographiée dont la menace était aussi glaçante que précise :

NOUS VOUS CONSEILLONS
DE RECONSIDÉRER
LA FAÇON DONT VOUS ALLEZ VOTER
LE PROJET DE LOI BARKER-HUDSON.

Davis déchira les documents, les photos et la note en deux, en quatre, en huit. Les morceaux devenaient si épais qu'il devait les séparer pour continuer à déchirer. Et il n'arrêtait pas de jurer dans un murmure furibond, pour ne pas réveiller sa femme.

« Les enfants de salaud ! » se dit-il ; mais il se rendait compte que, même s'il déchiquetait ces preuves qui l'accusaient, sa frénésie était inutile : celui (ou ceux) qui lui avait envoyé ce paquet n'était pas assez bête pour ne pas en avoir gardé de copies.

Quels qu'ils soient ! Et sur leur identité, il n'y avait aucun doute.

Barker et Hudson !

Davis tremblait d'indignation. De jeunes sénateurs démocrates menaçant un vénérable sénateur républicain ? Ils n'avaient donc aucune idée du pouvoir qu'un politicien aguerri comme Davis pouvait rassembler ? *Je vais...*

*Oui ? Tu vas quoi ?*

Qu'est-ce que tu vas faire exactement ? Leur tenir tête ? Donner du crédit à leurs accusations ? Quoi que tu leur fasses à *eux,* ça n'est rien auprès de ce qu'*ils* peuvent te faire s'*ils* décident de rendre public le contenu de cette enveloppe. Ta carrière sera finie, ruinée, une plaisanterie ! *Et alors, qu'est-ce que tu feras ?*

— Chéri ?

Davis tressaillit en entendant sa femme descendre l'escalier. Il s'empressa de fourrer les morceaux déchirés dans l'enveloppe.

— J'ai bien entendu sonner ?

La femme de Davis apparut au pied de l'escalier. Elle avait des poches sous les yeux. Ses joues rondes tombaient un peu, comme son ventre. Ses cheveux blancs étaient hérissés de bigoudis.

— Oui, ma chérie, répondit Davis. Ce n'était rien. Juste un coursier avec des renseignements de dernière minute sur le projet de loi concernant la pureté de l'air.

— Oh, comme c'est assommant. S'ils pouvaient ne pas nous déranger d'aussi bonne heure !

— Je sais, ma douce, fit Davis. Mais c'était important. Ça m'a fait reconsidérer mon vote. Je commence à éprouver de la sympathie pour Barker et Hudson. Les enfants, chérie ! Il faut protéger les enfants de la nation. Nous devons leur assurer un air pur pour qu'ils aient des poumons sains.

— Mais...

— Mes généreux partisans de Detroit ? Je pense qu'il va falloir leur faire comprendre, chérie.

Davis songea aux photos, au parfum capiteux de son assistante. « Oui, c'est vrai. Je crois qu'il va falloir que je fasse comprendre ça à mes généreux partisans. »

## 3

*Brésil, bassin de l'Amazone*

Le ciel était brumeux. Juanita Gomez, vêtue d'une longue robe noire, luttait pour refouler ses larmes devant le cercueil improvisé de son mari. « Oui », se dit-elle, le cœur déchiré, « sois forte. Il le faut. Pour Pedro. C'est ce qu'il aurait voulu ». Autour d'elle, elle le savait, les partisans endeuillés de son mari guettaient ses réactions. Si elle perdait le contrôle d'elle-même, si elle leur donnait la moindre raison de penser que son chagrin avait affaibli sa détermination à poursuivre l'œuvre de son mari, alors les ennemis de celui-ci auraient vraiment réussi ce qu'ils avaient tenté de faire en le tuant. « Fais-le pour Pedro ! se dit-elle. Sois forte ! »

À vingt-cinq ans, Juanita était petite et menue, avec un visage long et la peau foncée. Elle n'était pas belle, elle l'admettait volontiers, et elle n'avait jamais pu comprendre pourquoi Pedro l'avait choisie. Son seul attrait, c'était ses cheveux sombres qui descendaient jusqu'à ses épaules et qui, malgré les privations, brillaient de mille reflets. Comme Pedro aimait les caresser ! Et il proclamait que leurs deux jeunes enfants avaient hérité de Juanita leur magnifique chevelure. « Qu'est-ce que je vais faire sans toi ? » se demanda Juanita, incapable de maîtriser le tremblement de ses jambes. Mais la réponse...

(Il lui sembla entendre dans sa tête la voix passionnée de Pedro.)

... la fit aussitôt se redresser.

*Courage, Juanita. Ne renonce pas. Assure-toi que je ne suis pas mort pour rien. Prends ma place. Enflamme mes partisans découragés. Dis-leur les mots qu'il faut !*

*Oui*, pensa Juanita en levant son regard furieux vers la brume épaisse qui obscurcissait le ciel. *Je vais leur parler.* Depuis que son mari avait été abattu, deux jours plus tôt, Juanita avait senti les mots se rassembler en elle. Bien qu'elle n'eût jamais possédé le stupéfiant talent qu'avait son mari, pourtant sans instruction, pour parler en public et capter l'attention d'une foule, elle avait compris que, sur la tombe de celui-ci, elle devait prononcer un discours. C'était comme si elle en avait reçu l'ordre. Pendant les préparatifs de l'enterrement de Pedro, tandis que le corps criblé de balles reposait sur un précieux pain de glace si difficile à trouver, Juanita avait répété dans sa tête ce que son instinct lui dictait. Le soir précédent, trop désemparée pour dormir, elle avait préparé son discours. Bientôt, quand le vieux prêtre aurait fini son oraison, ce serait son tour à elle. Pedro, son mari bien-aimé, parlerait en elle, avec elle, par elle ; et, à condition qu'elle restât forte, les partisans de son mari materaient leur peur, surmonteraient leur découragement et persisteraient dans leur lutte pour sauver leur terre.

*Sois forte !*

Le cimetière était ancien, la majorité des croix de bois étaient penchées et décrépites. Il était situé sur une colline dénudée qui dominait les baraquements du village de Cordoba et les eaux limoneuses et bourbeuses de cet affluent de l'Amazone jadis magnifique. La vase venait, Juanita le savait, de l'érosion pluviale qui entraînait le terreau que les racines de la majestueuse forêt d'autrefois ne pouvaient plus protéger.

À cause des incendies.

À cause de la politique de la terre brûlée qui était celle des ennemis de son mari.

Ces gens-là avaient obligé les villageois à abattre les arbres, à y mettre le feu et à utiliser le terrain ainsi dégagé pour de nouvelles cultures. Voilà pourquoi une brume épaisse obscurcissait le ciel. Juanita tremblait d'une rage croissante.

A cause des feux, au loin, au bord de la forêt qui s'amenuisait.

La couche de terreau était extrêmement mince, même avec les cendres des arbres, et, après quelques années de culture intensive, la terre cessait d'être fertile. Alors, on brûlait d'autres arbres, plus loin, on défrichait de nouvelles terres, on faisait de nouvelles plantations jusqu'au moment où cette terre-là aussi devenait stérile : consternant processus de destruction progressive.

Il y avait une destruction encore plus consternante, Juanita le savait. Les ennemis de son mari, qui possédaient la terre, contraignaient les villageois à partir, et ils apportaient du matériel lourd afin d'exploiter à ciel ouvert cette terre sans arbres et lui arracher les minerais qu'elle contenait. Au bout du compte, il ne restait plus rien qui eût quelque valeur. Où que Juanita portât son regard, une laideur stérile l'entourait.

Le prêtre avait presque terminé ses prières. Juanita sentait la fureur dans son âme, une terrible envie de se tourner vers les partisans de son mari et de dire les mots qu'elle avait en elle, de les exhorter à continuer leur lutte. C'était Pedro qui avait organisé ce mouvement villageois, et les avait convaincus de refuser de laisser ces hommes de la capitale, riches, cupides et mauvais, continuer à détruire la création de Dieu. Pedro avait appris de visiteurs étrangers — comment les appelait-on ? des écologistes ? — que l'épaisse fumée dégagée par ces multiples incendies empoisonnait l'atmosphère. Les étrangers avaient dit aussi que cette forêt, la plus grande au monde, retirait de l'air quelque chose de mauvais (elle se rappelait ce mot qui ne signifiait rien pour elle, « gaz carbonique ») pour y ajouter quelque chose de bon (qu'est-ce que c'était ? de l'*oxygène* ?), et que si la forêt disparaissait, ce qui arriverait bientôt au rythme actuel de millions d'hectares détruits chaque année, le gaz carbonique s'accumulerait dans l'air jusqu'à ce que le temps change, que la température monte et que les pluies cessent.

Le monde comptait sur cette forêt, avaient insisté les étrangers. Il fallait arrêter l'incendie.

Pedro avait compris ce que les étrangers lui disaient, mais il avait également compris que les paysans ne se battraient pas pour sauver la forêt pour la seule raison que des étrangers prétendaient qu'elle était importante pour le monde. En même temps, Pedro savait que les paysans accepteraient de combattre pour sauver leurs maisons, pour préserver les hévéas qui leur fournissaient un abri et la récolte dont ils vivaient, pour protéger la rivière de cette érosion boueuse qui étouffait le poisson sur lequel ils comptaient pour manger. Ils se battraient, enfin, si quelqu'un leur montrait comment se battre, si on les rassemblait, si on leur donnait la confiance, le moyen de se rendre compte que l'union faisait la force.

Pedro avait donc relevé le défi et, pendant quelque temps, ses partisans et lui avaient réussi à chasser l'ennemi de leur terre. Apparemment, ils avaient trop bien réussi, car les hommes de la capitale avaient envoyé des assassins avec des mitrailleuses pour abattre Pedro, pour le déchiqueter pendant qu'il prononçait un discours dans un village voisin, et l'air était de nouveau épais de fumée. Les redoutables feux avaient recommencé.

*Tu ne dois pas renoncer !* disait dans la tête de Juanita la voix de Pedro. *Tu dois continuer la lutte !*

Le prêtre s'éloigna de la tombe ; elle se tourna alors vers les partisans de son mari et s'apprêtait à soulever son voile pour leur montrer la brûlante détermination qui brillait dans son regard et leur dire les mots qu'elle portait en elle.

Elle fut interrompue dans son élan, et les partisans de son mari distraits, par une longue voiture noire qui roulait en cahotant sur le chemin de terre avant de s'arrêter près du cimetière.

Les villageois déconcertés virent descendre un étranger. C'était un homme de haute taille, à l'air raffiné, vêtu d'un costume aussi noir que sa somptueuse automobile. Sa cravate aussi était noire, contrastant avec la blancheur immaculée de sa chemise, la seule cravate que les villageois eussent peut-être jamais vue. Du pas digne qui convenait aux circonstances, l'étranger se dirigea vers l'arrière de la voiture, ouvrit le coffre, en tira un carton et le porta d'un air sombre, en remontant la pente dans la brume de fumée, vers les membres du cortège groupés dans le petit cimetière.

— Je vous en prie, pardonnez-moi, senhora Gomez », murmura l'homme en s'inclinant respectueusement. Son accent distingué et sa prononciation soignée montraient clairement qu'il venait de la ville. « Je vous fais toutes mes excuses. Je suis navré de cette intrusion en ce moment de douloureuse épreuve pour vous. Je vous présente mes condoléances et je fais une prière pour l'âme de votre courageux mari défunt. Je ne vous aurais pas dérangée, mais un homme m'a demandé — avec beaucoup d'insistance — de le faire.

— Un homme ? » Les muscles de son dos crispés, Juanita examina l'étranger avec méfiance. « Quel homme ?

— Hélas, je n'en sais rien. Mon client ne m'a jamais dit son nom. Il est arrivé hier inopinément à mon bureau... Je suis propriétaire d'un service de limousines à la ville. Il m'a payé une somme généreuse pour que je vienne jusqu'ici remettre ce paquet... ce cadeau, a-t-il dit... à ce moment précis.

Avec une méfiance grandissante, Juanita regarda le carton. « Un *cadeau,* qu'est-ce que c'est ? » Elle pensa tout de suite que ceux de la ville avaient envoyé une bombe pour la détruire de façon si dramatique à l'enterrement de son mari que les partisans de Pedro perdraient sûrement leur envie de se battre.

— Mon client n'a pas voulu me révéler ce qu'il y avait dans le carton. En fait, il m'a prévenu que si je l'ouvrais prématurément, il découvrirait ma désobéissance et me punirait sévèrement. Il m'a assuré et m'a chargé de vous assurer que le cadeau n'est pas dangereux, qu'au contraire vous y trouverez un réconfort.

Juanita plissait les yeux.

— Faire tout ce trajet... et pour une mission si mystérieuse... On a dû très bien vous payer.

— Exact, senhora. Comme je vous l'ai avoué, la somme était généreuse.

L'homme semblait embarrassé, comme s'il comparait ses beaux vêtements avec la pauvreté qui l'entourait. « Avec les compliments de cet étranger, senhora. »

Juanita accepta à regret le carton. Ses dimensions lui rappelaient celles d'une boîte de gâteaux. Mais son contenu, qui rendait un bruit sourd lorsqu'on agitait le paquet, était beaucoup plus lourd qu'un gâteau.

Troublée, Juanita se baissa pour poser le carton sur le sol auprès de l'humble cercueil de son mari. Comme ses doigts tremblants n'arrivaient pas à briser le cachet, un villageois s'approcha et l'ouvrit d'un coup de couteau.

Juanita aussitôt souleva les languettes de carton, puis jeta à l'intérieur un regard prudent.

Elle sursauta. Le villageois qui s'était servi de son couteau sursauta aussi. Puis, brusquement, Juanita poussa un gémissement, mais pas de surprise, plutôt de triomphe. Elle plongea avidement les mains dans la boîte et en exhiba le contenu.

Une tête humaine. La tête tranchée d'un des mauvais hommes de la ville qui avaient ordonné la mort de son mari. La tête, aux traits grotesquement crispés, donnait une image frappante des souffrances que l'homme avait dû subir pendant qu'on le décapitait. La tête était enveloppée dans un sac en plastique, évidemment prévu pour empêcher le sang de se répandre dans la boîte en carton.

Avec un cri de victoire, Juanita arracha le sac, saisit la tête par les cheveux et la souleva aussi haut que son bras le lui permettait, de façon que tous les camarades de son mari pussent voir le merveilleux cadeau envoyé par son bienfaiteur inconnu.

Le messager recula en tremblant, portant une main à sa bouche comme pour s'empêcher de vomir. Le bousculant, les villageois se précipitèrent pour mieux voir.

— Continuez la lutte ! hurla-t-elle. Pour Pedro ! Pour vous-mêmes ! Pour notre terre !

Les villageois poussaient des cris de détermination.

Juanita balança la tête vers le cercueil de Pedro.

— Mon mari, mon bien-aimé, peux-tu voir ton ennemi ? Cher père de nos enfants, tu n'es pas mort en vain ! Nous ne serons pas vaincus ! Nous nous battrons ! Nous continuerons à nous battre ! Nous ne cesserons jamais de nous battre ! Jamais ! Jusqu'à la victoire ! Jusqu'au jour où les feux cesseront !

## 4

*Mer de Corail, Pacifique Sud*

*L'Argonaute*, un superpétrolier transportant du brut depuis le golfe Persique jusqu'à une raffinerie près de Brisbane, sur la côte orientale d'Australie, avait trois heures d'avance sur son horaire. Temps clair et mer d'huile pendant tout le trajet. Une traversée absolument sans histoires. « On ne peut pas rêver mieux », songea le capitaine. Il s'appelait Victor Malone. Cela faisait vingt ans qu'il sillonnait l'océan, et il avait passé le plus clair de ce temps au service de la Pacific-Rim Petroleum Corporation ; il avait quarante-huit ans ; il était de taille moyenne, assez trapu, avec des cheveux bruns clairsemés. Bien qu'en mer il quittât rarement l'intérieur du navire, son visage un peu bouffi était coloré. Sur la passerelle du superpétrolier où, depuis quelque temps, malgré les baies vitrées, Malone se sentait devenir claustrophobe, il vérifia le temps, le sonar, le radar et les instruments de navigation. Rien de particulier. « Encore dix heures et nous serons au port, se dit-il. Certainement d'ici à demain matin. » S'attendant à une soirée de routine, Malone dit à son officier de quart qu'il quittait la passerelle. « Si vous avez besoin de moi, je serai dans ma cabine. »

Cinq minutes plus tard, après avoir fermé la porte de sa cabine à clé, Malone ouvrit un tiroir de son bureau et y prit une bouteille de vodka à moitié vide. Une des conditions posées par les employeurs de Malone était qu'il s'abstînt de boire de l'alcool pendant qu'il commandait le navire de la Pac-Rim ; pendant l'essentiel de sa carrière, Malone avait obéi à ce règlement. Hanté par le remords, désemparé, il ne savait plus quand ni pourquoi il avait commencé à ne plus le respecter.

Peut-être était-ce le choc du divorce, que sa femme avait demandé voilà trois ans, après être tombée amoureuse d'un courtier dans l'agence immobilière de Boston où elle travaillait, un homme qui, elle l'avait expliqué avec colère, ne l'abandonnerait pas pendant des mois.

Ou peut-être était-ce les nuits de solitude dans des ports étrangers qui, depuis longtemps, avaient cessé de l'amuser.

Quelle qu'en fût la raison, une gorgée de temps en temps avant de s'endormir avait fait place à des cuites secrètes et régulières au cours desquelles Malone essayait de lutter contre l'ennui de trop longs voyages. Conscient que son vice commençait à échapper à tout contrôle, il avait essayé pendant ce voyage-ci de s'imposer une certaine discipline et ne s'était adonné à son penchant pour l'alcool que dans les moments d'absolu désespoir.

Même ainsi, il avait presque fini les huit bouteilles qu'il avait embarquées discrètement. « C'est étonnant comme elles sont parties vite », songea-t-il en se versant deux doigts de vodka dans un verre et en se renversant dans le fauteuil derrière son bureau. Il regrettait de n'avoir ni glace ni vermouth, mais le lendemain matin, après avoir accosté à la raffinerie, sitôt ses obligations terminées, il descendrait à terre, trouverait un bar isolé où on ne le reconnaîtrait pas et pourrait enfin savourer de nouveau un vodka-Martini.

Plusieurs vodka-Martini.

Il louerait une chambre pour cuver son alcool et le lendemain retournerait travailler sans que personne ne se doute de rien.

C'était ce qu'il y avait de bien avec la vodka : cela ne gâtait pas son haleine.

Après ce qui ne lui avait paru qu'une seule gorgée, Malone fut surpris de découvrir qu'il avait vidé son verre. Étonné, il examina la situation et se dit : « Et puis, qu'est-ce que ça fait ? Nous sommes presque au port. Ce sera ma dernière chance avant d'accoster. Une mission de routine. Aucun problème en vue. Pourquoi laisser se perdre le reste de la bouteille ? » Malone se versa donc encore deux doigts de vodka, et, quand il s'endormit, une demi-heure plus tard, la bouteille et le verre étaient vides.

La voix rocailleuse de son officier de quart le tira brusquement de son sommeil. « Commandant ? »

Malone fit un effort — et réussit à ouvrir une paupière.

— Commandant ?

Malone, de son œil droit entrouvert, cherchait d'où venait la voix et se rendit compte peu à peu qu'elle venait du mur, du téléphone intérieur.

— Commandant, nous avons des problèmes avec notre réception sonar.

Non sans peine, Malone leva la tête. Il essaya de la secouer pour s'éclaircir les idées, ouvrit les deux yeux et se mit à crier. Il voyait trouble. Quand il se leva en titubant, son verre tomba sur le plancher et Malone chercha à tâtons le commutateur du téléphone.

— Euh, oui, quoi ? Qu'est-ce que... Répétez-moi ça.

— Commandant, je disais que nous avions des problèmes avec le sonar.

Malone frictionna son front brûlant.

— Des problèmes ? Quel genre de...

— Des phénomènes d'effacement intermittent.

Malone avait la langue épaisse. Il essaya de ne pas avoir la voix trop pâteuse.

— Ça m'a l'air... d'un... Ce mot-là n'était pas commode. Il avait les lèvres en caoutchouc. « D'un court-circuit.

— C'est ce qu'il me semble, commandant. J'ai demandé à l'équipe d'entretien de regarder.

— Bon. Oui, bon. L'équipe d'entretien. Parfait. Communiquez-moi leur rapport.

— Commandant, je crois que vous feriez mieux de monter.

— Absolument. Je faisais une sieste. J'arrive tout de suite. Sitôt que possible.

« Trop de *s* », constata nerveusement Malone, si groggy qu'il fût. Il prit son verre, le rinça dans le lavabo de sa cabine et le posa sur un comptoir. Puis il remit la bouteille de vodka vide dans le tiroir et le ferma à clé.

*Je ferais mieux de me brosser les dents.*

*De me gargariser et de me laver le visage.*

Mais quand Malone se regarda dans le miroir au-dessus du lavabo, la stupeur qu'il lut dans ses yeux injectés de sang le consterna.

« Allons ! songea-t-il. Réveille-toi ! »

Il se lava le visage à l'eau chaude, puis froide, et avala deux comprimés d'aspirine. Il vit avec consternation que sa chemise était toute froissée. « Mieux vaudrait en changer, songea-t-il. Que j'aie l'air frais et dispos ! »

Dans le téléphone, la voix de l'officier de quart balbutia : « Commandant, le sonar est tombé en panne. Il... » On entendait derrière lui des voix confuses... « Il est complètement mort. »

Malone réussit à traverser sa cabine sans trébucher et à parvenir au téléphone intérieur, puis il pressa le bouton d'appel.

— Complètement ?

— L'écran est blanc.

— Branchez le système de secours.

— C'est ce que j'ai fait, mais ça ne marche pas non plus, commandant.

— Ah, non ?

Malone prit une profonde inspiration. *Bonté divine.* « J'arrive. » Malgré le tremblement de ses doigts, il parvint à changer de chemise. Mû par une ultime inspiration, il s'aspergea le visage de lotion après-rasage au cas bien improbable où un membre de l'équipage sentirait l'odeur prétendument indécelable de la vodka.

Dieu était miséricordieux. Personne ne vit Malone sortir d'un pas mal assuré de sa cabine, se cramponner à une cloison, se redresser et poursuivre sa marche hésitante.

— Au rapport ! demanda Malone, une fois dans la salle de contrôle, avec ce qu'il espérait être une autorité convaincante.

— Toujours pareil, répondit l'officier de quart. Le système principal et auxiliaire du sonar ne fonctionne pas.

— Passez-moi les cartes.

— Je pensais que vous me les demanderiez, commandant. Faut-il que j'arrête les machines ?

— Non ! Pas encore ! Pas avant qu'on y soit obligés !

Malone foudroya ses officiers du regard. Qu'est-ce qu'ils avaient ? Ils ne comprenaient donc pas combien de temps il faudrait pour parvenir à immobiliser l'énorme masse de *L'Argonaute* et, une fois le sonar réparé, pour reprendre de la vitesse ?

— Trois heures ! Nous avons trois heures d'avance sur l'horaire ! La raffinerie nous attend. Nous allons sans doute toucher une prime pour notre efficacité. Mais ce qui nous attend tous, c'est la merde si nous nous arrêtons pour réparer un problème mineur de sonar et que nous arrivons avec Dieu sait combien de retard !

Les effets de la vodka exagéraient sa réaction ; Malone s'en aperçut, mais il ne pouvait pas se maîtriser. Il avait pensé atteindre la raffinerie le lendemain matin, impatient de se débarrasser de ses obligations, de fuir cet énorme navire dont les cloisons depuis quelque temps lui semblaient se refermer sur lui.

Et, surtout, il pensait à sa récompense. Les vodka-Martini.

Il en sentait presque le goût.

— Mais, commandant, sans sonar...

— Ce n'est qu'un problème électrique, insista Malone. L'équipe d'entretien va trouver la panne et réparer.

Il étala les cartes marines sur une table et les étudia, notant les diverses profondeurs de l'océan et le contour des récifs.

Oui ! Ces eaux étaient juste telles que Malone se les rappelait ! Pour éviter les récifs du détroit de Torres, au nord, il avait fait contourner la Nouvelle-Guinée à *L'Argonaute* puis avait mis le cap au sud par la mer des Salomon jusque dans la mer de Corail, évitant soigneusement la Grande Barrière de corail le long de la côte nord-orientale d'Australie.

Une fois passée la Grande Barrière, à l'exception de quelques récifs plus petits, la route était dégagée jusqu'à Brisbane.

— Quelle était notre position quand le sonar a lâché ?

— Juste ici, commandant », dit l'officier de quart, en donnant une latitude et une longitude et en montrant un point sur la carte.

— Parfait. » Malone avait l'impression qu'on lui avait enfoncé un pic dans le crâne. « Pas de problème. Alors, tout ce que nous avons à faire, c'est de nous assurer que nous évitons ces deux récifs. » Luttant pour conserver son équilibre, il se détourna. « Vingt degrés tribord.

— Bien, commandant », dit l'officier de quart. Il répéta le changement de cap au timonier, qui en accusa réception en le répétant à son tour : « Vingt degrés tribord. »

D'une main tremblante, Malone alluma une cigarette.

— Maintenant, voyons ce problème électrique.

Il s'était étonné lui-même d'avoir des pensées aussi claires, compte tenu de sa gueule de bois.

— Et faites-nous monter un peu de café. Ça va être une longue nuit.

Quatre-vingt-dix minutes plus tard, Malone demanda confirmation de la vitesse de *L'Argonaute,* détermina la position du pétrolier sur la carte, s'assura qu'on avait bien évité le premier récif et se tourna pour ordonner un nouveau changement de cap. À cet instant, il heurta sa tasse de café qui se renversa sur le plancher.

— Merde ! Que quelqu'un vienne nettoyer ça ! Dix degrés tribord !

— Bien, commandant. Dix degrés tribord.

Un silence tendu envahit soudain la salle de contrôle.

L'écran du sonar se mit à clignoter.

— Commandant, l'équipe d'entretien a repéré le problème. Nous sommes prêts à... voilà. Le sonar fonctionne.

— Je vous l'avais dit. Un problème mineur. Inutile de nous arrêter.

Malone et ses officiers se penchèrent pour examiner la console qui s'était soudain éclairée.

« Seigneur ! » murmura quelqu'un.

Malone porta une main à sa bouche.

Le contour d'un récif se dessinait juste devant eux. Au même moment, une abominable déchirure secoua la coque du superpétrolier. Malone perdit l'équilibre et tomba à genoux dans le café qu'il avait renversé. Les jambes trempées, il sursauta au moment où un autre choc épouvantable ébranlait le pétrolier. Le café. Si sombre. Qui ressemblait tellement à...

## 5

*Bonsoir. Ici Dan Rather, pour* CBS News. *La marée noire la plus grave de l'histoire continue à prendre des proportions catastrophiques. Depuis qu'il a frappé un récif, hier, au large de la côte orientale d'Australie,* L'Argonaute *— un superpétrolier de la Pacific-Rim Petroleum Corporation — reste en danger de sombrer tandis que tous les efforts pour contenir sa cargaison se sont révélés d'une inquiétante inefficacité. On estime à trente millions de barils de brut le pétrole qui pollue maintenant les eaux jadis cristallines de la mer de Corail. Les courants dominants poussent la nappe vers une des plus belles merveilles naturelles du monde, la Grande Barrière, longue de plus de mille cinq cents kilomètres. Les écologistes prédisent que, à moins d'un miracle, les délicats organismes microscopiques qui constituent la base du récif vont être détruits et, avec eux, la Grande Barrière elle-même. Comme l'explique notre correspondant à Brisbane, voici encore une magnifique et irremplaçable gloire de notre planète qui va bientôt cesser d'exister.*

## 6

*Australie*

Le commandant Victor Malone, tremblant, hagard, quitta le tribunal de Brisbane où on l'avait interrogé toute la journée sur les instructions erronées qu'il avait données à son officier de quart pour éviter le récif que *L'Argonaute* avait heurté. « Dix degrés bâbord », affirmait-il avoir dit à ses subordonnés.

Mais l'officier de quart et le timonier affirmaient qu'ils avaient entendu dix degrés tribord. Les imbéciles ! Non, les lâches ! Voilà ce qu'ils étaient ! Des lâches déloyaux ! Ils n'avaient pas le cran de soutenir leur commandant ! Certains d'entre eux prétendaient même qu'ils le soupçonnaient d'avoir bu ! Encore heureux qu'on n'eût pensé à lui faire une prise de sang que douze heures après l'accident. L'analyse ne serait pas concluante. Si on trouvait bien dans son sang une légère trace d'alcool, Malone pourrait toujours prétendre qu'il avait pris un verre pour se remonter après que l'hélicoptère l'eut amené à terre.

Comme Malone quittait le palais de justice et que les photographes le mitraillaient, il leva le bras pour se protéger le visage et descendit d'un pas furieux les marches du perron en se frayant un chemin à travers la foule jusqu'à la voiture qu'il avait louée pour l'emmener. Ses muscles tremblaient. « Un vodka-Martini », se répétait-il.

*Tout ce qu'il me faut, c'est...*

*Si j'arrive à échapper à ces salauds de journalistes...*

*Un vodka-Martini !*

*Ça me remettra les idées en place !*

Malone donna un coup de coude dans la poitrine d'un photographe, écarta l'homme plié en deux, sans se soucier de son gémissement de souffrance, et arriva jusqu'à la voiture louée. Mais la limousine noire était vide. Où diable était passé le chauffeur ? « Bien sûr, se dit Malone, le salaud. Il a filé ! La foule l'a affolé ! C'est un lâche, tout comme mes officiers ! »

Malone plongea derrière le volant, claqua la portière, tourna la clé de contact, écrasa l'accélérateur et démarra sur les chapeaux de roue.

Comme il prenait un tournant, souriant, libre, impatient de déguster ses vodka-Martini, son corps vola en éclats, tout comme la voiture.

L'explosion — qu'il n'entendit jamais — éparpilla du sang, des fragments d'os, de cheveux et des bouts de métal dans un rayon d'une trentaine de mètres.

Le lieu de l'explosion avait été parfaitement choisi. Comme l'expliqua Dan Rather le lendemain soir : « Il semble qu'on ait utilisé une méthode délibérément sélective. Personne d'autre n'a été touché. Seul le commandant de *L'Argonaute* est mort. »

## 7

*Hong-Kong*

Chandler Thompson, président de la Pacific-Rim Petroleum Corporation, s'efforçait de ne pas cligner les yeux sous l'aveuglante lumière des projecteurs de télévision alors qu'il se tenait d'un air autoritaire sur une estrade, s'adressant à une meute de journalistes, dans la salle de conférence de la direction de la Pac-Rim. À quarante-huit ans, cet homme aux traits sévères et précis avait longuement répugné à donner son accord à cette conférence de presse, mais la fureur croissante soulevée par le désastre ne lui avait pas laissé le choix. Il fallait calmer la controverse et rétablir la réputation malmenée de la Pac-Rim. Son costume à mille dollars était impeccablement repassé. Il vérifia qu'il avait bien boutonné son pardessus avant de s'avancer d'un pas militaire dans la salle et de monter sur l'estrade.

« Savions-nous que le commandant Malone avait un problème d'alcoolisme ?... Non. Nous avons comme politique absolue dans notre compagnie que tous les membres de notre personnel s'abstiennent de toucher à une goutte d'alcool pendant qu'ils sont de service et vingt-quatre heures avant d'embarquer sur un navire de la Pacific-Rim... Procédons-nous à des prises de sang pour nous assurer qu'ils respectent ce règlement ? Cela n'a jamais semblé nécessaire. Nos officiers sont soumis à un examen rigoureux avant d'être engagés. Nous avons la plus totale confiance dans notre personnel. La violation de ce règlement par le commandant Malone a été une exception. Il n'y a pas de raison de mettre en doute le professionnalisme de nos autres officiers, mais, en effet, nous avons désormais l'intention de procéder à des prises de sang au hasard pour rechercher éventuellement alcool ou drogue... Avons-nous une idée de qui est responsable du meurtre du commandant Malone ? La police continue son enquête. Il serait prématuré de notre part de porter des accusations sans fondement...

« Le retard avec lequel nous avons réagi à l'expansion de la nappe de pétrole ? Quel retard ? Notre groupe d'intervention s'est mis en mouvement dès l'instant où nous avons été informés de l'accident... Effectifs insuffisants ? Manque d'entraînement et de préparation ? Équipement minimal ? Absolument pas. Nous étions prêts à toute urgence... Un seul à la fois, je vous prie. Je n'ai pas entendu la question... C'est exact. Plusieurs membres de l'équipe d'intervention dormaient chez eux au moment de l'accident, mais notre contrôleur de nuit les a aussitôt alertés. Je vous assure que désormais notre équipe de nuit opérera avec les mêmes effectifs que notre équipe de jour... Non, malheureusement, nous n'avons pas pu empêcher *L'Argonaute* de répandre davantage sa cargaison. Plus de sept cent mille barils à ce jour ? J'ai le regret de dire que ce chiffre est exact. Tous les efforts tentés pour empêcher la nappe de s'étendre se sont jusqu'à maintenant révélés vains. Il est vrai, à mon grand regret, que des portions de la Grande Barrière ont bien été contaminées... Voulez-vous répéter la question ?... Oui, certaines machines de l'équipe d'intervention n'ont pas fonctionné. Des bruits de désorganisation ? De confusion ? Un délai de vingt-quatre heures ? Pourquoi *L'Argonaute* n'avait-il pas une double coque renforcée pour éviter que le récif puisse perforer la paroi intérieure des réservoirs ? Avant de répondre à d'autres questions, je tiens à vous assurer que la Pacific-Rim Petroleum Corporation est une entreprise responsable, qui a pour souci l'intérêt du public... »

Une certaine agitation à la gauche de Thompson vint un moment distraire son attention. Très nerveux, un cadre de la Pac-Rim s'avança sur l'estrade, un message plié à la main. Son visage était gris. « Espèce d'idiot ! songea Thompson ; vous allez compromettre... Enfin, bon sang, qu'est-ce qui vous prend de m'interrompre ? Nous devons afficher une confiance totale. J'allais justement... »

Réprimant un froncement de sourcils furibond, Thompson prit le message en se jurant mentalement de virer ce type dès l'instant où la conférence de presse serait terminée.

— Excusez-moi, mesdames et messieurs », dit-il aux journalistes. S'efforçant de garder un air digne, il ouvrit le message, en parcourut le texte dactylographié et oublia aussitôt sa rage. Son cœur se mit à battre si fort qu'il en avait le vertige. Il se cramponna au pupitre pour ne pas tomber. Les mots semblaient danser devant ses yeux.

*Selon notre bureau de Brisbane, Kevin Stark, directeur de l'équipe d'intervention...*

Encore un que Tom comptait bien congédier. La façon dont ce salaud s'était préparé à faire face à un accident de ce genre avait été d'une inefficacité consternante. C'était la faute de Stark si le processus d'intervention avait été retardé en raison d'effectifs insuffisants et de matériel mal entretenu. C'était la faute de Stark si le pétrole avait atteint la Grande Barrière et y semait la mort.

*... a été trouvé voilà une heure noyé, le corps enfoncé la tête en bas dans un baril de pétrole.*

Les journalistes comprirent que Thompson était manifestement secoué et se pressèrent autour de lui en posant de nouvelles questions. Toujours étourdi, pris d'une soif soudaine, il tendit la main vers un verre d'eau posé devant lui. Au moment où Thompson avalait l'eau, il en remarqua l'arrière-goût amer et eut un brusque sursaut, comme si du feu lui traversait l'estomac. Ses jambes se dérobèrent sous lui. Les photographes prirent d'autres photos. Les caméras se mirent à tourner tandis que Thompson lâchait son verre, tombait à genoux, les mains crispées sur l'estomac, haletait de nouveau et basculait en avant, mort avant de toucher le plancher de l'estrade, mais pas avant que du sang lui eût jailli de la bouche, éclaboussant le premier rang des reporters.

## 8

*Houston, Texas*

Virgil Krause, le président nouvellement nommé de la Pacific-Rim Petroleum Corporation, fourra précipitamment des documents dans sa serviette avant de quitter en hâte son bureau au dernier étage de la direction américaine de la Pac-Rim. Il devait être dans une heure à l'aéroport de Houston, où l'on faisait des préparatifs frénétiques pour qu'un appareil de la compagnie l'emmenât en toute hâte à Hong-Kong. Krause avait quarante ans, il était en excellente santé ; on connaissait son énergie et sa résistance, mais déjà le choc de sa soudaine promotion l'avait laissé hors d'haleine. Il avait tout juste pu trouver cinq minutes pour téléphoner à sa femme et lui expliquer ses nouvelles responsabilités. Elle le rejoindrait à Hong-Kong dès que possible. En attendant, Krause prévoyait un vol tendu, où il n'aurait guère le temps de dormir et au cours duquel il lui faudrait non seulement passer en revue les erreurs qui avaient provoqué la catastrophe de *L'Argonaute*, mais aussi trouver des solutions pour éliminer le pétrole et éviter l'apparition d'une nouvelle nappe.

Pour être plus précis, Krause ne dormirait guère pendant le vol car il redoutait que la promotion qu'il avait si souvent appelée dans ses prières ne tournât à la damnation.

Malone, Stark et Thompson : leur brusque décès avait été aussi stupéfiant que le désastre de *L'Argonaute*.

« Est-ce que je serai le prochain ? » se demanda Krause, fermant d'une main tremblante son porte-documents.

Une secrétaire intercepta Krause juste au moment où il sortait en trombe de son bureau.

— Ce télégramme vient d'arriver pour vous, monsieur.

Krause le fourra dans la poche de son costume.

— Il faut que je me dépêche, je le lirai dans l'avion.

— Mais le coursier a dit que c'était urgent. Il a insisté pour que vous le lisiez dès que possible.

Krause hésita, tira le télégramme de sa poche et l'ouvrit. Les trois phrases du texte le laissèrent encore plus essoufflé.

*Les erreurs exigent un châtiment. Que l'épisode de* L'Argonaute *ne se renouvelle pas. Le Seigneur est votre témoin.*

# « DIEU VOUS BÉNISSE »

## 1

*Manhattan*

Dans son bureau situé au quinzième étage d'un immeuble de Broadway encrassé par la suie, non loin de la 32e rue, Tess Drake posa sur sa table de travail la reproduction d'une peinture. La toile, œuvre d'un artiste du début du XIXe siècle, était une représentation pittoresque d'une pente boisée des monts Adirondacks, dans le nord de l'État de New York. Comme cela se faisait à son époque, l'artiste avait idéalisé la nature sauvage, lui conférant une luxuriance si romantique et des airs de jardin si idylliques que le tableau semblait une publicité pour attirer là les pionniers, dans cet Éden américain.

À côté du tableau, Tess posa une photographie, datée de 1938, du même paysage des Adirondacks. En raison des possibilités limitées de la photographie en couleurs à cette époque, les teintes n'étaient pas aussi brillantes que sur la toile. Autre contraste, la photographie n'idéalisait pas le paysage mais présentait de façon plutôt réaliste les pics boisés, l'entassement chaotique des arbres.

Tess posa enfin une photographie, prise la semaine précédente, de la pente figurant sur la photographie de 1938 ; le contraste était maintenant frappant, pas seulement parce que le perfectionnement de la photographie en couleurs rendait les teintes plus vives. Tout au contraire. L'image était effroyablement sinistre, désespérément terne. À part un ciel bleu embrumé, il n'y avait presque pas de couleurs. Nul vert de feuillage luxuriant, rien qu'un brun boueux, comme s'il était arrivé quelque chose au cours du développement ; et il était en effet arrivé quelque chose, mais pas au laboratoire. Cela s'était passé dans l'air, dans les nuages, dans la pluie. Cette partie de la forêt avait été tuée par l'acide contenu dans l'eau qui était censée la nourrir. Les arbres, dépouillés de feuilles, semblaient horriblement squelettiques, la pente nue paraissait maudite.

Tess prit du recul pour étudier la succession des images. Elles étaient si expressives, et si déprimantes, que l'article qu'elle s'apprêtait à écrire pour les accompagner ne pourrait certainement pas être aussi fort ; il fallait pourtant l'écrire, tout comme elle en avait rédigé Dieu sait combien d'autres sur des catastrophes écologiques, dans l'espoir que les gens allaient réagir enfin à cette crise planétaire. Son engagement personnel expliquait pourquoi, malgré de lucratives offres d'emploi de grandes publications comme *Cosmopolitan* ou *Vanity Fair,* elle avait choisi de travailler pour *Earth Mother Magazine.*

Elle se sentait une obligation envers la planète.

Certes — elle l'admettait volontiers —, ce n'était pas un sacrifice pour elle d'être idéaliste. À vingt-huit ans, alors que la plupart de ses contemporains semblaient obsédés par l'argent, elle bénéficiait de fonds légués par son défunt grand-père qui lui permettaient de rester indifférente à la tentation de postes bien payés. Par une ironie du sort, cet héritage ne lui donnait pas seulement l'indépendance mais aussi un motif pour se dévouer aux causes écologiques : en effet, les sommes considérables constituant cet héritage provenaient des usines chimiques extrêmement profitables qui appartenaient à son grand-père, et dont les déchets inconsidérément mis au rebut avaient tué toute vie dans des rivières et contaminé l'eau potable dans plusieurs parties du New Jersey et de la Pennsylvanie. Tess éprouvait une certaine satisfaction à se dire qu'elle faisait de son mieux pour réparer.

Un mètre soixante-treize, des cheveux blonds coupés court, un visage rayonnant de séduction, elle était sculpturale avec une silhouette sensuelle et musclée qu'elle gardait en forme en s'entraînant tous les jours dans un club de gymnastique près de son loft de SoHo. Elle avait les yeux d'un bleu de cristal et ne portait pour tout maquillage qu'un peu de rouge à lèvres. Des jeans, des baskets et un chandail en coton constituaient sa tenue favorite. Elle prit une pomme dans un compotier bien rempli sur son bureau, savoura le goût du fruit puis, sentant une présence derrière elle, se retourna vers un homme planté sur le seuil de la porte ouverte.

— On travaille encore tard ? » dit l'homme avec un regard malicieux. « Vous allez me faire honte de rentrer chez moi. »

Il s'appelait Walter Trask, et c'était le rédacteur en chef du *Earth Mother Magazine*. La veste de son costume posée sur le bras de sa chemise blanche chiffonnée, le col déboutonné, la cravate desserrée, Trask, cinquante-cinq ans, corpulent, avait des cheveux gris et clairsemés et des joues d'un gris plus pâle qui pendaient un peu.

— Tard ? » fit Tess en jetant un coup d'œil à sa montre. « Bonté divine ; il est déjà 7 heures ? Je faisais le plan de mon article sur les pluies acides. Et je crois que je me suis tellement passionnée que...

— Demain, Tess. Accordez-vous un répit et faites-le demain. La planète parviendra à survivre jusque-là. Mais vous, vous ne durerez pas beaucoup plus longtemps si vous ne mettez pas un peu la pédale douce.

Tess eut un haussement d'épaules embarrassé.

— Je pense que je vais aller faire quelques brasses.

Trask secoua la tête.

— Comme j'aimerais avoir votre énergie.

— C'est une question de vitamines et d'exercices.

— Ce qu'il me faudrait, c'est trente ans de moins. Avez-vous lu les journaux ? Ces meurtres à la Pac-Rim Corporation après le naufrage du pétrolier... Qu'en pensez-vous ?

Tess haussa les épaules.

— C'est évident.

— Ah ?

— Cette nappe de pétrole a agacé quelqu'un.

— Bien sûr. » Trask soupira. « Ce n'est pas ce que je voulais dire. Pensez-vous que nous devrions faire un article là-dessus ?

— *Earth Mother Magazine* n'est pas un journal à sensation. L'important, c'est la nappe de pétrole. Pas les meurtres. Ils ne sont qu'un à-côté. Un à-côté mineur. Les fanatiques nuisent à notre cause. Trop de gens estiment que c'est nous les fanatiques, et que nous exagérons la menace pour...

— Bien sûr, répéta Trask. Mais nos comptes d'exploitation sont dans le rouge. Si nous pouvions... Enfin... Peu importe. Fermez à clé en partant, voulez-vous, Tess ? Et partez vite, d'accord ?

— Parole d'honneur.

— Bon. À demain, mon petit.

Les épaules voûtées, Trask s'éloigna dans le couloir et disparut.

Une demi-minute plus tard, Tess entendit l'ascenseur qui descendait. Elle termina sa pomme, examina les illustrations de son article et décida que Trask avait raison : elle avait besoin d'un répit. Mais, malheureusement, elle savait qu'après être allée nager à son club de gym, après une douche, s'étant rendue chez elle à pied, et après une salade, des pâtes avec une sauce tomate sans viande (mais pleine de champignons, d'oignons et de poivrons), elle se sentirait à nouveau obligée de travailler sur l'article. Aussi, malgré les conseils de Trask, ramassa-t-elle ses illustrations et deux cartons de documentation, passa son sac en bandoulière, prit les cartons ainsi que son grand bloc-notes jaune, éteignit l'électricité du bureau avec son coude et s'engagea dans le couloir, actionnant de la même façon, au passage, les autres commutateurs.

Un dernier coup de coude mit en marche le système d'alarme. Reculant pour éviter le rayon infrarouge, elle ouvrit la porte qui se referma automatiquement à clé derrière elle. Sur un petit palier, elle appuya le bras contre le bouton d'appel de l'ascenseur, s'adossa au mur, entendit le ronronnement du moteur et finit par s'avouer qu'elle était fatiguée.

Était-ce la fatigue ou le destin ? Pour on ne sait quelle raison, quand les portes s'écartèrent en chuintant et que Tess mit le pied dans la cabine, elle lâcha son bloc. Il tomba sur le plancher, délogeant le stylo Cross en or qu'elle y avait fixé. Le stylo, un cadeau de son père le jour où elle était entrée à l'université, avait une signification douce-amère : son père était mort avant de la voir diplômée.

Avec un petit sursaut de tristesse, elle pressa le bouton marqué *rez-de-chaussée,* sentit la cabine descendre et se pencha avec son sac en bandoulière et ses cartons pour ramasser son bloc et son stylo. Penchée ainsi, un peu déhanchée, elle se crispa en sentant l'ascenseur s'arrêter brusquement. Au moment où les portes s'ouvraient, elle jeta un coup d'œil derrière elle à la hauteur de ses genoux et un homme apparut dans son champ de vision, projetant sur elle une grande ombre. Sa posture maladroite et sans dignité donna à Tess l'impression d'être vulnérable, à tout le moins embarrassée. « Rien de tel que de montrer son meilleur profil », songea-t-elle.

Mais le sourire bon enfant de l'homme la mit aussitôt à l'aise. Avec un haussement d'épaules compatissant, il ramassa le bloc-notes et le stylo de Tess et, bien que celle-ci ne s'en aperçût que plus tard, son geste de courtoisie changea la vie de la jeune femme. Dans les jours et les semaines de cauchemar qui allaient venir, Tess ne cesserait d'analyser et d'analyser encore ces quelques instants en songeant que, si elle n'avait jamais fait tomber son bloc et son stylo, peut-être n'auraient-ils jamais engagé la conversation. Peut-être tant de souffrances, de chagrins et de terreurs auraient-ils été à jamais épargnés.

Mais elle en arrivait toujours à la même conclusion. Elle avait été à la merci des événements. Malgré les terrifiantes conséquences, elle n'eût rien pu changer, pas plus qu'elle n'eût été capable de réprimer l'attirance immédiate qu'elle ressentit pour cet homme. Absurde ? Illogique ? Oui. Appelez ça de la chimie, ou des vibrations. Appelez ça une conjonction de planètes ou une configuration d'étoiles. Quelle que fût l'explication, elle s'était senti les genoux faiblir, et elle avait craint un instant de s'évanouir. Mais au lieu de s'effondrer, elle avait réussi à se redresser, à faire face à l'homme et à s'empêcher de vaciller.

L'inconnu était grand, un mètre quatre-vingts au moins, et Tess, qui elle aussi était grande, aimait les hommes dont les épaules arrivaient au-dessus des siennes. Il avait une peau saine et hâlée, la mâchoire carrée et des traits un peu anguleux d'une beauté classique. Son corps était parfaitement proportionné, musclé mais sans excès. Sa tenue ressemblait à celle de Tess. Des baskets, un jeans, une chemise de coton bleu dont le col dépassait d'un chandail bordeaux. Mais il y avait ses yeux. C'est ce que Tess remarqua avant tout. Ils brillaient d'un éclat qui semblait venir de son âme, et leur couleur était inhabituelle, gris, une nuance que Tess n'avait rencontrée que chez les héros de palpitantes aventures romanesques qu'elle lisait avec un plaisir coupable quand elle avait quinze ans.

Comme elle essayait de prendre un air digne, le sourire bon enfant de l'inconnu persista.

— Rude journée ?

— Pas mauvaise. Seulement longue, dit Tess.

L'inconnu désigna les cartons qu'elle tenait.

— Et sans doute pas encore terminée.

Tess rougit.

— Je crois que j'essaie d'en faire trop.

— C'est mieux que de ne pas en faire assez.

L'étranger pressa le bouton marqué *rez-de-chaussée,* et son regard s'arrêta sur le stylo. « Un Cross en or », dit-il en notant le nom du fabricant. Les mots semblaient avoir pour lui une signification particulière[1]. Il fixa le stylo au bloc-notes et lui tendit le tout.

Leurs mains s'effleurèrent un instant. Il dut se dégager de l'électricité statique car Tess sentit une sorte de secousse.

— Vous travaillez pour *Earth Mother Magazine* ? demanda l'homme.

— Comment avez-vous...

— Les étiquettes sur ces cartons.

— Oh, oui, bien sûr. » Tess rougit de nouveau. « Et vous ? Vous êtes entré à l'étage au-dessous du mien. Il n'y a qu'une seule société à cet étage-là. Une firme de production de télé. Veritas Video.

1. La remarque de l'homme pourrait aussi signifier : « Une croix d'or ». *(N.d.T.)*

— Exact. À propos, j'ai lu votre magazine. Il est excellent. En fait, je suis en train de monter un documentaire en rapport avec votre travail : un film vidéo sur le manque de précautions suffisantes pour les sites de déchets nucléaires. Entre votre travail et le mien, je n'imagine rien de plus important.

— Que d'essayer de sauver la planète ? » Tess hocha la tête, un peu découragée. « Si seulement plus de gens pensaient ainsi.

— Ah, c'est là le problème, n'est-ce pas ?

— Oh ! fit Tess en fronçant les sourcils. J'en vois tant ! Lequel vous semble...

— La nature humaine. Je ne suis pas certain que la planète puisse être sauvée.

Tess se sentit surprise de sa réaction.

L'ascenseur s'arrêta.

— Voulez-vous que je vous aide avec ces cartons ? demanda l'étranger.

— Non, vraiment, je peux m'en tirer.

— Alors laissez-moi vous tenir la porte.

Ils émergèrent au milieu de piétons frénétiques, d'une circulation démente, d'âcres fumées d'échappement et d'un crépuscule barbouillé de smog.

— C'est ce que je pense », fit l'inconnu en secouant la tête d'un air navré. « Je ne suis pas sûr que la terre puisse être sauvée. »

Il aida Tess à trouver un taxi, jeta un coup d'œil autour de lui comme s'il cherchait quelqu'un, lui dit : « Dieu vous bénisse », et s'éloigna d'un pas vif, se mêlant à la foule et disparaissant presque comme par magie.

Tess se sentait encore des picotements dans les doigts.

## 2

Le lendemain matin, alors qu'elle attendait l'ascenseur, Tess jeta un coup d'œil vers la droite, vit l'étranger qui entrait dans l'immeuble et se sentit rougir.

— Tiens, re-bonjour, fit-il.

Troublée par la façon dont il l'attirait, faisant de son

mieux pour le dissimuler, Tess parvint à arborer un charmant sourire.

— Belle matinée.

— N'est-ce pas ? Quand je suis allé faire mon jogging, un peu de brise a purifié l'air. Il ne reste presque plus de smog.

— Vous courez ?

— Tous les jours.

— Tiens, moi aussi, fit Tess.

— Ça se voit.

Tess sentit ses joues s'empourprer davantage.

— C'est bon pour le corps, dit l'inconnu, bon pour l'âme.

— J'essaie.

Le silence se fit entre eux. Il se prolongea.

— Ah, soupira Tess, cet ascenseur !

— Oui. Il est horriblement lent. Mais je fais de mon mieux pour prendre les choses comme elles viennent.

— Dans le style : « La patience est une vertu » ?

L'homme protesta.

— Appelons ça une discipline.

Les portes de la cabine s'ouvrirent.

— Là, vous voyez ? » fit l'étranger en désignant la cabine. « Chaque chose en son temps. »

Ils pénétrèrent dans l'ascenseur.

— Je vous promets de ne rien laisser tomber, dit Tess.

— J'ai été ravi de vous aider.

— Mais je n'ai même pas eu l'occasion de vous remercier.

— Ce n'est pas nécessaire, fit l'inconnu. Vous auriez fait la même chose pour moi.

Tess le regarda presser le bouton de son étage, puis celui du magazine, et constata avec satisfaction qu'il ne portait pas d'alliance.

Il se retourna.

— Il me semble... si nous devons continuer à nous rencontrer de temps en temps... que nous devrions nous présenter.

Tess adorait la façon dont ses yeux pétillaient. Elle lui dit son nom, ou du moins son prénom. Par habitude, elle omettait délibérément de dire que son nom de famille était Drake car les gens l'associaient de temps en temps avec son père bien connu, et elle était bouleversée chaque fois qu'elle devait parler des conditions brutales dans lesquelles il avait été tué.

— Tess ? » L'étranger pencha la tête et approuva. « Joli nom. C'est une abréviation de...

— Theresa.

Là encore elle ne dit pas toute la vérité à l'inconnu. Même si Tess était utilisé parfois comme une forme abrégée de Theresa, son surnom venait de l'habitude qu'avait son père de la taquiner en l'appelant « contessa Theresa » quand elle était enfant. Il avait fini par l'abréger tendrement en Tess.

— Bien sûr, dit son compagnon. Theresa. La mystique espagnole, la fondatrice de l'ordre des religieuses carmélites.

Tess tressaillit, surprise.

— Je ne savais pas. Je veux dire... je ne me rendais pas compte...

— Ça n'a pas d'importance. J'ai la manie de collectionner toutes sortes de renseignements sans intérêt.

— Et votre nom à vous ? demanda Tess.

— Joseph.

Pas de nom de famille, observa Tess, tout comme elle n'avait pas donné le sien.

L'ascenseur s'arrêta avec une secousse.

— Je pense que sonne de nouveau pour moi l'heure de la pénitence, dit Joseph.

— Ça ne peut pas être si terrible. Hier soir j'ai eu l'impression que vous aimiez votre travail.

— Me faire le témoin de la déchéance de cette planète ? Ce n'est pas très joyeux. J'éprouve quand même la satisfaction d'essayer d'accomplir un peu de bien.

Joseph sortit de l'ascenseur et tourna vers elle un visage radieux. « Dieu vous bénisse. »

Les portes se refermèrent, Joseph disparut et Tess sentit son estomac se serrer, mais pas à cause du mouvement ascensionnel de la cabine.

# 3

Le lendemain, vendredi, Tess était si absorbée par son article qu'elle travailla pendant toute l'heure du déjeuner. À deux heures moins le quart, des crampes d'estomac l'amenèrent enfin à la conclusion que sa concentration en souffrirait si elle n'avalait pas quelque chose.

Elle pensait à Joseph en entrant dans l'ascenseur. Celui-ci s'arrêta à l'étage au-dessous du sien. Elle sentit de nouveau des picotements électriques. « Non, se dit-elle. Ce n'est qu'une coïncidence. »

Cependant ses genoux faillirent se dérober sous elle quand les portes s'entrouvrirent et que Joseph entra.

Il sourit, en apparence nullement surpris de la voir.

— On dirait que nous sommes destinés à nous rencontrer tout le temps.

Il pressa le bouton marqué *rez-de-chaussée.*

— Où en est votre pénitence ?

Debout tout près de lui, sentant le bras du jeune homme contre le sien, Tess essaya de maîtriser sa respiration.

— Ma pénitence ?

Elle se souvint brusquement qu'il avait utilisé cette expression la veille.

— Oh, vous voulez dire mon travail. Je fais un article sur les pluies acides. Ça avance.

— Voilà qui est bien.

— Je...

— Oui ?

— Vous ne trouvez pas quelque peu bizarre que vous et moi ayons décidé de prendre l'ascenseur à...

— À la même heure ? Joseph haussa les épaules. « Le monde est un endroit bizarre. Voilà longtemps que j'ai décidé d'accepter le destin au lieu de le contester. Il y a des choses qui sont faites pour arriver.

— Comme le *kismet* ou le *karma* ?

— La Providence. » Les yeux gris de Joseph étincelaient. « Que diriez-vous d'un déjeuner tardif ? »

Tess sentait l'odeur de sa lotion après-rasage et avait du mal à empêcher sa voix de trembler.

— J'ai perdu la notion de l'heure.

— Moi aussi. De l'heure de ma montre en tout cas. Il y a un petit bistrot en face. Vous voulez venir avec moi ?

Tess sentit ses bras se hérisser de chair de poule.

— Seulement si chacun paie sa part.

Joseph écarta les mains.

— Comme vous voudrez. Mais ce sera toujours un plaisir pour moi.

Une fois dehors, sur le trottoir bruyant, ils attendirent une accalmie dans la circulation et traversèrent rapidement. L'après-midi était humide, le soleil avait du mal à percer la brume des gaz d'échappement. En arrivant sur le trottoir d'en face, Tess jeta un coup d'œil vers Joseph et ne put s'empêcher de remarquer que, tout comme la première fois qu'elle l'avait rencontré, il regardait autour de lui comme s'il cherchait quelqu'un dans la foule. Pourquoi ? Elle se demanda, influencée par les habitudes de son père, si Joseph ne s'imaginait pas qu'on le surveillait. « Allons, se dit-elle. Ce n'est pas un rendez-vous secret. Garde les pieds sur terre. »

Le petit restaurant brillamment éclairé était loin d'être plein maintenant que le coup de feu de midi était passé.

— Notre pastrami est très bon aujourd'hui, annonça le serveur.

— Merci. Mais pas de viande, dit Joseph. Je voudrais votre sandwich aux tomates-concombres-choux de Bruxelles.

— Salade de chou cru ? Avec un peu de fenouil ?

— Pourquoi pas ? Et une bouteille d'eau minérale.

— Ça m'a l'air bon, fit Tess. La même chose pour moi.

Quand le serveur fut parti, elle examina Joseph.

— Pas de viande ? Vous êtes végétarien ?

— Oh, c'est simplement que la viande ne me réussit pas très bien. D'ailleurs, on est vendredi.

Tess — qui était catholique — crut comprendre l'allusion. Les catholiques autrefois n'avaient pas le droit de manger de viande le vendredi. Mais seuls les catholiques d'un certain âge et extrêmement conservateurs se pliaient encore à cette règle démodée, et Joseph, comme elle, était assez jeune pour ne pas avoir été habitué à s'abstenir de viande le vendredi, de crainte de commettre un péché.

— Si je vous ai demandé ça, dit Tess, c'est que je suis pratiquement végétarienne, moi aussi.

— Eh bien, voilà encore une chose que nous avons en commun.

— Comme d'être catholiques ?

Joseph fronça les sourcils.

— Qu'est-ce qui vous fait croire que je suis catholique ?

— Pas de viande le vendredi.

— Ah, dit Joseph. Je vois. Non, je n'appartiens pas à cette religion.

— Pardon. Excusez-moi. Je crois que je pose trop de questions.

— Ne vous inquiétez pas. Je ne m'en formalise pas du tout.

— Alors, pendant que j'y suis... si vous permettez, laissez-moi vous demander encore une chose, fit-elle.

— J'attends.

— Pourquoi aviez-vous l'air si nerveux quand vous avez traversé la rue ?

Joseph se mit à rire.

— À New York ? Avec tous ces drogués et tous ces fous du volant ? Qui n'est pas nerveux ?

— Encore une question...

— Bien sûr.

— ... Voudriez-vous me voir demain ?

La hardiesse de Tess la surprit elle-même. Son cœur se mit à battre plus vite.

— Si je voudrais...

Joseph, l'air concentré, la considéra à travers la table, jouant avec son couteau et sa fourchette, puis fixa sur elle le regard intense de ses yeux gris.

— Bien sûr. Je serais ravi d'être en votre compagnie.

Tess poussa un soupir.

— Mais il faut que je sois franc avec vous.

« La barbe, songea Tess. Voilà. C'est ce que je craignais. Un aussi bel homme ; il va probablement m'annoncer qu'il est fiancé ou qu'il a une petite amie. »

— Absolument. » Elle se redressa et appuya ses mains sur la table, pour se préparer. « J'apprécie la sincérité.

— Nous ne pouvons être qu'amis.

— Je ne vois pas très bien...

— Ce que je veux dire, c'est que nous ne pourrons jamais être amants.

Sa franchise la stupéfia.

— Eh, fit Tess, je ne vous faisais pas de proposition. Ne croyez pas que je vous aie demandé de coucher avec moi.

— Je sais bien. Votre comportement est absolument impeccable.

Joseph tendit le bras à travers la table et posa doucement une main sur celle de la jeune femme. Elle remarqua qu'il avait une cicatrice dentelée au creux du poignet.

— Je ne voulais pas vous offenser ni vous gêner. C'est simplement que... il y a certaines choses chez moi que vous ne comprendriez pas.

— Je crois que je comprends.

— Ah ?

— Vous êtes homosexuel ? C'est ça ?

Joseph éclata de rire.

— Pas du tout.

— Je veux dire, ça ne me gênerait pas le moins du monde que vous le soyez. J'aimerais seulement le savoir. Je n'ai pas envie de me rendre plus ridicule que je ne l'ai déjà fait.

— Croyez-moi, Tess, je ne suis pas homosexuel, et vous ne vous êtes pas rendue ridicule.

— Alors vous avez peut-être eu une sorte d'accident, et...

— Vous voulez dire que j'ai peut-être été émasculé ? Pas du tout. À vrai dire, je suis extrêmement flatté que vous vouliez passer du temps en ma compagnie. Mais j'ai certaines... euh, voyons, disons certaines obligations. Je ne peux pas vous expliquer en quoi elles consistent ni pourquoi je dois les respecter. Vous devez simplement me faire confiance, croire et accepter. Pour tout dire, j'accueille avec plaisir votre amitié.

— Amitié ? fit Tess, gênée. Autrefois je me suis débarrassée au lycée d'un garçon trop insistant en lui disant que je le voulais seulement comme ami.

— Mais nous ne sommes pas au lycée, dit Joseph. Si vous voulez bien de ma compagnie... et je serais ravi de la vôtre... j'ai horreur d'avoir l'air si formel, mais ce sont mes conditions.

— Écoutez. » Tess se mordit la lèvre. « Nous ferions peut-être mieux de ne plus y penser.

— Pourquoi ? Parce que vous ne pouvez pas imaginer une relation entre un homme et une femme qui n'aboutisse pas au sexe ? demanda Joseph.

— Mon Dieu, je me sens complètement idiote.

— Absolument pas, fit Joseph. Vous êtes une femme saine, intelligente, séduisante, avec des désirs normaux. Mais moi... » Le regard de Joseph se fit plus intense... « Je suis totalement différent.

— Je ne sais pas discuter. Et c'est peut-être pour ça... » (elle n'arrivait pas à croire qu'elle tenait ces propos) « ... que j'ai envie d'être avec vous.

— De façon platonique, dit Joseph.

— Tout à fait. Certainement. Pour l'instant. Mais qui sait...

— Non, Tess. Pas pour l'instant, mais pour toujours. Faites-moi confiance, c'est mieux ainsi.

— Pourquoi ?

— Parce que c'est éternel.

— Vous êtes l'homme le plus étrange que j'aie jamais rencontré, observa Tess.

— Je prendrai cela comme un compliment.

— D'accord. » Tess prit son élan. « À quelle heure demain ?

— 10 heures du matin ? proposa Joseph. Dans le haut de l'East Side. Le parc Carl Schurz, à la hauteur de la 88e rue, près de la maison du maire.

— Je connais.

— Il y a une piste de jogging au bord de la rivière. Puisque nous courons chaque jour, nous pourrions aussi bien le faire ensemble.

— Parfait, fit Tess. On fait du jogging, et peu à peu mon attirance pour vous s'envole.

— L'exercice fait des merveilles, ma platonique amie.

— Peut-être pour vous.

Joseph eut un bon sourire.

— C'est comme une douche froide.

— Il faut que je vous prévienne, reprit Tess. Je ferai de mon mieux pour vous tenter.

— Ça ne servira à rien, répondit Joseph. Vraiment, je suis imperméable à la tentation.

— Je considère ça comme un défi.

## 4

Même à 10 heures du matin, la piste de jogging qui bordait le parc boisé à côté de l'East River était pleine de monde. En l'absence de toute circulation, l'air n'était pas obscurci par le smog et laissait voir le rare spectacle d'un ciel superbe. Des gens âgés, assis sur les bancs, savouraient la paix du week-end. Sur la gauche dans une cour, derrière un treillage métallique, des adolescents jouaient au basket-ball. Des amateurs de bain de soleil étalaient des couvertures sur l'herbe pour profiter de ce soleil de juin étonnamment fort. Des gens promenaient leur chien sous les arbres. « Quelle merveille, songea Tess. Quelle belle journée. Comme c'est rare. »

Elle portait un survêtement bleu qui allait à merveille avec le turquoise de ses yeux. Sans être moulant, il parvenait à révéler sa silhouette, son corps mince, souple et ferme, ses seins bien hauts. Un bandeau rouge lui encerclait le front, soulignant ses courts cheveux blonds. Adossée à la balustrade qui séparait le chemin du fleuve, elle regardait les coureurs qui passaient, beaucoup avec des écouteurs reliés à des radios miniature accrochées à leurs ceintures. Elle préférait pour sa part ne pas être distraite par la musique mais plutôt s'adonner exclusivement à l'exaltation que lui procurait un exercice prolongé. L'expression radieuse qu'elle lisait sur le visage des coureurs lui donnait envie de se joindre à eux. « Bientôt, se dit-elle. Joseph va être là d'une minute à l'autre. »

Alors qu'elle l'attendait, l'attrait irrésistible qu'il lui inspirait ne laissait pas de l'étonner. Certes, il était beau garçon, mais Tess était déjà sortie avec des hommes beaux ; jamais elle ne s'était sentie aussi proche de l'un d'eux. La plupart étaient si conscients de leur physique qu'elle ne supportait pas leur ego. Elle avait découvert que l'un d'eux voyait trois autres femmes tout en prétendant que Tess était la seule qui l'intéressât. Un autre était un producteur de télévision plein d'avenir, qui s'intéressait surtout à Tess pour entendre une personne, n'importe qui, lui dire combien il était un type formidable.

Ces six derniers mois, elle n'était plus sortie avec personne. Elle se dit que cela expliquait peut-être l'attrait que lui inspirait Joseph. Un mélange de surmenage et de solitude. Mais plus elle envisageait cette explication, moins elle lui paraissait vraisemblable. Il y avait chez lui quelque chose — elle n'arrivait pas à trouver les mots appropriés —, quelque chose de différent. Un bel homme qui n'était pas amoureux de son propre reflet, qui la traitait avec déférence, avec qui la conversation était aisée, qui avait avec elle des relations d'être humain à être humain et qui ne la considérait pas comme une conquête potentielle. Tout cela, assurément, comptait. Malgré tout, jamais auparavant elle n'avait montré avec tant d'insistance et de franchise à un homme qu'il l'intéressait. Pourquoi ? Il y avait chez lui quelque chose de différent. Qu'était-ce donc ? Cette impression bizarre non seulement l'intriguait, mais aussi la troublait.

Elle ne savait pas d'où allait venir Joseph, de la droite ou de la gauche, ou tout droit à travers le parc ; aussi tournait-elle souvent son regard ici ou là pour le guetter. « Nous aurions dû choisir un lieu de rendez-vous plus précis », se dit-elle, et elle continua de scruter la foule. « Pourtant, il n'y a personne auprès de moi. Joseph ne devrait avoir aucun mal à me repérer. »

Comme elle avait hâte d'être auprès de lui, Tess était arrivée en avance, à dix heures moins le quart ; mais, en jetant un coup d'œil à sa montre, elle fut surprise de constater qu'il était dix heures et quart.

S'étaient-ils manqués ?

Elle inspecta la foule avec plus d'attention. Sa montre marqua dix heures et demie puis, avec une désespérante lenteur, onze heures, et elle se dit qu'une raison importante avait dû le retarder.

Mais quand sa montre annonça onze heures et demie,

puis midi, elle comprit, furieuse, l'explication de son absence.

Cela ne lui était arrivé qu'une seule fois, dans sa première année de collège ; un garçon s'était tellement enivré à une réunion de son club le samedi après-midi qu'il s'était trouvé trop malade pour l'emmener voir un film ce soir-là, et qu'il n'avait pas pris la peine de téléphoner pour expliquer qu'il ne venait pas. Cette relation s'était terminée là.

Et voilà maintenant que Joseph à son tour lui posait un lapin. Elle n'arrivait pas à y croire. La déception luttait avec la fureur.

La fureur l'emporta.

Le salaud ! Il avait l'air trop bien pour être vrai, et c'est exactement ce qu'il était. *Tess, nous ne pouvons être qu'amis !* « Eh bien, mon vieux, tu as tout foutu en l'air. Nous ne serons pas amis. »

Bouillonnante de rage, Tess rallia le cortège des joggers, trop désemparée pour s'embarrasser du rituel préliminaire des exercices d'échauffement, sa colère alimentant si bien ses longues foulées qu'elle distança les coureurs les plus rapides.

*Salaud.*

## 5

Le dimanche fut lugubre. Une pluie sinistre accentua la dépression de Tess. Pieds nus, vêtue encore du short et du tee-shirt froissé dans lesquels elle avait dormi, elle buvait à petites gorgées une tasse de café noir brûlant en regardant d'un air sombre par une fenêtre les toits de SoHo. Trois étages plus bas, de l'autre côté de la rue, un pauvre chat trempé trouva abri sous une balançoire dans un petit jardin d'enfants.

Derrière elle, la télévision était allumée. Une présentatrice de CNN rapportait d'un ton grave la dernière catastrophe écologique. Dans le Tennessee, un train remorquant vingt wagons d'ammoniaque, un gaz toxique qu'on transportait sous forme de liquide sous pression et qu'on utilisait pour la fabrication d'engrais, avait déraillé sur un talus dans une section mal entretenue de la voie, en pleine campagne. Les réservoirs avaient éclaté et la cargaison s'était vaporisée, répandant un énorme nuage empoisonné qui, pour l'instant, avait tué tout le personnel du train, sept personnes vivant dans des fermes voisines, des douzaines de têtes de bétail, des centaines d'animaux sauvages et des milliers d'oiseaux. Un vent de nord-est poussait l'épais nuage blanc vers une ville de quinze mille habitants qui tous fuyaient, affolés. Les équipes de secours étaient impuissantes à arrêter le nuage et mal préparées à organiser une évacuation aussi massive. Aux dernières nouvelles, huit automobilistes avaient été tués et seize autres grièvement blessés dans des accidents dus à la panique qu'engendraient les efforts frénétiques des habitants pour s'enfuir. La journaliste annonçait que le gaz, assez lourd, finirait par retomber au sol mais que, par un étrange paradoxe, bien qu'on utilisât l'ammoniaque pour fabriquer des engrais, cela ne profiterait pas à la terre. Il n'était pas dilué. Bien au contraire, dans son état actuel, le taux d'azote extrêmement concentré (quatre-vingt-deux pour cent) allait brûler des centaines d'hectares de bois ainsi qu'anéantir des récoltes et imprégner des ruisseaux, des puits, des étangs et des réservoirs, empoisonnant les approvisionnements en eau de la ville.

Tess, accablée, éteignit la télévision et leva les yeux vers les rafales de pluie qui tombaient, monotones, sur sa verrière. Elle frémit en songeant que l'accident aurait pu être beaucoup plus désastreux, dans des proportions presque inimaginables, s'il s'était produit près d'une grande zone urbaine. Mais un jour, elle le savait, c'était exactement ce qui se passerait. À cause de la négligence, de l'absence de préparation, du mauvais état de l'équipement, de la léthargie du gouvernement, de la cupidité, de la stupidité, de la surpopulation, et...

Tess secoua la tête. Il y avait tant de raisons. Beaucoup trop. Petit à petit, la terre se mourait, et il ne semblait y avoir aucun moyen d'arrêter cela.

Un vers d'un poème de Yeats lui revint en mémoire : *Les choses tombent en miettes ; le centre ne peut pas tenir.* Elle se sentait épuisée. Renonçant à son projet d'aller ce matin-là à son club de gymnastique, elle décida qu'il lui fallait un bon bain chaud. « Je me suis trop surmenée. Ce que je devrais faire, c'est m'installer confortablement dans mon lit pour lire le supplément dominical du *Times.* » Mais elle savait que les nouvelles ne feraient que la déprimer davantage.

« Alors, regarde un vieux film, se dit-elle. Loue une bonne comédie avec Cary Grant. »

Mais elle doutait que cela la fît beaucoup rire. Comment pouvait-elle rire quand... Sans minimiser la gravité de ce qui s'était passé dans le Tennessee, elle s'avouait à regret qu'une partie de sa dépression était due à la déception qu'elle avait éprouvée en ne voyant pas Joseph au rendez-vous d'hier.

Sa colère bouillait encore. *Pourquoi... ?*

Cela ne semblait pas être le genre de Joseph de se montrer grossier. « Bon, je l'avoue, j'y suis allée un peu fort. Je n'ai pas arrêté d'essayer de lui faire dire que nous pourrions être plus que des amis. J'ai dû lui faire peur. »

Dans ce cas — et son indignation reprenait — , le moins que Joseph aurait pu faire était de téléphoner pour expliquer qu'il avait réfléchi et qu'il n'avait pas l'intention de venir. *Ça n'était pas la peine de me faire attendre.*

*Te téléphoner ?* songea soudain Tess. *Ton numéro est sur la liste rouge ! Et même s'il était dans l'annuaire, tu ne lui as jamais dit ton nom ! Qu'est-ce que tu en sais ? Il avait peut-être une raison valable de ne pas venir, mais il n'avait aucun moyen de te prévenir.*

*Est-ce que je dois ravaler mon orgueil et appeler ?*

*Pauvre idiote, tu ne connais pas plus son nom de famille qu'il ne connaît le tien.*

## 6

Le lundi, très gênée, Tess s'attendait presque à voir Joseph entrer dans le hall alors qu'elle attendait l'ascenseur, mais, cette fois-ci, il n'y eut pas de coïncidence. Dans son bureau, elle essaya de se concentrer sur son article, jetant de fréquents coups d'œil vers le téléphone.

Chaque fois qu'il sonnait, elle se crispait, espérant que ce serait Joseph, déçue quand ce n'était pas lui. Vers onze heures et demie, la frustration la poussa à chercher dans les pages jaunes le numéro de Veritas Video. Elle décrocha le téléphone, mais raccrocha aussitôt.

*Qu'est-ce qu'il me prend ? C'est à moi qu'on a posé un lapin. Pourquoi est-ce que, moi, j'appellerais ? J'ai donc perdu tout orgueil ? Faut-il que je le supplie de s'excuser ?*

À 2 heures, quand elle alla déjeuner, elle se demanda de nouveau si elle allait le voir dans l'ascenseur, mais la cabine passa à l'étage de Veritas Video sans s'arrêter. Elle décida soudain d'aller au petit bistrot d'en face. Pas trace de Joseph.

Pensant à lui, elle commanda ce qu'ils avaient pris tous les deux vendredi : un sandwich tomates-choux de Bruxelles et concombres.

Elle ne le vit pas davantage attendant l'ascenseur, pas plus qu'elle ne reçut de coup de fil de lui à son bureau ; et elle ne le croisa pas non plus quand elle quitta l'immeuble peu après 7 heures.

*Qu'il aille se faire foutre ! Il a eu sa chance !*

Mais le mardi, comme elle ne le voyait toujours pas et qu'il ne téléphonait pas, elle frappa sa table avec le stylo qu'elle utilisait pour corriger le texte de son manuscrit et décida que des excuses étaient exactement ce qu'elle voulait.

En fait, elle les exigeait !

Mais pas au téléphone. Non, fichtre non. Elle voulait le voir se tortiller de gêne.

Elle voulait...

Cet enfant de salaud devrait présenter ses excuses en personne.

## 7

Veritas Video avait un petit hall de réception séparé des bureaux par une épaisse paroi vitrée et une porte. Une secrétaire leva le nez de son bureau et s'adressa à Tess par un guichet aménagé dans la vitre, sa main prête à presser un bouton qui déclencherait l'ouverture de la porte.

— Est-ce que je peux vous aider ?

Tess sentit sa détermination vaciller.

*Ne sois pas idiote ! Il va croire que tu...*

*Croire que je* quoi ?

*Que je lui cours après ? Il en aurait de la chance !* Prenant une profonde inspiration, Tess s'obligea à afficher un air détaché et sans colère.

Mais, intérieurement, elle souriait. *Quand je vais voir ce salopard, quand la secrétaire va entendre ce que je vais lui dire et que l'on commencera à cancaner...*

— Ma foi, oui. Je cherche un homme qui travaille ici. Je ne connais pas son nom de famille, mais son prénom est Joseph.

La réceptionniste hocha la tête, bien qu'elle eût l'air intrigué.

— Il n'y a qu'un seul Joseph qui travaille ici. Vous voulez sans doute parler de Joseph Martin.

— Martin ? répéta Tess. La trentaine ? Grand ? Mince ? Cheveux bruns ? Yeux gris ?

— Oui, c'est bien lui.

— Eh bien, s'il n'est pas parti déjeuner, voudriez-vous avoir l'obligeance de lui dire que j'aimerais lui parler ?

— Désolée. » La réceptionniste se rembrunit. « Je ne sais pas s'il est en train de déjeuner, mais il n'est certainement pas ici.

— Alors j'essaierai plus tard. Vous ne savez pas quand il reviendra ?

— Ma foi, c'est bien là la question, n'est-ce pas ?

— Je ne comprends pas.

— Joseph n'est pas revenu travailler depuis qu'il a quitté le bureau vendredi.

— Quoi ?

— Nous ne l'avons vu ni hier ni aujourd'hui, dit la réceptionniste. Il n'a pas appelé pour nous dire qu'il était malade, ni qu'il avait une urgence familiale, ni... il n'est tout simplement pas venu.

Tess se sentit ébranlée.

— Le service de montage essaie désespérément de boucler un documentaire sans son aide et...

La colère de Tess s'était envolée. Elle appuya sa main contre la paroi vitrée.

— Pourquoi ne lui avez-vous pas téléphoné ?

— C'est un autre problème. S'il a le téléphone, il n'a jamais donné son numéro. » La réceptionniste la dévisagea. « Vous êtes une de ses amies ?

— D'une certaine façon, oui ; d'une façon bizarre...

La réceptionniste haussa les épaules.

— Ça ne m'étonne pas. Joseph est assez bizarre. Écoutez, si vous le voyez, pourquoi ne pas nous donner un coup de main et lui dire d'appeler ? Nous n'arrivons pas à retrouver ses notes pour le projet sur lequel nous travaillons. Les gens du montage grimpent aux murs pour finir dans les délais.

— Mais personne n'est donc allé au domicile de Joseph ?

La réceptionniste fit un effort pour rester patiente.

— Je vous ai dit que nous n'arrivions pas à retrouver ses notes. Mais le coursier que nous avons envoyé dit que personne n'habite à l'adresse que Joseph nous a donnée.

— Quelle est cette adresse ?

— Peu importe, dit la réceptionniste. Croyez-moi, ça ne servira à rien.

Tess haussa de nouveau le ton.

— Je vous ai demandé : *quelle est cette adresse ?*

La réceptionniste se tapota le menton avec son stylo.

— Vous perdez votre temps, mais si ça compte tellement pour vous...

— Ça compte tellement pour moi.

— Vous devez sûrement être une de ses amies.

La réceptionniste soupira, consulta un fichier et donna une adresse sur Broadway.

Tess la nota.

— Je vous le dis quand même, reprit la réceptionniste. C'est...

— Je sais. Une perte de temps.

## 8

Quand Tess descendit du taxi pour affronter les hurlements des avertisseurs et les fumées toxiques des encombrements de Broadway à la hauteur de la 50$^{e}$ rue, elle commença à s'interroger. En comparant l'adresse affichée sur le sinistre immeuble devant lequel elle se trouvait avec celle qu'elle avait notée sur son carnet, elle comprit (avec des excuses tardives à la réceptionniste) pourquoi on lui avait dit qu'elle perdait son temps.

Il y avait, au rez-de-chaussée de l'immeuble, un magasin pour touristes où l'on vendait du matériel de photo et d'électronique à des prix gonflés. Au premier étage, une fenêtre poussiéreuse avec une enseigne : « Éducateurs sexuels ». La fenêtre du deuxième étage était toute peinte en noir. Dieu seul savait ce qu'on cachait là, mais Tess redressa les épaules, décidée à s'en assurer. En effet l'adresse qu'on lui avait donnée avait précisé un numéro de chambre au deuxième étage.

Elle contourna un ivrogne, ou plus probablement un drogué, affalé sur le trottoir, entra dans un vestibule qui empestait l'urine, gravit un escalier qui ne sentait pas meilleur, rassembla assez d'assurance pour ne pas se soucier de l'absence d'éclairage et atteignit le deuxième étage dans la pénombre. Les noms des firmes placardées sur diverses portes renforcèrent sa consternante certitude qu'il s'agissait strictement d'un immeuble de bureaux, et que ni Joseph ni personne d'autre n'y avaient d'appartement.

Mais alors, pourquoi, se demanda-t-elle, convaincue que quelque chose ne collait pas, pourquoi Joseph avait-il dit à son employeur que c'était là son adresse ?

Elle trouva une porte ouverte avec un numéro sur la vitre crasseuse en verre dépoli qui correspondait sur son carnet au numéro du deuxième étage.

À l'intérieur, elle examina une femme aux cheveux frisottés, trop maquillée, assise derrière un bureau. La femme mâchonnait du chewing-gum en lisant un livre de poche. Sur chaque mur, du plancher jusqu'au plafond, il y avait des petites niches de vingt centimètres sur vingt fermées par des panneaux métalliques avec des numéros et des serrures.

Haletante, Tess s'approcha. La femme lisait toujours.

— Excusez-moi, fit Tess.

La femme tourna une page.

Tess s'éclaircit la voix.

— Si vous permettez...

La femme reposa son livre et la regarda sans aménité.

— Je cherche... » Tess secoua la tête. « Il n'y a pas de panneau sur la porte. De quelle genre de firme s'agit-il ici ?

La femme répondit en mâchonnant toujours :

— Un service de courrier.

— Je ne...

— Comme une boîte postale ! Le facteur apporte le courrier. Je le trie. Je le mets dans ces boîtes. Et les clients passent le chercher.

— Avez-vous jamais entendu parler de... Je cherche un homme du nom de Joseph Martin.

— Désolée. Ça ne me dit rien.

— Peut-être que si je le décrivais ?

— Mon chou, fit la femme en levant une main boudinée, avant que vous commenciez, je dois vous dire que je ne suis qu'une remplaçante. La fille qui est là d'habitude est malade. Appendicite ou quelque chose comme ça. Je ne connais aucun Joseph Martin.

— Mais il a dit à son employeur que c'était ici qu'il habitait. La femme ricana.

— Bien sûr. Peut-être qu'il se glisse ici la nuit et qu'il s'installe un matelas. Allons, je vous ai dit que c'était une poste restante. Ce que Martin a sans doute voulu dire c'est que c'était ici qu'il voulait qu'on envoie son chèque.

Le cœur de Tess se mit à battre plus vite.

— Si c'est un de vos clients...

— Peut-être que oui. Peut-être que non. J'ai commencé ce matin.

Aucun Joseph Martin n'est venu.

— Mais si c'est bien un client, pourriez-vous vérifier s'il a pris son courrier samedi ou lundi ?

La femme plissa les yeux.

— Pas question.

— Mais pourquoi ?

— Parce que cette information est confidentielle, mon petit. Quand j'ai débuté ce matin, le type qui m'a engagée s'est assuré que je comprenais deux choses. D'abord, je dois demander une pièce d'identité aux clients avant de les laisser ouvrir leurs boîtes. Et deuxio, je n'ai pas le droit de donner des informations sur les clients. Il y a trop d'huissiers dans les parages.

La femme regarda Tess d'un œil méfiant.

— Je ne suis pas un huissier.

— C'est ce que vous dites.

— Écoutez, je me fais simplement du souci pour mon ami. Il a disparu depuis vendredi, et...

— Vous dites ça. Et moi, il faut que je fasse gaffe ! Si cette fille que je remplace est assez malade pour quitter sa place, mourir ou Dieu sait quoi, peut-être que je peux trouver un boulot permanent. Alors pourquoi ne pas filer maintenant, hein ? Qu'est-ce que je fais ? Peut-être que vous travaillez pour mon patron et qu'il vous a envoyée ici pour vérifier si je suis bien ses instructions. Alors allez chercher votre copain ailleurs.

## 9

Dans le taxi qui la ramenait à son bureau, Tess tremblait de déception. Elle essayait de s'assurer qu'elle avait fait de son mieux. Si Joseph avait décidé de quitter son travail et de disparaître, ce n'était pas son problème à elle.

Cependant, malgré ses efforts, elle ne parvenait pas à ignorer l'impression bizarre qui lui crispait l'estomac. Et si la disparition de Joseph avait quelque chose à voir avec elle ?

Ne te raconte pas d'histoires, se dit-elle. Personne ne quitte son travail afin d'échapper à une femme qui s'est montrée trop insistante pour nouer des relations.

D'ailleurs, Joseph n'a pas quitté son travail. La réceptionniste de Veritas Video a dit qu'il n'avait même pas appelé pour expliquer son absence.

Et alors ? Ça ne prouve rien. Un tas de gens quittent leur boulot sans téléphoner pour dire qu'ils s'en vont. On ne les revoit plus jamais, c'est tout.

Mais Joseph semblait plus responsable.

Il n'avait pas non plus l'air d'être le genre d'homme à poser un lapin. Cesse d'être naïve. Tu ne l'as vu que trois fois. Tu ne sais vraiment rien de lui. Tu as reconnu — en fait tu le lui as même dit que c'est l'homme le plus étrange que tu aies jamais rencontré. Même la réceptionniste de Veritas Video a dit qu'il était bizarre. Et c'est peut-être ce qui t'attire en lui.

Tess se mordit la lèvre. Avoue autre chose. Tu es inquiète parce que tu penses qu'il peut lui être arrivé quelque chose. Tu te demandes s'il n'est pas malade chez lui, trop faible pour téléphoner et demander de l'aide. Voilà une explication qui apaiserait certainement ton orgueil blessé.

Tess se cala contre la banquette du taxi.

Mais qu'est-ce que j'ai ? Est-ce que j'espère vraiment qu'il soit trop malade pour passer un coup de téléphone ?

Sur la radio du taxi, un reporter donnait un dernier bilan du désastre des wagons d'ammoniaque du Tennessee. Trois cents morts. Huit cents personnes grièvement blessées. Des champs jonchés de milliers d'animaux et d'oiseaux morts. Déjà les forêts et les récoltes tournaient au marron sous les effets caustiques du nuage empoisonné qui brûlait tout. L'Agence pour la protection de l'environnement, entre autres organismes gouvernementaux, avait dépêché des enquêteurs sur la scène du cauchemar, avec ordre de rechercher la cause du déraillement du train. Leurs conclusions — d'après un informateur anonyme et haut placé — étaient pour l'instant que des réductions de budget dans la compagnie ferroviaire du Tennessee, qui connaissait des problèmes financiers, avaient abouti à une réduction correspondante des effectifs dans les équipes d'entretien. Impossible d'obtenir un commentaire du propriétaire de la compagnie, même si des rumeurs laissaient entendre que son récent divorce — coûteux et provoqué par une liaison avec une de ses secrétaires — lui avait fait un peu négliger les décisions cruciales concernant ses affaires. On disait aussi que le contremaître de l'équipe d'entretien avait la réputation d'être cocaïnomane.

« Seigneur, se dit-elle. Pendant que je m'inquiète de l'éventuelle maladie d'un homme qui m'a posé un lapin, les affaires de la planète ne s'arrangent pas. »

Une voix bourrue vint interrompre ses réflexions.

— Quoi ? fit Tess en se redressant. Excusez-moi. Je ne...

— Ma petite dame, fit le chauffeur de taxi. Je vous ai dit que nous étions arrivés. Vous me devez quatre dollars.

## 10

Surprise de constater qu'elle avait été absente de son bureau pendant près de deux heures, Tess essaya de se concentrer sur les corrections qu'elle avait faites dans son article, mais, tandis qu'elle notait une formulation peut-être plus énergique pour le dernier paragraphe, elle se surprit à regarder son stylo Cross en or. Elle se souvenait du jour où son père le lui avait donné et comment le fait de le laisser tomber avait été le catalyseur qui les avait rapprochés, Joseph et elle.

Elle se leva brusquement, sortit de son bureau, suivit un long couloir et s'arrêta devant la porte ouverte du dernier bureau. Elle sentit tout aussitôt sa détermination faiblir. Elle venait d'apercevoir Walter Trask, le rédacteur en chef de *Earth Mother Magazine*, penché sur son bureau, qui se frottait les tempes et secouait la tête en consultant ce qui semblait être des états financiers.

Tess s'apprêtait à tourner les talons. Mais Trask avait dû sentir sa présence. Tournant son regard soucieux vers la porte ouverte, il changea d'expression et sourit.

— Alors, mon petit, comment ça va ?

Tess ne répondit pas.

— Allons, qu'est-ce qui se passe ? » Trask se renversa en arrière en s'étirant. « Vous avez toujours l'air si gai. Ça ne peut pas être si terrible. Entrez. Asseyez-vous. Détendez-vous. Parlez-moi. »

Tess entra, le front barré d'un pli d'inquiétude.

— Qu'est-ce qu'il y a ? fit Trask en haussant les sourcils. Des problèmes avec votre article ?

— Des problèmes ? Oui. » Elle s'affala dans un fauteuil. « Mais pas avec l'article.

— Ce qui veut dire que ça pourrait être... » Les sourcils de Trask s'élevèrent encore.

— Personnel. » Tess se sentait hésitante. « C'est embarrassant. Je n'aurais peut-être pas dû...

— Allons donc. C'est pour ça que ma porte est toujours ouverte. Les problèmes personnels aboutissent toujours à des problèmes professionnels. Quand mes collaborateurs sont malheureux, le magazine en souffre. Parlez-moi, Tess. Vous savez que je vous aime bien. Considérez-moi comme un confesseur. Et j'espère que je n'ai pas besoin d'ajouter que ce que vous me direz dans ce bureau, croyez-moi, n'en sortira pas.

Tess essayait de se calmer. Étant donné les antécédents de son défunt père, elle savait qu'elle devait être plus blasée sur certaines choses.

— Ce que je voulais vous demander... vous connaissez ces sociétés qui gardent du courrier pour les gens ?

Trask plissa les yeux, l'air encore plus perplexe.

— Qui gardent du courrier pour les gens ?

— Des espèces de postes restantes, sauf qu'elles ne sont pas dans un bureau de poste.

— Ah, oui. Je vois... des services de courrier. Bien sûr, fit Trask. Et alors ?

Tess sentit son estomac se crisper.

— Qui les utilise ? Pourquoi ?

Trask se pencha en avant, la dévisagea, puis mit de l'ordre dans ses pensées.

— Ça dépend. D'abord, des organismes de vente par correspondance un peu douteux comme ceux qui font de la publicité à la dernière page des hebdomadaires de supermarchés et des magazines porno. Vous voulez une authentique baïonnette nazie de la Seconde Guerre mondiale ou bien une poupée gonflable grandeur nature et anatomiquement correcte ? Vous envoyez votre chèque à telle et telle adresse. L'escroc qui a fait passer l'annonce vient prendre son courrier dans l'une de ces sociétés, laisse le coup durer trois ou quatre mois jusqu'au moment où il pense que ses clients sont assez impatients pour alerter la police, et alors il décampe avec l'argent. Bien sûr, il n'y a jamais eu de baïonnette ni de poupée gonflable.

— Mais, fit Tess, tendue ; pourquoi compliquer ainsi les choses ? Pourquoi ne pas utiliser une vraie boîte postale ?

— Parce que, fit Trask en haussant les épaules, je sais que c'est difficile à imaginer, certains de ceux qui lisent ces annonces sont assez malins pour flairer un coup fourré si la compagnie à laquelle ils sont tentés d'envoyer leur chèque n'a pas une adresse qui ait un air de permanence. D'ailleurs, ces escrocs risquent d'être accusés de fraude par correspondance. Ils n'ont aucune envie d'approcher un bureau de poste où un employé pourrait s'étonner des centaines de lettres adressées à des firmes aux noms vaguement suggestifs comme « Collectionneurs de la Seconde Guerre mondiale » et « Éducation anatomique au foyer ».

— Bon. D'une certaine façon, ça se comprend. Mais il y a sûrement d'autres raisons d'utiliser ces sociétés. » Elle se rappela soudain ce que lui avait dit la femme aux cheveux frisottés. « Pour éviter les huissiers ?

— Je pense bien, fit Trask. Un type qui a peur d'être convoqué pour témoigner devant un tribunal, ou qui est poursuivi en justice, ou bien qui n'a pas payé sa pension alimentaire et qui ne veut pas que sa femme sache où il vit.

Tess réfléchit et secoua la tête.

— Je ne vois toujours pas... Est-ce qu'un huissier n'attendrait pas simplement que son client vienne chercher son courrier ?

— Les huissiers sont payés au résultat, dit Trask. Ils savent qu'une boîte à lettres, c'est des problèmes pour eux. C'est-à-dire qu'ils pourraient attendre des jours, peut-être des semaines, sans y arriver... si quelqu'un n'a vraiment pas envie qu'on le trouve, tout ce qu'il a à faire, c'est de payer pour que la société fasse suivre son courrier à une autre adresse, attention, il y a des raisons légitimes d'utiliser un service de courrier plutôt qu'une boîte postale.

De la main, Tess fit signe à Trask de continuer.

— Pourquoi est-ce si important pour vous ? interrogea Trask.

— S'il vous plaît !

— Bon, alors peut-être que votre travail vous fait beaucoup voyager et que vous ne voulez pas dépendre de la poste pour faire suivre votre courrier. Ou peut-être que vous vivez dans un autre État mais que, pour des raisons juridiques, vous avez besoin d'une adresse officielle à New York. Ou peut-être que vous êtes propriétaire d'une firme de vente par correspondance tout à fait légale, mais que vous vous rendez parfaitement compte de la résistance de clients éventuels devant un numéro de boîte postale provisoire. Il y a beaucoup de raisons légitimes. Mais fondamentalement, d'après mon expérience, sept fois sur dix on utilise un service de courrier parce que...

— On ne veut pas que les autres sachent où on habite.

— Voilà, conclut Trask.

Tess fixa son stylo.

— Merci.

— Quel que soit votre problème... Écoutez, mon petit, je ne veux pas être indiscret, mais ça m'embête de vous voir si déprimée. Puisque j'ai répondu à votre question, faites-moi plaisir et répondez à la mienne. Peut-être que je pourrais vous aider. Pourquoi est-ce si important pour vous ?

Tess secoua la tête.

— Je... c'est juste que... eh bien, j'ai découvert qu'un de mes amis... enfin, une sorte d'ami... utilise un de ces services.

— Un « ami » ? répéta Trask. Vous voulez dire que cet ami est un homme ?

Tess hocha lamentablement la tête.

— Oh ! fit Trask.

— J'étais censée le retrouver samedi, mais il n'est pas venu et il n'est pas allé à son bureau cette semaine.

— Oh ! fit Trask d'une voix encore plus sourde.

— Et j'essaie maintenant de trouver pourquoi.

— Faites attention, Tess.

— C'est plus fort que moi. C'est une question d'orgueil. J'ai besoin de savoir ce qui lui est arrivé.

— Eh bien, peut-être...

Trask soupira.

— Quoi ?

— Oh, ça n'est qu'une hypothèse. Mais vous n'avez peut-être pas envie de l'entendre.

— Dites-moi.

— Peut-être qu'il ne voulait pas que quelqu'un le trouve. Qui que ce soit — une ex-femme qui n'a pas reçu sa pension alimentaire, par exemple. Eh bien, peut-être que cette personne s'est trop rapprochée. Il est possible que votre ami ait été obligé de bouger.

Tess fourra son stylo dans son sac.

— Je suis désolée de vous avoir interrompu. Merci, Walter. Je vous ai pris trop de votre temps. Je vais vous laisser travailler.

Elle se leva.

— Non, Tess, s'il vous plaît, attendez. Je vous ai dit que je pourrais peut-être vous aider. Vous ne le saviez peut-être pas, mais avant de fonder *Earth Mother Magazine,* quand je travaillais au *Times,* j'étais leur spécialiste pour retrouver des informateurs récalcitrants.

— Alors comment puis-je le retrouver ?

— Commençons par le commencement. Étant donné ce que sous-entend l'usage que faisait votre ami d'un service de courrier, êtes-vous absolument certaine de vouloir le retrouver ? Réfléchissez.

— Oui, j'en suis certaine.

— Dois-je en conclure que cela signifie que vous êtes amoureuse de lui ?

Tess hésita.

— Oui. Non. Enfin, peut-être. » Elle se sentait la gorge serrée. « J'ai les idées si embrouillées. Dieu me pardonne, ce que je sais, c'est que je suis inquiète pour lui et que je veux être près de lui.

— Voilà une réponse assez claire. Ma petite Tess, je pourrais vous faire une liste de gens et d'endroits où vous pourriez vérifier, mais cela vous paraîtrait épuisant, et assommant par-dessus le marché, de faire tout ça. D'ailleurs, vous êtes assez bonne journaliste pour y avoir déjà pensé, sans doute. Alors, je vais vous éviter cela et aller droit au but. Je m'en vais vous confier un secret. Comme vous m'avez fait confiance, je vais en faire autant. Mais tout comme je garderai pour moi votre confession, j'imagine que vous en ferez autant pour la mienne. Parole d'honneur ?

— Oui.

— Je sais que je peux compter sur vous. Voici la raison pour laquelle j'étais devenu légendaire au *Times* en étant capable de retrouver des informateurs qui ne voulaient pas se montrer.

Trask écrivit deux mots sur un bout de papier.

Tess les regarda en fronçant les sourcils.
— Lieutenant Craig ?
— Il travaille au service des personnes disparues, division centrale. 1, Police Plaza. Vous n'avez qu'à mentionner mon nom. S'il ne se montre pas coopératif, dites-lui que je vous ai conseillé de lui rappeler 1986.
— 1986 ?
— 1986. Mais je doute que vous ayez à le lui rappeler. Il me doit un service dont il sait parfaitement qu'il ne pourra jamais complètement s'acquitter et, à moins qu'il n'ait eu une lobotomie, il arrêtera tout ce qu'il fait et consacrera son attention tout entière à votre problème. Mais si ce n'est pas le cas, prévenez-moi. Parce qu'alors je lui enverrai la copie d'une lettre — avec quelques cassettes — qui donneront à sa mémoire une drôle de secousse, je vous le garantis.

## 11

Le lieutenant Craig était un grand gaillard un peu rougeaud, la trentaine bien avancée, avec des cheveux ébouriffés, un beau visage aux traits taillés à la serpe et des joues creusées de rides profondes qui donnaient à sa bouche une expression un peu pincée.
En entendant le nom de Trask, son air sévère s'accentua.
— Parfait. Absolument parfait. La touche finale d'une journée abominable.
Craig portait un costume tout froissé qui allait bien avec ses traits hagards.
— Cette sangsue est... peu importe. Vous ne tenez pas à savoir ce que je pense de lui. Mon langage vous gâcherait la journée. Alors qu'est-ce que cet exploiteur veut, cette fois-ci ?
Regardant Tess, Craig désigna un solide fauteuil en bois devant son bureau encombré.
Tess s'assit, s'efforçant d'ignorer les téléphones qui sonnaient sans arrêt sur les bureaux derrière elle, les inspecteurs qui répondaient tout en tapant sur le clavier de leur machine à écrire ou de leur ordinateur.

— Eh bien, en fait, commença-t-elle, mal à l'aise, « Walter, je veux dire monsieur Trask, ne veut rien. »

Craig ferma un œil et, de l'autre, la considéra d'un air plus sévère.

— Alors pourquoi vous a-t-il dit de mentionner son nom ?

— Ce doit être... » Tess se cramponna aux bras de son fauteuil pour réprimer le tremblement de ses mains « ... parce qu'il se dit que vous m'aideriez mieux. »

Craig éclata de rire, d'un rire cassé qui sonnait comme une quinte de toux.

— Voyons, je suis ici pour servir le public. Sans blague, je suis un fonctionnaire réellement dévoué. Riche ou pauvre, jeune ou vieux, homme ou femme, blanc, noir, chinetoque, chrétien, juif ou musulman — je n'ai oublié personne ? — sans distinction de race, de croyance, et tout le tremblement, quiconque se présente dans ce bureau a droit à ma pleine et totale attention. À moins, bien sûr, qu'il ne soit apparenté à des hommes politiques, et alors je me mets au garde-à-vous.

Le lieutenant se remit à rire et fut pris d'une toux soudaine.

— Foutues allergies. Donc, parfait, vous avez besoin de mon aide et Walter vous a envoyée ici. Alors, qu'est-ce que je peux faire pour vous ?

Tess jeta un coup d'œil au plafond.

— Écoutez, de quoi qu'il s'agisse, ne soyez pas gênée. J'ai déjà tout entendu, croyez-moi.

— Ce n'est pas que je sois embarrassée, fit Tess.

— Alors ?

— C'est simplement que... maintenant que je suis ici, je ne suis pas certaine... je veux dire...

— Dites donc, il est presque 6 heures. Je suis censé avoir fini mon service. Pourquoi vouliez-vous me voir ?

— Ça me paraissait terriblement sérieux il y a deux heures, mais faire intervenir la police...

— Bien sûr, je comprends. Il y a sérieux, et puis il y a vraiment sérieux, dit Craig. Figurez-vous — et vous pouvez compter sur moi — que mon travail, c'est de faire la différence. Alors, puisque vous êtes ici, vous feriez mieux de m'expliquer pourquoi vous serrez si fort les bras de votre fauteuil. Allons, ma petite, profitez des impôts que vous payez. Libérez votre âme. Qu'est-ce que vous risquez ?

— Vous me donnez l'impression que je vous fais perdre votre temps.

— Pas du tout, fit Craig. À vrai dire, j'adore quand les gens me font perdre mon temps. Ça me donne une énorme satisfaction de dire aux contribuables qu'ils s'inquiètent pour rien. Voyez les choses de cette façon. Quand vous m'aurez parlé, je pourrai vous rassurer suffisamment — enfin peut-être — pour que vous puissiez même passer une bonne nuit.

Tess sentit son estomac se crisper.

— Mais supposez que ce que je vais vous dire attire des ennuis à un de mes amis avec...

— Avec la loi ? Écoutez, commençons par discuter de votre problème. Ensuite nous verrons. Mais si je comprends bien, Walter ne vous a pas envoyée ici pour faire des vagues mais pour aplanir les choses. Alors, si cela se peut, nous laisserons la police en dehors de tout ça. Ce n'est pas une garantie, j'ai bien dit : si cela se peut.

Tess hocha la tête, surprise de trouver peu à peu cet homme sympathique.

— Très bien, je vais essayer.

Elle lâcha les bras de son fauteuil.

— Il s'agit d'un homme que je connais...

Elle prenait son temps.

— Ne vous arrêtez pas. Continuez, insista Craig.

Grâce à de délicats encouragements et à une tasse de café bienvenue, Tess finit par arriver au bout de son histoire.

— Bien. » Craig reposa son stylo. « Mieux que bien. Impressionnant. Excellente description. Mais, après tout, vous travaillez pour Walter, alors j'imagine que vous êtes une journaliste expérimentée et que vous avez une bonne mémoire. »

Le lieutenant examina ses notes.

— Oui. Yeux gris. Extrêmement rare... et la dernière fois que vous l'avez vu, c'était vendredi ?... et il utilise un service de courrier ?... et son employeur n'a pas son numéro de téléphone personnel ?... et il a l'habitude de jeter des coups d'œil anxieux autour de lui ?

— Oui.

— Si ça ne vous cnnuie pas, j'ai une, ou plutôt deux autres questions.

Tess se sentait épuisée.

— Lesquelles ?

— Votre adresse personnelle et votre adresse du bureau. Et vos deux numéros de téléphone.

Tess lui écrivit tout cela.

— Un jour ou deux, et je vous contacterai.

— Ah bon ? Vous allez me contacter ?

Craig se remit à tousser.

— Qu'est-ce que vous croyez, que j'utilise une boule de cristal ? Ou du marc de café ? Pour commencer, il faut que je téléphone aux hôpitaux, à la morgue.

— À la morgue ?

— Vous voulez dire que vous n'avez jamais...

— J'ai essayé de ne pas y penser.

— Ah, c'est toujours une possibilité. C'est par là qu'on commence. Bien sûr, il y a d'autres possibilités, d'autres raisons pour lesquelles un homme peut disparaître. Vous m'avez mis dans une position difficile... Vous savez, il y a toujours...

— Quoi donc ?

— Toujours de l'espoir. » Craig mit un peu d'ordre dans les dossiers étalés sur son bureau. « Mais en toute confiance, je dois vous avertir...

— De quoi ?

— Un homme qui n'arrête pas de regarder derrière lui ? » Craig se leva. « Peu importe. Nous en reparlerons.

— Tout d'un coup, fit Tess en se levant à son tour, voilà que je n'en ai plus envie.

— Oui, c'est ce que disait ma première femme. Mais nous en reparlerons vous et moi. Bientôt. Je vous le promets. En attendant, je vous conseille d'aller voir un film, de vous saouler, bref de faire ce qu'il faudra pour vous détendre suffisamment et dormir.

# 12

Tess buvait rarement, et cela ne lui semblait guère le moment de commencer à compter sur l'alcool, mais une longue séance de piscine et un quart d'heure de sauna finirent par la détendre et par relâcher ses muscles noués. À 9 heures, quand elle regagna son loft, elle se sentait suffisamment épuisée pour aller se coucher après avoir dîné d'une salade. Mais son esprit ne voulait pas s'arrêter. Elle ne cessait d'évoquer, de revivre, les troublants événements de la journée. Joseph ? Que lui était-il arrivé ?

Pourquoi protégeait-il tant sa vie privée ?

Quand le lieutenant Craig allait-il téléphoner ?

De nouveau tendue, elle essaya de lire mais n'arriva pas à se concentrer sur le roman qu'elle avait acheté. Elle alluma la télévision, changea fréquemment de chaîne, agacée par l'entrain forcé des conversations dans ce qui lui parut une interminable succession d'émissions culturelles. Ce ne fut que vers 2 heures qu'elle finit par s'endormir, mais d'un sommeil agité de cauchemars.

Le mercredi matin, au bureau, elle avait une migraine que l'aspirine ne parvint pas à calmer. Elle essaya quand même de concentrer ses pensées sur son nouvel article, une étude qui portait sur l'abus d'herbicides et de pesticides dans les fermes du Middle West et sur la découverte récente que ces poisons, filtrés par la terre, se retrouvaient maintenant en quantités alarmantes dans les réserves d'eau de diverses grandes villes. Chaque fois que le téléphone sonnait, elle se précipitait pour décrocher, espérant entendre la voix de Joseph, redoutant en même temps ce qu'on allait peut-être lui dire si la voix n'était pas celle de Joseph, mais au contraire celle de...

— Mademoiselle Drake ?

— Elle-même.

Tess tressaillit en reconnaissant la voix rocailleuse.

— Ici le lieutenant Craig.

— Oui ?

Elle serrait le combiné d'une main, tout en utilisant l'autre pour se masser le front.

— J'ai promis de vous appeler le plus tôt possible, dit le

lieutenant. Êtes-vous libre de quitter votre bureau et d'aller faire un tour ?

Tess se sentit prise de vertige et ferma les yeux.

— Mademoiselle Drake ?

— Appelez-moi Tess, je vous en pric.

Hier, Craig n'avait fait aucun commentaire sur son nom de famille, ne l'associant apparemment pas avec celui de son père. Pour simplifier les choses, elle ne tenait pas à ce qu'il établît le rapport, ce qui pouvait arriver s'il répétait trop souvent « Drake ».

— Avez-vous trouvé quelque chose ?

— Pourquoi n'en discutons-nous pas dans la voiture ? Dans un quart d'heure, c'est trop tôt ? Je passerai vous prendre devant votre immeuble.

— Très bien, fit Tess, la gorge serrée. Bien sûr. C'est parfait.

— Ne cherchez pas une voiture de patrouille. Pour ne pas vous gêner, j'utiliserai une voiture banalisée. Vous n'aurez qu'à attendre sur le trottoir.

Tess raccrocha et frissonna.

Une fois dehors, sur le trottoir bruyant, encombré, empuanti de gaz d'échappement, elle marchait de long en large. Dix minutes plus tard, comme promis, une Chrysler marron s'arrêta devant elle. Le lieutenant lui fit signe de monter.

À peine se fut-elle assise auprès de lui et eut-elle bouclé sa ceinture que Craig s'engagea habilement dans le flot de la circulation. Tess scruta son visage, essayant de lire ses pensées.

— Alors ?

Le lieutenant se mit à tousser.

— Saleté de gorge. Mon docteur dit que j'ai peut-être de l'asthme. Pas étonnant avec cette saleté qu'on respire.

— Vous ne répondez pas à ma question.

— Je fais juste la conversation. Ça ne fait jamais de mal d'être aimable. Bon, voici. J'ai à la fois de bonnes nouvelles, et peut-être de mauvaises nouvelles.

— Je crois, répondit Tess, que je suis censée répondre : « Commençons par les bonnes. »

— D'accord. Ça ne fait jamais de mal non plus.

Craig quitta Broadway pour s'engager sur la 30$^{e}$ rue vers l'est.

— J'ai vérifié dans tous les hôpitaux. On ne sait jamais. Votre ami aurait pu avoir un accident, être renversé par une voiture, peut-être avoir une attaque, une crise cardiaque, je ne sais pas, être dans le coma. S'il n'avait pas de portefeuille sur lui à ce moment-là, le personnel de l'hôpital ne pourrait pas l'identifier.

— Et puisque c'est censé être la bonne nouvelle, dit Tess, j'imagine que vous n'avez trouvé mon ami dans aucun hôpital.

— Plein de patients dans le coma, mais aucun qui corresponde au signalement que vous donnez de lui.

— Bon, au moins c'est rassurant.

Craig leva une main du volant.

— Pas nécessairement. Je n'ai vérifié que les hôpitaux de la région new-yorkaise. Si, pendant ce week-end, votre ami est allé faire un tour, par exemple, dans le New Jersey, en Pennsylvanie ou dans le Connecticut, et s'il avait eu là-bas un accident qui l'ait mis dans le coma, je ne le saurais pas encore. De nos jours, presque tout est sur ordinateur, mais ça prend quand même un moment pour avoir accès aux dossiers des hôpitaux d'un autre État. J'ai d'ailleurs quelqu'un qui travaille là-dessus. Mais mon intuition, c'est que ça ne donnera rien. Ça n'est pas une promesse, attention. Rien que...

— Un pressentiment. Je note et j'apprécie la distinction.

— Simple question de prudence, dit Craig. Il y a longtemps que j'ai appris ma leçon : rarement affirmer, rarement nier. Les gens ne font pas volontiers attention à ce que je leur dis. Ils n'entendent que ce qu'ils veulent bien entendre, et ils déclarent plus tard que j'ai été plus positif que je...

— La journaliste qui vous écoute comprend les déclarations prudentes. Je vous en prie, continuez, fit Tess. J'attends le reste. L'éventuelle mauvaise nouvelle.

— Oui, eh bien...

Craig arrêta la voiture prise dans un encombrement au beau milieu de la 30$^{e}$ rue. Devant lui, au carrefour de Lexington Avenue, un agent de police détournait les voitures autour d'un camion de pizzas en panne.

— Mon choix suivant a été la morgue.

— C'est pourquoi nous semblons nous diriger vers la 1ère avenue ?

Craig parut surpris.

— Si nous continuons dans cette direction, reprit Tess, nous arriverons au Centre médical universitaire de New York, et tout à côté, en face de la 30e rue, se trouve l'Institut médico-légal.

— Voilà. J'espérais vous préparer. Oui, c'est là que nous allons. Pendant le week-end, et puis lundi et mardi, sont arrivés à l'Institut médico-légal plusieurs invités non identifiés.

Craig regarda devant lui et démarra tandis que l'agent de la circulation de Lexington Avenue supervisait l'enlèvement du camion en panne.

— La plupart des corps ne correspondaient pas à la description que vous avez faite de votre ami. Mais quelques-uns, pourtant...

— Lesquels ?

— Un corps qu'on a retrouvé flottant dans l'Hudson. Même taille. Même âge apparent. Même type corporel, compte tenu des boursouflures causées par l'eau. Je ne voudrais pas ajouter de détails trop précis.

— Je ne me choque pas facilement, lieutenant. J'étais en Éthiopie durant la récente famine. J'ai vu mon lot de cadavres... j'en ai trop vu.

— Bien sûr. Je me doute que ça ne devait pas être drôle. J'essaie simplement de vous préparer. Il est possible que vous n'ayez pas vu de corps comme ceux-là. Le problème, avec les noyés, c'est que l'eau leur embrume les yeux, si bien qu'on ne peut pas dire s'ils étaient verts, bleus ou, dans le cas qui nous occupe, gris. Il y a aussi un drogué qu'on a découvert dans une ruelle. Une overdose d'héroïne.

— Joseph n'est pas un drogué.

Pour conserver son espoir, Tess insistait pour utiliser le présent.

— Peut-être, mais ça n'est pas toujours facile à dire et, comme vous l'avez expliqué, le signalement de ce camé correspond à celui de votre ami. Sauf ses yeux. Manque de chance, là aussi : les rats les ont dévorés.

Tess frissonna. « Je vois », dit-elle.

— Si vous êtes aussi déterminée que vous me l'avez dit hier...

— Je le suis.

— ... Je pourrais vous montrer les photographies. C'est la procédure habituelle, et c'est beaucoup moins traumatisant. Seulement, si nettes que soient les photos, elles ne donnent pas la même perspective que... Dans les cas où le visage a été endommagé, il est souvent difficile de procéder à une identification, à moins... Êtes-vous... ? C'est une question terrible. Êtes-vous disposée à regarder... ?

— ... Les corps ? Oui. » Tess frémit. « Pour mon ami, je suis prête à le faire. »

## 13

Malgré ses diverses expériences de journaliste, Tess n'était jamais allée à la morgue de New York. Mal à l'aise, elle s'attendait à trouver ce qu'elle en avait vu au cinéma, une paroi de niches d'acier réfrigérées, un panneau brillant qu'on ouvrait, un corps recouvert d'un drap et qu'on tirait sur des glissières. Au lieu de cela, Craig l'accompagna dans un couloir jusqu'à une petite pièce où elle se trouva face à une grande baie vitrée, derrière laquelle il y avait la cage d'un monte-charge.

Craig donna des instructions dans un téléphone, raccrocha et expliqua :

— Pour gagner du temps, j'ai pris mes dispositions. Le personnel a tout préparé. Tess, il n'est pas encore trop tard pour changer d'avis.

— Non. Je dois le faire.

Elle tremblait, ne sachant pas trop ce qui allait se passer, rassemblant son courage.

Une demi-minute plus tard, elle tressaillit en entendant un ronronnement de moteur. Elle vit avec appréhension des câbles monter, une plate-forme s'élever dans le puits. Quand la plate-forme s'arrêta derrière la vitre, elle contempla le visage gonflé, couleur de plomb, d'un cadavre aux yeux vitreux et dont la peau semblait prête à glisser des pommettes. Bien que cette peau fût grise, sa texture rappelait à Tess celle d'une tomate blanchie à l'eau bouillante et épluchée. Détournant la tête, elle se sentit prise de nausée.

Craig lui effleura doucement l'épaule.

— Oui, je sais. Si ça peut vous aider, à chaque fois que je viens ici, je me sens toujours mal.

Tess lutta pour maîtriser les spasmes qui lui secouaient l'estomac.

— Merci. Je crois... » Elle reprit son souffle. « Je crois que ça va aller. Apparemment je ne suis pas aussi coriace que...

— Personne ne l'est. Le jour où je m'habituerai à regarder des cadavres en aussi mauvais état que celui-ci, ce sera le jour où je prendrai ma retraite.

— Le drap qui remonte jusqu'au cou, ça recouvre les points de suture de l'autopsie ?

— Exact. C'est déjà assez moche sans... » Craig hésitait. « C'est lui ? C'est votre ami ? »

Tess secoua la tête.

— Vous êtes sûre ? Le visage est défiguré, après un si long séjour dans l'eau. Peut-être ne pouvez-vous pas...

— Il n'est pas assez défiguré pour que je ne le reconnaisse pas. Ce n'est pas Joseph.

Craig avait l'air embarrassé.

— Ce doit être un soulagement pour vous.

Tess se sentait moite.

— Jusqu'à maintenant, ça va.

— Jusqu'à maintenant. C'est ça l'ennui. Malheureusement, il y en a d'autres. Pensez-vous que vous pourrez...

— Faites vite. Finissons-en.

Craig décrocha le téléphone et donna de nouvelles instructions. De nouveau, Tess entendit un ronronnement. Détournant toujours les yeux, elle imagina la plate-forme qui descendait, le corps qui disparaissait.

— Est-ce que je peux...

— Oui. Il est parti. Vous pouvez vous retourner maintenant.

Tess pivota lentement, les jambes flageolantes. Elle haletait un peu. Une nouvelle fois, le ronronnement de la plate-forme en ascension la fit tressaillir. Étourdie, elle rassembla toute son énergie, s'obligeant à examiner le nouveau cadavre qui s'était arrêté derrière la vitre.

Craig l'avait avertie que les rats lui avaient dévoré les yeux, mais elle n'était pas prévenue des autres dégâts causés par les rats. Les lèvres du cadavre avaient été rongées, révélant des dents dans une ouverture qui semblait un sourire. Le nez avait disparu, ne laissant que deux fentes grotesques. Il y avait des brèches dans les joues, un trou ovale sous le menton, comme une répugnante seconde bouche et...

Tess tourna les talons.

— Enlevez-le d'ici !

Malgré le martèlement qu'elle sentait derrière ses oreilles, elle entendit Craig dire quelques mots au téléphone et, au bout d'un moment, heureusement, le ronronnement de la plate-forme qui descendait.

Craig, de nouveau, lui toucha le bras. Tess sentait qu'il attendait et devina son attention, la gêne avec laquelle il essayait de trouver une remarque compatissante avant de parler de...

— Non, ce n'est pas Joseph, dit-elle, tremblante. « Le front est trop étroit. » Elle reprit son souffle. « Les cheveux sont de la même longueur, mais la raie est à droite et non pas à gauche. Dieu soit loué, ce n'est pas Joseph.

— Venez par ici. Asseyez-vous.

— Ça va aller.

— Bien sûr. Tout de même, vous êtes bien pâle. » Craig la guida jusqu'à un fauteuil. « Allons, reposez-vous un peu. Asseyez-vous. »

Tess obéit, se renversa contre le dossier, ferma les yeux et sentit une sueur froide perler sur son front.

— C'est fini ? » fit-elle dans un souffle. « Dans la voiture, vous n'avez parlé que de ces deux cadavres. Je veux savoir ce qui est arrivé à mon ami, mais j'espère bien qu'il n'y en a pas d'autres. »

Craig ne répondit pas.

Tess ouvrit lentement les yeux.

Craig avait la tête baissée.

— Quoi ? fit Tess avec effort.

Craig plissa les lèvres.

— Dites-moi. » Tess avait retrouvé un peu sa voix. « Il y en a d'autres ? Vous... qu'est-ce que vous me cachez ?

— ... Il y en a un autre, en effet.

Tess poussa un soupir.

— Mais je ne pense pas que la victime puisse être identifiée. Pas de cette façon en tout cas. Pas visuellement. Sans doute seulement en faisant des radios des os, par des dossiers de dentiste, et... » Craig, mal à l'aise, fit un geste vague. « Il a été brûlé. Presque tout le corps, et surtout le visage. Je ne vois pas à quoi ça servirait... je me demande vraiment si vous devriez le voir.

— C'est aussi désespéré que ça ?

— Résolument pire que ce que vous avez déjà vu. Je doute que cela vous avance à quoi que ce soit de voir le corps, sinon à vous rendre malade.

— Vous voulez dire : plus que je ne le suis déjà.

Craig fit la grimace.

— Je crois que c'est ce que je veux dire.

Tess réfléchit, puis conclut :

— Si c'est votre avis... Je veux faire tout mon possible pour découvrir ce qui est arrivé à Joseph, mais si...

— La seule raison pour laquelle j'ai mentionné la victime, c'est...

Craig baissa de nouveau la tête.

— Vous continuez à me cacher quelque chose.

— C'est l'endroit où il est mort.

Tess sentit la peur lui nouer l'estomac.

— *Où il est mort ?* Qu'est-ce que vous essayez de me dire, lieutenant ?

— Vous me disiez que vous aviez rendez-vous avec Joseph samedi matin.

— Oui. Et alors ?

— Pour faire du jogging.

— Exact, fit Tess en se redressant.

— Dans le haut d'East Side. Au parc Carl Schurz.

— Bon sang, répondez-moi : qu'est-ce que vous cherchez à me dire, lieutenant ?

— C'est là que l'on a découvert la victime, à 3 heures du matin, dans la nuit de samedi. Dans le parc Carl Schurz.

Tess se leva d'un bond.

— Seigneur ! Comment a-t-il...

— Été brûlé ? Nous n'en sommes pas encore certains. La victime pouvait être un clochard qui dormait dans le parc. Ils ferment à 1 heure du matin et, théoriquement, il doit y avoir des patrouilles de police, mais parfois des gens de la rue se glissent dans le parc et réussissent à s'y cacher. La victime a été arrosée d'essence à laquelle on a mis le feu. L'autopsie révèle qu'il est mort par les flammes, et non pas d'un coup de couteau ni d'une blessure par balles qu'un feu sert parfois à dissimuler. Les flammes ont détruit ses vêtements, si bien qu'il nous est impossible de déterminer s'il s'agissait bien d'un vagabond ; mais, nous le savons, des gosses s'amusent parfois à traquer des vagabonds, à les surprendre dans leur sommeil et à mettre le feu à leurs vêtements. Ce quartier-là est assez calme, si près de la maison du maire. Les bandes ont tendance à rester plus au nord et plus à l'ouest. Malgré tout, le scénario que je viens de décrire correspond à ce qui s'est passé.

— Mais vous croyez à ce scénario ? Vous ne me parleriez pas de cette victime si vous ne pensiez pas qu'il y a un risque... » Tess pouvait à peine articuler « ... que ce soit Joseph.

— Je me contente de désigner un dénominateur commun.

— Le parc Carl Schurz.

Craig acquiesça.

— Mais ça n'est sans doute qu'une coïncidence. Votre ami n'était pas un vagabond. Qu'aurait-il fait dans le parc à 3 heures du matin ? Surtout cette nuit-là.

— Qu'y a-t-il de si extraordinaire à propos de la nuit de samedi ?

— Le dimanche, il a plu ; vous vous souvenez ?

— Oui.

— Eh bien, l'orage a commencé vers 2 heures du matin. Même si votre ami ne pouvait pas dormir et a été tenté de faire une promenade, est-il raisonnable de penser qu'il serait sorti après avoir constaté qu'il pleuvait ? Et si c'est le cas, pourquoi aurait-il quitté la rue pour escalader la clôture d'un parc fermé pour la nuit ? » Craig haussa les épaules. « Le scénario le plus crédible est celui que je vous ai décrit.

Un clochard qui s'est glissé dans le parc pour trouver un abri. Des gosses l'ont suivi et ont mis le feu à ses vêtements. »

Tess se mordit les lèvres.

— Tout de même, je n'ai pas le choix.

— Pardon ?

— Il faut que je voie le corps, que j'essaie de m'assurer qu'il ne s'agit pas de Joseph. Sinon, je n'arrêterai pas de me poser des questions.

— Je parlais sérieusement : il est en bien pire état que les autres.

— S'il vous plaît, lieutenant.

Craig l'examina.

— Pourquoi ne pas adopter un compromis ?

— Je... » fit Tess en avalant sa salive. « Je ne comprends pas.

— J'admire votre loyauté envers votre ami. Mais pourquoi ne pas vous accorder une grâce ? Cette fois, regardez les photos. Puisque l'identification visuelle est pratiquement impossible, ça ne changera pas grand-chose, et comme ça vous ne vous reprocherez rien.

Elle réfléchit, puis acquiesça.

— Je reviens dans une minute, fit Craig.

Seule dans la pièce, Tess attendit nerveusement ; son regard allait parfois vers la vitre et vers les horreurs qu'elle avait aperçues derrière. Elle se demandait quelle horreur plus terrible encore elle allait bientôt...

Le lieutenant Craig revint dans la pièce, un dossier sous le bras. Il l'ouvrit, puis hésita.

— Je vous le répète, le feu a détruit l'essentiel du corps, et surtout le visage. L'ensemble du corps aurait dû être abîmé, mais il semble que la victime ait eu assez de force pour courir sous la pluie jusqu'à une flaque d'eau. L'homme est parvenu à se rouler dedans et à éteindre les flammes avant de mourir.

Tess prit le dossier. Elle en retira lentement six clichés, en découvrant qu'ils étaient à l'envers. Un bref répit. Crispée, elle retourna le premier. Elle eut un haut-le-corps.

Ce qui jadis avait été une tête ressemblait maintenant à un rôti desséché, calciné, noirci, carbonisé, et... « Oh, mon

Dieu ! » Tess détourna les yeux, mais l'image de cette tête horriblement mutilée restait dans son esprit. Le crâne cloqué par le feu n'avait plus de cheveux, plus de traits, rien qui pût ressembler au beau visage de Joseph. De l'os couvert de suie apparaissait entre des boucles brûlées...

— Lieutenant, je suis navrée d'avoir douté de vous, dit Tess d'une voix tremblante.

— Tenez, laissez-les-moi... inutile de vous torturer plus longtemps.

Craig tendit la main vers les photos. Tess secoua farouchement la tête.

— J'ai commencé, je vais...

Elle retourna le cliché suivant. Une autre vue de la tête, tout aussi répugnante. Elle l'écarta rapidement. Encore quatre. *Vite,* se dit-elle.

Mais elle n'était pas prête pour la photo suivante. Les cadavres sur la plate-forme, derrière la vitre, étaient toujours couverts d'un drap qui montait jusqu'au cou. Mais elle tressaillit en découvrant la vue complète d'un corps nu presque entièrement calciné. Seuls les jambes jusqu'aux genoux et le bras gauche au-dessous du coude avaient été épargnés par les flammes. Toutefois, ce que Tess remarqua surtout, alors que la nausée montait en elle, ce fut les gros points de suture qui montaient à l'aine jusqu'à sa cage thoracique, puis partaient vers la droite et vers la gauche en formant un y, là où le médecin-légiste avait refermé le corps après avoir pratiqué l'autopsie.

*Je n'en peux plus.* Tess étouffa un gémissement, et d'une main tremblante retourna une autre photographie. Quelle que fût l'horreur qu'elle craignait de voir, elle découvrit — avec un bref soupir de soulagement — qu'elle contemplait la jambe et le pied gauches intacts du cadavre. *Merci, Seigneur. Maintenant, si seulement...* Elle retourna l'avant-dernière photographie et poussa un nouveau soupir en voyant la jambe et le pied droits intacts du corps.

*Encore une.*

*Une dernière photo.*

« Et si j'ai de la chance... » songea Tess.

Elle en eut. En même temps, elle n'en eut pas, car, si le dernier cliché n'avait rien de menaçant (en fait, il était prévisible, étant donné la logique de la séquence : une photo du bras gauche indemne sous le coude), quelque chose sur le cliché attira son attention.

Sa mémoire revint brusquement à l'instant où elle avait bavardé avec Joseph dans le petit bistrot, vendredi après-midi.

— *Nous pouvons seulement être amis,* avait-il dit.

— *Je ne suis pas sûre de...*

— *Ce que je veux dire, c'est que nous ne pourrons jamais être amants.*

Sa franchise l'avait surprise. *Eh,* avait-elle dit, *je ne vous faisais pas de proposition. Ce n'est pas comme si je vous demandais de coucher avec moi.*

— *Je sais bien. Votre comportement est vraiment impeccable.* Joseph avait tendu le bras et lui avait affectueusement pris la main. *Je ne voulais pas vous vexer ni vous embarrasser. C'est seulement que... il y a certaines choses chez moi que vous ne comprendriez pas.*

Et, au moment où il avait dit cela, Tess avait regardé le creux de sa main, la main *gauche,* que Joseph avait posée sur la sienne.

Tout comme elle avait désormais les yeux fixés sur le creux de la main gauche visible sur la photographie. Elle eut la sensation d'avoir avalé des glaçons et d'avoir l'estomac pétrifié par le froid. Un cri étranglé lui échappa. Elle se renversa dans le fauteuil, se forçant à ne plus regarder le cliché, elle fit un effort pour parler et dit à Craig :

— C'est lui.

— Quoi ? » fit Craig, surpris. « Mais comment pouvez-vous... ? Le corps est si...

— Vendredi, quand nous avons déjeuné ensemble, Joseph m'a pris la main. Je me souviens d'avoir jeté un coup d'œil et remarqué qu'il avait une cicatrice bien reconnaissable au creux du poignet gauche.

Accablée, le cœur lourd de chagrin, Tess désigna le cliché :

— Comme cette cicatrice-là, sur ce poignet gauche. Il est mort. Mon Dieu, Joseph...

— Laissez-moi voir, fit Craig en saisissant la photo.

Comme si elle se fût cramponnée à Joseph, elle résista.

Le lieutenant lui écarta les doigts avec douceur et prit soigneusement la photo.

Craig l'examina en hochant la tête. Oui. Une vieille cicatrice. À en juger par son épaisseur, la blessure était profonde.

— Personne ne m'a parlé de ça. Sinon, je vous l'aurais dit et je vous aurais épargné la douleur de regarder les autres photos. » Il rapprocha le cliché de ses yeux. « Ce n'est pas la cicatrice d'un coup de couteau. Les bords ne seraient pas aussi irréguliers. On dirait plutôt une blessure faite avec un tesson de bouteille, peut-être des barbelés, ou... Tess, vous êtes sûre ?

— Je revois dans mon esprit sa main sur la mienne aussi nettement que je vois cette photographie. C'est vrai... je donnerais n'importe quoi pour me tromper... mais je suis certaine. Les cicatrices sont identiques. C'est Joseph. Joseph est...

Tess se sentait écrasée.

Sa voix faiblit, elle avait l'impression d'être assommée.

— Mort. Joseph est...

— Tess, je suis désolée.

— ... Est mort.

## 14

Sur le parking de la morgue, la démarche de Tess devint plus incertaine. Ce fut à peine si elle se rendit compte que Craig l'aidait à monter dans la voiture, puis qu'il faisait le tour pour aller s'asseoir au volant. D'une main tremblante, elle essaya de boucler sa ceinture de sécurité, se rendant à peine compte une fois de plus que Craig la bouclait pour elle. L'œil vague, elle regardait les silhouettes floues des autres voitures dans la pénombre du garage.

Craig finit par rompre le silence en toussotant.

— Où voulez-vous que je vous conduise ? Chez vous ? Après ce que vous venez de traverser... Vous tremblez. Je ne vous conseille pas d'essayer de retourner travailler.

Tess se retourna vers lui, comme si elle prenait à l'instant conscience de sa présence.

— Chez moi ? Travailler ?

Elle serra fort ses bras croisés contre sa poitrine pour s'empêcher de trembler.

— Voudriez-vous... Ça va vous paraître... Voudriez-vous me rendre un service ?

— Je vous ai déjà promis de vous aider autant que je le pourrais.

— Emmenez-moi là où il est mort.

Craig fronça les sourcils.

— Au parc ?

— Oui.

— Mais pourquoi voulez-vous...

Tess serra ses bras plus fort et dit :

— Je vous en prie.

Craig semblait sur le point de dire quelque chose. Mais il se contenta de tousser encore, tourna la clé de contact, embraya et quitta le garage, sortant sur la 1ère avenue en suivant le trafic à sens unique vers le nord.

— Merci, fit Tess.

Craig haussa les épaules.

— Demain, j'expliquerai à Walter combien vous avez été coopératif, dit-elle.

— Walter ? Oh, vous vous trompez. Ce n'est pas pour Walter que je fais ça. Je fais mon travail. Du moins, je l'ai fait. Mais, pour l'instant, je fais ça pour vous.

— Pardonnez-moi, fit Tess en lui effleurant le bras. Je ne voulais pas vous vexer, comme si je croyais que vous ne faisiez que régler une dette ou comme si...

— Vous ne m'avez pas vexé. Ne vous inquiétez pas de ça. Mais j'aime bien quand les choses sont claires. Il n'y a pas beaucoup de gens qui auraient accepté de vivre ce que vous venez de vivre pour un homme qu'ils n'ont rencontré que peu de fois mais qu'ils considéraient comme un ami. La loyauté, ça se fait rare. Vous seriez surprise de voir combien de gens s'en fichent complètement quand quelqu'un disparaît. J'admire votre entêtement, votre sens du devoir ; alors si vous me dites que vous voulez aller jusqu'au parc, parfait, on y va. Le bureau m'attendra bien jusqu'à cet après-midi. Joseph Martin devait être quelqu'un de très spécial.

Tess réfléchit un moment.

— De différent.

— Je ne comprends pas.

— C'est difficile à expliquer. Il avait une... Bien sûr, il était beau, mais, plus important, il avait une sorte de... de magnétisme. On aurait dit qu'il... le seul mot auquel je puisse penser, c'est... on aurait dit qu'il rayonnait. » Tess leva le menton. « Et, au fait, au cas où vous vous seriez posé des questions, il n'y avait rien de sexuel entre nous.

— Je n'ai jamais laissé entendre que c'était le cas.

— En fait, c'était le contraire. Joseph m'avait avertie avec insistance que nous ne pourrions être qu'amis, que nous ne pourrions jamais faire l'amour ensemble.

Craig se tourna vers elle, en fronçant les sourcils.

— Je sais ce que vous pensez, et j'ai eu la même réaction. Erreur. Il n'a pas dit ça parce qu'il était pédé ou rien de ce genre, mais parce que... comment a-t-il formulé ça ? Il disait qu'une amitié platonique était *meilleure* parce qu'elle était *éternelle.* Voilà comment il parlait. De façon presque poétique. Oui. » Le chagrin serra la gorge de Tess. « Joseph était spécial. »

Craig concentrait son attention sur la conduite, mais il continuait à froncer les sourcils. Ils traversèrent le carrefour de la 45e rue, laissant le bâtiment des Nations unies sur la droite, continuant vers le nord.

— Alors, fit Tess en se redressant, qu'est-ce qui va se passer ?

— Après le parc ? Je contacte la Criminelle et je leur dis que nous avons une identification préliminaire du corps.

— Comment ça, préliminaire ? Cette cicatrice est...

— Comprenez-moi bien, la Criminelle a besoin de plus que ça pour être absolument convaincue. Ils ont envoyé au FBI les empreintes qu'ils ont réussi à prendre sur la main gauche. Mais, même avec les ordinateurs, ça peut demander plusieurs jours au FBI pour rechercher dans ses dossiers des empreintes qui correspondent à celles-là, surtout avec les affaires en retard qu'ils ont sur les bras. Mais, maintenant, avec une identité présumée pour la victime, ils peuvent accélérer le processus, consulter le dossier de Joseph Martin, comparer les empreintes, et... qui sait ? La cicatrice pourrait être une coïncidence. Vous auriez pu vous tromper.

— Dieu sait combien je le souhaite. Mais je ne me suis pas trompée.

Tess avait l'impression que la tête lui tournait.

— J'essaie simplement de vous donner de l'espoir.

— Et j'ai bien peur que l'espoir ne soit une denrée aussi rare que la loyauté.

Plus ils approchaient de la 88e rue, plus Tess avait du mal à respirer. Tendue, elle regarda le lieutenant prendre à droite, traverser deux avenues et, juste avant d'arriver, réussir à trouver une place pour se garer. Encore plus désemparée, elle descendit de la voiture avec lui et, dans le soleil embrumé, se tourna vers l'autre côté d'East End Avenue.

Sur la gauche, en partie masquée par les arbres, se dressait la haute palissade de bois qui encerclait Gracie Mansion, la résidence du maire. Une des premières maisons de New York à être construite le long de l'East River, elle avait été bâtie par Archibald Gracie en 1798. Énorme, avec une foule de cheminées et de pignons ainsi que de nombreuses vérandas, elle avait été jadis le musée de la Ville, mais c'était aujourd'hui la résidence bien gardée du maire.

Droit devant, attirant irrésistiblement le regard de Tess, se dressait la clôture en fer forgé qui entourait les bois et les allées du parc Carl Schurz.

— Vous êtes bien certaine que vous voulez...

Sans laisser au lieutenant le temps de terminer sa question, Tess lui prit le bras et traversa l'avenue. Ils entrèrent par une grille ouverte — un panneau avertissait qu'aucun poste de radio, magnétophone ou instrument de musique n'était autorisé entre 22 heures et 8 heures — et suivirent une allée pavée de brique. D'épais buissons la flanquaient de chaque côté. Au-dessus de leurs têtes, des branches d'arbres au feuillage épais jetaient leur ombre.

— Où est-ce ? fit Tess, la voix crispée.

— Les gardiens de la résidence du maire ont aperçu les flammes à 3 heures du matin, dimanche. À peu près... » Craig jeta un coup d'œil autour de lui. « A peu près là. »

Il désigna une sorte de grotte, dans une corniche de granite derrière les buissons sur sa droite.

— Les gardes du maire sont des pros. Ils savent que, quoi qu'il arrive, ils ne doivent pas quitter leur poste. Après tout, les flammes auraient pu être une diversion, un subterfuge destiné à les attirer et à laisser leur patron sans protection. Ils ont donc appelé le commissariat du quartier. Entre-temps, les gardes du maire ont vu les flammes jaillir d'*ici*...

Craig désigna la petite grotte, puis se dirigea derrière les buissons vers un amphithéâtre miniature de l'autre côté d'une passerelle.

— ... Jusque-là, derrière cette statue.

Tremblante, Tess approcha de la statue. Elle distingua bientôt un bronze représentant un enfant grandeur nature, genou levé, le regard baissé de côté vers la surface de brique, au milieu d'une pelouse circulaire d'une quinzaine de mètres de périmètre.

La statue ressemblait à un elfe. À Tess, elle rappelait étrangement Peter Pan.

— Et...

Tess entendit sa voix se briser quand elle se tourna vers Craig.

— Rappelez-vous, c'est vous qui m'avez demandé de venir ici.

— Je n'ai pas oublié. Et alors ?

— Les policiers du commissariat ont trouvé... la pluie avait formé une flaque sur les briques. La victime...

— Oui, vous me l'avez raconté. Il a essayé de se rouler dans l'eau pour éteindre les flammes. Où ça ?

— Derrière la statue, Tess. » Craig leva les mains et s'approcha. « Je ne vous recommande pas...

— Il le faut.

Tess contourna lentement la statue.

Et s'affala sur le rebord du piédestal.

Le contour d'un homme, couché sur le côté, les genoux ramenés sur la poitrine, se dessinait en silhouette noircie sur les briques.

— Je suis désolé, Tess. Moi, je ne voulais pas vous amener ici, mais vous avez insisté.

Avec un sanglot, Tess se pencha vers la sombre et sinistre forme esquissée sur les briques. Elle toucha l'endroit où avait dû reposer le corps de Joseph.

— Voulez-vous me rendre encore un service ? fit-elle d'une voix cassée par le chagrin. S'il vous plaît... Encore un service...

— Vous emmener loin d'ici ?

— Non.

Les larmes coulaient des yeux brûlants de Tess. À travers ce voile, elle le suppliait en silence.

Craig comprit. Il ouvrit les bras et, redoublant de sanglots, elle s'y jeta.

## 15

*Memphis, Tennessee*

Billy Joe Bennett n'arrêtait pas de transpirer. La sueur perlait de son crâne, de son visage, de sa poitrine, de son dos, de ses jambes. Elle ruisselait sur son cou, trempant sa chemise. Tout en conduisant nerveusement dans la circulation fluide à 1 heure du matin dans ce quartier des bars, il avait l'impression d'être assis dans une flaque. Le problème était qu'il ne transpirait pas à cause de la chaleur humide de la nuit. En fait, les fenêtres de sa Chevrolet étaient fermées et la climatisation marchait à plein. Mais il avait frissonné sous le flot d'air froid qui se précipitait sur lui, et il n'arrêtait pas de transpirer. Car c'était pour la même raison qu'il frissonnait et qu'il transpirait. Pour deux raisons, en fait. La première était la tension. Après tout, il devait ce matin témoigner devant une kyrielle d'enquêteurs officiels. Et la seconde raison, c'était un besoin désespéré de cocaïne.

Seigneur ! se dit-il. Comment cette chose pouvait-elle faire éprouver tant de bien-être quand on la reniflait et faire vivre un tel enfer quand on n'en avait pas ? Billy Joe souffrait comme si ses organes se fussent tous frottés les uns contre les autres. Ses muscles étaient soumis à de si violentes contractions que ses mains crispées semblaient près de briser le volant. *Dieu tout-puissant !* L'éclat des phares lui faisait mal aux yeux. Le flamboiement des enseignes au néon au-dessus des tavernes le faisait sursauter. *Si je ne trouve pas bientôt un peu de blanche...*

Il jetait sans cesse des coups d'œil furtifs dans son rétroviseur pour s'assurer qu'il n'était pas suivi. Ces foutus enquêteurs étaient pires que des chiens de chasse. Depuis dimanche, ils le filaient sans répit. Quand il était chez lui, ils avaient une voiture garée dans sa rue. Chaque jour, depuis le déraillement du train, ils l'obligeaient à leur donner des échantillons d'urine, dont l'examen évidemment n'avait rien donné parce que Billy Joe n'était pas idiot. Ça, non. Il lisait les journaux et suivait les nouvelles à la télévision, et il avait compris depuis des mois qu'on allait bientôt pratiquer des contrôles antidrogue au hasard chez tous ceux qui travaillaient dans les transports. Il avait donc pris ses précautions pour le jour où il pourrait être lui-même soumis aux contrôles. Il avait payé son frère, qui n'avait jamais touché à la cocaïne, pour pisser à sa place dans un récipient stérile. Puis il avait rapporté le récipient à la maison, versé l'urine dans plusieurs flacons en plastique et les avait cachés derrière le réservoir de la chasse d'eau de la salle de bains. Dès l'instant où il avait appris le déraillement, il s'était précipité dans la salle de bains, avait barbouillé de vaseline un des flacons et se l'était inséré — Dieu que ça faisait mal ! — dans le rectum. Et, comme il fallait s'y attendre, dimanche, un enquêteur officiel avait frappé à sa porte, lui avait montré un mandat du tribunal, lui avait tendu un récipient en verre et lui avait demandé un échantillon d'urine.

Billy Joe avait dit : « Bien sûr. Je n'ai rien à cacher. » Il était allé dans la salle de bains, avait fermé la porte à clé, ôté de son rectum le flacon d'urine, versé le liquide tiède dans le récipient en verre, remis le flacon dans son rectum et était sorti de la salle de bains en disant à l'enquêteur :

— Désolé, je ne pisse pas si bien à la demande. C'est tout ce que j'ai réussi à extraire de ma vessie.

L'enquêteur lui avait lancé un regard glacé en disant :

— Croyez-moi, ça nous suffira.

— Vous perdez votre temps.

— Oui, bien sûr.

Après cela, Billy Joe n'était jamais allé nulle part sans un flacon d'urine vaseliné dans le derrière. Ce qu'il avait pu endurer comme crampes et comme souffrances ! Oh, là là ! Mais c'était un cheminot aux épaules larges, au torse puissant à force d'avoir, pendant vingt ans, soulevé des rails, manœuvré des aiguillages et porté des masses. Il était coriace, se disait-il, pas de problème là-dessus ; et si ces enquêteurs croyaient qu'ils pouvaient lui flanquer la frousse, ces pédales, dans leur costume à trois sous, se fourraient le doigt dans l'œil.

Mais, cette fois, Billy Joe avait quand même peur. Parce que lundi il avait terminé sa réserve soigneusement cachée de cocaïne. Le premier jour sans n'avait pas été trop dur : un peu de tremblote ; mais le lendemain son estomac avait commencé à faire la java, et le jour d'après il avait vomi et n'arrêtait pas de transpirer. Maintenant, à 1 heure du matin, le jeudi, trempé de sueur, tremblant, et faisant de son mieux pour conduire sans zigzaguer, il redoutait de devenir complètement dingue s'il ne trouvait pas rapidement une dose de coke.

Dieu du ciel ! Il ne pourrait jamais témoigner devant les enquêteurs le matin même s'il avait cette tête-là, s'il tremblait et suait comme ça. Il n'arrivait pas à clarifier ses pensées. Il serait incapable de se concentrer sur leurs questions. Il balbutierait, ou pis, il se mettrait à bredouiller, et ils sauraient tout de suite qu'il n'était pas seulement nerveux, que ce n'était pas le trac, mais qu'il était en état de manque, et voilà tout. Il ne savait pas ce que le gouvernement pourrait lui faire si les enquêteurs prouvaient qu'il était toxicomane, mais ce qu'il savait c'était que ça ne lui plairait pas. Trois cents personnes étaient mortes parce que cette section de la voie avait cédé, faisant dérailler le train. Vingt wagons d'ammoniaque s'étaient fendus, et, depuis dimanche, les journaux étaient remplis d'articles sur une éventuelle négligence criminelle, voire un homicide par imprudence. Eh ben, mon vieux, on vous foutait en tôle pour moins que ça !

D'accord, comme contremaître de l'équipe d'entretien, il avait vérifié cette partie de la voie, et elle lui avait paru en bon état. C'est vrai, peut-être qu'il n'avait pas inspecté les rails aussi attentivement qu'il aurait dû le faire, mais c'était la fin de l'après-midi, et il avait hâte de rentrer en ville pour renifler une dose. Ce n'était pas sa faute si le salopard qui était propriétaire de la compagnie de chemins de fer avait mal géré son affaire parce qu'il était trop occupé à sauter sa secrétaire. La femme de ce connard l'avait surpris, l'avait chassé de la maison, avait demandé le divorce et lui avait pompé des millions. « Fichtre non, se dit Joe ; ce n'est pas ma faute à moi si la compagnie a dû réduire son budget d'entretien pour que ce salaud puisse payer son divorce. S'il y avait eu plus de gars pour vérifier les voies, l'accident ne serait jamais arrivé.

Mais ça, ce n'est pas mon problème. Pas du tout. Pas maintenant. Je me fous de ces rails. Moi, j'ai besoin d'une dose pour ne pas m'écrouler quand les enquêteurs officiels essaieront de me coincer. »

De nouveau, Billy Joe jeta un coup d'œil dans son rétroviseur. Il conduisait au hasard, vérifiant si les phares derrière lui suivaient le même chemin. Il avait pris des tournants brusquement, brûlé des feux rouges, s'était engagé dans des ruelles, avait fait tout ce qu'il pouvait, se rappelant ces films policiers et d'espionnage qu'il aimait regarder et la façon dont les héros se débarrassaient de ceux qui les filaient. Rassuré de constater qu'on ne l'avait pas suivi, il quitta le quartier des bars pour se diriger vers le fleuve. Il n'avait pas beaucoup de temps. Chaque nuit à 1 heure et quart, son revendeur tenait boutique pendant cinq minutes — et seulement cinq minutes — dans un parking isolé près d'un entrepôt le long du Mississippi.

Essuyant la sueur de ses yeux, Billy Joe jeta un coup d'œil à sa montre. Bon Dieu, il était presque dix. Il appuya son pied tremblant sur l'accélérateur. Le parking semblait désert quand il passa devant l'entrepôt. Puis il s'arrêta. *Non ! Ne me dites pas que je suis en retard ! Il est une heure et quart pile ! Je ne peux pas être en retard !*

« Peut-être que c'est lui qui est en retard. Mais oui, se dit Billy Joe, le cœur battant. C'est ça. Il n'est pas encore arrivé, c'est tout. »

Là-dessus, les phares d'une autre voiture éclairèrent le

parking. Billy Joe se détendit, puis fut pris d'une brusque inquiétude à l'idée que ce n'était pas son fournisseur mais les enquêteurs du gouvernement qui l'avaient filé. Luttant contre l'affolement, il se dit : « Ce n'est pas un crime d'aller faire un tour au bord du fleuve. Je n'ai qu'à leur dire que je n'arrivais pas à dormir, que j'avais besoin de me détendre, que j'avais envie de regarder les lumières des bateaux passant sur l'eau. Bien sûr. Pas de problème. » Il ne reconnut pas la Ford bleue qui s'arrêta auprès de lui. Ce n'était pas bon signe, mais peut-être pas mauvais signe non plus. Son revendeur prenait souvent la précaution de changer de véhicule. Mais quand un grand gaillard maigre en T-shirt descendit de la Ford, Billy Joe ne le reconnut pas non plus, et ça, ce n'était vraiment pas bon signe.

L'homme frappa à la vitre de Billy Joe.

Billy Joe l'entrouvrit.

— Oui ?

Il essayait de prendre un ton bourru, mais, avec sa voix tremblante, ce n'était pas facile.

— Tu es ici pour faire affaire ? demanda l'homme.

— Je ne sais absolument pas de quoi vous parlez.

— Cocaïne. T'es acheteur ou pas ?

« C'est un piège, se dit Billy Joe. Si ce type était bien un enquêteur, ça n'allait pas traîner. »

— Qu'est-ce qui vous fait croire que je...

— Écoute, ne me fais pas perdre de temps. Le fournisseur habituel a dû quitter la ville pour raison de santé ; il ne pouvait pas supporter la concurrence, si tu vois ce que je veux dire. C'est moi qui ai repris son circuit maintenant, et j'ai plein d'autres arrêts à faire. Dans quatre minutes, je me taille. Décide-toi.

Billy Joe s'aperçut soudain que la Ford était arrivée au parking en venant de la direction opposée à celle que lui-même avait prise. Ce type — quel qu'il fût — ne pouvait pas l'avoir filé.

Billy Joe se rendit compte d'autre chose : il transpirait encore plus abondamment et tremblait si fort qu'il en claquait des dents.

*Bon, je me décide.* Contrôlant à grand-peine ses mains tremblantes, il ouvrit avec difficulté sa portière et sortit, les jambes molles.

— J'achète. Même prix que l'autre type ?

L'inconnu ouvrit le coffre de la Ford.

— Non. Les fédés ont fait trop d'histoires. Ils ont intercepté trop d'arrivages. J'ai eu des frais supplémentaires.

Billy Joe se sentait trop désespéré pour protester.

— Mais pour cette fois, je suis généreux ; j'ajoute un peu à chaque paquet. Un geste de bonne volonté. Une façon de me faire connaître de mes clients.

— Bon, ça va !

Se frottant les mains, Billy Joe suivit l'homme jusqu'au coffre de la voiture et jeta un regard avide à l'intérieur. Il vit un gros sac poubelle gonflé que l'étranger ouvrit, révélant une poudre blanche.

— Qu'est-ce que... En voilà une façon de...

Une odeur âcre et puissante lui parvint aux narines. Dans le coffre, ça sentait... ça sentait la teinturerie. Voilà ! La teinturerie ! Pourquoi ?...

— Tout ça, c'est pour toi, Billy Joe.

— Comment se fait-il que vous connaissiez mon nom ?

L'étranger ignora la question.

— Oui, on a apporté tout ça pour toi.

— Qui, *on* ?

Des portières s'ouvrirent. Trois hommes qui étaient tapis à l'intérieur de la Ford se précipitèrent vers le coffre, empoignèrent Billy Joe — un de chaque côté et un derrière lui — , l'obligèrent à se pencher et lui enfoncèrent la tête dans le sac poubelle.

Billy Joe se débattit, se tordit frénétiquement, mais même des années à manier la massue ne lui avaient pas donné la force de résister à trois hommes déterminés.

— Tout ça pour toi, Billy Joe !

Il se débattait désespérément, mais les mains puissantes le poussaient toujours. À mesure que sa tête approchait de la poudre blanche, l'odeur forte et âcre se faisait accablante et le fit suffoquer. Il la reconnaissait maintenant : c'était de l'ammoniaque. De la poudre d'ammoniaque.

— Non ! Seigneur ! Arrêtez ! Je...

Ses paroles furent étouffées alors qu'on enfonçait son visage dans la poudre. Il en avait sur les joues, sur les lèvres.

Puis on lui plongea la tête sous la poudre. Elle lui emplissait les oreilles, elle lui obstruait le nez. Il lutta pour retenir son souffle, mais les trois hommes le maintenaient tandis que le quatrième lui refermait le sac en plastique autour du cou, et Billy Joe finit par avoir le réflexe d'inhaler : il sentit la poudre lui remonter dans les narines, descendre dans sa gorge et envahir ses poumons. Ça brûlait ! Mon Dieu, ce que ça brûlait !

La dernière chose qu'il entendit, dans son affolement, avant de perdre conscience, fut : « Nous savons que ce n'est pas la poudre dont tu as l'habitude, mais est-ce que tu aimes ça, Billy Joe ? Tu as fait mourir trois cents personnes avec de l'ammoniaque. Il est temps que tu en respires une bouffée toi-même. »

## 16

*Rive du Mississippi, quinze kilomètres au nord de Memphis*

Dans la chambre de sa maison de campagne, Harrison Page soufflait et haletait, mais il finit par reconnaître que ses efforts étaient dérisoires et inutiles. Hors d'haleine, il se laissa rouler sur le lit auprès de cette femme — avec laquelle il avait une liaison, ce qui avait amené sa femme à demander le divorce — et resta sur le dos à fixer d'un regard morne le plafond sombre.

— Ça ne fait rien, mon chou, dit Jennifer. Tu n'as pas besoin de t'imaginer que ta virilité est menacée. Tu es fatigué, voilà tout. Tu es tendu.

— Oui, tendu, répéta Page.

— On essaiera encore plus tard, mon chou.

Page ne s'était que récemment avoué à quel point sa voix perçante l'agaçait.

— Je ne pense pas. J'ai mal à la tête.

— Prends un de mes somnifères.

— Non.

Page se leva, passa son pyjama et se dirigea vers la fenêtre, écartant les rideaux, l'air morose, sans se soucier du clair de lune qui étincelait sur le fleuve.

— Alors, peut-être qu'un verre te ferait du bien, mon chou.

« Si elle ne cesse pas de m'appeler comme ça », se dit Page...

— Non, dit-il, exaspéré. J'ai rendez-vous avec mes avocats avant de témoigner à l'audience ce matin. Il faut que j'aie l'esprit vif.

— Je fais simplement de mon mieux pour t'aider, mon chou.

Il pivota, essayant de maîtriser sa colère. Le clair de lune qui filtrait par l'entrebâillement des rideaux révélait le corps nu de la jeune femme, la toison sombre entre ses jambes, ses hanches plantureuses, sa taille mince et ses seins bien ronds. « Trop ronds », se dit Page avec amertume. « On dirait des melons, gonflés à en pourrir ». Et sa peau, quand il la caressait, commençait depuis quelque temps à le faire frissonner parce que, sous cette douceur lisse qui jadis l'excitait, il sentait une autre douceur, comme de la gelée, comme... de la graisse, conclut Page. Avec cette habitude de traîner toute la journée à regarder des feuilletons à la télé en croquant des chocolats, elle sera bientôt grosse comme...

Bien qu'il étouffât cette pensée furibonde, une autre pensée persistait. « Comment ai-je pu être un pareil imbécile ? J'ai cinquante-cinq ans. Elle en a vingt-trois. Si j'avais su garder ma braguette fermée... La première fois, après avoir fait l'amour, quand elle a commencé à m'appeler "mon chou", j'aurais dû comprendre quelle erreur j'étais en train de faire. Nous n'avons rien en commun. Elle est incapable d'une conversation intelligente. Pourquoi est-ce que je n'ai pas arrêté tout de suite ? Je lui aurais donné une prime, je l'aurais installée dans un autre service et j'aurais remercié Dieu de ne pas avoir gâché ma vie. »

Mais, Page l'avouait avec consternation, il avait laissé son sexe contrôler son cerveau. Il avait bel et bien gâché sa vie, et maintenant il ne savait plus comment s'en sortir.

— Je descends. J'ai un témoignage à préparer avant d'aller à cette audience.

— Comme tu voudras, mon chou. Il faut suivre le courant, je le dis toujours. Rappelle-toi simplement : je t'attendrai.

« Oui, se dit Page, en maîtrisant un frisson. Est-ce que ce n'est pas ça le pire ? Tu attendras. »

Il enfila des chaussons et sortit de la chambre, suivit un couloir, empoignant la rampe incurvée d'un escalier de marbre, descendant d'un pas hésitant, soulagé d'avoir fui sa présence. Son parfum excessif — comme l'odeur des fleurs à un enterrement — avait failli le rendre malade.

À part Jennifer et lui, la maison était déserte. Il avait renvoyé le maître d'hôtel, la cuisinière et la femme de chambre, de crainte qu'ils ne surprennent des conversations qui risqueraient de l'incriminer au cas où les domestiques n'arriveraient pas à se taire quand les enquêteurs les interrogeraient. Ses pas résonnant dans la maison déserte, il traversa un vestibule obscur, entra dans son bureau et alluma. Là, il hésita, le cœur lourd, fixant une liasse de documents posée sur son bureau — les questions que ses avocats avaient prévu qu'on lui poserait à l'audience et les nombreuses réponses savamment dosées qu'il devait apprendre par cœur.

Épuisé, il contourna le bureau, s'affala dans son fauteuil et se mit à relire les déprimants documents. Si seulement son ex-femme, Patricia, était là, il pourrait lui parler, discuter du problème et essayer de le résoudre. Elle l'avait toujours aidé de cette façon, en lui prêtant une oreille compatissante, en massant ses épaules crispées, en prodiguant des conseils avisés. Mais il n'aurait pas ce problème si Patricia était ici, parce qu'ils n'auraient pas divorcé et qu'elle ne l'aurait pas acculé au bord de la faillite à cause de la pension qu'elle demandait ; il n'aurait eu aucune raison de ne pas avoir la tête à gérer la compagnie, il n'aurait pas été obligé de diminuer les frais d'entretien pour pouvoir tirer davantage de bénéfice afin de compenser les millions de dollars qu'il avait été contraint de payer à son ex-femme. Trois cents morts. Des milliers d'hectares de forêts et de pâturages transformés en désert. Les réserves de tout un comté empoisonnées. *Tout cela parce que j'ai pensé avec ma queue et non pas avec ma tête.*

Un bruit le fit sursauter et regarder vers la gauche. La peur lui brûlant l'estomac, il vit s'ouvrir une des portes-fenêtres qui donnait sur le patio. Trois hommes et une femme entrèrent dans la pièce. Ils avaient tous la trentaine, ils étaient sveltes, beaux, en survêtements sombres.

Page bondit sur ses pieds. Ses années de chef d'entreprise l'avaient formé à ne jamais montrer de faiblesse mais à réagir avec agressivité quand il se sentait menacé.

— Où est-ce que vous allez ? Foutez-moi le camp d'ici !

Ils refermèrent la porte.

— J'ai dit foutez le camp !

Ils sourirent. La femme et un des hommes avaient les mains derrière le dos.

Page fit un effort pour se maîtriser et dissimuler sa frayeur. Ils avaient l'air trop soignés pour être des cambrioleurs, non pas qu'il sût à quoi ressemblaient des cambrioleurs, mais... c'étaient peut-être...

— Bon sang, si vous êtes journalistes, vous n'avez pas choisi la bonne méthode pour obtenir une interview, et d'ailleurs, je ne donne plus d'interviews !

— Nous ne sommes pas journalistes,dit la femme.

— Nous n'avons aucune question à poser, déclara un des hommes.

— J'appelle la police !

— Ça ne vous avancera à rien, lança un autre.

Ils approchèrent. La femme et un des hommes gardaient toujours leurs mains derrière le dos.

Page empoigna le téléphone et fit le 911, le numéro de la police, et constata avec angoisse que la ligne était coupée.

— Vous voyez, dit le troisième, ça ne vous avance à rien.

— J'ai fermé moi-même ces portes à clé ! J'ai branché le système d'alarme ! Comment avez-vous...

— Nous savons manier des outils, dit le premier homme.

— Des outils comme ceux-ci, reprit la femme.

Ils montrèrent ce qu'ils avaient tenu jusque-là derrière le dos.

Page ouvrit la bouche, mais la terreur étouffa son hurlement. Tandis que deux hommes l'immobilisaient et l'obligeaient à s'allonger sur le bureau, le troisième brandit un tire-fond de chemin de fer et la femme leva bien haut une massue, enfonçant la cheville métallique dans le cœur de Page.

# 17

« ... Empalé sur un paquet de documents ensanglantés qui, selon des sources confidentielles, étaient les déclarations préparées par Harrison Page en vue de l'audience de ce matin. »

Le présentateur de télévision marqua un temps, l'air grave.

Horrifiée, Tess, assise sur un tabouret dans la cuisine de son loft, regardait le petit récepteur de télé posé auprès du four à micro-ondes. Les chiffres rouges de la pendule digitale annonçaient 8h 03. Elle avait essayé de se forcer à avaler un petit déjeuner — salade de fruits, toast au pain complet et thé — mais, après l'épreuve d'hier à la morgue et la découverte de la mort de Joseph, elle n'avait pas grand appétit.

Le reporter poursuivit : « Peu après la catastrophe du gaz toxique du Tennessee, on a enregistré un prolongement macabre : la découverte du corps de Billy Joe Bennett, contremaître chargé d'inspecter la section de la voie où le déraillement a eu lieu ; son cadavre a été retrouvé ce matin de bonne heure dans un parking de Memphis, près du Mississippi. Bennett était l'objet d'une enquête pour négligence possible due à une intoxication présumée à la cocaïne. »

L'image de la télévision passa du présentateur à une séquence violemment éclairée où l'on voyait, près d'un entrepôt, des policiers à l'air sévère regardant quelque chose ; puis un gros plan d'un sac poubelle sur l'asphalte du parking, un sac plein de poudre blanche ; enfin un panoramique sur le corps recouvert d'un drap qu'on hissait sur un brancard dans une ambulance. Hors champ, le journaliste expliquait les sinistres conditions dans lesquelles Bennett avait été assassiné.

Dans un nouvel élan de chagrin, Tess se rappela avec quelle brutalité Joseph lui aussi avait été tué.

Le reporter revint à l'image. « La police suppose que Bennett et Page ont été tués par des parents de victimes de la catastrophe désireux de se venger. »

Un spot publicitaire vantant les mérites des couches

jetables vint interrompre les informations. Tess se frotta le front, regarda son petit déjeuner et se sentit encore moins d'appétit.

Le téléphone sonna, la faisant sursauter alors qu'elle rinçait sa tasse de thé. Qui pouvait bien appeler d'aussi bonne heure ?

Inquiète, elle sortit de la cuisine, se dirigea vers la partie du loft où l'ameublement formait un salon, et décrocha le téléphone au milieu de la troisième sonnerie.

— Allô ?

La voix rocailleuse à l'autre bout du fil était si reconnaissable que son interlocuteur n'avait pas besoin de se présenter.

— Ici le lieutenant Craig.

Ses doigts se crispèrent autour du combiné.

— Pardonnez-moi d'appeler à une heure pareille, dit Craig, mais je ne serai pas à mon bureau, et je n'étais pas sûr de pouvoir vous appeler à votre journal ce matin... enfin, si vous vous sentez la force d'aller travailler.

— Oui, je vais y aller. » Tess s'assit, accablée. « J'avais presque décidé de rester chez moi, mais ça ne m'avance à rien de broyer du noir. Peut-être que le travail me changera les idées.

— Parfois, ça aide d'être avec d'autres gens.

— Je ne suis pas sûre que rien puisse m'aider. Qu'est-ce que je peux faire pour vous, lieutenant ?

— Je voulais savoir quand vous vous arrêtez pour déjeuner.

— Déjeuner ? Pourquoi est-ce que j'irais... Je ne pense pas déjeuner aujourd'hui. C'est pour ça que vous m'appelez ? Pour m'inviter à déjeuner ?

— Pas exactement. Il y a quelque chose que je pourrais vous demander de regarder, dit Craig, et je me suis dit que si vous étiez libre à une certaine heure, nous pourrions déjeuner.

Tess sentit le froid tomber sur elle.

— C'est à propos de la mort de Joseph ?

— Peut-être.

— Vous me cachez quelque chose...

— Ce n'est peut-être rien, Tess. Vraiment. Je préférerais

ne pas en parler avant d'être certain. Je ne veux pas vous bouleverser sans raison.

— Et vous croyez que je ne suis pas déjà bouleversée ? D'accord, rendez-vous à 1 heure. Pouvez-vous passer me prendre devant mon bureau ?

— J'y serai. Qui sait ? Peut-être que cette visite ne sera pas nécessaire. Je me comprends. N'y pensez pas.

— Bien sûr. Ne pas penser. Quelle bonne idée !

## 18

Mais Tess devait penser à beaucoup de choses. Elle se souvenait sans cesse du corps calciné de Joseph et du contour sombre qu'il avait laissé sur les briques du parc Carl Schurz. Dans l'ascenseur qui l'amenait à son bureau, elle frémit, pensant qu'elle ne le reverrait jamais.

À *Earth Mother Magazine,* elle traversa le couloir jusqu'au bureau de Walter Trask et lui raconta tout ce qui s'était passé.

Trask fronça les sourcils ; il avait l'air plus égaré que d'habitude. Il se leva, contourna son bureau et la prit par les épaules.

— Je suis désolé, Tess. Sincèrement. Plus que je ne peux le dire.

— Mais qui peut lui avoir fait ça ? Pourquoi ?

— Je regrette de ne pas connaître les réponses.

Trask la serra contre sa poitrine. Le visage gris, il recula d'un pas.

— Mais nous sommes à New York. Quelquefois, il n'y a pas de réponse. Je me rappelle une fille qui faisait du jogging et qui a été violée et presque tuée par une bande de maraudeurs dans Central Park. Les gosses qui ont fait ça n'avaient pas grandi dans des taudis. Ils appartenaient à des familles bourgeoises. On ne peut pas invoquer la pauvreté pour expliquer leur comportement. Comme trop d'autres choses, ça ne rime à rien.

— *Mais pourquoi Joseph se trouvait-il dans le parc Carl Schurz sous la pluie à 3 heures du matin ?*

— Tess, écoutez-moi. Vous ne savez rien de cet

homme. Vous le trouviez séduisant, mais il... ça va vous paraître dur. Néanmoins, il faut que je le dise. Quand vous avez mentionné qu'il n'avait pas donné son numéro de téléphone à son employeur et qu'il utilisait un service de courrier, j'ai été inquiet. Cet homme avait des secrets. Peut-être ses secrets l'ont-ils rattrapé.

Avec une étrange netteté, Tess évoquait ce que Joseph lui avait dit dans le petit restaurant, vendredi après-midi : *J'ai certaines... disons, certaines obligations. Je ne peux pas expliquer ce qu'elles sont ni pourquoi je dois les respecter. Vous devez simplement me faire confiance, me croire et accepter.*

— Peut-être. Peut-être qu'en effet il avait des secrets, dit Tess. Mais ça ne veut pas dire que c'étaient des secrets mauvais, et ça ne veut pas dire que je doive tourner le dos et faire comme si je ne l'avais jamais connu.

— Croyez-moi, je compatis », fit Trask en la prenant par les épaules. « Vraiment. Tout ce que je vous demande, c'est d'essayer d'être objective. Protégez-vous de vos émotions.

— Pour l'instant, la dernière chose dont je sois capable, dit Tess, c'est d'être objective.

— Écoutez, vous n'auriez peut-être pas dû venir travailler aujourd'hui. Accordez-vous un congé. Reposez-vous. Allez à votre club de gym, détendez-vous. Nous verrons comment vous vous sentirez demain.

— Non, répondit Tess. Être seule, ce serait encore pire. J'ai besoin de travailler. Il faut que je m'occupe.

— Vous en êtes certaine ?

— Plus je travaillerai, mieux ça ira.

— Dans ce cas...

— Quoi ?

— J'ai quelque chose que je veux vous confier.

Tess attendit.

— Et ça veut dire qu'il faut retarder votre article sur l'abus d'herbicides et de pesticides dans les fermes du Middle West.

— Mais c'est un sujet important ! dit machinalement Tess. Ces poisons filtrent à travers la terre et vont contaminer l'eau potable.

— Tout de même, il y a un article que nous devrions faire d'abord. Le journal télé de ce matin. L'avez-vous regardé ? Les meurtres du Tennessee. Ça ne vous rappelle rien ?

— Vous pensez sans doute aux meurtres de la Pacific-Rim Petroleum Corporation la semaine dernière.

Il y en avait eu trois. Deux en Australie et un à Hong-Kong, après que l'énorme nappe de pétrole eut continué à mettre en danger la Grande Barrière. Victor Malone, commandant du superpétrolier qui s'était échoué ; Kevin Stark, directeur chargé de l'équipe de secours ; Chandler Thompson, président de la Pacific-Rim Petroleum Corporation, avaient été tous les trois tués à la suite de rumeurs disant que le premier était ivre pendant son service, qu'on n'avait pas réagi à l'accident à temps pour le maîtriser, et que la société avait refusé de reconnaître sa négligence. La voiture de Malone avait explosé alors qu'il se rendait au tribunal de Brisbane. Stark avait été retrouvé noyé, la tête dans un baril de pétrole. Thompson avait été empoisonné en buvant un verre d'eau lors d'une conférence de presse.

— Vous vous rappelez, nous avons parlé de ces meurtres mercredi dernier, dit Trask.

Tess s'effondra dans un fauteuil, se rappelant autre chose avec consternation. C'était ce soir-là, peu après leur conversation, qu'elle avait pour la première fois rencontré Joseph. Elle s'enfonça les ongles dans les cuisses pour s'obliger à se concentrer sur ce que disait Trask.

— J'ai proposé que nous fassions un article là-dessus.

— Et j'ai dit que *Earth Mother Magazine* n'était pas un journal à sensation, répondit Tess. Nous ne devons pas alimenter la controverse. Les fanatiques nuisent à notre cause.

— Eh bien, on dirait maintenant que nous avons des fanatiques dans le Tennessee.

— Non, le parallèle est inexact. La police pense que Bennett et Page ont été tués par des parents de...

— C'est ce qu'on disait à la télévision. Trask prit un air soucieux. « Mais j'ai consulté mes sources au *Times*. Ils préparent un article avec la déclaration d'un policier de Memphis qui se demande si les responsables ne sont pas en fait quelques dingues de l'écologie.

— Quoi ?

— Déjà, les grands groupes de protection de la nature, comme le Sierra Club et Greenpeace, prennent les devants et condamnent les meurtres comme des actes totalement irresponsables.

— Mais, c'est absurde de soupçonner... Bien sûr, des membres de Greenpeace ont jadis été arrêtés pour s'être emparés d'un baleinier au Pérou. Et il leur arrive souvent de placer des bateaux remplis de gens entre les baleiniers et leurs proies. Mais il y a une grande différence entre saisir un bien privé ou risquer des vies pour sauver une espèce en voie de disparition, et...

— Exécuter quelqu'un que vous accusez de contribuer à la destruction de la planète ? » fit Trask en haussant les sourcils. « Bien sûr. Et ne vous méprenez pas sur mes propos. Greenpeace est une organisation respectable. Je ne pense certainement pas que ses membres auraient un jour recours à la violence. Mais le nouveau président de la Pacific-Rim Petroleum Corporation a bien reçu un message l'avertissant qu'il ferait mieux de s'assurer qu'un autre accident de ce genre ne se produise pas ; nous savons donc que des fanatiques étaient responsables de ces meurtres-là. Ce que je veux dire, c'est que je suis d'accord avec vous : les extrémistes nuisent à notre cause. Chaque fois que des protestataires envahissent une installation atomique, volent des animaux destinés à la recherche dans un laboratoire ou injurient une femme qui porte un manteau de fourrure, le public réagit comme si tous les écologistes étaient une bande de timbrés. Nous autres qui croyons que l'éducation, le sens commun et le bon exemple sont les meilleurs moyens de gagner des adhérents, nous devenons coupables par association. Alors, n'évitons pas le problème. Affrontons-le nettement, et déclarons clairement que la majorité des écologistes ne sont pas des gens tordus, timbrés, et que, pour notre part, nous n'approuvons pas plus que l'ensemble du public les protestations excessives.

Tess regarda son patron et acquiesça lentement. Accablée de chagrin, elle faisait un effort pour le suivre.

— Vous savez, Walter, plus j'y pense...

— Ce n'est pas une mauvaise idée ? Bien sûr, puisque je

le dis ! Est-ce que ça veut dire que vous vous chargez de l'article ?

Tess acquiesça de nouveau, se redressant d'un air pensif.

— Je vois plusieurs possibilités. » Elle semblait tendue. Au prix d'un effort, elle poursuivit : « Si je condamne les extrémistes, je peux quand même souligner les menaces contre l'environnement qui les amènent à se conduire de cette façon. Motifs valables, mais mauvaises méthodes.

— Exactement, mon petit. Et si vous vous investissez suffisamment dans cet article — on ne sait jamais —, peut-être arriverez-vous à ne plus penser à ce qui est arrivé à votre malheureux ami.

— J'en doute, Walter. J'en doute beaucoup. Mais Dieu sait que je ferai de mon mieux. » Son regard s'embua. « J'ai vraiment besoin de me changer les idées. »

Pendant le reste de la matinée, Tess y parvint presque. Luttant pour se plonger dans son sujet et cesser de ruminer de sombres pensées à propos de la mort de Joseph, elle consulta ses dossiers. Décidée, elle appela le service de documentation de la Bibliothèque municipale, le *Daily News* et le *Times*. Elle prit des notes et dressa rapidement des listes. L'allusion de Trask à des activistes protecteurs des droits de l'animal l'amena à se rappeler que, l'année précédente, un groupe de protestataires qui avaient volé des lapins utilisés pour la recherche médicale avaient anéanti une expérience menée depuis cinq ans et sur le point d'aboutir, qui portait sur la mise au point d'un traitement de la dystrophie musculaire. Dans un autre cas, on avait inoculé aux animaux volés le virus de l'anthrax pour tester un nouveau vaccin. Une petite épidémie en avait résulté avant qu'on ne retrouvât les animaux.

Cherchant d'autres exemples, Tess se souvint de ce qui s'était passé au Brésil une semaine auparavant. Pedro Gomez, un ouvrier d'une plantation de caoutchouc qui avait tenté d'organiser les habitants de son village pour arrêter les promoteurs qui détruisaient systématiquement la jungle amazonienne, avait été mis en pièces par des armes automatiques alors qu'il faisait un discours. À son enterrement, sa femme avait reçu un « cadeau » — la tête du financier soupçonné d'avoir ordonné l'exécution de

Gomez. La théorie était qu'un des partisans de Gomez avait tué le financier pour venger son ami. Néanmoins, cette décapitation, comme peut-être les massacres par vengeance de Billy Joe Bennett et de Harrison Page dans le Tennessee, étaient en rapport avec une énorme catastrophe écologique, et Tess décida d'inclure cet incident comme exemple de comportement radical provoqué par une crise écologique. Tout en condamnant cette attitude, elle pourrait quand même souligner la gravité de la crise.

Vers midi, Tess avait le plan de son article, stupéfaite de tout ce qu'elle avait pu accomplir si vite. Mais, en vérité, dans un coin de son esprit, elle continuait à penser à Joseph. De plus en plus souvent, elle jetait un coup d'œil à sa montre, les aiguilles avançant impitoyablement avec tout à la fois une surprenante rapidité et une paradoxale lenteur jusqu'à 1 heure et son rendez-vous avec le lieutenant Craig. Que voulait-il lui montrer ? Pourquoi s'était-il une fois de plus montré évasif ?

## 19

Le lieutenant conduisait cette fois une voiture banalisée couleur de feuille morte. Quand il s'arrêta le long du trottoir et que Tess s'installa à ses côtés, elle remarqua que son front plissé luisait de sueur. Près de lui, le veston de son costume bleu était roulé en boule. Le devant de sa chemise blanche, tout comme l'aisselle qu'elle pouvait voir, étaient humides de transpiration.

— Je suis désolé.

Il toussa. Les vitres étaient ouvertes, mais la seule brise en cet étouffant après-midi de juin était causée par le passage des voitures.

— La climatisation ne marche pas.

— Je m'adapterai.

— Bon. Ça en fera toujours une.

— C'est de l'asthme, disiez-vous ?

— Quoi donc ?

— Votre toux.

— Oh, fit Craig en s'engageant dans le flot de la circulation. Oui, ma toux. C'est ce que me dit mon médecin. De l'asthme. Des allergies. Cette ville me tue.

— Alors vous devriez peut-être vous installer ailleurs.

— Bien sûr. Dans un endroit sain ? Comme l'Iowa ? Quelle est donc cette réplique dans le film *Field of Dreams* ? Ah oui, c'est ça : « C'est le paradis ? » Et Kevin Costner répond : « Non, c'est l'Iowa. » Des champs de blé ? Je vous en prie, c'est là que j'ai passé mon enfance. C'est bien le paradis. » Craig se rembrunit, sa voix s'assourdit. « Ou, du moins, ça l'était. »

Il quitta Broadway et tourna vers l'est.

— Nous allons dans la même direction que la dernière fois, fit Tess, en se crispant. Ne me dites pas que nous retournons à...

— À la morgue ?

Craig secoua la tête en toussant.

— Je vous aurais prévenue. Non, nous allons remonter encore une fois la 1ère avenue.

— Pour aller au parc Carl Schurz ? Mais je ne veux pas...

— Non, pas là non plus. Laissez-moi faire, d'accord ? Pour que je puisse vous expliquer et vous préparer. Et ne froncez pas les sourcils. Je vous jure, parole d'honneur, vous ne verrez rien d'horrible.

— Vous êtes certain ?

— Je ne dis pas que ça ne va pas vous troubler, mais je vous garantis que ça ne vous rendra pas malade. D'un autre côté... Bon, voici de quoi il s'agit. Vous m'avez bien dit que votre ami était différent ? C'est le moins qu'on puisse dire. D'après le FBI, il n'existe pas.

— Il ne... Qu'est-ce que vous...

— Nous avons envoyé le nom de votre ami au Bureau pour qu'il nous aide à retrouver les empreintes correspondant à celles qu'on a relevées sur la main gauche intacte du corps. Ils ont recherché dans leurs ordinateurs un dossier sur Joseph Martin. C'est un nom assez courant. Il y a plein de Joseph Martin. Mais ce qui est surprenant, c'est qu'aucune des empreintes de ces dossiers ne correspondait à celles que nous avons envoyées au FBI.

— Mais tout le monde n'a pas ses empreintes dans les dossiers du FBI.

— Exact. » Craig continuait vers la 1ère avenue. « Alors, l'étape suivante, c'est de vérifier auprès de la Sécurité sociale pour retrouver le numéro que votre ami a donné à son employeur avec les noms et les adresses de leur fichier.

— Et alors ?

Craig doubla une camionnette dont le conducteur se dépêchait de faire une livraison.

— Et alors ? Il y a bien un Joseph Martin avec ce numéro-là. L'ennui, c'est qu'il habite l'Illinois. Ou plutôt qu'il *habitait* l'Illinois car — et ça a demandé plusieurs coups de fil — le Joseph Martin qui a ce numéro de Sécurité sociale *est mort en 1959.*

— Il doit y avoir une erreur !

Craig secoua la tête.

— J'ai vérifié. Pas d'erreur. Joseph Martin — votre Joseph Martin — aurait dû cesser de tromper tout le monde. Il aurait dû bien convenablement s'allonger, les bras croisés, s'arrêter de respirer et être aussi mort que le Joseph Martin qui se trouve dans un cimetière de l'Illinois.

Craig arriva à la hauteur de la 1ère avenue et s'engagea vers le nord ; Tess sentait une sorte de pression derrière ses oreilles.

— Vous êtes en train de me dire que Joseph a pris l'identité d'un mort ?

— Pour être précis, d'un enfant mort. D'un bébé. Rappelez-moi... quel âge donniez-vous à Joseph ?

— La trentaine.

— Mettons trente-deux ans, fit Craig. Parce que c'est l'âge qu'aurait aujourd'hui l'autre Joseph Martin s'il n'avait pas été tué dans un accident de voiture avec ses parents en 1959.

— Et je parierais qu'il n'y a pas de proches parents survivants.

— Oh ! fit Craig en la regardant. Vous comprenez comment ça marche ?

— Quelqu'un qui recherche une nouvelle identité choisit une localité au hasard et consulte les notices nécrologiques du journal du coin pour l'année de sa propre naissance. Il cherche un bébé qui est mort cette année-là et qui soit était orphelin, soit a été tué avec sa famille proche. De cette façon, il n'a pas l'air plus vieux ni plus jeune qu'il prétend l'être, et il n'existe personne qui puisse affirmer qu'il n'est pas cet individu. L'étape suivante est de découvrir où l'enfant est né. Ce renseignement figure souvent dans la notice nécrologique : « Untel, né dans telle ou telle ville. » La personne qui recherche une nouvelle identité écrit alors au tribunal de cette ville, explique au service de l'état civil qu'il a perdu son acte de naissance et en demande un duplicata. Les gens perdent souvent leur acte de naissance. Ce n'est pas extraordinaire que quelqu'un en demande un nouvel exemplaire, et les employés ne prennent presque jamais la peine de vérifier si le nom figurant sur l'acte de naissance correspond à celui de quelqu'un qui est mort. Dès qu'il a son extrait de naissance, la personne en envoie une photocopie au bureau de la Sécurité sociale, raconte qu'elle a vécu des années à l'étranger et qu'elle n'avait pas besoin, là-bas, d'un numéro de Sécurité sociale, mais que ce n'est plus le cas maintenant. Le service de Sécurité sociale refuse rarement une telle demande. Avec un extrait de naissance et un numéro de Sécurité sociale, la personne peut obtenir un passeport, un permis de conduire, une carte de crédit, tous les documents dont elle a besoin pour avoir une existence légale, pour entrer dans le système, trouver un travail, payer des impôts, etc.

— Excellent, fit Craig en continuant à rouler. Je suis impressionné.

— Les journalistes recueillent toutes sortes d'informations.

Tess n'avait certainement pas l'intention d'ajouter qu'elle avait découvert la méthode permettant de prendre une fausse identité en surprenant des conversations téléphoniques de son père avec certains de ses associés.

Craig passa la 49e rue.

— Avec l'aide du gouvernement fédéral, j'ai pu découvrir que Joseph a commencé à utiliser sa prétendue identité en mai de l'année dernière. C'est l'époque où il a commencé à payer des impôts et des cotisations de Sécurité sociale. Depuis lors, il a eu deux emplois, sans compter celui qu'il occupait dernièrement. Le premier était à Los

Angeles, le second à Chicago. Manifestement, il ne voulait pas rester trop longtemps quelque part, et il éprouvait le besoin de mettre pas mal de kilomètres entre un endroit et un autre. Dans chaque cas, il travaillait pour une société de documentaires vidéo.

— Bon.

Tess fit un effort pour se calmer.

— Donc, dit-elle, Joseph avait quelque chose à cacher. Tout ce qui le concerne était un mensonge. Cela explique pourquoi il ne voulait pas que je m'approche trop de lui. La question est : que diable cachait-il ?

— Vous allez peut-être pouvoir me le dire quand vous verrez l'endroit où je vous emmène. Pour ma part, je ne comprends pas, dit Craig.

— Vous ne comprenez pas quoi ? Où allons-nous ?

— Non. Pas encore. Le problème, c'est... voyez-vous, il faut d'abord que je vous explique d'autres choses.

Tess leva les bras, exaspérée.

— Soyez patiente. Quand j'ai parlé au comptable de la boîte où travaillait Joseph, reprit Craig, j'ai demandé à voir ses feuilles de paie. On lui donnait des chèques trop importants pour qu'un supermarché ou une épicerie puissent les accepter. Il devait obligatoirement les remettre à une banque. Et la banque aurait envoyé les chèques annulés à la banque de son employeur, qui à son tour les aurait renvoyés au comptable de l'employeur. En fait, Joseph a encaissé tous ses chèques à la même banque. Là-bas, fit Craig en montrant un immeuble. Nous venons de passer la banque de la 54e rue.

— Alors, vous êtes allé à la banque ; vous leur avez montré le mandat qui vous autorisait à consulter leurs livres, et vous avez examiné le compte de Joseph.

— Vous auriez été un enquêteur admirable, fit Craig, approbateur. Oui, c'est ce que j'ai fait. Je suis allé à la banque, et l'adresse qu'ils avaient pour Joseph était le service de courrier de Broadway. C'était aussi l'adresse qu'il a demandé à la banque d'imprimer sur ses chèques. Pour l'instant, rien d'étonnant. Ce qui était surprenant, c'est que les relevés de compte de Joseph montrent qu'il n'avait payé ni électricité ni loyer. De toute évidence, il devait bien vivre quelque part et payer l'électricité, le gaz, comme tout le monde ; alors comment s'y prenait-il ? Il se trouve que tous les mois il envoyait un chèque de 1 300 dollars à un nommé Michael Hoffman. Devinez maintenant qui est Hoffman ?

— Un comptable, répondit Tess.

Craig la regarda longuement.

— Vous êtes mieux que bonne. Exact. Un comptable. De toute évidence, Joseph s'efforçait d'épaissir le rideau de fumée qui protégeait sa vie privée. J'ai donc parlé à Hoffman. Il m'a dit que Joseph et lui ne s'étaient jamais rencontrés. Toutes leurs transactions se passaient par courrier et par téléphone.

— Mais c'est Hoffman qui payait les principales factures de Joseph, suggéra Tess.

— Pas de compliments, cette fois... vous êtes dans le vrai.

— Bon. Avec les dossiers de Hoffman et l'aide de la compagnie d'électricité, vous devriez pouvoir trouver où vivait Joseph.

— Théoriquement.

Tess fronça les sourcils.

— Un autre écran de fumée ?

— Exact. Joseph avait conclu avec son propriétaire un arrangement selon lequel ce dernier payait le gaz et l'électricité et Joseph le remboursait. Donc, pas de possibilité d'aide de la compagnie d'électricité.

— Mais le propriétaire pourrait nous renseigner.

Craig ne répondit pas.

— Chaque fois que vous faites la moue comme ça... qu'est-ce qui se passe ? interrogea Tess.

— Le propriétaire, qui est un conglomérat immobilier, possède des milliers d'appartements. Toutes les archives sont emmagasinées dans un ordinateur. Ils ont cherché le nom de Joseph Martin, m'ont donné son adresse — à Greenwich Village — , mais quand je suis allé là-bas, j'ai découvert que l'agence m'avait donné une mauvaise adresse et que Joseph n'habitait pas là. En fait, ce conglomérat immobilier n'était même pas propriétaire de cet appartement.

— Vous voulez dire que quelqu'un a fait une erreur et entré dans l'ordinateur un mauvais renseignement.

— C'est en effet une des possibilités. L'agence l'a examinée.

Craig regarda d'un air mauvais un embouteillage sur la 1ère avenue.

— Quelle est l'autre possibilité ?

L'air sombre du lieutenant rendait Tess nerveuse.

— Imaginez... je pense tout le temps à des écrans de fumée. Je suis méfiant de nature. Je ne cesse de me demander si Joseph n'a pas trouvé un moyen d'avoir accès à l'ordinateur de la société pour trafiquer les données. Il aurait pu être à ce point déterminé à empêcher quiconque de découvrir où il vivait. Ou peut-être a-t-il payé une secrétaire pour falsifier les dossiers à sa place. Mais, quoi que Joseph ait fait, ça me rend plus décidé encore à trouver pourquoi.

— Mais si vous ne savez pas où vivait Joseph, où allons-nous ? fit Tess, les mains crispées.

— Ai-je dit que je ne le savais pas ? J'ai fait quelques suppositions. L'une était que, puisque la banque de Joseph est sur l'East Side et qu'il devait vous retrouver au parc Carl Schurz... et qu'il est mort là-bas...

Tess ferma les yeux pour réprimer ses larmes.

— Le haut de l'East Side, dit-elle.

— Il se peut que l'appartement de Joseph se trouve dans ce quartier. Bien sûr, son service de courrier est à l'autre bout de la ville. Mais, étant donné son obsession du secret, il est logique qu'il brouille les pistes. J'ai donc demandé au commissariat de ce secteur s'il ne s'était rien passé d'insolite depuis vendredi soir, quelque chose qui pourrait nous aider. C'est comme ça qu'on a arrêté le fils de Sam. Pendant que ce salaud abattait ses victimes, il dépassait l'heure de stationnement et avait des contraventions. Le week-end dernier, il y a eu pas mal d'incidents. Mais après avoir trié les rapports et éliminé plusieurs possibilités, j'ai lu quelque chose à propos d'une bagarre dans un immeuble résidentiel de la 82e rue est. Apparemment, une tentative d'attaque à main armée. Un des locataires, un homme, a été agressé. Il est sorti de l'immeuble en courant, poursuivi par plusieurs hommes. Ils ont fait assez de bruit pour réveiller plusieurs autres locataires qui ont regardé par le judas de leur porte et vu des ombres lutter dans l'escalier. Quelqu'un qui rentrait tard d'une soirée a remarqué dans la rue une sorte de gang poursuivant un homme qui boitait.

— Et qui allait vers l'est ? Vers le fleuve ?

— Oui. » Craig soupira. « Et ça s'est passé dans la nuit de samedi, ou plutôt vers 2 heures et demie dimanche matin.

— Oh, fit Tess ; mon Dieu !

— J'ai parlé à certains des locataires qui ont été réveillés. Ils m'ont dit que la bagarre avait commencé au septième étage. Dans cet immeuble, il n'y a que quatre appartements par étage. Ce matin, je m'y suis présenté assez tôt pour parler aux gens qui vivent dans trois de ces appartements, mais je n'ai obtenu aucune réponse au quatrième. Les autres locataires m'ont dit qu'ils n'avaient pas vu depuis plusieurs jours l'homme qui loue cet appartement. Apparemment, rien d'extraordinaire. Ils ne le voient presque jamais. C'est un solitaire. Aimable, mais distant. Il reste sur son quant-à-soi.

Tess était de plus en plus crispée.

— Le nom sur la boîte à lettres, en bas, correspondant à cet appartement est Roger Copeland. Bien sûr, ça ne veut rien dire. N'importe qui peut mettre un faux nom sur une boîte à lettres. Les voisins décrivent l'homme comme grand, beau, en excellente condition physique, la trentaine, avec des cheveux blonds et un teint un peu basané.

— Mon Dieu, fit Tess. Ça ressemble vraiment à Joseph.

— Et puis, ce que les voisins ont surtout remarqué, ce sont ses yeux : des yeux gris avec ce qu'ils ont décrit comme un rayonnement.

Tess retint son souffle.

— Et sa façon peu courante de s'exprimer, ajouta Craig. Les rares fois où ils lui ont parlé, il ne leur a pas dit « au revoir », mais « Dieu vous bénisse. »

Tess sentit un frisson la parcourir.

— Joseph utilisait souvent cette expression, vous me l'avez dit. J'ai donc obtenu des clés du propriétaire, j'ai inspecté l'appartement...

— Et... ? fit Tess en s'efforçant de maîtriser son tremblement.

— Je préférerais ne pas vous décrire ce que j'ai trouvé, dit Craig. Mieux vaut que vous le voyiez sans idée préconçue. Mais je ne comprends pas... C'est pourquoi je vous emmène là-bas. Peut-être que vous, vous comprendrez quelque chose.

Craig mit son clignotant et se gara dans une place qu'il avait aperçue. Tess, passionnée par leur conversation, n'avait pas remarqué qu'ils s'étaient engagés dans la 82e rue.

— C'est juste au bout du pâté de maisons, annonça Craig.

— Vous avez découvert tout ça hier après-midi ?

— C'est pourquoi je vous ai téléphoné de bonne heure, pour vous dire que je ne serais pas au bureau. J'avais beaucoup à faire.

— Mais est-ce que ce n'est pas la Criminelle qui devrait travailler sur cette affaire ? Et non pas le service des Personnes disparues ?

Craig haussa les épaules.

— J'ai décidé de continuer à m'en occuper.

— Mais vous devez avoir des centaines d'autres affaires.

— Bah ! Je vous l'ai dit hier ; je fais ça pour vous.

Avec une quinte de toux, Craig descendit de voiture.

Elle était déconcertée par la déclaration du lieutenant. Était-il en train de lui dire qu'il était attiré par elle ?

Tess le rejoignit. Sa confusion se transformait en appréhension à mesure que, passant le long des poubelles qui bordaient le trottoir, elle approchait du mystère que Craig voulait lui révéler.

## 20

L'immeuble, un des nombreux édifices étroits qui bordaient la rue, ne différait des autres, encrassés de suie, que par sa façade de briques peinte d'un blanc un peu sale. À chaque fenêtre, un escalier d'incendie descendait d'un palier métallique rouillé.

Craig ouvrit la porte d'entrée, escorta Tess dans un vestibule flanqué de boîtes à lettres *(Roger Copeland, 7 C)*, prit une clé et ouvrit la porte intérieure.

L'immeuble sentait le chou. Ils suivirent un couloir et trouvèrent sur leur gauche un escalier de marches bétonnées.

Sur le palier, il y avait un ascenseur.

— L'architecte a rogné sur les frais, dit Craig. L'ascenseur ne s'arrête qu'à un étage sur deux.

— Montons à pied, proposa Tess.

— Vous plaisantez. Au septième ?

— Je n'ai pas fait de jogging ce matin.

— Vous voulez me dire que vous courez tous les matins ? demanda Craig.

— Depuis douze ans.

— Seigneur...

Tess regarda le torse puissant de Craig.

— Un peu d'exercice pourrait vous renforcer les poumons. Pouvez-vous supporter l'effort ?

— Si vous, vous le pouvez, moi aussi.

Le lieutenant étouffa une quinte de toux.

— Vous avez fumé ?

— Deux paquets par jour. Pendant plus d'années que vous n'avez couru. » Il fut secoué d'une nouvelle quinte de toux. « J'ai arrêté en janvier.

— Pourquoi ?

— Ordre du médecin.

— C'est un bon docteur.

— Oh, en tout cas, il est entêté.

— C'est ce que je veux dire. Un bon docteur, dit Tess. Dès l'instant que vous avez arrêté... Bien sûr, il faudra encore quelques mois pour éliminer la nicotine et quelques années pour vous nettoyer les poumons, mais vous êtes dans le bon groupe d'âge. La trentaine avancée. Vous avez de bonnes chances de ne pas avoir de cancer du poumon.

Le lieutenant la dévisagea.

— Vous êtes toujours aussi détestablement rassurante ?

— Je crois que j'ai horreur de voir les gens s'abîmer de la même façon qu'ils semblent déterminés à abîmer la planète.

— J'oublie tout le temps que vous êtes une écologiste.

— Une optimiste. J'espère que si je me donne assez de mal, et si d'autres se donnent assez de mal, nous arriverons peut-être à nettoyer tout ce gâchis.

— Eh bien », fit Craig entre deux quintes de toux et en empoignant la rampe, « je suis prêt à faire ma part. Allons-y. Sept étages. Pas de problème. Si je suis fatigué, est-ce que je peux m'appuyer sur votre épaule ? »

## 21

Craig était hors d'haleine, le front baigné de sueur, quand ils arrivèrent au septième étage, mais il ne s'était pas plaint et ne s'était pas arrêté pour souffler. Tess reconnut qu'il avait de la volonté.

— Bon. C'était mon exercice du mois, annonça Craig.

— Ne rompez pas le rythme. Essayez de nouveau demain.

— Peut-être. On ne sait jamais. Vous pourriez être surprise.

Le sourire malicieux du lieutenant donna à Tess l'idée qu'il essayait de la mettre à l'aise.

Sur la gauche, ils avaient devant eux la porte 7 C. Il n'y avait aucun nom dans le petit panneau sous le numéro. Une plaque métallique sur la porte indiquait « ACE ALARM SYSTEM ».

— Vous feriez mieux de mettre ça, dit Craig.

Il lui tendit des gants de caoutchouc et des chaussons à passer par-dessus ses baskets.

— La Criminelle était ici ce matin. Ils ont pris des photos et ont procédé à un premier relevé d'empreintes. Mais ils reviendront et, même si j'ai la permission de vous montrer l'appartement, nous ne voulons pas le déranger plus que nécessaire.

Craig passa lui aussi des gants de caoutchouc et recouvrit ses chaussures. Après avoir frappé sans obtenir de réponse, il tira deux clés de sa poche et ouvrit les deux verrous. Mais quand il tourna le bouton de la porte, Tess posa sur son bras une main nerveuse.

— Quelque chose qui ne va pas ? interrogea Craig.

— Vous êtes sûr qu'il n'y a rien à l'intérieur qui va me mettre dans tous mes états ?

— Vous allez être troublée. Mais je vous garantis que ce ne sera pas comme à la morgue. Faites-moi confiance. Vous n'avez pas besoin d'avoir peur.

— Bon.

Tess banda ses muscles.

— Je suis prête. Allons-y.

Le lieutenant poussa le battant.

Tess aperçut un couloir blanc. Une lueur rouge brillait sur la gauche au-dessus d'un boîtier d'alarme. Le système était simple : pas de clavier à numéro, rien qu'un contact, sans doute parce que le propriétaire avait fait des économies en installant le modèle le moins coûteux.

Craig abaissa le levier. La lueur rouge s'éteignit.

Ils s'engagèrent dans le couloir. Tess aperçut sur la droite une petite salle de bains. Un lavabo, une commode, une baignoire, pas de cabine de douche. C'était une vieille baignoire, avec un bord incurvé au lieu d'être rectangulaire et posée sur des pieds métalliques. Mais, malgré son âge et celui du lavabo et de la commode, la surface blanche étincelait.

Tess était si concentrée que le bruit que fit le lieutenant en refermant la porte la surprit et la fit tressaillir.

— Vous ne remarquez rien ? dit Craig, derrière elle.

Tess inspecta la serviette propre et soigneusement pliée avec le gant de toilette sur une barre métallique auprès du lavabo. Sur le lavabo lui-même, une brosse à dents qui semblait neuve était posée dans un verre étincelant. Le miroir de l'armoire à pharmacie brillait.

— Joseph était meilleure maîtresse de maison que moi, c'est sûr.

— Regardez de plus près, fit Craig en passant devant elle.

Entrant dans la salle de bains, il ouvrit l'armoire à pharmacie.

Tess examina l'intérieur. Un rasoir. Un paquet de lames. Un tube de crème à raser. Un tube de pâte dentifrice. Ils étaient tous méthodiquement alignés et disposés en une rangée impeccable. Une bouteille de lotion après-rasage, un flacon de shampooing.

— Alors ? demanda Tess.

— L'essentiel. *Seulement* l'essentiel. En fait, pour la plupart des gens, *moins* que l'essentiel. Dans toutes mes années de policier, de perquisitions dans des pièces appartenant à des personnes disparues, je n'ai encore jamais vu une armoire à pharmacie qui ne contenait pas au moins un médicament. Un antibiotique ou un antihistaminique, par exemple.

Tess ouvrait la bouche pour répondre.

Craig leva la main pour l'interrompre.

— D'accord, d'après la description que vous faites de lui, Joseph était un garçon sain, il faisait de l'exercice tous les jours, avait un bon régime alimentaire et se soignait. Mais, Tess, il n'y a même pas un tube d'aspirine, et tout le monde — peu importe le degré de santé de Joseph — , tout le monde a de l'aspirine, absolument *tout le monde.* J'ai inspecté le reste de l'appartement. J'ai trouvé des vitamines dans la cuisine. Mais pas d'aspirine. » Le lieutenant secoua la tête. « Ce type était un puriste.

— Qu'est-ce que ça a de si étrange ? Il n'aimait pas prendre des produits chimiques, si bénins fussent-ils. Et alors ?

— Je n'ai pas encore fini. »

Craig lui fit signe de le suivre.

Ils sortirent de la salle de bains, continuèrent dans le couloir et arrivèrent à la cuisine, sur la gauche.

Là, le réchaud, le réfrigérateur et le lave-vaisselle avaient quelques années, mais, comme le lavabo, la commode et la baignoire de la salle de bains, ils étaient si bien astiqués qu'ils étincelaient. Le buffet était usé mais brillait. Pas de grille-pain. Pas de four à micro-ondes. Pas de cafetière.

Craig ouvrit les placards. Ils étaient vides, sauf, dans l'un, une assiette, un bol et une tasse ; quelques casseroles en acier inoxydable impeccables et une passoire dans un autre.

Craig ouvrit chaque tiroir. Eux aussi étaient vides, sauf un couteau, une fourchette et une cuiller dans l'un et deux cuillers en métal plus grandes pour remuer des aliments cuits dans des casseroles en acier inoxydable.

— Sans vouloir tirer de conclusion, Joseph se sentait dans l'obligation de tout réduire à l'absolu minimum. Au fait, les vitamines sont sur la planche à épices derrière vous. Pas de sauge, pas de thym. Je ne parle pas du sel ni du poivre. Rien que des vitamines. Et pas d'alcool nulle part. Même pas pour faire une sauce.

— Joseph n'aimait pas boire. Qu'est-ce que ça prouve ? fit Tess. Je ne bois pas beaucoup non plus.

— Restez attentive. Je ne fais que commencer.

Tess secoua la tête, abasourdie, tandis que Craig ouvrait le réfrigérateur.

— Jus d'orange, lait écrémé, eau en bouteille, fruits, un assortiment de laitues, de tomates, de poivrons, de choux de Bruxelles... des légumes. Pas de viande. Pas...

— Joseph m'avait dit qu'il était végétarien.

— Vous ne croyez pas qu'il poussait les choses très loin ?

— Pas forcément. Moi aussi, dit Tess, je suis végétarienne. Vous devriez voir mon réfrigérateur. La seule différence, c'est que je mange parfois du poisson ou du poulet, mais uniquement de la viande blanche.

Craig, d'un geste impatient, balaya la pièce d'un geste.

— Pas de boîtes de conserve dans les placards.

— Bien sûr. Trop de sel. Trop de conservateurs. Le goût est synthétique.

— Pardonnez-moi, mais j'espère ne jamais avoir à goûter votre cuisine.

— Pas de conclusion trop hâtive, lieutenant. Je fais très bien la cuisine.

— Je n'en doute pas, mais si je n'ai pas un steak de temps en temps...

— Vous auriez moins de cholestérol, fit Tess. Et peut-être moins de bourrelets autour de la ceinture.

Craig plissa les yeux, se mit à rire, puis toussa.

— C'est vrai que je devrais faire attention... Peu importe. Comme je le disais, nous ne faisons que commencer. Laissez-moi vous montrer le salon.

Tess le suivit hors de la cuisine et s'engagea derrière lui dans le couloir.

Elle vacilla.

À part les épais rideaux, d'ailleurs ouverts, aux fenêtres, la pièce était totalement vide. Pas de tapis. Pas de lampe. Pas de fauteuil. Pas de canapé. Pas de table. Pas d'étagères. Pas de télévision. Pas de chaîne stéréo. Pas d'affiche. Pas de reproduction de tableaux. Un parquet nu. Des murs nus. Pas même un...

— Téléphone, fit Craig, comme s'il lisait dans ses pensées. Il n'y en a pas dans la cuisine. Pas ici. Et pas dans la chambre. Pas étonnant que Joseph n'ait pas donné son numéro de téléphone à son employeur. Il n'avait *pas* de téléphone. Il n'en voulait pas. Et à mon avis, il n'en avait pas besoin. Parce que la dernière chose qu'il voulait, c'était que quelqu'un l'appelle ou appeler lui-même. Votre ami avait réduit son existence aux nécessités essentielles. Et ne me racontez pas que c'est typique d'un végétarien. Parce que je ne marche pas. Je n'ai jamais rien vu de pareil.

Tremblante, Tess ouvrit une penderie et contempla un survêtement accroché à un cintre auprès d'un pardessus simple mais pratique. Pas de cartons sur l'étagère au-dessus. En bas, sur le plancher nu, elle vit une paire esseulée de chaussures de jogging Nike.

Tremblant plus fort, elle se cramponna à la porte de la penderie et se retourna.

— Bon, je suis convaincue. Ce n'est pas... personne ne vit comme ça... il y a quelque chose qui ne va pas.

— Mais j'ai gardé le meilleur pour la fin. Ou, devrais-je dire, le pire.

L'air sévère, Craig désigna du menton une porte.

— La chambre. Ce que vous allez voir là-dedans... non, n'ayez pas peur. Ça ne vous rendra pas malade, je vous l'ai promis. Mais j'ai besoin de *savoir.* Qu'est-ce que ça signifie ?

Ses pas résonnèrent dans la pièce vide comme il traversait la pièce et ouvrait la porte de la chambre.

Comme hypnotisée, Tess s'avança. La chambre était presque aussi vide que le salon. De simples rideaux, mais pas de tapis. Il y avait quelque chose dans le coin, mais dans cette partie on avait tiré les rideaux, et la chambre était trop obscure pour que Tess pût identifier la forme confuse.

À tâtons, elle trouva un commutateur. Mais quand elle l'abaissa il ne se passa rien.

— Il n'y a pas de lampe, annonça Craig. Et l'ampoule du plafonnier ne marche pas.

— Alors comment Joseph faisait-il pour ne pas trébucher dans le noir ?

En guise de réponse, le lieutenant écarta les rideaux. Un pâle soleil entra dans la pièce ; Tess cligna les yeux. Et brusquement, elle cligna les yeux pour une autre raison : ce qu'elle venait d'apercevoir dans la pièce l'ahurissait.

La forme vague qu'elle avait entr'aperçue était un matelas posé par terre. Non, pas même un matelas. Une paillasse, de 1,80 mètre de long sur 90 centimètres de large, de 2,5 centimètres d'épaisseur, et faite de chanvre tissé.

— On ne peut pas dire, observa Craig, que Joseph se chouchoutait. Pas d'oreiller. Pas de draps. Juste cette couverture. J'ai regardé. Il n'y en a pas d'autres dans le placard.

Tess avait des élancements derrière le front. Avec une confusion croissante, elle remarqua que la couverture dont parlait le lieutenant avait été pliée au pied de la paillasse avec le même soin méticuleux que la serviette et le gant-éponge si soigneusement accrochés dans la salle de bains.

— Vous vous demandiez comment il ne trébuchait pas dans le noir ; voilà la réponse, dit Craig.

Sa migraine s'accentuant, Tess suivit la direction qu'indiquait le lieutenant et secoua la tête. Auprès de la paillasse, une douzaine de bougies étaient fichées dans des soucoupes.

— Je ne sais pas pourquoi, mais je ne crois pas qu'il essayait seulement de faire des économies sur sa note d'électricité, remarqua Craig.

À droite de la paillasse, Tess aperçut un rayonnage de bois blanc comprenant trois étagères. L'estomac noué, elle s'approcha pour examiner les titres. *La Consolation de la philosophie ; Dialogues* de Platon ; *la Sainte Bible,* édition Scofield ; *Aliénor d'Aquitaine ; l'Art de l'amour courtois ; les Derniers Jours de la planète Terre.*

— Il n'a sans doute jamais entendu parler de la liste des best-sellers du *New York Times,* dit Craig. Philosophie, religion, histoire. Du solide. Ça ne m'aurait rien dit de passer un week-end avec lui. On ne devait pas rigoler souvent.

— Il n'était pas ennuyeux », dit Tess, d'un ton distrait, car elle continuait à inspecter les étagères. « Il y a plusieurs livres sur l'environnement.

— Oui. Voilà encore un intérêt que vous et lui partagiez.

N'arrivant plus, malgré ses efforts, à maîtriser son tremblement, Tess passa l'index sur un livre intitulé *le Millénaire* et remarqua que le titre n'était pas en anglais. Le volume avait une reliure en cuir usé et semblait très ancien.

— Je peux le prendre ?

— Dès l'instant que vous le remettez exactement où vous l'avez trouvé, dit Craig.

Très soigneusement, elle ôta le livre de l'étagère et en examina la couverture craquelée. *El Circulo del cuello de la paloma.*

— On dirait de l'espagnol, fit Craig.

— Exact.

— Vous lisez l'espagnol ?

— Non, soupira Tess. J'ai suivi quelques cours au lycée, mais je n'ai plus aucun vocabulaire.

— Sous le titre, dit Craig : *Abou Muhammad Ali Ibn Hazm al-Andalusi.* » Il trébuchait sur les mots. « Ça doit être le nom de l'auteur. C'est à peine si ça tient sur la couverture. Muhammad ? Ça m'a l'air musulman.

Tess hocha la tête, nota sur un bloc le titre et le nom de l'auteur, puis ouvrit le livre. Les pages en étaient fragiles ; tout le texte était en espagnol. Avec impatience, elle se retourna vers le rayonnage, et notamment vers la Bible Scofield. Quelque chose, tout à l'heure, l'avait étonnée. Le livre avait un air étrange. Elle remit avec précaution à sa place le livre en espagnol et retira la Bible, remarquant que la couverture se creusait. Les sourcils froncés, elle ouvrit la Bible et constata avec un choc que la plupart des pages avaient été enlevées. Une ligne bien droite montrait l'endroit où l'on avait utilisé un cutter et des ciseaux pour les couper.

— Pourquoi avoir...

— C'est une des nombreuses choses que je voudrais savoir, déclara Craig.

Tess lut les titres courants des différentes parties en tête des pages restantes lourdement soulignées.

— Il a tout coupé, sauf la préface, et...

Elle feuilleta d'autres pages.

— L'Évangile selon saint Jean, les Épîtres de Jean et l'Apocalypse selon saint Jean. Je ne comprends pas.

— Vous n'êtes pas la seule. Et ça... » fit Craig en désignant quelque chose. « Qu'est-ce que ça peut bien être, sur le rayonnage ? Ça bat tous les records. »

Tess leva les yeux. Elle avait remarqué l'objet en se dirigeant vers l'étagère, mais il lui avait paru si dénué de signification qu'elle avait décidé de l'examiner plus tard, dans l'espoir que d'autres indices dans la pièce l'aideraient à interpréter cette image grotesque.

L'objet était une statue, ou plus précisément une sculpture en bas relief carré, d'environ trente centimètres de côté, et taillée dans du marbre blanc. Elle représentait un bel homme musclé et aux cheveux longs chevauchant le dos d'un taureau, tirant vers le haut la tête de l'animal qui se débattait pendant qu'il lui tranchait la gorge avec un couteau. Du sang coulait en cascade de la blessure vers ce qui semblait être du blé sortant du sol. En même temps, un chien se précipitait vers le sang tandis qu'un serpent filait vers le blé et qu'un scorpion s'attaquait aux testicules du taureau.

À droite et à gauche de cette scène macabre, des porteurs de torches montaient la garde. La torche de gauche était brandie vers le haut, la torche de droite baissée vers le sol. Et au-dessus du porte-torche sur la gauche, un oiseau... Un hibou ? Difficile à dire... regardait d'un œil fixe le couteau de sacrifice et le sang qui ruisselait.

— Qu'est-ce que ça veut dire ? demanda Craig. Depuis que je l'ai vu pour la première fois ce matin, cet objet ne cesse de me hanter.

Tess avait du mal à parler. Elle avait un goût amer dans la bouche. Elle avait l'impression d'avoir les épaules bloquées.

— C'est... horrible. Répugnant. Écœurant.

— Oui, une décoration tout à fait banale pour un salon !

Fixées au mur derrière la statue, imitant les torches qui flanquaient cette scène baroque, il y avait des bougies dans des bougeoirs, l'une tournée vers le haut, l'autre vers le bas. On avait disposé une soucoupe sous cette dernière pour recueillir la cire qui fondait.

— Joseph ne se souciait pas beaucoup des risques d'incendie, dit Craig. Si le propriétaire avait eu vent de l'utilisation de ces bougies, votre ami se serait retrouvé à la rue avec ses quelques affaires. C'est étonnant qu'il n'ait pas mis le feu à tout l'immeuble.

— Mais c'est absolument fou...

— Je dois dire que ça m'a soufflé.

— Écoutez, je ne peux absolument pas emprunter la Bible ni le livre espagnol, n'est-ce pas ? demanda Tess.

— La Criminelle aurait ma peau si je vous laissais faire.

— Alors, est-ce que je peux au moins prendre des photos ?

— Vous avez un appareil ?

— Toujours. Une habitude de journaliste.

— Bon. Mais je veux que vous me promettiez, reprit Craig, que vous ne publierez pas les photos avant d'avoir mon autorisation ou celle de la Criminelle.

— Entendu.

— Alors, dit Craig, allez-y.

Tess saisit un petit Olympus dans son sac de toile et prit plusieurs gros plans de la statue sous différents angles. Puis elle ouvrit la Bible et photographia les pages les plus lourdement soulignées. Ensuite, après avoir remis la Bible sur l'étagère à l'endroit où elle l'avait trouvée, elle photographia tout le rayonnage et, pour finir, la paillasse flanquée des bougies.

Elle rangea son appareil.

— Voilà.

— Il y a une autre chose que je veux que vous me promettiez, ajouta Craig. Si ces photos vous apprennent quoi que ce soit, je veux que vous m'en parliez au cas où il s'agirait d'une chose que nous n'avons pas encore découverte.

— Parole d'honneur.

Craig s'agitait sans rien dire.

— Cette expression que vous avez. Ça recommence, fit Tess. Vous me cachez quelque chose.

— Eh bien...

— Quoi donc ?

— Êtes-vous préparée à un autre choc ?

— Vous voulez dire que ce n'est pas tout ?

— Dans la penderie. Craig l'ouvrit. « Remarquez qu'il avait peu de vêtements. Une paire de jeans propre. Une chemise de rechange. Un chandail de rechange. Un seul. Quelques paires de chaussettes et du linge sur l'étagère. Et *ceci.* »

Craig tendit la main vers la paroi intérieure de la penderie.

— Quoi que ce soit, je ne veux pas le voir.

— Je suis désolé, Tess. Mais c'est important. Il faut que je vous le montre.

Le lieutenant tira du placard un objet. C'était un morceau de bois long d'une trentaine de centimètres et qui semblait avoir été coupé dans un manche à balai. Une demi-douzaine de bouts de corde d'un mètre de long étaient fixés à une des extrémités.

Tess frissonna.

— Un fouet ?

— Avec du sang séché sur les cordes. Il... je crois que le terme est... il se flagellait.

## 22

*Parc national du Tsavo, Kenya, Afrique*

Le chasseur attendait patiemment, serrant dans sa main son fusil équipé d'un télémètre, blotti, avec la discipline que donne l'habitude, à l'abri d'un buisson d'épineux près d'un groupe de baobabs. De là, il voyait le point d'eau. À midi, près de l'équateur, la chaleur était si violente que les cibles n'allaient pas tarder à apparaître, obligées qu'elles étaient d'aller chercher de l'eau. Même si son chapeau à large bord et les buissons autour de lui le protégeaient du soleil aveuglant, le chasseur transpirait abondamment, sa chemise de chasse kaki était sombre d'humidité. Mais il n'osait pas prendre sa gourde pour boire une gorgée, de crainte, en faisant un geste, de révéler sa position. Après tout, sa proie était d'une extrême prudence.

Mais la patience et la détermination du chasseur avaient été plus d'une fois récompensées. Il n'avait qu'à conserver un comportement de professionnel. Plus tard, une fois la chasse terminée et réussie, il pourrait se permettre le luxe de boire.

Ses nerfs frémirent. Là ! Sur sa gauche ! Il sentit plus qu'il ne le vit le mouvement d'énormes pieds qui approchaient en faisant trembler la terre. Puis il distingua le nuage de poussière qu'ils soulevaient, et enfin les bêtes émergèrent d'un bosquet d'acacias en fleur, inspectant avec méfiance le terrain découvert, évaluant d'un regard nerveux la distance qui les séparait du marigot.

Des éléphants. Le chasseur en compta dix. Leurs larges oreilles étaient écartées, tendues pour déceler le moindre bruit insolite ou menaçant. Déçu, le chasseur observa qu'il y avait quatre jeunes sans défenses et que celles des adultes avaient à peine plus d'un mètre de long, même si c'était difficile à évaluer d'aussi loin. Avec une déception plus vive encore, il se rappela l'époque, voilà vingt ans, où les défenses incurvées atteignaient presque deux mètres, deux mètres cinquante et parfois trois mètres de long. En moyenne, le poids de chaque défense était tombé de huit à quatre kilos. Il fallait donc tuer des bêtes en beaucoup plus grand nombre pour atteindre le quota exigé par les marchands d'ivoire. Vingt ans auparavant, quarante mille éléphants parcouraient cette plaine, mais l'année précédente, l'homme avait estimé qu'il n'en restait pas plus de cinq mille, sans compter les deux mille cadavres d'animaux qu'il avait croisés au cours de ses expéditions. Bientôt, c'en serait fini du commerce de l'ivoire. Car les éléphants eux-mêmes auraient complètement disparu.

Pour obtenir douze tonnes d'ivoire qui rapportaient trois millions de dollars, il fallait abattre treize cents éléphants. Mais plus les défenses étaient petites, plus il fallait tuer de bêtes pour arriver au même poids en ivoire.

Les doigts crispés sur son fusil, le chasseur regardait les éléphants hésitants qui, parvenant à dominer leur nervosité, approchaient de l'étang. Ils étaient superbes. Il se concentra, appuya le doigt sur la détente, et lentement, avec colère, balaya du regard la prairie autour du point d'eau.

Une fois de plus le chasseur sentit ses nerfs frémir, son instinct s'éveiller.

Il aperçut des mouvements sur sa droite. Des silhouettes se dressaient au-dessus des hautes herbes. Ces silhouettes aussi étaient armées.

Des hommes ! En tenue de camouflage, tout comme lui !

D'autres chasseurs ! Même de loin, il devinait qu'ils n'utilisaient pas de fusils de chasse mais des armes automatiques ; des M-16 et des AK-47. Il était trop souvent tombé sur le résultat de leurs massacres. Des troupeaux entiers anéantis, criblés de balles, leurs carcasses pourrissant au soleil, les défenses horriblement sciées, leur viande

— que les indigènes auraient pu utiliser — abandonnée aux chacals dévastateurs et aux vers grouillants.

Maudits soient ces chasseurs ! Qu'ils aillent au diable !

C'était précisément là que ce chasseur-ci comptait les envoyer.

Prenant soin de ne pas se découvrir, il se leva lentement, épaula son fusil, colla son œil à l'œillet du viseur, assura la pression de son doigt sur la détente et, avec une immense satisfaction, pressa la gâchette. Sans quitter le viseur, il put voir — en gros plan — le crâne du « prédateur » voler en éclats.

Rien de tel que les balles explosives !

Presque aussitôt, le chasseur vit un autre « prédateur » jaillir de l'herbe, reculer avec horreur, porter la main à sa bouche et s'enfuir à toutes jambes.

Pas de problème.

Changeant légèrement son angle de visée, le chasseur fit feu de nouveau. Et fit éclater la poitrine du second prédateur.

« Alors, se dit le chasseur, quel effet cela fait-il ? Quand vous êtes morts, avez-vous eu l'impression de... vous êtes-vous identifiés avec... avez-vous imaginé... regretté la souffrance que vous avez imposée à tant de ces magnifiques et irremplaçables créatures de Dieu ? Aux éléphants ? Fichtre non ! Vous êtes incapables d'émotion, à part la cupidité.

Mais vous ne sentez même pas ça, maintenant, n'est-ce pas ? Vous ne sentez rien du tout.

Parce que, espèce de salauds, vous êtes deux ordures de moins à la surface de la planète. »

Des porteurs indigènes apparurent dans les hautes herbes et s'enfuirent à l'horizon. Leurs silhouettes affolées étaient tentantes, mais le chasseur retint son doigt posé sur la détente et abaissa son arme. Son message avait été transmis. Il comprenait — même s'il les désapprouvait — les motifs des indigènes.

Ces porteurs avaient besoin d'emploi. Ils avaient besoin d'argent. Ils avaient besoin de manger. Mais, quel que fût leur désespoir, ils ne devaient pas contribuer à anéantir leur héritage ! Les éléphants, c'était l'Afrique ! Les éléphants, c'était...

La colère du chasseur s'apaisa. Il fut pris d'une soudaine envie de vomir. Tandis que les porteurs indigènes se dispersaient sur les pentes de la colline, il se redressa avec la prudence du professionnel, inspecta la plaine autour de lui en regrettant que les éléphants eussent été affolés par les coups de feu, ce qui les avait empêché de satisfaire leur besoin vital de boire à ce point d'eau boueuse ; mais il se sentait plein d'orgueil d'avoir fait son devoir.

Il lui fallut cinq minutes pour atteindre le premier des braconniers qu'il avait exécutés. Mort, son adversaire avait l'air pitoyable, avec son crâne éclaté, son sang détrempant la poussière. Mais, se rappela le chasseur, les éléphants morts avaient l'air encore plus pathétiques. Alors que, quand ils étaient vivants, si magnifiques, les éléphants étaient un des triomphes de la création.

Il fallait faire un exemple.

Le chasseur prit une paire de pinces, s'agenouilla, ouvrit la bouche du cadavre et s'attaqua au travail nécessaire mais répugnant de souligner l'exemple.

— De l'ivoire, murmura-t-il d'une voix étranglée. C'est ça que tu veux ? De l'ivoire ? Eh bien, en voici, tiens, sers-toi. Contrairement aux éléphants, tu as tout l'ivoire dont on a besoin.

Au prix d'un immense effort, le chasseur se mit à arracher chacune des dents du cadavre.

Il les disposa bien proprement en tas auprès du cadavre à la bouche béante.

Puis il s'approcha de son autre victime.

Par tous les moyens nécessaires... il fallait des exemples... des représailles !

Il fallait arrêter le massacre !

## 23

— Je suis désolé, dit Craig.

— De quoi ?

— Vraiment, je ne pensais pas vous bouleverser à ce point.

— Ce n'est pas votre faute, dit Tess. Il fallait... j'avais

*besoin* de voir cet appartement. *Earth Mother Magazine* ne va pas faire faillite parce que je ne suis pas là. De toute façon, je ne leur serais pas d'une grande utilité. Il faut que je réfléchisse à certaines choses.

L'air troublé, Craig se gara en double file dans la rue bruyante et encombrée, devant le loft de Tess à SoHo.

— Eh bien ! Pendant que vous réfléchissez, souvenez-vous de votre promesse. La Criminelle va faire une enquête minutieuse. Mais si quelque chose vous revient qui pourrait expliquer ce que nous avons trouvé dans l'appartement de Joseph, faites-le moi savoir.

Le lieutenant tendit une carte.

— En bas, c'est mon numéro de téléphone personnel. Si c'est important, appelez-moi sans tarder au bureau.

— Oh, ne vous inquiétez pas. S'il le faut, je vous téléphonerai au milieu de la nuit.

Craig sourit.

— Ça ne me gêne pas. J'ai le sommeil très léger. » Il toussa. « Enfin, quand je dors.

— Oh, ça me rappelle... fit Tess en fouillant dans son sac. J'ai failli oublier. En attendant que vous veniez me chercher, je vous ai apporté deux cadeaux.

— Oh ?

— Un exemplaire de notre magazine. Peut-être que ça, ça vous aidera à dormir.

— J'en doute. Je suis sûr, au contraire, que ça me tiendra éveillé. Vous avez ma parole : je vais le lire. Du début jusqu'à la fin.

— Je préparerai un questionnaire. Et puis, je vous ai apporté ceci.

Elle lui tendit une boîte de pastilles contre la toux. Craig eut l'air amusé.

— Merci. Les gens ne me donnent pas souvent grand-chose... si ce n'est des causes de chagrin. » Il s'éclaircit la voix. « Faites attention à vous, hein ?

— Vous aussi. » Reprenant la formule de Joseph, elle se surprit en ajoutant : « Dieu vous bénisse. »

Craig hocha la tête.

Une fois descendue de voiture, Tess regarda le lieutenant s'éloigner. Faisant semblant de gravir les marches du perron de son immeuble, elle attendit que la voiture de Craig eût disparu au coin de la rue. Puis, au lieu d'entrer dans son immeuble, elle partit d'un pas vif dans la direction opposée. Vers une boutique, plus loin dans la rue.

## 24

Un panneau en vitrine annonçait RAPID PHOTOS. Une sonnerie retentit quand Tess ouvrit et referma la porte. Un employé de type hispanique entre deux âges leva le nez des cartons de pellicules qu'il entassait derrière le comptoir. D'une voix sans aucun accent, il demanda : « Puis-je vous aider ? »

Tess hésita. Le teint basané de l'employé... Il y avait quelque chose... Cela rappelait à Tess la peau de Joseph. Elle avait pensé que le teint un peu basané de Joseph était dû au hâle. Mais peut-être...

Elle se demanda si Joseph n'était pas d'origine espagnole. Voilà qui expliquerait le livre en espagnol sur son étagère.

— Oui. Vous promettez en vitrine un développement rapide.

— Bien sûr. Mais moyennant supplément, dit l'employé.

— Pas de problème.

Tess ôta le film de son appareil et le tendit à l'employé.

— C'est important. J'en aurais besoin dès que possible.

— Un moment.

L'homme franchit une porte derrière lui et revint une demi-minute plus tard.

— Mon frère commence le développement maintenant. Il s'apprêtait à remplir un bon de commande. « Votre nom ? »

L'employé tendit un talon à Tess.

— Puis-je vous être de quelque autre utilité ?

— Oui. Il me faut d'autres pellicules. Trois rouleaux. Trente-six poses chacun. 200 ASA.

Tess avait appris par expérience, à force de tâtonner, que pour son appareil, un modèle facile à transporter et peu coûteux, 200 ASA étaient un bon compromis pour obtenir des clichés convenables, qu'ils aient été pris à l'intérieur comme à l'extérieur.

— Je... vous avez l'air... parlez-vous espagnol ?

L'homme sourit.

— *Si, señorita. Muy bien.*

— Alors, si ça ne vous ennuie pas, pourriez-vous me dire ce que ceci signifie ?

Tess tira son bloc de son sac et lui montra le titre qu'elle avait noté.

— *El circulo del cuello de la paloma ?* » L'employé haussa les épaules. « Le cercle... ou peut-être l'anneau... du cou de la colombe. »

Déçue, Tess se rembrunit. Elle avait espéré que le titre lui donnerait une indication sur le contenu du livre.

— Avez-vous jamais entendu parler d'un livre ayant ce titre ?

— Non, excusez-moi, *señorita.*

— Et ceci ? » Elle désigna le nom de l'auteur : Abou Muhammad Ali Ibn Hazm al-Andalusi. « Pourquoi le nom de l'auteur est-il si long ? »

L'homme haussa les épaules.

— En espagnol, les noms longs sont chose courante. Ils comprennent souvent le nom des parents.

— Mais Muhammad n'est pas un nom espagnol. Ça a l'air musulman, arabe.

— C'est vrai, répondit l'employé.

— Et la fin, Al-Andalusi ?

— Ça veut dire qu'il est originaire d'Andalousie.

— Si je me souviens bien, dit Tess, c'est en Espagne ?

— Oui. C'est la province la plus méridionale.

— Je ne comprends pas. Pourquoi un Arabe viendrait-il d'une province espagnole ?

L'homme ouvrit les mains d'un geste d'impuissance et secoua la tête.

— L'histoire de mon ancien pays est compliquée », dit-il. Il jeta un coup d'œil à une pendule murale. « Vos photos devraient être prêtes pour 5 heures.

— Je repasserai. Merci beaucoup.

— *De nada.*

25

Tess repartit en hâte vers son immeuble et, délaissant l'ascenseur, grimpa l'escalier jusqu'à son loft. Après avoir fermé la porte à clé derrière elle, elle se précipita vers son téléphone portable, pianota un numéro et alla prendre une valise dans une penderie.

La réceptionniste de *Earth Mother Magazine* répondit.

— Betty, ici Tess. Walter est libre ?... Bon. Alors passez-le moi... Walter, c'est Tess. Pouvez-vous me rendre un service ? Je ne peux pas venir travailler pendant quelques jours. Vous pouvez vous passer de moi ?... Oui, j'ai travaillé sur l'article. Ça n'a aucun rapport. Disons qu'il s'agit d'un problème de famille. Mais il va falloir que je m'absente... Comment ? Est-ce qu'il s'agit de Joseph ? D'accord, vous avez deviné. Vous lisez dans les pensées maintenant ? Walter, il faut que je le fasse... Etre prudente ? Qu'est-ce que vous croyez ? Bien sûr, je vous le promets.

Tess raccrocha avec soulagement, porta la valise près de sa commode tout en continuant à appeler d'autres numéros sur son téléphone portable.

— La bibliothèque ? Les ouvrages de référence, s'il vous plaît.

En attendant, elle jeta dans sa valise des vêtements de rechange.

— Les ouvrages de référence ? Je suis journaliste. J'ai un article à boucler et je vous serais reconnaissante si vous pouviez vérifier sur votre ordinateur l'existence d'un livre que j'essaie de trouver. Ça s'appelle *le Cercle* ou bien *l'Anneau du cou de la colombe.*

Attendant de nouveau, Tess passa dans la salle de bains et fourra dans sa valise une trousse de toilette.

— Non ? Je vous remercie.

Mais Tess se sentait déçue en bouclant la fermeture à glissière de sa valise. Elle sortit de la salle de bains, prit les pages jaunes de l'annuaire et finit par trouver ce qu'elle cherchait. De nouveau, elle composa un numéro.

— Allô, la navette ? J'ai besoin d'une place sur le vol de 6 heures pour Washington. Oui, je sais que vous garantissez les places. Mais je ne veux pas attendre si vous devez faire partir un autre appareil. Mon numéro de carte American Express est...

Elle s'affala sur son canapé, essaya de mettre de l'ordre dans ses idées et composa encore un numéro.

— Maman ? J'arrive ce soir... C'est vrai, ça fait longtemps. On va rattraper ça... Je vais très bien, maman. Écoute, si je me souviens bien, tu avais une certaine influence auprès du directeur de la bibliothèque du Congrès. Est-ce qu'il ne venait aux dîners de papa ?... Bon. Je voudrais que tu l'appelles. Demande-lui s'il sait quelque chose à propos de ce livre et s'il peut me le procurer. » Tess lui donna le titre. « 8 heures. Peut-être plus tard... j'essaie. Je ne sais pas exactement. Ne m'attends pas pour dîner... oui, je t'aime aussi. »

La communication terminée, elle consulta son carnet d'adresses et composa d'autres chiffres. À vrai dire, elle malmenait presque le cadran.

— Brian Hamilton, je vous prie... je m'y attendais. On a toujours du mal à le joindre. Dites-lui que Theresa Drake le demande... Oui, ce Drake-là.

Ce nom avait quelque chose de magique. Ou peut-être effrayait-il un peu. En tout cas, Brian Hamilton répondit aussitôt.

— Comment ça va, Tess ? » fit-il d'un ton suave. « Ça fait longtemps.

— Pas assez longtemps. Mais j'avais envie de reprendre contact, Brian. Personnellement.

— Oh ! Est-ce que ça veut dire que...

— Parfaitement. Je viens à Washington. Soyez chez ma mère à 8 heures ce soir.

— Je suis navré, Tess. Je ne peux pas. Je dois assister à une réception donnée pour l'ambassadeur de Russie.

— Avec tout le respect dû à l'ambassadeur...

— Du respect. Exactement. Nous voilà devenus alliés. Je dois...

— Vous n'écoutez pas, Brian. J'ai besoin de vous voir.

— Mais l'ambassadeur...

— Qu'il aille se faire foutre ! lança Tess. Vous aviez promis à mon père que vous seriez là si jamais j'avais besoin d'aide. Je vous demande de tenir votre parole.

— Vous me demandez ? Ça sonne comme une menace.

— Une menace ? Brian, je ne menace pas. Je donne des garanties. Je suis journaliste, vous vous rappelez ? Je connais vos secrets, tout comme je connaissais ceux de mon père. Je pourrais être tentée d'écrire un article là-dessus. À moins que vous ne vouliez me faire descendre.

— Voyons, Tess, pas de réaction exagérée. Vous savez que nous ne...

— Soyez chez ma mère, c'est tout. À 8 heures.

Brian hésita.

— Oui, si vous insistez. En souvenir du bon vieux temps et de votre père. J'ai hâte de...

Tess avait déjà raccroché.

## 26

À 5 heures tapantes, en nage tant elle s'était dépêchée, Tess arriva avec sa valise chez RAPID PHOTOS. La sonnette retentit de nouveau. De nouveau, l'employé d'un certain âge et de type hispanique leva les yeux vers elle.

Tess posa sa valise et soupira.

— Mes photos ? Elles sont prêtes ?

— Mais bien sûr, dit l'employé. Comme nous l'annonçons, développement en une heure. Il ouvrit un tiroir. « Les voici. »

Tess ouvrit son portefeuille.

— Je suis désolé que votre ami se soit mis en colère.

— *Mon ami ?*

— L'homme que vous avez envoyé chercher les photos à votre place.

— Mais, je...

— Il y a un mois, nous avons donné par erreur des photos de mariage. À vrai dire, c'était ma faute. J'ai oublié de réclamer le talon. Depuis cette date, je ne donne plus aucune photo à moins...

— Voici le talon », dit Tess. Sa main tremblait. « Vous avez bien fait. Je n'ai envoyé personne... De quoi avait-il l'air ?

— Bronzé. La trentaine. Grand. Bien bâti. Bel

homme. » L'employé s'interrompit, puis prit une expression plus soucieuse. « Il a beaucoup insisté, comme je ne voulais pas lui donner les photos. Il était si énervé que j'ai presque eu peur qu'il ne me force à les lui donner. J'ai passé la main sous le comptoir. » L'homme brandit une batte de base-ball. « Pour prendre ça. Au cas où il deviendrait violent. Il a peut-être remarqué mon geste. Heureusement, ça n'a pas été nécessaire. Juste à cet instant, trois clients sont arrivés. Il est parti précipitamment. » L'homme la fixa, l'air encore plus soucieux. « Ce qui m'a surtout frappé chez lui, ce sont ses yeux.

— Ses yeux ? » Tess se cramponna au comptoir. « Qu'est-ce qu'ils avaient ?

— Leur couleur était inhabituelle.

— Des yeux gris ?

— Oui, *señorita*. Comment avez-vous...

Tess, le souffle court, étourdie, posa l'argent sur le comptoir, saisit le paquet de clichés et parvint à maîtriser son tremblement. Elle se précipita vers la porte pour trouver un taxi.

— Vous êtes sûre que j'ai bien fait, *señorita* ?

— Absolument. Désormais, je vous donnerai tous mes clichés à développer.

La sonnette de la porte retentit tandis que Tess se précipitait dehors. Scrutant la rue embrumée de smog, elle comprit tout d'un coup, l'estomac noué, que ce n'était pas seulement un taxi qu'elle cherchait.

L'homme que l'employé du magasin lui avait décrit avait l'air d'être Joseph. Mais Joseph était mort !

Comment était-ce possible ?

Hélant un taxi, elle se rua à l'intérieur et se surprit à prendre une des habitudes de Joseph. Nerveusement, elle jetait des coups d'œil dans toutes les directions pour voir si on la suivait.

## UNE FUREUR TERRIBLE

### 1

*New York, aéroport de La Guardia*

L'homme au visage sombre, assis sur la banquette arrière, se pencha en avant, s'efforçant de ne pas perdre de vue, devant lui, le taxi que dix voitures séparaient du sien. Âgé de trente-huit ans, il était de taille et de poids moyens, brun de cheveux, et ses traits étaient si ordinaires que personne ne se souvenait jamais de lui. Il portait un costume classique, de qualité médiocre, une chemise blanche en polyester et une cravate à rayures discrètes. Son porte-documents ressemblait à des milliers d'autres.

— Quelle compagnie ? demanda le chauffeur de taxi.

Le passager hésita, guettant le taxi qu'il suivait.

— Eh, l'ami ; j'ai dit : quelle compagnie ?

— Un instant. Je regarde mes billets.

— Vous ne pensez pas que vous auriez dû faire ça un peu plus tôt ?

Devant eux, le taxi que guettait le passager prit à droite la rampe d'accès encombrée, suivit un virage et passa rapidement devant un parking. Un pannonceau indiquait : NAVETTES TRUMP, DELTA, NORTHWESTERN, PAN AM.

— Prenez à droite, dit le passager.

— Vous y avez mis le temps. Quelle compagnie ? répéta le chauffeur.

— Je vérifie toujours mes billets.

— Mon vieux, si vous manquez votre vol, il faudra pas vous en prendre à moi.

Le passager se penchait en avant, plissant les yeux, et

remarqua que le taxi qu'il suivait contournait le parking, passait devant les panneaux de la Pan Am, de Delta et de Northwestern et approchait d'un grand bâtiment neuf sur lequel un énorme panneau rouge annonçait NAVETTES TRUMP.

— Ici, ça ira, dit le passager.

— Eh bien, ça n'est pas trop tôt !

Quand le chauffeur s'arrêta derrière une limousine devant le terminal, le passager avait déjà vérifié la somme affichée au compteur du taxi. Il ajouta le prix du péage pour le pont, vingt pour cent de pourboire, fourra quelques billets dans la main du chauffeur, empoigna sa serviette et descendit précipitamment.

— Eh, vous ne voulez pas de fiche ?

Mais le passager avait déjà disparu. Comme il se dirigeait vers les portes à ouverture automatique, il jeta discrètement un regard sur sa gauche, vit la femme qu'il suivait descendre de son taxi, régler la course et se diriger avec son sac de voyage vers d'autres portes.

Ils entrèrent simultanément dans le terminal, avançant parallèlement mais séparés par une foule de voyageurs qui arrivaient. L'homme s'arrêta auprès d'un groupe d'hommes d'affaires à l'air tout aussi ordinaire que lui et fit semblant d'examiner son billet tout en regardant la femme se hâter vers la file d'attente d'un comptoir.

La file avançait rapidement : chez Trump, on garantissait la promptitude. La femme, pourtant, semblait impatiente. Quand son tour arriva, elle présenta en toute hâte une carte de crédit, signa un reçu, saisit un petit dossier qui devait contenir un billet et se précipita dans la direction que lui indiquait la jolie hôtesse.

« Excellent », se dit l'homme-caméléon. Il vira à travers la foule, suivant sa proie. Quand il arriva, elle avait déjà franchi le contrôle de sécurité. À strictement parler, aucun voyageur n'était autorisé à s'aventurer au-delà de ce point sans billet. Mais ce n'était pas un problème. Le caméléon avait toujours un billet bidon avec lui, et sa longue expérience lui avait prouvé que très peu de membres du personnel de sécurité se donnaient en fait la peine de vérifier ce billet.

Il posa son porte-documents sur le tapis roulant qui passait sous la machine à rayons X. Un employé en uniforme lui fit signe de passer par le portique du détecteur de métaux. Par habitude, le caméléon n'avait jamais sur lui d'objets métalliques quand il travaillait, pas même de pièces de monnaie ni de boucles de ceinture. Sa montre était en plastique. Le détecteur resta silencieux, et il reprit son porte-documents de l'autre côté de la machine. Sa serviette, bien sûr, ne contenait rien qui fût susceptible d'éveiller les soupçons. Rien que des documents innocents et assommants. Assurément pas d'arme. Après tout, sa spécialité, c'était la surveillance. Le caméléon n'avait pas besoin d'arme : même si, en de très rares occasions, des urgences l'avaient contraint à se défendre, sa taille moyenne trompait son monde, et sa connaissance des arts martiaux était impressionnante.

Il hâta le pas, grimpant un escalier roulant — un homme d'affaires comme les autres se dépêchant pour attraper son avion.

Devant lui, à l'étage supérieur, sa proie marchait plus vite. Là encore, pas de problème. Le caméléon ne voulait pas la rattraper, seulement ne pas la perdre de vue. Il consulta sa montre : 6 heures moins cinq. Il vit la jeune femme présenter sa carte d'embarquement à un employé et s'engouffrer par une porte ouverte vers le tunnel qui donnait accès à son avion.

Le caméléon attendit que la porte du tunnel fût refermée, puis s'approcha d'une fenêtre et regarda l'avion s'éloigner de la plate-forme d'embarquement. Mais cela ne lui suffisait pas. L'expérience lui avait montré qu'il fallait attendre jusqu'à ce que l'avion eût décollé.

Cinq minutes plus tard, le caméléon dut rendre hommage à Trump. Comme annoncé dans la publicité, le vol était parti à l'heure. Tournant les talons, il se dirigea vers un comptoir près de l'entrée. Il nota la destination du vol inscrite sur un panneau derrière le comptoir.

— Pardonnez-moi », demanda-t-il à l'employée, « à quelle heure cet avion arrive-t-il ? » Entendant la réponse, il sourit. « Merci. » Il avait encore une chose à faire. Il avisa un téléphone public, et utilisa une carte de crédit pour appeler un numéro par l'inter. « Peter, ici Robert. » Les deux noms étaient faux, au cas fort improbable où cette ligne serait surveillée ou bien au cas où quelqu'un occupant un appareil voisin surprendrait la conversation. Ne jamais prendre de risque.

— Désolé de t'avoir fait attendre, mais notre amie a eu du mal à attraper sa correspondance. Je sais combien tu tiens à l'accueillir. Elle a pris un vol Trump pour Washington. Elle arrivera à 7 h 07. Peux-tu... ? C'est ce que je pensais. Peter, tu es un frère. Je sais qu'elle sera ravie de te voir.

Son travail terminé, le caméléon raccrocha. Ramassant son porte-documents, il revint sur ses pas dans le hall. Mais, à la réflexion, son travail n'était pas encore terminé. Pas du tout. Ce n'était jamais fini. *Jamais.*

Non pas qu'il protestât. Sa mission était trop importante. Elle occupait, en fait, elle possédait son esprit et son âme.

Tout d'abord, sitôt rentré à Manhattan, il prendrait rapidement des dispositions pour faire mettre sur écoute le téléphone de la jeune femme. Cela n'avait pas paru nécessaire jusqu'à ce jour, jusqu'au moment où sa visite à l'appartement de la 82e rue est avait montré à l'évidence que cette femme continuait à être obsédée par la mort de son ami. Si son téléphone avait été sur écoute plus tôt, hier — pendant qu'elle était à la morgue, par exemple —, le caméléon aurait pu découvrir qu'elle avait pris des dispositions pour se rendre à Washington, et il aurait été moins compliqué de la suivre. Cette négligence allait être maintenant corrigée. Son voyage à Washington n'avait peut-être rien à voir avec la mort d'un homme du nom de Joseph Martin, mais le caméléon ne pouvait pas compter sur des « peut-être ». Il avait besoin de savoir tout ce qu'elle savait.

Ensuite, il allait interroger les membres de son équipe pour voir s'ils avaient réussi à retrouver l'homme qui avait essayé d'intercepter les photos que la femme avait confiées à développer au magasin proche de son immeuble. Le caméléon était l'une des trois personnes qui étaient entrées dans le magasin pendant que l'homme discutait avec l'employé. Il l'avait donc bien vu quand il était sorti du magasin en trombe, assez bien pour en donner un signalement détaillé aux membres de son équipe. En particulier, ce qui avait intéressé le caméléon — vivement intéressé —, c'étaient les yeux gris de l'homme.

Enfin, tandis que le caméléon attendait que ses contacts à Washington le prévinssent du moment où la femme rentrerait à Manhattan, il allait occuper son temps en suivant quelqu'un d'autre. L'inspecteur, le lieutenant Craig, manifestait un intérêt peu commun pour cette affaire. Après tout, l'enquête devrait maintenant être du ressort de la Criminelle, et non pas des Personnes disparues. Peut-être le véritable intérêt du lieutenant était-il la jeune femme. Le caméléon n'en savait rien. Pour le moment. Mais il le saurait. Bientôt. Il saurait tout de l'inspecteur. Parce que quelqu'un qui faisait montre d'autant d'obstination que le lieutenant Craig pouvait leur apprendre des choses très, très utiles.

## 2

À bord du 727 qui faisait la navette entre New York et Washington, Tess fit de son mieux pour ignorer le ronronnement des moteurs et se concentrer sur ses problèmes urgents. Elle n'était jamais très bien après le décollage, et elle se frottait le front tout en ouvrant et en fermant la bouche, s'efforçant de soulager la douloureuse pression qui s'exerçait sur ses sinus et derrière ses oreilles. Néanmoins, les photos de son sac étaient comme une présence insistante. Elle se donnait pourtant un air nonchalant. Ne pas attirer l'attention. Être calme. Elle était encore troublée à l'idée que quelqu'un eût essayé de voler les clichés. Ce fut seulement après avoir jeté un coup d'œil au passager assis auprès d'elle qu'elle décida d'ouvrir son sac. L'homme lisait *USA Today,* dont le gros titre en première page proclamait qu'un tiers de toutes les espèces de poissons d'Amérique du Nord étaient en danger d'être exterminées. Le paragraphe suivant signalait que, pour chaque arbre planté, quatre autres étaient tués par les pluies acides, le dessèchement des rivières ou le développement commercial.

Rendue furieuse par cet article, sa frustration s'accentuant, elle ouvrit son sac, prit le paquet de photos et les examina. Les gros plans sur les titres des livres de la bibliothèque de Joseph attirèrent aussitôt son attention.

Elle nota au même instant que le signal demandant aux passagers de boucler leur ceinture était éteint, et elle se leva pour suivre le couloir jusqu'à une batterie de téléphones installée sur la cloison à l'avant de la cabine. Utilisant sa carte de crédit, elle appela sa librairie favorite à New York, le Strand, dans le bas de Broadway.

— Lester ? Comment ça va ?... Moi ? Comment avez-vous deviné ? J'ai une voix si reconnaissable ? Oui, c'est un peu brouillé. Je suis dans un avion pour Washington... non, une histoire de famille. Écoutez, pouvez-vous me rendre un service ? Je pense que mon crédit chez vous est toujours bon. Ça vaudrait mieux, avec la fortune que je laisse tous les mois dans votre magasin. Alors, faites attention, d'accord ? J'ai une liste. Vous êtes prêt ?

— Toujours, mon ange. Si un jour vous voulez...

— Lester, vous voulez bien me laisser souffler ?

— J'essaie simplement de me montrer aimable, chérie. Voyons un peu ces titres.

— *La Consolation de la philosophie ; Dialogues* de Platon ; *le Millénaire ; Aliénor d'Aquitaine ; l'Art de l'amour courtois,* et un ouvrage en espagnol intitulé *l'Anneau du cou de la colombe.*

— Jamais entendu parler de celui-là, trésor.

— Oh, j'en ai plein d'autres.

Tess les récita.

— Pas d'auteurs, mon trésor ?

— Sur ce que je regarde, c'est à peine si je peux lire les titres, alors...

— Vous me paraissez tendue.

— Tendue ? Si vous saviez... Tâchez de me trouver ces livres le plus vite possible.

— Entendu, mon chou. Je vais vérifier nos stocks. Comme vous le savez, nous avons à peu près tout.

— Envoyez-les à...

Tess faillit les faire envoyer à son loft de SoHo, mais, se méfiant tout d'un coup, et se rappelant l'incident au magasin de photos, elle lui donna l'adresse de *Earth Mother Magazine,* non loin de la librairie.

L'estomac noué, elle raccrocha et regagna sa place, sans se soucier du regard curieux du passager qui avait reposé son *USA Today.*

Tess ferma les yeux.

En fait, elle les ferma si fort, avec une douloureuse intensité en attendant... en redoutant... son arrivée à l'aéroport de Washington et sa rencontre avec sa mère.

Pas seulement avec sa mère. Avec la veuve de son défunt père.

Et cet enfant de salaud. Cet assassin.

Cette *ordure* de Brian Hamilton.

## 3

*Alexandria, Virginie*

Le soleil commençait juste à se coucher, mais toutes les fenêtres du rez-de-chaussée de la grande maison de style colonial étaient brillamment éclairées, et dans le parc les projecteurs étaient allumés. Le taxi franchit une grande grille métallique, et Tess parcourut du regard les buissons qui bordaient la clôture, puis tourna les yeux vers la grande pelouse qui montait jusqu'à la maison, les nombreux parterres fleuris, les superbes chênes (elle était tombée de l'un d'eux et s'était cassé le bras étant enfant ; avec une douloureuse tendresse, elle se souvint de son père accourant à son secours), la fontaine où elle adorait barboter.

Mais son sourire s'effaça dès que le taxi, poursuivant sa route, approcha de la maison et d'une grande Rolls argentée garée au pied du perron de pierre blanche qui, derrière une colonnade, menait jusqu'à une porte à double battant.

La Rolls avait des plaques gouvernementales. Un chauffeur (peut-être un garde du corps) se tenait auprès de la voiture, surveillant l'arrivée du taxi.

Pas de doute là-dessus ; Brian Hamilton était arrivé.

Tess régla la course et descendit du taxi, dévisageant le chauffeur en passant devant lui, pas trop vite pour qu'il pût bien la regarder. Brian avait sans doute dit à l'homme de quoi elle avait l'air. Il la salua de la tête, puis fit un pas en arrière, dirigeant son attention vers les feux arrière du taxi qui continuait le demi-cercle de l'allée et disparaissait derrière les arbres. Oui, se dit Tess, c'était certainement un garde du corps.

Elle monta sa valise en haut du perron et sonna.

Dix secondes plus tard, un maître d'hôtel en livrée vint ouvrir. Tess n'était pas venue depuis si longtemps qu'elle ne le reconnut pas.

— Je suis venue voir ma mère.

— Je sais, mademoiselle Drake. Je m'appelle Jonathan.

Il lui adressa un sourire solennel.

— Soyez la bienvenue. Vous êtes attendue. Si vous le permettez, laissez-moi porter votre valise.

Il referma la porte derrière elle, et, leurs pas résonnant dans la pièce, il l'escorta dans l'imposant vestibule dallé de marbre jusqu'au salon sur la droite. Tess remarqua au passage qu'un nouveau Matisse était venu s'ajouter à la collection de tableaux accrochés aux murs.

La porte coulissante du salon était fermée. Sur un geste du maître d'hôtel, elle s'ouvrit sans bruit. Tess essaya de garder son calme en voyant sa mère se lever d'un divan XVIIIe à gauche de la cheminée.

— Theresa, ma chérie, c'est merveilleux de te voir !

Sa mère n'avait jamais aimé que son père l'appelât Tess. Mince, grande, la soixantaine, sa mère paraissait dix ans de moins grâce à de nombreux liftings qui donnaient néanmoins à ses traits aristocratiques une expression un peu pincée.

Comme toujours le soir, elle portait une robe habillée, celle-ci coupée dans une somptueuse soie ambrée qui bruissait à chacun de ses pas, et elle était couverte de bijoux : collier de diamants, boucles d'oreilles assorties, broche de rubis, bague de saphir à une main, à l'autre sa bague de fiançailles et sa bague de mariage, un bracelet d'émeraudes à un poignet, une montre Piaget en or à l'autre.

— Vraiment, vraiment c'est merveilleux !

Comme bien des dames de bonne famille, elle marchait comme si elle avait eu une planche attachée dans le dos et avec des intonations un peu rauques qui rappelaient la voix de Lauren Bacall.

— Ça fait *si* longtemps. Tu sais à quel point tu me manques !

Pendant ce temps, sa mère était arrivée à la hauteur de Tess et l'avait gratifiée d'une esquisse de baiser, lui effleurant la joue droite puis la joue gauche.

— Oui, mère, et c'est bon de te voir.

Tess réussit à sourire.

— Jonathan va porter ta valise dans ta chambre. Viens t'asseoir. Tu dois être épuisée par ton voyage.

— Mère, il n'y a qu'une heure de vol depuis New York.

— Oh, vraiment ? Mon Dieu, oui, je pense que c'est vrai. Alors pourquoi ne viens-tu pas plus souvent ?

Tess s'approcha du fauteuil XVIII^e^ disposé à côté du divan.

— Mon travail m'occupe beaucoup. J'ai à peine le temps de faire ma lessive, encore moins...

— Ta lessive ! » fit la mère de Tess en penchant la tête de côté. « Tu fais toi-même ta... ? Ah, oui, j'oublie toujours. Tu tiens à être indépendante.

— Exactement, mère. » Tess se tortillait dans son fauteuil tout en fouillant la pièce du regard, mais, à sa consternation, elle ne voyait pas trace de Brian Hamilton. « Indépendante. »

— Et ton travail ? Comment marche ton petit magazine ?

— Il n'est pas *petit,* mère. Et je crois qu'il fait du bon travail.

— Eh bien, c'est ce que nous voulons.

La mère de Tess s'installa plus confortablement sur le sofa.

— C'est un magazine d'environnement ? Quelque chose à propos de la pollution ?

Tess acquiesça.

— Et les choses ne font que s'aggraver, ajouta-t-elle.

— Oh, bien sûr, à mon âge, je ne vivrai pas assez pour... peu importe. L'important, c'est que tu sois heureuse.

— Oui, mère.

Malgré les émotions qui tourbillonnaient en elle — la

mort de Joseph, l'homme dont le signalement lui rappelait son ami, l'homme qui avait essayé de voler les clichés qu'elle avait pris de la chambre de Joseph — Tess réussit à sourire. Imitant la façon qu'avait sa mère de souligner certains mots, elle reprit :

— Je *suis* heureuse.

— Bien », fit sa mère en lissant sa robe. « Dans ce cas », fit-elle en rajustant son collier, « je pense que c'est tout ce qui compte ».

Mais elle ne semblait guère convaincue.

Tess se sentit gênée de voir sa mère inspecter ses baskets, ses jeans et son chandail de coton à manches courtes.

— Je sais, mère, tu aimerais que je m'habille comme...

— Une dame. Pour l'instant, on dirait que tu arrives d'une compétition sportive. Tu aurais au moins pu mettre un soutien-gorge !

— Je me sens mieux comme ça, mère. Surtout quand il fait aussi humide.

— Humide ? Précisément. Ton chandail est si trempé que je vois tes... Enfin... soupira-t-elle. Je sais, tu m'as dit de ne pas préparer de dîner, mais j'ai pris la liberté de demander à Edna de faire du pâté. Tu as toujours aimé ça, je m'en souviens.

— Beaucoup, fit Tess qui avait horreur de ça.

— Et du thé, bien sûr. Je pense que du thé nous fera du bien à tous.

Sa mère agita une petite clochette en argent tandis que Tess parcourait la pièce du regard.

— À propos, j'ai demandé à Brian Hamilton de me retrouver ici. Je crois que c'est sa Rolls qui est dans l'allée, mais je ne...

La porte du salon s'ouvrit. Tess tourna brusquement la tête. Une femme de chambre entra. Elle portait un uniforme avec un petit bonnet blanc. Elle était chargée d'un plateau d'argent avec des toasts et du pâté et elle le posa sur une table d'époque, d'une valeur de trente mille dollars.

Quelqu'un d'autre apparut, un homme en smoking qui portait un autre plateau avec des tasses à thé et une théière japonaise ancienne de deux siècles.

— Je suis navré d'avoir passé tout ce temps au téléphone, Melinda. J'espère que vous ne m'en voulez pas. J'ai pensé que, pour me rendre utile, j'allais aider Edna à servir le thé.

— Vous en vouloir ? Bien sûr que non. Je suis certaine qu'Edna apprécie votre courtoisie, et aucun de mes invités ne peut jamais mal faire.

L'homme déposa le plateau sur la table puis se tourna vers Tess en souriant. Il avait une soixantaine d'années, mais il se tenait très droit ; il était mince et robuste, avec des cheveux bruns et drus magnifiquement coupés et un beau visage aux traits forts mais réguliers. Il était très photogénique. Dans la presse, les légendes accompagnant les photographies soulignaient généralement les nombreuses décorations qu'il avait obtenues au Viêt-nam et sa légendaire carrière de général dans les marines. Son sourire accentuait les pattes d'oie autour de ses yeux et soulignait son côté un peu baroudeur. Il avait la voix rauque mais avec le débit régulier d'un présentateur de télévision.

— Comment ça va, Tess ? fit-il en tendant sa main soigneusement manucurée.

Tess la serra à regret. Il avait une poigne solide.

— J'ai connu de meilleurs moments, Brian. Pour l'instant, j'ai un problème.

— C'est ce que j'ai cru comprendre au téléphone. » Brian se tourna vers la domestique, puis son regard revint vers la mère de Tess. « Mais avant de discuter... »

La mère de Tess comprit l'allusion.

— Ce sera tout, Edna, dit-elle. Nous nous servirons nous-mêmes.

— Comme vous voudrez, Madame.

Edna fit une révérence et sortit en fermant la porte derrière elle.

— Voilà, fit la mère de Tess. Je suis certaine, Brian, que ça ne vous ennuiera pas de faire la jeune fille de la maison », fit-elle avec un petit rire.

— Bien sûr que non.

Il prit la théière.

— Non, attendez, fit Tess. Avant que nous... je n'ai vraiment pas...

Tous deux la regardèrent d'un air surpris.

— ... Je n'ai vraiment ni faim ni soif. J'ai grignoté un bretzel à l'aéroport.

— Un bretzel ! répéta la mère de Tess, horrifiée.

— J'aimerais en venir aux faits, dit Tess. Et, Brian, puisque je vous vois en smoking, je suppose que cela signifie ou bien que vous arrivez de la réception pour l'ambassadeur soviétique, ou bien que vous comptez encore y aller. Cela veut sans doute dire aussi que vous avez hâte d'y retourner ou d'y arriver, alors je ne vous retiendrai pas plus longtemps qu'il ne sera nécessaire. Croyez-moi, je ne veux pas vous faire perdre votre temps.

Elle essaya d'effacer tout sarcasme dans sa voix.

— Tess, tu ne pourras jamais me faire perdre mon temps.

Brian reposa la théière et vint se planter devant la jeune femme.

— Je t'ai dit au téléphone, en souvenir du bon vieux temps... et de ton père... je veux faire tout ce que je peux pour t'aider.

— Précisément. Mon père.

— Nous étions amis, dit Brian.

— Mais ça ne vous a pas empêché de l'envoyer à Beyrouth.

— Franchement, intervint sa mère, si cette conversation doit prendre une tournure déplaisante, je n'ai pas l'intention de rester là à...

— C'est une excellente idée, mère. Pourquoi ne t'en vas-tu pas ? Brian et moi avons à discuter de certaines choses.

— Non, Melinda, restez donc où vous êtes. Il est temps que nous dissipions les malentendus, dit Brian. Dans notre intérêt à tous.

Il vint s'asseoir auprès de la mère de Tess et lui prit la main. Pour la première fois, Tess se demanda s'ils n'avaient pas eu une liaison. Le meilleur ami de son père ? L'homme qui avait envoyé à la mort ce meilleur ami ? était-il possible que ce monstre eût sauté la femme de son meilleur ami ? Les imaginer tous les deux dans le même lit mit Tess si mal à l'aise qu'elle regretta d'avoir avalé un bretzel à l'aéroport.

— Bon, tous les trois, dit Tess. Ça me va très bien. Du moment que j'obtiens ce que je veux...

— Ton père était un diplomate engagé, dit Brian. Il s'est lancé dans cette folle aventure à Beyrouth parce qu'il croyait pouvoir changer les choses, apaiser la violence entre les chrétiens, les musulmans et toutes les diverses factions. Il était, en fait, persuadé de pouvoir arrêter le massacre.

— On dirait que vous faites un discours, observa Tess.

— Déformation professionnelle, fit Brian en haussant les épaules.

— En fait, ce calmant que vous venez de m'administrer, je crois avoir lu exactement ces mots-là dans le *Washington Post* au moment de la mort de mon père.

— Peut-être bien. Brian avait l'air un peu abattu. « Malheureusement, on me pose tant de questions qu'il m'arrive parfois de me répéter.

— Mais pourquoi n'avez-vous pas raconté au *Post* qu'on envoyait mon père à Beyrouth pour négocier un marché d'armes avec le camp que vous vouliez voir l'emporter : les chrétiens ? Et vous n'avez pas dit non plus au *Post* que la sécurité était si peu brillamment assurée par vous que les musulmans l'ont appris et qu'ils ont enlevé mon père pour l'empêcher de conclure ce marché.

— Là, Tess, ce ne sont que des hypothèses.

— Ne me traitez pas comme une idiote. Les musulmans voulaient faire avouer à mon père une intervention américaine au profit des chrétiens. Mais mon père n'a pas voulu avouer malgré tout ce qu'on lui a fait, malgré les tortures qu'on lui a infligées. Alors ils l'ont battu, ils l'ont affamé et, comme il ne voulait toujours pas parler, ils lui ont tranché la gorge et l'ont jeté dans un caniveau. Pour montrer à l'Amérique qu'elle ne devait pas intervenir.

— Tess, c'est ton interprétation. Les armes n'avaient rien à voir là-dedans. Il était là en tant que négociateur bien intentionné, purement et simplement.

— Rien de ce que vous faites, salauds que vous êtes, n'est pur et simple !

La mère de Tess tressaillit.

— Je ne tolérerai pas un langage vulgaire dans...

— Non, laissez-la terminer, Melinda. Nous allons régler ça une fois pour toutes, dit Brian.

— Je sais ce que vous avez ordonné à mon père de faire. Je sais qu'il n'était pas d'accord avec cette mission mais qu'il n'a pas voulu refuser un ordre de la Maison Blanche, reprit Tess. Comment je le sais ? Parce que j'ai surpris ses conversations au téléphone. Et quand il rapportait des documents de son bureau, je ne me contentais pas de les lire en secret, j'en faisais des copies avant qu'il ne les détruise.

— Si tu as fait ça, Tess, c'est une violation de la sécurité nationale. C'est sévèrement puni...

— Aussi sérieusement que ce qui est arrivé à mon père ? Qu'est-ce que vous me feriez ? Vous me jetteriez en prison ? Bien sûr que non. Je parlerais. Alors, à moins d'avoir sur les bras un autre scandale comme l'*Irangate,* il faudrait me tuer !

— En voilà assez, fit la mère de Tess en se levant d'un bond. Je ne veux pas en entendre davantage. Ton père était un grand homme et je ne te laisserai salir ni sa réputation ni celle de Brian !

— Non, Melinda, attendez.

Brian lui reprit la main. Sa voix restait d'un calme stupéfiant.

— Je crois que Tess a presque fini, dit-il. Je pense qu'elle veut en venir à un point précis. Et quand elle y sera, j'imagine que nous finirons par conjurer le fantôme qui nous hante tous. Tess, excuse-moi, mais si je puis me permettre d'être vulgaire, assez tourné autour du pot. Qu'est-ce que tu veux, à la fin ?

Tess prit une profonde inspiration et répondit, avec tout le calme dont elle était capable :

— Chaque fois que je vois votre nom dans le journal, je détourne les yeux avec rage. Mais je ne vis pas dans des limbes. J'entends les choses. Malgré le changement d'administration, j'imagine que vous avez encore de nombreux liens avec le gouvernement.

— C'est exact, fit Brian en se redressant.

— Avec le National Security Council, entre autres, dit Tess.

— Une rumeur sans fondement.

— Dites-moi, Brian, nous parlons de régler des comptes ! Un service en échange de mon silence ! Je ne vous pardonnerai pas ce que vous avez ordonné à mon père de faire, mais je jure, devant Dieu, que si vous faites ce que je veux, je n'en reparlerai jamais !

Le héros de guerre la dévisagea.

— C'est une offre tentante.

— Alors, acceptez-la.

Le regard du diplomate se fit plus calculateur.

— Quel est ton problème ?

Tess sentit soudain ses muscles se détendre.

— J'ai... c'est-à-dire j'avais... je ne sais pas comment l'appeler... un ami.

Lentement, d'une voix haletante, pendant le quart d'heure qui suivit, Tess expliqua, décrivant ses rencontres avec Joseph, son absence au rendez-vous dans le parc, l'horrible expérience qu'elle avait eue à la morgue de New York, sa visite dérangeante à l'appartement de Joseph. Elle conclut son récit en montrant les photographies des étonnants objets qui se trouvaient dans la chambre de Joseph.

Brian étudia les clichés.

— Bizarre. Tu es sûr que ton ami ne se droguait pas ?

— Se droguer ? Pas question. Et il ne buvait pas non plus. Il ne prenait même pas d'aspirine. C'était un fanatique de la santé.

— Mais il agissait comme si on l'avait suivi. Et... » Brian secoua la tête. « Franchement... que veux-tu que je fasse ?

— Utiliser votre influence auprès du FBI et de la CIA. Je pense que Joseph était peut-être espagnol. Je sais qu'il avait pris une fausse identité. Le FBI a ses empreintes. Faites-en des copies et envoyez-les à Interpol. Prenez contact. Quoi que vous fassiez, faites quelque chose. Déclarez que le pays s'est trouvé menacé, si cela peut vous motiver. Je veux connaître la véritable identité de Joseph. Je veux découvrir qui l'a tué ! Et qui a essayé de voler ces photos ! Et qui pourrait bien me suivre ! Et...

— Attends, fit Brian, l'interrompant. Tu penses... tu es en train de me dire que tu as peut-être été suivie ?

— Je suis si désemparée que je ne sais même pas quoi penser.

— Bon. Calme-toi. Laisse-moi... voyons, ces photographies... est-ce que je peux les emprunter et faire des tirages ?

— Pas question. Je ne veux pas les lâcher.

— Autrement dit, tu n'as pas confiance en moi pour les garder en sûreté.

— C'est moi qui ferai faire des tirages et qui vous les enverrai.

— Très bien, fit Brian. C'est assez clair... J'ai encore une question.

— Je n'ai rien à cacher. Posez-la.

— Tu as rencontré cet homme trois fois, seulement trois fois, et pourtant tu te sens obligée à ce point de découvrir qui l'a tué. Est-ce que ça veut dire que tu étais amoureuse de lui ?

Tess le regarda, sur la défensive.

— C'est plus compliqué que ça. Il était différent. Spécial. Disons que je tenais à lui. Et alors ?

— C'est simplement pour connaître tes motivations.

— C'est la justice, Brian. La même motivation que vous êtes censé avoir vous-même. Dès l'instant qu'il ne s'agit pas de vendre des armes à Beyrouth...

— Très bien.

Brian se leva, presque au garde-à-vous.

— Je te donnerai des nouvelles, dit-il.

— Le plus tôt sera...

— La précipitation n'est pas toujours une vertu, dit Brian. Mais, pour ce qui est de la minutie, je suis un expert.

— Alors prouvez-le, dit Tess.

— J'espère qu'un jour tu ne me détesteras plus.

— Qu'est-ce que ça peut bien vous faire ? Non. » Tess secoua la tête. « Ça ne colle pas. J'ai un soupçon ; alors, Brian, si je ne me trompe pas... en ce qui concerne mon père... et vos relations avec ma mère... Allez vous faire voir.

— Theresa ! protesta sa mère.

— Mère, si tu permets, ne te mêle pas de ça.

— Oh, mon Dieu ! fit sa mère en portant la main à sa bouche.

Brian tendit la main.

— Marché conclu, Tess ?

— Si vous faites ce que je vous demande ? Oui, d'accord.

Elle lui serra la main. La poigne de Brian n'était plus aussi ferme.

— Dès que je pourrai.

— Vous connaissant, et avec votre habileté...

Tess marqua une pause.

— C'est toi qui aurais dû être diplomate.

— C'est bien trop moche, Brian.

— Tu as peut-être raison. Pardonnez-moi, Melinda. J'ai du travail à faire.

— N'oubliez pas la réception pour l'ambassadeur soviétique, dit Tess d'un ton amer.

— Je n'ai pas oublié. Mais j'ai décidé de ne pas y aller. Comme tu me l'as dit au téléphone : qu'il aille se faire voir.

Brian Hamilton se dirigea vers la porte de chêne, la fit coulisser et disparut.

— Vraiment, dit la mère de Tess, avait-il besoin de dire...

— *Qu'il aille se faire voir ?* Mère, je t'en prie, c'est un héros de guerre. Si tu le trouves séduisant, tu ferais mieux de t'habituer à l'entendre utiliser des gros mots à l'occasion.

— Bonté divine ! J'espère ne pas avoir à le faire !

— Mère, est-ce que père ne disait pas de temps en temps des gros mots ?

— Ma foi, oui, mais je n'y faisais pas attention.

— Alors c'est que tu as un problème. Tiens, j'ai changé d'avis. Peux-tu me passer un toast ? Et me verser une tasse de thé ?

— Je vais sonner Edna.

— Non, mère. C'est toi qui vas me servir le thé. Et, soit dit en passant, j'ai horreur du pâté.

## 4

Garé dans une petite rue sombre non loin de la propriété, dans cet élégant quartier d'Alexandria, en Virginie, le suppléant du caméléon — même taille, même poids, mêmes traits aussi peu remarquables, sauf qu'il avait les cheveux blond roux et non pas bruns — buvait du café refroidi dans un gobelet en plastique, son Thermos vide posé auprès de lui sur la banquette, à côté de son neuf millimètres Browning dissimulé sous un grand porte-documents métallique.

Le porte-documents était ouvert, le fil d'un écouteur radio branché à l'allume-cigarettes de la voiture pour utiliser l'énergie de la batterie. L'appareil ne pouvait pas capter les conversations des radio-téléphones tels qu'en utilisaient la police et les chauffeurs de taxi ; il était conçu pour intercepter les conversations entre téléphones cellulaires, ceux qu'on utilisait dans les voitures et qui émettaient sur une fréquence beaucoup plus élevée, dans la bande des 800 mégahertz. S'il était légal de posséder du matériel permettant d'écouter les communications de la police, la possession d'un appareil interceptant les émissions provenant des téléphones de voiture était un délit punissable par la loi. Mais le substitut du caméléon s'en moquait bien. Il avait enfreint bien des lois dans sa carrière. Cette infraction-ci était mineure.

Il était prêt, en fait, à enfreindre bien d'autres lois, et peu lui importait la gravité du délit. Après tout, il avait ses consignes, une mission à accomplir, et pour l'instant tout s'était passé sans heurt. Il n'avait eu aucun mal à suivre de l'aéroport de Washington jusqu'ici cette grande, séduisante, athlétique jeune femme blonde. En ce moment même, sans plus de difficulté, un autre membre de son équipe était en train de mettre sur écoute le téléphone de la grande maison. Plus tard, on y installerait des micros. Pour l'instant, cette surveillance électronique limitée suffirait.

De temps en temps, l'homme qui portait un costume sombre ordinaire et qui avait le don de se rendre pratiquement invisible dans une foule entendait une conversation sur telle ou telle fréquence de son appareil. Après avoir écouté attentivement, il décidait que les sujets abordés ne le concernaient pas.

De temps en temps, aussi, il faisait tourner le moteur de sa voiture pour ne pas épuiser la batterie. Bien qu'il concentrât son attention sur la propriété, et notamment sur l'entrée et la sortie de l'allée d'accès, il jetait fréquemment des coups d'œil vers son rétroviseur.

Ce qui l'inquiétait, c'étaient les phares. S'il en voyait un approcher, il arrêtait aussitôt le moteur de la voiture, débranchait la prise insérée dans l'allume-cigarettes, remettait le fil dans le porte-documents et fermait le couvercle. Après tout, ce quartier élégant était sans doute patrouillé par les voitures de police, dont les occupants pouvaient être tentés de s'arrêter pour lui demander ce qu'il faisait dehors à pareille heure.

C'était le problème quand on essayait d'appeler un poste de surveillance à partir d'une voiture dans une banlieue chic. Très peu de gens, pour ne pas dire personne, se garaient dans la rue. Mais cette nuit-là, pourtant, le guetteur avait de la chance. À une centaine de mètres de la propriété, quelqu'un donnait une soirée — ou ce que, dans un quartier aussi élégant, on appelait sans doute une réception — et toutes les voitures n'avaient pas pu s'installer dans la spacieuse allée. Quelques Cadillac et Oldsmobile étaient dans la rue derrière lui, mais même si la Ford Taunus ne se confondait pas avec ces somptueuses automobiles, il n'aurait sans doute aucun mal à convaincre un policier curieux qu'il était un chauffeur de location qui avait dû utiliser cette voiture quand la Cadillac qu'il était censé prendre s'était révélée — affirmerait-il — avoir un défaut d'arrivée d'essence. La chance du guetteur persistait. Aucune voiture de police n'était passée jusqu'à présent.

Il se redressa soudain en voyant une Rolls argentée sortir de l'allée de la propriété et se diriger dans la direction opposée. Après avoir rapidement pris ses jumelles à vision nocturne sous son siège, il examina la voiture et s'assura qu'il n'y avait à l'intérieur qu'un chauffeur et un homme assis à l'arrière. La Rolls avait une plaque gouvernementale. Curieux.

Le guetteur nota le numéro sur un bout de papier et utiliserait plus tard ses contacts pour déterminer à qui appartenait la voiture ; cependant, pour le moment, puisque la femme n'était pas dedans, son devoir n'était pas de suivre la Rolls mais plutôt de continuer à surveiller la propriété.

Il entendit aussitôt des bips puis des sonneries interrompues par une voix sortie de son détecteur audio, si distincte qu'elle devait provenir du téléphone d'une voiture proche, sans doute celui de la Rolls.

— Bonjour », fit un homme d'un ton très officiel. « Ici la résidence de monsieur Chatham.

— Ici Brian Hamilton. Je sais qu'il est tard. Je suis désolé de le déranger, mais Eric est-il là ?

— Oui. Mais il est sur le point de se retirer dans sa chambre.

— Dites-lui qui appelle, je vous prie. Et dites-lui que c'est important.

Le guetteur accrut sa concentration. Eric Chatham ? Chatham était le directeur du FBI ! Et Brian Hamilton, de toute évidence le passager de la Rolls, était l'ancien secrétaire d'État, actuellement conseiller du président et membre — entre autres — du National Security Council.

Fichtre ! se dit le guetteur. Ce n'est pas de la petite bière.

— Certainement. Un instant, M. Hamilton.

Le guetteur fixa la lumière rouge de son détecteur et le haut-parleur d'où sortaient les voix.

— Brian ? » demanda une voix sonore, fatiguée et surprise. « J'allais passer mon pyjama. Je m'apprêtais à lire le nouveau Stephen King, quelque chose qui n'a rien à voir avec... Peu importe. Que se passe-t-il ? Mon assistant me dit que c'est important.

— Je suis désolé, dit Hamilton. Je suis tombé sur des renseignements ce soir et j'aimerais en discuter avec vous.

— Maintenant ? Ça ne peut pas attendre demain matin ? À mon bureau ? J'ai un emploi du temps assez chargé, mais je peux vous caser un quart d'heure juste avant le déjeuner.

— J'aurai peut-être besoin de plus d'un quart d'heure, reprit Hamilton. En privé. Sans interruption.

La réception devint moins distincte, car la Rolls quittait le quartier.

— En privé ?

Eric Chatham semblait déconcerté.

— Oui. Cela a un rapport avec une affaire dont on a demandé à vos gens de se charger. Mais, en vérité, c'est personnel. Cela concerne aussi Remington Drake, sa veuve et sa fille. J'ai un service à vous demander.

— Remington Drake ! Bonté divine. Et ce service est important ?

— Pour moi. Oui, très important, dit Brian Hamilton.

— Un service ? Ma foi, si vous mettez les choses sur ce plan-là... Vous m'avez assurément rendu assez de services, et Remington Drake était mon ami. Dans combien de temps pouvez-vous être ici ?

— Dix minutes.

— Je vous attends.

— Merci, Eric. J'apprécie votre coopération.

— Ne parlez pas trop vite. Je n'ai pas encore coopéré.

— Mais j'ai toute confiance que vous le ferez. Dans dix minutes.

La transmission s'arrêta.

Le guetteur fronça les sourcils, essayant d'interpréter ce qu'il avait entendu. Mais il se concentrait si fort qu'il n'entendit pas un autre cheminement étouffé de chaussures à semelles de caoutchouc sur la chaussée. À cause de la chaleur, le guetteur avait laissé sa vitre ouverte. Après tout, il ne pouvait pas laisser son moteur tourner constamment juste pour utiliser la climatisation de la voiture. Il risquait d'attirer l'attention. Inquiet, le guetteur tourna brusquement la tête dans la direction des pas qu'il entendait approcher et se trouva nez à nez avec un pistolet 6,35 pointé par la vitre ouverte. Stupéfait, il n'eut pas le temps de saisir son Browning sous son porte-documents. Le 6,35, muni d'un silencieux, émit un petit crachotement. Le guetteur poussa un gémissement quand la balle vint s'écraser contre son crâne. Le coup tiré à bout portant fut assez fort pour faire pencher le guetteur de côté. Du sang jaillit. L'homme fut secoué d'un frisson et s'écroula vers la droite sur son détecteur audio.

Mais la petite balle ne l'avait pas tué. Choqué, impuissant, souffrant le martyre, il conservait assez de conscience pour sentir, entendre et frémir, tandis que l'assassin ouvrait la portière avant gauche.

L'assassin empoigna le corps du guetteur, le tourna et le poussa sur le plancher devant la place du passager. Puis il claqua la portière, mit le moteur en marche et s'éloigna à une allure régulière et discrète.

Affalé sur le plancher, le guetteur déclinait, incapable de voir ; il sentait sa vie s'écouler et son sang imprégner la moquette. Il avait l'impression qu'on lui avait enfoncé un clou dans le crâne. Il se rendait compte que si l'assassin avait utilisé une arme plus puissante, il l'aurait tué sur le coup. Mais un pistolet de gros calibre, même avec un silencieux, aurait fait un bruit perceptible, pas très fort sans doute mais peut-être suffisant pour que quiconque sortant de la réception pût l'entendre et se méfier.

Dans une brume, le guetteur sentit la voiture prendre un virage. Tandis que le sang ruisselait sur son visage, menaçant de l'étouffer, il était stupéfait de ne pas être mort. Malgré l'horrible douleur, il gardait l'idée qu'il avait peut-être une chance de survivre.

*De survivre ?*

*Tu plaisantes ?*

*J'ai peut-être une chance.*

*Avec une blessure à la tête ?*

*Pas question.*

*Mais il sait que je suis encore vivant. Il m'entend respirer.*

*Pourquoi ne tire-t-il pas une seconde balle pour m'achever ?*

*Un amateur ? Non.*

*Dieu du Ciel, non !* conclut le guetteur.

La tête pleine d'un tourbillon de pensées, suffoqué par l'odeur du sang coulant en cascade, il décida : « je me trompe ! ce n'est pas un *amateur.* » Quand le guetteur avait pivoté vers le bruit de pas qui s'approchaient, il avait remarqué que le pistolet avait une forme inhabituelle. Un déflecteur était attaché à la partie supérieure où la culasse devait normalement reculer pour éjecter la cartouche vide, puis revenir en position pour introduire une nouvelle balle dans le canon. Mais le déflecteur empêchait la culasse de faire l'aller-et-retour en permettant à l'arme de produire un son. Ce déflecteur était destiné à renforcer l'action du silencieux. On ne pouvait donc tirer qu'une seule balle avec ce 6,35. C'était pourquoi l'assassin n'avait pas fait feu une seconde fois pour s'assurer qu'il était bien mort.

*Non ! Pas un amateur ! Un professionnel. Très professionnel ! Un tueur bien entraîné, plein d'expérience !*

*L'assassin est assez bon pour n'avoir besoin que d'une balle. Il sait que je n'ai pas une chance. Il sait que c'est juste une question de temps et que...*

Le guetteur, de plus en plus faible, pris de vertige, se mit à prier dans son agonie, avec un désespoir fervent. C'était tout ce qu'il pouvait faire maintenant. Il devait protéger son âme. Sa seule consolation était qu'on ne pouvait pas l'interroger. Il regretta néanmoins de ne pas pouvoir empêcher, tout à l'heure, l'assassin de le fouiller et de prendre la bague qu'il gardait cachée dans sa veste.

Brusquement, il sentit la voiture s'arrêter. Il entendit l'assassin descendre, puis une autre voiture faire halte à côté de la Taunus.

*Alors ils vont me laisser ici — Dieu sait où — pour mourir ?*

L'espoir redonna un peu de force à son pouls qui s'affaiblissait.

*Peut-être vais-je pouvoir rassembler l'énergie suffisante pour me glisser hors de la voiture. Peut-être trouverai-je quelqu'un pour me porter secours, pour me conduire à un hôpital.*

Mais son espoir fut cruellement déçu : le son étouffé qu'il entendit ensuite n'était pas celui de l'assassin montant dans l'autre voiture. Au lieu de cela, il entendit qu'on aspergeait la Taunus de liquide. Il le sentit imprégner ses vêtements et eut un haut-le-cœur devant cette forte odeur d'essence.

*Non !*

La dernière chose qu'il entendit, ce fut le craquement d'une allumette et le bruit de l'essence qui prenait feu. Des flammes envahirent l'habitacle et déferlèrent sur son corps. *Non ! Mon Dieu !* Dans une horrible souffrance, il se mit à prier avec encore plus de ferveur. *Notre Père, qui êtes aux cieux...* De façon stupéfiante, il eut assez de volonté pour aller jusqu'à *Délivrez-nous du mal* avant d'être anéanti par la fournaise.

## 5

Dans le vestibule de la grande demeure, comme Tess se dirigeait vers l'énorme escalier, sa mère lui dit :

— Malgré le côté déplaisant de la soirée, que je regrette, je suis vraiment contente que tu sois venue me voir. J'espère qu'une bonne nuit de sommeil va te mettre de meilleure humeur.

— Merci, mère. Et je suis heureuse de te voir. Mais je doute que je dorme beaucoup. J'ai trop de choses qui me trottent dans la tête.

— Ah, peut-être que si tu avais quelque chose à lire... Ça m'endort toujours, moi. Oh, mon Dieu !

La mère de Tess s'arrêta soudain au milieu de l'escalier.

— Qu'est-ce qu'il y a ?

— J'ai complètement oublié. Tu m'avais demandé d'appeler le conservateur de la bibliothèque du Congrès. Il a trouvé ce livre que tu voulais, et il l'a fait envoyer ici par coursier.

La mère de Tess redescendit l'escalier.

— Il est dans le salon. Mais, selon lui, tu as fait une erreur à propos du titre.

— *Le Cercle*, ou bien *l'Anneau... du cou de la colombe ?*

— Apparemment, c'est une traduction littérale de l'espagnol. Mais en anglais, les prépositions disparaissent, et...

La mère de Tess se précipita dans le salon et revint en ôtant d'un paquet un livre en assez mauvais état.

— *L'Anneau de la colombe.* Oui, c'est ça le titre.

Le livre paraissait ancien. Tess l'ouvrit précipitamment, retrouvant son enthousiasme en voyant qu'il était en anglais.

— Merci !

Elle serra dans ses bras sa mère qui tressaillit devant une telle démonstration d'affection.

— Je te remercie beaucoup. Franchement. Merci encore.

Sa mère semblait surprise.

— Je n'ai jamais vu quelqu'un s'exciter à ce point-là à propos d'un livre. Quand je l'ai feuilleté, en attendant ton arrivée, ça ne m'a certainement pas paru très intéressant.

— Au contraire, mère, je pense que ça va être fascinant.

Le cœur battant, Tess avait envie de courir jusqu'à sa chambre pour pouvoir se mettre à lire, mais elle se contraignit à gravir les marches lentement, au rythme de sa mère. Dans un long couloir où s'alignaient des toiles d'impressionnistes français, elles s'arrêtèrent devant la porte de Tess.

— Bonne nuit, mère.

Tess l'embrassa sur la joue. Sa mère de nouveau parut étonnée.

— Je suis désolée d'avoir fait une scène, mais tu ne peux pas imaginer ce que j'ai vécu ces derniers jours. Je te promets de faire de mon mieux pour ne plus t'énerver.

— Ma chérie... fit sa mère d'une voix étranglée. Elle hésita. « Tu n'as pas à t'excuser. Seigneur, tu es tout ce que j'ai. Je t'aimerai toujours. Fais autant de scènes que tu veux. Tu seras toujours la bienvenue ici. Et je te promets de tout faire pour t'aider à résoudre tes problèmes. »

Tess sentit les larmes lui monter aux yeux.

Sa mère eut alors un geste stupéfiant. Elle embrassa Tess à son tour, non pas en lui effleurant la joue, mais elle lui donna un vrai baiser, posant les lèvres fermement mais tendrement sur le front de Tess.

— Tu te rappelles ce que je disais quand je te bordais dans ton lit lorsque tu étais enfant ? Dors bien. Le marchand de sable va bientôt passer.

Tess essuya une larme.

— Je me souviens. Je...

— Quoi donc, ma chérie ?

— Je ne le dis pas assez souvent. Je t'aime, mère.

— Je sais. Je n'en ai jamais douté. Reste au lit aussi longtemps que tu voudras. Appelle la cuisine le matin et dis à Edna ce que tu veux pour le petit déjeuner. Ensuite, je t'en prie, appelle-moi. J'aimerais venir te rejoindre.

Tess renifla, en s'essuyant les joues.

— Ça me ferait très plaisir.

— Seulement, ne pleure pas, s'il te plaît.

— Bien sûr. Je me souviens. L'émotion des autres t'a toujours mise mal à l'aise.

— Il ne s'agit pas tant de l'émotion que de ses manifestations, dit sa mère. Très tôt, une femme de diplomate doit faire la différence.

— Eh bien, mère, j'ai bien peur de ne pas être une femme de diplomate. Je suis simplement sa fille.

— La fille de Remington Drake ? Ne dis pas « simplement ». Entre ton père et moi, il y a ta force. Obéis à ton héritage. Sois solide.

— Je le serai, mère. Je te le promets.

— Je te le répète ; je t'aime.

Tess regarda sa mère s'éloigner dans le couloir, une femme vieillissante et fatiguée dont les pas hésitaient un peu mais qui conservait néanmoins son allure en essayant de marcher avec dignité. Ce fut seulement quand sa mère eut disparu dans sa chambre que Tess, le cœur serré, entra dans la sienne.

## 6

La chambre avait toujours été celle de Tess. Allumant le plafonnier et refermant la porte derrière elle, elle examina le lit avec son dais, les couvertures qu'un domestique avait rabattues ; le domestique, sans doute le maître d'hôtel, avait aussi défait sa valise, posant son short et son T-shirt sur un coussin bordé de dentelles.

Avec une certaine émotion, Tess examina la pièce, les couches complexes de sa mémoire la montrant à ses yeux comme une superposition de clichés transparents correspondant aux divers stades de sa jeunesse : son lit d'enfant, sa maison de poupée (fabriquée par son père), ses animaux en peluche, puis le lit plus grand et son gant de base-ball sur la commode, sa batte et sa balle à côté, les posters de vedettes du base-ball et du football qui avaient cédé la place à des posters de stars du rock, et puis sa pile de disques auprès de sa chaîne stéréo, les livres avec lesquels elle avait étudié au collège (elle avait refusé de coucher dans un dortoir à l'université de Georgetown, préférant rester à la maison pour pouvoir être près de son père).

Tout cela, maintenant, était loin.

Avec un frisson de regret, elle maîtrisa sa nostalgie, contemplant le livre qu'elle tenait à la main.

*L'Anneau de la colombe*. La page de titre précisait que l'œuvre de Ibn Hazm avait été traduite de l'espagnol par A.R. Nykl en 1931. Feuilletant l'introduction tout en s'approchant du lit, elle apprit que Ibn Hazm était un Arabe qui avait émigré d'Afrique du Nord vers le sud de l'Espagne au début du XIe siècle et qui avait écrit ce livre, un traité d'amour platonique, en 1022.

Platon.

Tess se rappela soudain les *Dialogues* de Platon qu'elle avait vus sur le rayonnage dans la chambre de Joseph. Et elle se souvint douloureusement d'autre chose : de l'insistance avec laquelle Joseph avait affirmé que ses rapports avec elle ne pourraient jamais être physiques, mais seulement platoniques. « C'est mieux ainsi, avait-il dit, parce que c'est éternel. »

Accablée, elle alluma la lampe de chevet, éteignit le plafonnier et s'affala sur le lit, installant les oreillers derrière elle tout en continuant à parcourir le livre.

Elle comprenait pourquoi sa mère l'avait trouvé ennuyeux. Le livre était un essai minutieux, non pas un récit, et sa traduction, bourrée d'homélies et d'abstractions, dans un anglais un peu guindé, tentait de recréer la saveur de l'espagnol médiéval. A en croire l'introduction, *l'Anneau de la colombe* avait été en son temps extrêmement populaire, souvent recopié à la main ; on n'avait pas encore inventé l'imprimerie. Le livre avait fini par remonter l'Espagne pour gagner le sud de la France où, au milieu du XIIe siècle, il était devenu un des textes de base de cette conception idéalisée des relations entre hommes et femmes qu'on appelait amour courtois.

Cette dernière expression attira l'attention de Tess. Elle se souvint brusquement d'un autre livre qu'elle avait vu dans la chambre de Joseph : l'*Art de l'amour courtois*. Mais pourquoi Joseph était-il fasciné par ce sujet ?

Sa curiosité éveillée, Tess apprit que la notion d'amour courtois avait séduit Aliénor d'Aquitaine — dont le nom constituait le titre d'un autre livre de la chambre de Joseph ! — la reine de France, qui l'avait patronné. Plus tard, la fille de celle-ci, Marie de France, avait continué à le faire. Toutes deux avaient rassemblé autour d'elles poètes et ménestrels, leur faisant composer des vers et des chansons qui célébraient un ensemble de règles raffinées dictant la conduite réciproque des hommes et des femmes les uns envers les autres.

Tess plissa le front. Elle ne savait pas comment ces étonnants détails se réunissaient comme les pièces d'un puzzle, mais Joseph, de toute évidence, s'était comporté avec elle en suivant strictement le code de l'amour courtois.

Alors qu'une branche de cette ancienne tradition considérait l'amour courtois comme une sorte de badinage préludant à l'acte sexuel, l'autre branche de la tradition maintenait que le sexe était une forme d'amour imparfaite et impure. D'après l'auteur de *l'Anneau de la colombe,* le véritable amour ne se fondait pas sur l'attirance physique mais plutôt sur une attirance entre esprits apparentés, entre âmes compatibles. Ces âmes avaient jadis existé en harmonie, durant une vie antérieure qui rappelait à Tess le paradis. En naissant au monde physique, ces âmes avaient été séparées et se trouvaient dès lors incomplètes, obligées de se chercher sans cesse et ne trouvant de satisfaction que quand elles se retrouvaient. Tout comme leur relation originale avait été pure, n'étant ni physique ni sexuelle, de même leur relation dans ce monde-ci devait rester identique à elle-même, sans être contaminée par les vulgarités de la chair. Cette idée d'une vie antérieure paradisiaque venait manifestement des *Dialogues* de Platon, et la notion d'une affection hautement spirituelle et non sexuelle entre hommes et femmes prit ainsi le nom d'amour platonique.

Tess plissait de plus en plus le front, un coin de son subconscient s'efforçant de comprendre. Assurément, elle avait éprouvé une sorte d'identification avec Joseph dès l'instant où il avait mis le pied dans l'ascenseur, la première fois qu'elle l'avait rencontré, le mercredi précédent.

*Comment ? Cela ne faisait qu'une semaine ?*

Mais sa réaction envers Joseph n'était pas une simple identification. C'était bien plus ! Une attirance. Puissante. Ce que les romantiques se plaisaient à décrire comme le coup de foudre, mais ce que l'auteur de *l'Anneau de la colombe* aurait appelé un « amour entre deux âmes ».

Tout cela n'était que théorie, hypothèses ; cela n'expliquait sûrement pas l'incroyable détermination de Tess.

L'amour courtois ? Platon ? Pourquoi, au nom du ciel, Joseph était-il obsédé par ces idées ? Le cœur serré, elle jeta un coup d'œil à sa montre, surprise de découvrir qu'il était presque 2 heures du matin.

Elle avait dit à sa mère qu'elle était si perturbée qu'elle doutait d'arriver à trouver le sommeil, mais voilà que soudain elle se sentait épuisée ; elle décida de se déshabiller et d'essayer de dormir. Mais, alors qu'elle venait d'enlever son chandail de coton, elle aperçut le téléphone sur la table de chevet. La climatisation de la maison lui fit dresser les boutons de ses seins. Elle hésitait, contemplant le téléphone. *Je devrais appeler chez moi au cas où il y aurait des messages sur mon répondeur,* se dit-elle.

*Non. Ça peut attendre demain matin. Bien sûr.*

*Mais tant de choses se sont passées... Je devrais m'assurer qu'il n'est rien arrivé de nouveau.*

Elle pianota donc sur le cadran, écouta les crépitements sur la ligne, entendit une sonnerie, puis une autre et enfin sa voix sur le répondeur. « Ici Tess. Je ne peux pas vous répondre pour l'instant. Veuillez laisser un message après le *bip.* »

Elle tapa aussitôt deux chiffres de plus, deux, quatre, sa date de naissance : le code de sécurité qu'elle avait programmé sur son répondeur pour empêcher quiconque appelant son numéro d'avoir accès à ses messages.

Une voix d'homme, rocailleuse, qu'elle reconnut aussitôt, disait : « Tess, c'est le lieutenant Craig. Il est... » On entendait des voix en arrière-fond... « 5 heures et quart. Appelez-moi au bureau dès que vous pourrez. »

Un *bip* annonça la fin du message.

Curieuse, un peu frissonnante, Tess attendit pour s'assurer qu'il n'y avait pas d'autres messages.

« C'est encore le lieutenant Craig. 6 heures et demie. Appelez-moi tout de suite. »

Nouveau *bip.*

Le ton impératif du lieutenant accrut encore l'envie qu'avait Tess de raccrocher pour lui téléphoner, mais elle résistait, ayant encore besoin de savoir si elle avait d'autres messages.

« C'est le lieutenant Craig ! Il est presque 11 heures. Où diantre êtes-vous ? Appelez-moi ! »

Cette fois il y avait trois *bips,* signal annonçant que tous les messages avaient défilé. Tess coupa la communication, prit son portefeuille dans son sac, trouva la carte que Craig lui avait donnée et décida que, même si, dans son premier message, il lui avait demandé de le rappeler au bureau, il n'y serait plus à 2 heures du matin.

Pianotant rapidement sur les touches, elle appela chez lui.

De nouveau les crépitements, puis une sonnerie ; une autre ; une autre encore. A la cinquième sonnerie, elle commença à se demander si Craig n'était pas encore au bureau. A la sixième, elle en eut la certitude et elle esquissait le geste de raccrocher pour pouvoir l'appeler à son bureau. Sa main était à deux centimètres du combiné quand une voix un peu rauque dit : « Allô ? » Et Tess entendit une toux.

Elle colla le combiné contre son oreille.

— C'est Tess. Je suis désolée si je vous ai réveillé, mais vos messages...

— Où étiez-vous ? Mon Dieu, je me suis inquiété.

— Je suis à Alexandria, en Virginie.

En fond sonore, Tess entendit une musique qui montait, un orchestre, un chœur, une voix de soprano atteignant des notes incroyablement aiguës.

— Alexandria ? Qu'est-ce que vous fichez là-bas ?

— Ma mère y habite. J'ai pris le vol de 6 heures.

— Mais vous n'avez pas répondu à ma question. Qu'est-ce que vous...

— J'essaie de comprendre ce que nous avons vu dans l'appartement de Joseph. Ma mère a des contacts avec la bibliothèque du Congrès et... » Tess hésita, n'ayant pas envie de parler au lieutenant des puissantes relations de sa mère avec le gouvernement à cause de son père. « C'est un opéra que j'entends ?

— *Madame Butterfly* de Puccini. Une seconde. Je vais l'arrêter.

Quelques instants plus tard, la musique cessa.

— Je ne savais pas que vous aimiez l'opéra, dit Tess. Vous ne me paraissez pas le genre à...

— Écoutez-moi bien, dit Craig. Ne vous avisez jamais plus de quitter la ville comme ça, sans me prévenir ! Vous *devez* me dire où je peux vous joindre. Quand j'ai appelé plusieurs fois sans avoir de réponse, j'ai commencé à m'inquiéter en pensant qu'il vous était arrivé quelque chose.

— Eh bien, dans une certaine mesure, c'est presque ça.

— Quoi ?

— Ces photos que j'ai prises à l'appartement de Joseph. Je les ai laissées dans une boutique de développement rapide pendant que je faisais ma valise. Quand je suis retournée au magasin, l'employé m'a dit qu'un homme prétendant que je l'avais envoyé avait essayé de récupérer les photos.

— Seigneur !

— Si cet homme connaît l'existence de ces clichés, c'est qu'il nous a suivis quand nous avons quitté l'appartement de Joseph et qu'il m'a vue entrer dans la boutique, dit Tess.

— Ça me semble parfaitement logique. Bon sang ! » fit le lieutenant, avec une quinte de toux. « C'est bien ce que je disais. Il faut me dire où vous êtes et ce que vous faites. Ça pourrait être dangereux pour vous.

— Ce n'est pas tout. Je ne comprends pas, mais quand l'employé m'a décrit l'homme, on aurait dit qu'il parlait de Joseph. Ce type avait même des yeux gris. Est-ce que j'aurais pu me tromper à la morgue ? Est-ce que Joseph pourrait être vivant ? Est-ce que...

— Non, Tess, vous ne vous êtes pas trompée. Ça, je vous le garantis. Je ne sais pas qui était cet homme, mais ce n'était assurément pas Joseph.

— Mais comment pouvez-vous en être sûr ? Comment expliquez-vous les yeux gris ?

— Peut-être une coïncidence, fit Craig. Je ne sais pas, mais...

— Vous disiez vous-même que la cicatrice au poignet du cadavre ne suffisait pas à une identification absolue. Peut-être que cette cicatrice est une coïncidence aussi. Puisque le FBI n'a pas pu comparer les empreintes du cadavre avec celles de quelqu'un dans leur dossier, peut-être...

— Mais non, Tess, nous avons pu les comparer. C'est une des raisons pour lesquelles j'essayais de vous appeler.

— Au FBI ? demanda aussitôt Tess. On connaît la véritable identité de Joseph ?

— Pas le FBI. Notre propre labo. Ils ont passé au peigne fin l'appartement de Joseph et ont comparé les empreintes qu'ils ont relevées là avec celles de la main gauche intacte du cadavre de la morgue. Tess, les empreintes coïncident. Totalement, et elles correspondent aussi aux empreintes sur le bureau de Joseph à Veritas Video. On a confirmé votre identification. Joseph est bien mort au parc Carl Schurz.

Tess sentit ses genoux se dérober brusquement sous elle. Elle s'effondra sur le lit, secouée de frissons si violents qu'elle s'enroula dans un drap. Depuis l'incident du magasin de photos, sa crainte d'être suivie était atténuée par l'espoir que ce pouvait être Joseph, que Joseph était peut-être encore en vie.

Elle connut donc un renouveau de chagrin. Son estomac se serra. Sa raison bascula.

— Tess ?

Elle essaya de répondre.

— Tess ? répéta Craig, l'air inquiet.

— Je suis là. Je... Oui, ça va.

— Un moment, j'ai cru... Écoutez, je suis désolé. J'aurais pu être plus délicat.

— J'ai eu l'impression... ça ne fait rien. Ça va aller, dit Tess.

— Vous êtes sûre ?

— Tout ce qui compte, maintenant, c'est de le venger. De trouver qui a tué Joseph et pourquoi. » Tess secoua la tête. « Vous disiez que l'histoire des empreintes est une des raisons pour lesquelles vous avez cherché à me joindre. Qu'y a-t-il donc d'autre ?

— C'est à propos des photographies.

Craig marqua un temps.

— Alors ? » Tess fronça les sourcils. « Vous voulez que je vous pose la question ? Qu'y a-t-il à propos des photos ?

— Heureusement que vous les avez prises, et heureusement que l'employé ne les a pas données au type qui prétendait être envoyé par vous.

— Qu'est-ce qu'il s'est passé ?

— Quelqu'un s'est introduit dans l'appartement de Joseph. Il a incendié sa chambre.

Tess sursauta ; le drap lui tomba des épaules.

— *Incendié ?*

— Ça a failli mettre le feu à tout le dernier étage avant que les pompiers n'interviennent. C'est un miracle qu'il n'y ait pas eu de blessés.

— Mon Dieu ! Quand est-ce arrivé ?

— À 16 heures.

— À peu près au moment où le type essayait de voler mes photos.

— Qui sont la seule trace de ce que nous avons trouvé dans l'appartement de Joseph, précisa Craig.

— Mais je croyais vous avoir entendu dire que la Criminelle était arrivée là avant nous et qu'on avait pris des photos.

— Je m'étais trompé, répondit Craig. Ils ont envoyé des gens de l'Identité judiciaire pour relever des empreintes. Quand ils ont vu la chambre, ils ont décidé qu'il leur fallait des photos. Le photographe devait passer dans l'après-midi.

— Mais il ne l'a pas fait ?

— Pas assez vite. Après tout, l'appartement n'était pas le lieu d'un crime. Il ne semblait y avoir aucune urgence.

— Oh, merde !

— Assurez-vous surtout que ces clichés sont en sûreté. Cachez-les. Faites faire d'autres tirages à partir des négatifs, dit Craig.

— Je le ferai dès demain matin.

— Plusieurs tirages. Gardez-en un autre jeu. Vous revenez à New York demain ?

— Je ne sais pas encore, dit Tess. J'ai des choses à vérifier.

— Alors envoyez-moi les autres tirages. Par Federal Express.

Craig lui donna l'adresse de son bureau au 1, Police Plaza.

— Il y a un autre problème, dit-il.

— Je ne suis pas sûre de vouloir l'entendre.

— Quand les pompiers ont éteint l'incendie, quand ils ont pensé qu'on ne risquait plus rien, ils m'ont laissé fouiller l'appartement. Cet immeuble a des étages cimentés. Je ne risquais donc pas de tomber à travers le plancher, et rien d'autre d'ailleurs ne risquait de tomber.

— Je ne vois pas où vous voulez en venir, fit Tess, nerveusement.

— J'ai dû utiliser une perche pour déplacer des fragments du plafond et des parois qui s'étaient effondrés, mais je savais où regarder ; alors il ne m'a pas fallu longtemps pour dégager l'endroit qui m'intéressait.

— Quel endroit ? Qu'est-ce que vous...

— Là où était le rayonnage de livres, dit Craig. Là où le bas-relief était posé sur une étagère. Les livres ont été détruits, comme on peut s'y attendre. Le rayonnage aussi. Il ne reste que des cendres. Mais le relief était en marbre, et le marbre ne brûle pas. Il peut se fendre sous l'effet de la chaleur, mais j'ai bien regardé. La sculpture n'a pas pu tomber à travers le sol cimenté et, en tombant du rayonnage, elle n'aurait pas pu rouler très loin. Elle a disparu, Tess. Le bas-relief a disparu. Celui qui a incendié l'appartement a dû l'emporter en partant. Je ne sais pas ce qui se passe, mais je veux que vous me fassiez une promesse. Jurez-le moi. *Soyez prudente !*

## 7

*À l'est du Maine, Atlantique Nord*

Le *Sea Wolf,* une vedette des gardes-côtes des États-Unis, basée à Portland, poursuivait sa mission par une mer un peu agitée. Des nuages voilaient la lune et les étoiles, rendant la nuit plus noire, mais, même en plein jour, le *Sea Wolf* était encore trop loin de son point de destination pour permettre une identification visuelle. Sur la passerelle, le capitaine Peter O'Malley distinguait son objectif comme un point sur le radar, et ce qu'il concluait de son observation le rendait soucieux.

— Distance : 14 000 mètres, dit un homme d'équipage.

On dirait que l'avion de reconnaissance avait raison, capitaine. Il change sans cesse de cap. Vitesse minimale.

O'Malley hocha la tête. Six heures plus tôt, un groupe de F-15 de l'aviation américaine, en manœuvres de nuit dans un couloir militaire au large de la côte de Nouvelle-Angleterre, avait remarqué le point lumineux sur leurs écrans de radar. Son comportement inhabituel avait décidé le chef d'escadrille à contacter par radio son commandant à la base de Loring, près de Limestone, dans le Maine, en demandant la permission d'entrer en contact avec le navire. Permission accordée, mais toutes les tentatives pour communiquer avec l'embarcation avaient échoué.

— Identifiez-vous.

Pas de réponse.

— Avez-vous besoin d'aide ?

Pas de réponse.

Après des efforts répétés, le chef d'escadrille avait demandé l'autorisation de changer de cap et de descendre pour une inspection. On lui accorda de nouveau l'autorisation. Après tout, le silence radio du navire, s'ajoutant à sa route lente, désordonnée et erratique et à sa proximité des eaux américaines, justifiait une certaine inquiétude. S'approchant à distance prudente, utilisant des appareils à vision nocturne à fort grossissement, le chef d'escadrille détermina que le navire était un gros chalutier. Des caractères peints sur la poupe indiquaient qu'il s'appelait le *Bronze Bell* et que son port d'attache était Pusan, en Corée du Sud. Le nom anglais n'avait rien d'étonnant : beaucoup de navires de commerce orientaux utilisaient des caractères anglais quand ils opéraient dans les eaux occidentales.

Mais ce qui était inhabituel, voire troublant, c'était que, outre son approche lente et zigzaguante des eaux américaines, le chalutier n'avait pas un feu allumé, pas même les feux obligatoires exigés par la loi maritime pendant les traversées de nuit pour éviter que des navires, faute de se voir, n'entrassent en collision.

Déconcerté, le commandant de la base de Loring insista pour une confirmation. Le chef d'escadrille, non moins troublé, répéta que le chalutier était totalement — « je répète : totalement » — noir.

La situation devenait délicate et annonçait le risque d'un incident international déplaisant. Une seule erreur de jugement pouvait anéantir une carrière.

Si le navire étranger qui approchait avait été un bâtiment de guerre, les militaires américains auraient été mis en état d'alerte. Mais comme il s'agissait d'un navire civil, cela nécessitait une réaction moins énergique. L'aviation contacta aussitôt les gardes-côtes, et comme la vedette d'O'Malley était l'embarcation la plus proche du secteur, on dépêcha aussitôt le *Sea Wolf* pour enquêter.

Et maintenant, cinq heures après avoir reçu ses ordres, O'Malley — un vieux loup de mer aux cheveux roux qui avait vingt ans d'ancienneté, une maison à Portland, une femme et une fille qu'il adorait — continuait à regarder d'un air soucieux l'écran du radar.

— Ça y est, capitaine, dit un homme d'équipage, le bateau vient de franchir la limite des 200 miles. Il est dans nos eaux territoriales.

— Et à la dérive, fit O'Malley d'un ton lugubre.

— Ça m'en a tout l'air, capitaine.

— Et toujours pas de réaction à nos messages radio.

— Affirmatif, capitaine.

O'Malley soupira :

— Branle-bas de combat.

Le matelot déclencha l'alarme.

— À vos ordres, capitaine.

Sur la passerelle, le son de la sirène semblait étouffé, mais en bas le sifflet strident devait percer les oreilles et l'équipage allait bientôt surgir.

— Vous croyez qu'on va avoir des ennuis ?

— C'est bien là le problème, n'est-ce pas ? fit O'Malley.

— Pardonnez-moi, commandant.

— Que faut-il penser ? Des ennuis ? Sûrement. Manifestement, quelque chose ne va pas. La question est de savoir pour qui il y aura des ennuis : pour nous ou pour les gens du chalutier ? Je peux vous garantir une chose : ma chère et défunte mère, que Dieu la bénisse, n'a pas élevé son fils pour qu'il soit idiot.

— Je suis bien d'accord, commandant.

— Je vous remercie, lieutenant.

O'Malley se permit un sourire malgré sa préoccupation.

— Et je vous promets de faire tout ce qui est en mon pouvoir pour m'assurer pour que tous les fils de mères que j'ai sous mes ordres vivent pour revoir leur famille.

— Nous le savons déjà, commandant.

— J'apprécie votre confiance, mais ça ne vous vaudra pas de meilleures notes sur votre rapport d'activité.

Le lieutenant étouffa un rire.

— Je veux qu'on prépare l'abordage, déclara O'Malley.

— Bien, commandant.

— Avec un équipage armé.

— Bien, commandant.

— Préparez le Zodiac.

— À vos ordres, commandant.

O'Malley regardait toujours le radar. Trente minutes plus tard, l'écran à vision nocturne du *Sea Wolf* révélait l'énorme masse du chalutier coréen ballotté par les vagues à mille mètres par-devant.

Le lieutenant se redressa, penchant la tête de côté.

— L'aviation n'exagérait pas, commandant. Je n'ai jamais vu un navire plus sombre.

— Je veux tous les canons parés, dit O'Malley.

— À vos ordres, commandant.

— Toujours pas de réaction à nos messages radio ?

— Je crains que non, commandant.

— Approchez à bâbord et hélez-les au porte-voix.

O'Malley attendit nerveusement tandis qu'un officier de transmission, prudemment accroupi derrière une superstructure du pont, lançait des questions par le porte-voix.

— Ohé, du *Bronze Bell* ! Ohé ! Répondez ! Vous êtes entrés dans les eaux territoriales américaines ! Répondez ! Ohé, avez-vous besoin d'aide ?

— Et puis merde, dit O'Malley. Collez-moi une équipe d'abordage dans le Zodiac. Assurez-vous qu'ils soient armés, Beretta, M 16, et, pour l'amour de Dieu, qu'ils soient à l'abri de notre tir en allant aborder le chalutier. Préparez-moi les mitrailleuses de 50. Les canons de 40. Le grand jeu.

— À vos ordres, commandant.

Le Zodiac fonça vers le *Bronze Bell* avec son équipage de sept hommes, tous le doigt sur la gâchette de leur M 16. Dans l'obscurité, comme ils atteignaient le chalutier et lançaient des grappins fixés à des échelles de corde sur le côté, O'Malley fit une prière silencieuse pour eux et esquissa un signe de croix.

Les hommes mirent leurs fusils en bandoulière, sortirent leurs pistolets, introduisirent une balle dans la culasse, grimpèrent les échelles de corde et disparurent à bord. O'Malley retenait son souffle, regrettant que son devoir l'obligeât à rester à bord tandis que ces autres hommes — de braves gars, des hommes bien — s'en allaient risquer leur vie.

Il y avait quelque chose de très bizarre.

— Commandant ? crépita l'émetteur-récepteur auprès d'O'Malley.

Décrochant l'appareil, O'Malley répondit :

— La réception est bonne. Au rapport.

— Commandant, le pont est abandonné.

— Compris. Restez en état d'alerte. Postez des sentinelles. Avec prudence, vérifiez les ponts inférieurs.

— Affirmatif, commandant.

O'Malley passa, à attendre, les cinq minutes les plus longues de sa vie.

— Commandant, il n'y a toujours aucun signe de vie.

— Continuez à chercher.

— Affirmatif, commandant.

O'Malley, tendu, attendit encore cinq minutes.

On aperçut enfin les faisceaux de torches électriques sur le pont du chalutier. Des feux s'allumèrent. Par radio on annonça : « Commandant, il n'y a personne. Le chalutier semble totalement abandonné. »

O'Malley connaissait la réponse à la question qu'il allait poser. L'équipe d'abordage aurait sûrement transmis le renseignement. Il devait la poser quand même :

— Avez-vous trouvé des cadavres ?

— Personne, mort ou vivant, commandant. À moins qu'ils ne se cachent quelque part, le navire a été abandonné. Mais ça paraît quand même bizarre, commandant.

— Que voulez-vous dire ?

— Eh bien, commandant, la télévision est allumée dans la salle d'équipage. Il y a une radio qui marche dans une cabine. Il y a de la nourriture sur les assiettes dans la cambuse. S'il est arrivé quelque chose, ça a dû se passer vite.

O'Malley était de plus en plus soucieux.

— Pas de dommage au chalutier ? Aucune trace d'incendie, aucune raison qui ait pu leur faire abandonner le navire ?

— Non, commandant. Aucun dégât. Et d'ailleurs, les canots de sauvetage sont toujours à bord.

*Alors, bon sang, qu'est-ce qui s'est passé ? Au nom du ciel, où sont-ils partis ? Et comment ?* O'Malley se posait des questions mais ne laissait pas son appréhension percer dans sa voix. « Compris, dit-il avec calme. Et les machines ?

— Arrêtées, mais on les a fait repartir. Pas de problème, commandant.

— Carburant ?

— Les réservoirs sont à moitié pleins.

— Et la radio ?

— Nous l'avons trouvée arrêtée, mais elle est en état de marche, commandant. S'ils avaient voulu, s'ils avaient eu des ennuis, ils auraient pu envoyer un SOS.

— Personne n'a signalé de SOS. Continuez votre inspection.

— À vos ordres, commandant. »

O'Malley reposa le talkie-walkie. Pensif, il regardait dans la nuit les feux de l'énorme chalutier. Il avait entendu des histoires de navires trouvés abandonnés en mer. D'ordinaire les explications étaient évidentes : un rafiot que son propriétaire avait sabordé pour récolter l'assurance mais qu'il n'avait pas réussi à faire couler comme il l'escomptait, ou bien un yacht que des pirates avaient pillé après avoir tué les passagers (et violé les femmes s'il y en avait), jetant les corps par-dessus bord, ou bien un bateau de pêche abandonné par des passeurs de drogue redoutant d'être arraisonnés par la douane.

Aux siècles passés, O'Malley ne l'ignorait pas, il arrivait (mais c'était rare) qu'un équipage se mutinât, exécutât le commandant, le lançât aux requins et utilisât les canots de sauvetage pour gagner une côte voisine. Il avait aussi entendu parler de navires du temps jadis à bord desquels une épidémie avait éclaté, et où l'on jetait à la mer les corps des victimes l'un après l'autre jusqu'à ce que le dernier survivant, atteint par quelque horrible maladie, eût réussi à terminer un journal racontant leurs épreuves avant de sauter à la mer, préférant une mort par noyade, rapide et relativement indolore, plutôt qu'une interminable agonie.

O'Malley avait aussi entendu des légendes sur des vaisseaux fantômes sans équipage, le *Hollandais volant* par exemple, encore que dans ce cas le commandant fût censé être encore à bord, condamné à errer pour l'éternité à cause d'un pari perdu avec le diable.

Le plus célèbre vaisseau abandonné était la *Marie-Céleste,* une brigantine transportant de l'alcool de New York en Italie, retrouvée sans équipage entre les Açores et le Portugal en 1872. Mais O'Malley savait ce qui avait valu à ce navire sa mystérieuse réputation. Après tout, sa voilure était endommagée, ses cabines envahies d'eau et les canots de sauvetage avaient disparu. De toute évidence, une violente tempête avait effrayé l'équipage qui avait cru que la *Marie-Céleste* allait couler. Ils avaient stupidement mis les canots à la mer pour tenter de s'échapper et avaient été engloutis par les vagues déchaînées.

Tout cela s'expliquait facilement.

Mais O'Malley avait beau connaître ces récits, jamais, dans toute sa longue carrière au sein des gardes-côtes, il n'était encore tombé sur un navire abandonné. Certes, il avait vu des péniches déchiquetées sur les rochers à cause d'une tempête, mais elles n'entraient pas dans cette catégorie. Un navire, en pleine mer, par temps calme, dérivant sans équipage et sans raison apparente ? O'Malley secoua la tête. Il n'était pas superstitieux. Même si cela le faisait parfois frissonner, il ne croyait pas au pari perdu avec le diable ni à des visiteurs extra-terrestres enlevant des êtres humains, pas plus qu'à une quatrième dimension, au triangle des Bermudes ou à toute autre foutaise qui faisait les beaux jours des magazines à sensation. Il y avait ici quelque chose de terrible, oui ; mais l'explication devait être logique et, bon sang ! il comptait bien la découvrir.

Il se tourna vers un homme d'équipage.

— Contactez le QG de Portland. Dites-leur ce que nous avons trouvé ici. Demandez-leur d'envoyer une autre vedette. Demandez aussi l'assistance de la police locale, peut-être de la brigade antidrogue et du FBI. Qui sait combien d'autres services vont se trouver impliqués le temps que nous ayons tiré ça au clair... Et puis... je suis sûr que le QG va y penser... il vaudrait mieux alerter le propriétaire du *Bronze Bell.*

— Tout de suite, commandant.

O'Malley contempla de nouveau la silhouette trapue du chalutier. Il y avait tant de détails à prévoir. Il ne pouvait pas laisser le *Bronze Bell* avec ses hommes à bord, mais, sitôt que l'autre patrouilleur arriverait, lui ou bien le *Sea Wolf* commenceraient à chercher des marins tombés à l'eau. À l'aube, une reconnaissance aérienne participerait aux recherches. En attendant, on escorterait le *Bronze Bell* jusqu'à Portland où devaient attendre divers enquêteurs.

Le talkie-walkie se remit à crépiter : « Toujours rien, commandant. Je veux dire : nous avons regardé partout, y compris dans la cale. Je vais vous dire une chose. Ils ont sûrement fait une bonne pêche. La cale est presque pleine. » Une pensée traversa soudain l'esprit de O'Malley.

— Presque pleine ? Qu'est-ce qu'ils utilisaient pour pêcher ?

— Pour une prise pareille, ils ont dû utiliser des filets, commandant.

— Oui, mais quel genre de filets ? interrogea O'Malley.

— Oh, commandant, je crois que je comprends ce que vous voulez dire. Une minute.

La minute se prolongea interminablement.

— Bon sang, vous aviez raison, commandant. Ces salauds pêchaient à la traîne !

Furieux, O'Malley appuya ses mains sur une console avec une telle force que ses jointures blanchirent. Une pêche à la traîne ! Bien sûr ! Le *Bronze Bell* appartenait à des Coréens du Sud. Ceux-ci, avec les Taïwanais et les Japonais, étaient connus pour envoyer des chalutiers dans les eaux internationales de l'Atlantique Nord, et pour jeter des filets traînants en fil de Nylon qui s'étendaient sur des dizaines de kilomètres derrière chaque chalutier. On avait estimé récemment que jusqu'à 50 000 kilomètres de ces filets étaient utilisés dans l'Atlantique Nord, ramassant tout ce qui vivait, dévastant en fait l'océan. Les filets étaient conçus pour prendre d'énormes quantités de thons et de calmars. Cela avait pour effet d'anéantir à court terme ces espèces. Pis encore, les filets prenaient aussi des dauphins, des marsouins, des tortues de mer et des baleines, créatures qui avaient besoin de faire surface périodiquement pour respirer mais qui, prises dans les filets, ne le pouvaient plus. Elles mouraient noyées dans des conditions horribles, et l'on jetait leurs carcasses commercialement sans valeur quand on remontait les filets. Ainsi ces espèces-là étaient-elles également décimées.

Les salauds ! songea O'Malley. *Les horribles salauds !* Il se contint pour maîtriser sa rage en parlant dans le talkie-walkie.

— Le filet est encore dans l'eau ?

— Oui, commandant.

— Alors, mettez les cabestans en marche. Remontez-moi ça. On va ramener le *Bronze Bell* à Portland. Le poids du filet gênerait la manœuvre.

— Je vais donner l'ordre, commandant.

O'Malley bouillait de colère en regardant le chalutier. *Merde ! Merde ! Ces saloperies de filets traînants. Ces irresponsables...*

Cependant une voix balbutiait, dans le talkie-walkie : « Oh, mon Dieu, commandant ! Seigneur ! Oh... »

L'homme qui parlait semblait sur le point de vomir.

— Qu'est-ce qu'il y a ? Qu'est-ce qui se passe ?

— Le filet traînant ; on est en train de le remonter. Vous ne pouvez pas savoir combien ils ont pêché... ! Seigneur ! Et les dauphins ! les marsouins ! Je n'en ai jamais vu autant. Morts ! Ils sont tous morts ! Pris dans le filet. Un cauchemar ! Et l'équipage !

— *Quoi ?* Répétez ! *L'é... ?*

— L'équipage ! Vingt ! Trente hommes ! On continue à les compter ! Oh, Dieu du ciel ! Nous avons trouvé l'équipage. Attaché au filet. Ils se sont noyés comme les dauphins, et...

Ce qu'on entendit ensuite dans le talkie-walkie était bien reconnaissable : le haut-le-cœur d'un officier des gardes-côtes en train de vomir.

## 8

*Brooklyn*

Le panneau planté devant l'école primaire Saint-Thomas-More annonçait FERMÉ, DÉFENSE D'ENTRER, PROPRIÉTÉ DE L'AGENCE F. ET S. Sur une feuille de papier agrafée à la pancarte, on expliquait en petits caractères que ce secteur avait été réaménagé pour construire des habitations. Une autre pancarte — celle-ci sur la porte de l'école — indiquait : PRÉVU POUR LA DÉMOLITION, FUTUR EMPLACEMENT DU LOTISSEMENT GRAND VIEW.

L'école, un bâtiment en brique de trois étages, assez sinistre, avait été construite en 1910. L'installation électrique, la plomberie et le chauffage avaient besoin de réparations si coûteuses que le diocèse, à la limite de ses ressources financières, avait été contraint de le vendre et de prendre des dispositions pour que les élèves catholiques du quartier fréquentassent l'école plus moderne mais déjà saturée de Saint-Andrew, à trois kilomètres de là. Des parents, qui dans leur jeunesse étaient allés à Saint-Thomas-More et qui y avaient envoyé leurs enfants en déploraient la disparition, mais, comme l'avait indiqué l'évêque dans sa lettre — lue par le pasteur local à ses paroissiens lors de la messe du dimanche — , l'Église était confrontée à une grave crise financière. Des sacrifices regrettables étaient nécessaires, non seulement ici mais dans presque tous les diocèses du pays. On demandait des prières et des dons.

À 8 heures, le smog était déjà épais, l'air était lourd, quand trois voitures entrèrent dans le parking des professeurs, abandonné, auprès de l'école. Les voitures étaient des limousines américaines sombres, à quatre portes, chacune portant l'inscription AGENCE F ET S peinte en jaune sur les côtés. Deux hommes descendirent de chaque voiture, saluant les autres d'un signe de tête. Ils avaient de trente à quarante ans et portaient tous des costumes d'été de couleur claire. Cinq avaient des blocs-notes, le sixième un gros porte-documents métallique. Ils inspectèrent l'école, autrefois pleine de vie, et le contre-plaqué qui en masquait maintenant les fenêtres.

— Dommage, dit un des hommes.

— Bah ! fit un autre, rien n'est éternel.

— Rien ?

— En tout cas sur terre.

— Exact, dit le troisième.

— Et vous savez où ça s'arrête, dit le quatrième.

— À l'assiette pour la quête, fit le cinquième en hochant la tête.

— Vous avez apporté la clé ? demanda le sixième.

Le premier tapota la poche de son veston.

Ils s'approchèrent de la porte de l'école, attendirent pendant que le premier ouvrait la serrure et pénétrèrent à l'intérieur, laissant leurs yeux s'habituer à la pénombre, humant l'odeur de poussière et de moisissure.

Le premier homme repoussa la porte et la ferma à clé ; l'obscurité s'épaissit. Sa voix retentissait, soulignant l'aspect désolé de la bâtisse.

— Je pense que n'importe quelle salle fera l'affaire.

— Il vaut mieux aller au premier étage, dit l'homme au porte-documents. Nous risquons moins d'être entendus au cas où quelqu'un serait dehors près d'une fenêtre. J'ai noté des espaces entre les contre-plaqués.

— Entendu, fit le deuxième.

— Tout de même, nous ferions mieux d'inspecter cet étage.

— Vous avez raison, dit le premier. Bien sûr.

On entendait maintenant l'écho de leurs pas tandis qu'ils traversaient le vestibule. Tandis que quatre hommes inspectaient chaque salle de classe, les toilettes, une pièce de rangement et les divers placards, le cinquième homme s'assurait que la porte de derrière était fermée à clé et le sixième visitait le sous-sol. Quand tous eurent fini, ils s'engagèrent dans l'escalier aux marches grinçantes.

Durant tout ce temps, le premier homme avait l'étrange

sentiment qu'ils arrivaient là en intrus, que le résidu spirituel de plus de quatre-vingts ans de rires et de jeux d'enfants avait été absorbé par le bâtiment, qu'ils étaient là... faute d'un meilleur mot... comme des esprits, et que tout ce qu'ils demandaient, c'était qu'on les laissât jouer ici une dernière fois, pour leur ultime été. C'était du sentiment, s'avoua-t-il, mais, sa profession exigeant si souvent de lui le cynisme, il décida que pour quelques inoffensives secondes, au moins, il pouvait se permettre ce luxe.

L'homme était de taille et de corpulence moyennes, avec des cheveux bruns, des yeux noisette qui avaient tendance à prendre la couleur des vêtements qu'il portait et des traits d'une grande banalité, si ordinaires que personne ne se souvenait jamais de lui. Au long des années, il s'était entraîné à être un caméléon, et c'était lui, l'après-midi de la veille, qui avait suivi Tess à l'aéroport de La Guardia.

Quand il arriva au premier étage, il regarda les escaliers qui montaient encore, puis il inspecta le couloir à droite et à gauche, remarquant des salles de classe à la porte ouverte et deux petites fontaines d'eau potable qui semblaient étonnamment basses, jusqu'au moment où il se rappela qu'elles n'étaient pas conçues pour des adultes. Se tournant vers l'homme au porte-documents, il dit :

— Quelle salle voulez-vous ?

— Celle de gauche, au-dessus du parking.

— Comme vous voudrez.

— Mais pas avant...

L'homme au porte-documents désigna le dernier étage.

— Vous pensez vraiment que c'est nécessaire ? La poussière sur les marches est intacte.

— On m'a entraîné à être minutieux. Votre spécialité, c'est la surveillance, mais la mienne, c'est...

Le premier homme hocha la tête.

— Et vous vous en tirez magnifiquement, dit-il.

— J'accepte le compliment, fit l'homme, les yeux brillants.

— Je vais vérifier l'étage au-dessus pendant que les autres inspectent les pièces de cet étage-ci. En attendant, puisque nous sommes un peu pressés, pouvez-vous...

— Oui, je vais installer mon équipement.

Cinq minutes plus tard, après avoir inspecté l'étage supérieur où il ne trouva personne, le premier homme regagna le premier étage et la salle sur la gauche, au-dessus du parking. Ses compagnons et lui avaient pris beaucoup de précautions en choisissant ce lieu de rendez-vous. Il était extrêmement peu probable que leur ennemi eût réussi à les suivre jusqu'ici. Mais, il s'en doutait, l'homme au porte-documents s'inquiétait à l'idée que, malgré les portes verrouillées et les fenêtres barricadées de l'école abandonnée, un drogué ou un autre des innombrables sans-abri de la ville ait pu découvrir un moyen d'y entrer pour s'y réfugier. Même un drogué pouvait comprendre leurs conversations et devenir un mouchard.

En même temps, le caméléon se rappela que l'ennemi, au long des années, avait fait montre d'une remarquable habileté, d'un don de survie extraordinaire, d'une impitoyable détermination, avec la faculté de contre-attaquer. Malgré tout le soin avec lequel on avait choisi cette école abandonnée, il fallait bien reconnaître qu'on avait déjà utilisé à quatre reprises ce lieu de rendez-vous. Des habitudes avaient été prises et, à chaque fois, elles risquaient d'être découvertes. L'homme au porte-documents avait raison. Il n'y avait pas de mal à se montrer prudent.

Le caméléon remarqua deux choses quand il pénétra dans la salle de classe. D'abord, le sixième homme, le spécialiste en sécurité électronique, avait ouvert son grand porte-documents, branché un écran de contrôle sur une batterie, et utilisait une baguette métallique pour inspecter le tableau noir, le plafond, les murs, le plancher et les meubles. Ensuite, les autres hommes d'habitude si sérieux et si dignes — étaient assis tout recroquevillés à des pupitres conçus pour des enfants de dix ans. L'absurdité de la situation rappela au caméléon des scènes des *Voyages de Gulliver* et d'*Alice au pays des merveilles*.

— Ça va, dit le sixième homme en rangeant son équipement dans sa valise qu'il referma à clé.

— Alors nous allons commencer.

Si le caméléon, jusque-là, avait eu une attitude empreinte de déférence, il affirma son autorité en s'asseyant au bureau du maître. Comme un seul homme, chaque membre du groupe plongea la main dans la poche de son veston, y prit une bague et la passa à l'annulaire de sa main gauche. Chaque bague était identique, belle, unique, un anneau d'or de vingt-quatre carats sur lequel était monté un gros rubis étincelant avec l'insigne doré d'une croix et d'une épée entrecroisées.

— Le Seigneur soit avec vous, dit le caméléon.

— Et avec votre esprit, répondirent les cinq hommes.

— *Deo gratias,* dirent-ils tous les six en chœur, complétant le rituel.

Le caméléon balaya du regard ses compagnons.

— Pour commencer, je dois faire une confession. Les hommes plissèrent les yeux, se redressant du mieux qu'ils pouvaient sur leurs chaises trop petites.

— Vous.

Le caméléon désigna le sixième homme, le spécialiste en sécurité électronique qui, contrairement aux autres, était un peu trop gros.

— Nous avons tout à l'heure échangé des compliments sur nos talents respectifs. Mais je suis contraint d'avouer que j'ai fait une erreur en ce qui concerne mes propres talents, ou du moins que mon équipe en a commis une, et j'assume toujours la responsabilité des hommes que j'ai formés.

— Quel genre d'erreur ? fit le second en regardant par-dessus ses lunettes.

— Un des ennemis a tenté de s'emparer des photographies que la femme a prises dans l'appartement de notre cible.

Les larges épaules du quatrième homme se voûtèrent.

— Peut-être cette tentative était-elle sans rapport. Nous avons déjà eu de fausses alarmes. Comment pouvez-vous expliquer ça ?

Le cinquième homme serra les dents.

— Je suis entré dans le magasin de photos en faisant semblant d'être un client. J'étais aussi près de lui que je le suis maintenant de vous, reprit le caméléon. J'ai bien reconnu les caractéristiques. Il aurait aussi bien pu être le frère de la cible.

— Il l'était peut-être, dit l'homme aux larges épaules.

Mais je ne comprends toujours pas. Quelle erreur avez-vous commise ?

— Ma responsabilité était de suivre la femme. La responsabilité de mon équipe était de poursuivre et de capturer *l'homme.* » Le caméléon secoua la tête d'un air navré. « Ils ont échoué.

— Quoi ? fit le sixième, le spécialiste en sécurité électronique. Ils l'ont vu quitter le magasin et...

— Il a été très malin. D'après les rapports qu'on m'a faits, il a semblé sentir immédiatement qu'il était suivi. Il s'est mis à courir. Mon équipe lui a donné la chasse. Il a filé par des ruelles. Il a traversé des rues, zigzaguant dans le flot de la circulation. Mais ils continuaient à le poursuivre. Puis il est entré dans un restaurant.

— Et alors ?

Le caméléon leva les mains au ciel.

— Il a disparu.

— Comment ça ?

— Si mon équipe avait pu prévoir cela, ils auraient certainement continué à le poursuivre. Je le répète, j'accepte la responsabilité de leur échec.

— Mais ça ne nous avance à rien, poursuivit le sixième homme. Acceptez tous les reproches que vous voulez ; le fait est que l'ennemi était à portée de votre équipe et qu'ils n'ont pas réussi.

— Oui. » Le caméléon baissa la tête. « C'est exact.

— Il devait avoir un itinéraire d'évasion prévu, fit le troisième en faisant de nouveau la moue.

— Sans aucun doute, dit le grand costaud. Ils sont comme des furets. Ils peuvent s'esquiver, filer et trouver des terriers là où on ne s'y attendrait pas. Comment, sinon, aurait-il pu nous échapper si longtemps ?

— Là n'est pas la question, objecta le sixième homme. Leurs talents pour survivre sont bien connus. Mais nous, nous sommes censés être meilleurs.

— Et nous le sommes, fit le deuxième en remontant ses lunettes. Car la vertu est dans notre camp. Mais on dirait parfois que la Providence veut mettre à l'épreuve notre détermination.

— Je n'accepte pas les rationalisations. Si ce que vous

cherchez à me dire, c'est que le Seigneur aide ceux qui s'aident eux-mêmes, alors de toute évidence nous ne nous donnons pas assez de mal !

Le sixième homme foudroya le caméléon du regard.

— Ou bien, en l'occurrence, vous et votre équipe, vous ne vous donnez pas assez de mal. Assurément, j'ai fait ma part, moi. J'ai mis sur écoute le téléphone de la femme et celui du policier, une heure après avoir reçu vos instructions. J'ai pris également mes dispositions pour que nos gens à Washington puissent surveiller les conversations à partir de téléphones de voiture. De nos jours, tout membre important du gouvernement en a, même si je ne comprends pas pourquoi ils les utilisent, étant donné les risques que cela comporte.

— Que voulez-vous que je vous dise de plus ? Je ne peux pas changer le passé. Toutefois, je peux prendre la résolution de faire mieux à l'avenir.

— Mais ce n'est pas la première fois que vous faites des erreurs ! reprit le sixième homme. Quand vous avez réussi à trouver notre cible, vous auriez dû prendre aussitôt des dispositions pour qu'elle soit enlevée et interrogée.

— Je ne suis pas d'accord, protesta le caméléon. Comme la cible ne s'était pas rendu compte qu'elle était découverte, j'ai jugé prudent de continuer à la surveiller au cas où elle pourrait nous mener à d'autres cibles, ou bien...

— Mais pourquoi aurait-elle fait une chose aussi stupide ? L'homme était un fugitif qui avait quitté son groupe. Ils le recherchaient aussi ardemment que nous.

— Tout à fait, dit le caméléon. Nous avons attendu au cas où son groupe le rattraperait. Cela nous aurait permis d'avoir d'autres vermines à capturer, à interroger et à éliminer.

— Quoi qu'il en soit, rétorqua le sixième homme, la tactique a échoué. Son groupe a bel et bien découvert où il était et, au lieu qu'il soit capturé, ils ont réussi à l'éliminer.

— Il pleuvait cette nuit-là. Le temps a gêné...

— Le temps, ricana le sixième homme. *Comment cette vermine, le compagnon de notre cible, a-t-elle réussi à le rattraper ?*

Le caméléon ricana aussi.

— Sans doute en employant la même méthode que nous. La cible savait se cacher. Elle s'était construit une nouvelle identité. L'homme ne restait jamais plus de six mois dans une ville. Il avait des couvertures très élaborées pour cacher l'endroit où il vivait. En théorie, il était indétectable. Mais la nature humaine est imparfaite. Il y avait certaines choses chez lui qu'il ne pouvait ou ne voulait pas changer. Notamment sa fascination pour les documentaires vidéo. C'est comme ça que nous l'avons trouvé la première fois à Los Angeles, en inspectant les compagnies de vidéo. Bien sûr, il était reparti avant que nous ayons trouvé son employeur. Mais, là-dessus, nous avons retrouvé sa trace, de la même façon, à Chicago. Et là encore, il était parti. Mais finalement, après avoir eu recours à toutes les ressources dont nous disposions, nous l'avons repéré à Veritas Video, à Manhattan. Et si nous, nous avons pu le trouver de cette façon, j'imagine bien que la vermine qu'il fuyait a pu le faire aussi.

— Quand même, cela soulève une autre question, dit le quatrième, le costaud. Après avoir exécuté la cible fort convenablement par le feu, la méthode que nous-mêmes aurions employée, pourquoi ont-ils aussi incendié son appartement et pourquoi ont-ils attendu plusieurs jours avant de le faire ?

— Mon équipe de surveillance m'affirme que les gens qui poursuivaient la cible ne sont pas entrés dans son appartement la nuit où ils l'ont tué, dit le caméléon. À partir du vendredi soir, il a agi avec un surcroît de prudence, comme s'il se doutait qu'il avait été repéré. Il n'est pas allé à un rendez-vous avec la femme, Tess Drake, le samedi matin. Pendant toute cette journée-là, il est resté dans son appartement. Samedi soir, il a apparemment décidé de fuir en profitant de l'orage. Mon équipe avait conclu que son comportement était trop désordonné. On comptait s'emparer de lui dès qu'on le pourrait, en pleine nuit, pendant son sommeil. Mais ce plan a dû être interrompu quand d'autres cibles sont arrivées, avec les mêmes intentions que notre groupe à nous. Les événements se sont précipités. Les poursuivants ont découvert leur proie au moment où il dévalait l'escalier. Comme nous le savons, l'homme était dans une condition physique exceptionnelle.

— Bah ! est-ce qu'ils ne le sont pas tous ? lança le second homme.

— Mais il était aussi entraîné au combat à mains nues, reprit le caméléon. Il s'est battu avec ses poursuivants, leur a échappé, il est sorti de l'immeuble en courant, mais, pendant la bagarre, il a été blessé à la jambe, et...

— Oui, oui, fit avec impatience l'expert en électronique. Ils l'ont pris au piège et l'ont brûlé vif avant que votre équipe ait pu mettre au point un nouveau plan et, à défaut de le capturer et de l'interroger, du moins les exterminer tous. Un autre nid de vermines aurait été liquidé.

— Vous n'étiez pas là. Ne portez pas de jugement, dit le caméléon. Mon équipe était composée de trois hommes, ce qui suffisait pour leur mission de départ. Mais la cible et ses poursuivants représentaient six personnes. La seule compensation aurait été des pistolets. Mais dans un secteur aussi bien gardé que les environs de la résidence du maire, près du parc Carl Schurz, s'il y avait eu des coups de feu, la police aurait été aussitôt en alerte et elle aurait bloqué le quartier. Mon équipe ne pouvait pas prendre le risque d'être capturée et interrogée par les autorités.

— Quel risque ? grommela le sixième homme. Vos hommes connaissaient la règle. S'ils étaient pris, avant qu'on puisse les interroger, ils avaient l'obligation de se tuer.

Il tapa du doigt sur son anneau et sur la capsule de poison dissimulée sous la pierre de sa bague comme sous celle de tous les autres.

— Je me demande, murmura le caméléon. À la place de mon équipe, auriez-vous été prêt à prendre un risque dont vous savez qu'il échouerait, avec la certitude d'avoir ensuite à vous tuer ?

— Je vous parie votre âme que je l'aurais fait.

— Non, pas mon âme. La vôtre, corrigea le caméléon. Je doute que vous auriez pris le risque d'être capturé. Vous êtes un technicien, pas un combattant, et votre orgueil vous donne trop envie de vivre.

— Vous ne haïssez peut-être pas la vermine autant que moi, riposta le sixième.

— De cela, je doute aussi.

— Vous éludez la question. L'incendie dans l'appartement. Qu'en dites-vous ?

— À mon avis, les autres cibles avaient fait tellement de bruit dans l'immeuble qu'ils n'ont pas osé y retourner tout de suite de crainte d'être découverts par la police. Peut-être aussi les cibles ont-elles conclu que l'homme qui se faisait appeler Joseph Martin avait pris si grand soin de cacher sa véritable nature qu'il n'avait rien laissé d'accusateur dans son appartement. Tout cela n'est qu'hypothèse, mais voici quelque chose qui n'en est pas une : nous savons qu'ils ont décidé de surveiller la femme avec laquelle il s'était lié d'amitié, au cas où elle se conduirait d'une façon qui donnerait à penser qu'elle connaissait son secret. Bien sûr, nous avons surveillé la femme, puisque c'était le seul lien que nous eussions avec la cible. Elle est allée à la morgue et a réussi à identifier son cadavre. Le lendemain, l'inspecteur des Personnes disparues l'a emmenée à l'appartement de la cible. Aussitôt après, elle a laissé un rouleau de pellicules dans un magasin de photos à développement rapide. Pas besoin d'être un génie pour conclure qu'elle avait dû trouver quelque chose de si intéressant dans l'appartement de la cible qu'elle a pris des photographies et qu'elle a voulu les faire développer tout de suite. Quand un des exécuteurs de la cible n'a pas réussi à se procurer les photos, lui et les autres ont décidé que l'appartement avait maintenant une priorité suffisante pour prendre le risque d'y retourner. Quoi qu'ils aient trouvé là-bas, ils devaient le détruire. Et le feu, bien sûr, non seulement purifie ; il dissimule aussi le vol.

— Mais qu'ont-ils trouvé ? demanda le troisième homme.

— Vous voulez mon avis ? » Le caméléon hésita. « Un autel. »

Le quatrième eut un sursaut.

— Sans doute une de leurs statues. Cela, par-dessus tout, ils devaient le récupérer. Même si quelqu'un l'avait vue et en avait pris des photos, la révélation ne comptait pas autant que l'objet lui-même. La statue devait être trop sacrée à leurs yeux pour qu'on la laissât tomber dans des mains impures.

Un frisson de dégoût parcourut le groupe.

— Que Dieu les maudisse, dit le second homme.

— Il l'a fait, dit le sixième. Mais maintenant, après être arrivés si près, voilà que nous les avons perdus.

— Pas nécessairement, protesta le caméléon.

— Ah bon ? fit le cinquième en levant la tête.

— Vous avez une nouvelle piste ? interrogea le quatrième.

— Ils semblent s'être fixés sur la femme, reprit le caméléon. Les événements récents laissent à penser qu'ils estiment qu'elle en sait trop, étant donné, surtout, les clichés qu'elle a pris et, bien sûr, son brusque voyage à Alexandria, en Virginie. Comme nous le savons pour avoir étudié son dossier, son père était un homme puissant au gouvernement et avait même des relations plus puissantes encore, avec lesquelles la mère de la femme reste en contact. Il semblerait que Tess Drake soit décidée à découvrir pourquoi son ami est mort. Il semblerait aussi que nos cibles soient tout aussi déterminées à l'en empêcher et à dissimuler toute preuve de leur existence.

— Attendez, il y a un instant, vous avez parlé d'événements récents ». Le sixième se redressa. « Quels événements récents ?

— Eh bien... dit le caméléon. Oui, fit-il d'un ton hésitant. C'est la raison pour laquelle j'ai demandé cette réunion. » Son regard et sa voix s'assombrirent. « Hier soir... »

Il décrivit ce qui était arrivé à son homologue.

— Ils l'ont brûlé ? fit le sixième homme, pâlissant.

— Oui. Notre guetteur avait deux hommes qui travaillaient avec lui. Tous deux étaient à pied, l'un caché derrière la propriété au cas où la femme sortirait par-derrière, l'autre plus loin dans la rue, dissimulé dans les buissons. Ce dernier a vu une Rolls argentée quitter la propriété. Quand la voiture est passée, il a réussi à en relever le numéro minéralogique, et il a utilisé ses contacts pour trouver à qui appartenait la voiture. C'est ainsi que nous savons que Brian Hamilton était chez Mme Drake. Cet homme a également vu l'assassin se précipiter vers la voiture du guetteur et l'abattre. Ensuite l'assassin est parti au volant de la Taunus. L'aide du guetteur a volé une camionnette dans la rue pour se lancer à sa poursuite. Il a retrouvé la Taunus en feu sur le parking d'un centre commercial désert. Quand il s'est rendu compte qu'il ne pouvait rien faire, il a quitté les lieux avant l'arrivée de la police.

— Mais si notre homme avait déjà été abattu, pourquoi ont-ils... » La voix du second homme se brisa. « Pourquoi l'ont-ils brûlé ? »

Le caméléon eut une grimace.

— À n'en pas douter, pour faire un exemple. Pour nous démoraliser.

— Dans ce cas, ils ont échoué, dit le troisième homme avec rage. Ils le paieront. Je les précipiterai en enfer.

— Nous le ferons tous, dit le sixième homme.

— Et nous leur ferons payer d'autres choses aussi, dit le caméléon, avec un goût amer dans la bouche.

— Vous voulez dire qu'il y a plus ?

Le quatrième homme se redressa, se cognant les genoux contre son petit pupitre.

— Malheureusement, oui. Hier soir, à l'heure même où notre agent était abattu en surveillant la propriété...

## 9

Brian Hamilton reposa le téléphone dans un recoin de la banquette arrière de sa Rolls argent, fronça les sourcils et se pencha vers son chauffeur-garde du corps.

— Steve, vous avez entendu ?

Le robuste gaillard, un ancien marine, hocha énergiquement la tête.

— C'était Eric Chatham. Vous voulez que je vous conduise chez lui ?

— Exactement. Conduisez-moi à West Falls Church le plus vite possible.

— Je suis déjà dans la direction de l'autoroute.

Brian Hamilton se carra alors contre la banquette et réfléchit. L'histoire que Tess lui avait racontée... les photographies qu'elle lui avait montrées... tout cela le troublait grandement. Quel qu'eût été vraiment l'homme qui se faisait appeler Joseph Martin, cet homme cachait quelque chose. Ou fuyait quelque chose. Hamilton en était sûr. Oui. Quoi que ce pût être, c'était aussi terrible que le fouet taché de sang dans le placard de Joseph Martin et l'abominable sculpture que Tess avait photographiée. Là-bas, chez Mme Drake, Hamilton avait décrit cette photographie comme bizarre, mais l'épithète n'arrivait pas à la hauteur de la répulsion qu'il éprouvait. Cette statue l'emplissait de dégoût.

Il se mordit la lèvre, craignant de plus en plus que Tess ne fût impliquée dans une affaire si tortueuse et si dangereuse qu'elle pourrait y trouver la mort. N'avait-elle pas dit qu'elle redoutait d'être suivie ?

Hamilton serra les dents. De toute façon, il comptait bien utiliser tout son pouvoir, toute son influence, tous les renvois d'ascenseur à sa disposition pour trouver ce qui menaçait Tess et pour s'assurer qu'elle serait tirée d'affaire. Après tout, il lui devait beaucoup de choses. Beaucoup. Pour plusieurs raisons. Dont la plus importante n'était pas d'avoir été l'ami de son père mais d'avoir, suivant les ordres de ses supérieurs, envoyé à contre-cœur Remington Drake à Beyrouth pour négocier un marché d'armes secret avec les chrétiens contre les musulmans. Il avait donc été responsable de l'enlèvement du père de Tess par ces derniers. De la torture de Drake, et finalement de sa mort horrible. Pas étonnant que Tess le détestât. Elle avait de bonnes raisons pour cela. Mais si l'aider, et peut-être lui sauver la vie, pouvait effacer cette haine, Brian Hamilton avait toutes les motivations qu'il lui fallait, surtout depuis que la mère de Tess et lui avaient fini par se mettre d'accord. Après tout, il ne pouvait tout de même pas avoir une belle-fille qui l'exécrait.

Continuant à ruminer, il remarqua que son garde du corps avait atteint l'autoroute et fonçait vers West Falls Church, en Virginie, à quinze kilomètres de là. Dans quelques minutes, Brian Hamilton pourrait décrire son problème au directeur du FBI et exiger qu'Eric Chatham usât de toutes les ressources du Bureau pour découvrir qui avait été Joseph Martin et qui l'avait tué. Si Hamilton devait certaines choses à Tess, Eric Chatham lui en devait à lui aussi, et maintenant, il était l'heure de régler ses dettes.

— Monsieur, je crois que nous avons un problème, dit le chauffeur-garde du corps.

— Quel problème ? fit Hamilton en se redressant.

— Il se peut que nous soyons suivis.

L'estomac soudain noué, Hamilton se retourna pour regarder par la lunette arrière de la voiture.

— Le minibus derrière nous ?

— Oui, monsieur. J'ai d'abord cru que c'était une coïncidence. Mais il nous file depuis que nous avons quitté Alexandria.

— Semez-le.

— C'est ce que j'essaie de faire, monsieur.

La Rolls accéléra, mais le minibus en fit autant.

— Il est obstiné, dit le chauffeur.

— Je vous ai dit de le semer.

— Où ça, monsieur ? Nous sommes sur une autoroute, si je puis me permettre de vous le faire remarquer. Je roule à 150. Et je ne vois aucune sortie.

— Attendez ! Il change de file ! On dirait qu'il veut nous dépasser ! fit Hamilton.

— Oui, ça se pourrait... peut-être bien... peut-être que je me trompe.

Le minibus, après avoir changé de file, accéléra et parvint à la hauteur de la Rolls. Mais Hamilton, en l'observant, sentit son cœur se serrer. Du côté du passager, quelqu'un était en train d'abaisser une vitre du minibus.

— Attention ! balbutia le chauffeur de Hamilton.

Trop tard. Par la vitre ouverte, quelqu'un lança une bouteille. La bouteille avait un chiffon enfoncé dans le goulot. Et le chiffon était en feu.

— Seigneur !

Le garde du corps fit une embardée sur le bas-côté de l'autoroute, freinant de toutes ses forces, mais la bouteille — fabriquée sans doute dans un verre fragile, spécialement conçu — se fracassa en touchant le pare-brise de la Rolls et répandit de l'essence enflammée sur toute la voiture.

Aveuglé par les flammes ruisselant sur le capot et sur le pare-brise, le chauffeur essaya désespérément de reprendre le contrôle de sa voiture. Sur la banquette arrière, Hamilton se pencha vers la gauche, horrifié de voir le minibus virer brusquement vers la Rolls. Il sentit le véhicule heurter violemment le côté de la Rolls à plusieurs reprises et pousser la voiture hors du bas-côté.

Hamilton sentit son estomac chavirer. La Rolls, à présent complètement engloutie par les flammes, fonça sur un rail métallique, bondit en l'air et vint heurter...

Hamilton poussa un hurlement. Il ne sut jamais ce que la voiture avait heurté. La brusque et terrible force du choc le projeta en avant, le catapultant par-dessus le siège avant, si bien que son crâne vint s'écraser contre le tableau de bord.

Mais ce que les passagers du minibus constatèrent avec satisfaction, c'était que la Rolls avait heurté un gros poteau électrique. La collision fit éclater le réservoir d'essence de la Rolls. Une énorme boule de feu vint désintégrer la voiture en répandant des bouts de chair, d'os et de métal dans un rayon de cinquante mètres ; les flammes s'élevaient jusqu'à plus de trente mètres. Comme le minibus poursuivait sa route, disparaissant dans le flot de la circulation, sa vitre arrière reflétait le spectaculaire bûcher qui flambait dans l'obscurité au bord de l'autoroute.

## 10

Le caméléon prit la première page pliée du *New York Times* agrafée à son bloc. Il la brandit pour montrer la manchette au groupe : « Un ancien secrétaire d'État meurt dans l'incendie de sa voiture sur l'autoroute », puis tendit la coupure de presse au second homme.

— Voilà une affaire terminée.

— Je l'ai déjà lu. Je ne connaissais pas le rapport, mais dès l'instant où vous avez parlé de Brian Hamilton, j'ai vu où vous vouliez en venir.

— Pour ma part, dit le troisième, je n'ai pas eu l'occasion de lire le journal ce matin. Montrez-moi.

L'un après l'autre, les hommes aux visages sombres lurent l'article.

— Le feu, dit le sixième homme d'un ton dégoûté. Ils ont une telle passion du feu.

L'air écœuré, il reposa le journal et se tourna vers le caméléon.

— Vous semblez avoir réponse à tant de choses. Et dans ce cas, pourquoi l'ont-ils tué ?

— Je n'ai pas à proprement parler de réponse. Ce que j'ai, ce sont des hypothèses calculées, répondit le caméléon. Tess Drake va tout d'un coup voir sa mère. Quand elle arrive à la propriété d'Alexandria, est-ce une coïncidence si l'ancien secrétaire d'État et actuel conseiller du Président se trouve justement là ? C'est peu probable. Je dois donc conclure qu'un homme aussi important a été convoqué par la femme, que Hamilton — un ami de son défunt père — était la personne qu'elle voulait voir avant tout et non pas sa mère, que Tess Drake utilisait l'influence de feu son père pour avoir une aide énergique qui lui permette de découvrir qui était Joseph Martin et pourquoi il a été tué.

Le troisième homme haussa les épaules.

— Ce sont des hypothèses, vous en convenez. Je reconnais toutefois qu'elles sont logiques.

— Et je dois conclure aussi que l'ennemi a suivi Tess Drake jusqu'à la propriété, tout comme nos gens, poursuivit le caméléon. Quand l'ennemi a identifié la Rolls de Hamilton dans l'allée et a compris ce que la femme était en train de faire, il a dû décider que la mort de Hamilton était essentielle pour protéger son secret. Ils voulaient à mon avis l'empêcher de raconter aux autres ce qu'il avait appris et d'élargir le champ de l'enquête.

Le cinquième homme suivait du doigt les traits gravés au canif sur le dessus de son pupitre.

— C'est possible.

— Vous n'avez pas l'air convaincu.

— Ma foi, vos hypothèses se tiennent jusqu'à un certain point, mais... j'ai quand même un problème. Si l'ennemi s'était donné le mal et avait pris le risque d'assassiner Hamilton, cela n'aurait pas pour autant résolu son problème, du moins pas complètement. Le secret ne serait pas pleinement protégé. Pour accomplir cela, il faudrait aller absolument jusqu'au bout, et la personne la plus importante à éliminer serait...

Le caméléon hocha la tête.

— Précisément.

— Vous voulez dire...
— Oui.
— Bonté divine ! fit le sixième homme.
— C'est ce que j'ai pensé aussi... Bonté divine !... la nuit dernière... peu après 2 heures...

## 11

Figée dans sa chambre de la propriété d'Alexandria, Tess avait les doigts crispés autour du combiné tout en écoutant la voix rocailleuse et pressante de Craig.
— Je veux que vous me promettiez, reprit Craig. Jurez-le. Soyez prudente !
— Je vous garantis, déclara Tess, que je ne prendrai aucun risque.
— Tenez parole. Et promettez-moi encore ceci. Jurez que vous m'appellerez demain dès que vous aurez fait faire des tirages des photographies. Ensuite envoyez-les-moi par Federal Express le plus tôt possible.
— Je le ferai. Promis, dit Tess.
— Écoutez, je ne veux pas avoir l'air d'un amoureux jaloux, mais je me sentirai beaucoup mieux quand vous serez rentrée ici.
— Franchement, dit Tess, ça va aller. Quelqu'un a incendié l'appartement de Joseph, mais de là à penser que je suis en danger...
— Ah oui ? fit Craig en haussant le ton. Et qu'est-ce que vous dites du type dans le magasin de photos ?
Tess ne répondit pas. Elle dut s'avouer à contre-cœur qu'elle se sentait de plus en plus mal à l'aise.
— Bon, donnez-moi l'adresse et le numéro de téléphone de votre mère, demanda Craig, et il se mit à tousser. Je crois que c'est une bonne idée... Je veux pouvoir vous joindre s'il arrive quoi que ce soit d'autre que vous devez savoir.
Tess lui donna les renseignements qu'il demandait.
— Bon, fit Craig. Je le répète, j'aimerais que vous rentriez.
— Écoutez, même si j'étais à New York, que pourriez-

vous faire, à supposer que vous ayez raison et que je sois en danger ? Vous ne pouvez pas rester avec moi tout le temps.

— On ne sait jamais. On pourrait en arriver là.

— Eh, n'exagérez pas, fit Tess, tremblante. Vous me faites peur.

— Bon. Enfin. Je réussis quand même à me faire comprendre.

Au milieu des crépitements de l'interurbain, la voix du policier baissa de quelques tons.

— Et d'ailleurs... fit-il, un peu nerveux. Ce serait vraiment si terrible si j'étais avec vous tout le temps ?

— Quoi ? fit Tess interloquée. Je ne vois pas très bien ce que vous voulez dire.

— Je vous l'ai dit hier, en allant à l'appartement de Joseph. Ça a commencé comme une affaire pour la police. Maintenant c'est du ressort de la Criminelle, et non plus des Personnes disparues. Mais je veux quand même continuer à m'en occuper. À cause de vous.

Tess était de plus en plus surprise.

— Pas de réaction ? interrogea Craig.

— J'essaie de mettre un peu d'ordre dans tout ça. Êtes-vous en train de me dire ce que je crois que vous me dites ?

— En ce qui me concerne, il ne s'agit plus d'affaire. Je veux mieux vous connaître.

— Mais...

— Quoi que vous ayez à dire, Tess, dites-le.

— Vous avez dix ans de plus que moi.

— Et alors ? Vous avez des préjugés ? Vous n'aimez pas les hommes mûrs, fiables, des types comme moi qui ont roulé leur bosse et n'ont pas d'illusions ni de fausses espérances, et qui ne font pas de problèmes ?

— Ce n'est pas tout à fait ça. Je veux dire... fit Tess, gênée. C'est simplement... ma foi, je n'y avais jamais pensé...

— Eh bien, soyez gentille, et pensez-y un peu. Je ne veux pas vous bousculer. Je sais qu'il s'est passé pas mal de choses, dont la moindre n'est pas que vous ayez perdu votre ami, et j'en suis navré ; et, je le répète, je ne veux pas vous créer de problèmes. Je suis patient. Mais, vous savez, je prends un bain tous les jours.

Ce fut plus fort qu'elle : Tess éclata de rire.

— Bon, fit Craig. J'aime ça. J'aime vous entendre rire. Alors, pensez-y, voulez-vous ? Ou en tout cas gardez ça dans un coin de votre mémoire. Il ne s'agit pas d'en faire un plat. Mais peut-être... Bon sang, je suis si... peut-être que, quand tout ça sera fini, nous pourrons en parler.

— Bien sûr, fit Tess en avalant sa salive. Si... quand... je vous promets que quand tout ça sera terminé, nous en discuterons.

— C'est tout ce que je vous demande. Vous n'avez pas l'air enthousiaste, mais, bon... je vous remercie de votre patience. Maintenant, on reparle affaires : peu m'importe combien vous êtes occupée ; tâchez de m'appeler demain quand vous m'enverrez les tirages de ces photos.

— Parole d'honneur, dit Tess. Bonne nuit.

— Bonne nuit, répondit Craig. Et, au fait, je ne joue pas. Je bois rarement. Et je suis bon avec les animaux, les enfants, les pauvres, les infirmes, sans parler des gens âgés. Pensez-y.

Le lieutenant raccrocha.

Tess écouta le silence sur la ligne, poussa un grand soupir et, tremblante, reposa le combiné.

Pendant quelques instants, elle ne bougea pas.

Oh, mon Dieu !

Elle n'avait pas compté là-dessus. Elle s'était vaguement rendu compte de l'attrait qu'elle exerçait sur le lieutenant, mais elle ne s'en était pas préoccupée. Elle avait trop d'autres affaires en tête. Mais, maintenant qu'on abordait le sujet, Tess ne savait pas comment réagir. Craig était assez attirant, et à vrai dire il était même assez bel homme dans un style un peu baroudeur. Et elle avait véritablement apprécié sa compagnie dans des circonstances éprouvantes. Mais se sentait-elle attirée par lui ? Physiquement ? Sexuellement ? Cela n'avait assurément aucun rapport avec l'identification forte, accablante qu'elle avait éprouvée avec Joseph lors de leur première rencontre.

Tess se rappela la théorie de *l'Anneau de la colombe* sur le coup de foudre. Les âmes des amoureux s'étaient connues dans une existence précédente et se retrouvaient maintenant sous cette nouvelle forme terrestre.

« Bon sang, se dit Tess, Qu'est-ce que je vais faire ? Je ne veux pas le gêner ni le vexer. Mais après tout, Craig est plus âgé que moi. En même temps (Tess se mit à marcher de long en large), c'est vrai que je ressens quelque chose pour lui.

Et peut-être que le fait de se sentir bien avec un homme vaut mieux que d'être emportée par un ouragan de passion. Qu'est-ce que je vais faire ? »

Tess se sentait coupable. Elle avait été distante et peut-être même grossière avec Craig quand il lui avait avoué qu'elle l'attirait à la fin de leur conversation.

Sa culpabilité la troublait. « Je ne peux pas laisser ce problème en suspens, songea-t-elle. J'ai trop d'autres préoccupations. Il faut que je règle ça. »

Elle décrocha le téléphone pour appeler le lieutenant.

Pour lui expliquer le résultat de ses réflexions. Pour se montrer d'une franchise totale et lui avouer avec bienveillance son incertitude.

Mais, quand elle porta le combiné à son oreille, elle fronça les sourcils. Pas de tonalité.

D'un geste impatient, elle coupa la communication, puis souleva de nouveau l'appareil et écouta encore.

Toujours pas de tonalité.

Elle recommença.

Rien.

La ligne était coupée.

Mais elle fonctionnait une minute plus tôt. Pourquoi...

Tess se mit à trembler, secouée d'un frisson. Il y a quelques instants, elle avait frissonné à cause de la climatisation. Maintenant c'était le souffle d'air provenant de la bouche de ventilation qui la faisait frissonner, et pas parce que l'air était froid. Ouvrant toutes grandes les narines, elle s'avança vers la bouche d'aération du mur cachée par un fauteuil auprès de sa commode.

Le cœur battant, elle se pencha, poussa le fauteuil et aspira l'air qui sortait.

Une vague odeur âcre la fit trembler.

*De la fumée ? Est-ce que ?*

Ça lui piquait la gorge. Ça ne peut pas être de la fumée !

Mais l'odeur se précisait et, à chaque inspiration, la faisait tousser.

La peur lui serra la poitrine. Haletante, elle se redressa, terrorisée, en voyant un mince filet gris monter de la bouche de ventilation.

*Le feu !* Un instant, son corps refusa de bouger. Puis un ressort, brusquement, parut se détendre en elle et elle se précipita vers le téléphone pour appeler police secours. Mais aussitôt, l'estomac de plus en plus serré, elle se souvint que le téléphone était coupé. Frénétique, elle essaya encore. Toujours pas de tonalité ! *Seigneur !* Elle empoigna le chandail qu'elle venait d'ôter et l'enfila. Puis elle saisit *l'Anneau de la colombe* avec les photographies et fourra le tout dans son sac. Jetant un dernier coup d'œil à la bouche de ventilation d'où montait un filet gris de plus en plus marqué et qui la faisait tousser plus fort, elle se précipita vers la porte de la chambre, l'ouvrit toute grande et plongea dans le couloir.

## 12

Le couloir était plongé dans l'obscurité. Quelqu'un, sans doute le maître d'hôtel, avait éteint les lumières après que Tess et sa mère eurent regagné leurs chambres. Même l'escalier sur sa gauche et le vestibule en contrebas étaient plongés dans l'obscurité. Seule la lueur de la lampe sur sa table de chevet lui permettait de voir. Elle fonça vers la droite dans les ténèbres du couloir et arriva à la porte de la chambre de sa mère.

Elle l'ouvrit toute grande et tâtonna pour trouver le commutateur. Le lustre éclaira la pièce, révélant sa mère allongée dans un lit à baldaquin analogue à celui de Tess, les yeux protégés par un masque bien que les rideaux fussent tirés. Elle ne réagit donc pas à ce brusque flot de lumière.

Tess se mit à tousser encore plus fort. Cette chambre aussi était embrumée par la fumée qui sortait de la bouche de ventilation.

— Mère !

Elle se précipita vers le lit. Sa mère ronflait.

— Mère !

Tess la secoua.

— Euh...

Sa mère se tourna sur le côté.

Tess la secoua. « Mère ! réveille-toi !

— Hein... » Sa mère cessa de ronfler. « Je... qu'est-ce que... » Alourdie de sommeil, elle tira sur son masque et le releva sur son front, ses yeux gonflés de sommeil clignant désespérément.

— Tess ? Pourquoi est-ce que... qu'est-ce que...

— Il faut que tu te lèves ! Vite !

— Qu'est-ce que... fit sa mère en toussant, qu'est-ce que c'est que cette brume ? Ça sent...

— La fumée ! La maison est en feu ! Vite, mère ! Il faut te lever ! Sa mère maintenant était pleinement éveillée. « Le feu ? » Elle repoussa les draps et s'agita pour se redresser.

— Vite ! Appelle les pompiers !

— Je ne peux pas !

— Comment ça ?

— J'ai essayé ! Le téléphone ne fonctionne pas ! dit Tess.

— Ce n'est pas possible.

Sa mère tendit la main vers l'appareil posé sur sa table de chevet.

— Non ! Je te le dis, mère ! Le téléphone ne... Bon sang, viens ! Il faut partir !

Sa mère s'efforçait de se soulever. Elle portait une chemise de nuit rose toute ruchée. Elle était remontée jusqu'à ses genoux, mais quand la vieille dame se leva en trébuchant, la chemise redescendit jusqu'à ses chevilles. Elle tourna sur elle-même, désemparée, rassembla ses forces et s'approcha d'une penderie.

— Aide-moi à m'habiller.

— On n'a pas le temps ! » fit Tess en la prenant par le bras. « Il faut sortir d'ici !

Une épaisse fumée emplissait maintenant la pièce. Les deux femmes se mirent à tousser.

— Au nom du ciel, mère, allons-nous-en !

Poussant sa mère, Tess la guida vers la porte ouverte de la chambre. Ce fut seulement quand elles arrivèrent dans le couloir plongé dans l'obscurité que Tess comprit soudain. La terreur l'envahit. « Non ! pensa-t-elle. D'abord le téléphone ne marche plus ? Et puis la maison est en feu ? Ce n'est pas une coïncidence ! Il ne s'agit pas d'un accident ! C'est eux qui ont fait ça ! Ils pensent que j'en sais trop ! Ils veulent me tuer ! Craig a raison ! Pourquoi ne l'ai-je pas écouté ? »

C'était sa mère, maintenant, qui la poussait :

— Dépêche-toi ! Qu'est-ce qui se passe ? Pourquoi t'es-tu arrêtée ?

« Bonté divine, se dit Tess, et s'ils sont dans la maison ? »

Les détecteurs de fumée se mirent à hurler. Dans les chambres. Dans le couloir. Dans le vestibule, dans la cuisine et dans d'autres pièces au rez-de-chaussée. Tess aurait voulu se boucher les oreilles. Mais, dans son affolement, elle réfléchissait quand même. « Non ! Ils n'allaient pas se contenter de mettre le feu et de décamper ! Ils voudraient s'assurer que je...

« Et s'ils sont dans la maison ?

« Ils vont essayer de nous empêcher de sortir ! Ils veulent que notre mort ait l'air d'un accident ! Mais si nous essayons de nous échapper... Ils vont nous tuer avant que les flammes nous dévorent ! »

— Tess, pourquoi t'arrêtes-tu ?

Sa mère la regardait tout en pressant contre sa bouche la manche de sa chemise de nuit.

— Qu'est-ce qui se passe ? La fumée est encore plus épaisse ! Nous allons étouffer si nous ne...

— Mère ! » Tandis que le pressentiment de Tess se précisait, une idée soudain lui vint. « Où est passé le pistolet de père ? Tu l'as toujours ?

— Je ne comprends pas. Pourquoi voudrais-tu...

Tess se retourna vers sa mère.

— Écoute-moi bien. Après la mort de père, tu l'as gardé ? *Tu as toujours son pistolet ?*

Sa mère toussait de plus belle.

— Quelle importance ? Il faut...

— Le pistolet, mère. Qu'est-ce que tu en as fait ?

— Mais rien. Je l'ai laissé là où il le rangeait toujours,

comme le reste. » Même au bout de six ans, un renouveau de chagrin crispait les traits déjà tendus de sa mère. « Tu sais bien que je n'ai pas pu me décider à me séparer de ses affaires. »

La fumée tourbillonnait derrière elles. Sur la gauche, dans le vestibule au bas de l'escalier, l'obscurité était trouée par une lueur hésitante.

Le feu !

Tess empoigna sa mère par les épaules.

— Dans l'autre chambre ?

— Oui. Cette chambre est exactement dans l'état où elle était le jour où ton père m'a dit adieu en partant pour Beyrouth.

Tess posa un baiser sur la joue de sa mère.

— Dieu te bénisse ! Vite ! Suis-moi !

— Mais il faut... Je ne comprends toujours pas !

— Je n'ai pas le temps d'expliquer ! Tout ce qu'il faut que tu comprennes, mère, c'est que je t'aime ! Et que j'essaie de te sauver la vie !

— Eh bien ! fit sa mère, respirant avec difficulté, je n'en demande pas plus.

Jetant un coup d'œil terrifié aux flammes qui dansaient dans le vestibule, Tess tira sa mère par la main et l'entraîna dans le couloir vers la droite.

— Contente-toi de prier et fais tout ce que je te dis.

Elle arriva devant une porte un peu plus loin sur sa droite et l'ouvrit d'un coup. Dans l'obscurité, elle tâtonna le long du mur pour trouver le commutateur.

— Avant... il y a quelque chose qu'il faut que je te dise, commença sa mère.

— Pas maintenant !

Mais au moment où Tess tournait le commutateur et où le plafonnier s'allumait, elle comprit ce que sa mère avait voulu lui expliquer. Elle ouvrit des yeux stupéfaits. Cette chambre était celle que son père utilisait quand il rentrait tard le soir après une réunion d'urgence au département d'État, de façon à ne pas déranger la mère de Tess quand il se déshabillait pour se coucher. Mais la chambre, maintenant, ressemblait à l'intérieur délabré de la maison de Miss Havisham dans *les Grandes Espérances*. Six ans de poussière recouvraient tout, le tapis, le lit, les tables de chevet, les lampes, le téléphone, la commode. Des toiles d'araignées s'accrochaient et pendaient du plafond. Le mouvement de la porte qu'elle avait poussée avait fait tourbillonner la poussière et agité les toiles d'araignées, créant une sorte de brume encore accentuée par la fumée qui sortait de la bouche de ventilation.

— Mère !

— J'ai essayé de te dire.

Horrifiée, Tess se précipita, chacun de ses pas soulevant de la poussière. Elle agitait les bras pour écarter les toiles d'araignées.

— J'ai tout laissé en l'état. » Sa mère la suivait en toussant. « Le jour où j'ai appris que ton père était mort, j'ai jeté un dernier coup d'œil à cette chambre, j'ai refermé la porte et je n'y ai jamais remis les pieds. J'ai ordonné aux domestiques de garder cette porte fermée. »

Avec une répulsion croissante, Tess remarqua que même les chaussons de son père, recouverts de poussière, étaient restés auprès du lit. Elle était trop désemparée pour demander à sa mère ce qui, au nom du ciel, l'avait poussée à faire de cette chambre non pas un autel mais une crypte. Mais la fumée était toujours plus dense. Ce qu'il fallait, maintenant, c'était...

Elle ouvrit le tiroir de la table auprès du lit, craignant que son père n'ait pris son pistolet avec lui en partant pour Beyrouth. Mais, avec un soupir de soulagement, elle constata que l'arme était toujours là.

Son père était dans les renseignements de la marine quand il avait servi au Viêt-nam. C'était là qu'il avait rencontré Brian Hamilton, un général des marines qui commandait le service. Après la guerre, son père était entré au département d'État et il appartenait à son service de renseignements dont l'existence était confidentielle. Plus tard, quand Brian Hamilton avait quitté l'armée, il était à son tour entré au département d'État, dans le service diplomatique, et avait fini par convaincre le père de Tess de passer du renseignement à la diplomatie. Mais le père de Tess avait conservé ses habitudes du Viêt-nam. Bien qu'il partît rarement armé quand il allait en mission dans un pays étranger potentiellement dangereux, il avait toujours gardé un pistolet dans la maison à un endroit où il pourrait facilement le trouver au cas où quelqu'un s'introduirait la nuit.

L'arme était un Sig-Sauer 9 millimètres, un pistolet semi-automatique de fabrication suisse. Arme de poing à canon court, il avait un chargeur contenant une étonnante quantité de balles — seize — et, contrairement à la plupart des autres pistolets il avait une double action, ce qui signifiait qu'on n'avait pas besoin de l'armer pour tirer. Il suffisait de presser la détente.

Tess savait tout cela, car, quand elle avait douze ans, elle avait vu son père nettoyer son arme et elle avait manifesté une telle curiosité que celui-ci avait décidé qu'il valait mieux lui montrer ce que c'était pour qu'elle fût impressionnée et, plus important, pour qu'elle n'y touchât pas. Après tout, c'était un vrai garçon manqué. Elle n'avait pas la folie des armes à feu comme beaucoup de filles de son âge et elle s'était mise au tir aussi facilement qu'au basket-ball, à la course à pied et à la gymnastique. Souvent, quand son père allait s'entraîner à la salle de tir, il l'invitait à l'accompagner. Il lui avait montré comment démonter le pistolet, le nettoyer et le remonter. Il lui avait appris à viser : en tenant l'arme à deux mains, les deux yeux ouverts, les deux viseurs dans l'alignement. Mais le grand truc, lui avait-il dit, c'était de concentrer son regard non pas sur le viseur mais plutôt sur la cible. Les viseurs semblaient alors flous mais ça n'avait pas d'importance, on s'y habituait. Après tout, c'était la cible qu'on visait, et il fallait la voir nettement. Chaque fois que les viseurs étaient nets mais que la cible était brouillée, on visait mal.

Après lui avoir expliqué tout aussi minutieusement comment insérer les balles dans le chargeur, le mettre en place dans la crosse et faire coulisser en arrière la culasse pour introduire une balle dans le canon, son père avait fini par permettre à Tess d'essayer l'arme.

*Ne tire pas sur la gâchette. Tu la presses.*

Elle craignait un peu le recul, mais, à son ravissement, dès le premier essai elle avait découvert que la secousse, au moment où le coup partait, n'était pas aussi violente qu'elle l'avait craint. Bien mieux, elle aimait le recul, cette décharge de puissance et le bruit de la détonation étouffé par les protège-oreilles que son père l'avait obligée à porter.

À vingt ans, elle pouvait loger les seize balles dans un cercle de la taille d'un ballon de basket à une distance de trente mètres, mais ensuite, en entrant au collège, elle avait perdu tout intérêt au tir aussi brusquement qu'elle avait été fascinée par cette activité. Peut-être parce que son père était si souvent absent.

Elle saisit le pistolet dans le tiroir et remercia mentalement son père de lui avoir appris à tirer. Il lui avait peut-être sauvé la vie.

Elle pressa un bouton sur le côté pour débloquer le chargeur, hochant la tête en voyant qu'il était plein. Après l'avoir remis en place, elle tira sur la culasse et la laissa revenir en avant, introduisant une balle dans le canon. Puis elle mit le cran de sûreté. Mais elle s'inquiétait à l'idée que l'arme n'avait pas été nettoyée ni huilée depuis six ans. Elle avait senti une légère résistance dans la culasse en la tirant en arrière. Si ses craintes étaient justifiées, et si elle était obligée de se défendre, le pistolet allait-il s'enrayer ?

Tess n'osait pas y penser.

— Viens, mère ! Allons-nous-en !

— Mais tu ne m'as toujours pas dit ! Pourquoi voulais-tu prendre le pistolet ?

— Comme assurance.

— Qu'est-ce que tu veux dire ?

Sans répondre, Tess se précipita avec sa mère à travers les toiles d'araignées vers la porte ouverte et le couloir.

Maintenant, la lueur des flammes au rez-de-chaussée montait et donnait l'impression que le vestibule était éclairé par la lumière vacillante de bougies. Pressant sa mère, Tess courut vers le haut de l'escalier, regardant nerveusement vers le bas, pistolet au poing. Mais en fait de cibles, elle ne vit qu'un incendie qui rugissait dans le vestibule. Le bas de l'escalier était la proie des flammes. Tess recula en sentant la chaleur qui montait. Impossible pour sa mère et pour elle de traverser ce mur de flammes et de franchir le vestibule pour atteindre la porte de la maison.

À la vue des flammes, sa mère se mit à gémir.

— L'escalier de service ! fit Tess. Vite !

Elle guida sa mère dans le couloir envahi de fumée. Toussant, penchées en avant pour respirer l'air moins enfumé, proche du sol, elles atteignirent l'escalier qui descendait aux cuisines. Là aussi, des lueurs illuminaient le bas, mais ce n'était qu'un reflet sur un mur. L'incendie n'avait pas encore gagné la cuisine.

« Nous avons peut-être une chance », se dit Tess.

Passant devant, elle descendit en disant à sa mère : « Suis-moi ! »

Les alarmes de fumée continuaient à hurler. Une silhouette apparut en bas, se précipitant vers elles. Tess braqua son arme.

— Madame Drake ? balbutia un homme.

— Jonathan ! fit la mère de Tess.

Nerveuse, Tess abaissa le pistolet.

Le maître d'hôtel arriva à leur hauteur. Il était en pyjama.

— Je dormais ! La fumée a failli... Si les sirènes d'incendie ne m'avaient pas réveillé... » Il avait du mal à respirer. « J'ai essayé de monter par le grand escalier pour vous prévenir, mais le vestibule est...

— Nous savons, fit Tess. Pouvons-nous sortir par-derrière ?

— La cuisine est en feu, mais les chambres des domestiques n'ont pas été touchées.

— Pas encore.

Tous trois se précipitèrent dans l'escalier.

— N'y a-t-il personne d'autre à l'intérieur ? interrogea Tess.

— Personne d'autre ?

— Edna ? Et Edna ? fit la mère de Tess d'une voix rauque.

— Je l'ai réveillée et je lui ai dit de partir avant de venir vous chercher, dit Jonathan.

— Vous n'avez vu personne d'autre ? répéta Tess avec insistance.

Le maître d'hôtel semblait égaré.

— Mais non, mademoiselle Drake. Je ne comprends pas ce que vous voulez dire. Qui d'autre voulez-vous... ?

Tess n'avait pas le temps d'expliquer. En bas, elle regarda sur sa gauche vers une porte ouverte et vit les flammes qui avaient envahi la cuisine. La chaleur était si intense qu'elle dut lever un bras pour se protéger le visage. Mais la chaleur lui brûla le bras. *Si les flammes atteignent ce couloir...*

Avant de se rendre compte de ce qu'elle faisait, Tess plongea, empoigna le battant de la porte et la claqua. Elle s'était brûlé la main, mais la douleur et le risque qu'elle avait pris en valaient la peine. La porte formait écran. Empoignant sa mère, elle repartit en avant, suivant Jonathan dans un couloir qui menait aux chambres des domestiques.

Malgré la porte de la cuisine fermée, ce couloir aussi était envahi de fumée qu'un vent brûlant faisait tourbillonner. Mais du moins Tess ne sentait-elle pas de brûlure. Bien qu'elle vît à peine les portes donnant sur la chambre du maître d'hôtel et sur celle de la femme de chambre, plus elle approchait de la sortie de service, plus l'air devenait respirable.

Elle avait hâte d'y être. D'un moment à l'autre, ils seraient dehors dans la nuit claire et fraîche.

Mais une nouvelle peur fit trébucher Tess. Elle hésita. *Ils se cachent sans doute dans le jardin, derrière les buissons, prêts à nous abattre quand nous essaierons de sortir.*

— Tess, tu trembles si fort ! dit sa mère. Ne t'inquiète pas ! Nous sommes presque tirées d'affaire !

« Tirées d'affaire ! songea Tess. Il y a de sacrés risques que nous nous fassions tirer dessus. » Ils arrivaient à la porte de service. Elle était ouverte, la fumée sortant en tourbillon tandis que l'air frais s'engouffrait. Puis la fumée se dispersa un instant, et, comme Jonathan se précipitait, Tess aperçut un peu plus loin, à six ou sept mètres devant elle, à la lueur des flammes qui dansaient derrière les fenêtres, une femme affalée, le visage dans l'herbe. Du sang trempait le dos de sa chemise de nuit.

— Edna, balbutia Jonathan.

Tess essaya de l'arrêter.

— Non !

Mais Jonathan se libéra et se précipita vers son amie.

— Edna !

Ce fut le dernier mot qu'il prononça. À mi-chemin, Jonathan se redressa, comme s'il avait reçu un coup d'aiguillon. Un aiguillon mortel.

Un liquide sombre jaillit de son cou. Une autre tache sombre apparut sur son dos. On aurait dit que Jonathan essayait un tour d'adresse, saisir en même temps son cou, sa poitrine et son front. Pas assez de mains ! Comme un acrobate empêtré, il tomba. Il fut secoué de pathétiques convulsions, eut un dernier frisson, puis s'immobilisa.

La mère de Tess se mit à hurler. Soit elle ne comprenait pas ce qui s'était passé, soit elle avait compris, et elle était en proie à la panique ; ou peut-être essayait-elle désespérément de sauver ses domestiques. En tout cas, elle se débattit pour dépasser Tess et se précipiter hors de la maison. Tess tendit le bras pour l'arrêter, mais la main qui tenait le pistolet de son père n'arriva pas à saisir la chemise de nuit de sa mère. L'autre se referma sur des broderies qui se déchirèrent. Sa mère lui échappa.

— Non !

Tess eut un sursaut en voyant le corps frêle de sa mère pirouetter sur lui-même puis s'effondrer, battant des bras, comme une ballerine épuisée, le ventre et la poitrine percés de trous d'où giclait du sang.

Tess poussa un gémissement de chagrin, d'horreur, de rage. Il lui sembla que des abeilles bourdonnaient autour d'elle, heurtant le chambranle de la porte, s'aplatissant contre les murs du couloir. Des balles. Tirées par des pistolets munis de silencieux, cachés dans les buissons.

La fusillade tira Tess de sa torpeur. Elle trébucha en arrière, tourna les talons et s'arrêta en voyant les flammes qui dévoraient la porte de la cuisine.

*Qu'est-ce que je fais ? Je ne peux pas rentrer !*

*Je suis prise au piège !*

Des pensées se bousculaient en foule dans sa tête. La mort de sa mère. Les tireurs dehors. Le feu. De nouveau, elle était paralysée.

*Je ne peux pas rester ici !*

*Mais je ne peux pas sortir !*

*Réfléchis !*

Les flammes continuaient à lécher la porte de la cuisine, illuminant le couloir envahi de fumée.

*Le sous-sol. Je peux gagner le sous-sol. La porte est dans ce couloir. Je peux me cacher en bas dans un coin. Je peux utiliser l'évier de la buanderie pour tremper des chiffons et m'enrouler dedans !...*

*Non ! C'est stupide ! Je n'aurais pas une chance. Quand la fumée envahirait le sous-sol, malgré tous les chiffons ou les draps humides à travers lesquels j'essaierais de respirer, j'étoufferais quand même.*

*Et la chaleur serait insoutenable !*

*Et puis le plancher au-dessus finirait par s'effondrer. Je serais ensevelie sous les flammes !...*

La peur la secouait de tremblements.

*Mais je ne peux pas rester plantée là !*

La fumée la fit se pencher en avant, secouée de nausées.

Là-dessus une nouvelle idée vint lui apporter un espoir frénétique : *Ça ne marche peut-être pas ! Mais, Dieu me pardonne, c'est ma seule chance !*

Elle retint son souffle et fonça en avant, évitant la porte de la cuisine en flammes. La chaleur frappa ses vêtements. Pendant un instant de terreur, elle eut la certitude que leur tissu de coton allait s'enflammer. Aveuglée par la fumée, elle parvint à l'escalier, trébucha, avança quand même, grimpant les marches à quatre pattes. La chaleur diminuait, heureusement, même si la fumée augmentait ; quand elle devait respirer, ses poumons se rebellaient, et sa poitrine était secouée de quintes. Déterminée, elle progressait plus vite, et tout d'un coup les marches s'arrêtèrent. Ne trouvant plus rien devant elle, poussée par son élan, elle tomba en avant de tout son long et se heurta le menton contre le plancher du premier étage.

Devant elle, au milieu du couloir, malgré la fumée, elle n'eut aucun mal à voir les flammes en haut de la cage de l'escalier. Avec un rugissement, elle s'élança vers le plafond.

Vite ! La fumée la faisait pleurer, lui brûlait la gorge.

Elle parvint à s'accroupir et repartit, gémissant à mesure qu'elle approchait de la chaleur de plus en plus vive des flammes qui étendaient leurs tentacules. Le craquement de l'incendie devenait assourdissant.

Elle se mit à gémir de plus belle, envahie de terreur à l'idée qu'elle n'allait peut-être pas pouvoir arriver à destination, que cette chaleur insupportable allait la forcer à rebrousser chemin.

Mais elle n'avait plus le choix ! Jurant, elle rassembla ses forces et tourna sur la gauche. Chassée par une langue de flammes dardée vers elle, elle trouva la porte de sa chambre ouverte, franchit le seuil en trébuchant et claqua la porte derrière elle. Après la fournaise du couloir, l'air dans sa chambre était merveilleusement frais, même si une fumée épaisse et âcre continuait à lui piquer les yeux. Son épuisement l'obligeait à respirer et la faisait tousser si fort qu'elle se mit à cracher.

Peu importait ! Maintenant elle avait une chance !

*Avance !*

La lueur de la lampe sur sa table de chevet était inutile ; elle était si enveloppée de fumée qu'on la distinguait à peine.

Tant pis ! Dans cette pièce familière, elle n'avait pas besoin de voir pour faire ce qu'elle avait à faire. Elle passa devant un fauteuil et arriva devant la porte-fenêtre. Quand elle l'ouvrit d'une secousse, elle eut peine à croire que l'air extérieur fût aussi délicieux. Les flammes qui faisaient éclater les vitres sur sa droite illuminaient les jardins et les buissons en contrebas.

Mais tout ce que Tess voyait, c'était le chêne géant devant le petit balcon de sa chambre. Ce chêne à cause duquel Tess s'était cassé le bras quand elle avait onze ans. Un samedi après-midi, après être rentrée de son cours de gymnastique, elle était si excitée par ses progrès à la barre fixe qu'elle avait examiné le chêne depuis son balcon en se demandant si ce serait facile de sauter en direction de la branche la plus proche, puis de se balancer à une autre branche pour arriver au tronc et descendre jusqu'au sol.

Incapable de résister à la tentation, elle avait sauté, saisi la branche, s'y était cramponnée d'une main en tendant l'autre vers la branche voisine... et s'était mise à hurler en sentant ses doigts glisser... puis avait poussé un nouveau hurlement, encore plus fort, quand elle avait touché la pelouse, son bras gauche replié sous elle. Jamais, jusqu'à cet instant, elle n'avait connu une souffrance aussi horrible.

Son père s'était précipité pour la ramasser, puis avait couru jusqu'au garage et l'avait conduite en brûlant tous les feux rouges jusqu'à l'hôpital le plus proche.

Son père. Mort. Comme il lui manquait.

Et dire que, maintenant, sa mère était morte aussi ! Tess n'arrivait pas à se faire à la vue du sang laissé par toutes ces balles qui avaient frappé sa mère au ventre et à la poitrine.

Elle n'arrivait pas à y croire. Morte ?

Sa mère ne pouvait pas être morte.

*Salauds !*

Comme les flammes se glissaient par-dessus, par-dessous et par les côtés de la porte de sa chambre, Tess fourra le pistolet dans son sac de toile, bloqua le fermoir et enroula la courroie du sac autour de son poignet jusqu'à ce qu'elle fût bien serrée.

Les flammes ne rampaient plus, elles jaillissaient maintenant à travers la porte.

*Maintenant !*

Tess recula dans la fumée qui emplissait sa chambre. Réagissant à ses années d'entraînement, elle s'accroupit, posa un pied derrière l'autre, fléchit les genoux dans la position du coureur au départ.

Elle balbutia une prière et bondit.

## 13

Elle sauta, sentit ses semelles toucher la balustrade en fer forgé du balcon et bondit encore. Dans l'obscurité, elle craignait de voir le passé se renouveler, de manquer la branche de l'arbre et de tomber comme une pierre sur la pelouse. Mais aujourd'hui, elle avait vingt-huit ans. Son corps mince et svelte atteignit l'arbre bien plus tôt qu'elle ne s'y attendait, et elle empoigna solidement le bois. Son élan la fit se balancer et, presque comme dans un film de Tarzan, elle réussit à passer d'une branche à l'autre, pour arriver finalement jusqu'au tronc contre lequel elle se blottit, prenant appui sur de grosses branches, cachée par le feuillage.

Son cœur battait si fort qu'elle craignait d'être malade. Les tireurs l'avaient-ils vue sauter du balcon ? En dépit des flammes qui jaillissaient des fenêtres près de la façade de la maison, elle fit un effort pour se convaincre que cette zone-là au moins restait dans l'ombre.

Les branches s'étaient agitées. Certes. Elle ne pouvait pas prétendre le contraire. Mais si les hommes se concentraient sur les portes de la maison, ils n'avaient peut-être pas pensé à regarder de ce côté du bâtiment où il n'y avait pas de portes.

Et, en particulier, peut-être n'avaient-ils pas pensé à jeter un coup d'œil vers l'issue la moins vraisemblable, un balcon au premier étage. « Enfin, se dit Tess en tremblant, je ne vais pas tarder à le savoir. » Elle ouvrit son sac et y prit son pistolet. Cela lui donna une grande satisfaction de penser que les hommes qui avaient tué sa mère allaient peut-être être abattus par l'arme que son père lui avait appris à utiliser. Même si le pistolet n'avait pas été nettoyé depuis six ans. Même si le ressort avait pu s'affaiblir à force d'être resté chargé pendant tant d'années.

Tess ne pouvait pas penser à ce risque. Tout ce qui la préoccupait, c'était descendre de l'arbre. Faire de son mieux pour s'échapper par la barrière des épais buissons vers l'obscurité d'une propriété voisine.

Elle descendit, s'accroupit au pied du tronc, regarda vers le fond de la propriété plongé dans l'obscurité, ne vit personne et fonça vers les buissons sur sa droite.

Elle eut encore l'impression qu'une abeille bourdonnait à ses oreilles. Une balle vint s'enfoncer dans le tronc du chêne. En pleine course, Tess pivota sur elle-même, s'accroupit et brandit le pistolet de son père. Une cible apparut, se découpant à la lueur des flammes qui jaillissaient soudain à l'arrière de la maison. Une cible armée d'un fusil ! Une cible qui se pencha en visant Tess.

Les leçons de son père lui revinrent en mémoire. Elle pressa la détente. Le coup partit ; le recul souleva le canon vers le haut.

*Ne t'occupe pas du recul. Ne quitte jamais la cible des yeux.*

Elle regarda vers le tireur et s'aperçut, le cœur serré, qu'elle l'avait manqué !

Elle plongea. L'homme avait une arme équipée d'un silencieux.

Elle n'entendit pas le coup de feu, mais elle perçut clairement le sifflement de la balle au-dessus d'elle.

À plat ventre, tenant le pistolet à deux mains, Tess visa plus soigneusement, se concentra davantage, et tira. Le fracas de la détonation retentit à ses oreilles. Poussant presque un cri de triomphe, elle vit l'homme trébucher en arrière et s'écrouler. Son estomac aussitôt se serra : c'était la tension, le choc de ce qu'elle venait de faire.

Elle ne pouvait pas se permettre d'avoir des remords... Il fallait s'en aller. Se redressant, elle courut vers les buissons sur la droite. Au loin, on entendait des hurlements de sirène. Les pompiers. Peut-être la police. Quelqu'un dans une propriété voisine avait dû les alerter ! Mais les sirènes étaient encore trop loin. Pompiers ou policiers, ils n'arriveraient pas ici assez tôt pour l'aider. *Continue à courir !* se dit-elle.

Quelqu'un cria sur le perron de la maison. Tess pivota. Un homme avec un fusil mitrailleur apparut.

Par réflexe, Tess visa. Elle pressa la détente. Encore. Et encore ! La première balle frappa le mur de la propriété. La deuxième toucha un arbre derrière l'homme. Mais la troisième le fit basculer en arrière. Tess eut un nouveau hurlement de triomphe... qui s'étrangla aussitôt dans sa gorge.

*Non !* L'homme avait réussi à rester sur ses pieds. Il tenait toujours son arme. Tirant une balle après l'autre, Tess fit feu de nouveau et cette fois l'homme s'écroula.

Elle traversa un massif de fleurs ; elle entendit des balles qui sifflaient de tous côtés, fouettant les buissons vers lesquels elle courait et l'obligeant à plonger de nouveau. Elle roula frénétiquement sur le sol, visa un tireur qui accourait dans sa direction, elle tira à trois reprises, manqua sa cible mais obligea du moins l'homme à s'abriter.

Tout le bâtiment était en flammes. Les hurlements des sirènes étaient plus forts, plus proches. Le tireur réapparut, visant Tess qui fit feu de nouveau.

Il disparut. Mais en trébuchant un peu. Tess essaya de se rassurer en pensant qu'elle l'avait touché. Impossible de le savoir. Mais peu importait. Elle n'avait pas le temps !

Se coulant par une brèche au milieu des buissons, elle sentit des branchages lui griffer le crâne, le dos, les hanches, puis, dès l'instant où elle eut franchi la haie, elle s'élança en courant, traversant la nuit illuminée par les flammes de l'incendie dans la grande cour de la propriété voisine.

Des lumières brillaient dans la maison. Elle imagina les occupants affolés se précipitant dans la rue au cas où l'incendie gagnerait leur propre résidence.

Malgré le ronflement des flammes, elle entendit des branches remuer derrière elle. Se retournant, elle tira vers l'endroit où la haie bougeait, entendit un gémissement et fonça dans l'obscurité plus épaisse de la grande cour. Elle passa devant des arbres, franchit des massifs de fleurs, trébucha au bord d'un petit bassin, faillit tomber à l'eau mais reprit son équilibre et continua sa course, de plus en plus vite.

« Compte combien de balles tu as tirées », lui avait toujours dit son père. Mais, dans ses efforts désespérés pour fuir, Tess avait oublié la règle. *Combien de fois ai-je fait feu ?* Elle n'arrivait plus à s'en souvenir. Plus que dix, elle en était sûre. Peut-être treize, ou pis : le chargeur devait être presque vide. La peur la fit frissonner malgré la sueur qui baignait ses vêtements et ruisselait sur son visage. Elle devait ménager ses munitions.

Hors d'haleine, elle atteignit une nouvelle bordure de buissons. Elle ne put s'empêcher de se retourner vers la grande maison en feu, à une centaine de mètres d'elle. Les flammes sortaient maintenant de sa chambre. Ce spectacle accrut encore sa fureur. C'était son passé, sa jeunesse qu'on détruisait. Tremblante, elle ne vit pas trace d'un poursuivant éventuel, et elle se mit à ramper entre les massifs d'arbustes.

Parvenue dans la cour de la propriété voisine, elle comprit qu'elle ne pouvait pas continuer à courir dans cette direction. C'était trop prévisible. Les tueurs n'avaient qu'à se précipiter dans la rue, à prendre de l'avance sur elle, à se cacher et à attendre, pour la tuer, le moment où elle essaierait de quitter le secteur. Son seul espoir était que les sirènes, à présent très proches, allaient contraindre ceux qui la traquaient à s'enfuir. Mais elle ne pouvait pas compter là-dessus. Elle devait assurer sa protection. Mais comment ?

Le souffle court, tremblante de peur, elle prit sa décision et, au lieu de continuer à traverser la cour, elle fonça vers l'arrière. Après avoir franchi une zone obscure entre une piscine et un court de tennis, elle trouva son chemin bloqué par un haut mur de pierre. Elle regarda désespérément autour d'elle, cherchant une échelle ou un arbre, n'importe quoi qui lui permettrait de passer par-dessus.

Rien.

Elle battit en retraite vers la piscine. Auprès d'un appentis, elle trouva une longue perche métallique. Il y avait un filet à une extrémité ; on s'en servait sans doute pour ramasser les feuilles et les débris à la surface de l'eau. Vite ! Elle appuya la perche contre le bas de l'appentis, la serrant, la ployant. La perche était solide mais un peu flexible. Peut-être...

Son cœur battait si vite qu'elle avait l'impression qu'on lui martelait les tempes. Elle empoigna une extrémité de la perche, dirigea l'autre vers le fond de la cour, souleva la grande épuisette et fonça vers le mur.

Arrivée à un mètre cinquante, elle enfonça la perche dans la pelouse et sauta.

Cela faisait des années qu'elle n'avait pas sauté à la perche. Ça n'avait jamais été son sport favori. Mais maintenant il fallait faire comme si elle participait à des olympiades... Tandis que son corps s'élevait, elle sentit la perche commencer à plier, le métal grinçait. *Si ça casse....*

Avec une violence qui la secoua, elle vint heurter le haut du mur, s'y agrippa d'une main, se cramponna à la crête, lâcha la perche, tâtonnant de l'autre main et, se balançant un peu, elle arriva au faîte. Parvenue en haut, les mains en sang mais ignorant la souffrance, Tess resta un instant allongée puis se laissa pendre de l'autre côté et sauta dans l'obscurité. Elle craignait de heurter un banc qui risquerait de lui briser la cheville. Ou bien un pieu soutenant un jeune arbre et sur lequel elle risquerait de s'empaler. Mais ses pieds heurtèrent la terre molle d'un massif de fleurs, et, pliant les genoux, les coudes au corps, elle se laissa rouler sur le terreau meuble et sur les fleurs qui amortissaient sa chute. Elle se mit debout, scruta l'obscurité devant elle, les ombres vagues des arbres, la masse sombre d'une autre propriété, elle tira le pistolet de son sac et partit en courant.

Quand elle avait dix ans, sa meilleure amie habitait là. Elles jouaient souvent dans cette cour et un de leurs jeux favoris était celui de cache-cache.

Tess se souvint d'un après-midi où elle avait trouvé une si bonne cachette que son amie avait fini par renoncer à la chercher. C'était dans cette direction que se précipitait Tess, dans l'espoir qu'on n'avait pas refait tout le jardin. Quand elle entendit le murmure de l'eau, elle accéléra l'allure.

Dans un coin, vers le fond, elle arriva devant des rochers qu'on avait empilés et cimentés pour former une petite montagne en miniature haute de deux ou trois mètres, et du sommet de laquelle de l'eau bouillonnait et ruisselait par une série de petits torrents en zigzag jusqu'à un bassin de poissons rouges. Une pompe dissimulée derrière l'entassement rocheux assurait la circulation de l'eau. Le petit réduit était pourvu d'un panneau métallique pour protéger la pompe des intempéries. Des buissons flanquaient les rochers. Tess se glissa là, s'agenouilla, chercha à tâtons et finit par trouver le panneau. Elle se coula dans le réduit, refermant la trappe derrière elle. Dans une obscurité totale, la pompe ronronnait auprès d'elle, elle s'assit, les genoux pliés, les bras autour des genoux, la tête penchée. Ce n'était pas une position très confortable, mais cela lui permettait de souffler et de trouver le temps de décider de ce qu'elle allait faire.

Des années plus tôt, si son amie n'avait pas réussi à la trouver, c'était qu'un jour, en explorant cette petite niche, l'amie de Tess avait été dégoûtée par les toiles d'araignées. Elle n'avait donc pas pensé à chercher là, parce que Tess, à son avis, ne pourrait jamais choisir une telle cachette. Mais Tess était un garçon manqué, et quelques toiles d'araignées n'étaient rien comparées au gain de la partie.

Aujourd'hui, sentant les toiles d'araignées contre ses cheveux ainsi que des petites pattes qui, trottinant sur sa main droite, lui donnant la chair de poule, Tess une fois de plus s'efforça d'ignorer ce qui aurait donné la nausée à son amie, même s'il lui fallait toute sa maîtrise de soi pour réprimer un frisson. Elle était en sûreté, c'était l'essentiel. Dans cette version de cache-cache mortel et pour adultes, aucun étranger ne pourrait la trouver là, car personne ne pouvait connaître l'existence de ce réduit derrière les rochers.

Tess avait les mains endolories par les égratignures et les brûlures. Elle avait le dos éraflé d'avoir rampé sous les buissons d'épines. Ses jambes, ses bras et son menton étaient endoloris tant elle s'était cognée. Mais ses douleurs physiques n'étaient rien comparées à la douleur qui lui ravageait l'âme. Sa mère était morte !

Non ! Tess n'arrivait pas à y croire. Elle ne pouvait pas s'y faire.

Elle avait tué au moins deux hommes ce soir, et elle ne pouvait pas s'habituer à cette idée non plus, malgré toute la haine qu'elle vouait aux tueurs qui avaient abattu sa mère.

Elle avait envie de vomir. Mais il fallait réfléchir.

Le moment venu, quand elle déciderait que le secteur était sûr, il lui faudrait s'enfuir. Mais, avant tout, elle avait besoin de savoir qui la poursuivait et pourquoi on faisait de sa vie un enfer. Et puis elle voulait se venger. Cette pensée furieuse la harcelait. Oui, quelqu'un allait payer.

Elle tâta son sac. Gagnée par l'épuisement, elle pensa aux photos qu'elle y avait rangées, et à un cliché en particulier, aussi repoussant que déconcertant. La photo de la statue. Un bel homme musclé et aux longs cheveux enfourchant un taureau et lui tranchant la gorge tandis qu'un chien bondissait vers le sang qui jaillissait, qu'un serpent filait vers une gerbe de blé et qu'un scorpion s'attaquait aux parties génitales du taureau.

De la folie !

## 14

Dans la salle de classe poussiéreuse, au premier étage de l'école abandonnée de Brooklyn, le caméléon terminait son rapport.

La salle — plongée dans la pénombre à cause du contreplaqué qui en recouvrait les fenêtres — resta un moment silencieuse, les compagnons du caméléon gardant un air soucieux.

— Alors la femme s'est échappée ? finit par demander le quatrième homme, faisant machinalement tourner l'anneau qu'il portait au médius de la main gauche.

Le caméléon hésita.

— Je le pense. L'homme de notre équipe de surveillance cachée derrière la propriété ne l'a pas vue sauter du balcon dans l'arbre. Mais il l'a vue descendre de l'arbre sur la pelouse. Et il l'a vue aussi abattre deux hommes.

— Mais où s'est-elle procuré l'arme ? demanda le cinquième homme.

Le caméléon haussa les épaules.

— Vous êtes sûr que l'ennemi n'a pas poursuivi la femme et n'a pas fini par l'attraper ? interrogea le second.

— Je ne peux pas en être certain. Les pompiers et la police sont arrivés. Le bruit des sirènes a donné l'alarme à l'ennemi, le temps de ramasser ses morts et de quitter le secteur avant l'arrivée des autorités.

— J'espère que nos agents ont réussi à s'enfuir, dit le troisième homme.

Le caméléon acquiesça.

— Bien mieux, j'estime qu'il y a de bonnes chances pour que la femme soit saine et sauve.

— Mais nous ne savons pas où elle est. » Le sixième homme fit la moue. « L'ennemi non plus, d'ailleurs. Si je comprends bien votre logique, vous comptiez vous servir de la femme comme appât pour attirer la proie. Mais votre plan maintenant ne va plus marcher. Nous sommes revenus à la case départ.

— Pas nécessairement, répondit le caméléon. Pour l'instant, nous ne savons pas où est la femme. Mais nous ne tarderons pas à le savoir.

— Comment ?

— Vous avez mis le téléphone de la femme sur table d'écoute.

— Selon vos instructions, dit l'expert en électronique.

— Et le téléphone du policier. Désespérée et effrayée comme elle est, que feriez-vous ? demanda le caméléon.

— Ah », fit le sixième homme en se renversant sur son pupitre. « Bien sûr. Elle va contacter le policier. » Avec un sourire, il ajouta : « Alors maintenant c'est sur lui que nous concentrons notre surveillance.

— Il finira par nous conduire à la femme, dit le caméléon. En outre, je pense que l'ennemi se montrera habile comme toujours. Après tout, ces gens ont des années de pratique. L'un de vous doute-t-il que leur logique les amènera à la même conclusion que moi ?

Le cinquième homme promena son doigt sur la poussière de sa petite table.

— Ils ont prouvé leur talent de survie. Maintes et maintes fois, ils ont deviné les pièges que nous leur tendions.

— Mais peut-être pas cette fois, répondit le caméléon. Partout où le policier ira, il sera l'appât qui attire la proie. La chasse continue. J'ai en ce moment même une équipe qui surveille le lieutenant Craig, même si leur objectif principal, bien sûr, est de guetter l'ennemi.

— Dans ce cas, nous ferions bien de nous joindre à la chasse, dit le quatrième homme.

— Absolument, fit le troisième.

Les autres s'empressèrent de se lever.

Le caméléon les arrêta d'un geste.

— Un instant. Avant de partir, il y a un autre point qu'il faut que je vous explique.

Ils attendirent.

— Comme nous le savons, l'ennemi — la vermine — accroît ses répugnantes activités. On ne peut pas prévoir les horreurs auxquelles les amènent leurs démoniaques errements. D'un autre côté, je reconnais que, la semaine dernière, un grand nombre de fautes — tactiques — ont été commises de notre côté. J'ai été responsable de quelques-unes d'entre elles. Je l'avoue bien volontiers. Mais le jour du jugement est aujourd'hui. Des événements récents nous montrent combien la situation est devenue instable. J'avais espéré que nous pourrions nous charger de cette mission tout seuls. Je n'en suis plus certain. L'orgueil n'est pas un de mes défauts. Je n'hésite pas à demander de l'aide si j'estime que notre mission l'exige.

— De l'aide ? fit le sixième homme en fronçant les sourcils.

— J'ai contacté nos supérieurs. J'ai expliqué la situation. Ils partagent mon sentiment et ils ont donné leur accord à ma demande. À midi et demi, une équipe de spécialistes va arriver à Kennedy Airport.

— De spécialistes ? fit le sixième en pâlissant.

— Parfaitement. Des exécuteurs.

# DEUXIÈME PARTIE

## *Crime et châtiment*

## LA VICTIME SACRIFICIELLE

### 1

*Newark, New Jersey*

Dans le fouillis de son bureau — situé dans un bâtiment en tôle ondulée rouillée, à la limite des docks de la ville —, Buster Buchanan, dit Crochet du droit, retrouva le reste d'un cigare qu'il avait éteint la nuit précédente avant de rentrer chez lui. Il craqua une allumette et le ranima. Inutile de gâcher la marchandise. Après tout c'était un havane, le dernier d'une boîte que don Vincenzo — toujours plein d'attention — lui avait envoyée pour son anniversaire deux semaines plus tôt. Ce bon don Vincenzo ! En voilà un qui savait comment rendre ses employés heureux. Surtout ceux qui travaillaient dur, et Buster Buchanan, dit Crochet du droit, trimait aujourd'hui pour lui aussi dur qu'il avait été dans sa jeunesse un débardeur zélé puis un boxeur redoutable. C'était un battant. Ça, on pouvait le dire. Tout d'un coup, se souvenant de sa profession favorite, Buster serra les poings, esquissa un bref jeu de jambes, lança rapidement un coup sec du droit, puis du gauche, et termina en décochant le puissant crochet du droit qui avait fait sa célébrité.

Au tapis ! Il foudroya du regard l'adversaire fantôme qu'il avait mis K.-O. ; mais tout d'un coup, la pensée de sa gloire de boxeur, à présent révolue, l'assombrit. Les acclamations des spectateurs frénétiques. Les tapes dans le dos de son manager. Les encouragements, d'un genre plus caressant, des femmes, de toutes ces femmes, ces créatures superbes, avides de se faire sauter par une célébrité. Buster hocha la tête. Les vivats, les félicitations, les femmes... Certains soirs, il avait l'impression que... Tout cela le hantait.

Buster essaya de faire encore un peu de jeu de jambes, de lancer quelques coups, mais il s'était empâté, il avait vingt ans de plus, et pour être honnête, son docteur lui avait dit d'y aller doucement.

Non pas qu'il fût effrayé. Buster n'avait jamais eu peur. Il pouvait encore descendre trois types dans une bagarre de bistrot. Quand on voulait. Est-ce qu'il ne l'avait pas prouvé hier soir dans ce bar du quartier en rentrant du travail ? Parfaitement, monsieur ! Malgré tout, ses essais de jeu de jambes et de coups de poing, alliés à la fumée du mégot de cigare sur lequel il tirait, commençaient à l'essouffler. Il se sentait comme cette fois où il avait pris des vacances dans le Colorado et où, dans les montagnes, il n'avait jamais pu reprendre son souffle. *Je devrais peut-être renoncer au cigare. Après tout, c'est ce qu'a dit le docteur.*

*Et puis merde, non. La vie est trop courte. Qu'est-ce qu'il en sait, ce docteur de mes deux ? Est-ce qu'il était un battant, lui ? Bien sûr, ça lui est facile de donner des conseils. Il a l'air d'un gosse. Et cette Rolex qu'il porte. Il a dû naître avec une cuiller en argent dans le trou du cul. Il ne comprend rien à rien.*

Dommage — vraiment dommage —, ces trois derniers combats.

Buster avait toujours regretté qu'on l'ait obligé à aller au tapis. Qu'on l'ait obligé trois fois à aller au tapis parce que don Vincenzo avait un cousin qui était boxeur et qui avait été choisi pour être le challenger que Buster était censé être.

Bah ! une mâchoire en verre a mis un terme à la carrière du cousin, songea Buster avec plaisir. Mais ma carrière à moi était foutue et...

Peu importe. Dissipant de la main la fumée, tirant une ultime bouffée de son havane — au moins, don Vincenzo se souvenait de ceux qui lui avaient rendu service —, Buster se dit qu'il avait un travail à faire. Sinon, don Vincenzo serait en rogne.

Buster savoura l'ultime bouffée de tabac castriste et

écrasa son mégot dans un cendrier qui débordait déjà. « Il faudra que je nettoie tout ce bordel un jour », se dit-il.

Mais il y avait ce travail à faire et, comme il contemplait la trace laissée par une allumette sur son bureau en triste état, juste sur la marque ronde faite par une canette de bière, Buster se dit qu'un travailleur avait de temps en temps besoin de récompense. Et pas seulement de cigares...

Buster tâtonna sous son bureau et s'empara de la dernière bouteille de bière d'un paquet de douze. Il fit sauter la capsule et prit quelques grandes lampées. Des vitamines, mais oui !

Il se lécha les lèvres, puis se rappela : un travail à faire. D'une minute à l'autre, Big Joe et son frère allaient arriver à l'entrepôt avec le camion. Tous les trois déchargeraient les conteneurs en plastique rouge qui, à l'exception de leur couleur et de leur contenu, ressemblaient au récipient de gaz naturel fixé au barbecue du jardin de Buster.

Ce n'était pas que Buster aimait les barbecues. Mais sa poison de femme aimait ça. Quelle barbe !

Quand lui, Big Joe et le frère de Big Joe videraient les conteneurs dans les grandes poubelles métalliques, ils en bloqueraient le couvercle pour dissimuler ce qu'elles contenaient, puis se serviraient d'un chariot élévateur pour placer les poubelles dans une élingue afin de les embarquer sur la péniche. Ce soir, ils s'en iraient tous les trois faire une croisière sur l'Hudson et passeraient la pointe de Long Island. Puis ils déchargeraient les cochonneries qu'ils transportaient. Parce que leur cargaison — Buster but une gorgée de bière et frissonna —, c'était des déchets médicaux.

Des aiguilles usagées. Des pansements contaminés. Du sang infecté. Des tissus humains en décomposition.

« Bah ! », se dit Buster en avalant une gorgée de bière, « c'est un sale boulot... » Il eut un rire un peu forcé. « Mais il faut bien un pauvre bougre pour le faire. Surtout pour don Vincenzo. »

Malgré la bière qui avait dissipé sa gueule de bois de ce matin, Buster se sentait les idées claires. Oui, *surtout* pour don Vincenzo. Parce que si l'on refuse quelque chose au don, on se fait briser les genoux. Et ça n'est qu'un début.

Fini les cigares cubains. Quand le don n'est pas satisfait, il ne se contente pas de vous faire casser les genoux. Il vous massacre. « Et d'ailleurs, quel mal y a-t-il à déverser dans l'océan des aiguilles et des pansements ? » se demanda Buster, en regrettant de ne pas avoir pensé à acheter plus de bière. « On est envahis par les déchets. C'est ce que j'ai lu dans les journaux. Beaucoup trop de déchets. Pas assez d'espace pour se débarrasser de toutes ces saloperies. Trop d'immeubles. Pas assez de trous dans le sol. Et personne ne veut — comment est-ce qu'on appelle ça ? — construire des incinérateurs pour se débarrasser des déchets médicaux. Ces imbéciles de bourgeois s'imaginent qu'ils attraperont la crève s'ils respirent la fumée. Mais don Vincenzo possède la plus grande entreprise d'évacuation d'ordures de l'est du New Jersey. Alors, qu'est-il censé faire de toutes ces cochonneries, surtout celles qui viennent des hôpitaux ? »

La réponse était simple. L'océan est assez vaste. *« Tu parles !* Plus de la moitié du globe, peut-être les trois quarts, est recouverte par de l'eau, pas vrai ? Suffisamment vaste qu'on y déverse quelques péniches bourrées d'aiguilles et de pansements de plus. Bon, d'accord, quelquefois la marée travaille contre nous, se dit Buster. Il y a des fois où le courant repousse tout ça vers la terre. Quelquefois les aiguilles et les pansements viennent s'échouer sur les plages.

« Mais est-ce que c'est ma faute à moi ? Je fais mon boulot. Je décharge la camelote. Si l'océan travaille contre moi, il ne faut pas me le reprocher.

« Mais oui, se dit-il, sûr.

« Alors, quelques bourgeois ne peuvent pas se baigner dans l'océan pendant deux jours, le temps qu'on déblaie tout ça. Et après ? Que les équipes de nettoyage fassent leur boulot pendant que moi je fais le mien. »

Une sonnerie retentit. Buster reposa sa boîte de bière et se redressa. C'était le signal : Big Joe et son frère avaient amené le camion en marche arrière jusqu'à l'entrepôt et ils attendaient que Buster ouvrît la porte.

Il était temps. Buster pressa un bouton. Un grondement ébranla le hangar tandis que la porte se soulevait. Le camion de Big Joe recula dans l'entrepôt vers les conteneurs. Le moteur crachota, puis le camion s'arrêta.

Buster pressa le bouton qui refermait la porte et sortit de son bureau. « Tu es en retard », grommela-t-il, tandis que la portière du chauffeur s'ouvrait toute grande. Mais ce ne fut pas Big Joe qui descendit de la cabine.

À sa place, un homme que Buster n'avait jamais rencontré sauta avec souplesse sur la plate-forme de ciment.

— Salut !

L'homme, la trentaine, en pleine forme, avait un large sourire.

— Qui êtes-vous ?

— Je suis navré de vous le dire, mais Big Joe a eu un accident. Tragique. Terrible.

— Un accident ? Comment ça ?

— Horrible. Un incendie. Dans sa caravane. Il est mort dans son sommeil.

— Mon Dieu, gémit Buster. Mais son frère ! Où est-il ? Il est au courant ?

— Dans une certaine mesure.

— Ça ne veut rien dire ! Ou bien il est au courant ou bien il ne l'est pas !

— Ma foi, on peut dire que, dans une certaine mesure, il l'est, dit le robuste étranger. Mais ça n'a plus d'importance maintenant. Tu comprends, il est mort. Un autre incendie. Terrible. Sa maison a brûlé la nuit dernière.

— Qu'est-ce que vous me racontez ?

— Maintenant, c'est ton tour.

La portière du camion côté passager s'ouvrit et deux hommes sautèrent à terre. Buster se frotta les yeux. Les trois hommes se ressemblaient : minces, souples, beaux, hâlés, la trentaine. Comme ils approchaient, Buster se rendit compte qu'ils se ressemblaient d'une autre façon encore. Ce devait être un effet de la lumière. Tous trois semblaient avoir les yeux gris.

— Tu vois, Buster, on a un problème, reprit le premier.

— Ah oui ? » Buster fit un pas en arrière et leva son fameux poing droit. « Quel problème ?

— Les aiguilles, les pansements, le sang contaminé. Tu empoisonnes l'océan.

— Eh, tout ce que je fais, c'est ce que don Vincenzo me dit de faire !

— Bien sûr. Eh bien ! Tu n'as plus besoin de prendre ses ordres. Don Vincenzo est mort.

— Quoi ?

— Tu ne vas pas nous croire. C'est stupéfiant, vraiment. Sans blague, encore un incendie !

Buster recula encore en trébuchant.

— Qu'est-ce que c'est que cette histoire ? Eh, je vous préviens, n'approchez pas !

Avec une incroyable agilité, le premier des trois hommes esquiva les coups de poing de Buster, évita le fameux crochet du droit de l'ancien boxeur et lui assena un si fort coup sur le nez que Buster s'écroula, en sang.

— Écoute bien, dit l'homme. On ne va pas te faire griller.

Abruti par la douleur, la vision floue, Buster poussa un soupir de soulagement. Il devait reconnaître que ces trois hommes étaient en meilleure condition que tous les adversaires qu'il avait jamais affrontés. S'ils étaient prêts à discuter, peut-être avait-il une chance.

— Alors, vous allez me laisser partir ?

Buster regrettait d'avoir rencontré don Vincenzo, de lui avoir cédé.

— Malheureusement non, répondit l'homme. Il faut assumer les conséquences de ses actes. Mais les flammes ne sont pas toujours la meilleure dissuasion. Il faut parfois que le châtiment soit à la hauteur du crime. Et il est important de faire un exemple. Dans un instant, tu vas comprendre...

Les trois hommes passèrent des masques chirurgicaux, des blouses et des gants de caoutchouc.

— Seigneur ! fit Buster.

— Si tu préfères, mes compagnons vont te tenir.

— Non !

— Ne résiste pas. Ta mort serait plus douloureuse.

Tandis que Buster se débattait en hurlant, tandis que deux hommes le maintenaient, le troisième enfonça un mouchoir dans sa bouche pour le réduire au silence. Puis l'homme enfila ses gants de caoutchouc et entreprit de dévisser le couvercle de divers récipients en plastique rouge posés sur le camion ; il en retira un certain nombre d'aiguilles hypodermiques contaminées et entreprit de plonger chacune d'elles dans diverses parties du corps de Buster : ses bras, ses jambes, sa gorge, son bas-ventre, ses yeux. Partout.

Quand les trois hommes en eurent fini, quand ils eurent quitté l'entrepôt et qu'on finit par découvrir le corps, les journaux décrivirent le cadavre comme une pelote d'épingles. Description inexacte. Le cadavre de Buster Buchanan, dit Crochet du droit, était réellement une pelote d'aiguilles, et si les milliers de pointes plantées sur toute la surface de son corps n'avaient pas suffi à le tuer, une seule des maladies provoquées par les piqûres des aiguilles infectées aurait fini par entraîner sa mort, en imaginant que son cancer des poumons, dû aux années qu'il avait passées à fumer des cigares, ne l'eût pas tué d'abord.

## 2

L'appartement du lieutenant Craig se composait d'une pièce bien aménagée dans le sous-sol d'un ancien hôtel particulier de Bleecker Street, dans le bas de Manhattan. Autrefois, il avait possédé une maison dans le Queens — ou du moins la banque où il avait fait son emprunt en avait eu une, mais voilà quatre ans, à la suite du divorce, son ancienne femme en avait obtenu le titre de propriété.

Craig regrettait de ne plus être là-bas. Non pas à cause de la maison. Il n'avait jamais aimé tondre la pelouse, déblayer la neige ni se livrer à aucune des autres corvées qu'exigeait l'entretien d'une maison ; en vérité, son travail l'occupait à tel point qu'il n'était pas souvent là pour le faire — ou pour s'occuper suffisamment de sa femme et de ses deux enfants.

C'était ça qui lui manquait vraiment ; pas cette foutue maison, mais sa famille. Certaines nuits, il avait le cœur si serré qu'il n'arrivait pas à dormir et il restait allongé sur son lit à fixer le plafond. Comme il regrettait de ne pas s'être donné plus de mal ! Mais Craig avait découvert que le mariage et le boulot de policier allaient rarement ensemble. Parce qu'être un flic, c'était comme un second mariage, et la femme d'un flic pouvait être aussi jalouse de son travail que d'une autre femme. D'ailleurs, bien des types dans son service étaient aussi divorcés. Le seul avantage, c'était au moins que son ancienne femme s'était montrée arrangeante en ce qui concernait son droit de visite. Il faisait de son mieux pour passer un peu de temps avec son fils et sa fille pendant les week-ends, sans doute plus que quand il était marié, mais l'ennui, c'était que ses enfants, maintenant, étaient adolescents et que la compagnie de leur père ne les excitait pas autant que quand ils étaient gamins.

« On peut dire que j'ai fait un beau gâchis », se dit Craig en passant sous sa douche. L'eau chaude le revigora. « Mais qu'est-ce qui me prend ? Comment se fait-il que je m'intéresse à une femme qui a dix ans de moins que moi ? Je suis dingue ou quoi ? La seule chose qui nous rapproche, Tess et moi, ce sont les ennuis qu'elle a. Une fois tout ça réglé... Je veux dire, *si*... Non, *quand*... (Eh, pas de pessimisme !) Elle ne voudra plus rien avoir à faire avec moi. On ne peut pas dire qu'elle ait manifesté beaucoup d'enthousiasme à l'idée d'une amitié, d'une *véritable* amitié, quand je lui en ai parlé au téléphone hier soir. »

Craig augmenta la force du jet, rinça la mousse de son shampooing et secoua la tête. « À quoi est-ce que tu t'attendais ? Elle est en deuil. Peu importe qu'elle ait rencontré cet ami, ce Joseph Martin dont on ne sait même pas qui il était, seulement trois fois. Elle est préoccupée, pour ne pas dire affolée. Tu es tombé au mauvais moment. »

Il arrêta l'eau, sortit de la cabine de douche (il n'y avait pas de baignoire chez lui) et se sécha. Avec les gestes méticuleux d'un divorcé qui avait fini par mesurer le formidable travail d'entretien qui avait incombé à son ancienne femme, ce dont il ne s'était jamais aperçu auparavant, il prit une éponge pour nettoyer la cabine de douche. Il s'était déjà rasé. Il ne lui restait plus qu'à se coiffer, se passer un peu de lotion après-rasage, se mettre du déodorant, s'habiller et préparer son petit déjeuner.

Dans la chambre — qui faisait office aussi de salle de séjour et de cuisine —, Craig fit chauffer de l'eau pour son café. Par habitude, il alluma la radio pour écouter les nouvelles et, sans réfléchir, décrocha le téléphone. Ce n'était peut-être pas une bonne idée. Il allait sans doute répéter son erreur. Malgré tout, il se sentait l'envie de parler à Tess, d'expliquer qu'il était désolé d'avoir fait pression sur elle comme ça. Il relut le message qu'il avait noté la veille au soir quand elle lui avait donné le numéro de téléphone de sa mère et, en pianotant sur le cadran, il entendit vaguement le journaliste à la radio décrire une nouvelle bataille au mortier qui avait éclaté entre chrétiens et musulmans à Beyrouth. « Pourquoi n'arrivent-ils pas à s'entendre ? » se demanda Craig, en écoutant les crépitements sur la ligne.

Il y eut une sonnerie. Puis une autre. Puis une voix de femme, pas celle de Tess, en fait, même pas une voix *humaine,* mais une de ces imitations vocales composées sur ordinateur qui font penser à un robot.

« Le numéro que vous avez demandé n'est plus en service. »

Plus en service ? Craig prit un air soucieux. *J'ai dû faire un faux numéro.* Il examina le papier où il avait noté le numéro, se demandant s'il n'avait pas fait une erreur en inscrivant l'un des chiffres et fit une nouvelle tentative.

« Le numéro que vous avez demandé n'est plus en service. »

*Seigneur, j'ai noté un mauvais numéro.* L'eau bouillante fit siffler la bouilloire. Craig éteignit le gaz et, l'air encore plus soucieux, versa un peu de café soluble au fond de sa tasse, puis se crispa en entendant une voix annoncer à la radio :

« ... a complètement anéanti une résidence dans un quartier élégant d'Alexandria, en Virginie. »

*Alexandria ?*

Un pressentiment poussa Craig à se précipiter vers le poste pour augmenter le volume.

« Trois personnes essayant d'échapper à l'incendie ont été abattues sur place, continuait le présentateur. Deux domestiques, ainsi que Melinda Drake... » Craig sentit sa gorge se nouer. « ... veuve de Remington Drake, ancien envoyé du département d'État, torturé à mort par des extrémistes musulmans voilà six ans à Beyrouth. Les autorités n'ont pas réussi à identifier les assaillants ni à déterminer le mobile de ces meurtres, mais les enquêteurs ont conclu qu'il s'agissait d'un incendie criminel. »

*Incendie criminel. Deux domestiques. La mère de Tess.*

Craig saisit le téléphone, composa le numéro des renseignements, où on lui communiqua celui des renseignements d'Alexandria...

— Police d'Alexandria, répondit enfin une voix bourrue.

— Passez-moi la Criminelle.

Craig fit un effort pour reprendre son souffle. Un déclic. Sonnerie. Rien. Allons ! Allons !

— Brigade criminelle, fit une femme à la voix rauque.

— Mon nom est William Craig. » (Nouvel effort pour contrôler sa voix qui tremblait.) « Je suis inspecteur au service des Personnes disparues de la police municipale de New York. » Il donna son numéro de matricule, le nom de son supérieur et son numéro de poste au bureau. « Je vous appelle de chez moi. Si vous voulez, je vous donne le numéro pendant que vous vérifiez qui je suis.

— Avant d'entrer dans les complications, lieutenant, pourquoi ne reprenez-vous pas votre souffle et ne me dites-vous pas ce qui vous amène ?

— L'incendie de la maison de Melinda Drake. Les victimes abattues sur place. Y en a-t-il une quatrième ? La fille. *Tess Drake.*

— Non. Seulement les domestiques et la... Que savez-vous de l'existence d'une fille, lieutenant ? Pourquoi pensez-vous qu'elle était dans la maison ? Quel est votre intérêt dans cette affaire ?

— Je... Oh, c'est trop compliqué. Il faut que je réfléchisse. Je vous rappellerai.

Craig raccrocha. Tess était sauve !

Une pensée, soudain, le fit se cramponner au comptoir de la cuisine. Et si elle n'avait pas échappé à l'incendie ? Et si elle était morte dans la maison ? Et si les enquêteurs n'avaient pas encore retrouvé son corps carbonisé ?

Tremblant, Craig ouvrit un placard et saisit l'annuaire des pages jaunes, se précipitant pour réserver une place sur le premier vol pour Washington. Là-bas, il louerait une voiture, et il irait...

Ses mains se mirent à trembler. Il referma brusquement l'annuaire.

*Qu'est-ce que je ferais de bon à Alexandria ? Je ne servirais à rien. Je finirais par marcher de long en large, à regarder les enquêteurs fouiller les décombres de la maison.*

*Mais il faut que je fasse* quelque chose.

*Réfléchis ! Espère ! Tout ce que tu sais avec certitude, c'est que deux domestiques et la mère de Tess ont été abattus en cherchant à échapper aux flammes.*

*Mais ça ne veut pas dire que* Tess *n'a pas réussi à s'échapper.*

*Je vous en prie. Oh, Seigneur, je vous en prie, faites qu'elle soit saine et sauve. Si elle s'est échappée...* Que ferait-elle ? *De toute évidence, elle serait affolée. Elle se cacherait pour fuir ceux qui ont essayé de la tuer.*

*Et ensuite ? Peut-être... Peut-être au fond qu'elle m'appellerait.*

*Vers qui d'autre pourrait-elle se tourner ? Qui d'autre connaît-elle à qui elle puisse se fier et sur qui elle puisse compter ? Je suis peut-être le seul espoir qu'elle ait.*

## 3

Effrayée, Tess se sentait nue. Frissonnant malgré la chaleur moite du matin, elle sonna encore à la porte de la grande maison. Elle ne cessait de jeter des coups d'œil nerveux par-delà les arbres et les buissons, dans la large cour au bout de laquelle se trouvait l'entrée flanquée de deux piliers. Jusqu'alors, elle avait eu de la chance. Depuis qu'elle s'était engouffrée par le portail, aucune voiture n'était passée dans la petite rue paisible, mais s'il en arrivait une, et si les occupants la remarquaient, et si l'une de ces voitures était conduite par les hommes qui avaient tenté de la tuer...

*Vite !* Quand elle pressa de nouveau le bouton de la sonnette, Tess ne relâcha pas la pression. Une autre possibilité la fit trembler de peur. Et si la maison était inoccupée ? Et si les Caudill étaient partis pour leur séjour d'été dans le Maine ? Désespérée, elle se demanda si elle ne devait pas s'introduire par effraction dans la maison. Non ! Il doit y avoir un système d'alarme !

Son amie d'enfance était partie depuis longtemps, d'abord au collège, puis elle avait suivi son mari à San Francisco, mais les parents étaient toujours propriétaires de cette maison et, dans la nuit, cachée dans le petit recoin humide et noir derrière les rochers de la fontaine au fond du jardin, Tess avait tenté d'oublier les crampes de plus en plus douloureuses qui paralysaient ses muscles et s'était efforcée de concentrer ses pensées terrifiées pour décider de ce qu'elle allait faire ensuite. Même si la réponse était évidente, si grande était sa confusion qu'il lui avait fallu toute la nuit, jusqu'au matin, pour se souvenir que les gens qui possédaient cette propriété avaient été jadis pour elle comme une seconde famille.

Son pouce blanchissait à force de presser la sonnette, Tess sentait son seul espoir s'évanouir, sa peur se renforcer. *Je vous en prie !*

Elle poussa un soupir au moment où la porte s'ouvrait. Un maître d'hôtel très raide la toisa, inspectant ses jeans maculés, son chandail déchiré, son visage couvert de suie et ses cheveux pleins de toiles d'araignées.

— Mme Caudill ? fit Tess. Je vous en prie ! Elle est ici ?

— Mme Caudill a fait des dons au refuge pour les sans-abri. Il y en a plusieurs en ville.

Le maître d'hôtel s'apprêtait à refermer la porte. Tess poussa la main contre le chambranle.

— Non, vous ne comprenez pas !

— On ne peut pas déranger Mme Caudill.

Le maître d'hôtel se redressa et fit la grimace, plissant les narines. Tess se rendit compte qu'elle devait empester la fumée, la sueur et la peur.

— Si vous insistez, je vais être obligé d'appeler la police.

— Non ! Écoutez-moi ! » fit Tess. Elle poussait la porte. Le serviteur résistait.

— Je m'appelle Tess Drake ! Mme Caudill me connaît !

Le cœur battant, elle entendit une voiture approcher dans la rue et tenta désespérément de se glisser par l'entrebâillement de la porte. Le maître d'hôtel s'efforça de lui barrer le chemin.

— Je suis une amie de la fille de Mme Caudill ! fit Tess en essayant d'écarter le domestique. Je suis venue souvent ici ! Mme Caudill me connaît ! Dites-lui que c'est...

— Tess ? fit une voix de femme étonnée au fond du vestibule. Tess ? C'est toi ?

— Mme Caudill ! je vous en prie ! Laissez-moi entrer !

Dans la rue, la voiture approchait.

— C'est bien, Thomas. Ouvrez la porte », dit la femme, qu'on ne voyait toujours pas.

— Très bien, madame », fit le maître d'hôtel en lançant à Tess un regard mauvais. « Comme vous voudrez. »

Au moment où Tess se précipitait à l'intérieur, la voiture passa juste devant l'allée de la maison. Le maître d'hôtel referma la porte et le bruit de la voiture s'atténua.

Tess se redressa et prit une profonde inspiration. Elle serrait son sac contre elle — il était lourd du poids supplémentaire des photographies, du livre et du pistolet — et elle regarda avec soulagement Mme Caudill, plantée dans le hall, devant la porte de la salle à manger.

Mme Caudill avait cinquante-cinq ans ; elle était petite, assez corpulente et ses joues étaient aussi rondes que la monture de ses lunettes. Elle portait un peignoir en tissu oriental de couleur vive et semblait éberluée, non seulement par l'arrivée inopinée de Tess, mais surtout par son aspect échevelé.

— Bonté divine, Tess ! Tu vas bien ?

— *Maintenant,* ça va.

— L'incendie ! Hier soir, j'ai vu les flammes depuis la fenêtre de ma chambre. Ce sont les sirènes qui m'ont réveillée. Où étais-tu passée ? Qu'est-ce qui t'est arrivé ?

Bien qu'elle eût les jambes engourdies, Tess parvint à courir jusqu'à elle.

— Dieu merci, vous êtes là. Mme Caudill, j'ai besoin d'aide. Je suis désolée de débarquer comme ça, mais...

— Besoin d'aide ? Bien sûr, ma chérie. Tu sais que tu es toujours la bienvenue. Je me rappelle quand tu venais jouer avec...

Mme Caudill tendit les bras pour serrer Tess contre son cœur mais elle se retint en voyant de plus près les vêtements crasseux de Tess et en sentant les relents de fumée qui émanaient d'elle.

— Tes bras ! Regarde-moi ces bleus ! Et tes mains ! Elles sont pleines de cloques. Tu as été brûlée. Il faut appeler un médecin.

— Non !

— Comment ?

— Pas de médecin ! Pas tout de suite ! Je ne pense pas que ces brûlures soient graves, Mme Caudill. Ça me pique juste un peu. Si vous avez une trousse de secours...

— Oui. Bien sûr. Et il faut que tu te nettoies ! Vite ! Montons ! Thomas ! » fit-elle en se retournant vers le maître d'hôtel. « Je ne me rappelle plus où est la trousse de secours ! Où est-ce que nous la rangeons ? Apportez-la moi tout de suite !

— Mais certainement, madame, fit le maître d'hôtel, sans entrain.

— C'est l'amie de ma fille ! Tess Drake ! L'incendie d'hier soir !

— Oui, madame ?

— C'était la maison de sa mère !

— Je comprends, madame, fit le domestique, affichant un air encore plus pincé. Tess Drake. Toutefois, je regrette... C'est certainement ma faute, mais, madame, elle parlait si vite... Je vous prie de m'excuser. Dans la précipitation, je n'ai pas compris son nom.

— Thomas, cessez de vous incliner. Et pour l'amour de Dieu, cessez de traîner. Et que ça saute, comme disait ma fille.

— Bien sûr, madame.

Mme Caudill se drapa dans les pans de son peignoir et, avec une agilité inattendue, compte tenu de son âge et de sa corpulence, elle monta d'un pas vif avec Tess le grand escalier de la résidence.

— Mais tu ne m'as toujours pas dit. Où étais-tu passée ?

Qu'est-ce qui t'est arrivé ? Pourquoi est-ce que la police ou les pompiers ne t'ont pas emmenée dans un hôpital ?

Tess porta la main à son front plissé par les soucis et s'efforça de prendre un ton convaincant.

— Tout est confus. C'est d'abord la fumée qui m'a réveillée. Puis j'ai vu les flammes. Je me souviens de m'être trouvée bloquée. J'ai sauté par la fenêtre de ma chambre.

— Sauté ? répéta Mme Caudill, horrifiée.

— Mais après, je ne sais plus. Il me semble me rappeler que je me suis cogné la tête. Je crois que j'ai couru. De toute évidence, je me suis effondrée. Et puis j'ai retrouvé mes esprits dans votre jardin.

— Comment diable as-tu... ?

— Je n'en ai aucune idée, Mme Caudill. Je devais être en pleine crise de nerfs.

— Pas étonnant. À ta place, je me serais évanouie. Ça a dû être horrible. Tu as traversé un... Tess, ta mère... Je ne voudrais pas... Sais-tu ce qui est arrivé à ta mère ?

Tess s'arrêta sur le palier, le chagrin lui serrant la gorge et la poitrine. Des larmes vinrent brouiller sa vision et coulèrent sur ses Joues.

— Oui. » Sa voix se brisa. « Cela, je m'en souviendrai toute ma vie.

— Je suis désolée. Je ne peux pas te dire à quel point... Ta mère était une femme remarquable. L'énergie dont elle a fait preuve en apprenant que ton père avait été tué. Elle a été extraordinaire. Et maintenant, je n'arrive pas à croire que quelqu'un l'ait abattue. Tout cela est si bouleversant. Mais dans quel monde vivons-nous ? Je ne peux vraiment pas l'imaginer. J'ai passé presque toute la nuit à me retourner dans mon lit. Et toi, tu dois être épuisée !

— Oui, Mme Caudill. Je me sens... épuisée. Ce n'est même pas vraiment le mot. Merci, je vous suis reconnaissante de votre compassion. » Tess essuya ses larmes et sentit la suie sur ses joues. Les larmes coulaient jusque sur ses mains.

— Inutile de me remercier. En fait, je suis heureuse que tu aies pensé à venir ici. Ça fait si longtemps que Regina est partie. Ça fait trop longtemps que je n'ai pas eu l'occasion de materner quelqu'un.

Un bruit de pas fit sursauter Tess. Toujours aussi guindé, le maître d'hôtel gravissait l'escalier, portant, comme un tabernacle, une boîte en plastique marquée d'une croix rouge sur son couvercle blanc.

— La trousse de secours, enfin ! dit Mme Caudill. Viens, Tess. Il faut soigner tes brûlures. Nous perdons du temps.

Elle l'entraîna précipitamment vers une porte au milieu du couloir du premier étage.

— Tu te rappelles que c'était la salle de bains de Regina ?

— Comment pourrais-je l'oublier ? Je l'ai utilisée assez souvent.

Mme Caudill sourit.

— Oui, c'était le bon vieux temps. » Malgré son sourire, le ton de sa voix était mélancolique. « Le bon vieux temps. »

Elle ouvrit la porte.

Tess se trouva dans une immense salle de bains blanche, aux étagères et au carrelage immaculés. Exactement comme dans son souvenir. Cela avait quelque chose de familier qui la rassurait. Au fond, sur la droite, une porte donnait dans la chambre de Regina. Mais ce qui attira d'abord le regard de Tess, ce fut la large et profonde baignoire.

Mme Caudill prit la trousse de secours des mains du maître d'hôtel, la posa sur la tablette de marbre entre les deux lavabos et repartit dans le couloir.

— Fais-toi couler un bain, Tess. Et restes-y aussi longtemps que tu veux. Pendant ce temps-là, je vais regarder parmi les vêtements que Regina a laissés. Si je me souviens bien, elle et toi avez à peu près la même taille.

Tess acquiesça, nostalgique :

— Oui, nous nous empruntions nos affaires. Mais, Mme Caudill, je vous en prie, rien d'élégant. Des jeans, si possible. Une chemise ou un chandail. J'aimerais rester habillée simplement.

— Toujours garçon manqué ? fit madame Caudill avec une lueur malicieuse dans le regard.

— Sans doute... Je ne me sens pas à l'aise en robe.

— Depuis que je te connais, il en a toujours été ainsi. Bon, je vais voir ce que je peux faire. Maintenant plonge-toi dans ce bain. Et pendant que j'y pense, je ferais mieux d'appeler la police. On va vouloir...

— Non, madame Caudill !

Tess fut elle-même surprise par la violence de sa réponse.

— Je te demande pardon ? » fit Mme Caudill en fronçant les sourcils. « Je ne comprends pas. Que se passe-t-il ? Il faut prévenir la police, Tess ! Ils vont vouloir te parler. Tu sais peut-être quelque chose qui les aidera à retrouver les monstres qui ont mis le feu à la maison de ta mère et qui ont tué...

— Non ! Pas encore ! fit Tess en essayant de maîtriser son affolement.

— Je ne comprends toujours pas. » Les plis qui barraient le front de Mme Caudill se creusèrent encore. « Tu me déroutes complètement.

— Je ne suis pas prête. Je me sens... Si vous appelez la police, ils vont tout de suite débarquer ici. Mais je ne crois pas être assez forte pour répondre tout de suite à leurs questions. J'ai besoin d'y voir clair. Je ne pense pas pouvoir, pour l'instant, parler de ce qui s'est passé. Je serais sans doute... » Des larmes coulaient de nouveau sur ses joues. « Je n'arriverais pas à me contrôler. »

Mme Caudill réfléchit, prit un air moins sévère.

— Bien sûr ! Que je suis bête. Je ne me rendais pas compte. Tu es encore sous le choc. Mais tu comprends bien qu'il faudra que tu finisses par parler à la police. C'est une pénible épreuve, mais il faut en passer par là.

— Je sais, Mme Caudill. Plus tard. Plus tard, quand je me serai lavée et que je me sentirai reposée, j'appellerai la police. C'est promis.

— Bon. Chaque chose en son temps. Et la première chose à faire, c'est de prendre ce bain pendant que j'essaie de te trouver des vêtements.

Malgré un ton qui se voulait rassurant, Mme Caudill affichait un air perplexe lorsqu'elle referma derrière elle la porte de la salle de bains. Ou peut-être son visage exprimait-il seulement de la pitié ? Tess, se retrouvant seule, ne pouvait, au juste, le dire.

Machinalement, elle verrouilla la porte. En proie à des émotions contradictoires, elle se déshabilla et jeta dans un coin ses vêtements déchirés et crasseux. Même ses chaussettes et ses dessous empestaient la fumée. Elle ouvrit aussitôt le robinet d'eau chaude de la baignoire et se plongea dans la chaleur merveilleusement apaisante du bain.

Les écorchures et les brûlures qu'elle avait sur les bras et les mains la picotèrent un instant. Puis la douleur se calma et elle s'installa confortablement, savourant la chaleur qui montait délicieusement le long de ses hanches, de son ventre, de ses seins. Ce fut seulement quand la baignoire fut sur le point de déborder qu'elle tendit à regret la main pour tourner les robinets. Peu à peu, ses muscles engourdis par les crampes se détendirent.

Mais elle ne se sentait pas satisfaite. Tout en contemplant les bulles de savon noires de suie qui jaillissaient à la surface, elle se demanda, en fronçant les sourcils ; « Qu'est-ce qui m'a pris de réagir comme ça ? Pourquoi ai-je refusé que Mme Caudill téléphone à la police ?

« Bonté divine, ma mère a été tuée. Deux domestiques ont été abattus. Moi-même, on a failli me tuer. C'est certain, ceux qui ont mis le feu à la maison ne vont pas renoncer. Ils vont continuer à me traquer. Quel que soit leur mobile, il est assez sérieux pour qu'ils soient prêts à aller jusqu'au bout pour m'avoir. *Pourquoi ?* Cela a-t-il quelque chose à voir avec les photographies que cet homme a essayé de me voler ?

« Qu'est-ce que j'ai vu dans l'appartement de Joseph qu'ils ne veulent pas que je sache, ni moi, ni personne ? »

Tess frissonna en se rappelant la sculpture sur la bibliothèque de Joseph. Grotesque. Repoussante. Quelle signification avait donc cette statue ? Quel esprit malsain avait pu la concevoir ? Et pourquoi Joseph y tenait-il ? Qu'est-ce que cela révélait sur sa personnalité à lui ? De toute évidence, il n'était pas l'homme doux et au caractère enjoué qu'il semblait être, lui qui avait l'habitude de se flageller jusqu'au sang et de dormir avec cette *chose* qui le regardait du haut de son étagère. Et maintenant, on avait mis le feu à l'appartement de Joseph, volé la sculpture ; et la seule preuve de son existence, c'était la photographie qu'elle avait dans son sac.

Elle tremblait si fort que les bulles en frémissaient à la surface du bain. *La première chose que j'aurais dû faire en entrant dans cette maison, c'était appeler la police. J'ai besoin d'aide !*

*Alors, pourquoi n'ai-je pas voulu que Mme Caudill téléphone aux policiers ?*

La réponse lui vint avec une stupéfiante rapidité.

*Parce que je veux que personne ne sache où je suis. Quels que soient ceux qui me traquent, ils supposent sans doute que je vais prendre contact avec la police.*

*Ils doivent donc surveiller les communications de la police. Si j'appelle, on le saura. Les tueurs se précipiteront ici* avant *les policiers. Et cette fois...*

Tess frissonna.

*Ils sont si déterminés que je ne pense pas qu'ils échoueraient. Ils nous massacreraient tous. Le maître d'hôtel. Mme Caudill. Moi.*

Tess se représenta Mme Caudill poussant des hurlements tandis que son sang giclait d'une blessure. *Non ! Je ne peux pas avoir leurs morts sur la conscience ! Et je ne peux pas compter sur la police pour me protéger. J'ai besoin de temps pour réfléchir.* Il faut *que je continue à me cacher. Jusqu'à ce que je sois absolument sûre que je ne risque plus rien !*

*Qu'est-ce que je vais faire ?*

## 4

Avec une angoisse grandissante, Craig marchait de long en large dans son studio. C'était à peine s'il entendait les voix en arrière-fond qui chantaient cet opéra, *Turandot* de Puccini, que par habitude il écoutait toujours quand il était nerveux.

*Téléphone, Tess ! Je t'en prie ! Si tu es saine et sauve, pour l'amour de Dieu, appelle !*

Mais plus il attendait, plus le désespoir le gagnait. C'était très mauvais signe.

Il regarda sa montre et se rendit compte qu'il aurait dû être au bureau depuis une heure. Il s'apprêtait à partir quand, frappé d'une idée soudaine, il se figea sur place. *Le bureau ? Peut-être s'imagine-t-elle que j'y suis. Peut-être est-ce là qu'elle va essayer de me contacter. Si elle essaie. Si elle n'a pas péri dans l'incendie et qu'on n'a pas encore retrouvé son corps.*

*Non, ne pense pas des choses comme ça ! Elle va bien. Il* faut *qu'elle aille bien !*

Craig décrocha le téléphone et composa le numéro de son bureau. Impatient, il entendit une sonnerie. Puis une autre.

« Bureau des Personnes disparues », fit une voix râpeuse.

— Tony, c'est Bill. Je...

— Enfin ! Où diable étais-tu passé ? On a des problèmes ici. Luigi a téléphoné pour annoncer qu'il était malade. Ça sonne de tous les côtés. On a huit nouvelles affaires sur les bras, et le capitaine gueule en disant que personne ne fout rien.

— Je te promets, Tony, j'arrive tout de suite. Écoute, est-ce qu'il y a eu des messages pour moi ?

— Des tas.

Craig sentit son cœur battre plus vite.

— Rien de Tess Drake ?

— Une minute. Je vais vérifier. Mais... qui est cette femme qui gueule derrière toi ? Un opéra ? Depuis quand es-tu devenu italien ?

— Les messages, Tony. Vérifie les messages.

— Oui, bon, voilà, je les ai. Laisse-moi le temps... Bailey. Hopkins. Non. Rien d'une nommée Tess Drake.

Craig s'appuya au comptoir de la cuisine.

— À propos de message, le capitaine a reçu il y a un moment un appel de la police d'Alexandria, en Virginie. Ils prétendent que tu les as appelés. À propos d'un incendie. Ils ont dit que tu avais l'air un peu bizarre. Qu'est-ce qui se passe ?

— Je t'expliquerai quand j'arriverai au bureau. Tony, c'est important. Si Tess Drake m'appelle, il faut à tout prix que tu notes un numéro où je puisse la joindre.

Craig raccrocha. Tandis que la voix somptueuse de Pavarotti atteignait la pointe d'une aria, Craig fixait le comptoir de sa cuisine. En jurant, il se décida à bouger, brancha le répondeur et arrêta la chaîne stéréo. Machinalement, il boucla son baudrier à sa ceinture, passa sa veste et se précipita dans le couloir, fermant les deux verrous derrière lui.

Il gravit en courant les dix marches qui conduisaient jusqu'à la rue bruyante, et le smog matinal lui irrita la gorge et le fit tousser de nouveau. Il s'arrêta au bord du trottoir, près d'une rangée de poubelles, n'aperçut aucun taxi, courba les épaules d'un air déçu et partit au petit trot en direction de la 7ᵉ avenue. Ce brusque effort l'essouffla rapidement. « Tess a raison, songea-t-il. Je perds la forme. Il faut que je commence à faire de l'exercice. »

*Tess.* Le seul fait de penser à elle déclencha en lui une poussée d'adrénaline. En nage, il hâta le pas, désespérant de trouver un taxi.

## 5

Derrière lui, sur Bleecker Street, presque à la hauteur de son immeuble, deux individus, au bord du trottoir, étaient penchés sur le moteur d'une voiture en panne. Quand Craig se dirigea vers la 7ᵉ avenue, ils refermèrent le capot, s'engouffrèrent dans la petite voiture japonaise, firent rapidement demi-tour et s'empressèrent de le suivre.

Un peu plus loin dans la rue, à l'intérieur d'une camionnette dont les flancs arboraient le sigle d'une compagnie téléphonique, un homme sombre décrocha un téléphone cellulaire tandis que son partenaire, tout aussi sombre, réglait des boutons sur un appareil de contrôle et gardait ses écouteurs sur la tête.

Le premier, sachant que les émissions de téléphone cellulaire pouvaient être captées, s'exprimait en langage codé.

« Notre ami a quitté le terrain. Quelques équipiers l'accompagnent... *Ceux de l'équipe adverse ?* Ils ne semblent pas prêts à jouer. En tout cas, nous ne les avons pas vus. Mais notre lanceur s'inquiète de la santé de sa petite amie. Il espérait qu'elle allait l'appeler au club. Elle ne l'a pas fait. Il pense qu'elle pourrait lui téléphoner à son bureau. En attendant, ça nous laisse un peu de temps, à condition que l'équipe adverse n'arrive pas. Nous allons rendre service à notre lanceur et rester à traîner autour du club au cas où sa petite amie finirait par appeler et voudrait laisser un message. Je suppose que quelqu'un sera à son bureau ?... Bon. Après tout, si sa petite amie a besoin d'aide, je ne voudrais surtout pas que notre lanceur soit tout seul. »

## 6

C'était horrible, mais l'eau de la baignoire était couverte d'une telle pellicule de suie que Tess dut vider son bain, rincer la baignoire et la remplir une nouvelle fois. Même après ce second bain, elle ne se sentait toujours pas propre et finit par utiliser la douche, lavant à trois reprises ses cheveux emmêlés.

Elle ne réussit pas à trouver de séchoir et se contenta de se donner un coup de peigne : Dieu merci, elle avait les cheveux courts et faciles à coiffer ; l'essentiel pour elle était de se retrouver enfin blonde et non plus noircie de cendres.

Elle prit dans la trousse de secours une crème dont elle enduisit ses brûlures, qui semblaient superficielles même si elles recommençaient à lui donner des picotements. Elle fut tentée un moment de les protéger par des pansements, mais elle avait lu quelque part qu'il convenait de laisser les brûlures en contact avec l'air dans le cas où elles n'étaient pas graves, et elle espérait que ce fût bien le cas. Pour le moment, ses brûlures et ses écorchures étaient le cadet de ses soucis.

Mme Caudill avait frappé à la porte de la salle de bains, expliquant qu'elle avait préparé quelques vêtements dans la chambre voisine. Tess se drapa dans une serviette puis ouvrit la porte sur la droite, et trouva sur le lit des chaussettes, du linge, des jeans et une chemise bordeaux à manches courtes. Elle s'empressa de s'habiller, sans prendre la peine de mettre un soutien-gorge. C'était bon de sentir des vêtements propres sur sa peau propre. Tout cela lui allait presque à la perfection. Les chaussures de tennis que Mme Caudill lui avait trouvées, en revanche, étaient une demi-pointure trop petite. Tess dut reprendre ses baskets crasseuses qu'elle avait espéré pouvoir jeter. Ramassant son sac de toile, bien sale lui aussi, qui sentait encore la fumée et qu'elle devrait bientôt remplacer, elle se dit qu'elle ferait mieux de descendre avant que Mme Caudill ne changeât d'avis et n'appelât la police.

Dans le hall, elle entendit des bruits qui venaient de la salle à manger et elle y entra pour trouver une femme de chambre occupée à disposer un plateau d'argent chargé de toasts, de jambon, de bacon, d'œufs brouillés et de jus d'orange au bout de la longue table de chêne. Une cafetière fumante accompagnait le tout.

Mme Caudill avait troqué son peignoir contre une robe et était assise au bout de la table, le *Washington Post* ouvert devant elle. Elle sourit à Tess mais son regard était empreint de mélancolie.

— Eh bien, dit-elle, tu as vraiment l'air d'aller mieux. » Au prix d'un effort, Mme Caudill se redressa. « Je ne connais pas tes goûts, mais j'ai pris la liberté de te faire préparer un petit déjeuner par Rose-Marie. Tu dois être affamée. »

L'arôme de la nourriture fit gronder l'estomac de Tess. Elle ne s'était pas rendu compte, jusque-là, à quel point elle avait faim. En guise de dîner hier soir, tout ce qu'elle avait avalé c'était le pâté de foie que sa mère aimait tant.

Sa mère... Avec une force renouvelée, le chagrin déferla sur elle, la glaçant, l'engourdissant. Elle lutta contre les larmes qui lui montaient aux yeux, sachant que, étant donné les épreuves qui l'attendaient, elle ne devait surtout pas se laisser aller. Cela semblait impossible... Elle n'arrivait toujours pas à comprendre, elle ne pouvait pas le croire... Elle refusait d'admettre que sa mère était morte. Ce n'était pas possible !

Faisant appel à toute son énergie, Tess réussit quand même à rendre son sourire à Mme Caudill.

— Je vous remercie. Vous avez été trop bonne.

— Épargne-moi les politesses, Tess. Tu peux me remercier en mangeant tout ce que tu as devant toi. Aujourd'hui, pardonne mon langage, va être une journée d'enfer. Tu vas avoir besoin de toutes tes forces.

— Je crois malheureusement que vous avez raison.

Tess s'installa à table, déplia sa serviette d'une main tremblante, prit une fourchette en argent étincelante. Elle fut surprise de voir avec quelle rapidité elle engloutissait le repas, même s'il était très différent de ses petits déjeuners habituels. Voilà longtemps qu'elle avait banni de son alimentation les œufs — à cause du cholestérol — et le bacon — plein de nitrates carcinogènes. Comme elle finissait son jus d'orange, retrouvant ses forces après les énormes quantités qu'elle avait englouties, Tess songea soudain à demander :

— Où est votre mari ? Au département de la Justice ? Dans votre villa d'été du Maine ?

— Mon mari ? fit Mme Caudill en pâlissant. Tu veux dire que tu ne sais pas ?

— Que je ne sais pas ? » fit Tess en reposant son verre. « Que je ne sais pas quoi ? Je ne comprends pas très bien...

— Mon mari est mort il y a trois ans.

Tess resta sans voix. Le choc la secoua. Elle se sentait pétrifiée, ne sachant trop que faire ni que dire. Puis elle tendit le bras pour prendre la main de Mme Caudill et la serrer doucement.

— Je suis sincèrement, profondément désolée. Je l'aimais bien. Je l'aimais beaucoup. Il me donnait toujours l'impression que j'étais chez moi ici.

Mme Caudill se mordit la lèvre. Elle réprima un sanglot.

— C'était un homme merveilleux, adorable.

— Si ça vous ennuie...

— Quoi donc ?

— D'en parler.

— Si ça m'ennuie ? fit Mme Caudill en secouant la tête. Pas le moins du monde. En fait, bizarrement, ça m'aide. Vas-y. Je suis une vieille dame coriace.

— Comment est-ce arrivé ?

— Une crise cardiaque. » Mme Caudill soupira. « Malgré tous mes efforts, je n'ai jamais pu le convaincre de travailler un peu moins. Je n'arrêtais pas de lui dire de prendre plus de vacances, de ne pas aller au bureau pendant les week-ends... » Un tremblement agita ses lèvres. « Enfin, je pense qu'il est mort là où il voulait être. Pas chez lui, mais au bureau. »

*La mort,* songea Tess. *Je suis entourée de morts.*

— Tu vois, je comprends ce que tu ressens, Tess. Dieu sait que j'aurais préféré l'éviter, mais c'est comme ça. Mon mari. Ta mère. Ils vont nous manquer. Sans eux, nos vies sont amputées. » Mme Caudill redressa les épaules comme si elle voulait clore le sujet. Elle jeta un coup d'œil attristé vers le *Washington Post* déployé devant elle. « L'incendie de ta maison, les meurtres, tout cela est apparemment arrivé trop tard cette nuit pour qu'on en parle dans le journal du matin. Mais nous devrions peut-être écouter la radio. Sans doute y aura-t-il de nouvelles informations, de nouveaux développements que tu devrais connaître. »

En frissonnant, Tess se rappela le cauchemar, les flammes, la rafale qui avait abattu sa mère. La perspective d'entendre tout cela décrit à la radio l'horrifiait. Néanmoins elle tenait à savoir si la police avait réussi à arrêter les hommes qui avaient tué sa mère.

— Oui. C'est une bonne idée.

— Et puis, bien sûr, maintenant que tu t'es reposée, il va falloir que tu téléphones à la police.

— Exactement », fit Tess mais qui n'en avait aucune intention. « J'allais justement le faire. »

Mais son attention fut attirée par le journal posé à l'envers devant Mme Caudill. Elle parvint à déchiffrer le gros titre et elle sentit son sang se glacer. Avec un sursaut, elle se pencha, prit le journal et le retourna pour bien lire le titre.

BRIAN HAMILTON TROUVE LA MORT
DANS UN ACCIDENT SUR L'AUTOROUTE

— Oh, mon Dieu ! » La bile lui brûlait la gorge. « *Brian Hamilton est mort ?* » Elle dévorait l'article.

— Une camionnette a forcé sa voiture à quitter la

route. » Mme Caudill semblait accablée. « Un fou, ou un conducteur ivre. »

Tess continuait à parcourir l'article. *Et puis la voiture de Brian a heurté un pylone électrique ? Elle a explosé ? S'il n'a pas été tué par le choc, les flammes ont... Dire qu'il a survécu à toutes ces années de combat au Viêt-nam, pour mourir dans un stupide accident de voiture.*

— Mais je l'ai justement vu hier soir ! fit Tess en se levant d'un bond. Je lui ai parlé, chez ma mère !

— Oui, j'oubliais. Ta mère et lui étaient amis. À cause de ton père.

— Il n'y a pas que ça. Je lui ai demandé de me rendre un service.

— Un service ? interrogea Mme Caudill.

Des pensées terrifiantes se bousculaient dans l'esprit de Tess. Le feu à la propriété. L'accident sur l'autoroute. Elle n'arrivait pas à croire qu'il pût s'agir d'une simple coïncidence. Ceux qui avaient tué sa mère avaient aussi tué Brian Hamilton ! Ils avaient, on ne sait comment, découvert que Tess avait pris contact avec lui ! Ils craignaient que Tess ne lui ait donné certaines informations !

*Ils tuent tous ceux qui savent ce que, moi, je sais ! Ils tuent toutes les personnes avec qui j'entre en contact !*

*Non ! Mme Caudill ! Si je ne quitte pas cette maison, ce sera elle la prochaine !*

— Il faut que j'utilise votre téléphone, fit Tess, essayant désespérément de ne pas laisser voir sa terreur.

— Pour appeler la police ?

— Précisément, fit Tess. La police. Il est temps. Il faut que je leur parle.

— Il y a un poste dans l'entrée ou un autre dans la cuisine.

L'entrée ? La cuisine ? Où serait-elle le plus tranquille ? Dans la cuisine, mais il y avait la femme de chambre.

— Je vais utiliser celui de l'entrée, balbutia Tess en sortant précipitamment de la salle à manger.

Ses pensées se bousculaient. Elle avait toujours détesté Brian Hamilton parce qu'il avait envoyé son père se faire tuer à Beyrouth. Mais hier soir, elle avait conclu un marché avec l'homme qu'elle haïssait, et voilà maintenant que cet homme était mort. Parce qu'il était parti régler la dette qu'il avait envers elle en utilisant son pouvoir pour rassembler toutes les informations qu'il pourrait obtenir sur Joseph Martin.

*La mort. Tous ceux à qui je parle... Mais pas moi ! Moi, je suis toujours en vie. Et je me vengerai !*

Elle décrocha le combiné dans l'entrée, fouilla dans son sac, écarta le pistolet et trouva la carte que Craig lui avait donnée. Craig ! Il était la seule personne qui comprendrait. Ils avaient tous les deux vécu le même cauchemar depuis le début. Mais Craig savait ce qu'elle savait. Peut-être que lui aussi était en danger. Elle devait le prévenir. Jetant un coup d'œil à la carte, elle composa les chiffres sur le cadran.

« Vous êtes bien chez Bill Craig. Je ne suis pas à la maison pour l'instant, mais si vous voulez bien laisser votre nom et... » La barbe ! Elle n'avait pas fait attention à l'heure. Il devait être au bureau maintenant. Elle raccrocha puis essaya un autre numéro.

— Bureau des Personnes disparues, répondit une voix râpeuse.

— Le lieutenant Craig, je vous prie.

Tess fit un effort pour calmer son souffle.

— Il n'est pas au bureau pour l'instant. Mais si je peux vous aider...

Tess raccrocha. *Non ! C'est Craig qu'il me faut ! La seule personne à qui je puisse faire confiance, c'est Craig !*

— Tess ?

Se retournant, Tess se trouva nez à nez avec Mme Caudill, qui sortait de la salle à manger.

— Est-ce que tu as parlé à... ?

— À la police ? Et comment ! Ils veulent que je passe au commissariat tout de suite. Je suis désolée de vous demander ça, Mme Caudill, mais si vous aviez une voiture que je puisse...

— Ma maison et mes voitures sont à ta disposition. Prends celle de mon mari. Elle est en état de marche. J'ai le vague espoir d'être un jour assez courageuse pour la conduire à nouveau.

— Quel genre de voiture est-ce ?

— Une Porsche 911. C'est une voiture qui a beaucoup

— comment disent les gosses ? — de jus sous le capot. Crois-moi, Tess. Prends-la. Utilise-la. Mon mari en aurait été ravi. Tu ne manques pas de courage. J'ai bien l'impression que tes problèmes sont plus graves que je ne l'imaginais. Et pour des problèmes terribles, il faut...

— Du cran ? » Tess leva les bras. « Vous avez deviné juste, Mme Caudill. C'est vrai que j'ai des problèmes. Inimaginables. Et je n'ai pas beaucoup de temps. Je ne voudrais pas être mal élevée, mais est-ce que je peux avoir les clés ? Où sont-elles ? »

## 7

Gardant son calme, mais prêt à la confrontation, le vice-président Alan Gerrard passa devant le détecteur de métaux et les gardes du Secret Service dans le couloir de la Maison Blanche. Son visage resta impassible tandis qu'il entrait dans le Bureau ovale. Depuis que Gerrard avait été — à la stupéfaction de la nation — choisi pour être le compagnon de liste du président pour les élections trois ans auparavant, il n'avait été invité que huit fois dans le Bureau ovale. Ces rares visites expliquaient la surprise renouvelée qu'il éprouvait à chaque fois qu'il constatait que le bureau était bien plus petit qu'il ne le paraissait à la télévision.

Des étrangers auraient pu s'étonner que le vice-président vît aussi peu souvent le président. Mais Gerrard ne le comprenait que trop bien. Après tout, il avait été choisi par celui-ci non pas pour quelque qualité particulière mais simplement pour trois raisons qui tenaient de la coïncidence, du pragmatisme et de la politique.

*Primo,* il avait été sénateur en Floride, et ces liens avec le Sud faisaient équilibre aux liens que le président avait dans le Nord comme ancien sénateur de l'Illinois.

*Secundo,* Gerrard avait quarante ans — quinze ans de moins que le président —, et son beau visage de vedette de cinéma le rendait séduisant (c'était du moins ce que prétendaient les conseillers électoraux du président) auprès des jeunes électeurs, notamment des femmes.

*Tertio,* et c'était sans doute le plus important, Gerrard

avait la réputation d'être souple, de ne pas faire de vagues, de suivre la ligne du Parti républicain ; il n'était donc pas susceptible de se poser en rival du président, qui pensait déjà aux prochaines élections et qui ne voulait personne pour lui souffler sa place.

Mais, si la logique électorale du président s'était justifiée en théorie, ses effets sur le plan pratique avaient été quasiment désastreux. Le public, les médias et les analystes politiques n'avaient pas seulement été surpris par le choix du président ; ils en avaient été consternés. « Gerrard s'y connaît plus en tennis qu'en politique. Il est plus à l'aise dans un country club qu'au Sénat. Il a tant d'argent qu'il pense que tout le monde conduit une Mercedes. Il n'a jamais pris une décision sur rien sans demander l'avis de tout son entourage, y compris de son jardinier. Dieu lui a donné une belle allure, puis il est allé se promener et a oublié d'y ajouter un cerveau. »

Et ainsi de suite.

Les dirigeants républicains avaient supplié le futur président de reconsidérer son choix. Inquiet, Gerrard avait entendu des rumeurs insistantes d'après lesquelles le président avait failli céder, puis il avait fini par conclure que changer d'avis le ferait paraître indécis — mauvaise façon de débuter une campagne électorale. Le président avait donc gardé Gerrard sur sa liste mais avait évité, autant qu'il était diplomatiquement possible, de l'avoir à ses côtés pendant la campagne, envoyant Gerrard prononcer des discours dans les secteurs les moins importants, les moins peuplés, l'exilant dans les petits bleds, en fait l'effaçant de l'esprit des électeurs.

En raison de divers facteurs — la faible opposition des démocrates et les liens étroits du président avec la précédente administration encore très respectée — , le camp de Gerrard avait remporté l'élection, et le président avait immédiatement pris davantage de distance encore par rapport à lui, l'utilisant comme le représentant symbolique de la Maison Blanche pour les cérémonies les plus banales, puis l'expédiant en mission de bonne volonté sans intérêt à travers la planète. Depuis quelque temps, les chroniqueurs s'étaient mis à surnommer Gerrard « l'homme invisible ».

Du moins jusqu'à ces quatre derniers jours. Oh, oui. Ces quatre derniers jours.

C'était alors que Gerrard était devenu *très* visible et avait exercé son autorité limitée, secouant tous les théoriciens de la politique.

Comme Gerrard refermait la porte derrière lui, il remarqua que le Bureau ovale était vide à l'exception du président, Clifford Garth, assis derrière son grand bureau bien astiqué, dans son fauteuil à haut dossier à l'épreuve des balles, devant une vitre également blindée qui donnait sur la pelouse de la Maison Blanche.

À cinquante-cinq ans, le président était plus grand qu'il ne le paraissait à la télévision, et toujours mince grâce aux trois kilomètres qu'il s'imposait chaque jour dans la piscine du sous-sol de la Maison Blanche. Il avait le visage étroit, ce qui donnait parfois à sa bouche une expression pincée. Ses sourcils bruns et fournis contrastaient avec une élégante touche de gris dans ses cheveux coupés court. Il conservait le teint hâlé par une exposition quotidienne sous la lampe à rayons ultraviolets, mais aujourd'hui le président avait les joues rouges. Ses yeux — qui d'ordinaire reflétaient les pensées calmes et rassurantes d'un esprit bien maîtrisé — flamboyaient de colère.

— Oui, M. le président ? Vous vouliez me voir ? demanda Gerrard.

— Vous voir ? Je pense bien que je veux vous voir ! » Le président se leva brusquement. « J'ai attendu aussi longtemps que... J'aurais dû vous convoquer voilà quatre jours, mais il m'a fallu tout ce temps pour me maîtriser ! Peu m'importent les risques politiques. Je ne voulais pas qu'on m'arrête !

Gerrard secoua la tête.

— Je ne comprends pas. Qu'on vous arrête, monsieur le président ?

— Pour meurtre. » Garth brandit le bras d'un geste furieux vers le plafond. « Imaginez les gros titres. Imaginez ma satisfaction : "Le président perd la tête, il s'attaque au vice-président, jette ce salaud sur la table du Bureau ovale et étrangle ce fils de pute." Espèce de... Mais qu'est-ce qui vous a pris ? Rien que pour vous amuser, avez-vous décidé de faire semblant d'avoir du pouvoir ? Espèce d'âne... !

— Oui, je comprends. Je pense que vous faites allusion au vote au Sénat de la loi sur la pollution de l'air, fit Gerrard.

— Mon Dieu, je suis abasourdi ! Je ne savais pas que vous aviez ce talent. Vous êtes tout d'un coup devenu un génie. Vous avez lu dans mes pensées, Gerrard. Vous avez raison, c'est bien de ça que je veux parler. De la loi votée au Sénat sur la pollution !

— Monsieur le président, si nous pouvons en discuter calmement...

— *Calmement ?* Voilà tout le calme dont je suis capable... Au cas où vous auriez une défaillance de mémoire, je vais vous rappeler une chose : c'est moi le président. Pas vous ! Je n'ai pas découvert — pas encore — comment l'opposition a réussi à ébranler un nombre suffisant de nos sénateurs pour qu'ils votent contre nous, mais je vous garantis — vous pouvez parier votre avenir et celui de vos enfants — que je le saurai ! Mais ce qui me donne une migraine à hurler... » reprit le président en frissonnant. « Ce que je n'ai pas encore trouvé, ce qui me tient éveillé toute la nuit, ce qui me donne envie de vous enfoncer un coupe-papier dans le cœur... c'est pourquoi vous vous êtes retourné contre moi ! J'ai failli vous lâcher voilà trois ans. Vous devriez m'être reconnaissant : je vous ai donné un poste en or. Pas de responsabilité ! Vous n'avez qu'à vous balader en roue libre, assister à des banquets, essayer de ne pas vous saouler la gueule et, quand la poupée peinte qui vous sert de femme n'est pas avec vous, vous avez l'occasion de sauter toute groupie républicaine qui a suffisamment de poitrine et qui sait la boucler. Alors pourquoi, *vous,* n'avez-vous pas eu l'intelligence de la boucler ? Au nom du ciel, Gerrard, pour le vote sur la pollution, les voix étaient partagées. Puisque vous avez perdu la tête, je vais vous rafraîchir la mémoire. Le travail du vice-président c'est de faire pencher la balance ; ce qui signifie qu'il vote pour la politique préconisée par l'administration. Mais vous avez voté contre moi ! Vous avez fait pencher la balance du côté de l'opposition !

— Si vous voulez bien m'écouter un instant, monsieur le président...

— Vous écouter ? fit Garth, au bord de l'apoplexie. *Vous écouter ?* Je n'écoute pas. Vous, vous allez m'écouter. C'est vous l'assistant. C'est moi le patron. Et on fait ce que je dis. Sauf que vous n'avez pas l'air d'avoir compris !

— La loi sur la pollution est un bon texte, répliqua Gerrard avec calme. L'atmosphère est polluée. Elle empoisonne nos poumons. Le dernier rapport nous donne quarante ans avant que cette planète soit condamnée.

— Bah ! d'ici là je serai mort. Qu'est-ce que ça peut me foutre ? Vous parlez de condamner ? C'est vous qui êtes condamné. Quand viendra l'heure des élections, vous ne serez plus dans le coup, mon vieux ! J'ai besoin d'un vice-président assez malin pour coopérer, ce que, Dieu me pardonne, je croyais que vous étiez. Mais voilà que, tout d'un coup, vous vous mettez à avoir des idées.

— J'ai voté suivant ma conscience, dit Gerrard.

— Votre conscience ? À d'autres ; pas à moi !

— À mon avis, ce texte devrait aller plus loin encore. Cette année, chaque jour, rien que dans le port de New York, des nappes de pétrole se répandent. Sans parler des côtes. Alaska, Oregon, Californie, New Jersey, Texas. Mon propre État de Floride. Peu importent les nappes de pétrole, peu importent les déchets qu'on déverse dans les rivières et dans les ports, peu importent les herbicides, les pesticides dans l'eau potable, les fuites des installations nucléaires. Ne parlons que de l'atmosphère. C'est terrible ! Il faut que le gouvernement prenne les choses en main.

— Gerrard, faites attention aux réalités. Notre administration doit protéger l'industrie qui emploie nos électeurs, maintenir la stabilité de l'économie et faire rentrer des impôts — j'en conviens, pas autant qu'elle le pourrait, mais n'oublions pas que ces industries contribuent à équilibrer notre précaire balance des paiements avec les pays étrangers. Le fond du problème, Gerrard...

— Laissez-moi deviner. Quand la crise deviendra assez grave, nous trouverons bien un moyen de la régler.

Le président releva la tête.

— Oh, quelle surprise ! Vous avez finalement eu une idée.

— Le problème, reprit Gerrard. Ce que vous n'avez pas l'air de comprendre...

— Attention, je comprends tout.

— La crise, c'est *maintenant*. Si nous attendons encore, nous ne pourrons pas...

— Vous avez oublié le savoir-faire américain. Vous avez oublié la Seconde Guerre mondiale. L'entreprise américaine a montré, à maintes reprises, qu'elle était capable de résoudre tous les problèmes.

— Oui, mais...

— Quoi ?

— C'était autrefois. Je parle d'aujourd'hui. Et nous ne sommes pas aussi entreprenants que les Japonais.

— Bonté divine ! J'espère que vous n'avez pas dit ça à la presse.

— Et l'Allemagne unifiée sera encore plus entreprenante, poursuivit Gerrard. Mais je ne crois pas qu'eux sauveront la planète plus que nous ne pourrons le faire. La cupidité, monsieur le président. La cupidité, c'est toujours la réponse. Elle l'emporte toujours. Jusqu'au jour où nous serons tremblants et suffocants au point d'en mourir.

— J'ai l'impression d'entendre un radical de Berkeley dans les années soixante !

— D'accord, reprit Gerrard. Je conviens qu'un contrôle strict de la pollution atmosphérique affectera pratiquement toute l'industrie américaine. Les coûts pour maîtriser la pollution — dioxyde de soufre, chloro-fluorocarbone, émissions industrielles cancérigènes, gaz carbonique provenant des fumées d'échappement des voitures — je pourrais continuer, mais je ne veux pas vous ennuyer... Les dépenses seront énormes.

— Enfin ! Gerrard, je suis vraiment surpris ! Vous avez compris le problème. Le dioxyde de soufre qui provoque les pluies acides vient des centrales électriques fonctionnant au charbon. Alors, si nous interdisons l'utilisation du charbon dans ces centrales, nous mettons au chômage des centaines de milliers de mineurs. Les chloro-fluorocarbones, qui rongent la couche d'ozone, sont un sous-produit des systèmes de refroidissement des réfrigérateurs et des climatiseurs. Mais il n'y a pas d'autre technologie possible. Alors qu'est-ce qu'on fait ? On empêche ces industries de fonctionner ? Croyez-vous sincèrement qu'un Américain accepterait de vivre sans climatiseur ? Les gaz d'échappement des automobiles contribuent au réchauffement de l'atmosphère, d'accord. Mais si nous forçons les fabricants d'automobiles à réduire ces émissions, ça leur coûtera des milliards pour améliorer leurs moteurs. Ils devront faire payer leurs voitures plus cher. Les gens n'auront plus les moyens de les acheter, et Detroit sera en faillite. Ne vous méprenez pas, Gerrard. Je m'inquiète de cette atmosphère empoisonnée. Croyez-moi. Après tout, je suis bien obligé de respirer cet air-là. Tout comme ma femme. Mes enfants. Mes petits-enfants. Mais vous voulez savoir ce qui me préoccupe, ce qui me préoccupe *vraiment ?* L'économie vacillante, le déséquilibre de la balance commerciale, la dette nationale croissante, la crise du Moyen-Orient, c'est *ça* qui m'affole ! Alors je ne m'inquiète pas de ce qui se passera dans quarante ans. Il faut que je me concentre pour maîtriser ce qui se passe ce mois-ci ! Cette année ! Vous n'êtes pas dans le coup, Gerrard. Laissez-moi vous dire ce qui va se passer. Si la Chambre des représentants est d'accord avec le Sénat et si la loi sur la pollution arrive sur mon bureau, je m'en vais opposer mon veto.

— Votre veto ?

— Un bon point pour vous. Vous faites attention. Maintenant, faites de votre mieux pour rester vigilant. Quand le Sénat réexaminera la loi, *cette fois-ci,* vous allez insister pour que les sénateurs votent contre. Ouvrez vos oreilles et écoutez-moi bien. *Contre.* C'est clair ?

— Très clair.

— Et arrêtez de déconner !

Gerrard bouillait de colère, même s'il s'efforçait de prendre une attitude humble.

— Bien sûr, monsieur le président. Votre logique est claire. Et en fait je comprends vos motifs. Après tout, les affaires sont ce que le gouvernement considère comme le plus important.

— Et comment ! Les affaires, c'est ce qui fait marcher ce pays. Ne l'oubliez jamais.

— Croyez-moi, monsieur le président, je n'en ai pas l'intention.

# 8

Trois minutes plus tard, quand le président eut terminé de maudire Gerrard, ses parents, sa femme, son physique de star de cinéma et même ses talents tennistiques, Gerrard fut enfin autorisé à quitter le Bureau ovale. Cette fois encore, les gardes du Secret Service affichèrent à son passage une expression impassible, non pas simplement en raison de leur détachement professionnel, mais aussi parce qu'ils étaient sensibles au climat politique et qu'ils se rendaient compte que Gerrard maintenant avait encore moins d'importance que lorsqu'il était entré dans le bureau du président.

Ce fut du moins ce que conclut Gerrard en tirant un mouchoir de la poche de son veston pour essuyer son front où perlaient quelques gouttes de sueur. Il croisa plusieurs assistants du président qui tournèrent la tête, s'efforçant de dissimuler leur embarras, mais laissant clairement voir leur soulagement à l'idée que, eux, n'étaient pas considérés comme des gens qu'on pouvait sacrifier.

Gerrard s'en moquait. Il n'avait pas d'orgueil. Mais il avait une mission, et il vit une ironie du sort dans le fait que la dernière insulte du président — sur ses talents au tennis — fût en rapport direct avec son prochain rendez-vous, une partie de tennis dans un club extrêmement sélect de Washington. Il prit un ascenseur pour descendre au garage de la Maison Blanche et se fit conduire dans sa limousine — escortée de deux voitures abritant des agents du Secret Service, l'une devant et l'autre derrière lui — jusqu'à une banlieue élégante de la capitale. Là, il pénétra dans un grand bâtiment construit en verre et en métal étincelants, qui avait valu à son auteur une récompense architecturale trois ans auparavant. Depuis l'entrée, on pouvait entendre le *poc-poc-poc* des balles frappées à la volée. Le chauffeur de Gerrard et les gardes du Secret Service restèrent dehors, comme il leur en avait donné la consigne. Ils maintenaient une surveillance discrète sur le parking et à l'entrée de l'immeuble, mais sans vigilance excessive. Après tout, qui considérerait Gerrard comme une cible assez importante pour vouloir lui nuire ?

Dans le luxueux vestiaire du club de tennis, il se changea pour passer un élégant maillot athlétique et un short signé Ralph Lauren. Ses chaussures de tennis à 400 dollars étaient italiennes, en cuir cousu main, cadeau d'un diplomate, rapporté d'une de ses fréquentes missions de bonne volonté. Sa raquette faite sur mesure, avec des matériaux hypersophistiqués, valait 2 000 dollars et était un cadeau de sa femme. Il prit une serviette à ses initiales, jeta un coup d'œil à un miroir pour s'assurer que sa coiffure de vedette de cinéma était parfaitement en place, puis s'éloigna vers l'arrière du club, clignant les yeux dans le soleil un peu embrumé par le smog, pour examiner les huit courts de tennis dont sept étaient déjà occupés. Sur le huitième, un homme mince, hâlé et distingué d'une quarantaine d'années, en tenue de tennis, l'attendait.

Gerrard pénétra sur le court, referma la porte derrière lui et échangea une poignée de main avec son partenaire.

— Comment vas-tu, Ken ?

— Un peu inquiet. Et toi, Alan ?

— Même chose. Je viens de me faire passer ce que les chroniqueurs appelleraient un savon présidentiel.

Gerrard se frotta l'œil droit.

— Rien de grave ?

— En ce qui concerne mon ego, pas grand-chose. Mais stratégiquement... Je t'en parlerai plus tard. Je veux dire, nous sommes censés être ici pour jouer au tennis, après tout et, à dire vrai, j'ai besoin de me détendre un peu.

De nouveau Gerrard se frotta l'œil droit.

— Qu'est-ce que tu as ?

— Rien de grave. Le smog est si épais qu'il m'irrite les yeux. Si ça empire, il faudra que je consulte un médecin.

— Mais tu es sûr que ça ne va pas te gêner pour jouer ? Je comptais bien te battre aujourd'hui. Seulement, je préférerais le faire à la loyale, dit Ken.

— Peu importe. À la loyale ou non, tu auras encore du mal à me battre.

— Alors d'accord, je relève le défi. À toi de servir.

Avec un sourire, Ken se dirigea vers l'autre côté du court.

Ken Madden était directeur adjoint des opérations clandestines, pour la Central Intelligence Agency. Gerrard et lui avaient étudié ensemble à Yale, avaient tous deux appartenu à l'influente société secrète du Skill and Bones aussi bien qu'au club de tennis de l'université et, au fil des années, avaient gardé le contact. C'était une amitié de longue date, bien installée. Aucun commentateur politique n'y accordait beaucoup d'attention. Une fois par semaine, depuis que l'actuelle administration était arrivée au pouvoir, les deux anciens membres de la fraternité universitaire avaient pris l'habitude de jouer au tennis ensemble, du moins quand Gerrard était en ville et non pas exilé par le président dans une de ses missions de bonne volonté. Jouer au tennis était exactement ce que les médias et le public attendaient de Gerrard et, dans un cadre aussi élitiste, où n'étaient admis ni les reporters ni les diplomates de petit acabit, cette partie hebdomadaire était devenue invisible.

En général, Gerrard et Madden se valaient, leurs parties toujours gagnées de très peu. Si Madden était victorieux une semaine, Gerrard l'emporterait la semaine suivante. Mais aujourd'hui, malgré le défi lancé par Gerrard, l'irritation de son œil droit le gênait bel et bien. Il perdit le premier set, parvint non sans mal à gagner le second, mais n'eut pas une chance dans le troisième. Ils n'avaient pas le temps de prolonger le match. Gerrard se pencha, essoufflé, surpris d'être aussi fatigué. « C'est le smog, se dit-il. Ce foutu smog. »

— Désolé.

Il arriva au filet, serra la main de Madden et essuya avec sa serviette son visage en sueur.

— Pardon pour ce mauvais match. Je ferai de mon mieux pour être meilleur la semaine prochaine.

Et, une fois de plus, il frotta son œil droit larmoyant.

— Oui, depuis que nous avons commencé, l'état de ton œil s'est aggravé. Il est tout rouge maintenant. Tu devrais faire quelque chose.

— Peut-être que si je me le rinçais à l'eau...

— Pourquoi pas ? fit Madden en haussant les épaules. Essaie toujours. Au moins, le club bénéficie d'un système de purification d'eau. Sinon, les produits chimiques risqueraient d'aggraver encore ton irritation.

Ils se dirigèrent vers le côté du court tandis que, derrière eux, d'autres joueurs poursuivaient leurs parties.

— Alors, raconte », fit Madden. Il tournait le dos au club house, prenant soin de faire écran au cas où ils seraient surveillés par des microphones directionnels. « Parle-moi du président.

— Il compte opposer son veto à la loi sur la pollution.

Madden secoua la tête.

— Seigneur. Quel entêtement stupide !

— Je te garantis que je lui ai présenté mes meilleurs arguments, fit Gerrard. Mais il n'a pas voulu en démordre. À l'entendre, quand le problème de la pollution deviendra assez aigu, les milieux d'affaires américains trouveront tout d'un coup un remède miracle.

— Quelle plaisanterie ! Je ne savais pas que le président avait à ce point le sens de l'humour, même involontaire, dit Madden. Quand le problème deviendra assez aigu ? Il ne se rend donc pas compte qu'il l'est déjà suffisamment ?

— Pour lui, c'est comme l'augmentation du déficit budgétaire. Que la génération suivante s'en occupe. Pour l'instant, il dit que son obligation primordiale, c'est de maintenir la cohésion du pays.

Gerrard s'épongea de nouveau le visage. Madden soupira.

— Bah ! Ce n'est pas que nous nous attendions à le voir réagir autrement. Mais nous devions faire ce qu'il fallait. Nous devions lui donner sa chance.

Un peu accablé, Gerrard enroula sa serviette autour de son cou.

— Quand même, ça va de mal en pis.

— Ah bon ?

— Le président se sent trahi. Il est déconcerté. Affolé. Il ne comprend pas comment l'opposition a réussi à faire changer d'avis tant de sénateurs républicains et à les convaincre de voter pour le texte de loi. Il est si furieux de leur défection qu'il prétend qu'il va faire de son mieux, utiliser tous ses enquêteurs, pour découvrir ce qui les y a poussés.

— Ça, il fallait s'y attendre. Réflexe politique, dit Madden. Mais je ne peux pas envisager que beaucoup de sénateurs avouent qu'on les a fait chanter. Car, après tout, la question qui ne manquerait pas de suivre serait *pourquoi* on les a fait chanter, et je ne pense pas qu'un sénateur soit assez stupide pour détruire sa carrière en reconnaissant avoir touché des pots-de-vin, des ristournes, s'être drogué, avoir commis l'adultère et quelques autres peccadilles plus sérieuses encore que nos gens ont découvertes. Délit d'initié, accident de voiture en état d'ivresse, un cas d'inceste... Non, ces sénateurs-là vont la boucler. Ils ont de l'expérience. Mieux encore, bénis soient-ils, et en même temps maudits soient-ils, ils ne manquent pas de sens pratique. C'est dommage que nous ne puissions pas trouver plus de sénateurs ayant quelque chose à se reprocher. Mais, dans l'ensemble, ça me donne une certaine foi dans le système. Tout le monde ne doit pas cacher un noir et profond secret. Quand même, si nous avions pu effrayer juste quelques sénateurs de plus, le vote aurait été en notre faveur. Et tu n'aurais pas eu à compromettre ta situation et à faire pencher la balance en votant contre l'administration.

Gerrard haussa les épaules.

— Pas de problème. Je peux supporter le mépris du président. Le vrai problème, c'est qu'après qu'il aura opposé son veto au texte, et quand il le renverra devant le Sénat, il nous faudra exercer une pression sur davantage de sénateurs encore pour obtenir le vote des deux tiers qu'il ne nous en faut pour passer outre à son veto.

— Bah... » fit Madden en jetant un coup d'œil autour de lui pour s'assurer qu'ils étaient à l'abri de toute oreille indiscrète. « Nous avons le pouvoir, nous avons l'influence. Tout de même, ça va être un vote serré. En attendant, tu continueras à ne pas coopérer avec la politique du président...

— Oui, ça m'inquiète, dit Gerrard. Le président pourrait restreindre encore davantage mes activités. Il pourrait me mettre au rancard jusqu'aux prochaines élections. Mais il est indispensable que je continue à partir pour ces missions de bonne volonté. Je dois continuer à coordonner nos efforts.

Madden fixa la surface cimentée du court de tennis. « Oui, c'est capital. » Il se redressa. « Malheureusement, il ne nous laisse pas le choix. Mais le groupe savait — et a donné son accord là-dessus — que nous devrions le faire tôt ou tard.

— Et maintenant, dit Gerrard, ça va être plus tôt que prévu...

— Sans aucun doute. Le président a montré au pays, au monde entier, combien il était courageux quand il est allé l'an dernier à cette conférence antidrogue en Colombie. Des journalistes cyniques prenaient des paris sur l'heure et la façon dont les seigneurs de la cocaïne le feraient assassiner. Mais le président a survécu. Je considère ça comme un miracle... et maintenant il est gonflé de confiance. La semaine prochaine, il part pour le Pérou assister à une autre nouvelle conférence antidrogue. Je ne suis pas un voyant, mais je crois que cette fois-ci je peux assurément prédire l'avenir. Le président ne reviendra pas. Du moins il ne reviendra pas vivant. Dans une semaine, nous aurons un nouveau président. Plus éclairé.

— J'espère être digne de mes responsabilités, fit Gerrard.

— Oh, comme tu le sais grâce à tes fréquents voyages, tu pourras compter sur une grande aide de nos homologues.

— C'est vrai. En m'envoyant dans ces missions, le président a été son pire ennemi.

Madden fixa de nouveau le court de tennis.

— Autre chose ?

— Malheureusement, oui. » Madden fronça les sourcils.

— Qu'est-ce qui se passe ?

— Nous avons peut-être une fuite de sécurité, répondit Madden.

Gerrard pâlit sous son hâle.

— De quel ordre ? Grave ? Pourquoi ne m'en as-tu pas parlé plus tôt ? Nous allons peut-être devoir reculer...

— Je ne pense pas que ce soit nécessaire. Pas encore ; mais s'il le faut, bien entendu, nous retarderons le projet de la semaine prochaine. Jusqu'à maintenant, je n'ai pas voulu t'inquiéter car je croyais que l'affaire allait être réglée. Toutefois, elle ne l'est pas. Il faut que tu sois informé au cas où tu pourrais user de ton autorité pour nous aider.

— Mais quel genre de fuite de sécurité ? insista Gerrard.

— Je t'ai dit la semaine dernière que notre équipe de recherche avait fini par trouver le transfuge.

— Je me souviens », répondit Gerrard avec impatience. « Et je me rappelle aussi que tu m'as assuré qu'il avait été éliminé comme il convenait.

— Il l'a été.

— Alors ?

— Le transfuge a rencontré une femme, dit Madden. Leur amitié a été brève et, selon toutes les apparences, sans conséquence. Notre équipe de surveillance ne l'a pas considérée comme importante jusqu'au jour où la femme a manifesté un intérêt insolite pour le transfuge après sa mort. Elle s'est adressée à la police, et, je ne sais comment, elle est parvenue à identifier le corps calciné. Avec les informations qu'elle a fournies, un inspecteur du Bureau des personnes disparues de la police de New York a pu localiser l'appartement du transfuge et y emmener la femme. À peine a-t-elle quitté l'appartement qu'elle a remis un rouleau de pellicule à un magasin spécialisé dans le développement rapide. Naturellement, l'équipe de surveillance s'est demandé ce qu'il y avait sur ces clichés. Nos hommes ont tenté de se les procurer, mais ils n'ont pas réussi. Intrigués, ils ont décidé de perquisitionner dans l'appartement du transfuge.

— Tu veux dire qu'ils ne l'avaient pas déjà fait ? fit Gerrard, inquiet.

— Ils reconnaissent leur erreur. À leur décharge, le transfuge était plongé dans une telle clandestinité qu'il semblait improbable qu'il eût conservé quelque chose de son existence précédente.

— Tu es en train de me dire qu'il l'a fait ?

— Dans sa chambre. » Madden serra les dents. « L'équipe de surveillance a découvert un autel. »

Gerrard eut un haut-le-corps.

— Ils l'ont détruit, reprit Madden. Plus important encore, ils ont emporté la statue.

— Mais il reste la femme et les photos.

— Exact. La nuit dernière, une équipe a tenté de résoudre ce problème.

— *Tenté ?*

— Ils ont échoué. Entre-temps, elle avait parlé avec Brian Hamilton, et...

— *Hamilton ?* Qu'est-ce qu'il a à voir avec... Il est mort dans un accident de voiture sur l'autoroute la nuit dernière !

— Tu veux connaître le rapport entre Brian et la femme ? Je ne t'ai pas dit le pire. Le nom de la femme. Theresa Drake.

— *Tess ?* Non...

— La fille de Remington Drake. Elle est allée à Alexandria hier soir et a cherché à utiliser l'influence de son défunt père auprès du gouvernement pour en savoir plus à propos du transfuge. À sa demande, Brian Hamilton se rendait chez le directeur du FBI. Mais notre équipe a réussi à l'arrêter.

— C'est *nous* qui avons tué Brian Hamilton ? fit Gerrard avec un sursaut.

— L'équipe a fait de son mieux pour liquider la femme aussi : l'incendie de la maison de sa mère, tu en as peut-être entendu parler. Tess Drake s'en est tirée. Nous ne savons pas où elle est, mais il ne fait aucun doute qu'elle constitue une menace pour nous. Nous utilisons toutes nos ressources pour la trouver et l'arrêter. C'est pourquoi je te préviens. Je sais, tu as déjà assez de soucis comme ça, mais tu connaissais son père.

— C'est vrai. En fait, je le connaissais bien.

— Alors il est possible qu'elle essaie de te contacter pour te demander assistance.

— Ah ! fit Gerrard. Maintenant je comprends.

— Cela pourrait ne pas aller jusque-là. Nous avons un plan qui devrait nous conduire jusqu'à la femme.

— Comment ça ?

— Ce plan implique l'inspecteur à qui elle a demandé de l'aide. Je n'ai pas le temps de t'expliquer. » Madden se retourna, et s'aperçut que des joueurs attendaient pour prendre place sur le court. « Nous sommes ici depuis trop longtemps. Il faut partir avant d'attirer l'attention. À supposer qu'une urgence ne nous en empêche pas, je te revois ici la semaine prochaine.

— Dieu te bénisse.

— Et que Dieu te bénisse aussi. De toute façon, fais-moi savoir aussitôt si la femme...

Gerrard hocha la tête d'un air sombre. Madden fit de même. Ils quittèrent le court, reprirent leur personnalité d'hommes publics, échangèrent quelques propos affables avec les joueurs qui attendaient leur tour et entrèrent dans le club house.

— Ton œil n'a pas l'air de s'arranger, observa Madden.

— Oui, il vaudrait mieux que j'y fasse quelque chose.

Gerrard passa dans la salle de douche, soulagé de constater que la pièce était vide. Il s'approcha d'un miroir, examina son œil congestionné et, pour le rincer, ôta délicatement son verre de contact.

Au regard de tous, il avait les iris d'un bleu photogénique, mais, sans les lentilles de contact — qu'il utilisait non pour corriger sa vision mais parce que le bleu des verres de contact lui assurait un déguisement —, l'iris droit de Gerrard était gris.

## 9

— Une femme m'a téléphoné, et tu n'as pas pris son numéro ? Craig foudroyait du regard Tony, du Bureau des personnes disparues. Il était encore essoufflé d'avoir traversé les couloirs en courant.

— Je t'avais dit...

— Eh ! elle a raccroché avant que je puisse le lui demander ! Je n'ai même pas pu avoir son nom. Pour ce que j'en sais, ce n'était peut-être pas Tess Drake.

— Peut-être pas, ce n'est pas suffisant ! Il faut que je sache !

— Veux-tu me rendre un service ? Cesse de crier. Ça me donne mal à la tête. Et pourquoi ne me racontes-tu pas ce qui se passe ?

Une voix rocailleuse interrompit leur conversation :

— Bonne idée. C'est ce que, moi aussi, j'aimerais savoir.

Ils se retournèrent ensemble vers la porte ouverte d'un bureau où le capitaine Mallory, un grand gaillard d'une quarantaine d'années, les dévisageait d'un air furibond par-dessus ses lunettes poussées bas sur son nez. Il avait ôté sa veste et retroussé ses manches de chemise.

— Aux dernières nouvelles, vous travaillez dans ce département. » Il s'avança vers Craig. « Alors je vous serais reconnaissant — et je suis sûr que le chef de la police, le maire et les contribuables en seraient tout aussi heureux — si vous arriviez à l'heure. » La voix de Mallory se fit encore plus cinglante. « En fait, si vous arriviez tout court. Voilà deux jours, cette semaine, que je n'ai pas la moindre idée de ce que vous avez fichu ni de l'endroit où vous étiez ! Qu'est-ce que c'est que cette histoire avec la police d'Alexandria ? Les gens de leur brigade criminelle ont téléphoné pour savoir si quelqu'un — vous ! — ne se faisait pas passer pour un inspecteur de police de New York. La nuit dernière, ils ont eu plusieurs meurtres là-bas. Des riches. Dans un quartier chic. *Qu'est-ce que vous savez là-dessus ?*

Craig avala sa salive, dévisagea son chef et se laissa tomber dans un fauteuil. Malgré sa toux, il murmura :

— Je regrette d'avoir arrêté de fumer.

— Ça ne change rien. De toute façon c'est interdit de fumer ici. Craig, j'attends. *Qu'est-ce qui se passe ?*

Craig hésita.

— Mardi... » Il fit un effort pour mettre de l'ordre dans ses pensées. « Une femme est venue me voir... »

Pendant dix minutes, Craig expliqua : la morgue, le parc Carl Schurz, l'appartement de Joseph Martin. Il conclut sur le brusque voyage de Tess à Alexandria et les nouvelles qu'il avait entendues à la radio.

Le capitaine Mallory fit la grimace.

— Reprenez-moi si je me trompe. Le panneau sur cette porte indique PERSONNES DISPARUES, n'est-ce pas ? Sitôt le corps identifié, ce n'était plus votre responsabilité. L'affaire revenait à la Criminelle. Alors pourquoi diable avez-vous continué à vous en mêler ?

— J'ai bien remis l'affaire à la Criminelle, dit Craig. J'ai tenu leurs hommes informés.

— Vous n'avez pas répondu à ma question ! *Pourquoi avez-vous continué ?*

— À cause de la femme.

Craig sentit le rouge lui monter aux joues.

— Et alors ? insista Mallory.

— Elle m'a ému.

— *Qu'est-ce que vous dites ?*

— C'est personnel.

— Plus maintenant ! En ce qui me concerne, c'est officiel !

— Je ne voulais pas cesser de la voir.

— Vous êtes en train de me raconter que vous êtes tombé amoureux d'elle ?

— Je... ma foi, oui, je crois que c'est ce qui s'est passé. C'est vrai. Oui, je suis tombé amoureux d'elle.

— Et tout ça depuis mardi ! Bon sang, ça doit être une vraie beauté. » Mallory leva les mains dans un geste exaspéré. « Craig, quand vous étiez à l'école de police, vous rappelez-vous une des règles que vos instructeurs n'ont cessé de vous enfoncer dans le crâne ? *Ne pas s'amouracher des clients !* Cela aboutit toujours à des merdes. Cela provoque des erreurs. Un vrai gâchis !

— Dites donc, vous croyez que j'avais le choix ? Vous croyez que je me suis dit : « Est-ce que je ne fais pas une ânerie, est-ce que je ne tombe pas amoureux de cette femme ? » C'est arrivé tout d'un coup ! C'était plus fort que moi ! »

Mallory s'affala contre un bureau en secouant la tête.

— Oh, mon Dieu. Donc, nous avons un problème. Parfait. » Il se redressa. « Alors on va le régler. La première chose : vous téléphonez à la Criminelle d'Alexandria et vous leur dites tout ce que vous savez. »

Craig le dévisagea.

— Non, je ne crois pas.

— *Quoi ?*

— Je ne suis pas sûr que prendre contact avec eux soit une bonne idée. Du moins pas encore.

— Je vous ai donné un ordre !

— Écoutez, si elle est en vie... et Tony a reçu un appel il y a un moment qui me fait penser qu'elle l'est... elle est en fuite. Traquée. Si nous prévenons la Criminelle d'Alexandria et qu'on se met à la rechercher, ceux qui veulent la tuer vont surveiller les fréquences de la police. Dès l'instant où ils sauront où elle est, ils feront de leur mieux pour arriver auprès d'elle avant la police.

— Cessez de raisonner comme si vous étiez son amant, Craig, et agissez en flic. Elle a besoin de protection, bon sang !

— Mais justement, je raisonne comme un flic. Vous le savez aussi bien que moi ! Malgré tous les efforts que peut faire la police d'Alexandria, elle est incapable de garantir plus que nous sa sécurité. Quand des gens veulent vraiment vous tuer, et ce qui est arrivé la nuit dernière prouve à quel point ils sont déterminés, rien ne peut les arrêter.

— Mais vous croyez que vous, vous pouvez les arrêter ? riposta Mallory.

— Ce que je crois pouvoir faire, c'est l'amener ici, discrètement, en sécurité.

— John Wayne au secours de l'opprimée !

— Donnez-moi une chance, fit Craig. Quoi qu'il se passe, ça ne ressemble à rien de ce que j'ai jamais vu. Ces gens-là sont pervers. Ils sont organisés. Déterminés. Et ils adorent jouer avec le feu. Je ne sais pas *pourquoi* ils veulent la tuer... peut-être à cause de quelque chose qu'elle sait ; en tout cas, ils ont prouvé qu'ils sont prêts à abattre autant de personnes qu'il faut pour arriver jusqu'à elle. Dès l'instant où elle sort de sa cachette, si elle demande l'aide de la police d'Alexandria et si la nouvelle se répand, ce qui ne manquera pas d'arriver, elle est morte. Je pense que Tess l'a déjà compris. Ce qui explique pourquoi elle a décidé d'éviter la police.

— Ce ne sont que des hypothèses.

— Non. Sinon, la Criminelle d'Alexandria ne vous aurait pas appelé, en demandant ce que moi, je sais, qu'eux ne savent pas.

— D'accord. » Mallory réfléchit. « Votre histoire tient debout. Mais il faut quand même que vous leur parliez. Ce n'est pas seulement un problème de coopération entre services. Il faut leur expliquer ce qui se passe selon vous. Sinon, vous dissimulez des informations relatives à plusieurs crimes, et vous savez que c'est grave. Tout bien considéré, vous n'êtes pas un mauvais bougre, mais ça ne veut pas dire que je vous aime assez pour vous rendre visite en prison. Décrochez ce téléphone.

— Non. Attendez. Je vous en prie. Accordez-moi encore quelques minutes.

— Qu'est-ce que vous espérez ? Qu'elle va vous appeler ?

— Exact. Peut-être aurai-je alors en effet quelque chose à dire à la police d'Alexandria. Tess me fait confiance. Nous pourrions trouver un moyen de l'amener ici sans risque.

Le téléphone sonna sur le bureau de Tony. Avant que Craig pût se lever pour s'en emparer, Tony avait décroché le combiné.

— Personnes disparues... une minute.

Tony tendit l'appareil à Craig.

— C'est elle ?

— Non, c'est la Criminelle d'Alexandria.

Craig resta figé sur place. Aussitôt un autre téléphone se mit à sonner, et cette fois ce fut le capitaine Mallory qui décrocha.

— Personnes disparues... oui, bien sûr. Tout de suite.

Les yeux de Craig allaient d'un téléphone à l'autre ; il avait l'air abasourdi.

— Vous feriez mieux de prendre cette communication, dit Mallory. C'est une femme, et à la façon dont elle vous demande, elle a l'air d'être dans le pétrin et d'avoir besoin de l'aide de Dieu.

Craig se précipita sur le téléphone.

## 10

— Tess, c'est vous ?

En entendant la voix de Craig, Tess sentit ses genoux se dérober sous elle. *Seigneur ! Enfin !*

Après avoir nerveusement sorti du vaste garage jouxtant la maison de Mme Caudill la superbe Porsche 911 noire, elle s'était sentie terrifiée. Sa main droite tremblait pendant qu'elle changeait de vitesse, en roulant dans ce quartier plein de riches propriétés.

Elle avait croisé peu de voitures, mais cela n'avait fait que la rendre plus méfiante. Il y avait de trop grandes chances que les tueurs eussent laissé une sentinelle dans le secteur. Elle ne cessait de jeter un coup d'œil à son rétroviseur. Personne pourtant ne semblait la suivre. Mais, quand elle eut quitté le quartier résidentiel et qu'elle accéléra sur une grande avenue à quatre voies le long de laquelle se succédaient blanchisseries, pizzerias et magasins de vidéo, elle comprit que, dans cette circulation dense, elle ne parviendrait pas à repérer une voiture qui l'eût poursuivie.

Pis encore, sa propre voiture — coûteuse et tape-à-l'œil — constituait en elle-même un risque. Dans sa jeunesse, elle avait surpris les conversations de son père au téléphone. *Assurez-vous bien d'une chose,* avait-il dit un jour. *Quelle que soit la voiture qu'ils utilisent, ça ne peut pas en être une qui se fasse remarquer. Elle doit passer inaperçue.* Eh bien, ce n'était certainement pas le cas de cette voiture. Les conducteurs qui la croisaient lançaient à la Porsche des regards envieux.

*La barbe !* pensa-t-elle, et elle serra le sac posé auprès d'elle — avec le pistolet à l'intérieur — pour se rassurer. Quand elle aperçut la cabine téléphonique au bord du parking encombré d'un centre commercial, elle freina, sauta hors de la voiture, prit dans son portefeuille une carte de crédit, empoigna le combiné et appela une fois de plus le bureau de Craig.

— Oui, murmura-t-elle. C'est moi. J'ai essayé de vous appeler plus tôt.

— Je pensais bien que ça devait être vous. Dieu merci, vous êtes en vie. J'ai eu si peur...

— Ils ont tout brûlé... Ils ont tué ma mère !

— Je sais, Tess. Je suis désolé. Vous devez être... Quand je vous verrai, j'essaierai de — je ne peux pas faire disparaître le chagrin, mais je ferai de mon mieux pour le partager. L'essentiel, c'est qu'on ne vous ait pas tuée, vous aussi.

— Pas encore ! Mais ils vont continuer à me traquer ! Je suis terrifiée à l'idée d'être suivie. Qu'est-ce que je vais faire ? Ceux qui sont après moi vont surveiller le poste de police local. Je ne peux pas y aller, et je ne peux pas appeler la police ; j'ai peur que les tueurs soient branchés sur les fréquences de la police. J'ai besoin d'aide !

— Écoutez, ne vous affolez pas, Tess. Vous serez protégée, je vous le promets. Où êtes-vous ? J'entends le bruit de la circulation en arrière-fond.

— Je... Je... À la sortie d'Alexandria. Je suis dans une cabine téléphonique près d'un centre commercial.

— Seigneur, vous ne pouvez pas rester là. » Craig eut une quinte de toux. « N'y a-t-il pas un endroit où vous pouvez vous cacher en attendant que j'arrive à Alexandria ? »

Secouée de tremblements, elle essaya de réfléchir.

— Tess ? Vous êtes là ?

— Je ne peux pas compromettre mes amis. Eux aussi pourraient se faire tuer. J'ai bien pensé à un cinéma, mais avec tant de gens autour de moi, dans le noir, je ne me sentirais pas en sécurité. Peut-être la bibliothèque. Peut-être un musée. Mais ce sont des endroits si publics que je ne me sentirais pas en sûreté là non plus.

— Une minute. Il faut que je vous mette en attente. Ne raccrochez pas. Je reviens tout de suite.

— Non, attendez !

— Tess, c'est important. Ne quittez pas.

Elle entendit un déclic. Puis ce fut le silence sur la ligne, à part les crépitements de l'interurbain.

Ses mains tremblaient. *Vite ! Je vous en prie !* Elle jetait des coups d'œil furtifs sur le parking, sur des étrangers menaçants qui descendaient de voiture. Deux hommes étaient plantés auprès d'une camionnette et lorgnaient dans sa direction. Tess plongea la main dans son sac et la referma sur le pistolet.

Les deux hommes contournèrent la camionnette, s'apprêtant à encadrer la cabine téléphonique mais, brusquement, changèrent de direction et s'éloignèrent en direction du centre commercial. Tess poussa un soupir de soulagement en comprenant qu'ils s'étaient simplement approchés pour admirer la Porsche.

*Craig, vite !*

Il revint aussitôt en ligne.

— Tess ?

— Qu'est-ce que vous faisiez ? fit-elle d'une voix tremblante.

— Écoutez, je suis désolé. Je ne pensais pas que ça prendrait si longtemps. J'avais besoin de certains renseignements. Je prendrai un vol de la Trump qui est censé atterrir à Washington à 14 h 07. Comment êtes-vous allée à ce centre commercial ? Vous avez une voiture ?

— Oui.

— Quelle marque ? J'ai besoin de la reconnaître.

— Une Porsche 911. Noire.

— Chapeau. Même si vous avez la trouille, vous faites preuve de style !

— Craig, épargnez-moi votre humour.

— Je cherche seulement à vous remonter le moral. Bon, soyons sérieux, écoutez-moi bien. Il y a un hôtel Marriott à Crystal City près de l'aéroport. Dès mon arrivée, je prendrai un taxi et je chercherai votre voiture à l'entrée de l'hôtel. Au plus tard, je devrai y être à 14h30.

— Mais c'est dans trois heures !

— Je sais. Roulez jusqu'à Washington. Faites une visite guidée du Capitole. Avec tous les gardiens qu'il y a là-bas, personne n'osera s'attaquer à vous. Simplement, soyez prudente en quittant votre voiture et en la reprenant.

— Être prudente ? Depuis hier soir, être prudente, c'est tout ce que j'ai essayé de faire.

— Eh bien, continuez. Et, en attendant, je vais contacter la police d'Alexandria. Je vais leur expliquer ce qui se passe.

— Non ! S'ils diffusent ensuite des renseignements sur leur radio...

— Tess, il faut me faire confiance. Je vais parler à leur chef. Je vais m'assurer qu'il ne dira pas un mot de tout ça. Je ne lui raconterai pas où vous êtes ni où nous allons nous retrouver. Tout ce que je veux, c'est mettre sur pied une équipe pour vous emmener en lieu sûr.

— Mais il n'y a pas de lieu sûr !

— Croyez-moi, il y en a. Une maison. Une chambre d'hôtel. Une ferme. Quoi que ce soit, où que ce soit, je veillerai à ce que vous crouliez sous les gardes. Mais gardez votre sang-froid ! Je vous en prie. Encore quelques heures et ce sera fini.

— Non ! Vous vous trompez !

— Pas du tout...

— Ils seront toujours à me traquer. Ils n'abandonneront *jamais*. Ça n'aura pas de fin.

— Il y aura une fin si nous découvrons pourquoi ils veulent vous tuer. Une fois leur secret dévoilé — quel qu'il soit — ils n'auront plus de raisons de vous empêcher de parler.

— Si nous découvrons leur secret !...

— Restez calme, Tess.

— Non. Il n'y a pas que moi ! protesta Tess. Je ne suis pas la seule en danger !

— Je ne comprends pas. Personne d'autre n'est...

— Erreur ! N'oubliez pas, Craig, vous étiez *avec* moi. Je vous ai parlé de Joseph. Vous êtes allé chez lui avec moi. Vous avez vu ce qui était dans sa chambre. Si les tueurs nous ont suivis tous les deux, pour protéger leur secret, ils pourraient aussi s'en prendre à *vous* !

Craig resta un moment silencieux.

— Qu'ils essaient, ces enfants de salaud ! » Il eut une nouvelle quinte de toux. « Le Marriott, près de l'aéroport, à 14 h 30. Passez devant l'hôtel en voiture jusqu'à ce que vous m'aperceviez. Je reconnaîtrai votre voiture.

— Vous me donnez... » Tess ne termina pas sa phrase.

— On n'a plus le temps d'être vague, Tess.

— Vous me donnez confiance. Je vais être aussi futée que mon père. Je serai là.

## 11

Elle raccrocha, examina les inconnus qu'elle apercevait sur le parking, eut conscience de sa vulnérabilité et s'empressa de remonter dans la Porsche. « Roulez jusqu'à Washington, avait dit Craig. Visitez le Capitole. » Mais la perspective de se retrouver dans un lieu aussi public, même bourré de gardiens, la rendait nerveuse. Il devait bien y avoir une alternative moins dangereuse.

En quittant le centre commercial, Tess jeta un coup d'œil à son rétroviseur pour voir si elle était suivie. Plusieurs voitures restaient derrière elle. Avec un profond soupir, elle tâta une fois de plus son sac, sentant la forme rassurante du pistolet à l'intérieur.

Ce contact, brusquement, lui rappela les hommes qu'elle avait tués la nuit dernière et ce souvenir lui donna la nausée. Mais la colère et la peur étaient les plus fortes. Elle n'avait pas compté combien de fois elle avait tiré. Dans la confusion de ce matin, elle avait omis de retirer le chargeur du pistolet pour voir combien de balles il lui restait. Son père n'aurait certainement pas approuvé. Le chargeur pouvait aussi bien être vide.

*Il faut que je puisse me défendre !*

D'un coup d'œil rapide vers le bord de la route, elle aperçut un groupe de magasins. L'un d'eux en particulier retint son attention. Elle donna un brusque coup de volant, se gara et entra précipitamment dans la boutique, ralentissant seulement après avoir refermé la porte derrière elle. Elle fit de son mieux pour prendre un air détaché.

— Madame ? » demanda l'employé du magasin d'articles de sport. Derrière le comptoir, il la toisait, examinant son visage et sa silhouette en souriant — d'un air presque paillard — mais avec approbation.

— Est-ce que je peux vous aider ?

— J'ai besoin de deux boîtes de munitions pour un pistolet SIG-Sauer 9 millimètres.

— Vous devez avoir des projets de tir intensif. » Il donna à sa remarque un ton suggestif.

— L'instructeur de ma salle d'armes insiste pour que nous achetions nous-mêmes nos munitions.

— Eh bien, je peux vous promettre que si vous étiez dans ma classe à moi, je vous donnerais les leçons gratis.

L'employé haussa les sourcils avec un air d'invite.

— C'est vraiment trop dommage que je ne sois pas dans votre classe, dit Tess.

L'employé était trop absorbé dans la contemplation de ses seins libres sous son mince corsage pour déceler son ironie voilée. Pendant qu'il tournait le dos pour chercher les deux boîtes de cartouches, Tess plongea la main dans son sac pour y prendre son portefeuille, prenant bien soin que l'homme ne vît pas son arme. Ses doigts effleurèrent le paquet de photographies. Comme si elle avait reçu une décharge électrique, elle se rappela que Craig avait insisté, la veille au soir, pour qu'elle en fît tirer des copies et qu'elle les lui envoyât par express à son bureau. Mais tout était différent maintenant. Elle n'avait plus le temps d'obéir aux consignes de Craig et elle ne se sentirait certainement pas en sûreté à attendre le tirage des copies. Elle ne devait plus rester au même endroit.

— Pouvez-vous me rendre un service ? Avez-vous une enveloppe ? demanda-t-elle au vendeur. Est-ce que je peux vous acheter un timbre ? Ça m'arrangerait vraiment.

— Pour une aussi jolie cliente, pourquoi pas...

— Merci. Comptez bien que je reviendrai.

— Vous serez toujours la bienvenue, croyez-moi. Il y a un stand de tir derrière la porte. Nous pourrions faire ce qu'on pourrait appeler un peu de tir privé.

Tess fit un effort pour supporter les plaisanteries de l'employé.

— Et je parie que vous tapez toujours dans le mille.

— Je n'ai jamais eu de plaintes.

Tess frémit de colère, mais elle réussit à ne pas broncher, paya les munitions, puis prit l'enveloppe et le timbre. « Les négatifs ! se dit-elle. Je vais expédier à Craig les négatifs. Eux au moins seront protégés. » Aussitôt, la pensée des photographies et le souvenir qu'elle avait de l'étrange sculpture dans la chambre de Joseph lui donnèrent de telles brûlures d'estomac qu'elle comprit tout de suite où elle devait aller ensuite.

Certainement pas au Capitole.

## 12

Craig raccrocha.

Le capitaine Mallory, surpris par la farouche détermination qui se lisait sur le visage de Craig, haussa les épaules.

— J'aurai vraiment tout entendu ! Un lieutenant qui donne des ordres à son chef !

— Dites donc, ça a marché, n'est-ce pas ? La police d'Alexandria coopère.

— On peut voir ça comme ça. Même d'ici, je l'ai entendu pousser des hurlements. Quand il mettra la main sur vous...

— Ecoutez, vous vous attendiez à quoi ? Je n'avais pas le choix. Je ne pouvais pas, je n'ai pas osé, lui donner des précisions sur mon rendez-vous avec Tess. Les tueurs sont trop bien organisés. Si une seule voiture de patrouille mentionne l'hôtel Marriott sur sa radio, et si leurs transmissions sont sur écoute, Tess sera descendue en arrivant.

— Mais il semble que vous avez convaincu le chef de la police d'Alexandria de lui préparer une planque. Je dois avouer que je suis impressionné. Il y a un seul problème, Craig.

— Un seul ? J'en vois tant que je...

— Oui. Un problème. Je ne vous ai pas donné l'autorisation de partir. Ce n'est pas vous qui dirigez ce service. Vous outrepassez largement votre autorité.

— Je vous l'ai dit, j'y vais !

— Même si je vous suspends ?

— Faites ce que vous avez à faire. Mettez-moi à pied si ça vous amuse !

— Espèce d'entêté... !

— Je n'ai pas le temps de discuter. J'ai tout juste le temps de prendre un taxi et d'arriver à La Guardia avant que cet avion ne décolle !

— En plein embouteillage de midi ? Bonne chance pour trouver un taxi.

— Alors je prendrai une voiture de patrouille !

— Non !

— Quoi ?

— Pas question ! Ce n'est pas vous qui prendrez une voiture de patrouille.

— N'allez pas...

— C'est Tony. Il va vous conduire à l'aéroport.

Craig écarquilla les yeux.

— Qu'est-ce que vous venez de dire ?

— Remuez-vous, Craig. Gare à vos fesses. Et si le chef de la police d'Alexandria vous fait des histoires, dites-lui de m'appeler.

— Je n'arrive pas à croire... Je ne sais pas comment...

— Me remercier ? En revenant ici vivant. En travaillant un peu, pour changer. Tony, si la circulation est vraiment épouvantable, utilisez la sirène.

## 13

Tandis que la voiture de patrouille quittait sur les chapeaux de roues le 1, Police Plaza, deux hommes observaient attentivement depuis une camionnette — apparemment un véhicule de la Compagnie du téléphone — garée un peu plus bas dans la rue. Chacun avait une bague dans sa poche, un rubis étincelant avec un insigne en or où s'entrecroisaient une épée et une croix. Le premier homme — un expert en surveillance — compara les visages, qui passaient à toute vitesse dans la voiture de police, à une photographie qu'il tenait à la main.

— Je crois que c'est lui !

— Tu crois ? Il faut en être sûr.

À l'arrière, le second continuait à écouter ce qui passait dans son casque.

— J'en suis absolument sûr.

— Mais tu as dit que tu croyais, et ça ne suffit pas. Je regrette que nous n'ayons pas pu mettre sur écoute les téléphones du Bureau des personnes disparues. Attends, j'ai quelque chose. » Le second homme régla ses écouteurs. « Tiens, tiens. Le contrôleur de circulation de la police donne l'ordre à toutes les voitures de patrouille de régler la circulation pour s'assurer que cette voiture-ci — le numéro correspond — arrive à La Guardia à temps pour le vol de 13 heures à destination de Washington.

— Ça te suffit ?

— Oui, fit le technicien. C'est tout à fait suffisant. Lance l'appel.

L'homme installé dans la cabine décrocha un téléphone cellulaire et fit un numéro.

— Le lanceur a quitté le stade. Nous pensons qu'il est si inquiet pour la santé de sa petite amie qu'il a besoin de la voir sur le terrain de Washington.

Il donna les détails concernant le vol. Par téléphone, la voix du caméléon répondit :

— Et l'équipe adverse ?

— Aucune trace pour l'instant. Peut-être n'ont-ils pas envie de jouer maintenant.

— Pas aussi près de la finale. Je parie que leur équipe est dans le secteur. Continuez à chercher. Nous, nous allons passer au peigne fin le terrain de Washington. Mais n'oubliez pas, l'équipe adverse a l'habitude de se montrer au moment où on l'attend le moins.

## 14

Le cœur battant, Tess s'engouffra dans la Porsche garée devant le magasin d'articles de sport et jeta un coup d'œil rapide autour d'elle, craignant qu'une voiture ne s'arrête tout d'un coup à sa hauteur et que des hommes en jaillissent en faisant feu. Elle prit le pistolet dans son sac, gardant suffisamment de sang-froid pour le poser sur la banquette, invisible pour quiconque n'était pas dans la voiture. D'un geste frénétique, elle pressa le bouton qui libérait le chargeur et constata qu'il n'y restait que deux balles, plus une dans le canon.

*Seigneur !* Elle ouvrit rapidement le couvercle d'une des boîtes de munitions qu'elle avait achetées et fourra quatorze autres balles dans le chargeur. Théoriquement, l'arme ne contenait que seize cartouches, mais avec celle qui était déjà dans le canon, l'arme avait maintenant une capacité de dix-sept balles.

Dès l'instant où Tess eut remis le chargeur dans la crosse du pistolet et où elle l'eut bloqué, elle eut l'impression qu'on venait de desserrer une bande qui lui étranglait la poitrine. Maintenant, du moins, elle pourrait se défendre. Enfin, elle l'espérait.

*Il faut que je me tire d'ici.* Elle fourra le pistolet dans son sac, glissa les boîtes de munitions sous le siège, tourna la clé de contact, écrasa l'accélérateur et lança la Porsche dans une trouée de la circulation.

L'enveloppe ! Pendant qu'elle était dans le magasin,

Tess avait écrit l'adresse sur l'enveloppe et collé le timbre que l'employé lui avait vendu. Tout en roulant, elle cherchait à tâtons, une main dans son sac, le paquet de photos ; elle en ouvrit le rabat et glissa les négatifs dans l'enveloppe.

Tess sentit son cœur battre plus vite quand elle aperçut devant elle, sur sa droite, une camionnette de la poste arrêtée devant une boîte à lettres. Elle donna un coup de volant, freina à la hauteur de la camionnette, cacheta l'enveloppe, puis se penchant par la vitre ouverte de la Porsche, remit l'enveloppe au facteur qui emportait un gros sac postal jusqu'au camion.

— Levée de dernière minute, fit Tess en réussissant à sourire. J'espère que ça ne vous ennuie pas.

— Pas du tout. J'adore votre voiture.

— Merci.

— Elle fonce ?

— Regardez !

Tess passa en première, écrasa la pédale d'accélérateur et démarra en trombe. Mais ce n'était pas pour faire de l'épate. Si quelqu'un la suivait, elle voulait s'éloigner le plus vite possible du postier. Elle espérait que personne ne l'avait vue tendre l'enveloppe. Il y avait déjà eu trop de morts. Trop de chagrin. Elle pria le ciel de n'avoir pas mis aussi en danger la vie du facteur.

Ayant retrouvé le flot de la circulation, zigzaguant d'une file à l'autre en s'efforçant de rendre aussi difficile que possible une éventuelle filature, Tess roulait vite mais sans prendre le risque toutefois d'être arrêtée pour excès de vitesse. Sa destination, comme Craig le lui avait conseillé, était Washington.

Mais pas le Capitole. Pas question ! Plus maintenant !

Elle avait une meilleure idée. Pas plus sûre. Mais résolument plus importante. À la limite, plus critique.

La statue. Cette statue grotesque et repoussante. Sa vie était menacée parce qu'elle connaissait l'existence de cette foutue sculpture. Elle devait découvrir ce qu'elle signifiait et il n'y avait qu'une seule personne, à sa connaissance, qui fût susceptible de le lui dire.

# 15

Affalé sur la banquette arrière de sa limousine, après avoir quitté le club de tennis pour regagner son bureau, le vice-président songeait à la femme dont le directeur adjoint des opérations clandestines de la CIA lui avait dit de se méfier.

Tess Drake ? *Pourquoi fallait-il que ce fût elle qui le menaçât ?*

En raison de son amitié avec le défunt père de la jeune femme, Alan Gerrard avait fréquemment rencontré Tess lorsqu'elle était une adolescente dégingandée et sensuelle, malgré ses airs de garçon manqué. Son corps mince et athlétique, avec ses petits seins pointus et ses cheveux blonds coupés court, l'avait séduit. Pas sur le plan sexuel, bien sûr. Pas du tout. Malgré les allusions du président, persuadé que Gerrard, comme tant de politiciens, profitait des fêtes organisées dans le but de recueillir des fonds pour faire l'amour à des admiratrices influentes, la vérité était que Gerrard, au prix d'une sévère discipline, s'était habitué à réprimer ses désirs sexuels. Gerrard était marié. Oui, sa femme était belle, photogénique, on voyait souvent son image dans les magazines mondains. Mais elle respectait ses valeurs chastes et austères et, durant leurs vingt années de vie conjugale, au cours des milliers de nuits où ils avaient partagé le même lit, en camarades, en compagnons, en âmes sœurs, ils n'avaient fait l'amour que trois fois et, lors de ces trois occasions rituelles, ils ne s'étaient permis de connaître les vils plaisirs de la chair que dans le seul but de procréer.

Non, l'attirance de Gerrard pour Tess n'avait rien eu de charnel. Bien au contraire, il admirait seulement en elle un magnifique exemple de jeune femme saine et épanouie, un parfait échantillon de l'espèce humaine, et cela le troublait maintenant profondément que, parmi tous les êtres, Tess, avec sa perfection biologique, représentât une menace et fût sur le point de devoir être éliminée. Sa consternation ne l'empêchait pas d'espérer vigoureusement, toutefois, que Tess puisse être réduite au silence le plus vite possible.

À côté de lui, la sonnerie du téléphone retentit. Gerrard

se redressa et décrocha aussitôt. Seul un petit nombre de gens connaissaient ce numéro, et personne ne l'appelait à moins qu'il ne s'agît d'une affaire importante.

Peut-être le message concernait-il Tess. Peut-être l'avait-on déjà retrouvée et réduite au silence.

— Un instant, monsieur, dit une voix de femme. Le président est en ligne.

Gerrard maîtrisa sa déception. Aussitôt, la voix de Clifford Garth grommela : « Bouclez vos valises. Vous partez en voyage. »

Gerrard fit semblant de soupirer. En tant que nouveau président, il suivrait les funérailles d'ici à huit jours.

— Qu'est-ce que c'est, cette fois-ci ? Une collecte de fonds dans l'Idaho ? N'importe quel prétexte est bon pour m'éloigner de Washington !

— Non. Vous traversez l'Atlantique. Le président du parlement espagnol vient de mourir d'une crise cardiaque. J'ai déjà envoyé mes condoléances. Vous serez notre représentant officiel à l'enterrement.

« Un enterrement, songea Gerrard. On dirait que je vais en suivre un certain nombre. » Il regrettait les morts, même si elles étaient nécessaires.

— Comme vous voulez.

— Parfait. Continuez à penser ainsi, marmonna Garth. Si vous faites tout ce que je demande, peut-être que nous finirons par nous entendre. Mais j'en doute.

Sur un dernier juron, le président interrompit la communication.

Pensif, Gerrard reposa le téléphone. Il n'était pas vraiment surpris par l'annonce de la mort du président espagnol. Les médias avaient annoncé que, depuis quelque temps, sa santé s'était détériorée. Mais, bien sûr, on en avait un peu encouragé la dégradation et, à cet égard, la seule vraie surprise était que la disparition de l'homme d'État se fût produite bien plus tôt que ne le prévoyait le programme qu'on avait communiqué à Gerrard.

L'Espagne. Le pays était fascinant. Comme l'Angleterre, il avait une monarchie parlementaire. Si le roi mourait, son fils aîné le remplacerait, et après lui le suivant, ou peut-être sa femme ou son plus proche cousin... Il n'existait aucun moyen de contrôler la succession ; mais le parlement espagnol, c'était autre chose. Son président, choisi par l'assemblée des députés, pouvait être éliminé et remplacé par un fonctionnaire. Et ce fonctionnaire-là choisi avec soin, élu grâce au chantage exercé sur divers membres de l'assemblée espagnole, prêterait une oreille attentive aux préoccupations de Gerrard. Après tout, ils étaient parents, lointains certes, mais ni le temps ni l'éloignement ne pouvaient affaiblir le lien qui les unissait. Chacun d'eux, et bien d'autres qui partageaient les aspirations et la mission de Gerrard, allaient bientôt voir s'accomplir leur commune destinée.

L'Espagne. « Comme c'est commode », songea Gerrard.

## 16

Eric Chatham, directeur du FBI, gravissait la pente d'un air sombre ; il passa devant les pierres tombales étincelantes de blancheur du cimetière national d'Arlington. Mince, la quarantaine, le visage marqué par le poids des responsabilités de sa profession, il se retourna pour regarder, au pied de la colline, un bouquet d'arbres enveloppé de smog. Au loin, encore plus voilé par le smog, se dressait l'obélisque de marbre blanc du monument de Washington. Chatham essaya de se remémorer la dernière fois où il avait vu le monument totalement dégagé. Soucieux, il vit une voiture s'arrêter dans une allée, non loin de l'endroit où était garée sa propre voiture.

Kenneth Madden, directeur adjoint des opérations clandestines pour la CIA, en descendit, laissant là ses gardes du corps, et entreprit de gravir la colline pour venir le rejoindre. Les deux hommes se regardèrent. Bien que, en théorie, le FBI et la CIA eussent des juridictions et des missions différentes, celles-ci se confondaient souvent, faisant parfois des deux organisations des rivales. Si Madden était allé trouver Chatham à son bureau, ou réciproquement, l'événement aurait été suffisamment insolite pour être remarqué par des reporters. De même, les deux hommes n'auraient pas pu se rencontrer dans un restaurant ni dans un endroit public, où leur présence n'aurait pas manqué d'attirer l'attention et où l'on aurait pu aussi sans peine surprendre leur conversation. Un coup de téléphone était la solution la plus simple, et Madden avait appelé en effet, mais seulement pour expliquer qu'il y avait un problème délicat dont il voulait discuter et qu'ils devraient, à son avis, le faire en tête-à-tête. On s'était mis d'accord sur le cimetière d'Arlington. Peu de gens les remarqueraient là-bas.

— Merci d'avoir accepté de me rencontrer aussi rapidement, dit Madden. Surtout durant l'heure du déjeuner.

Chatham haussa les épaules.

— Ce n'est guère un sacrifice. Je n'ai pas beaucoup d'appétit aujourd'hui.

— Je vois ce que vous voulez dire. Moi aussi, j'ai l'estomac noué.

— À cause de ce qui est arrivé à Brian Hamilton ?

Madden hocha tristement la tête.

— Ç'a été un vrai choc. » Son regard parcourut les tombes. « Je me suis rendu compte, seulement une fois que nous sommes convenus de nous rencontrer ici, que nous allions nous y retrouver lundi, pour l'enterrement.

— Je ne savais pas que vous et Brian étiez si proches, observa Chatham.

— Pas autant que vous, mais je le considérais comme un ami. Du moins pour autant que la plupart des gens de cette ville peuvent être l'ami de quelqu'un. Nous avons parfois travaillé ensemble dans des affaires relatives au National Security Council.

Le directeur adjoint des opérations clandestines de la CIA n'entra pas dans les détails, et le directeur du FBI savait que ce serait contrevenir à l'éthique de sa profession que d'insister.

— Pourquoi vouliez-vous me voir ? » demanda Chatham.

Madden hésita.

— Une autre tragédie s'est produite la nuit dernière. Un incendie et des morts dans la maison de Melinda Drake.

Chatham se crispa, mais sans manifester la moindre réaction.

— Oui, la veuve de Remington Drake. Je suis bien d'accord avec vous : c'est une nouvelle tragédie.

— J'ai essayé d'appeler la fille de Melinda Drake à New York pour lui présenter mes condoléances. Je n'ai pas pu la joindre. Mais le directeur du magazine où elle travaille m'a dit que Theresa — Tess — avait décidé hier soir de prendre l'avion pour aller rendre visite à sa mère à Alexandria. J'ai bien peur que ceux qui ont mis le feu à la maison et qui ont tué sa mère — je n'arrive pas à imaginer pourquoi — aient aussi essayé de tuer Tess. Mais, pour l'instant, les enquêteurs n'ont pas trouvé son corps dans les décombres. Cela me laisse penser que Tess a échappé à l'incendie. Si c'est le cas, elle doit se cacher ; elle a trop peur de se montrer.

— Peut-être, murmura le directeur du FBI. C'est une hypothèse vraisemblable. Mais pourquoi vous intéressez-vous à cette affaire ? Vous connaissez Tess ? Vous connaissiez son père ?

Madden secoua la tête.

— Tess ? Pas du tout. Mais son père, je pense bien. Au bon vieux temps, je l'ai souvent envoyé, dans des conditions hasardeuses, dans divers pays où il devait négocier pour le département d'État. Et lorsqu'il est mort... la façon dont il est mort... les tortures que lui ont infligées ces salopards... eh bien, je regrette qu'il n'ait pas été un de mes agents. Je suis horrifié par ce qui lui est arrivé mais, Dieu le bénisse, il n'a pas parlé. C'était un véritable héros. Et sa fille — à cause de lui — mérite toute la protection du gouvernement.

Le directeur du FBI plissa les yeux.

— La protection ? Soyez précis.

— J'ai reçu ce matin un coup de téléphone », fit Madden avec un geste de lassitude. « D'Alan Gerrard. Oh, quelle que soit l'opinion que vous ayez sur le vice-président, j'écoute, et vous le feriez aussi, lorsqu'il donne un ordre. Remington Drake et lui étaient aussi proches que vous l'êtes, que vous l'étiez, avec Brian Hamilton. Gerrard veut que toutes les agences gouvernementales concernées fassent tout leur possible pour l'aider. Ça veut dire vous et moi. Le Bureau et l'Agence.

— J'ai du mal à vous suivre... C'est un problème intérieur, dit Chatham. Ça ne tombe pas sous votre juridiction.

— Sans discussion. Je vous répète simplement ce qu'a dit le vice président et, en fait, c'est pourquoi je suis ici. Il s'agit bien d'un problème intérieur. Du moins pour autant que je puisse le dire, bien que l'Agence poursuive ses vérifications. Je n'ai pas envie de provoquer entre nous de nouvelles rivalités. La balle est dans votre camp. Ce que le vice-président apprécierait, c'est que vous passiez un coup de téléphone à la police d'Alexandria. Si Tess Drake réapparaît et prend contact avec la police là-bas, le vice-président vous serait reconnaissant — il a bien insisté sur ce mot : *reconnaissant* — si vous donniez à la police locale des instructions de vous alerter aussitôt, puis de contacter le cabinet du vice-président ainsi que le mien, au cas où, entre-temps, nous découvririons qu'il s'agit d'autre chose que d'un problème intérieur.

Chatham, sourcils froncés, dévisagea le directeur adjoint de la CIA. Il n'avait pas l'habitude de partager des renseignements avec l'Agence. Cependant, son amitié avec Brian Hamilton le poussait dans ce sens. Il était farouchement déterminé à découvrir si la mort de son ami avait vraiment été un accident.

— Il m'a téléphoné hier soir, déclara Chatham.

— Qui ça ?

— Brian. Il a insisté pour venir chez moi. Je l'attendais vers 11 heures. Il m'a dit qu'il avait besoin d'un service personnel. Il m'a dit que cela concernait Remington Drake, sa veuve et sa fille.

Le visage de Madden, qui semblait perpétuellement hâlé, devint gris.

— Vous êtes en train de me dire que la mort de Brian et ce qui s'est passé à la maison de Melinda Drake...

— Pourraient être en rapport ? Je l'ignore. Mais j'ai bien l'intention de le découvrir. Dites au vice-président que je vais coopérer. Je parlerai au chef de la police d'Alexandria. Je prendrai des dispositions pour recevoir et transmettre toutes les informations.

— Je vous garantis que le vice-président appréciera...

— Appréciera ? Qu'il aille se faire voir. Je me fous pas

mal de ce qu'il apprécie ! Tout ce qui m'intéresse, c'est Brian, la veuve de Remington Drake et sa fille.

— Moi aussi, Eric, moi aussi. Mais puisque Brian est mort, et la femme de Remington Drake aussi, nous devons nous concentrer sur les vivants. Sur Tess. Pour nos amis, nous devons faire de notre mieux pour la protéger.

— Que Dieu nous vienne en aide, fit Chatham avec une grimace.

— Qu'est-ce qui ne va pas ?

— Vous avez ma parole, reprit Chatham. Mais je dois vous dire : je n'aime pas travailler aussi près de l'Agence.

— Détendez-vous. C'est seulement pour une fois. Et le but justifie bien ce compromis.

— C'est exactement ce que nous faisons. Un compromis. Pour une seule fois.

— Pour maintenant. Pour *cette fois,* fit Madden en tendant la main.

Chatham hésita. À regret, il la serra.

— Je vous contacterai.

— Et je sais que, comme d'habitude, vous ferez de votre mieux.

Ils étaient tendus lorsqu'ils se séparèrent ; chacun passa devant les dalles d'un blanc étincelant en descendant la colline pour regagner sa voiture.

Madden fit un signe de tête à ses gardes du corps et à son chauffeur, s'arrêta, se retourna et regarda longuement le cimetière. Bien que son groupe eût mis au point un plan infaillible pour découvrir Tess Drake, Madden avait appris par expérience que, en matière d'opérations clandestines à la CIA, il valait toujours mieux avoir un plan de rechange, et maintenant ce plan était lui aussi en marche.

Il faillit sourire. Mais le sentiment de triomphe ne surmontait pas sa mélancolie. Madden regrettait que Brian Hamilton fût enterré ici lundi. Un sacrifice nécessaire.

Malgré tout, il ne regrettait absolument pas le fait que, dans dix jours, un autre enterrement se déroulerait ici — celui du président.

Ni que ce serait Alan Gerrard qui prendrait les commandes.

## 17

Tremblante, Tess arrêta la Porsche devant une maison victorienne bien entretenue près de Georgetown ; elle saisit son sac qui contenait un pistolet rassurant et gravit rapidement les marches du large perron ; puis elle pressa le bouton de sonnette. Personne ne répondit. Elle recommença. Toujours pas de réponse.

Elle était nerveuse, mais pas surprise. Du moins, pas vraiment. L'homme qui habitait ici, son ancien professeur d'histoire de l'art à l'université de Georgetown, était connu pour passer ses vacances d'été dans son jardin à tailler, à soigner, à murmurer des mots doux à sa magnifique collection de lys.

Mais ça, c'était autrefois, se rappela Tess avec une douloureuse nostalgie. Après tout, elle n'avait pas vu son cher professeur depuis qu'elle avait passé son diplôme, voilà six ans. Même alors, le professeur Harding était déjà âgé. Peut-être avait-il pris sa retraite. Ou peut-être était-il parti en Europe étudier l'art auquel il vouait un tel culte et un enthousiasme qu'il savait si bien communiquer à ses étudiants.

Tout ce que Tess savait, c'est qu'il les traitait comme s'ils faisaient partie de sa famille. Il les accueillait chez lui. Au crépuscule, parmi les superbes lys qui ornaient son jardin, il offrait du xérès, mais pas trop — il ne voulait pas embrumer leur jugement — et il leur décrivait les gloires de Velázquez, de Goya et de Picasso.

L'Espagne. Le professeur Harding avait toujours eu un faible pour le génie de l'art espagnol. C'était son seul objet d'admiration, avec...

Tess redescendit le perron et contourna la maison, pour se diriger vers le jardin situé à l'arrière. Après tant d'années, elle ne se souvenait plus du numéro de téléphone du professeur Harding et, en tout cas, elle se sentait trop affolée, trop exposée, trop menacée, pour s'arrêter dans une cabine téléphonique et demander son numéro aux renseignements. Ayant besoin d'un refuge, elle avait décidé de venir ici directement, dans l'espoir qu'il serait chez lui. Elle n'avait pas d'autre choix. Elle devait savoir.

Mais, comme elle pénétrait dans le jardin, ses premières craintes s'apaisèrent. Elle sentit une chaude vague d'affection monter en elle à la vue du professeur Harding — bien plus vieux, et malheureusement un peu infirme — qui se redressait péniblement devant un lys qu'il venait d'examiner.

Le jardin était un festival de fleurs. Partout, sauf dans un labyrinthe d'étroites allées qui permettaient au visiteur de se promener en s'extasiant, le jardin débordait d'une myriade de fleurs colorées, resplendissantes, tribut de la générosité de Dieu.

Tess défaillait presque devant tant de beauté. Elle serra contre elle son sac alourdi par le pistolet : elle se rappela le chemin qu'elle avait fait, sans nécessairement progresser beaucoup, depuis qu'elle avait quitté l'université de Georgetown. Comme elle aurait voulu s'y retrouver !

Le professeur Harding se retourna et l'aperçut.

— Oui ? » dit-il.

Tremblant, il fit un effort pour garder son équilibre.

— Vous êtes venue voir ma... ?

— Vos fleurs. Comme d'habitude, elles sont magnifiques !

— Vous êtes trop bonne. » S'aidant d'une canne, le professeur Harding boitilla jusqu'à elle. « Autrefois, elles étaient...

— Autrefois ?

— L'air pollué. La pluie, tout aussi polluée. Il y a huit ans...

— J'étais ici, fit-elle. Je me souviens.

— Les lys étaient... » Le professeur Harding, tout ridé, étonnamment vieilli, alla s'effondrer sur un banc de séquoia. Ses cheveux blancs étaient clairsemés, ébouriffés, la peau de son cou pendait, assombrie de taches de vieillesse. « Ce que vous voyez n'est rien du tout. Une imitation. Autrefois, la nature contrôlait tout... Les lilas étaient si... » Il baissa les yeux vers sa canne et se remit à trembler. « L'année prochaine... » Son tremblement s'accrut. « ... je ne les soumettrai pas à ce poison. L'année prochaine, je les laisserai reposer en paix. Mais leurs bulbes seront mis en lieu sûr. Et peut-être un jour redonneront-ils des fleurs. Si jamais la planète est purifiée. »

Tess jeta un coup d'œil inquiet derrière elle et serra le pistolet dans son sac, puis elle s'approcha.

— Mais, est-ce que je vous connais ? » demanda le professeur Harding. Il rajusta sur son nez ses lunettes à monture métallique et plissa les yeux d'un air concentré. « Mais c'est Tess ! C'est vraiment vous ? Bien sûr. Tess Drake. »

Tess sourit ; les larmes lui montèrent aux yeux.

— Je suis si contente que vous n'ayez pas oublié.

— Comment pourrais-je oublier ? Votre beauté emplissait ma salle de classe.

Tess rougit.

— C'est vous, maintenant, qui êtes trop bon.

Elle vint s'asseoir près de lui sur le banc et le serra doucement contre elle.

— En fait, si je ne me trompe pas, vous avez fait partie d'un grand nombre de mes classes. Chaque année, vous choisissiez un de mes cours.

La voix du professeur évoquait le vent parmi les feuilles mortes.

— J'adorais vous entendre parler d'art.

— Ah, mais, ce qui est plus important, vous aimiez l'art en soi, ça se voyait dans votre regard. » Le professeur Harding plissa davantage les yeux, comme s'il pensait à un lointain souvenir. « Permettez-moi de vous dire, en toute franchise, que vous n'étiez pas la meilleure étudiante...

— Je crois malheureusement que j'obtenais surtout des 12.

— Mais, en tout cas, vous étiez mon élève la plus enthousiaste.

Les lèvres minces et fripées du professeur esquissèrent un sourire affectueux.

— Et c'est si gentil de votre part de revenir. Vous savez, bien des étudiants m'ont promis de le faire... Après avoir passé leur diplôme et le reste. » Son sourire s'évanouit. « Mais, comme je l'ai constaté...

— Oui ?

— Ils ne sont jamais revenus.

Tess sentit sa gorge se serrer.

— Eh bien, me voici. Avec un peu de retard, je le regrette.

— Comme vous arriviez toujours en retard en classe. » Le vieil homme eut un petit gloussement. « Rien que quelques minutes de retard. Ça ne me dérangeait pas. Mais on aurait dit que vous ne pouviez pas vous empêcher de faire une entrée théâtrale. »

Tess répondit au petit rire du vieillard.

— Vraiment, je ne cherchais pas à faire une entrée. C'est simplement que je n'arrivais pas à sortir de mon lit à temps.

— Eh bien, ma chère, quand vous aurez mon âge, vous constaterez que vous vous réveillerez avec l'aube. » La frêle voix du professeur s'affaiblit. « Et souvent plus tôt. Beaucoup plus tôt. »

Il s'éclaircit la gorge. La conversation languissait. Mais Tess ne trouvait pas ce silence pesant. Apaisant, plutôt. Elle admirait les lys.

« Comme je voudrais pouvoir rester ici à jamais, songea-t-elle. Comme je voudrais que mon univers ne tombe pas en miettes. »

— Professeur, pouvons-nous discuter d'art un moment ?

— Avec plaisir. Comme vous le savez, à part mes lys, j'ai toujours aimé les discussions...

— Il s'agit d'une sculpture en bas-relief. J'aimerais vous en montrer une photographie.

Avec appréhension, Tess sortit de son sac la liasse de photos, prenant bien soin de dissimuler le pistolet.

— Mais pourquoi avez-vous l'air si sombre ? Le professeur Harding fronça ses sourcils tout blancs et clairsemés : Avez-vous perdu votre enthousiasme pour le sujet ?

— Pas pour le sujet, répondit-elle. Mais en ce qui concerne *ceci*... » Elle lui montra le cliché de la statue. « ... Il s'agit d'une autre affaire. »

Le professeur Harding se renfrogna et de nouvelles rides se creusèrent sur son front. Il rajusta ses lunettes, puis approcha de ses yeux la photographie.

— Oui, je comprends pourquoi vous êtes troublée.

Il approcha la photo, l'éloigna, en secouant la tête à chaque fois.

— Une représentation aussi brute. Et le style. Si grossier. Si cru. Nous sommes loin de l'art que j'apprécie. Assurément, loin de Velázquez.

— Mais que pouvez-vous m'en dire ? demanda Tess en retenant son souffle.

— Je suis désolé, Tess. Il va falloir que vous soyez plus précise. Qu'est-ce qui vous intéresse là-dedans ? Où avez-vous trouvé cette sculpture ?

Tess se demanda jusqu'à quel point elle pouvait se confier à lui. Moins le vieil homme en saurait, mieux cela vaudrait. Si les tueurs découvraient qu'elle était venue ici, l'ignorance et l'infirmité feraient peut-être la différence et sauveraient la vie du professeur Harding.

— Un de mes amis avait cette sculpture dans sa chambre, dit-elle.

— Ce n'est guère flatteur pour son goût. Dans sa chambre à coucher... Un pareil objet n'a même pas sa place dans une resserre.

— Je suis d'accord avec vous. Mais avez-vous la moindre idée de qui aurait pu exécuter cette sculpture ? Ou *pourquoi* ? Ou sur ce qu'elle signifie ? Y a-t-il des artistes que vous connaissez ou dont vous avez entendu parler et qui pourraient en être l'auteur ?

— Ma foi, non. Je comprends pourquoi vous êtes perdue à ce point. Vous pensez que cette sculpture pourrait provenir d'une école contemporaine... Je ne sais pas comment je pourrais les appeler... des « néoprimitifs » ou des « néoclassiques d'avant-garde ».

— Pardonnez-moi, professeur. Je ne suis toujours pas une très bonne étudiante. Ce que vous venez de dire... j'ai complètement perdu le fil.

— Je vais essayer d'être plus clair. Cette photographie... c'est difficile de juger d'après l'image, mais la sculpture semble être en parfait état. Des lignes distinctes. Pas de parties manquantes. Pas d'éraflures. Pas d'éclats. Pas de fissures. Aucun signe qu'elle ait été exposée aux intempéries.

— Je ne comprends toujours pas...

— Soyez attentive. Faites comme si vous preniez des notes.

— Croyez-moi, j'essaie.

— Cet objet, sa facture, son exécution sont récentes. Incontestablement. Mais l'image elle-même est... » Le professeur Harding hésita : « ...ancienne. Très ancienne. Tess, il s'agit de la copie d'une sculpture qui doit dater de... je dirais... deux mille ans.

— Deux mille ans ? fit Tess abasourdie.

— Environ. Je regrette de le dire, ce n'est pas ma spécialité. Tout ce qui date d'avant les années 1600 n'est plus de mon ressort.

Tess parut accablée.

— Alors, vous n'avez aucun moyen de m'aider à comprendre ce que cela signifie ?

— Ai-je dit cela ? Je vous en prie ; j'ai simplement avoué mes propres limites. Ce qu'il vous faut, c'est un érudit classique avec une formation d'archéologue.

Tess jeta un regard à sa montre. Midi et demi. Craig devait être maintenant à La Guardia. Il ne tarderait pas à s'envoler pour Washington. Elle devait le retrouver à deux heures et demie. Du temps ; elle n'avait pas beaucoup de temps !

— Un érudit classique ? murmura-t-elle. *Où diable est-ce que je vais trouver cela ?*

— Jeune fille, vous me décevez. Avez-vous oublié la femme merveilleuse à laquelle je suis marié ? C'est elle, le cerveau de la famille, pas moi. Et, voilà cinq ans encore, elle appartenait au département classique de l'université de Georgetown. Venez. Le professeur Harding prit appui sur sa canne et se leva de son banc. Il vacilla un instant. « Priscilla fait un somme. Mais il est temps que je la réveille. Il n'est vraiment pas bon qu'elle manque le déjeuner. Son diabète, vous savez. Peut-être aimeriez-vous manger un morceau avec nous ?

— Professeur, je ne voudrais pas être grossière, mais je n'ai vraiment pas faim et, s'il vous plaît — oh, mon Dieu, ça me navre — je suis pressée. C'est important. Terriblement urgent. J'ai besoin de savoir vite au sujet de cette statue.

— Bien, fit le professeur Harding en l'examinant. Comme vous rendez cela mystérieux ! Bon. Je peux activer les choses.

Le vieil homme trottina d'un pas incertain le long d'une allée ; le parfum de ses lys était gâché par le smog.

— Mais si c'est à ce point urgent, et si vous me permettez cette familiarité, vous pourriez me prendre par la taille pour que je marche un peu plus vite. J'avoue que je suis curieux. Alors, réveillons Priscilla et stimulons-la, elle. Découvrons ce que signifie cette abominable image.

## 18

*Aéroport international Kennedy*

Le 747 de la Pan Am en provenance de Paris était ponctuel ; il arriva à 12 h 25. Parmi les quatre cent cinquante passagers, six hommes — assis séparément en classe affaires — veillèrent à quitter l'appareil à quelques secondes d'intervalle et prirent chacun un taxi pour New York. Ils étaient tous bien bâtis, la trentaine. Chacun portait un vêtement banal et un porte-documents, ainsi qu'un petit sac de voyage. Aucun n'avait enregistré de bagages. Ils avaient des traits banals, ordinaires, moyens.

La seule autre caractéristique qu'ils partageaient était que, s'ils s'étaient montrés aimables avec le personnel de bord, leurs remarques polies avaient paru exiger un certain effort, comme si chacun était préoccupé par une affaire urgente. Leur regard reflétait la gravité de leurs préoccupations : un regard distant, pensif, froid.

À Manhattan, chacun descendit de son taxi à un endroit différent, parcourut à pied quelques blocs, prit le métro, descendit quelques stations plus loin, s'engouffra dans un autre taxi ; chacun arriva à quelques minutes d'intervalle sur une avenue située à l'ouest du Musée d'histoire naturelle. Après avoir examiné la circulation, les voitures garées et les piétons du quartier, chacun s'approcha d'un vieil immeuble de la 58e rue ouest et sonna à la porte.

Une femme aux airs de matrone ouvrit la porte, bloquant de sa corpulence l'étroite entrée.

— Je ne crois pas que nous nous soyons rencontrés.

— Le Seigneur soit avec vous.

— Et avec votre âme.

— *Deo gratias.*

— Ainsi soit-il. La femme attendit. Mais il me faut un signe de reconnaissance.

— Absolument. Je me sentirais menacé si vous ne me le demandiez pas.

Le dernier arrivé fouilla dans la poche de son veston et lui montra une bague ornée d'un rubis étincelant. Dans la pierre d'une taille impressionnante étaient gravées une croix et une épée en or entrecroisées.

— *Deo gratias,* répéta la femme.

Ce fut alors seulement qu'elle ouvrit toute grande la porte, puis elle recula en s'inclinant avec respect pour laisser entrer le visiteur.

Dans un recoin, à gauche de la porte, un homme à l'air sévère et tendu, portant un gilet pare-balles en Kevlar, abaissa une mitraillette Uzi équipée d'un silencieux. La femme referma la porte.

— Vous avez fait un bon voyage ?

— L'avion ne s'est pas écrasé.

— Les autres viennent d'arriver.

Le visiteur se contenta d'acquiescer, puis il suivit la femme dans l'étroit escalier qui menait au premier étage. Il entra dans une chambre où les cinq autres membres de son équipe s'étaient déjà changés pour passer des tenues discrètes, et s'occupaient à démonter et à remonter des pistolets étalés sur le lit. Les armes, des Clock-17 autrichiens de 9 mm semi-automatiques étaient en polymère plastique robuste, à l'exception du canon en acier et du mécanisme de mise à feu métallique. Légers, fiables, leur principal avantage était que les détecteurs de métaux omettaient souvent de les déceler et que, démontés, les pistolets passaient fréquemment inaperçus sous les appareils à rayons X des aéroports.

— Votre tenue de ville est dans la commode, annonça la femme.

— Je vous remercie, ma sœur.

— Votre vol a été long. Vous devez être fatigué.

— Pas du tout.

— Vous avez faim.

— Pas très. Ma mission me remplit d'énergie.

— Si vous avez besoin de quoi que ce soit, je serai en bas. Mais il faudra vous dépêcher. Le programme a été avancé. Vous avez un billet sur le vol de 15 heures pour Washington, aéroport intérieur. Le piège est en place.

— Je suis heureux de l'apprendre, ma sœur. Et l'ennemi ? La vermine a-t-elle mordu à l'hameçon ?

— Pas encore.

— Mais ils le feront. » Sa voix devint un murmure menaçant. « Je n'en doute pas. » Il l'escorta jusqu'à la porte. « Merci, ma sœur. » Il referma la porte derrière elle.

La femme saisit la rampe et descendit l'escalier d'un pas hésitant ; puis elle s'arrêta devant le garde posté à l'entrée.

— Ils me donnent le frisson.

— Oui, dit l'homme à la mitraillette. Une fois déjà, j'ai travaillé avec des exécuteurs. Une journée après, j'étais encore glacé jusqu'aux os.

## 19

Tess attendit en se tortillant d'impatience sur sa chaise devant la table de cuisine du professeur Harding. La vaste pièce, située à l'arrière de la maison victorienne, était nette et bien rangée, et peinte en bleu. Une grande fenêtre offrait un magnifique panorama sur les milliers de superbes lys multicolores, mais Tess était trop préoccupée pour y prêter attention. Quelque temps auparavant — trop longtemps —, le professeur Harding l'avait laissée là pendant qu'il montait à l'étage réveiller sa femme.

Tess ne cessait de jeter à sa montre des regards inquiets. Il était 13 h 05. Elle s'agitait sur sa chaise. Incapable de maîtriser son angoisse, elle se leva et se mit à marcher de long en large, ferma à clé la porte de derrière, se rassit brusquement et continua à s'agiter.

*Vite !* L'avion de Craig devait avoir décollé. Il l'attendait à l'hôtel Marriott, près de l'aéroport de Washington, dans moins de quatre-vingt-dix minutes.

*Je ne vais pas pouvoir rester ici beaucoup plus longtemps ! Mais je ne peux pas tout simplement partir.*

*Il faut que je sache !*

Soudain, elle poussa un soupir en entendant des pas étouffés dans l'escalier, sur le devant de la maison.

Puis des murmures lui parvinrent. Des pas traînants s'approchèrent le long du corridor, jusqu'à la cuisine. Tess bondit sur ses pieds lorsque le professeur Harding et sa femme entrèrent. À la vue de la vieille femme, Tess sentit son sang se glacer. Non ! J'ai trop tardé... Priscilla Harding semblait plus malade encore que son mari. Elle était minuscule, fluette et voûtée. Sa chevelure blanche et dégarnie était rassemblée en chignon, son visage était ridé, pâle, la chair molle. Comme son mari, elle prenait appui sur une canne ; chacun se cramponnait à l'autre.

— Professeur, dit Tess, s'efforçant de dissimuler son inquiétude pour ne pas ébranler leur dignité. Si seulement vous me l'aviez dit ! J'aurais très bien pu monter avec vous et vous aider à descendre avec votre femme.

— Inutile, répondit le vieil homme en souriant. Priscilla et moi, depuis plusieurs années, avons réussi à nous en tirer sans aide. Vous ne voudriez pas nous gâter, n'est-ce pas ? Mais j'apprécie votre attention.

— Tenez, permettez-moi...

Tess contourna rapidement la table, prit doucement Priscilla Harding par le bras et l'aida à s'asseoir.

— Bon, dit le professeur, en respirant avec difficulté. Notre petit exercice est terminé. Comment te sens-tu, Priscilla ?

La femme ne répondit pas. Tess fut affolée par l'absence de vitalité dans son regard.

*Mon Dieu, elle n'a pas l'esprit assez vif... il n'est pas possible qu'elle réponde à mes questions !*

Le professeur Harding parut lire les pensées de Tess.

— Ne vous inquiétez pas. Ma femme est simplement un peu groggy après sa sieste. Il faut un moment à Priscilla pour retrouver son énergie. Mais elle sera très bien dès que...

Le vieil homme ouvrit la porte du réfrigérateur et y prit une seringue. Après avoir frictionné à l'alcool le bras de sa femme, il lui fit une injection de ce que Tess supposa être de l'insuline, étant donné les remarques qu'avait faites le professeur au sujet du diabète de sa femme.

— Voilà, dit-il.

Il revint au réfrigérateur, en sortit des fruits, du fromage et de la viande, enveloppés de plastique.

— As-tu faim, ma chérie ?

Il posa le plat sur la table, puis s'approcha, d'un pas incertain, du buffet pour couper quelques tranches de pain. « Je te conseille de commencer par ces quartiers d'orange. Tu as besoin de maintenir ton...

— Taux de sucre dans le sang ? » dit Priscilla Harding d'une voix un peu épaisse, étonnamment grave. « J'en ai assez...

— Oui, c'est vrai. Tu es malade. Mais dans quelques instants, quand tu auras mangé quelque chose, tu te sentiras bien mieux. Au fait, cette orange est excellente. Je te conseille de la goûter.

Jetant un coup d'œil las vers son mari, Priscilla Harding obéit, et ses doigts déformés par l'arthrite portèrent à sa bouche un quartier d'orange. Le mâchant méthodiquement, elle tourna un regard, désormais étonné, vers Tess. De nouveau, le professeur Harding parut lire dans ses pensées.

— Pardonne-moi ma grossièreté, ma chérie. Cette charmante jeune femme est une de mes anciennes étudiantes, mais sa beauté, bien sûr, ne peut se comparer à la tienne.

— Vieux dragueur.

— Voyons, chérie ! Nous avons de la compagnie !

Priscilla Harding plissa les yeux d'un air amusé.

— Elle s'appelle Tess Drake, reprit le professeur, et elle a un service à te demander. Elle a besoin d'avoir recours à ton érudition.

Priscilla Harding leva les yeux ; son regard était déjà bien moins brumeux.

— Mon érudition ?

— Oui, un petit mystère que, nous l'espérons, tu pourras résoudre, dit le professeur. J'ai essayé d'aider mon ancienne élève, mais je crains que les questions qu'elle pose ne me dépassent. Elles ne concernent pas toutes mon domaine de connaissance.

Les yeux de Priscilla brillaient de plus en plus ; elle avala un autre quartier d'orange.

— Les tranches de rôti sont excellentes. Essaie donc, dit le professeur.

— Quel genre de mystère ? interrogea Priscilla tout en continuant à manger, le regard de plus en plus vif. Quel genre de question ?

— Elle aimerait te faire examiner une photographie. Ce cliché montre — du moins à ce que je crois — la reproduction moderne d'une sculpture ancienne en bas relief. De style assez brut, dois-je préciser. Alors prépare-toi. Mais quand tu sentiras tes forces revenir, si tu veux bien...

— Richard ; plus tu vieillis, plus tu tournes autour du pot. Une photographie ? La réplique moderne d'une sculpture antique ? Ça m'a l'air fascinant. Bien sûr que je serai ravie de la regarder.

Tess se sentait pressée par le temps. Elle en était tendue.

— Merci, madame Harding.

— Je vous en prie, pas de politesses entre nous. Je m'appelle Priscilla. » Elle mâcha une bouchée de pain, s'essuya la main avant de la tendre vers Tess. « La photo ? »

Tess la prit dans son sac et la lui glissa sur la table. Mme Harding prit des lunettes dans une poche de sa robe et les chaussa, inspectant la photographie.

Elle mâchait toujours son morceau de pain. Puis elle

s'arrêta. Elle avala avec effort. Ses mâchoires étaient crispées. Durant quelques instants, elle resta silencieuse.

*Qu'est-ce que c'est ?* se demanda Tess.

*Vite !*

Priscilla hocha la tête d'un air grave.

— J'ai vu quelque chose comme ça, une image très similaire, à plusieurs reprises déjà.

Les muscles crispés, Tess se pencha en avant.

— Mais pourquoi avez-vous l'air si troublée ? Le couteau, le sang, le serpent, le chien. Je sais qu'ils ont quelque chose de répugnant, mais...

— Et le scorpion. N'oubliez pas le scorpion, reprit Priscilla. Qui s'attaque aux testicules du taureau. Et n'oubliez pas les porteurs de flamme qui flanquent la victime, une torche braquée vers le haut, l'autre vers le bas. » La vieille femme hocha son visage ridé. « Et le corbeau.

— Je croyais que c'était un hibou.

— Mon Dieu, non ! Un hibou ? Ne soyez pas ridicule. C'est un corbeau.

— *Mais qu'est-ce que tout cela signifie ?*

Tess se sentit prête à perdre son sang-froid. Priscilla tremblait. Ignorant Tess, elle se tourna vers son mari.

— Richard, tu te souviens de notre été en Espagne en 1973 ?

— Bien sûr, fit le professeur avec tendresse. Notre vingt-cinquième anniversaire de mariage.

— Allons, Richard, ne joue pas les sentimentaux avec moi. La raison de ce voyage — malgré tout le plaisir que j'y ai pris — est sans intérêt. Ce qui compte, ce qui est important, c'est que pendant que tu restais à Madrid à hanter le musée du Prado...

— Oui, Velázquez, Goya et...

— Mais pas Picasso. Je ne pense pas que le *Guernica* de Picasso était exposé à cette époque-là.

— Je vous en prie, fit Tess en se penchant en avant avec insistance.

— J'avais visité le Prado bien des fois, reprit Priscilla. Et je suis une spécialiste du classique, pas une historienne de l'art. J'ai envoyé Richard s'amuser pendant que j'allais de mon côté. Après tout, je me plais à croire que je suis une femme libérée.

— Tu l'es, ma chère. Tu l'as bien souvent prouvé.

Le professeur eut un haussement d'épaule bon enfant et grignota un morceau de fromage.

— Alors je me suis rendue sur ces sites espagnols antiques dont les objets d'art m'intriguaient. » Le regard de Priscilla s'embua à l'évocation de ses chers souvenirs. « Merida, Pampelune...

— Pampelune ? Est-ce que ce n'est pas là que Hemingway...

— Je vous prie, Tess, de faire comme si vous étiez dans la salle de classe de mon mari. Soyez polie et ne m'interrompez pas.

— Je vous demande pardon, madame...

— Et pas de politesses inutiles. Je vous ai déjà dit de ne pas m'appeler madame. Vous êtes mon hôte.

Priscilla se concentra.

— Comme j'ai aimé ça... Dans des ruines autour de chaque village, j'ai trouvé des gravures, des bas-reliefs et, dans un petit musée à côté de Pampelune, une statue comme celle-ci. Patinée par les intempéries, cassée. Avec des gravures imparfaites. Un contour incertain. Mais c'était la même que sur cette photographie. Et plus tard, dans mes voyages passionnants, pendant que j'attendais que Richard épuise sa soif de Velázquez et de Goya... Apparemment, je suis comme Richard. Je suis si vieille que je ne réussis pas à arriver au but...

— Mais qu'avez-vous trouvé ? fit Tess en essayant de ne pas hausser le ton.

— D'autres statues, fit Priscilla en haussant les épaules. D'autres gravures.

— Qui représentaient ?

— La même image que celle-ci. Ce n'est pas fréquent. *In situ,* elles étaient toujours cachées. Toujours dans des cavernes ou dans des grottes.

— *Des images de...*

— Mithra.

Tess releva brusquement la tête.

— Qu'est-ce que c'est, ou qui est...

— Mithra ? » Priscilla rassembla ses forces. « Vous êtes croyante, Tess ?

— Vaguement. J'ai été élevée dans la religion catholique. Dans ma jeunesse, j'étais croyante. Au collège, j'ai perdu la foi. Mais, depuis quelque temps... oui, je pense pouvoir dire que je suis croyante.

— Catholique. » Priscilla se mordit la lèvre, l'air accablé.

— Alors je crains bien que votre religion n'ait...

— Quoi donc ?

— De la concurrence.

— De quoi parlez-vous ?

— Une très ancienne concurrence. Plus forte que vous ne pouvez l'imaginer. Cela vient du début de tout, des origines de la civilisation, des racines de l'histoire.

— Que diable...

— Oui, le diable, vous avez raison. » Le visage de Priscilla se referma, elle retrouva un air hagard. « *Le ciel et l'enfer.* C'est cela qu'évoque Mithra.

— Écoutez, je n'en peux plus, dit Tess. Vous ne savez pas par quoi je suis passée. Ma mère est morte ! Les gens meurent tous autour de moi ! Je suis censée être à l'aéroport pour trouver quelqu'un dans une heure, et j'ai peur. Non, c'est peu dire : *je suis terrifiée !*

— Par Mithra ? Je compatis. » Priscilla étreignit la main de Tess. « Si cette photographie... si cette sculpture a un rapport avec vos problèmes... vous avez raison d'être terrifiée.

— *Mais pourquoi ?*

— Mithra, déclara Priscilla, est le dieu le plus ancien que je connaisse, et son homologue est le plus maléfique et le plus cruel.

— Mais c'est... » fit Tess en frissonnant. « C'est fou. Qu'est-ce que vous... » Elle serra les poings, ses ongles lui entrant dans les paumes. « Qu'est-ce que je raconte ? »

Priscilla se leva avec difficulté.

— Cessez de regarder votre montre ; il y a beaucoup de choses que vous devez apprendre... contre lesquelles je dois vous mettre en garde... Des prières à dire.

# UN SERPENT, UN SCORPION ET UN CHIEN

## 1

*Allemagne de l'Ouest, au sud de Cologne, sur le Rhin*

Des phares brillaient dans le brouillard, le long d'un chemin rarement utilisé. Des années plus tôt, entre les deux grandes guerres, des pêcheurs l'empruntaient souvent. Après avoir déposé leurs vélos derrière les buissons, ils retiraient leur matériel des paniers accrochés à leur guidon, montaient leurs cannes à pêche et suivaient des chemins marqués par de nombreux passages à travers la pente boisée jusqu'aux coins de la berge qu'ils préféraient. Les enfants, jadis, avaient joué sur la rive. Par les chaudes journées d'été, des mères étalaient des couvertures sur l'herbe grasse et tendre et ouvraient des paniers de pique-nique d'où montait l'arôme des saucisses, du fromage et du pain frais. Des bouteilles de vin rafraîchissaient dans les creux. Mais c'était il y a bien longtemps et en Allemagne, tandis qu'à la même heure, à Washington, Tess écoutait avec horreur ce que lui expliquait la femme du professeur Harding ; ce n'était pas le jour et, même si le soleil était levé, personne ne venait plus pêcher ici. Rares étaient les gens qui venaient à cet endroit, et certainement pas pour pique-niquer, car la puanteur du fleuve aurait gâté l'odeur du pain frais ; et le poison qui flottait dans l'eau avait depuis longtemps été absorbé par la terre, anéantissant l'herbe, les arbres, et la vase qui ralentissait le courant avait depuis longtemps tué les poissons.

Ce soir-là, pourtant, les passagers de la voiture qui bringuebalait sur le chemin pensaient quand même au pique-nique et à la pêche, mais leurs pensées étaient sombres et leur faisaient froncer les sourcils de colère en apercevant les arbres dépouillés de leurs feuilles et les buissons rabougris dans le brouillard.

Tous, à l'exception d'un passager qui fronçait les sourcils pour une autre raison. Il tremblait même.

— Vous ne vous en tirerez pas comme ça ! Mes invités m'attendent ! On va remarquer mon absence !

— Vous parlez de la réception dans votre propriété ? » demanda le conducteur, puis il haussa les épaules. « Eh bien, vos invités vont simplement devoir se passer de vous, Herr Schmidt.

— Oui, dit un autre. Dommage, ils vont simplement devoir attendre.

— Et attendre et attendre encore, fit un troisième.

— Que voulez-vous de moi à la fin ? », interrogea l'homme en smoking aux cheveux argentés et au visage mince. « Une rançon ? Si c'est ça que vous voulez, qu'est-ce que nous faisons ici ? Laissez-moi téléphoner ! J'arrangerai... Mon assistant vous remettra la somme que vous demandez ! Pas de police !

— Bien sûr que non, Herr Schmidt. Je peux vous le garantir, répondit le conducteur. Plus tard, peut-être, mais pas pour l'instant. Il n'y aura pas de police.

— *De quoi parlez-vous ?*

— De justice, dit un homme avec un pistolet.

Le pistolet était appuyé sur la nuque de l'homme aux cheveux argentés.

— Quelques exemples, dit un autre homme. Tenez, ici. De la banquette arrière, il se pencha en avant pour parler à l'homme au volant. « Quand j'étais enfant, c'était mon sentier favori. Le fleuve était si beau ! Comme j'adorais cet endroit ! Maintenant, regardez ça ! Regardez comme c'est devenu horrible ! Ici ! Oui, arrête-toi juste ici.

— Pourquoi pas ? fit le chauffeur en haussant de nouveau les épaules. C'est un endroit aussi bon qu'un autre.

— Pour quoi faire ? demanda Schmidt d'une voix tremblante.

— Je vous l'ai déjà dit, dit l'homme au pistolet. Pour rendre justice. »

Le conducteur s'arrêta parmi des buissons squelettiques au bord du chemin ; des branches mortes se brisaient sur son passage. Il éteignit les phares et descendit de la voiture, tandis que ses compagnons ouvraient les portières et traînaient Schmidt qui se débattait dans ce terrain vague enrobé de brouillard. La manche de son smoking se déchira sur une branche d'arbre dépouillée de son écorce.

— Ah, dommage, dit l'homme au pistolet. Un si beau smoking.

— Oui, un vrai gâchis, dit le conducteur.

Ils atteignirent le bord d'une falaise et poussèrent Schmidt sur la pente stérile. Aussitôt, les relents écœurants qui montaient de la rivière les enveloppèrent, les faisant tousser. Terrifié, Schmidt résistait avec un tel acharnement que les hommes étaient obligés de le traîner, ses escarpins vernis s'éraflant sur les cailloux. Lorsque le sentier qui descendait en un zigzag à peine visible devint abrupt, l'un des hommes prit une torche électrique pour guider leur progression.

Quand ils arrivèrent en bas, sur un terrain dénudé, la lumière révéla l'écume sur les rives du fleuve, le limon qui flottait sur l'eau et la vase qui ralentissait le courant. On se serait cru dans une fosse d'aisances car les eaux d'égout, elles aussi, venaient souiller l'eau.

— C'est épouvantable ! Et dire que je pouvais nager ici ! dit l'homme au pistolet. Et le poisson... le poisson avait un goût si pur, si délicieux. Sa chair était si blanche, si ferme, si délicate ! La façon dont ma mère les faisait cuire dans du lait ! Elle les recouvrait de chapelure et...

— Des poissons ? gémit Schmidt. Qu'est-ce que vous racontez ? Des poissons ? Pourquoi ? Au nom du ciel, si votre intention était de me faire peur, vous avez réussi ! Je l'avoue ! Je suis terrifié ! » Perdant tout contrôle, le prisonnier aux cheveux d'argent éclata en sanglots. « Combien voulez-vous ! *N'importe quoi !* Je vous en prie ! Je jure sur la tombe de ma mère que je vous paierai n'importe quoi !

— Oui, dit le conducteur. C'est juste. N'importe quoi. Vous verrez.

— Donnez-moi un chiffre ! Dites-moi simplement combien ! C'est à vous ! *Mein Gott,* combien ?

— Vous ne comprenez toujours pas combien vous devez payer, dit un autre homme. C'est *vous* qui avez fait ça.

— Qui ai fait... Qu'est-ce que j'ai fait ?

— *Ça.* » D'un geste écœuré, le quatrième homme désigna l'horrible pollution du fleuve. « Vous. Pas tout seul ! mais vous partagez la responsabilité !

— *Avec qui ?* murmura Schmidt.

— Avec d'autres industriels cupides qui exigeaient des bénéfices, sans se soucier de ce que cela coûtait à la nature. Des milliardaires qui ne voulaient pas perdre les quelques malheureux millions qu'il aurait fallu pour maintenir la pureté du fleuve et empêcher le ciel d'être empoisonné.

— *Des millions ?* » Schmidt secoua la tête avec frénésie. « Mais mon conseil d'administration, mes actionnaires, auraient pu...

— Des millions ? Oui ! Mais seulement pour commencer ! reprit l'homme au pistolet. C'est ce que cela aurait coûté autrefois, mais il y a des années de cela. *Aujourd'hui,* le prix serait plus élevé. Beaucoup, beaucoup plus élevé. Et le fleuve est si empoisonné, si mort, qu'il faudrait peut-être des décennies avant qu'on le ranime, si tant est qu'on puisse ramener un mort à la vie.

L'air méprisant, l'homme à la torche s'approcha.

— Écoutez bien, Herr Schmidt. Nous n'avons pas choisi cet endroit simplement parce que nous aimions venir ici quand nous étions enfants. Pas du tout. Nous l'avons choisi parce que...

L'homme eut un geste large. Même dans le brouillard, les lumières dessinaient la silhouette des énormes usines en amont, vaguement visibles. Le brouillard, en fait, n'était pas complètement naturel. De la fumée contenant des polluants toxiques venait s'y ajouter. Non loin de là, une canalisation de drainage provenant d'une des usines rejetait dans l'eau des produits chimiques à vous brûler les narines. L'écume s'accumulait.

— ... Nous avons choisi ce site parce que nous voulions que vous vous rendiez compte de vos crimes, reprit le conducteur.

— De vos *péchés,* corrigea l'homme au pistolet.

— Des *péchés* ? balbutia Schmidt. Vous êtes tous fous. Vous êtes...

— Et les péchés doivent être châtiés, poursuivit l'homme à la torche. Comme vous l'avez indiqué, vous ne demandez qu'à payer.

— Et vous *allez* payer, dit le quatrième homme.

Schmidt joignit les mains.

— Je vous en supplie, fit-il en tombant à genoux. Je vous promets. Je vous jure. Mes ingénieurs vont redessiner le système d'évacuation de mes usines. Peu importe le coût. J'empêcherai les produits chimiques d'arriver jusqu'au fleuve. Je parlerai aux autres industriels de la région. Je les persuaderai d'éviter que les déchets soient...

— Trop tard, dit l'homme au pistolet.

— ... soient déversés dans la rivière... » Schmidt sanglotait. « Je ferai n'importe quoi, si seulement vous...

— Trop tard, répéta l'homme au pistolet. Il faut faire un exemple.

— Plusieurs exemples, dit l'homme à la torche.

— Rendre justice, ajouta le conducteur.

— J'ai soif, dit le quatrième homme. Cette descente le long de la berge m'a desséché la bouche.

— La mienne aussi, dit l'homme au pistolet.

— Et, Herr Schmidt, j'imagine que vous aussi devez vous sentir la bouche particulièrement sèche. De *peur*. J'estime que vous méritez de boire un coup.

Le quatrième homme prit un récipient en plastique dans un sac accroché à son épaule. Dégoûté mais décidé, contractant sa poitrine, retenant visiblement son souffle, il se pencha vers les vapeurs toxiques qui montaient du bord de l'eau et recueillit dans le récipient de l'écume, du limon, de la vase et des déchets.

Schmidt se mit à hurler.

— Non ! Je ne peux pas boire... ! Ne me faites pas avaler... Cette cochonnerie va me tuer !

L'homme à la torche hocha la tête.

— Va vous tuer ? En effet. Comme elle a tué les poissons. Comme elle a tué le fleuve. Comme elle a tué les arbres, les buissons et l'herbe. Et comme elle tue à petit feu les gens des villes qui dépendent du fleuve pour leur alimentation en eau, malgré tous les efforts de leur municipalité pour tenter de purifier cette eau.

— C'est regrettable, mais il faut faire un exemple, dit l'homme au pistolet. Plusieurs exemples. Si ça peut vous consoler, prenez courage. Vous ne serez pas le seul, je vous le promets. Bientôt, nombre de vos compagnons pécheurs viendront vous rejoindre. Il y a beaucoup de leçons à donner. Jusqu'à ce que l'ultime leçon soit enfin apprise. Avant qu'il ne soit trop tard. S'il n'est pas déjà trop tard.

L'homme pressa contre la bouche de Schmidt le récipient plein d'eau polluée, qui se mit à geindre, puis serra les lèvres, détournant le visage.

— Allons, allons, dit l'homme au récipient. Il faut prendre votre médicament.

Les autres le maintenaient fermement.

— Acceptez votre destin, dit l'homme à la torche. Goûtez donc le produit de votre réussite.

Schmidt se débattait désespérément, agitant les bras, s'efforçant d'échapper aux mains implacables de ses ravisseurs.

— C'est le destin, *mein Herr.* Goûtez le fruit de votre succès. L'homme au récipient le leva de nouveau vers la bouche crispée de Schmidt. Une fois de plus, Schmidt détourna le visage.

— Bien, fit l'homme à la torche, l'air déçu. On ne nous laisse pas de choix. » Avec une force implacable, il traîna Schmidt vers le bas. Les autres hommes l'aidèrent, pesant de tout leur poids pour forcer Schmidt à s'allonger sur le dos, s'efforçant de maintenir tourné vers le ciel de brouillard et de fumée le visage de leur prisonnier qui se débattait en tous sens.

L'homme au récipient s'agenouilla et appuya sur un nerf situé derrière l'oreille de Schmidt qui, instinctivement, poussa un hurlement. Aussitôt, un autre homme enfonça un entonnoir dans la bouche de Schmidt, le bloqua solidement entre ses lèvres, regarda le récipient qu'on élevait vers l'entonnoir et hocha la tête tandis qu'on déversait dans la gorge de Schmidt un mélange d'écume, de limon, de vase et de déchets.

— Peut-être, dans une de vos existences futures, serez-vous plus responsable, dit l'homme. Enfin, si nous réussissons ; si quelqu'un a une chance d'avoir une vie future...

Plus tard, quand on découvrit le cadavre et qu'on eut pratiqué une autopsie, le médecin légiste s'interrogea sur la cause première du décès. Théoriquement, Schmidt s'était noyé. Mais les produits chimiques qui emplissaient son estomac et imbibaient ses poumons étaient si nocifs qu'avant qu'il ne se noyât, ses organes vitaux avaient fort bien pu lâcher sous la brutalité du choc toxique.

## 2

*Craig, vous étiez avec moi. Vous m'avez entendue parler de Joseph. Vous avez vu ce qui était dans sa chambre. Si les tueurs nous ont suivis tous les deux, pour protéger leur secret, ils pourraient bien s'en prendre à vous !*

Se rappelant la mise en garde de Tess lorsqu'elle lui avait téléphoné au 1, Police Plaza, Craig s'agitait sur son siège et braquait son regard vers le smog visible derrière le hublot du 727 de la navette Trump, qui s'apprêtait à atterrir à l'aéroport de Washington.

S'en prendre à moi ? songea-t-il. Avant que Tess l'eût mentionnée, cette possibilité ne lui avait jamais traversé l'esprit. Il se rappelait ce qu'il avait répondu, et qu'il pensait réellement. Qu'ils essaient, ces enfants de salaud ! La vérité était qu'il accueillerait avec plaisir une confrontation. N'importe quoi pour arrêter cette folie. N'importe quoi pour sauver...

*Continue à courir, Tess !* se dit-il. *Sois maligne. Ne prends pas de risques. Bientôt je serai là-bas, bientôt !*

Avant de quitter le 1, Police Plaza, il avait téléphoné au service de sécurité du terminal de la navette Trump à La Guardia pour les prévenir qu'il était inspecteur de police, qu'il apporterait ses papiers, qu'il était prêt à remplir tous les formulaires et à satisfaire à toutes les procédures imaginables, y compris un entretien avec le pilote pour qu'on l'autorisât à prendre son pistolet à bord de cet avion. Sur le chemin de l'aéroport, Tony et lui avaient fait de leur mieux pour s'assurer qu'ils n'étaient pas suivis, même si, dans le chaos de la circulation de midi, c'était presque impossible.

Maintenant, dissimulant son geste au passager assis à côté de lui, Craig gardait la main droite sous son veston, les doigts crispés sur la crosse du revolver Smith & Wesson de calibre 38. Non que cela servît à grand-chose. S'il y avait effectivement des problèmes, ce ne serait certainement pas pendant le vol, il n'y aurait assurément pas de fusillade. Trop dangereux. Les balles risqueraient de percer le fuselage, de provoquer la dépressurisation de la cabine et de causer l'écrasement de l'appareil. Malgré tout, le contact de l'arme lui donnait confiance.

D'un air aussi nonchalant que sa nervosité le lui permettait, Craig regarda autour de lui. Aucun passager ne semblait s'intéresser à sa personne. « Bon, se dit-il. Garde ton calme. » Il fit un effort pour se rassurer. « Tu as pris toutes les précautions imaginables. Tu es dans le courant, maintenant. Tu es lancé. Il faut que tu sois prêt à tout ce qui peut arriver ! »

Toutefois, il n'avait pas remarqué l'homme aux yeux gris assis dix rangs derrière lui, qui semblait sommeiller, dissimulant ainsi la couleur de ses yeux, et qui, sous divers noms, avait acheté un billet pour tous les vols de la navette de La Guardia à Washington, depuis que la femme avait disparu la nuit dernière.

Non pas que l'homme aux yeux gris eût l'intention d'utiliser tous ces billets. Il s'était contenté d'attendre, surveillant discrètement l'entrée du terminal, au cas où le détective, l'ami de la femme, arriverait. Un de ses homologues montait aussi la garde au terminal de la navette de la Pan Am. Il était sur le point de perdre tout espoir, quand il vit soudain son homme sortir d'une voiture de police. L'homme aux yeux gris, son cœur battant plus fort, était entré d'un pas nonchalant dans le terminal, avait passé le contrôle de sécurité, présenté son billet et s'était embarqué avant l'inspecteur. Ainsi, il suivait paradoxalement le policier en le précédant et empêchait presque à coup sûr sa cible de se douter qu'elle avait de la compagnie.

Oui, la femme s'était échappée la nuit dernière. Mais grâce au téléphone qu'il avait demandé à une hôtesse de lui apporter, l'homme aux yeux gris, au moyen de périphrases, était parvenu à annoncer aux membres de son équipe que le policier était en route pour l'aéroport de Washington, vraisemblablement pour un rendez-vous avec leur proie. La femme.

Elle était dangereuse. Elle en savait trop.

Tout comme — il fallait le supposer — cet inspecteur déterminé qui manifestait un bien trop grand intérêt pour la femme.

Quand ces deux-là seraient réunis, on les réduirait ensemble au silence, les photographies seraient détruites et la fraternité, enfin, serait de nouveau à l'abri.

## 3

— Le mal, dit Priscilla Harding.

Ce mot retint l'attention de Tess.

Priscilla, le professeur Harding et elle étaient passés de la cuisine au rez-de-chaussée de la maison victorienne située près de Georgetown, à Washington. Maintenant que l'injection d'insuline avait fait son effet sur Priscilla et que son taux de sucre était stabilisé par le déjeuner qu'elle avait dévoré, la vieille femme semblait rajeunie de dix ans. Ses yeux brillaient de tout leur éclat. Elle parlait d'un ton énergique, quoique avec un débit lent et calculé, comme si, par habitude, elle eût utilisé le style de conférencière qu'elle avait mis au point durant ses nombreuses années de professorat. Mais Tess n'avait pas le temps d'écouter une conférence. Elle avait besoin de tout savoir sur la statue, tout de suite. Vite ! Elle devait retrouver Craig.

Priscilla s'aperçut de son impatience et soupira.

— Cessez de regarder votre montre. Asseyez-vous, Tess, et écoutez bien. Ce n'est pas quelque chose que je peux condenser et, si vous êtes dans le pétrin que vous m'avez décrit, votre vie peut fort bien dépendre d'une absolue compréhension de ce que je m'en vais vous dire.

Tess hésita. Soudain lasse, elle obéit, s'écroulant dans un fauteuil de cuir.

— Excusez-moi. Je sais que vous cherchez à m'aider. Je vais faire de mon mieux pour... Si c'est compliqué, je ferais mieux de ne pas... En fait, je n'ose pas vous bousculer. Expliquez-moi cela à votre façon.

Néanmoins Tess avait les muscles crispés en regardant Priscilla prendre plusieurs gros volumes sur un rayonnage et les disposer sur le bureau.

— Le mal, dit-elle. Vous avez parlé de mal.

Priscilla acquiesça.

— Le mal est le dilemme central de la théologie chrétienne.

— Qu'est-ce que ça a à voir ?

— Réfléchissez. Comment conciliez-vous l'existence du mal avec le concept traditionnel d'un Dieu chrétien bienveillant et tout amour ?

Tess fronça les sourcils, déconcertée.

— Vraiment, je ne comprends toujours pas.

Priscilla leva une main fripée et déformée par l'arthrite.

— Écoutez. Nous savons que le mal existe. Nous le rencontrons chaque jour. On nous en parle à la radio. À la télévision. Dans les journaux. Le mal moral sous la forme de crimes, de cruauté et de corruption. Le mal physique sous la forme de maladies. De cancer. De dystrophie musculaire. De sclérose en plaques. » Priscilla baissa la voix. « De diabète. »

Elle hésita puis s'assit derrière le bureau.

L'air sombre, Priscilla poursuivit :

— Bien sûr, il y a des gens qui nient l'existence, et même le *concept* du mal. Ils prétendent que le crime n'est que le résultat de la pauvreté, d'une mauvaise orientation donnée par les parents, du manque d'éducation, etc. Ils rejettent sur la société tout à la fois les causes et la responsabilité ou, dans le cas d'un individu aussi répugnant qu'un tueur psychopathe, ils mettent sa violence sur le compte de la folie. Ils refusent aussi de considérer que les maladies ont des implications psychologiques. Pour eux, le cancer est un accident biologique ou la conséquence d'une substance qui se trouve dans l'environnement.

— Mais ils n'ont pas tort, fit Tess. Je travaille pour un magazine qui s'efforce de protéger l'environnement. Nous sommes entourés de substances cancérigènes.

— Absolument, renchérit le professeur Harding. La présence des poisons est évidente. Mes lys luttent pour s'épanouir. Ils ne sont pas moitié aussi magnifiques qu'ils l'étaient.

— Richard, si ça ne t'ennuie pas... fit Priscilla en pianotant sur le bureau de ses doigts déformés. J'ai terriblement soif. Je te serais très reconnaissante si tu allais dans la cuisine préparer un peu de thé.

— Mais, bien sûr, fit le professeur Harding en prenant sa canne. Tu as une préférence ?

— Ce que tu choisiras sera parfait, j'en suis sûre.

— Dans ce cas, je crois qu'un peu de Darjeeling, ma chérie, sera ce qu'il nous faut.

— Excellent.

Tandis que le professeur Harding sortait du bureau en boitillant, Priscilla tourna vers Tess ses yeux cernés de rides. Les deux femmes se dévisagèrent.

— Les substances cancérigènes et les prétendus accidents biologiques, c'est précisément là que je veux en venir, reprit Priscilla. Le mal physique. Le mal théologique.

Tess secoua la tête.

— Mais qu'est-ce que le cancer peut avoir de commun avec la théologie ?

— Écoutez bien. D'après le christianisme, c'est un Dieu généreux et aimant qui a créé l'univers.

— C'est exact, répondit Tess.

— Alors quel genre de Dieu ajouterait-il à cet univers le crime et le cancer ? L'existence de ces maux ne donne pas un aspect bienveillant au dieu chrétien traditionnel. En fait, cela Le fait paraître cruel. Pervers. Illogique. C'est pourquoi on a inventé le diable. Lucifer. Le premier ange du ciel. La superstar des assistants de Dieu ! Mais le Porte-Lumière, comme on l'appelle parfois, ne s'est pas satisfait d'être un assistant. Non, cet ange puissant voulait davantage de pouvoirs encore. Il voulait le pouvoir de Dieu. Il croyait pouvoir rivaliser... Quand il a essayé, Dieu l'a repoussé, tout en bas, dans les profondeurs, vers les feux nouvellement créés de l'enfer. Et Dieu a changé son nom de Lucifer en Satan, et Satan, dans sa fureur, a fait le vœu de corrompre l'univers parfait de Dieu, d'introduire le mal dans le monde.

— Mais cette partie-là du christianisme m'a toujours semblé un mythe, protesta Tess.

— Oui, pour vous. Toutefois, la majorité des chrétiens, surtout les fondamentalistes, croient à cette conception et basent leur existence là-dessus. Dieu et l'ange déchu. Satan est une explication commode de l'ampleur du royaume du mal autour de nous.

— Vous me rappelez la religieuse qui me donnait des leçons de catéchisme tous les dimanches après la messe.

— Vraiment ? » fit Priscilla en plissant davantage encore son front sillonné de rides. « Eh bien, je m'en vais vous enseigner un catéchisme différent. Et qui pourrait bien saper votre foi. Tout comme, je regrette de le dire, il pourrait vous terrifier. »

Tess se redressa, crispée, et écouta avec une tension grandissante.

— L'ennui, quand on utilise Satan pour expliquer l'existence du mal, conclut Priscilla, c'est qu'on peut encore accuser Dieu de perversité. Parce que Dieu tolère le mal de Satan. Parce qu'Il permet à Satan de nous opprimer sous le crime et la maladie.

Tess secoua de nouveau la tête.

— La religieuse qui me donnait des leçons de catéchisme disait toujours que Dieu avait décidé de pardonner le mal causé par Satan plutôt que de le détruire — afin de nous mettre à l'épreuve. Si nous résistons à la tentation du mal et que nous acceptons l'épreuve de la maladie, nous pouvons obtenir une place plus élevée au paradis.

— Voyons, Tess. Vous croyez vraiment à ça ?

— Oh... peut-être pas... mais en tout cas, c'est ce qu'on m'a enseigné.

— Et c'est ce qu'on m'a enseigné à moi aussi, fit Priscilla d'un ton amer. Richard et moi avions un fils, Jeremy. Notre seul enfant. Il est mort à dix ans, dans des souffrances intolérables, d'un cancer des os. Trente ans après, je suis encore réveillée par des cauchemars dans lesquels je revois ses souffrances. Ce cher petit garçon, si parfait, n'a jamais fait de mal à personne. Il n'avait pas la moindre idée de ce qu'était le péché. » Les yeux de Priscilla s'embuèrent. « Néanmoins, Dieu a permis que cette horrible maladie torture mon fils. Si Satan est responsable du mal, c'est Dieu qui est responsable de Satan et, au bout du compte, de ce qui est arrivé à Jeremy. Je reproche encore à Dieu ce qui est arrivé à mon petit. » Le regard de Priscilla, cette fois, se durcit. « J'en reviens donc à la question que je vous ai posée tout à l'heure. Comment un Dieu bienveillant, tout amour, peut-il permettre le mal ? La tentative chrétienne d'apporter une réponse en inventant un ange déchu n'est absolument pas satisfaisante. »

Le visage de Priscilla s'assombrit, puis elle reprit :

— Toutefois, il existe bien un autre mythe qui donne une explication plus logique de l'existence du mal. Des milliers d'années avant le Christ, nos ancêtres croyaient en *deux* dieux. Un bon et un mauvais, aux pouvoirs égaux, chacun d'eux luttant pour le contrôle de l'univers. Dans cette version, Satan n'était pas un ange déchu mais plutôt une divinité. Le dieu vertueux était indépendant et ne pouvait donc être tenu pour responsable du dieu maléfique et des fléaux que le dieu mauvais nous infligeait. La preuve la plus ancienne que nous ayons de cette croyance remonte au quatrième millénaire avant Jésus-Christ dans ce qui est devenu l'Irak, plus précisément dans la vallée du Tigre et de l'Euphrate. C'est là que, selon la tradition, était censé se trouver le jardin d'Éden.

— Le serpent dans le jardin, murmura Tess.

— Exactement. Ce serpent-là n'était pas un ange déchu. C'était le symbole d'un dieu mauvais, qui luttait contre un dieu vertueux.

Tess ne put s'empêcher de jeter un coup d'œil à l'horloge murale. Craig. Il allait bientôt atterrir à Washington. Il s'attendait à la retrouver !

— Ne regardez pas la pendule, Tess. Regardez-moi. Restez attentive. » Priscilla redressa les épaules avec une sévérité professorale. « Le concept de dieux opposés mais également puissants s'est répandu dans tout le Moyen-Orient. Lorsqu'il est apparu dans l'ancienne Perse, environ mille ans avant Jésus-Christ, le dieu vertueux avait un nom : Mithra.

Tess sursauta.

— *Mithra ?* Vous en avez déjà parlé.

— Oui. Le personnage de la sculpture, dit Priscilla. Comprenez-vous maintenant pourquoi je suis entrée à ce point dans les détails ? Le personnage qui tue le taureau n'est pas un homme mais un dieu. Des religions plus tardives, le zoroastrisme et le manichéisme, ont utilisé aussi le concept de dieu bienveillant et de dieu maléfique égaux et rivaux. Mais ces dieux sont essentiellement des versions de Mithra et de son homologue maléfique. Nous parlons de temps anciens, Tess, très anciens. C'est ce que je voulais dire quand je vous expliquais que Mithra provient des racines de l'histoire. Il représente la plus ancienne notion de dieu dont nous ayons une connaissance précise, et c'est seulement par hasard que...

Le professeur Harding l'interrompit ; il entra en s'appuyant sur sa canne et en faisant rouler un chariot sur lequel il avait disposé une théière, des tasses et un plateau de biscuits.

— Merci, Richard.

— Je suis ravi de t'aider, ma chérie.

— C'est seulement par hasard que *quoi* ? interrogea Tess, impatiente d'entendre Priscilla continuer.

— Du lait, ma chérie ? demanda le professeur Harding.

— Un nuage.

Tess s'impatientait. C'était à peine si elle pouvait se retenir de relancer Priscilla.

Tandis que le professeur Harding servait le thé, Priscilla, d'un air pensif, ouvrit un des livres qu'elle avait disposés sur le bureau, le feuilleta et trouva la page qu'elle cherchait.

— Laissez-moi vous décrire une religion. Quand vous entrez dans son église, vous plongez votre main dans une vasque d'eau bénite, vous faites le signe de la croix. Sur l'autel, vous voyez une représentation physique de votre dieu. Pendant le service, vous recevez la communion du pain et du vin. Vous croyez au baptême, à la confirmation, au salut par les bonnes œuvres et à la vie après la mort. L'incarnation de votre divinité a son anniversaire le 25 décembre et sa résurrection est célébrée durant la saison pascale.

Le professeur Harding enveloppa les tasses de thé fumantes d'une serviette et les tendit à Priscilla et à Tess.

— Le catholicisme, dit-il.

— Oui, ce serait une hypothèse logique. Mais toutes mes excuses : tu te trompes. » Priscilla gardait les yeux fixés sur Tess. « C'est le mithraïsme.

— Quoi ? » Tess reposa sa tasse et cligna les yeux de surprise. « Mais comment peut-il y avoir tant de parallèles ? Vous disiez que le mithraïsme est apparu longtemps avant le christianisme.

— Réfléchissez-y. » Priscilla la regarda par-dessus ses lunettes. « Je suis sûre que vous allez trouver la réponse.

— La seule explication que je puisse... Ça me paraît impossible. Le christianisme a *emprunté* au mithraïsme.

— C'est bien ce qui semble être le cas, dit Priscilla. Durant les trois premiers siècles qui ont suivi la venue du Christ, alors que le christianisme luttait pour survivre, le mithraïsme était une force majeure dans l'Empire romain. Plusieurs empereurs non seulement l'autorisaient mais aussi en étaient des adeptes. On appelle parfois Mithra le dieu Soleil, et à cause de lui le dimanche, jour du Soleil et, plus tard, jour du Seigneur, revêtait une importance sacrée pour les Romains et pour une bonne partie de la culture occidentale. On représente souvent Mithra avec un soleil derrière la tête. Et c'est ce soleil qui est devenu le halo entourant la tête des principaux personnages chrétiens. La croix, au fait, est un symbole solaire antique. Ainsi les fidèles de Mithra faisaient-ils le signe de la croix quand ils entraient dans leur église pour adorer le dieu Soleil.

Priscilla fit pivoter le livre et le poussa vers Tess.

— Voici la photographie d'un bas-relief représentant une communion dans un service mithraïque. Notez que les morceaux du pain de communion portent une croix gravée dans la croûte.

— Avant le christianisme ? » Tess avait l'impression de perdre pied. « Mais c'est... toute ma formation religieuse, tout ce que je prenais pour acquis à propos du catholicisme... J'ai l'impression que le sol se dérobe sous mes pieds.

— Je vous ai prévenue, dit Priscilla en levant ses doigts gonflés. Je vous ai dit que ce que j'allais vous expliquer risquait de saper votre foi. J'ai tenté de vous préparer en vous précisant que ce pourrait être terrifiant. À plus d'un titre. Mais je vais vous expliquer.

Le professeur Harding but une gorgée de thé, eut un petit soupir de connaisseur, avala le breuvage avec plaisir et intervint.

— Ma chère.

— Oui, Richard ?

— Quand je suis entré, tu disais que c'était seulement par hasard...

— Était-ce seulement par hasard ?

— C'est ça que je veux savoir, fit Tess.

— Je voulais dire... », fit Priscilla en plissant les yeux. « C'est seulement *par hasard* que le mithraïsme n'a pas pris dans la culture occidentale la suprématie dont jouit aujourd'hui le christianisme. Comme je vous le disais, dans les trois premiers siècles de l'ère chrétienne, plusieurs empereurs romains étaient des fidèles de Mithra. Mais tout cela a changé avec Constantin. En l'an 312, juste au moment où Constantin allait lancer son armée contre son principal ennemi dans la fameuse bataille du pont Milvius, Constantin a eu ce qu'il a décrit plus tard comme une vision.

— Une vision ?

— Peut-être est-ce là un autre mythe. Constantin a regardé le ciel et a cru voir une croix de lumière posée sur le soleil. Il a interprété cela comme un message de Dieu et a ordonné à ses soldats de peindre une croix analogue sur leurs boucliers. Ils se sont lancés dans la bataille et ont remporté la victoire — sous le signe de la croix. Étant donné que la croix est un symbole solaire et que le mithraïsme voyait dans ce symbole une référence à son dieu Soleil, les historiens ne savent pas très bien pourquoi Constantin a décidé, arbitrairement semble-t-il, que cette croix-ci était un crucifix, symbole de la croix sur laquelle le Christ était mort. » Priscilla se carra dans son fauteuil. « Quoi qu'il en soit, Constantin s'est converti au christianisme et a fini par en faire la première religion de l'Empire romain. Les chrétiens, qui jusqu'alors avaient été au mieux tolérés — quand on ne les méprisait pas et qu'on ne les jetait pas aux lions —, ne tardèrent pas à profiter de leur soudaine influence. Leur priorité était d'écraser la secte qui se posait en rivale de la leur. On chercha à détruire les chapelles mithraïques. Les prêtres mithraïques furent tués, leurs corps enchaînés à l'autel... de façon à profaner si fort les chapelles mithraïques qu'on ne les utiliserait plus jamais. La balance de l'histoire a penché dans l'autre sens, et le mithraïsme a brusquement décliné. Persécutés comme hérétiques, les rares fidèles qui restaient s'enfuirent et se cachèrent. Petits groupes, ils suivaient en secret leurs rites. Mais, malgré l'acharnement avec lequel on les traquait, ils parvinrent à survivre. En fait, aujourd'hui encore, on pratique le mithraïsme en Inde. »

Priscilla but une gorgée de thé qui la réconforta. « Mais, en Europe, le dernier vestige du mithraïsme fut extirpé pendant le Moyen Âge. Au XIII^e^ siècle, le concept de deux dieux égaux et adversaires — un bon et un mauvais — réapparut dans le sud-ouest de la France, à Albi. L'Église catholique donna à cette résurgence inattendue du mithraïsme le nom de la ville, et ainsi fut baptisée l'hérésie albigeoise. Après tout, il ne pouvait y avoir qu'un seul Dieu... Les croisés, dûment mandatés par la papauté, convergèrent par milliers sur le sud-ouest de la France et massacrèrent les multitudes de gens qu'ils soupçonnaient d'être hérétiques. Ils finirent par repousser les prétendus incroyants dans une forteresse montagneuse, à Montségur. Là, les croisés attendirent de voir les hérétiques capituler, vaincus par la famine et par la soif. Ils enfermèrent alors les hérétiques dans un enclos de bois, y mirent le feu et les regardèrent brûler. Ce fut la dernière fois, voilà plus de sept cents ans, qu'une version du mithraïsme a relevé la tête dans le monde occidental.

— Mais vous n'avez pas l'air convaincue, observa Tess.

— Ma foi... murmura Priscilla. Une rumeur persiste selon laquelle, la nuit précédant le massacre, un petit groupe d'hérétiques déterminés a utilisé des cordes pour s'échapper de la forteresse juchée sur la montagne, emportant avec eux un mystérieux trésor. Je me suis souvent demandé si des poignées d'hérétiques ont pu survivre, en se cachant, jusqu'à aujourd'hui. Et la photographie de cette sculpture me laisse penser que j'ai raison. Ce n'est pas comme d'entrer dans une galerie d'art spécialisée dans les objets anciens, où l'on se contente d'acheter une des pièces exposées sur les rayonnages. S'il y en avait sur le marché, leur prix serait extravagant car, comme je vous l'ai dit, la plupart de ces sculptures ont été détruites après la conversion de Constantin au christianisme. Les rares à subsister sont des pièces de musée. Les deux plus belles que je connaisse se trouvent au Louvre et au British Museum.

— Mais vous avez vu des statues similaires en Espagne, en 1973, fit remarquer Tess.

— Oui, des sculptures usées par les intempéries provenant de grottes près de Merida. Et un bas-relief très abîmé dans un petit musée, dans les environs de Pampelune. Et puis, à ma grande surprise, quelques sculptures cachées dans des cavernes isolées de la région. C'est ce qui m'a fait me demander si l'hérésie survivait encore. Les villageois de la région avaient exploré ces grottes et connaissaient l'existence des statues. On les avait laissées là, cachées, sans doute pour une raison précise, et j'ai pris soin de les laisser exactement là où je les avais trouvées, par respect, pour ne pas dire par crainte. Après tout, je ne voulais pas provoquer la colère des villageois du lieu en dérobant une part sacrée de leur tradition, et j'avais en outre l'impression d'être surveillée quand j'ai quitté les cavernes.

— Tu ne m'avais jamais dit ça, ma chérie, dit le professeur Harding.

— Oh, je ne t'ai pas toujours tout raconté, Richard. Je ne voulais pas t'inquiéter. J'ai connu bien des aventures dans mes voyages solitaires et, si tu l'avais su, tu aurais peut-être essayé de m'empêcher de me lancer dans d'autres expéditions. Mais c'est un autre problème. Ce que je veux dire, Tess, c'est que votre photographie ne représente pas une statue ancienne. C'en est une minutieuse réplique moderne. En marbre. Quelqu'un s'est donné beaucoup de mal et a dépensé beaucoup d'argent pour la faire exécuter. La question est : pourquoi ?

— Et, insista Tess, qu'est-ce que cela signifie ? Pourquoi les anciens l'ont-ils considérée comme un symbole religieux ? Pourquoi Mithra tranche-t-il la gorge du taureau ?

# 4

*Aéroport de Washington*

Craig, tendu, attendit que l'appareil eût atteint la plateforme de débarquement. Il défit sa ceinture de sécurité et bondit sur ses pieds dès que le signal lumineux « Attachez vos ceintures » se fut éteint. Bousculant les autres passagers dans le couloir, il se précipita hors de l'appareil.

Après avoir franchi le portillon, il traversa rapidement le terminal encombré, jetant des coups d'œil prudents autour de lui, redoutant quiconque semblerait s'intéresser à lui. Dehors, il attendit avec agacement, contraint de faire la queue avec d'autres voyageurs qui cherchaient des taxis. Enfin ce fut son tour. Une voiture vide s'arrêta le long du trottoir ; il s'y engouffra et lança au chauffeur : « Hôtel Marriott, à Crystal City ». En nage, Craig ne cessait de jeter des coups d'œil à sa montre.

Le taxi arriva à l'hôtel un peu avant l'heure prévue, à 14 h 25, presque au moment convenu pour le rendez-vous.

Un portier en uniforme s'approcha de Craig tandis qu'il réglait la course. Le taxi redémarra. L'homme parut surpris de constater que Craig n'avait pas de bagage.

— Vous voulez une chambre, monsieur ?

— Non. J'attends quelqu'un.

Le portier se renfrogna et recula d'un pas.

— Bon, très bien, monsieur.

Craig inspecta nerveusement la route, guettant une Porsche 911 noire. La voiture ne serait pas difficile à reconnaître. D'un instant à l'autre, Tess allait quitter la grand-route et s'arrêter devant lui. Craig sauterait à la place du passager et ils repartiraient en trombe.

Bien sûr. D'un instant à l'autre. *Maintenant.*

Craig se mit à tousser à cause du smog et commença à faire les cent pas. Il consultait sa montre.

14 h 30.

14 h 35.

14 h 40 !

*Elle doit avoir des problèmes de circulation.*

*D'une minute à l'autre, je vais la voir.*

Pendant ce temps, des hommes graves, avec des bagues dans leur poche, l'observaient depuis la copie d'une camionnette de livraison Federal Express, garée sur un parking, de l'autre côté de la rue...

Et des hommes aux yeux gris, à l'air décidé, le guettaient par la vitre d'un restaurant situé un peu plus loin, dans la rue...

Craig sentit ses muscles se contracter. 14 h 45 ! Il avait le souffle rauque.

*Tess ! Au nom du Ciel, qu'est-il arrivé ? Où diable êtes-vous donc ?*

## 5

— Vous disiez que vous aviez vu la sculpture dans la chambre d'un ami ? demanda Priscilla.

Tess hésita, se demandant une fois de plus combien elle pouvait dévoiler, de crainte de faire courir un danger aux Harding, si les gens qui la traquaient découvraient qu'elle était venue ici.

— Oui, la statue était sur un rayonnage.

— À votre expression crispée, il est évident que quelque chose d'autre vous préoccupe.

Tess se décida alors. Il y avait urgence. Elle devait savoir.

— La chambre...

— Oui ?

— ... La chambre avait l'air bizarre.

Priscilla se pencha soudain en avant.

— Comment ça ?

— Il n'y avait pas de lampe. L'ampoule au plafond ne fonctionnait pas. Le sol était couvert de bougies. Et, à côté de la statue, de chaque côté, il y avait d'autres bougies.

— Des bougies ? Bien sûr. Et une braquée vers le haut et l'autre vers le bas ? demanda aussitôt Priscilla.

Tess eut un sursaut de surprise.

— Oui. Comment le saviez-vous ?

— La photographie de la sculpture. Les porte-torche entourant Mithra. Une torche levée, l'autre renversée. Tess, je crois bien que ce que vous avez vu était une version improvisée d'un autel mithraïque. Y a-t-il autre chose que vous ne m'ayez pas dit ?

Avec un frisson, Tess céda, s'apprêtant à tout raconter à Priscilla. Rapidement, elle expliqua depuis le début, depuis mercredi dernier — cela pouvait-il être aussi récent ? — sa première rencontre avec Joseph. Le stylo en or Cross qu'elle avait fait tomber dans l'ascenseur.

Joseph avait examiné le stylo et en avait murmuré le nom avec une sorte de respect.

Un Cross en or.

Tess savait maintenant ce que ces mots avaient signifié pour Joseph. C'était le symbole du dieu Soleil.

## 6

Près de l'aéroport de Washington, le smog s'épaississait. Dans la fausse camionnette Federal Express garée en face de l'hôtel Marriott, un homme avec une bague dans sa poche passa une communication téléphonique dans un appareil équipé d'un système de brouillage pour empêcher quiconque d'intercepter sa conversation. « Non, il se contente de faire les cent pas devant l'hôtel. Toutes les trente secondes il consulte sa montre. De toute évidence il attend quelqu'un. Ce doit être le lieu de rendez-vous. D'un instant à l'autre, la femme devrait arriver. »

Là-bas, son interlocuteur répondit :

— Mais vous êtes sûr qu'il ne sait pas que vous l'avez suivi depuis l'aéroport ?

— Aussi certain que je peux l'être, dit l'homme dans la camionnette. Dès l'instant où la cible a quitté l'avion pour prendre un taxi, un de mes agents a utilisé un téléphone portable pour me prévenir. Nous étions garés à la sortie de l'aéroport. Quand nous avons vu le taxi que l'homme avait pris, nous avons démarré devant lui. Il est allé directement à l'hôtel. Nous nous sommes garés en face.

— *Et l'ennemi ?* demanda l'autre voix. Avez-vous vu trace de la vermine ?

— Pas encore. Mais nous devons supposer qu'ils ont

suivi l'inspecteur comme nous l'avons fait. Si la femme représente pour eux un aussi grand danger que nous le soupçonnons, cet homme représente la seule façon de la repérer.

— Continuez votre surveillance ! Continuez vos recherches !

— Nous nous y efforçons. J'ai une autre équipe qui patrouille sur l'autoroute. Mais c'est un secteur extrêmement congestionné. À moins d'arriver très près de la vermine et de pouvoir remarquer la couleur de leurs yeux... Nous ne serons sûrs que quand l'ennemi aura bougé. Attendez... Attendez !

— Quoi ? fit aussitôt l'autre voix.

— Il se passe quelque chose ! Devant l'hôtel. Je ne comprends pas ! L'homme vient de...

## 7

Craig faisait toujours les cent pas. Avec une tension grandissante, il remarqua soudain un mouvement sur sa droite et pivota avec appréhension, une main sous son veston étreignant la crosse de son revolver. Il se détendit un peu en constatant qu'il s'agissait seulement du portier de l'hôtel qui s'avançait vers lui, l'air encore plus sévère.

*Qu'il n'insiste pas pour que je prenne une chambre ou que j'arrête de traîner devant l'hôtel !* Craig s'empressa d'ôter la main de son arme et chercha dans une poche de son veston sa plaque de police pour l'exhiber, prêt à tout pour calmer le portier. Mais ce que l'homme lui dit était si inattendu que Craig suspendit son geste, paralysé de stupeur.

— Votre nom est bien Craig, monsieur ?

Craig eut un frisson.

— Oui. Mais comment le savez-vous ?

— Monsieur, l'employé de la réception vient de recevoir un coup de téléphone. D'une femme très énervée, c'est le moins qu'on puisse dire. Elle a demandé que quelqu'un se précipite dehors pour voir si un homme attendait. Elle a dit que si cet homme s'appelait Craig, elle devait lui parler tout de suite.

*Tess,* se dit Craig. Ce devait être Tess ! Que s'était-il passé ? Qu'est-ce qui n'allait pas ?

— Le téléphone ! fit Craig. Où est-il ? Elle est encore en ligne ?

Il se rua vers l'entrée de l'hôtel.

— Oui, monsieur, dit le portier déconcerté en le suivant comme il pouvait. Elle a insisté pour que nous ne raccrochions pas.

Craig poussa la porte de l'hôtel et s'engouffra dans le hall. Ses yeux durent s'adapter à la pénombre. Le comptoir de la réception était juste devant lui. Se précipitant dans cette direction, Craig fouilla dans une poche de son pantalon, en tira un billet de dix dollars et le tendit au portier.

— Merci beaucoup, monsieur. Je suis sensible...

— Ne vous éloignez pas. Je vais peut-être avoir besoin de vous. J'ai encore de l'argent.

Craig arriva au comptoir.

— Je m'appelle Craig. Il y a un appel...

— Absolument. » Un employé se leva, décrochant un téléphone qu'il lui tendit à travers le comptoir.

— *Tess ?* » fit Craig, la main crispée sur le combiné, qu'il collait à son oreille. « Où donc êtes-vous ? Qu'est-il arrivé ?

— Dieu soit loué, vous avez attendu », dit-elle. Craig poussa un soupir en entendant sa voix.

— J'avais peur, dit-elle, que vous...

— Que je parte ? Pas question ! J'avais promis d'attendre. Mais répondez-moi. Qu'est-ce qui s'est passé ?

— Ne vous inquiétez pas. Je suis en sûreté. Du moins autant que je peux l'être avant que vous n'arriviez.

— Que j'arrive où ça ?

— Craig, je crois avoir trouvé ce qui se passe, et ça me terrifie encore davantage. Je n'ai pas le temps de vous expliquer, et ce n'est pas une chose dont nous pouvons discuter au téléphone. Écrivez cette adresse.

Égaré, Craig jeta un coup d'œil sur le comptoir, s'empara d'un stylo et d'un bloc et nota fiévreusement le renseignement qu'elle lui donnait.

— C'est important, fit Tess. Venez ici le plus vite possible.

— Vous pouvez compter sur moi. » Craig arracha la feuille de papier, rendit le combiné à l'employé et balbutia : « Merci. » Dans son désarroi, il se tourna vers le portier, lui fourra un billet de vingt dollars dans la main. « Appelez-moi un taxi. Tout de suite. »

## 8

Dans le parking en face de l'hôtel, l'homme à l'air grave, avec une bague dans sa poche, se redressa derrière le volant de la fausse camionnette Federal Express.

Il reprit son téléphone.

— L'homme ! Je le vois ! L'inspecteur ! Il est de nouveau devant l'hôtel. Il monte dans un taxi !

Dans son autre téléphone, le caméléon répondit d'un ton tout aussi intense.

— Suivez-le ! Alertez l'autre unité ! Restez en contact. Une équipe d'exécuteurs arrive de La Guardia !

L'homme assis au volant sentit son estomac se serrer tandis qu'il reposait le téléphone.

— Des exécuteurs ? dit-il.

On ne lui avait pas dit que cette mission était aussi désespérée. Il eut l'irritante impression que les événements échappaient à tout contrôle, que des forces brutales convergeaient, qu'une terrible et ultime bataille allait se déclencher.

Obéissant aux ordres, il utilisa son émetteur radio pour alerter l'autre équipe, puis tourna la clé de contact, entendit le rugissement du moteur et jeta un coup d'œil vers l'arrière de la camionnette. Là, cinq hommes attendaient, l'air tendu, sans se soucier de lui, vérifiant le bon état de leurs armes de poing.

Le conducteur, le souffle un peu rauque, appuya sur l'accélérateur et quitta rapidement le parking à la poursuite du taxi.

## 9

Dans le lobby du Marriott, un homme bien bâti, au visage hâlé, bien habillé, la trentaine, pénétra dans le hall et s'approcha de la réception, un porte-documents à la main.

— Excusez-moi. » Il s'adressait à l'employé avec déférence, d'un ton calme mais un peu préoccupé. « Je me demande si vous pourriez m'aider. J'avais rendez-vous ici avec quelqu'un, mais les encombrements m'ont retardé. Malheureusement, je ne le vois nulle part. Il a dû s'impatienter et partir. Je me demande si... serait-il possible... Est-ce qu'il a laissé un message ? Son nom est Craig.

— En fait, monsieur, un homme de ce nom était bien ici, et c'est vrai qu'il attendait quelqu'un, répondit l'employé. Voilà une minute, il a reçu un coup de téléphone et il est parti.

L'homme parut déçu.

— Mon patron... c'est le moins qu'on puisse dire... ne va pas être content. Mon avancement est en jeu. J'avais d'importants contrats à faire signer à M. Craig. J'imagine que vous ne savez pas où il est allé.

— Je regrette de devoir vous dire non, monsieur. M. Craig a noté une adresse sur ce carnet et a déchiré la feuille. Mais il n'a pas dit où il allait.

— Sur ce bloc, dites-vous ?

— C'est exact, monsieur.

L'homme examina les empreintes laissées par le stylo de Craig sur la page qui faisait suite à celle qu'il avait arrachée.

— Avez-vous par hasard entendu le nom de la personne à qui il parlait ?

— C'était une femme. Elle s'appelait Tess, monsieur.

— Bien sûr. Eh bien, merci pour votre dérangement, dit l'homme en tendant vingt dollars à l'employé.

— Ce n'est vraiment pas nécessaire, monsieur.

— Ah, mais si !

L'homme arracha la feuille du bloc, tâtant du doigt les marques laissées par le stylo de Craig.

— Vous permettez ?

— Mais bien sûr, monsieur.

— Très bien.

Comme l'homme sortait d'un pas vif, l'employé jeta un coup d'œil enchanté au billet de vingt dollars et songea que, depuis des années qu'il accueillait des clients, il ne lui arrivait pas souvent d'en voir un qui eût les yeux d'un gris pareil.

# 10

Tess s'empressa de revenir dans le bureau.

— Merci de m'avoir permis de téléphoner.

— Inutile de nous remercier, dit le professeur Harding. L'essentiel est : avez-vous réussi à contacter l'homme que vous deviez retrouver ?

Tess hocha énergiquement la tête.

— Il va être ici dès qu'il le pourra. Je me sentirai bien mieux. En attendant... » Elle se tourna vers Priscilla. « La statue. Vous alliez m'expliquer ce qu'elle représentait. Continuez, je vous prie. Pourquoi Mithra tranche-t-il le cou du taureau ?

Priscilla remonta ses lunettes sur son nez pour inspecter la photographie.

— Je comprends que vous soyez intriguée. Comme la plupart des représentations de rites sacrés de diverses religions, cet objet a l'air incompréhensible. Imaginez un aborigène qui aurait passé toute sa vie sur une petite île du Pacifique, dans un isolement total, sans aucune expérience des coutumes occidentales. Imaginez qu'on l'amène en Amérique et qu'on lui montre une église catholique. Imaginez alors sa réaction quand il verrait ce qui est accroché derrière l'autel. La statue du Christ en croix, les mains et les pieds transpercés par des clous, la tête couronnée d'épines, une plaie au flanc : ce serait pour lui un mystère absolu, horrifiant.

— Attendez, fit Tess. Après tout ce dont nous venons de discuter, vous êtes en train de me dire que vous ne *savez pas* ce que signifie cette statue.

— Au contraire, je sais parfaitement ce qu'elle signifie, répondit Priscilla. Ce que je veux dire, c'est que, sans une connaissance des traditions, des symboles d'une religion qui ne vous est pas familière, vous ne pouvez pas comprendre pourquoi telle image est importante pour telle religion. Mais dès l'instant où l'on donne un sens au symbole, l'image devient parfaitement claire. Pour moi, cette statue est aussi facile à interpréter qu'une représentation de la Crucifixion. Regardez de plus près ce cliché. Examinez les détails que je vous montre. Je pense que bientôt vous allez comprendre combien ils sont simples à interpréter.

— Simples ? fit Tess en secouant la tête. J'ai du mal à le croire.

— Essayez seulement d'être patiente. » Priscilla posa son index droit sur la photographie. « Pourquoi ne pas commencer par le taureau ? Notez que le marbre de la statue est blanc. Le taureau est blanc, continua Priscilla. Après sa mort, il va devenir la lune. On pourrait s'attendre logiquement à ce que le taureau devienne le soleil, étant donné que Mithra est le dieu Soleil. Mais il y a là une logique plus profonde. La lune est une version nocturne du soleil. Elle illumine les ténèbres et, dans ce cas, représente le dieu de Lumière en conflit avec son dieu opposé, le dieu du Mal, le dieu des Ténèbres.

— Bon, fit Tess, je comprends cette logique-là. Mais ce qui m'échappe, c'est... pourquoi faut-il que le taureau meure ?

— Avez-vous jamais lu Joseph Campbell ? *Les Masques de Dieu ; Mythologie primitive ?*

— Oui, au collège.

— Alors vous devez savoir que dans presque toutes les religions, il y a une victime sacrificielle. Parfois c'est le dieu qui est la victime. Par exemple, dans le christianisme, Jésus meurt pour la rédemption du monde. Mais souvent la victime est un substitut du dieu. Chez les Aztèques et les Mayas, on choisissait fréquemment une vierge qui faisait don de sa vie à titre de substitut, qui se sacrifiait pour le dieu. La méthode la plus commune était de lui arracher le cœur.

Tess tressaillit.

Priscilla reprit :

— Dans le cas de Mithra, le taureau meurt non seulement pour devenir la lune, mais aussi pour donner vie à la terre. L'exécution rituelle avait sans doute lieu lors de l'équinoxe de printemps... pour célébrer son arrivée... pour régénérer le monde. C'est une époque de l'année traditionnellement sanctifiée. La plupart des chrétiens n'en savent rien, mais c'est la raison pour laquelle Pâques joue un rôle si important dans leur religion. Le Christ sort du tombeau tout comme la terre renaît à la vie. Et Mithra, lui aussi, revenait à la vie au printemps.

Tess faisait un effort pour se concentrer, le front barré d'un pli soucieux.

— La renaissance, poursuivit Priscilla. De la mort vient la vie. C'est pourquoi Mithra tranche la gorge du taureau. Il doit y avoir écoulement de sang. D'une grande quantité de sang. Le sang tombe en cascade jusqu'au sol. Il nourrit la terre. On peut voir des graines germer du sol, près du genou antérieur du taureau. De nombreuses religions antiques exigeaient que du sang — tantôt humain, tantôt animal — fût répandu sur les champs avant les semailles.

— Mais c'est répugnant !

— Pas si l'on *croyait.* Ce n'est pas plus répugnant que les implications de la communion dans l'Église catholique, quand on avale du pain et du vin qui symbolisent le Corps et le Sang du Christ pour régénérer votre âme !

— Bon, fit Tess, d'accord. Bien que je n'y aie jamais pensé ainsi auparavant. Mais que faites-vous du chien sur le bas-relief ? Pourquoi se précipite-t-il vers le sang ? Et pourquoi est-ce que le serpent...

Avec un frisson qui la parcourut de la tête aux pieds, Tess comprit soudain. Seigneur, Priscilla avait raison. Tout soudain était d'une évidente clarté.

— *Le chien et le serpent !*

— Et alors ? Pouvez-vous m'expliquer ? fit Priscilla, les yeux brillants.

— Ils représentent le Mal ! Le chien essaie d'empêcher le sang d'arriver jusqu'au sol pour féconder la terre ! Le serpent veut anéantir le blé ! Et le scorpion, lui aussi, représente le Mal. Il s'attaque aux testicules du taureau, source de la virilité de l'animal !

— Excellent. Je suis fière de vous. Continuez. Qu'est-ce que vous pouvez me dire des porteurs de torches ?

— La flamme braquée vers le haut représente Mithra. La flamme tournée vers le bas représente son concurrent maléfique.

— Vous avez dû être une étudiante brillante.

— Pas à en croire votre mari, répondit Tess.

Le professeur Harding reposa sa tasse de thé.

— Ce que je disais, dit-il, c'était que vous n'étiez pas ma *meilleure* élève. Mais vous étiez suffisamment vive et assurément enthousiaste.

— Pour l'instant, « enthousiaste » ne décrit pas tout à fait ce que je ressens. Je pleure ma mère. Je suis désespérée. J'ai peur. Et le corbeau, Priscilla. Parlez-moi du corbeau.

— Oui, soupira Priscilla. Le corbeau. Sur la gauche, au-dessus de la torche brandie, du côté du Bien, il observe le sacrifice. Il faut comprendre. Les adeptes de Mithra se répartissaient en sept degrés, des néophytes jusqu'aux prêtres. Et le premier degré était dénommé « le corbeau ». Il se trouve que le corbeau était l'oiseau sacré de la religion. C'était un messager du ciel, qui avait ordre d'être témoin du sacrifice rituel, d'observer en la mort du taureau la régénération du monde, le sang ruisselant vers la terre, le retour du printemps, la fécondation du sol.

— Maintenant, je ne comprends que trop bien, fit Tess, secouée de tremblements. « C'est à ça que j'ai consacré ma vie. Mithra veut sauver la planète, et son homologue maléfique veut la détruire. »

## 11

*Lima, Pérou*

Charles Gordon, un homme petit et frêle qui travaillait dans l'import-export, était affalé derrière son bureau. Bien que la fenêtre de son bureau donnât sur le fleuve Rimac, il ne regardait pas ce spectacle consternant et faisait de son mieux pour se concentrer sur un catalogue des divers produits américains qu'il avait essayé sans grand succès de vendre aux commerçants locaux. Sa cravate criarde et son costume mal coupé avaient provoqué les ricanements de la population locale lorsqu'il avait loué ce bureau, voilà un mois, mais maintenant les gens s'étaient faits à son accoutrement qui avait fini par passer inaperçu, exactement comme une plaisanterie éculée perd de son effet comique.

Dans son ennui, sa seule consolation était que Lima se trouvât à une dizaine de kilomètres du Pacifique. Aussi près de la mer, la température était modérée, la ville sans attrait assez éloignée des hautes montagnes de l'est pour que l'air y fût respirable. Pas question pour lui d'être essoufflé par l'altitude. À cet égard, le poste qu'il avait n'était pas mauvais. Sauf que l'homme qui se faisait appeler Charles Gordon en avait assez de la comédie qu'il jouait en faisant semblant de mener une affaire rentable.

Il s'occupait d'une affaire, c'était vrai. Mais pas d'import-export. Non, son métier, c'était la mort, et les bénéfices, au sens habituel du terme, n'avaient jamais été le mobile qui le poussait.

Ses mains lâchèrent la brochure qu'elles tenaient au moment où la sonnerie stridente de son télécopieur le fit sursauter. Il se leva aussitôt, s'approcha d'une table sur sa gauche, et regarda une page de texte s'imprimer sur le fax.

Le message émanait du bureau de Philadelphie, son fournisseur américain, et lui annonçait qu'un envoi d'ordinateurs portables allait bientôt arriver. Le message précisait la quantité, le prix et la date d'expédition.

« Ah, enfin ! » se dit Charles Gordon.

Cela ne le gênait nullement qu'un message aussi délicat eût été envoyé sur sa ligne téléphonique à laquelle il était facile d'avoir accès. Après tout, son fournisseur américain avait tout l'air de diriger une société légitime, et les ordinateurs portables arriveraient comme promis. Même si quelqu'un se doutait que le message était codé, nul ne pourrait en déchiffrer la véritable signification parce que le code avait été choisi d'une façon arbitraire. Kenneth Madden, le directeur adjoint de la CIA pour les opérations clandestines, l'avait expliqué à Gordon la veille du soir où l'agent avait pris l'avion pour le Pérou.

La date d'expédition n'avait rien à voir avec la date de la mission. La quantité et le prix des ordinateurs étaient sans intérêt. Le message faisait allusion au voyage imminent au Pérou du président Garth pour une conférence sur la lutte contre la drogue. Le président avait l'intention de convaincre le gouvernement péruvien de verser des subventions aux fermiers décidés à faire pousser des cultures moins lucratives que les plants de coca dont les seigneurs locaux de la drogue, qui comptaient parmi les principaux fournisseurs du monde, avaient besoin pour fabriquer la cocaïne.

Mais le président n'arriverait jamais à cette conférence.

## 12

Tess réfléchissait. Dans le petit bureau de la maison victorienne près de Georgetown, un souvenir harcelait son subconscient. Brusquement, il fit surface.

— Et le trésor ?

Priscilla fronça les sourcils, surprise de voir Tess changer aussi rapidement de sujet.

— Avant que j'aille téléphoner, vous m'avez parlé d'un mystérieux trésor, expliqua Tess, dans le sud-ouest de la France, au XIIIe siècle.

— Ah, fit Priscilla en hochant la tête, c'est vrai. Quand les croisés catholiques eurent tué des dizaines de milliers d'hérétiques pour extirper une nouvelle version du mithraïsme.

— Vous appeliez ça « la secte des albigeois » dit Tess. Le dernier bastion des hérétiques était une forteresse perchée sur une montagne.

— Montségur, précisa Priscilla.

— Et vous disiez que, la nuit qui a précédé le massacre général, reprit Tess en tremblant, un petit groupe d'hérétiques a utilisé des cordes pour descendre de la montagne en emportant un mystérieux trésor.

— C'est une rumeur. Une légende qui persiste, bien que, comme je vous l'ai dit, elle puisse avoir un certain fondement. Puisque le mithraïsme survit en Inde, il a fort bien pu survivre en Europe aussi. Un petit groupe pratiquant les rites en secret pour éviter l'Inquisition.

— *Si c'est ainsi...* » Tess haussa le ton, sa voix vibrant de déception. « *En quoi aurait consisté ce trésor ?* »

Priscilla haussa les épaules.

— La réponse la plus évidente est : en une fortune quelconque. De l'or. Des pierres précieuses. De fait, aussi récemment que pendant la Seconde Guerre mondiale, les nazis étaient persuadés qu'un tel trésor existait encore et qu'il était caché près de Montségur. Hitler a envoyé un archéologue, une équipe d'ingénieurs et une unité de SS pour le rechercher dans les nombreuses grottes de la région. On peut encore trouver des traces de ces excavations. Mais ils n'ont pas découvert le trésor. Du moins, personne n'a jamais laissé entendre qu'un trésor avait été trouvé et, assurément, étant donné l'énormité de la chose, la nouvelle s'en serait répandue. Et puis, selon une autre théorie, le trésor serait le Saint-Graal, le calice utilisé par le Christ lors de la Cène. Une autre théorie encore affirme que le trésor est en fait une personne : le Christ — contrairement à ce que raconte la tradition — s'était marié et avait eu un fils, dont l'un des descendants était le chef des albigeois. Ces dernières théories ont été popularisées dans un ouvrage intitulé *Holy Blood, Holy Grail.* Mais ces théories-là, bien sûr, ne tiennent pas debout. Parce que les albigeois n'avaient avec les catholiques qu'une ressemblance superficielle. Ils relevaient d'une tradition bien plus ancienne que le christianisme, qui se trouvait utiliser des rituels semblables à ceux du christianisme, mais en fait ceux-ci étaient fondés sur la théologie du mithraïsme, opposant un dieu du Bien à un dieu du Mal. Les hérétiques n'auraient pas eu le moindre respect pour le prétendu Saint-Graal, et peu leur aurait importé que le Christ eût un fils qui aurait établi une lignée. Non, conclut Priscilla, quel que soit le trésor, à supposer même qu'il ait existé, c'était, selon toute probabilité, ce qu'il y a de plus évident : une fortune.

Tess eut un frisson d'excitation, où se mêlait quand même un soupçon de peur.

— Je ne suis pas d'accord, dit-elle.

Déconcertée, Priscilla rajusta ses lunettes.

— Ah ?

— Je pense qu'il y avait bien un trésor. Pas une fortune. Du moins pas au sens ordinaire du terme, même s'il s'agissait de quelque chose de résolument mystérieux.

Le professeur Harding se pencha, les deux mains appuyées sur sa canne.

— J'avoue que vous piquez ma curiosité. Que voulez-vous dire ?

Tess se frotta le front.

— Si les hérétiques redoutaient de voir leur religion sur le point d'être anéantie ; si un petit groupe est parvenu à s'enfuir » — elle jeta un rapide coup d'œil à Priscilla, puis au professeur Harding —, « quelle est la seule chose que ces hérétiques auraient considérée comme assez importante pour ne pas oser partir sans elle ? »

Le professeur Harding prit un air soucieux.

— Je ne vous suis toujours pas.

Mais Priscilla, fascinée, avait les yeux brillants.

— Le trésor sans lequel plus rien n'avait d'importance pour les hérétiques, reprit Tess. Quelque chose de si précieux qu'ils ne pouvaient pas permettre qu'il fût détruit et, tout aussi important, profané. Quelque chose de mystérieux au sens le plus profond du mot. Quelque chose de si...

— Sacré, lança Priscilla. Absolument.

— Vous comprenez ?

— Mais oui ! fit Priscilla avec un grand geste en direction de la photographie. L'image de Mithra qui ornait leur autel ! Quand Constantin s'est converti au christianisme, les chrétiens ont détruit les chapelles mithraïques. Car, tous les hérétiques de Montségur le savaient, la sculpture qu'ils avaient entre les mains était peut-être la seule existante. S'ils l'abandonnaient derrière eux, quand les croisés la découvriraient...

— Les croisés, l'interrompit Tess, l'auraient brisée en morceaux. Les hérétiques devaient absolument protéger la statue pour protéger leur religion. » Comme Priscilla tout à l'heure, Tess braqua un doigt vers la photographie. « Cette statue. On ne voit sur le marbre aucune trace d'intempéries. Pas de fêlure. Elle est en parfait état. Une copie récente d'un modèle antique. Pour reprendre votre expression, quelqu'un s'est donné beaucoup de mal et a dépensé beaucoup d'argent pour faire reproduire cette statue. Pourquoi ? Ça n'a pas de sens, à moins que... Je crois que je connais la réponse. Elle me terrifie. Mon Dieu, je pense que cette statue est une copie de celle de Montségur, mais je ne crois pas que ce soit la *seule* copie, et il ne me semble pas... »

Tess dévisagea Priscilla.

— Sans l'exprimer, reprit-elle, nous avons évoqué cette possibilité tout l'après-midi, alors pourquoi ne pas le dire carrément ? Mon ami croyait au mithraïsme. Il y en a d'autres qui croient comme lui. Ce sont *eux* qui ont tué ma mère, qui ont tué Brian Hamilton et qui ont essayé de me tuer. Pour empêcher quiconque de connaître leur existence.

— Le feu, fit soudain Priscilla.

— Quoi donc ? fit Tess en s'efforçant de maîtriser son tremblement.

— Vous disiez que votre ami avait été tué par le feu.

— Et puis on a mis le feu à son appartement, tout comme à la maison de ma mère, et Brian Hamilton est mort dans les flammes au cours d'un accident sur l'autoroute. Pourquoi le feu ?

— Il purifie. Il symbolise l'énergie divine. Des cendres renaît la vie. C'est une renaissance. Pour le mithraïsme, le feu était sacré.

Le dieu Soleil. Quand la torche est brandie vers le haut, elle signifie le Bien.

— *Mais comment tous ces massacres peuvent-ils être le Bien ?*

De nouveau Priscilla parut vieillie.

— Je crains qu'il y ait deux choses que je ne vous ai pas dites à propos du mithraïsme.

Tess attendit avec appréhension.

— Tout d'abord, reprit Priscilla, les fidèles de Mithra, notamment ceux de la secte des albigeois, ceux de Montségur, croyaient à la réincarnation. Pour eux, la mort n'était pas une fin ultime mais seulement le début d'une autre vie, jusqu'au jour où enfin, après de nombreuses existences, leur être atteignait à la perfection, et ils allaient au paradis. À cet égard, ils croyaient aux théories de Platon.

Tess se souvint d'avoir aperçu un recueil des *Dialogues* de Platon dans la chambre de Joseph.

— Continuez.

— Ce que je veux dire, poursuivit Priscilla, c'est qu'un fidèle de Mithra pouvait tuer sans remords, car il était persuadé de ne pas mettre un terme à la vie de quelqu'un mais seulement de lui donner une autre forme.

Tess était consternée.

— Vous avez dit qu'il y avait *deux* choses. Quelle est la seconde ?

— La seconde, c'est que les adeptes de Mithra avaient *l'habitude* de tuer. Ils y étaient entraînés. N'oubliez pas la statue. Le couteau. Le sang. Les soldats romains se convertissant en masse. Le mithraïsme était un culte guerrier. Par définition. Au fond de leur âme, ils croyaient être engagés dans un combat cosmique du Bien contre le Mal.

— Les salauds ! fit Tess. Pour vaincre ce qu'ils estiment être le Mal, ils feraient n'importe quoi !

— Je crains bien que ce ne soit vrai.

— Ils tueraient *n'importe qui,* y compris ma mère ! fit Tess, furibonde. Les fils de... Quand j'en aurai l'occasion, et je suis sûre qu'elle se présentera, car je suis certaine qu'ils s'attaqueront de nouveau à moi, ils apprendront *à leurs dépens* la différence qu'il y a entre le Bien et le Mal !

# 13

Comme le taxi tournait à l'angle et s'engageait dans une rue bordée de demeures séculaires et bien entretenues près de Georgetown, Craig se crispa sur la banquette arrière en apercevant une Porsche 911 noire garée un peu plus loin le long du trottoir. Il se pencha brusquement en avant en la désignant.

— Là, dit-il au chauffeur. Vous voyez cette voiture de sport...

— Oui, fit le chauffeur en examinant les numéros des maisons. C'est bien l'adresse que vous cherchez.

Craig jeta un coup d'œil derrière lui pour s'assurer une fois encore qu'on ne l'avait pas suivi. Il n'y avait pas beaucoup de circulation. Quelques voitures passèrent à un carrefour un peu plus loin. Une camionnette de Federal Express tourna au coin de la rue mais s'éloigna dans la direction opposée à celle qu'avait prise le taxi. À mi-chemin de l'autre bloc, elle s'arrêta. Un homme en uniforme en descendit, portant un carton vers une maison.

Craig avait vu plusieurs camionnettes de ce genre en venant ici. Elles étaient aussi courantes que les voitures des postes et il n'y avait aucune façon de savoir si cette camionnette-là l'avait filé. D'ailleurs, contrairement à une erreur communément répandue, Craig savait qu'à moins d'avoir une équipe utilisant plusieurs voitures pour vous aider, ou à moins de tomber sur un adversaire maladroit, il était presque impossible de repérer une surveillance motorisée, surtout si votre ennemi disposait lui aussi d'une équipe et se servait de plusieurs véhicules.

« Allons », songea Craig avec un malaise croissant tandis que le taxi s'arrêtait derrière la Porsche, « j'ai fait ce que j'ai pu. Je ne peux pas continuer à tourner en rond dans la ville. Il faut que je prenne une décision. Il faut que je m'engage. Tess m'attend. Elle a besoin de mon aide. » Nerveux quand même, Craig régla la course et descendit du taxi. Tandis que la voiture s'éloignait, il inspecta la maison victorienne, aperçut un foisonnement de fleurs sur le côté et se demanda ce que, au nom du ciel, Tess faisait ici. D'un pas rapide, il s'avança vers le perron.

# 14

— Pardonnez-moi. Je me suis trompé d'adresse », dit l'homme avec une bague dans sa poche à la femme qui venait de lui ouvrir la porte. « C'est ma faute. Ce paquet est destiné à une maison un peu plus loin. »

La femme, les cheveux hérissés de bigoudis, semblait agacée d'avoir été interrompue. Dans la maison, le présentateur d'un jeu télévisé annonçait une avalanche de prix parmi les applaudissements du public.

— Vraiment, toutes mes excuses, reprit l'homme.

Il portait l'uniforme marron d'un livreur de Federal Express. Quand il tourna les talons pour rapporter le colis dans sa camionnette, il entendit la femme claquer la porte derrière lui.

Arrivé près de son véhicule, il prit place au volant et se tourna vers les cinq hommes installés à l'arrière. Ils tenaient leurs armes de poing prêtes et ne s'occupaient pas de lui ; toute leur attention était concentrée sur la lunette arrière et sur le taxi qui s'éloignait de la Porsche garée devant une maison au milieu du bloc suivant.

Le policier resta un moment sur le trottoir, puis disparut parmi les arbres et les massifs de végétation en s'approchant de la maison.

— Ma foi, ce pourrait bien être encore un faux rendez-vous, mais à mon avis l'homme nous a menés à notre proie, fit le conducteur à l'air grave en refermant sa portière. Maintenant, nous n'avons qu'à attendre la vermine.

— À supposer qu'ils l'aient suivi eux aussi. Mais nous n'avons vu aucune trace d'eux, déclara un des hommes assis à l'arrière.

— Tout comme nous avons pris grand soin qu'eux n'aient aperçu aucune trace de nous, répliqua l'homme assis devant. Nous savons toutefois que leur seule chance de trouver la femme, c'est de suivre l'inspecteur.

À l'arrière, quelqu'un murmura :

— Je me sentirai plus en confiance quand notre autre unité arrivera.

L'homme au volant acquiesça.

— Et plus encore quand les exécuteurs arriveront. J'ai

appelé notre homme à l'aéroport. Il va leur expliquer où nous sommes allés.

Un autre homme, derrière, demanda :

— Combien de temps leur faudra-t-il pour...

— Leur avion atterrit dans une demi-heure, répondit l'homme. Comptez encore vingt minutes après ça. Nous avons une voiture qui attend pour amener les exécuteurs.

— Auquel cas nous n'avons qu'à espérer que la vermine ne bouge pas avant... Attendez un peu. J'aperçois une voiture.

Les hommes de main regardèrent par la lunette arrière.

— Ce n'est pas notre autre unité, murmura l'un d'eux.

L'homme installé à l'avant prit un air concentré. Par la vitre arrière il vit approcher une Toyota bleue qui venait de tourner le coin de la rue. Un homme d'une trentaine d'années la conduisait, une jolie femme assise auprès de lui.

— Vous croyez que ce pourrait être...

— Ils habitent sans doute le quartier. Mais s'il s'agit bien de la vermine, ils ont fait une erreur. » L'homme au volant dégaina son pistolet. « Six contre deux. Ils n'ont pas l'avantage du nombre. »

La voiture dépassa la lunette arrière de la camionnette, et les occupants de celle-ci la perdirent de vue. Au moment où l'homme à l'air grave tournait les yeux vers son rétroviseur pour suivre la progression de la voiture, il tressaillit.

La femme lança, par la vitre ouverte de la camionnette, une boîte métallique. Un sifflement s'échappait de la boîte. La voiture poursuivit sa route. « Non ! » hurla l'homme au visage grave. Aussitôt un frisson le secoua, et il s'affala. Un gaz paralysant invisible emplit la camionnette. Les hommes derrière lui se précipitèrent pour ouvrir la portière arrière. Trop tard. Dès l'instant où le gaz eut touché leur peau, ils furent pris de convulsions, de vomissements, puis s'immobilisèrent.

## 15

— Mais, interrogea Tess, et la photographie des livres ? Leurs titres signifient-ils quelque chose ?

Priscilla prit une loupe dans un tiroir du bureau et l'approcha du cliché.

— *Aliénor d'Aquitaine... l'Art de l'amour courtois...* Le titre en espagnol signifie *l'Anneau de la colombe,* dit Tess.

— Je sais. C'est un autre traité sur l'amour courtois. Du XI^e^ siècle, si je me souviens bien.

Tess était ébahie.

— Vous ne pouvez pas vous imaginer le mal que j'ai eu pour découvrir ça, et voilà que vous...

— Eh ! C'est ma spécialité, vous vous rappelez ? fit Priscilla, avec un sourire modeste. Ces titres ont tous un rapport entre eux. C'est comme la sculpture. Dès que l'on comprend le fond, tout est clair. Aliénor était reine de France pendant le siècle qui a précédé la chute de Montségur. L'Aquitaine, dont elle était originaire, se trouve dans le sud-ouest de la France. Elle y a institué une cour royale, que sa fille Marie de France a continuée après elle.

Tess acquiesça ; elle avait appris tout cela en lisant l'introduction de *l'Anneau de la colombe,* la nuit précédente, chez sa mère, juste avant l'incendie... Frissonnant de chagrin, elle se força à ne pas interrompre Priscilla.

— Le *sud-ouest* de la France, insista celle-ci. Là où le mithraïsme a refait surface, sous la forme de l'hérésie albigeoise, peu après la mort d'Aliénor. Aliénor encourageait la notion d'amour courtois, un ensemble de règles strictes qui idéalisaient les rapports entre hommes et femmes. L'union physique n'était autorisée qu'après que l'on se fut plié à un code extrêmement strict. Les albigeois ont adapté à leur croyance l'amour courtois. Pour eux, après tout, le Bien pour lequel combattait Mithra était spirituel. Le Mal du dieu adverse était physique, il relevait du monde et de la chair. Ainsi, les albigeois étaient végétariens et ne laissaient entrer dans leur corps que les nourritures les plus pures.

— C'est vrai que mon ami était végétarien, fit Tess, stupéfaite.

— Bien sûr. Et j'imagine qu'il ne buvait pas non plus d'alcool.

— Exact, fit Tess.

— Et il devait suivre un entraînement physique rigoureux.

— Mais oui !

— Il avait besoin de nier et de contrôler sa chair, continua Priscilla. C'est ce qu'on peut attendre de quelqu'un qui croyait à Mithra. Mais les albigeois croyaient aussi que le sexe était impur, que les désirs charnels étaient une des façons dont le dieu mauvais les tentait. Ils s'abstenaient donc, sauf en de rares occasions, n'autorisant l'acte sexuel que dans le but exclusif de concevoir des enfants. C'était une concession nécessaire, mais faite à regret, à la chair. Sinon, leur communauté n'aurait cessé de se réduire et aurait fini par disparaître. À cette rare exception près, au lieu de relations sexuelles, ils substituaient des relations sociales d'une très grande formalité et d'une politesse raffinée qu'ils ont empruntées au concept de l'amour courtois.

— Mon ami disait toujours que nous ne pourrions jamais être amants, jamais faire l'amour, observa Tess. Il prétendait avoir certaines obligations auxquelles il devait se soumettre. Le plus que nous pourrions jamais avoir était ce qu'il appelait des rapports platoniques.

— Bien sûr, fit Priscilla en haussant les épaules. Platon. Encore un des livres que, sur cette photographie, on aperçoit sur les rayonnages. D'après Platon, le monde physique est vide de substance. Notre but doit être placé à un niveau plus élevé. Vous voyez comment tout cela se tient ?

— Mais...

On sonna à la porte. Tess était si plongée dans cette conversation que cette soudaine interruption la fit tressaillir. Elle comprit aussitôt. Ce devait être...

Priscilla leva la tête.

— J'imagine que c'est votre autre ami. Celui auquel vous avez téléphoné il y a un moment. L'homme qui s'attendait à vous retrouver près de l'aéroport.

Tess se tourna vers la porte du bureau.

— Mon Dieu, j'espère ! Priscilla... professeur Harding... il faut que je vous explique. Mon ami est un...

— Pas besoin d'explications, dit le professeur Harding. Un ami à vous est le bienvenu ici.

— Mais il faut que vous compreniez ! Ce n'est pas seulement un ami ! C'est...

Nouveau coup de sonnette.

— ... un policier ! Un inspecteur des Personnes disparues de New York. » Tess plongea la main dans son sac de toile. « Mais peut-être que je me trompe. Peut-être que c'est quelqu'un d'autre. Et si... »

Elle retira le pistolet de son sac. À cette vue, Priscilla et le professeur Harding pâlirent.

Le doigt sur la gâchette, Tess ordonna :

— Cachez-vous dans ce placard. Ne faites pas un bruit. Si c'est *eux*, et qu'ils me tuent, s'ils viennent ici pour prendre les photographies, cela les satisfera peut-être. Ils ne fouilleront peut-être pas la maison ! Ils ne trouveront peut-être pas...

Troisième coup de sonnette.

— Je n'aurais pas dû venir ici ! J'espère que je n'ai pas... » Tess ne pouvait attendre davantage. « Priez ! »

Elle se précipita hors du bureau, prenant la pose que son père lui avait enseignée, son pistolet braqué en direction de la porte d'entrée, et elle fit une prière muette de remerciement quand elle aperçut à travers la vitre de la porte le visage crispé de Craig.

Comme il sonnait encore une fois, Tess traversa le couloir en courant, ouvrit toute grande la porte et le tira à l'intérieur, en le serrant dans ses bras.

— Je n'ai jamais été aussi heureuse de voir quelqu'un de toute ma vie !

De sa main gauche, elle claqua la porte derrière eux, se pencha pour mettre le verrou et serra Craig encore plus fort.

— Ouille ! fit-il. J'espère que vous avez laissé le cran de sûreté ! Vous m'appuyez sur le dos avec le canon de ce pistolet !

— Oh, fit Tess en abaissant son arme. Je suis désolée ! Je ne pensais pas...

Inquiet, Craig jeta un coup d'œil au pistolet.

— Bon sang, le cran de sûreté n'est pas mis ! Où vous êtes-vous procuré ça ? Vous savez vous en servir ?

— Oui. C'est une très longue histoire. Craig, j'ai appris tant de choses ! J'ai tant de choses à vous raconter !

— Et j'ai envie de les entendre, croyez-moi, fit Craig en la serrant à son tour contre lui. J'étais si inquiet à votre sujet. Je...

Tess sentit autour d'elle les bras rassurants de Craig. Ses seins se pressaient contre la poitrine du policier ; elle en éprouva un étrange picotement. La chaleur qui montait en elle était tout aussi inattendue. Obéissant à une envie irrésistible, elle l'embrassa. Au milieu de toute cette peur, le plaisir que lui donnait l'étreinte de Craig... Elle était heureuse d'être dans ses bras. Leurs lèvres se joignirent.

Brusquement, Tess eut l'impression d'étouffer. Le repoussant, glissant les mains du dos de Craig jusqu'à ses larges épaules, elle leva les yeux, s'efforçant de reprendre son souffle. Elle examina son visage à l'ossature forte, aux traits accentués, ce visage qui tout d'un coup lui parut beau, et elle se dit : *au diable le coup de foudre, l'amour au premier coup d'œil. Le second est bien mieux. Ça vous donne l'occasion de réfléchir, de voir clair dans vos priorités. La passion, c'est très bien. Mais l'attachement, la compréhension, c'est encore mieux.*

*Cet homme — quelles que soient les erreurs qu'il a commises dans son mariage, quoi qu'il lui soit arrivé avant que je le rencontre — cet homme-là est bon, c'est quelqu'un de bien. Il tient à moi. Il est prêt à risquer sa vie pour m'aider.*

*Il n'est pas simplement amoureux de moi. Il m'aime.*
Quelqu'un, derrière eux, s'éclaircit discrètement la gorge.

Tess se retourna et vit Priscilla et le professeur Harding plantés, un peu gênés, dans le couloir près de la porte du bureau.

— Pardonnez-moi de vous interrompre, dit le professeur Harding, mais...

— Ne vous excusez pas, fit Tess en souriant. Et nous n'avons pas à nous inquiéter.

— À la façon dont vous l'avez accueilli, dit Priscilla, un pétillement amusé au fond des yeux, j'avais cru le comprendre.

Tess se sentit rougir.

— Voici mon ami. Le lieutenant Craig. Son prénom... vous savez, dit-elle à Craig, vous ne me l'avez jamais dit. Mais sur votre répondeur, j'ai entendu...

— C'est Bill. » Craig s'avança, la main tendue. « Bill Craig. Si vous êtes des amis de Tess...

— Oh, absolument ! fit Tess.

— Alors, je suis ravi de vous rencontrer.

Craig leur serra la main.

— M. et Mme Harding, dit Tess. Ils sont tous les deux professeurs.

— Je vous en prie, Tess, je vous ai dit : pas de cérémonies. » Priscilla demanda à Craig de l'appeler par son prénom. « Et voici Richard, mon mari. Et ne vous adressez plus à aucun de nous en disant "professeur". »

Craig se mit à rire.

— Je vois déjà que nous allons nous entendre. » Son expression redevint grave. « Mais, Priscilla... Richard... nous avons à discuter de certaines choses. De choses importantes. Et le temps joue contre nous. Alors, pourquoi ne me mettez-vous pas au courant rapidement ? Tess, qu'est-ce que vous faites ici ? Que se passe-t-il ?

Priscilla fit un geste.

— Venez dans le bureau.

— Et vous aimeriez peut-être une tasse de thé, proposa le professeur Harding.

— Richard, au nom du ciel, le lieutenant est venu ici pour aider Tess, pas pour prendre le thé !

— En fait, j'en prendrais volontiers une tasse, protesta Craig. J'ai la bouche desséchée après ce trajet en avion.

Ils entrèrent tous dans le bureau. Pendant les quinze minutes suivantes, tandis que Craig buvait poliment son thé, il écouta impatiemment ce que Tess, puis Priscilla, puis, de temps en temps, Richard, lui expliquaient. Quand ils eurent terminé, il reposa sa tasse.

— Si je racontais cela à mon capitaine, il penserait, pour dire les choses poliment, que vous vous laissez emporter par votre imagination. Mais peu importe. Moi, je vous crois — parce que j'ai vu la statue. Et que Joseph Martin est mort. Et que, Tess, votre mère est morte. » Il secoua la tête. « Et que Brian Hamilton aussi est mort. Et que *vous* êtes en danger. Tout cela à cause de...

— Quelque chose qui s'est passé voilà plus de sept cents ans, déclara Priscilla.

— Y a-t-il autre chose dont vous n'ayez pas parlé ? demanda Craig.

— Des titres des livres sur le rayonnage, dans la chambre de Joseph Martin, précisa Priscilla. Avant que vous ne sonniez, j'allais expliquer que *la Consolation de la philosophie,* un traité du VIe siècle, écrit par un noble romain en prison, décrit la roue de la fortune. » Craig secoua la tête, un peu égaré. « C'est une image pour désigner les hauts et les bas de la réussite et de l'échec. Le livre analyse et condamne les valeurs matérielles — la richesse, la puissance et la renommée — qui tentent toujours les gens attachés au succès de ce monde et qui finissent toujours par les décevoir. Car les valeurs matérielles sont provisoires et sans substance. C'est exactement le genre de livre que quelqu'un croyant aux valeurs spirituelles de Mithra aurait dans sa bibliothèque.

— Bon, fit Craig en fronçant les sourcils. Mais pourquoi Joseph Martin avait-il un exemplaire de la Bible ? Ça ne colle pas. D'après ce que vous m'avez dit, les adeptes de Mithra ne croient pas au christianisme.

— Exact, répondit Priscilla. Leurs théologies sont différentes, mais les deux religions partagent des rites similaires, et toutes deux repoussent les buts mondains. Pour Joseph, lire la Bible, ce serait un peu comme, pour un chrétien, de lire un ouvrage de bouddhisme zen : la base mystique en est différente, mais elle peut s'appliquer à la religion qu'il pratique.

— D'ailleurs, Joseph n'a pas lu toute la Bible, observa Tess. Il en a arraché la plupart des pages, sauf l'introduction de l'éditeur et les passages écrits par l'apôtre Jean. Je ne comprends pas. Pourquoi cette préférence pour Jean ?

Priscilla haussa les épaules.

— Parce que les passages de Jean dans la Bible sont ceux qui se rapprochent le plus des enseignements du mithraïsme. Tenez. » Elle posa sa loupe au-dessus d'une photographie qui montrait une page et un passage souligné par Joseph Martin dans une épître de Jean. « *N'aime pas le monde. Si un homme aime le monde, le Père n'est pas en lui. Car tout ce qu'il y a dans le monde — le désir de la chair, la concupiscence et l'orgueil — ne sont pas du domaine du Père, mais de celui du monde. Et le monde passe et ses désirs, mais celui qui suit la volonté de Dieu reste à jamais.* Ça ne vous rappelle rien ? »

Tess hocha gravement la tête.

— Ôtez la référence au Père, dit-elle, remplacez-la par Mithra, et ça correspond à tout ce que vous m'avez expliqué.

— Mais il y a quelque chose que, moi, je ne comprends pas, fit Craig. Pourquoi l'édition de la Bible de Scofield ? Est-ce que ça a une signification ?

— Oh, je pense bien ! dit Priscilla. Quand Ronald Reagan était président, presque toute la politique étrangère de l'Amérique était fondée sur l'interprétation de la Bible par Scofield. » Elle examina un autre cliché. « Voici un passage souligné dans l'introduction de Scofield : *"La Bible authentifie les débuts de l'histoire humaine et sa fin"*. » Priscilla leva les yeux. « Le texte crucial de la Bible, le livre de la Révélation de Jean, l'Apocalypse, décrit la fin du monde. Ronald Reagan était persuadé que la fin — l'apocalypse — allait arriver, qu'une bataille cosmique entre le Bien et le Mal, entre Dieu et Satan, était sur le point de se déclencher. Vous vous rappelez toutes ces histoires au sujet des Soviétiques qui auraient été l'empire du Mal ? Reagan croyait aussi que, dans une bataille cosmique, le Bien triompherait. Je pense que c'est pourquoi il encourageait la confrontation avec les Soviétiques, pour déclencher l'Armageddon, absolument convaincu qu'il était que les États-Unis — à son avis les seuls représentants du Bien — remporteraient la victoire.

— C'est de la folie ! fit Craig.

— Mais cela ressemble beaucoup au mithraïsme, à condition de croire que Satan est un dieu du Mal et non pas un ange déchu, fit remarquer Priscilla. A cet égard, il n'est pas du tout étonnant que Joseph Martin ait eu près de son lit une version abrégée de cette édition de la Bible.

— Continuez, insista Craig. Les autres livres que j'ai vus sur le rayonnage de Joseph... *Le Millénaire, les Derniers Jours de la planète Terre.*

Priscilla reposa sa loupe.

— De toute évidence, Joseph Martin était obsédé par l'approche de l'an 2000. Chaque millénaire est traditionnellement une période de crise ; tous les mille ans se déroule une époque de peur, imprégnée de la crainte que le monde va se désintégrer.

— Et cette fois, ajouta le professeur Harding, étant donné les poisons qui font flétrir mes lys, la prédiction pourrait bien ne pas être erronée. *Les Derniers Jours de la planète Terre ?* Je remercie le Seigneur à l'idée que je serai mort avant que cela n'arrive.

— Richard, si tu meurs avant moi, je ne te le pardonnerai jamais, lança Priscilla.

Malgré son désarroi, Craig ne put s'empêcher de sourire.

— Je regrette que mon précédent mariage n'ait pas été aussi solide que le vôtre, dit-il.

— Nous survivons, dit Priscilla.

— Oui, fit Craig. La survie.

Il posa la main sur l'épaule de Tess. Elle sentit un frisson la parcourir.

Craig se leva.

— Je ferais mieux de téléphoner au chef de la police d'Alexandria. Lui et moi allons vous conduire dans un abri sûr, Tess. Richard et Priscilla, vous allez partir d'ici. Fuir tous ces dangers.

— J'espère, fit Tess.

— Le téléphone le plus proche est dans la cuisine, indiqua le professeur Harding. A gauche, au fond du couloir.

Tess suivait tendrement les gestes de Craig. Mais soudain Craig hésita et se retourna, l'air soucieux.

— Il y a une chose que je ne comprends toujours pas. Rien de ce que vous avez dit ne l'explique. Ça m'intrigue vraiment... Tess, si Joseph Martin croyait à Mithra, et si les gens qui essaient de vous tuer croient aussi à Mithra, pourquoi l'ont-ils tué, lui ?

Le silence se fit dans la pièce. Personne n'avait de réponse.

Craig prit un air encore plus soucieux.

— Je veux dire que ça ne tient pas debout. Pourquoi se sont-ils retournés contre un des leurs ?

Secouant la tête, il sortit de la pièce.

« Mais oui, songea Tess. Pourquoi ont-ils traqué Joseph et l'ont-ils brûlé ? » Troublée par cette question, elle suivit des yeux Craig qui s'engageait dans le couloir.

# 16

Et, tout aussi brusquement, son visage s'assombrit encore plus que celui de Craig. Car Craig ne tourna pas à gauche pour se diriger vers le téléphone de la cuisine, comme on le lui avait dit. Au lieu de cela, il s'arrêta, jeta un coup d'œil rapide vers la droite et s'aplatit sur le sol tout en dégainant son revolver. *Non !* se dit Tess. Frémissante, elle entendit deux crachements étouffés, puis le fracas assourdissant du revolver de Craig. Une fois ! Deux fois ! Priscilla poussa un hurlement.

Craig se releva d'un bond et se précipita dans le couloir vers la droite. Malgré le bruit qui lui résonnait encore aux oreilles, Tess entendit les gémissements d'un homme. Elle était pétrifiée. Se mordant les lèvres, elle s'obligea à agir, saisit son pistolet et se précipita dans le couloir. Une violente odeur de cordite lui monta au nez. Se retournant, à l'abri derrière le chambranle et braquant son arme vers la droite, elle vit deux hommes affalés sur le sol dans le couloir. D'un coup de pied, Craig fit sauter les pistolets qu'ils avaient à la main, enjamba leurs corps et claqua la porte de la rue, la fermant à clé, s'accroupissant au-dessous de la partie vitrée.

*Mais j'avais mis le verrou après l'arrivée de Craig !* se dit Tess. *Comment se fait-il que...*

Un des hommes gémissait toujours. Un hoquet soudain le secoua, puis il ne bougea plus. Une flaque de sang s'élargissait sur le parquet autour des deux hommes. Abasourdie, Tess contemplait la tache cramoisie sur la poitrine de chacun d'eux, là où les balles de Craig avaient frappé.

Elle sentit en elle une poussée d'adrénaline. Malgré cela, elle avait froid. Au-delà des cadavres, elle regarda les pistolets, remarquant avec consternation que les armes étaient équipées de silencieux.

— Baissez-vous ! » ordonna Craig, après s'être assuré que les deux hommes étaient bien morts.

Tess s'empressa d'obéir.

— Comment ont-ils...

— Forcé la serrure ? fit Craig. Ils ont dû nous écouter par la fenêtre du bureau ! Ils savaient où nous étions. Ils ont décidé de prendre le risque et de miser sur le fait que nous ne les entendrions pas se glisser à l'intérieur !

Toujours penché, il risqua quelques regards furtifs par la partie vitrée de la porte, pour inspecter la véranda.

— Je ne vois aucun autre...

— La porte de derrière ! s'écria Tess.

Tournant les talons, elle se précipita vers la cuisine.

— Attention ! cria Craig.

Ce fut à peine si elle l'entendit, absorbée par sa peur. Elle ne voyait plus ce qui se passait dans le couloir. Mais, dès l'instant où elle pénétra dans la cuisine, elle vit tout avec une terrifiante clarté.

Dehors, sur le petit perron, un homme cassait à coups de poing la partie vitrée de la porte de la cuisine. Tess entendit tomber les éclats de verre qui vinrent se fracasser sur le carrelage. Au même instant, l'homme passa la main par la brèche qu'il venait de pratiquer dans le carreau, cherchant à tâtons la serrure.

Tess braqua son pistolet et tira. L'œil droit de l'homme explosa. Tess n'eut même pas le temps de réagir devant cet horrible spectacle. C'était trop ! Parce que, derrière l'homme qui s'écroulait, un autre brandissait un pistolet muni d'un silencieux.

Tess avait largement dépassé le stade des décisions réfléchies. Machinalement, elle pressa de nouveau la détente. Dans un bruit assourdissant, elle logea une balle dans le front de l'homme. Dans un jaillissement de sang, il se redressa, puis s'écroula ; son corps disparut avec un bruit mat sur les marches du petit perron.

— Tess ! » s'exclama Craig depuis le devant de la maison. « Ça va ?

— Ça va ! Oui ! Ça va ! » Tess s'abrita derrière la table de la cuisine, son pistolet toujours braqué vers la porte de derrière. « Dieu me pardonne, je viens d'abattre deux hommes !

— N'y pensez pas ! Souvenez-vous que c'est eux qui voulaient vous abattre !

— Oh, j'ai bien trop peur pour réfléchir ! Tout ce que je veux, c'est rester en vie !

— Prenez le téléphone ! Appelez police-secours !

Tess recula, visant toujours la porte de service. Elle décrocha le téléphone auprès du réfrigérateur et composa précipitamment le numéro, mais elle n'entendait rien.

— Craig, la ligne est coupée !

Priscilla se mit à hurler.

— Baissez-vous, Priscilla ! N'approchez pas des fenêtres ! cria Craig.

— Mon mari !

— Qu'est-ce qu'il a ?

— Je crois qu'il a une crise cardiaque !

— Allongez-le par terre ! Déboutonnez son col ! lança Tess.

Un autre assassin apparut à la fenêtre de la cuisine. Tess visa et fit feu. La balle le toucha en plein nez. Son visage fut réduit en bouillie. Tess se pencha, prise de nausée.

— Tess ! rugit Craig.

Elle fit un effort pour répondre.

— Ça va ! Continuez à surveiller le devant !

On entendit de nouveau la voix frénétique de Priscilla.

— Richard ne respire plus !

— Tess ! ordonna Craig. Revenez dans le couloir ! Surveillez l'entrée et l'arrière pendant que je...

— Oui ! Occupez-vous de Richard !

Tess recula jusqu'au milieu du couloir, son regard allant d'une porte à l'autre, les mains crispées sur son pistolet, pendant qu'elle sentait Craig passer auprès d'elle et s'engouffrer dans le bureau. Toujours secouée de nausées, elle l'entendit qui appuyait sur la poitrine de Richard et lui faisait un énergique bouche-à-bouche.

— Je sens son cœur battre ! annonça Craig. Il respire !

— Il lui faut de l'oxygène ! Un médecin !

Le regard de Tess allait sans cesse de la porte de la rue à celle du fond.

— Priscilla, vous avez le visage gris ! Allongez-vous ici auprès de votre mari ! Tess, pas trace de...

— Non ! Peut-être qu'on les a tous eus !

— Ne comptez pas dessus ! *Priscilla, y a-t-il une autre entrée dans la maison ?*

— Par le sous-sol, murmura Priscilla.

— Où se trouve la porte intérieure donnant sur le sous-sol ?

— Dans la cuisine, fit Priscilla d'une voix faible.

— Tess ! » ordonna Craig. Mais Tess était déjà en route, fonçant vers la cuisine. Derrière elle, elle entendit Craig s'avancer dans le couloir pour surveiller le devant de la maison.

Comme elle atteignait la cuisine, Tess entendit un bruit qui la glaça. Un bruit de pas derrière une porte, sur sa droite. Elle se retourna aussitôt, vit le bouton de la porte tourner et elle fit feu. Du bois vola en éclats. Elle tira encore et entendit un gémissement, puis le bruit d'un corps qui dégringolait l'escalier.

Elle ne savait pas combien d'autres hommes pouvaient se trouver dans le sous-sol. S'ils étaient plusieurs et s'ils se précipitaient par la porte en groupe, elle pourrait bien ne pas arriver à les abattre tous avant d'être touchée par l'un d'eux. La porte du sous-sol était près de la cuisinière. Avec une force due à des années de gymnastique quotidienne, son énergie décuplée par la peur, elle poussa et coinça le fourneau contre la porte.

— Les voisins, Craig ! Ils ont dû entendre les coups de feu ! Ils vont appeler la police ! Tout ce que nous avons à faire c'est attendre en espérant que les policiers pourront arriver ici avant...

Craig ne répondait pas.

— Qu'est-ce qu'il y a ?

— Vous n'avez pas envie de le savoir ! répliqua Craig.

— Dites-moi !

— Ces grandes vieilles maisons victoriennes sont bâties si solidement... les murs sont si épais... de l'extérieur, les coups de feu pourraient être trop étouffés pour qu'on les entende d'une autre maison. D'ailleurs, nous ne sommes même pas sûrs que les voisins soient chez eux. Et la haie de chaque côté dissimule les tireurs !

Tess était accablée.

— Vous avez raison, j'aurais préféré ne pas le savoir !

Elle gardait son arme braquée vers la porte de service. Contrairement à ce qui s'était passé la nuit dernière, cette fois-ci elle avait compté combien de fois elle avait pressé la détente. A cinq reprises. Il restait donc douze balles dans le chargeur. Si les tueurs donnaient l'assaut, peut-être en aurait-elle assez pour les mutiler tous. Mais combien d'autres pouvait-il y en avoir ? Six étaient déjà morts. Il n'en restait sûrement qu'une poignée, si même il y en avait encore. Elle regrettait de ne pas avoir pensé à fourrer dans son sac des cartouches de recharge, de ne pas avoir pris les deux boîtes cachées sous la banquette de la Porsche.

— Craig, vous avez tiré deux fois ! Votre revolver contient six balles ! En avez-vous d'autres ?

Craig ne répondit toujours pas. *Oh, Seigneur,* se dit Tess. *Il ne lui reste que quatre balles et les miennes n'entrent pas dans son chargeur !*

— J'ai ramassé les deux pistolets des hommes abattus dans le couloir. Je n'en vois toujours pas d'autres. Vous avez peut-être raison ! Peut-être que nous les avons tous descendus ! fit enfin Craig.

— La nuit dernière, ils ont mis le feu à la maison de ma mère dans l'espoir que je périrais dans l'incendie et si ça ne marchait pas, ils comptaient m'abattre quand je me précipiterais dehors ! fit Tess. Cette fois-ci, pourquoi n'ont-ils pas... ?

— En fin d'après-midi, la fumée serait si visible qu'un voisin ou un passant alerterait les pompiers ! D'ailleurs, puisque vous vous en êtes tirée la nuit dernière, je pense que cette fois ils voudront s'assurer que le travail est fait, qu'il n'y a plus de doute ! Et ils voudront aussi mettre la main sur les photos !

— J'ai expédié les négatifs à votre bureau !

— Bon ! Priscilla, comment va Richard ?

Tess l'entendit murmurer :

— Il a les yeux ouverts. Il respire. Mais..., gémit Priscilla.

— Quoi ?

— Il ne peut pas... On dirait que Richard ne peut pas parler.

Tess sentit son cœur se serrer. Une attaque ? *Non ! Mon Dieu, faites que... Je n'aurais jamais dû venir ici. Je n'aurais pas dû les mettre en danger.*

— Priscilla, je suis navrée ! Je...

— Ce n'est pas vous qui êtes responsable. Ce sont les hommes qui veulent nous tuer.

— Toujours pas trace d'eux sur le devant ! annonça Craig.

— Rien de ce côté non plus ! fit Tess, accroupie derrière la table de la cuisine.

— Il va bientôt falloir me donner mon insuline, annonça Priscilla.

— Je vais vous la chercher !

Toujours accroupie, surveillant la porte de derrière, Tess s'approcha du réfrigérateur.

— Craig, et si... Imaginez que nous ne les ayons pas tous liquidés ! » Elle ouvrit la porte du réfrigérateur et aperçut aussitôt une rangée de seringues ; elle en prit une. « Et s'il y en avait encore quelques-uns dehors ? » Elle referma la porte. « Imaginez qu'ils craignent qu'un voisin ait entendu les coups de feu. Ils ne peuvent pas attendre. Mais ils vont vouloir s'assurer que je... » Elle recula dans le couloir, sa main gauche tenant soigneusement la seringue. « Peut-être vont-ils être assez déterminés pour tenter ce qu'ils ont fait... »

## 17

— ... La nuit dernière, commença-t-elle à dire, mais elle sursauta. Un objet venait de fracasser la grande baie vitrée de la cuisine. Un objet métallique. Une boîte. Elle rebondit sur le carrelage.

Grenade ? Bombe à gaz ? Tess n'avait aucun moyen de le savoir. Tout ce qu'elle savait, c'était que l'objet roulait vers elle. Elle n'avait pas le temps de s'enfuir ! Elle devait... ! Elle lâcha la seringue, et ce fut à peine si elle l'entendit se briser sur le sol tandis qu'elle plongeait vers la table de la cuisine et la renversait, si bien que son plateau atterrit sur la boîte. Au même instant, le cœur battant, elle vit le récipient exploser ; des flammes jaillirent sous la table. Une bombe incendiaire.

— Craig !

Pas de réponse.

— Craig !

Au fond du couloir, il y eut un bruit de verre brisé.

— *Craig !* Ils sont en train de... !

Quelque chose explosa. On vit des flammes jaillir au fond du couloir.

— Priscilla, un extincteur ! s'exclama Craig. Avez-vous un...

— Dans l'office, fit Priscilla d'une voix tremblante. A côté du réfrigérateur.

— Je le prends !

Tess ouvrit toute grande une porte. A côté de rayonnages encombrés de cartons et de boîtes, l'extincteur était accroché à une monture fixée au mur. Elle fourra son pistolet sous sa ceinture, saisit l'extincteur d'une main, le décrocha de l'autre, puis tira la cheville qui bloquait le clapet de l'extincteur et dirigea le jet vers les flammes qui jaillissaient sous la table retournée et commençaient à la consumer. Une épaisse écume blanche vint couvrir les flammes.

Toussant dans la fumée, Tess étouffa un cri de triomphe en voyant le feu diminuer d'intensité. Mais une autre boîte arrivait par la fenêtre. Au moment où elle touchait le sol, avant qu'elle n'éclatât, Tess chercha à l'étouffer sous un amas d'écume. La boîte explosa, des éclats de métal jaillissant à travers la mousse. Tess braquait toujours l'extincteur sur les flammes qui finirent par s'éteindre.

— Tess ! cria Craig du couloir. J'ai besoin de cet extincteur !

Tremblante, elle se tourna vers la fenêtre de la cuisine, ne vit personne et fonça dans le couloir, incapable de voir la porte de la rue en raison de l'incendie qui s'étendait. D'un geste frénétique, elle appuya de nouveau sur le levier de l'extincteur, répandant de la mousse sur les flammes.

Craig ne chercha pas à lui prendre l'appareil, constatant qu'elle le maîtrisait bien.

— Il faut surveiller l'arrière ! balbutia-t-il. J'y vais ! Il disparut.

Tess arrosait toujours. Les flammes diminuèrent. Puis ce fut la mousse qui se mit à diminuer. Brusquement, il n'y en eut plus.

*Il faut sortir d'ici !* se dit Tess. Jetant à terre l'extincteur vide, elle courut vers le bureau. Allongé sur le sol, le professeur Harding avait l'air désemparé. Auprès de lui,

Priscilla était secouée de tremblements, le teint gris, terrifiée. Tess s'efforça de ne pas montrer sa peur.

— Priscilla, pouvez-vous marcher ? Pouvez-vous aller dans le couloir ?

— Est-ce que j'ai le choix ?

« La prochaine cible de nos adversaires pourrait bien être ce bureau, se disait Tess. S'ils lancent une bombe incendiaire par la fenêtre... » Elle rassembla les photographies, les fourra dans son sac, le mit en bandoulière sur son épaule et se pencha vers le professeur Harding.

Il était allongé sur un tapis. Elle saisit un bout du tapis et le tira sur le sol jusque dans le couloir ; elle vint rejoindre Priscilla qui s'était affalée contre un mur.

Au bout du corridor, les flammes se déployaient, leur rugissement s'accentuait.

*Bang !* Une boîte arriva par la fenêtre du bureau. Le feu se répandit sur la table, les fauteuils, le plancher.

— Allons-nous-en, Priscilla !

Tess, cramponnée au tapis, traînait le professeur Harding vers la cuisine. Une autre bombe avait dû atterrir là. A gauche du réfrigérateur, la pièce était en flammes.

Craig apparut, enveloppé de fumée, son arme braquée vers la porte de la cuisine.

— Ils vont nous attendre ! fit-il en respirant avec difficulté.

— Les allées du jardin ! fit Tess. Si nous pouvons arriver jusque-là, les fleurs sont assez hautes pour nous cacher !

— *Mais Priscilla et Richard ? Comment allons-nous... ?*

Tess se retourna vers Priscilla, comprenant que la vieille femme n'était pas assez forte pour traîner son mari à l'abri. Les flammes gagnaient en puissance. Tess sentait la chaleur qui montait.

— Craig, il va falloir que vous passiez devant !

— Mais je ne peux pas vous laisser !

— Si nous restons ici, nous allons mourir ! Il n'y a pas d'autre moyen ! Allez-y ! Je vous suis ! Allez jusqu'au jardin, puis couvrez-moi !

Craig hésita.

Les flammes ronflaient dans sa direction, commençant à roussir ses vêtements.

— Ouvrez la porte ! fit Tess.

Craig la dévisagea, puis hocha la tête. Déterminé, il ouvrit toute grande la porte et se précipita dehors.

Un instant, Tess eut une sorte d'hallucination. L'après-midi avait cédé place à la nuit. Cette maison était devenue la maison de sa mère. Cela recommençait ! *Ils vont nous tuer comme ils ont tué ma... Non ! Il faut...*

Tess, serrant le tapis, parvint à traîner le professeur Harding par la porte jusque dans le jardin. Priscilla se hâtait de son mieux derrière elle.

Tess entendit un coup de feu. Sans s'en soucier, elle tira le professeur sur le perron, lui fit descendre les marches, sentant à chaque fois les chocs qui lui ébranlaient le corps, et qui lui faisaient mal à elle aussi.

Il y eut un nouveau coup de feu. Tess lâcha le tapis et pivota, pistolet braqué, cherchant une cible.

Craig avait atteint les allées du jardin. Il se dissimulait presque complètement, accroupi derrière un massif de lys rouges, et faisait feu vers la gauche de la maison. Mais derrière lui, surgissant d'un sentier derrière un autre bosquet de lys, un tueur apparut, son arme braquée sur Craig.

Tess fit feu. Le tueur était touché.

Tess tira de nouveau. L'homme bascula en arrière, bras écartés, s'écrasant parmi les fleurs.

— Priscilla, couchez-vous ! À plat ventre ! » ordonna Tess. Puis, elle pivota, aperçut une cible du côté droit de la maison, tira et la manqua. Elle tira encore. L'homme s'effondra, la gorge en sang.

En nage, le souffle court, Tess avança, se tournant vers la droite, puis vers la gauche, en quête de nouvelles cibles. Hormis le craquement de l'incendie dans la maison, il régnait dans le jardin un silence extraordinaire.

— Vite, Priscilla ! Suivez-moi !

Tess se remit à tirer sur le tapis dans lequel était à demi enveloppé le professeur Harding ; elle recula en direction de Craig, au milieu des massifs de fleurs.

Elle craignait d'une seconde à l'autre qu'une balle ne lui fît sauter la tête.

Le souffle de plus en plus court, elle atteignit une allée, tirant toujours, traînant le professeur Harding derrière un massif et eut un sursaut en constatant que Priscilla n'avait traversé que la moitié de la pelouse.

Un homme apparut à la droite de la maison. Tess visa. L'homme s'esquiva derrière le coin du mur.

— Craig ! hurla Tess.

— Je le vois !

— Couvrez-moi !

Tess bondit en avant, rattrapa Priscilla, la souleva sous les épaules et derrière les genoux, et repartit en courant pour aller s'effondrer derrière les fleurs, dont le parfum contrastait avec cette odeur de peur qu'elle sentait flotter autour d'elle.

Elle s'agenouilla, prit le risque d'exposer son visage et visa le côté gauche de la maison. Les lys ne la protégeaient absolument pas des balles, elle le savait. Mais du moins gêneraient-ils un tueur qui chercherait à la viser.

La sueur ruisselait de son front. Elle avait des picotements dans les yeux. Le souffle rauque. Elle jeta un rapide coup d'œil derrière elle au cas où un autre tireur se serait caché au milieu des fleurs.

L'homme au coin de la maison. Où diable était-il passé ?

— Craig ! *Vous le voyez ?*

— Non ! répondit Craig.

Tess remarqua qu'il avait lâché son revolver, dont le chargeur devait être vide, et qu'il brandissait maintenant un des pistolets qu'il avait ramassés dans le couloir.

Derrière elle, il y eut un frémissement dans les massifs. Tess se retourna, son arme prête. Mais pas assez vite. Le bras d'un homme jaillit, le reste de sa personne caché par les tiges des fleurs. D'une forte pression du pouce, il appuya sur un nerf à la base de la nuque de Tess. Une horrible souffrance ! Qui la paralysait ! Elle voulait crier, mais elle n'y parvenait pas, et, désemparée, elle vit son pistolet tomber. Elle sentit l'homme se glisser sans bruit vers elle et peser de tout son poids pour la plaquer contre le sol. Du pouce il appuyait sur le nerf de sa nuque. Dans son autre main, il tenait un pistolet muni d'un silencieux, qu'il braqua sur Craig.

Tess essaya de nouveau de crier. Impossible.

— Lieutenant ?

L'homme s'aplatit tandis que Craig pivotait et tirait.

— Lieutenant ! répéta l'homme. Je m'en vais vous montrer ma tête ! Je me servirai de votre amie comme bouclier. Si vous êtes assez stupide pour croire que vous pouvez me tuer, si vous me visez, je la tue.

— Alors, je vous tuerai ensuite ! fit Craig.

— Mais votre amie, c'est plus important. Faites attention, lieutenant. Réfléchissez.

On n'entendait plus que le craquement des flammes provenant de la maison.

— Lieutenant, ordonna l'homme, immobilisant toujours Tess de son poids. Vous allez voir la tête de votre amie.

Furieuse, Tess sentit l'homme lui serrer le cou et l'obliger à lever la tête, tout en protégeant la sienne derrière elle. Craig esquissa un geste avec son pistolet.

— Lieutenant, ne faites pas ça, dit l'homme en visant avec calme. Vous n'arriverez pas à me toucher. Je n'ai l'intention de vous tuer ni l'un ni l'autre. Je vous assure que je suis un ami. Mais si vous insistez et si vous m'attaquez, je ferai ce qu'il faudra. Écoutez la voix de la raison. Mon équipe vient de vous sauver la vie.

— *Qu'est-ce que vous racontez ?*

— Nous avons tué les autres attaquants. Je n'ai pas le temps de vous expliquer. J'ai besoin de votre aide.

Au loin, des sirènes hurlaient.

— Les autorités sont en route, dit l'homme, sans perdre son sang-froid. Il faut que nous partions d'ici. J'aurais pu vous tuer. Je ne l'ai pas fait. C'est un gage de bonne foi. En voici un autre. » L'homme glissa son pistolet sous sa ceinture. Il leva le pouce qui bloquait le nerf sur la nuque de Tess. Le hurlement des sirènes se rapprocha.

Tess constata soudain qu'elle pouvait bouger. Furieuse, elle se libéra du poids de l'homme qui l'écrasait.

Il se leva.

Elle roula sur le côté, la gorge endolorie, et s'efforça de retrouver le contrôle de ses muscles, pour parvenir péniblement à se mettre à genoux.

— Pardonnez-moi, fit l'homme.

Au fond, les flammes rugissaient dans la maison, d'où jaillissaient des torrents de fumée.

— Qui êtes-vous donc ? » fit Tess en se frottant la gorge et la nuque.

L'homme, en veste de sport sombre et en pantalon de flanelle, la quarantaine, était solidement bâti, les cheveux d'un brun banal, le visage ni beau ni laid — le genre de visage qu'elle ne remarquerait jamais dans une foule.

— Votre sauveur. Soyez reconnaissante. Et, je le répète, je n'ai pas le temps de vous expliquer. Écoutez ces sirènes. Voulez-vous coopérer ?

Tess lança un coup d'œil hésitant à Craig.

— Bien sûr, fit Craig en le dévisageant. À condition que vous me remettiez votre arme.

L'étranger poussa un soupir.

— Si c'est nécessaire... » Il ôta son pistolet de sa ceinture, engagea le cran de sûreté et tendit son arme à Craig qui la fourra dans une poche de sa veste. Craig à son tour abaissa son arme.

— Bien. Très bien, dit l'inconnu. Vite.

Il fit un geste, et, presque par magie, des hommes solidement bâtis, au visage aussi neutre que le sien, émergèrent des massifs de fleurs et du côté de la maison, arme au poing.

— Il y a une camionnette devant. » L'étranger pencha la tête, prêtant l'oreille aux hululements des sirènes. « Allons-y.

— Priscilla et le professeur Harding ! fit Tess.

— Nous allons les emmener avec nous, bien sûr.

L'étranger fit de nouveau un geste. Deux hommes jaillirent des massifs, soulevant Priscilla et le professeur Harding.

— Elle a besoin d'insuline, déclara Tess, et son mari a peut-être eu une attaque.

— On va s'occuper de tout cela. Vous avez ma parole. » L'étranger appuya une main dans le dos de Tess. « Avancez. »

Les sirènes se rapprochaient ; le groupe fonça vers la droite de la maison.

De la fumée sortait par la fenêtre du bureau, puis elle se dissipa, et Tess aperçut deux corps. Elle tressaillit et détourna les yeux ; devant elle, par-delà les arbres et les bosquets, elle aperçut la silhouette d'une camionnette.

— La Porsche ! fit Tess. Je l'ai empruntée à une amie ! Il ne faut pas qu'elle soit compromise !

— Donnez-moi la clé !

Tess fouilla dans son sac et la lui lança.

L'étranger attrapa la clé au vol, la lança à un autre homme et lui dit :

— Suivez-nous !

Tess et Craig montèrent dans la camionnette. D'autres hommes se précipitèrent à l'intérieur avec Priscilla et Richard, claquant le hayon derrière eux. Le conducteur écrasa l'accélérateur et démarra en trombe.

La Porsche suivait. Les deux véhicules tournèrent à un carrefour, disparaissant de la rue juste au moment où Tess, abasourdie, entendait le vacarme des sirènes qui s'approchaient de la maison en flammes, en provenance d'une autre direction.

— Très bien, fit Craig d'une voix rauque. Vous dites nous avoir sauvé la vie. Nous nous sommes tirés de là. Alors que voulez-vous de nous ?

L'étranger le regarda droit dans les yeux.

— C'est très simple. Votre aide. Pour éliminer la vermine.

— *Quoi ?*

— Ce n'est ni le lieu ni l'heure d'en discuter, poursuivit l'étranger. Il faut prendre des dispositions. Vos amis ont besoin de soins, et plusieurs de nos camarades ont été...

— Attention, fit Tess, jetant un coup d'œil par la lunette arrière. On nous suit. Derrière la Porsche.

— La camionnette Federal Express et la voiture grise ?

L'inconnu hocha la tête.

— Elles appartiennent — ou plutôt elles appartenaient — à quelques-uns de nos camarades. La vermine a exécuté ces deux équipes avant d'attaquer la maison.

— *Exécuté ?* interrogea Craig.

L'étranger ignora l'interruption.

— Nous avons découvert les véhicules, avec les cadavres à l'intérieur, à un bloc de là, au moment où nous arrivions. Il semble qu'on ait utilisé un gaz paralysant. Ce sont des membres de ma propre équipe qui conduisent ces voitures. La sécurité et l'honneur l'exigent. Nous ne devons pas abandonner nos morts. Les corps de nos braves disparus ont droit au rite convenable, à un enterrement honorable en terre consacrée. *Requiem aeternam dona eis, Domine.*

— *Et lux perpetua luceat eis,* ajoutèrent les autres, l'air grave et respectueux.

Tess secoua la tête, déconcertée, stupéfaite. Elle ne comprit pas tout d'abord ce qu'elle entendait. Puis, soudain, elle se rendit compte et balbutia :

— Vous priez ? En latin ?

L'étranger la regarda.

— Vous comprenez ce que signifient ces mots ?

— Non, fit Tess d'une voix étranglée. Je suis catholique, mais...

L'inconnu soupira.

— Bien sûr. Vous ne pouvez pas traduire. Vous êtes trop jeune pour savoir à quoi ressemblait la messe avant que Vatican II n'ait ordonné qu'on passe du latin à la langue vulgaire. « Seigneur, accordez-leur le repos éternel et que la lumière perpétuelle brille sur eux. » C'est un passage de l'office des morts.

Plus stupéfaite encore, Tess comprit soudain autre chose.

— Mon Dieu, qui que vous soyez, vous êtes aussi...

— Aussi quoi ? fit l'étranger en la regardant.

— Des prêtres !

— Eh bien, reprit l'étranger, voilà qui nous donne un autre sujet de conversation.

## 18

Dans la banlieue de Washington, le presbytère, avec ses vitres sales, se dressait derrière une église néogothique aux portes condamnées, au milieu d'un terrain envahi de mauvaises herbes. La camionnette Federal Express et la voiture grise avaient depuis longtemps disparu. Il ne restait que le fourgon et la Porsche.

Mettant pied à terre, l'inconnu vint rejoindre Tess et Craig qui attendaient debout près du hayon, et expliqua :

— C'est une des nombreuses églises que les finances

déclinantes du Vatican ont forcé la Curie à vendre. Ne vous inquiétez pas. Nous sommes en sûreté ici. Avez-vous remarqué le panneau devant la porte ?

— *Agence immobilière F. & S.*, fit Tess.

— Vous êtes très observatrice. C'est notre propre société. Nous négocions la vente nous-mêmes. Ça élimine tous les intermédiaires. Mais pour l'instant, nous contrôlons encore cette église et le presbytère. Les voisins penseront que vous êtes d'éventuels acheteurs. Aucun des habitants de ce quartier ne viendra nous déranger.

— À moins que... fit Tess en jetant un regard nerveux autour d'elle.

— Vous voulez dire : la vermine ? Aucun de vos agresseurs n'a survécu pour nous suivre. Les autres ignorent l'existence de cet endroit. Je le répète, ici nous sommes en sécurité.

— Vous les appelez toujours « vermine » ? fit remarquer Craig.

— C'est une description précise.

— Où la camionnette Federal Express et la voiture grise sont-elles parties ? demanda Tess.

— Je pensais que vous l'aviez compris d'après mes remarques de tout à l'heure. Nos associés disparus ont droit à une messe pour les morts. On est en train d'arranger cela.

— Et à un enterrement en terre consacrée, ajouta Tess.

— Oui. Pour le salut de leur âme... La Porsche. À qui appartient-elle ?

Tess donna l'adresse. Il lui était arrivé tant de choses qu'elle avait l'impression que des jours, et non pas des heures, s'étaient écoulés depuis qu'elle avait quitté la confortable demeure de Mme Caudill.

— Je vous serais reconnaissante si les autorités pouvaient ne pas remonter jusqu'à elle à cause de la voiture.

— Je vous le garantis, dit l'étranger. Dès l'instant que vous vous rappelez ce que vous venez de promettre...

— De promettre ?

— Que vous serez reconnaissante.

Tess se détourna, mal à l'aise.

L'homme s'approcha pour dire quelques mots au conducteur de la Porsche. Hochant la tête, celui-ci fit prestement marche arrière et repartit.

— Et mes amis ?

— Richard ? Priscilla ? Comme vous, Tess, je me soucie d'eux, répondit l'étranger.

— Vous connaissez mon nom ?

— Plus que cela. Je sais pratiquement tout sur vous. Y compris vos rapports avec le lieutenant Craig. Mon enquête a été sérieuse. Les hommes qui se trouvent dans le fourgon ont une formation de secouriste. Ils surveillent le pouls et la respiration de vos amis. Richard et Priscilla vont bien. Mais ils auront besoin de soins supplémentaires. Mon chauffeur et un infirmier vont donc les conduire à une clinique privée que nous contrôlons. Les autorités ne pourront questionner vos amis que quand le médecin, qui travaille pour nous, leur aura expliqué comment répondre et que dire. En attendant, on soignera Priscilla et Richard.

— Je vous remercie, murmura Tess.

— Je n'ai pas besoin de remerciements. Le seul point sur lequel j'insiste, c'est ce que vous avez promis : votre gratitude », conclut l'étranger. Il fit un signe au chauffeur du fourgon qui démarra et partit vers la clinique.

— De la gratitude ?

Craig avait la main posée sur l'arme de l'inconnu, qu'il avait fourrée dans une poche de son veston.

Trois des hommes au visage neutre empoignèrent leurs pistolets et l'entourèrent.

— Mais oui, fit Craig. Bien sûr. Absolument. Où avais-je la tête ? De la gratitude !

— Pourquoi ne pas entrer dans le presbytère, dit l'étranger, et discuter de la joie que vous éprouvez à être en vie ? Et évoquer notre problème commun ? Et parler de la vermine ?

— La vermine ! fit Tess en levant les bras, exaspérée par toute cette folie. Je pense bien ! La vermine. Il faut discuter de...

— Vous êtes sur le point de perdre votre sang-froid, dit l'inconnu. Je vous en prie, n'en faites rien.

— Écoutez, j'ai gardé mon sang-froid en traversant l'enfer, répliqua Tess. J'ai vu mourir ma mère. On m'a poursuivie. On m'a tiré dessus. J'ai riposté. J'ai tué. Croyez-vous vraiment que vous et ces trois hommes, vous me faites peur ? Je suis très forte pour garder mon sang-froid, si terrifiée que je sois !

— Tess, je vous le répète... vous n'avez pas besoin d'avoir peur. Nous sommes ici pour vous aider, pas pour vous menacer. Pourvu que le lieutenant Craig cesse de toucher à l'arme que je lui ai gracieusement remise.

— Ma foi, fit Craig, votre générosité pose manifestement un problème. Tenez. Regardez bien ma main. Je vais la déplacer lentement. Doucement. Le bout des doigts seulement. Je ne menace pas, d'accord ? Tenez. Satisfait ? Prenez-le. De toute façon, étant donné les circonstances, avec ces hommes derrière moi et à côté de moi, il ne me sert à rien.

Craig lui tendit le pistolet.

— C'est spectaculaire mais inutile, observa l'étranger. Surtout que je vois la forme d'une autre arme sous votre ceinture, dissimulée par votre veste. Pas de problème. Vous ne le savez pas, mais nous travaillons ensemble.

— Oh, oui, bien sûr ! renchérit Craig.

— Je comprends votre scepticisme. Alors très bien, fit l'inconnu. Nous allons entrer dans le presbytère. Échanger nos opinions. Je vais vous parler de la vermine, et vous, vous allez me dire si vous êtes disposés à nous aider.

— Ce dont j'ai besoin, moi, c'est d'aide, lança Tess.

— Erreur ! Pour rester en vie, ce qu'il vous faut c'est coopérer, nous aider à exterminer la vermine.

## 19

Le presbytère sentait le moisi. Dans la pénombre du vestibule, des fauteuils au cuir craquelé étaient disposés au hasard ; un bureau recouvert de poussière occupait le milieu de la pièce. Des tableaux religieux, où pendaient des toiles d'araignées, étaient accrochés aux murs lambrissés de chêne qui avaient grand besoin d'être astiqués.

Tess, après toutes ces émotions, se sentait épuisée.

— Avant de commencer...

— Dites de quoi vous avez besoin, dit l'étranger.

— Des toilettes.

— Bien sûr. À droite. Au fond de ce couloir. La première porte à gauche. Je suis certain que vous voudrez nettoyer les traces de vomissure sur votre menton et votre corsage.

Tess leva la main d'un air gêné.

— Ne soyez pas embarrassée. À l'occasion, au cours d'actes de violence, il m'est aussi arrivé de vomir.

— Comme c'est encourageant, fit Tess d'un ton mordant.

Elle se dirigea vers la salle de bains, entra d'un pas mal assuré, et ferma la porte à clé. Ce ne fut qu'en dégrafant sa ceinture qu'elle remarqua que, sans s'en rendre compte, elle avait dû ramasser son pistolet quand l'étranger avait cessé de la maintenir paralysée dans le jardin.

L'arme faillit tomber. Elle la rattrapa au vol, la posa auprès d'elle sur le lavabo et se rinça longuement le visage, faisant de son mieux pour effacer les taches sur son corsage.

Puis elle reprit son pistolet. L'homme avait dû le remarquer depuis le début sous sa ceinture. Il aurait pu le reprendre à tout moment.

Mais il l'avait laissée le garder.

*Pourquoi ?*

Un signe. Un geste. De coopération. De réconfort.

« Bon, songea-t-elle en refermant ses jeans après avoir remis le pistolet sous sa ceinture. Message bien reçu. Sentez-vous en sécurité. Et ne soyez pas agressive. »

Elle tira la chasse d'eau, rouvrit la porte et s'engagea avec une confiance feinte dans le couloir pour regagner le vestibule.

## 20

Dans la pénombre qui filtrait par les fenêtres sales, Tess jeta un regard à Craig, assis dans un des fauteuils de cuir délabrés. Il buvait un verre d'eau.

Comme les autres hommes. On avait posé sur le bureau des bouteilles et des verres.

Quand l'étranger lui tendit un verre, Tess s'aperçut soudain à quel point sa langue lui semblait épaisse et sèche. Elle but avidement, sentant à peine passer le liquide pur et frais. Elle ne se rappelait pas avoir jamais eu aussi soif.

Elle empoigna une bouteille, remplit son verre et le vida d'un trait. Des gouttes d'eau restaient accrochées à ses lèvres.

Comme elle tendait la main pour remplir encore une fois son verre, l'inconnu posa avec douceur une main sur son bras.

— Non. Trop d'eau à la fois pourrait vous rendre malade.

Tess le regarda, puis acquiesça de la tête.

— Asseyez-vous, ajouta l'homme. Essayez de vous détendre.

— Allons donc. Me détendre ? Vous plaisantez. » Malgré tout, Tess approcha un fauteuil de celui de Craig. Le cuir desséché crissa lorsqu'elle se laissa tomber sur le coussin.

— Alors, fit l'étranger en haussant ses sourcils. Avez-vous besoin d'autre chose ? Sommes-nous prêts à entamer notre conversation ?

— Je suis tout à fait prêt à entendre des réponses. » Craig se redressa dans son fauteuil. « Qui diable êtes-vous ? Qu'est-ce que tout ça signifie ? Qu'est-ce qui se passe ? »

L'étranger le regarda. Le silence s'appesantit. L'homme enfin poussa un soupir.

— Je ne peux pas répondre à vos questions avant que vous ne répondiez aux miennes.

— Alors, riposta Craig, nous ne sommes pas du tout prêts pour une conversation. Voilà un bon moment que je suis à bout de patience. Je...

— Je vous en prie, fit l'étranger. Un peu d'indulgence. » Il tourna les yeux vers Tess. « Qu'avez-vous découvert sur la vermine ? Comprenez-vous pourquoi ils veulent vous tuer ? »

Tess fronça les sourcils.

— Vous avez une façon de dire ça !... Un ton ! Ça n'a pas l'air de vous étonner. On dirait que vous connaissez déjà les réponses, mais que vous vous demandez si moi je les connais.

L'étranger pencha la tête de côté.

— Impressionnant. Pour reprendre le compliment que je vous ai fait tout à l'heure, vous êtes très observatrice. Mais ce que je sais, moi, n'est pas le problème. Dites-moi. *Qu'avez-vous découvert ?*

Tess se tourna vers Craig, qui hésita puis haussa les épaules.

— C'est une impasse, dit Craig. Allez-y. Dites-lui. Peut-être qu'il répondra à nos questions à nous.

— Ou peut-être que si je le fais, ils vont nous tuer.

— Non, Tess, fit l'inconnu. Quoi qu'il arrive, nous ne sommes pas votre ennemi. Bien au contraire.

Il mit la main dans une poche de sa veste et passa un anneau à son doigt. Les autres hommes imitèrent son exemple. Leurs bagues étaient spectaculaires. Chacune avait un bandeau d'or étincelant sur lequel était monté un rubis gravé d'une croix et d'une épée entrecroisées.

— Peu de profanes ont vu ces bagues, reprit l'inconnu. Nous vous les montrons en signe de respect, de confiance, d'obligation.

— Une croix et une épée ?

L'étranger baissa les yeux vers l'anneau.

— Un symbole approprié. La religion et le châtiment. Dites-moi, Tess, et je vous expliquerai. *Pourquoi la vermine veut-elle vous tuer ?*

— Parce que...

Déconcertée, effrayée, Tess ouvrit la bouche. Elle hésita. Puis elle avoua. Elle se délivra. Elle révéla.

Pendant tout ce temps, elle ne cessait de jeter des coups d'œil à Craig, qui faisait semblant d'écouter, les épaules crispées, tout en surveillant les issues, mais sans jamais l'interrompre.

Mithra. Montségur. Le trésor. La chambre de Joseph. La sculpture. Une guerre entre un dieu du Bien et un dieu du Mal.

Épuisée, Tess se carra dans son fauteuil, le cuir craquelé cédant sous elle.

— Ils veulent m'empêcher de dire aux autres ce que je sais, de montrer les photographies.

— Oui, fit l'inconnu en caressant la croix et l'épée sur son anneau. Les photographies. Laissez-moi les voir.

Tess fouilla dans son sac et les lui tendit. Le visage de l'homme se crispa de haine quand il les examina.

— C'est bien ce que nous pensions. Un abominable autel.

Craig se renfrogna.

— Tess avait donc raison. Tout cela était sans objet. Vous n'avez rien entendu que vous ne sachiez déjà.

— Bien au contraire, j'ai appris beaucoup de choses. » L'étranger passa les photos à ses compagnons qui les étudièrent avec le même mépris. « J'ai découvert que vous en savez si long que je ne peux pas, comme je l'avais espéré, vous tromper avec des demi-vérités. Je ne pourrai pas vous utiliser sans vous fournir plus d'explications que je ne l'avais prévu. » Il se rembrunit. « Voilà qui pose un problème.

— Comment ça ?

— J'ai besoin de vous, mais je ne peux pas vous faire confiance. Je ne peux pas compter sur votre silence. Tout comme la vermine est déterminée à protéger ses secrets, nous aussi nous gardons les nôtres. Comment puis-je être sûr que vous ne parlerez pas de ce que je vais vous dire ?

— En effet, fit Craig, c'est un problème. Il semble bien que de toute façon vous soyez obligé de nous faire confiance.

— Lieutenant, je ne suis pas un imbécile. Dès l'instant où vous serez libres, vous rapporterez tout ce que vous aurez entendu à vos supérieurs. Il vaudrait peut-être mieux que je vous relâche tous les deux tout de suite. C'est vrai. Vous avez vu les bagues. Mais elles ne vous apprennent rien.

— Nous laisser partir ? Alors vous parliez sérieusement ? fit Craig en secouant la tête d'un air stupéfait. Vous n'avez pas l'intention de nous faire de mal ?

— Après vous avoir sauvé la vie ? demanda l'inconnu avec emphase. Je vous ai déjà montré que je me souciais de votre sécurité. La porte est là. Elle n'est pas fermée à clé. Vous êtes libres de partir. Je vous en prie, allez-y.

— Mais, objecta Tess, si vous nous laissez partir, nous nous retrouverons à notre point de départ.

— Exactement, dit l'étranger. La vermine continuera à

vous traquer et, sans notre aide, je crains que la prochaine fois ils ne réussissent à vous tuer. Dommage.

— À quel jeu jouez-vous, au fait ? dit Craig d'une voix un peu rauque.

— J'ai besoin d'être rassuré. Aimez-vous cette femme ?

— Oui, répondit Craig sans hésitation.

Tess se sentit très fière.

— Et êtes-vous prêt à reconnaître, poursuivit l'étranger, que malgré tous vos efforts, il y a de gros risques pour qu'elle meure sans notre aide ? À tout le moins, que vous et elle serez forcés de vous cacher sans cesse, de vivre constamment dans la peur que la vermine ne s'attaque de nouveau à vous ?

Craig ne réagit pas.

— Répondez-moi ! fit l'étranger. Êtes-vous prêt à condamner la femme que vous aimez à un avenir incertain, pour qu'elle tremble au moindre bruit, qu'elle soit toujours terrifiée ?

— Bon sang, évidemment que je veux la protéger !

— Alors donnez-moi votre parole ! Sur l'âme de la femme que vous aimez, jurez-moi que jamais vous ne répéterez un mot de ce que je vous dis !

— C'est donc ainsi, fit Craig, l'air mauvais.

— Oui, lieutenant, ainsi. C'est le seul moyen. Ai-je besoin d'ajouter que, si vous ne tenez pas votre parole et que vous parlez aux autorités, cette femme ne vous fera plus jamais confiance ?

Craig avait toujours l'air aussi furieux.

— Et ai-je besoin d'ajouter autre chose ? poursuivit l'inconnu. Si vous ne tenez pas votre promesse, la vermine ne sera pas le seul groupe à la pourchasser. Nous le ferons aussi. Je la tuerais moi-même pour vous punir si vous nous trahissiez.

— Espèce de salaud.

— Oui, oui ; la vulgarité permet d'épancher ses émotions. Mais elle ne règle rien. Vous évitez ma requête. Êtes-vous disposé à jurer ? Pour la femme que vous aimez, êtes-vous préparé à promettre solennellement le silence ?

Craig serrait les dents.

Tess ne put se retenir plus longtemps.

— Craig, dites-lui ce qu'il veut !

Elle se tourna vers l'inconnu :

— Vous avez ma parole. Je ne répéterai rien de ce que vous dites.

— Mais vous, lieutenant ?

Craig serra les poings. Ses épaules parurent soudain plus larges. Lentement, il avala sa salive.

— Très bien, fit-il avec un profond soupir. Vous l'avez. Rien ne compte plus pour moi que de garder Tess en vie. Je ne veux pas voir un autre groupe essayer de la tuer. Je vous donne ma parole. Je ne vous trahirai pas. Mais je dois vous dire : j'ai horreur qu'on me menace.

— Justement, le problème est là. Une promesse ne signifie rien à moins qu'une menace ne sanctionne sa violation. En fait, il y a deux problèmes.

— Ah ? quel est le second ?

— Vous en avez déjà parlé. Nous sommes ici pour discuter... de l'enfer.

## 21

Tess tressaillit.

— Je ne comprends pas.

— *L'enfer,* insista l'inconnu. C'est à cela qu'appartient la vermine. C'est là que nous sommes déterminés à l'envoyer.

— Je ne vois toujours pas... » Tess, soudain, redoutait ce que l'étranger allait lui dire. Elle s'attendait à voir de nouveau menacé son équilibre mental. « Pourquoi vous obstinez-vous à les traiter de vermine ?

— Aucun autre terme ne leur convient. Ils se reproduisent comme des rats. Ils pullulent comme des poux. Ils sont vils, méprisables, destructeurs, abominables, moralement sales, pires que les puces qui transmettent la peste ; ils répandent partout leur hérésie mauvaise, maléfique, répugnante.

Cette litanie de haine ébranla l'esprit de Tess. Elle recula dans son fauteuil comme si on l'y avait poussée.

— Le moment est venu, dit-elle. Vous avez promis de

nous expliquer. Tenez votre parole. Qui êtes-vous ? Dans le fourgon j'ai dit que je pensais que vous étiez des prêtres, mais...

— Oui. Des prêtres. Mais plus que cela. Notre mission nous donne une place à part. Nous sommes des exécuteurs.

— *Quoi ?*

L'inconnu acquiesça, les yeux étincelants. Tess fit un effort pour lui demander :

— Pour qui ?...

— Pour l'Inquisition.

Tess avait du mal à avaler. Un vertige s'emparait de son esprit.

— *Qu'est-ce que vous racontez ?* C'est dément ! L'Inquisition a pris fin au Moyen Âge !

— Non, répondit l'étranger. C'est inexact. L'Inquisition a *commencé* au Moyen Âge. Mais elle a persisté plusieurs centaines d'années. En fait, elle n'a été officiellement dissoute qu'en 1834.

Tess tressaillit. Elle ne pouvait se faire à l'idée qu'une institution aussi cruelle — la persécution impitoyable de quiconque ne suivait pas le dogme strict — avait survécu jusqu'à une époque aussi récente. Ses victimes avaient été torturées, pressées de renier leur hérésie et, en cas de refus, brûlées sur le bûcher.

Les flammes ! songea-t-elle. Tout revenait aux flammes !

Le bûcher de l'Inquisition ! La torche de Mithra !

Mais il y avait plus. Tess ne s'attendait pas à ce que déclara ensuite cet inconnu au visage neutre, dont les yeux brillaient d'un éclat plus vif.

— Vous remarquerez que j'ai utilisé le mot « officiellement », dit-il. En vérité, l'Inquisition n'a pas cessé. *Officieusement,* dans le plus grand secret, elle a poursuivi son action. Car son œuvre nécessaire n'était pas encore accomplie. La vermine n'avait pas encore été éliminée.

— Vous êtes en train de nous dire, fit Craig, horrifié, qu'un petit noyau d'inquisiteurs a suivi des instructions secrètes de l'Église et continué à poursuivre quiconque s'éloignait du catholicisme orthodoxe ?

— Non, lieutenant, ce n'est pas ce que je vous dis.

— Alors ?

— L'Église a été ferme dans son ordre de démanteler l'Inquisition. Aucune instruction secrète n'a été donnée. Mais la tradition a néanmoins été suivie par des inquisiteurs qui estimaient en leur âme et conscience que leur mission capitale ne pouvait s'interrompre. Avant leur mort, ils en ont formé d'autres pour qu'ils continuent la mission, et ceux-ci à leur tour ont formé des disciples en une chaîne ininterrompue qui fait que c'est nous, aujourd'hui, qui en éduquons d'autres et, plus important, qui combattons l'ennemi.

Tess était affalée dans son fauteuil.

— C'en est trop. » Elle luttait pour garder son calme. « C'est beaucoup trop. Tout simplement parce que vos victimes ne vont pas à la messe le dimanche ?

— Ne simplifiez pas les choses ! Peu m'importe qui va à la messe le dimanche. Que chacun adore Dieu, le *seul* Dieu, à sa façon, ne me concerne pas. Mais ceux qui croient en un dieu *mauvais* qui lutte contre le vrai Seigneur de bonté sont par définition aussi maléfiques que le dieu qu'ils haïssent. Les mithraïstes, lança l'étranger comme s'il crachait ce mot. Les albigeois. Les dualistes. Les rescapés de Montségur. Ce sont eux, mes ennemis. Ils ont réussi à s'échapper. Ils ont emporté leurs sculptures. Ils se sont cachés. Ils ont pullulé. Ils se sont répandus. Et maintenant, ils échappent à tout contrôle ou, pour être précis, ils sont sur le point de prendre le contrôle. Ils ont tué votre ami. Ils ont tué votre mère ! Ils veulent vous tuer vous ! Je n'aurai pas de repos avant de les avoir détruits !

— Bon, un instant. Calmez-vous, fit Craig. Revenons un peu en arrière. Qu'entendez-vous en disant qu'ils sont sur le point de prendre le contrôle ?

— Après s'être échappé de Montségur, le petit groupe d'hérétiques a fui le sud-ouest de la France, s'efforçant de mettre le plus de distance possible entre eux et leurs poursuivants. Ils se sont dirigés vers le sud de l'Espagne, où ils ont cherché refuge au fond d'une vallée montagneuse isolée, dans cette région qu'on appelle aujourd'hui les Picos de Europa. Là, ils ont décidé de faire revivre leur culte, d'apprendre la langue et les coutumes espagnoles, d'essayer de se mêler à la population — ce en quoi ils ont parfaitement réussi — tout en pratiquant en secret leurs rites méprisables. Pendant plus de deux cents ans, ils se sont développés et ont fini par envoyer des contingents dans d'autres régions d'Espagne. Pour le cas où l'on aurait découvert leur nid central, que d'autres aient encore une chance de sauvegarder leurs répugnantes croyances.

— Pampelune et Merida, lança Tess.

Le regard de l'inconnu se durcit.

— Pourquoi mentionnez-vous ces régions ?

— Priscilla. La femme que vos hommes ont emmenée à la clinique. C'est elle qui me l'a dit, précisa Tess. En fait, presque tout ce que je sais du mithraïsme vient d'elle. Elle était professeur, spécialiste de...

— Attendez. Que savez-vous de ces régions ?

— Lors d'un voyage de recherche, Priscilla a vu des sculptures mithraïques dans des grottes près de ces villes.

— Vraiment, je n'aurais jamais cru... Vous m'avez dit une chose que j'ignorais. Nous nous sommes efforcés de trouver le nid central. Voilà maintenant que vous m'avez désigné d'autres nids possibles.

— Répondez donc à ma question, fit Craig. Que voulez-vous dire quand vous affirmez qu'ils sont sur le point de prendre le pouvoir ?

— Au bout de deux cents ans, les hérétiques se sont sentis en sécurité. Mais en 1478 a été créée l'Inquisition espagnole. Auparavant, il y avait eu des purges dans divers autres pays d'Europe, mais l'Inquisition d'Espagne a été de loin la plus extrême. Ses agents traquaient partout les hérétiques. Aucun village, si petit fût-il, ne pouvait échapper à l'attention d'un purificateur. Mais la vermine, toujours pleine de ressource, s'est de nouveau enfuie. En Afrique du Nord, et plus particulièrement au Maroc. En s'entourant des plus grandes précautions, ils se sont réunis en une assemblée secrète au cours de laquelle ils ont décidé qu'afin de protéger leur religion il leur fallait contre-attaquer, s'appuyer sur tous les moyens tortueux possibles pour assurer leur survie. La décision finale a été de former des représentants qui quitteraient le nid, cacheraient leur véritable identité et chercheraient le pouvoir, s'incrusteraient dans la société et obtiendraient une influence politique suffisante pour faire cesser la persécution. Comme on pouvait s'y attendre, leurs efforts au début ont été mineurs. Mais, depuis le XVe siècle, les hérétiques ont crû et multiplié, et ils ont infiltré toutes les grandes institutions d'Europe et d'Amérique. Ils ont accédé aux plus hauts niveaux des gouvernements. C'est sous leur influence que l'on a fini par dissoudre l'Inquisition. Et aujourd'hui la crise est universelle. Ils sont sur le point de se rendre maîtres de tout, d'imposer au monde leurs abominables errements.

— De toute évidence, fit Craig, vous exagérez.

— À peine. On ne saurait exagérer les extrémités auxquelles ils en sont venus. La vermine est convaincue que le dieu du Mal est en train de détruire la planète. Ils éprouvent un sentiment d'urgence à mesure qu'approche l'an 2000. Le millénium, et tout ce que cela implique. Une crise. L'Apocalypse. Non contents de manipuler les gouvernements, ils ont organisé leur propre inquisition. Ils ont dépêché des assassins pour éliminer quiconque, à leur avis, est dominé par le dieu du Mal. Vous avez dû observer le phénomène. Les meurtres. Partout. En Australie. À Hong-Kong. Au Brésil. En Allemagne. Au Kenya. Dans l'Atlantique Nord. En Amérique. Des industriels. Des promoteurs. Des chefs d'entreprise. Des marins qui pêchent à la traîne. Des chasseurs d'ivoire. Le commandant du pétrolier qui a pollué et presque détruit la Grande Barrière d'Australie. Ces vermines exécutent tous ceux à qui ils reprochent la cupidité, la négligence et les poisons qui menacent notre planète.

— Mon Dieu, murmura Tess. Vous parlez de l'article auquel je travaillais ! Des écologistes radicaux qui attaquent...

— Non, pas des écologistes ! Et quand vous invoquez Dieu, de quel dieu s'agit-il ? J'espère que ce n'est pas un dieu du Bien en guerre avec un dieu du Mal, reprit l'étranger.

— Je me moque bien de cela ! Le fait est que cette planète est bel et bien en danger ! Il faut la sauver !

— C'est une idée louable, dit l'inconnu. Toutefois, si vous croyez, comme moi, dans le seul vrai Dieu, alors il faut lui faire confiance. Il sait mieux que nous. Si notre planète meurt, c'est Sa volonté. Cela fait partie de Son grand dessein. C'est le châtiment de nos péchés. Si nous ne nous amendons pas, nous serons détruits. Mais la vermine, les hérétiques, croient obéir à un dieu différent. Un dieu qui n'existe pas. Leur hérésie défie le plan du vrai Dieu. Et c'est pour *cela* qu'ils souffriront en enfer.

— Vous ne vous rendez pas compte...

— De quoi ?

— Que vous êtes aussi fanatique qu'eux !

La calme réaction de l'inconnu la surprit.

— La situation exige du fanatisme, dit-il. Après tout, face à un ennemi déterminé, il faut un adversaire encore plus déterminé.

— Ce n'est pas ce que je voulais dire. Un dieu. Deux dieux. Vous croyez avoir raison. Eux sont persuadés qu'ils sont dans le vrai. Le monde est en train de s'écrouler et vous combattez à propos de théologie ? C'est tout juste si ma sympathie ne va pas à l'autre camp. Eux au moins travaillent à sauver la planète.

— Mais ils essaient aussi de vous tuer, dit l'étranger. Et ils ont réussi à en tuer bien d'autres. Vous approuvez donc l'assassinat politique ? Vous êtes pour le meurtre des industriels, des financiers et...

— Votre but est d'exécuter des hérétiques. Rien ne vous importe davantage. Tuer. Vous ne pensez qu'à cela. Comment pouvez-vous leur reprocher, à eux, d'en faire autant ?

— Il y a une différence, rétorqua l'étranger. Je suis lancé dans une guerre. Mais je tue des combattants, pas des civils. Eux, au contraire, tuent sans discernement. Ils s'attaquent à des innocents aussi bien qu'aux coupables. Votre mère. Sa seule faute a été de se trouver là quand ils ont essayé de vous tuer, vous. Pour votre mère, je m'attendais à ce que vous cherchiez à vous venger.

— Oui, je veux en effet que quelqu'un paie, mais... Oh, Seigneur, aidez-moi. Je suis si désemparée.

— Vous n'êtes pas seule, reprit l'étranger. Tuer est en contradiction avec ma mission même de prêtre. Et pourtant... ajouta-t-il en baissant les yeux, je me suis engagé à protéger la foi.

Le silence se fit dans le vestibule.

Craig profita de cette pause.

— J'ai encore beaucoup de questions.

— Oui, je vous en prie, fit l'homme en relevant lentement la tête.

— Vous avez dit que les hérétiques ont précipitamment quitté l'Espagne quand l'Inquisition les a suivis de trop près.

— Exact.

— Ils sont alors partis pour le Maroc.

— En effet.

— Ce qui explique la fascination de Joseph Martin pour *l'Anneau de la colombe,* un traité d'amour courtois écrit par un Maure émigré en Espagne.

L'étranger hocha la tête.

— Cela explique aussi pourquoi Joseph Martin avait un air vaguement espagnol. Le teint basané. Les cheveux sombres. Cela veut-il dire que les hérétiques non seulement se sont mêlés à la population locale mais se sont aussi reproduits avec elle ?

— Exactement, dit l'inconnu. Au début, le groupe était si petit que la vermine avait besoin de reconstituer son patrimoine génétique. Ils ont converti leurs épouses au mithraïsme et leur ont fait jurer le secret. » L'étranger eut un geste las. « Mais vous n'avez pas mentionné un détail supplémentaire à propos de leur physique. Chez certains descendants de la vermine, il y a un gène qui leur donne des yeux gris. C'est un des rares moyens de les identifier.

— Gris. » Le cœur serré, Tess se rappelait soudain la couleur étonnante des yeux de Joseph. Leur intensité. Leur charisme.

— Mais, si l'Inquisition est arrivée assez près des hérétiques pour les forcer à quitter l'Espagne, demanda Craig, pourquoi pensez-vous que le nid central est toujours...

— En Espagne ? Même si les hérétiques venaient de France, ils ont fini par considérer l'Espagne comme leur patrie. Nous sommes convaincus qu'ils y sont retournés. Nous avons fouillé. Mais nous ne sommes pas parvenus à découvrir ce nid.

— Une question encore. Et celle-ci me préoccupe vraiment, reprit Craig.

L'étranger lui fit signe de continuer.

— Si Joseph Martin croyait à Mithra, pourquoi ses compagnons se sont-ils retournés contre lui ? interrogea Craig. Pourquoi l'ont-ils traqué et l'ont-ils fait brûler dans le parc Carl Schurz ? Ça n'a pas de sens pour eux de se retourner contre un des leurs.

— Ah, en effet, Joseph Martin. Intéressant. Il aurait fait un excellent informateur, fit l'étranger.

Tess se sentit frémir.

— Un informateur ? Que voulez-vous dire ?

— Alors que mes partenaires continuaient leurs recherches, ils ont découvert une information à laquelle personne ne s'attendait, reprit l'inconnu. Un des hérétiques avait quitté les rangs. Ce déserteur était horrifié de voir son groupe pratiquer des tueries massives. Il s'est enfui, décidé à poursuivre la pratique de sa religion en solitaire. Prudent, il a pris de nombreuses fausses identités, allant de ville en ville, sachant que ses anciens frères le considéraient maintenant comme un personnage dangereux pour leur sécurité. Après tout, il en savait trop et, s'il révélait ce qu'il savait, il aurait pu nous diriger, nous, vers ses frères. Manifestement, du point de vue des hérétiques, l'homme qui a fini par se faire appeler Joseph Martin devait être éliminé. Alors, tandis que nous nous efforcions de le retrouver, ses frères en ont fait autant. Los Angeles. Chicago. New York. Nous avons suivi sa trace. Nous l'avons retrouvé. Mais mes partenaires ont attendu trop longtemps. Ils espéraient que la vermine qui le traquait allait se montrer. Mes compagnons voulaient de nombreuses cibles. Leur plan malheureusement n'a pas marché, et Joseph Martin a été tué.

— Pas simplement tué. Il a été *brûlé* ! observa Tess.

— Bien sûr. Pourquoi cela vous surprend-il ? Souvenez-vous de la torche de Mithra. Le dieu du Soleil. Du Feu. C'est pourquoi la vermine est si acharnée à tuer par le feu.

— N'ayez pas l'air si vertueux. Ils ne sont pas seuls dans ce cas. Est-ce que l'Inquisition ne tuait pas, elle aussi, par la flamme ? demanda Tess.

— C'est vrai. Il y a toutefois une distinction.

— Expliquez-la-moi.

— Leur feu à eux, comme pour le phénix renaissant de ses cendres, envoie leurs victimes dans une autre vie, du moins le croient-ils. Pour eux, la mort ne conduit pas toujours au paradis ni à l'enfer, mais plutôt à un autre stade de l'existence, à une renaissance, à une nouvelle chance de salut. C'est la réincarnation. Une des raisons pour lesquelles ils veulent voir le monde survivre : pour pouvoir renaître, expliqua l'étranger. Mais notre feu à nous punit, annule et purifie, réduisant le péché en cendres. En outre, il donne à la vermine un avant-goût des flammes ravageuses de l'enfer.

— Oui. Cette conversation ne cesse de nous y ramener. L'enfer, fit Tess avec une grimace.

— Pas seulement.

— Comment ça ?

— Il nous faut revenir à autre chose.

— À quoi donc ? demanda Tess.

— Tout comme je suis persuadé que vous avez l'intention de tenir votre promesse de silence, moi aussi j'ai tenu ma promesse. Je vous ai dit ce que je sais. Maintenant, je le répète. Je vous demande ce que je vous ai demandé au début. Acceptez-vous de coopérer ? Pour sauver votre vie, êtes-vous prêts à nous aider à exterminer la vermine ?

— Pour sauver ma vie ? Exterminer la... Je ne vois pas le rapport entre les deux.

— C'est vraiment très simple.

— Pas pour moi.

— Pour vous empêcher de révéler des informations sur elle, la vermine va continuer à vous traquer. La seule façon pour vous de les arrêter, c'est de nous aider à mener à bien notre mission.

— Et que suis-je censée faire ?

Le regard de l'étranger se durcit.

— Jouer les appâts.

## 22

Tess eut un nouveau sursaut, elle sentit sa migraine s'accentuer.

— Mais ça veut dire que rien n'est changé. Je continuerai à être en danger.

— Je vous garantis que nous vous protégerons, assura l'étranger.

— Foutaises, fit Craig. Vous savez très bien que vous ne pouvez absolument pas nous donner cette garantie. Dès l'instant où Tess se montrera, dès la minute où les tueurs sauront où elle se trouve, ils lanceront une attaque. Ils ont prouvé à quel point ils sont déterminés. La seule défense concevable, c'est une planque où Tess serait entourée de policiers.

— Mais combien de temps cela peut-il durer ? fit l'inconnu en secouant la tête. Ils ne peuvent pas monter éternellement la garde. Ça coûte trop cher. Finalement, on aura besoin d'eux ailleurs. D'ailleurs, combien de temps resteraient-ils en alerte ? Au bout de quelques jours, si rien ne se passe, il est humain pour une sentinelle de voir sa vigilance s'émousser, de commencer à s'ennuyer. Et c'est alors que...

— Attendez. Je sais comment me sauver ! fit Tess en l'interrompant.

— Ah bon ? fit l'étranger d'un ton sceptique.

— Il y a une solution plus simple !

— Vraiment ? » L'étranger maintenant semblait perplexe. « Si c'est le cas, je ne l'ai pas trouvée.

— Il me suffit de parler à tous les gens que je rencontrerai. À la police. Aux journalistes. Aux équipes de télévision. À tous autant qu'ils sont. Je veux dire absolument tout le monde. Et de leur raconter ce qui s'est passé. À propos de Joseph. De ma mère. Des hérétiques et des raisons qu'ils ont de vouloir me tuer. Si leur motif est de me faire taire, quand j'aurai fini de parler, ils n'auront plus aucune raison de me réduire au silence. Parce que j'aurai déjà dit ce qu'ils ne voulaient pas que je raconte ! Ne vous inquiétez pas. J'ai promis. Je vous laisserai en dehors de ça. Mais votre ennemi...

— Et le vôtre, corrigea l'étranger.

— Exact, reconnut Tess, et le mien. Les salauds qui ont tué ma mère n'auront plus de raison de continuer à me pourchasser. Ils seront dénoncés. C'est eux qu'on poursuivra. Ils devront se cacher !

— Tess, fit l'étranger en baissant la tête d'un air découragé. Vous n'avez toujours pas compris.

— Mais la logique est si convaincante !

— Mais non, fit l'étranger. Tout d'abord, la vermine voudrait se venger. Ils feraient de leur mieux pour vous tuer par principe, pour vous punir des ennuis que vous auriez causés. Ensuite, vous rendez-vous compte à quel point vos propos sembleraient insensés ? La police, les journalistes, les équipes de télévision, tout le monde croirait que vous avez des visions. Ensuite, les renseignements que vous révéleriez ne changeraient rien. Imaginez — contre toute attente — que les autorités parviennent à réprimer leurs doutes et, curieusement, vous croient. Et alors ? Si *nous,* avec des siècles d'expérience dans la chasse à la vermine, nous n'avons pas encore réussi à l'exterminer, quelle chance croyez-vous qu'aurait la police ? Il y a un point qui vous échappe. Parfaitement ! J'ai grand peur que le point essentiel ne vous ait échappé.

— Qui est ? interrogea Tess, furibonde.

— Vous-même.

— *Qu'est-ce que j'ai de si particulier ?*

— Tess, pensez à ce que vous êtes ! Pensez à votre milieu familial ! Pensez à votre père !

— Qu'a-t-il donc à voir avec...

— L'influence, Tess. Je parle d'*influence.* Imaginez que, en effet, vous racontiez tout aux policiers, aux journalistes et à qui vous voulez... S'ils ne vous croient pas, qu'est-ce que vous faites ? Vous renoncez ? Vous dites : « J'ai fait de mon mieux », et vous allez vous cacher de peur d'être en butte à de nouvelles attaques ?

— Bien sûr que non !

— Je vous repose la question ! Qu'est-ce que vous faites ?

— J'essaie encore. Je continue à lutter pour venger la mort de ma mère et celle de Joseph.

— Exactement, reprit l'inconnu. Vous utilisez votre influence. Vous exigez que les amis de votre défunt père, martyrisé, paient leurs dettes. Vous insistez — au plus haut niveau du gouvernement — pour obtenir la coopération de ces amis de votre père. Et vous l'obtenez, Tess. J'en suis convaincu. Pour vous satisfaire. Pour apaiser leurs remords à l'idée d'avoir envoyé votre père trouver la mort à Beyrouth pour un contrat d'armes qui aurait renversé l'équilibre des forces dans la guerre civile au Liban et donné aux chrétiens le pouvoir sur les musulmans. Mais je vous ai dit — et je vous le rappelle — que la vermine s'est infiltrée jusqu'aux niveaux les plus élevés du gouvernement. Nous ne savons pas qui ils sont. Nous ne sommes pas parvenus à les identifier. Mais, ne l'oubliez jamais : votre survie en dépend. En vous obstinant, vous finirez par rencontrer votre ennemi. Vous ne le saurez pas. Vous ne pourrez pas l'identifier. Mais eux, ils sauront qui vous êtes. Ils feront de leur mieux pour vous faire exécuter avant qu'accidentellement vous ne révéliez leur réseau et peut-être leur personnalité.

Tess frissonna.

— L'idée ne m'en était jamais venue. Je n'avais jamais pensé...

— Je suis navré de le dire, murmura Craig, mais il a raison.

— Bien sûr, fit l'étranger. Alors, maintenant, vous avez le choix. Partir. Tenir votre promesse de garder le silence, à l'exception de ce que vous savez déjà sur la vermine. Ou bien coopérer avec nous. Suivre mes instructions. Nous aider à démasquer la vermine au plus haut niveau. Puis nous permettre d'accomplir notre devoir et...

— De tuer. Je suis si écœurée de tuer.

— Je vous garantis que l'autre solution ne vous plairait pas davantage, répliqua l'étranger. Deux options s'offrent à vous. Réfléchissez bien. Songez à votre avenir. Puis faites votre choix.

— Mais il n'y a *pas* de choix.

— C'est-à-dire ? dit l'inconnu.

— D'après la façon dont vous présentez les choses, je suis obligée de faire ce que vous voulez.

— Exactement.

— Mais êtes-vous certain que je serai protégée ?

— Sur mon honneur, dit l'homme.

— J'espère que vous avez une haute idée de votre honneur.

— Plus que la vermine, Tess. Et, n'oubliez pas, nous avons un avantage.

— Lequel ?

— Le seul vrai Seigneur est dans notre camp.

— Je voudrais bien partager votre confiance.

Un bruit soudain fit sursauter Tess. Elle se retourna : la porte du presbytère s'ouvrait. Mais l'homme qui montait la garde ne paraissait pas inquiet.

Un autre exécuteur : l'homme qui avait ramené la Porsche à Mme Caudill.

— Charmante vieille dame, déclara-t-il. Elle a même demandé à son maître d'hôtel de me ramener à Washington. Je me suis fait déposer à quinze blocs d'ici pour qu'ils ne connaissent pas l'existence du presbytère. » Il tendit à Tess un sac en papier. « Avant de rendre la voiture, je l'ai fouillée, au cas où vous auriez laissé quelque chose susceptible d'attirer les soupçons. J'ai trouvé ça sous la banquette de la Porsche. »

Accablée, Tess regarda à l'intérieur du sac, mais elle savait ce qu'elle allait y trouver : les deux boîtes de munitions.

— Merci. » Elle courba le dos. « Du train où vont les choses... » fit-elle, la voix brisée par le désespoir. « On dirait que je vais en avoir besoin. »

## LE JOUR DU JUGEMENT

### 1

Deux voitures s'arrêtèrent au-dehors. Les moteurs se turent. On entendit des portières s'ouvrir, puis claquer. Les nerfs tendus, Tess fixait avec méfiance le garde posté à l'entrée du presbytère, qui regardait par la fenêtre, l'arme au côté, et qui ne semblait pas s'inquiéter.

Des pas s'approchèrent. Quelques instants plus tard, quatre hommes secs, sveltes, au visage neutre, pénétrèrent dans le vestibule. Tess reconnut deux d'entre eux : le chauffeur et l'infirmier qui avaient emmené Priscilla et le professeur Harding à la clinique.

Les deux autres, elle ne les avait encore jamais vus. Sans doute l'un conduisait-il la camionnette Federal Express, l'autre la limousine grise qui suivait, puis s'étaient-ils séparés au moment où le groupe approchait du presbytère.

— Vous vous êtes débarrassés de la camionnette et de la voiture ? interrogea l'étranger.

Les deux hommes acquiescèrent.

— Dans le parking d'un centre commercial, dit l'un d'eux. Les plaques minéralogiques sont fausses. La carte grise aussi. Pas d'empreintes. Nous avons même laissé les clés. Avec un peu de chance, les deux véhicules ne tarderont pas à être volés.

— Bon. Et pas de surveillance, j'imagine.

— Nous n'en avons pas remarqué.

— Et en ce qui concerne...

— L'enterrement de nos compagnons ?

— Tout est arrangé. Je regrette toutefois que nous ne puissions pas assister à la cérémonie.

— Tout comme moi. Mais nos prières les accompagnent. » L'étranger baissa la tête. Après un instant de silence, il fit le signe de la croix, poussa un soupir, puis se tourna vers le chauffeur et l'infirmier. « Je suis sûr que Tess aimerait savoir.

— Je pense bien. Qu'a dit le docteur à la clinique à propos de Priscilla et du professeur Harding ?

Le premier des deux hommes eut un geste rassurant.

— On a administré de l'insuline à la femme. Après avoir mangé, elle a retrouvé sa vivacité d'esprit.

— Et le professeur Harding ?

Le second homme prit un air soucieux.

— On a diagnostiqué une petite attaque. On lui a donné des médicaments. Avant notre départ, il a réussi à parler.

— Qu'est-ce qu'il a dit ?

— Deux mots. Adressés à sa femme. Non sans effort.

— Et c'était...

— « Je t'aime. »

Tess sentit sa gorge se serrer.

— C'est ma faute, dit-elle. Tout ça...

— Mais non, dit l'étranger. C'est la faute de la *vermine*.

— Vous ne pouvez pas savoir à quel point je voudrais le croire. Mais si je n'étais pas allée chercher des renseignements chez eux, le professeur Harding n'aurait pas... » Tess avait l'air furieux. « Ça nous ramène au même point, n'est-ce pas ? Il y a de moins en moins de choix. Puis il n'en reste qu'un seul : coopérer.

— Les circonstances vous y contraignent, dit l'étranger. Et maintenant, je crois malheureusement que c'est l'heure. » Il désigna un téléphone sur le bureau couvert de poussière. « Commencez. Appelez les contacts de votre père. Réclamez leur assistance. Dites-leur à quel point vous êtes désemparée. Donnez-leur des remords pour la responsabilité qu'ils ont dans la mort de votre père. Parmi ceux qui réagiront, au moins l'un d'eux sera...

L'homme qui avait conduit Priscilla à la clinique intervint :

— Ceci est peut-être important : au retour, dans la camionnette, nous avons écouté les informations à la radio. On fait le rapprochement entre l'incendie de la maison de

Washington avec les corps qu'on a trouvés là et l'incendie d'hier soir : même tactique, même massacre à Alexandria. La police...

L'étranger se rebiffa.

— Peu m'importe la police, dit-il. Le téléphone. Tess. Décrochez le téléphone. Appelez votre...

— Un instant, fit Craig. J'ai promis au chef de la police d'Alexandria que je garderai le contact.

— Cette promesse-là devra attendre.

— Erreur. Si je n'appelle pas pour le rassurer, ma carrière est terminée. Je pourrais aller en prison pour n'avoir pas coopéré dans une enquête criminelle. À condition, bien sûr, que je réussisse à rester en vie. Il ne faut pas être trop optimiste. Mais j'aime bien mon métier. J'aimerais continuer à l'exercer. Toutefois, il y a une chose qui ne me plaît pas : ne pas connaître le nom de celui à qui je parle.

— Mon nom ? Simple formalité. C'est sans importance.

— Pour moi, ça en a.

— Alors appelez-moi... » L'étranger hésita. « Appelez-moi " père Baldwin ".

— Vous êtes sûr que vous ne préférez pas « père Smith » ou « père Jones » ?

— Je crois que « père Baldwin » fera l'affaire.

— Mais ça ne convient pas tout à fait. Est-ce que je me trompe, ou est-ce que je perçois un vague accent européen ? Français, peut-être ?

— Lieutenant, vous avez fini par poser une question de trop. Décrochez le téléphone. Rassurez le chef de la police d'Alexandria, si c'est, à votre avis, nécessaire pour que Tess poursuive sa mission. Dites-lui simplement que vous n'avez pas encore réussi à la contacter. Inutile de vous inquiéter à l'idée qu'on puisse retrouver l'origine du coup de fil. Une boîte noire déroute la transmission par Londres et Johannesbourg.

— Que de précautions ! Je suis impressionné.

— Nous faisons de notre mieux. Mais, après tout, nous avons des siècles de pratique.

— Ça se sent. » Craig tira de la poche de son veston chiffonné un bout de papier. Il lut un numéro qu'il y avait griffonné, décrocha l'appareil et composa le numéro. Au même moment, le père Baldwin pressa un bouton qui brancha un amplificateur, permettant à tous de suivre la conversation. Tess entendit des parasites, le cliquetis des contacts de relais sur l'interurbain, puis une sonnerie au moment où l'appel arrivait à Alexandria.

Encore une sonnerie. Une voix masculine répondit :

— Bureau du chef Farley.

— Ici le lieutenant Craig, du Bureau des personnes disparues de la police de New York. Je crois qu'il attend mon appel.

— Certainement. Ne quittez pas.

Un déclic. Encore des parasites. On avait mis Craig en attente. Il jeta un coup d'œil à l'homme qui se faisait appeler le père Baldwin. Puis il tendit le bras pour prendre Tess par les épaules.

— Je sais que c'est dur, bébé. Essayez de rester calme.

— Si quelqu'un d'autre m'avait appelée comme ça... commença Tess.

— C'est comme ça que mon père appelait ma mère.

— Dans ce cas, je trouve ça merveilleux.

Un déclic.

— Ici le chef Farley. Où diable étiez-vous ? J'attendais que vous m'appeliez.

— Je sais. Il y a deux heures. L'ennui c'est que je n'ai pas réussi à trouver...

— Theresa Drake. Ce n'est plus mon problème. Mes hommes essaient encore de comprendre ce qui s'est passé la nuit dernière chez sa mère. La police de Washington a enregistré une attaque similaire dans sa juridiction cet après-midi. Ils veulent savoir si les deux ont un rapport. Mais ce que je voudrais savoir, moi, c'est comment diable le FBI se trouve mêlé à ça.

— Quoi ?

— On ne leur a rien demandé, et je ne vois aucune raison pour que le meurtre de Melinda Drake les concerne.

En entendant mentionner le nom de sa mère, Tess tressaillit.

— Le *FBI* ? répéta Craig.

— Eric Chatham — le directeur du Bureau en personne — a pris contact avec moi peu après midi. Il veut parler à

Theresa Drake. Sécurité nationale. Priorité absolue. Confidentiel. Bla bla bla. Vous savez, je fais bien mon boulot, et quand un étranger essaie de me dire comment... Peu importe. Je lui ai expliqué mon arrangement avec vous. Maintenant, ça ne dépend plus de moi. J'ai ordre — des ordres provenant du gouvernement au plus haut niveau — de vous donner pour instruction de ne plus m'amener Theresa Drake mais plutôt de téléphoner à Chatham. À trois reprises, cet après-midi, il a appelé pour savoir si j'avais eu de vos nouvelles, pour me rappeler de vous dire de le contacter sans tarder. Immédiatement. Craig, au nom du ciel, qu'est-ce qui se passe ?

— Chef, je vous jure que j'aimerais bien le savoir.

— Alors, vous feriez fichtrement mieux de le découvrir. Comme dit Chatham, *maintenant* ! Il ne me manque plus que des ennuis avec le FBI.

— Je vous comprends.

— Eh bien ! Pendant que vous y êtes, comprenez bien ceci, Craig. Un jour, vous et moi, nous nous rencontrerons, et vous feriez mieux d'être prêt à vous expliquer. Croyez-moi, vous n'avez pas intérêt à ce que je vous en veuille. Parce que je suis un salaud et un vindicatif et que je m'assurerai que votre capitaine vous en veuille aussi.

— Encore une fois, je vous comprends.

— Quelle surprise ! Voilà que quelqu'un accepte des ordres de moi au lieu de m'en donner ! Téléphonez à Chatham. Voici sa ligne directe.

Craig nota le numéro.

— Faites ce qu'il faut pour que ce bureaucrate me lâche les basques, reprit Farley. Que je puisse faire mon travail ! Que je puisse découvrir qui a tué Melinda Drake !

— Je vous le promets. Je vais m'en occuper.

Troublé, Craig raccrocha.

— Ainsi, dit le père Baldwin, ça a déjà commencé.

Tess avait l'air stupéfait.

— Vous croyez qu'*Eric Chatham* fait partie du groupe qui cherche à me tuer ?

— C'est possible. Je vous ai dit qu'*ils* étaient arrivés à des positions clés. Mais peut-être ne s'agit-il que d'une coïncidence, dit le père Baldwin. Chatham connaissait-il votre père ?

— Très bien.

— Alors peut-être agit-il par loyauté, pour essayer de vous protéger.

Tess leva les mains au ciel.

— Il n'y a qu'un seul problème avec ce raisonnement.

— Ah ? » Le père Baldwin attendit.

— Seul l'ennemi savait que j'étais chez ma mère hier soir.

— Inexact. Il y avait Brian Hamilton et, bien sûr, mes partenaires.

— Mais Brian Hamilton est mort ! fit Tess. Je n'ai pas changé d'avis. Le chef de la police d'Alexandria a appris que j'étais poursuivie parce que Craig le lui a dit. Mais comment Chatham, lui, l'a-t-il su ?

Les yeux du père Baldwin étincelèrent.

— Vous voulez dire qu'il l'aurait appris des hommes qui ont attaqué la maison de votre mère et qui n'ont pas réussi à vous capturer ?

— Pour moi, ça tient debout, dit Craig.

— Peut-être, fit le père Baldwin en hochant la tête. Mais ce qui me trouble, c'est que le lien soit si évident. Depuis 1244 — date à laquelle la vermine s'est échappée de Montségur —, les hérétiques survivent grâce à leur talent pour se cacher. Au fil des siècles, ils ont grandement amélioré leurs possibilités de tromper leur monde. Si Chatham est bien un ennemi, prendrait-il un tel risque, irait-il à l'encontre de tout son entraînement, et attirerait-il les soupçons sur lui en agissant de façon si directe ?

— Oui, si son groupe et lui se sentaient assez désespérés. » Tess se retourna vers le père Baldwin. « En appelant le chef Farley et en insistant pour que le FBI prenne l'affaire en main, Chatham a rempli une partie de leur mission. Ils veulent me tuer à cause des photographies et de ce que je sais. Mais je n'ai pas encore pu alerter les autorités. »

Le père Baldwin resta un moment silencieux.

— Vous avez peut-être raison. Il n'y a qu'une façon de le savoir.

Tess poussa un soupir.

— Oui. C'est de l'appeler. » Pleine d'appréhension, elle tendit la main vers la feuille de papier sur laquelle Craig avait noté le numéro de téléphone de Chatham.

— Attendez, dit le père Baldwin.
— Il y a un instant, vous me pressiez de...
— La situation a changé. Maintenant que nous avons isolé une cible possible, il faut que je vous apprenne comment réagir à ce que Chatham va vous dire. En attendant, d'autres dispositions doivent être prises. Elles sont d'ordre profane, mais nécessaires.
— Que voulez-vous dire ?
— Il est 7 heures passées.
— Et alors ?
— Il faut que vous mangiez.
— Oubliez ça. La nourriture est la dernière chose qui m'intéresse. Je ne pourrais probablement rien avaler.
— Mais vous ne me servez à rien si vous êtes épuisée. Mes informateurs me disent que vous ne mangez pas de viande. Du poisson vous conviendrait-il ?
Tess se sentit intimidée par tout ce que le père Baldwin savait de ses habitudes. Elle éprouvait de l'indignation. Mais le ton énergique du prêtre fit son effet.
— Si vous êtes à ce point déterminé, fit Tess, allez-y, mais je ne vois pas pourquoi ma permission a de l'importance. Vous le ferez de toute façon, bien sûr. Oui, du poisson, ce sera parfait.
— Et vous, lieutenant ?
— Il y a une semaine, j'aurais commandé un steak-frites, répondit Craig. Mais maintenant que j'ai rencontré Tess... ce qu'elle recommande comme menu me convient.
— Je vais avoir besoin aussi de vos mesures, dit le père Baldwin. Les vêtements que vous portez sont en lambeaux et empestent la fumée. Comme vous allez bientôt sortir en public, pour éviter d'attirer l'attention, il va falloir que vous passiez des vêtements neufs.
— Pour la seconde fois de la journée », murmura Tess. Et elle constata qu'elle tremblait.

## 2

Eric Chatham était planté au bas des marches menant au mémorial Lincoln, avec sa statue massive et ses colonnes de marbre blanc qui luisaient d'un éclat étrange dans l'obscurité. La partie de la rue qui contournait le mémorial était fermée à la circulation mais, sur sa droite, les phares des voitures approchaient par Daniel French Drive pour s'arrêter à un parking, les visiteurs descendant alors pour gagner le mémorial à pied. Chatham examinait ces voitures et les visiteurs qu'elles amenaient, en attendant qu'un homme se dirigeât vers lui en annonçant qu'il venait de la part de Tess Drake.

La nuit était douce. Malgré cela, Chatham avait la sensation d'avoir l'estomac encombré de morceaux de glace. Il était sombre, incapable de maîtriser son appréhension. Ce n'était pas seulement d'avoir accepté, au mépris de son instinct, ce rendez-vous peu orthodoxe et peut-être dangereux. C'était aussi qu'il s'agissait de son second rendez-vous risqué de la journée ; le premier avait eu lieu à l'heure du déjeuner au cimetière d'Arlington avec Kenneth Madden, directeur adjoint de la CIA pour les opérations clandestines. Les deux rendez-vous étaient liés, et Chatham était persuadé que quelque chose de désastreux était sur le point de se produire. Il pensa au meurtre de Melinda Drake et se reprit. Non, c'était pour maintenant. Ses années d'expérience en tant que directeur du Bureau lui disaient que la catastrophe s'était enclenchée et qu'elle échappait peut-être même déjà à tout contrôle.

Tess avait peur, c'était sûr. Quand elle avait appelé Chatham, deux heures auparavant, il avait été frappé par sa voix tremblante, son ton désespéré. Avant d'avoir le temps de lui expliquer pourquoi il avait besoin de lui parler, elle l'avait interrompu, affirmant qu'elle savait qui avait tué sa mère, qu'elle avait des renseignements importants concernant le meurtre, mais qu'elle ne pouvait pas les révéler au téléphone. Elle devait lui en parler — lui *montrer* les preuves en personne. « Alors venez à mon bureau... Non, avait dit Chatham, nous serons plus tranquilles chez moi.

— Mais je n'ai confiance ni chez vous ni à votre bureau !

— Pardonnez-moi, Tess, mais ne pensez-vous pas que vous poussez les précautions à l'extrême ?

— Après tout ce que j'ai enduré ? Eric, vous n'avez pas idée. Dans ma position, vous seriez...

— Bon. Calmez-vous. Si vous croyez que vous courez un tel danger, je vais prendre des dispositions pour que des agents spéciaux surveillent ma maison.

— Non ! Le rendez-vous doit avoir lieu à mes conditions. Si vraiment vous avez été un ami de mon père, vous allez faire de votre mieux pour m'aider à rester en vie.

Chatham avait hésité.

— Oui. Pour votre père, je ferais n'importe quoi.

— Des amis à moi vont passer vous prendre et vous amener à un endroit où je me sentirai en sécurité.

— Accordé.

— Vous viendrez seul, avait dit Tess.

— Je n'aime pas ça, mais c'est d'accord. » Chatham sentit soudain une veine battre sur son front.

— Il faut que ce soit ainsi, de façon que mes amis puissent s'assurer que vous n'êtes pas suivi. Les gens qui veulent me tuer pourraient bien vous surveiller.

— Encore une fois, vous poussez les choses bien loin.

— Non, Eric, je suis pratique ! Si je ne suis pas prudente, ils se serviront de vous pour me trouver. Peu importe qui vous êtes. Les hérétiques ont prouvé à quel point ils sont décidés à m'arrêter.

— Les hérétiques ? » Le mot avait fait frissonner Chatham. « Qu'est-ce que vous racontez ?

— Vous voulez dire que vous prétendez... Vous voulez me faire croire que vous ne savez vraiment pas ?

— Si c'était le cas, croyez-vous que je...

— Soyez là. Je vous en supplie ! S'il vous plaît ! » Tess avait précisé l'heure et le lieu du rendez-vous. « J'attendrai que mes amis vous accompagnent jusqu'à l'endroit où je me cache. »

Dans l'obscurité, Chatham jeta un coup d'œil nerveux au cadran lumineux de sa montre. 23 h 10. Parmi les touristes, au pied des colonnes et de la statue spectaculairement illuminée du mémorial Lincoln, il frissonnait dans sa chemise de coton à manches courtes, malgré la douceur de la nuit. Après tout, le rendez-vous aurait dû avoir lieu voilà dix minutes et, même si l'homme qu'on lui envoyait pour l'emmener jusqu'à Tess était sans doute en train de patrouiller le secteur pour s'assurer que Chatham était venu seul et n'avait pas été suivi par les ennemis de Tess, le directeur du FBI ne pouvait s'empêcher de se sentir exposé, perdu au milieu des touristes qui passaient, et dont chacun pouvait représenter une menace.

« Maîtrise-toi, se dit-il. Tu vas bientôt être aussi paranoïaque que Tess. Bientôt ? Je le suis déjà ! Je regrette de ne pas... »

Un homme s'arrêta près de lui pour prendre une photographie du mémorial. Il était de taille moyenne, avec un visage banal et des vêtements qui passaient inaperçus.

— Ça ne va probablement rien donner, fit l'homme en secouant la tête. J'ai pris la mauvaise vitesse de pellicule.

— On ne sait jamais. Vous aurez peut-être de la chance, dit Chatham, les nerfs tendus.

— Tess Drake, dit l'homme, en prenant une autre photo de la statue de Lincoln derrière la colonnade illuminée. Vous êtes venu seul ?

— Comme promis.

— Je ne veux pas mettre votre parole en doute, mais j'ai vérifié pour m'en assurer.

Chatham haussa les épaules.

— Je m'en doutais.

— Dans ce cas, êtes-vous prêt à m'accompagner ?

— N'importe quoi pour comprendre ce qui se passe. Allons-y.

Chatham se tourna avec impatience vers la gauche, se dirigeant vers le parking entouré d'arbres au bout de Daniel French Drive.

— Non, nous allons *par ici.* » L'homme à l'appareil photo montra de la tête la direction opposée. « Sur votre droite. »

Chatham fronça les sourcils.

— À droite ? Mais...

Tournant un regard nerveux dans cette direction, il aperçut une barrière métallique qui empêchait les voitures de faire le tour du monument. De l'autre côté de la barrière, on voyait briller des phares. Chatham entendait le brouhaha des voitures qui passaient, s'entassant devant le pont du mémorial d'Arlington pour tourner plus loin à gauche, vers la 23e rue.

— Oui, je sais, dit l'homme à l'appareil photo. Il n'y a pas de parking là-bas. Ne vous inquiétez pas. Tout a été réglé. » Il plongea la main dans un étui de cuir fixé à sa ceinture et y prit un téléphone cellulaire. Composant rapidement un numéro, il écouta, puis parla vite. « Tout va bien. Nous sommes prêts. Deux minutes ? Très bien. C'est à peu près le temps qu'il nous faudra. » L'homme rangea le téléphone. « Voudriez-vous faire quelques pas, monsieur Chatham ? »

Sans attendre de réponse, l'homme toucha le bras de Chatham et le guida vers la droite, vers la barrière métallique. Ils la contournèrent, passant sous des arbres dont les branches touffues masquaient les étoiles et dont les troncs épais bordaient une partie de la chaussée inutilisée et envahie d'herbes.

— Si vous vous posez la question, dit l'homme, je ne suis pas seul. Mes compagnons surveillent au cas où quelqu'un serait assez stupide pour essayer de nous suivre.

Nerveux, Chatham parvint à dire :

— Les gens de l'école du Bureau à Quantico pourraient tirer profit des leçons que vous leur donneriez.

L'homme à l'appareil photo — ce n'était sans doute pas un appareil, mais une sorte d'arme, peut-être un pistolet caché, Chatham s'en doutait — se contenta d'un geste de sa main libre.

— Nous n'accepterions jamais, dit-il, mais un compliment est toujours le bienvenu.

— Ce que j'aimerais, c'est savoir, au nom du ciel...

— Bientôt, monsieur Chatham. Bientôt.

Ils approchaient des lumières et du bruit sourd de la circulation. Après les arbres, l'homme s'arrêta sur le bas-côté, bloquant la route à Chatham et, à la lueur des phares qui passaient, Chatham constata que, s'il avait l'air d'un individu moyen, l'homme était en fait souple et musclé. Respirant les gaz d'échappement des voitures qui passaient, Chatham en conclut que cet homme était sans doute en meilleure condition physique que le mieux entraîné de ses gardes du corps.

— Et maintenant ?... demanda Chatham.

— Nous attendons. Mais pas longtemps. Vous m'avez

entendu dire « deux minutes ». Mais j'ai mal calculé. Nous sommes en avance.

Il désigna quelque chose du doigt. Une camionnette déboucha du pont du mémorial d'Arlington, s'écarta de la myriade des phares étincelants et s'arrêta sur le bas-côté. Une porte coulissante s'ouvrit aussitôt.

— Après vous, fit l'homme au visage neutre.

Chatham monta dans la voiture, mal à l'aise. D'autres hommes le saluèrent de la tête, leurs efforts pour le rassurer contrebalancés par la présence de leurs armes. Chatham s'assit entre deux d'entre eux — pas le choix, c'était la seule place libre — , son compagnon le suivit, s'accroupit sur le plancher et referma la porte. Le moteur rugit. Les roues patinèrent sur le gravier, puis, dans un crissement de pneus, la camionnette s'engagea dans le flot de la circulation.

À l'avant, à la place du passager, un homme parlait dans un téléphone cellulaire.

— Il n'a pas été suivi ? Bon. Vous savez où nous retrouver. » Il raccrocha et se retourna. « Soyez le bienvenu, monsieur Chatham. Merci de votre coopération.

— Mais tout cela était-il vraiment nécessaire ?

L'inconnu se contenta de le regarder, comme si la réponse allait de soi.

— Qui êtes-vous ? interrogea Chatham.

— Tess vous a déjà expliqué. Nous sommes des amis.

— Je le croirai quand je la verrai. Quand allons-nous arriver à l'endroit où elle se trouve ?

L'homme assis à l'avant parut amusé.

— Plus tôt que vous ne le pensez.

Chatham fronça les sourcils ; il ne comprenait pas. Puis, surpris, il comprit en effet, en entendant une voix familière.

— Je suis juste derrière vous, Eric.

Chatham se tourna brusquement, de plus en plus surpris. Tess, qui était blottie dans l'ombre à l'arrière, se leva pour s'asseoir sur une caisse en bois. Un homme trapu, au visage énergique, en chemise de sport bleu marine, les manches retroussées, apparut auprès d'elle.

Tess eut un sourire, même si Chatham trouva son expression un peu forcée — et cela le rendit nerveux.

— Ça fait longtemps. Ravie de vous voir, Eric.

Chatham se rembrunit, ignorant la plaisanterie.

— Mais je croyais... Au téléphone, vous m'avez dit que ces hommes allaient m'emmener là où vous vous cachiez.

— Je suis navrée d'avoir dû vous induire en erreur. C'était au cas où votre téléphone serait sur écoute, ou si on vous avait surveillé au mémorial. Étant donné la façon dont nous sommes venus vous chercher, nous ne pensons pas que cette camionnette puisse être suivie. Mais si elle l'est, l'ennemi pensera qu'elle le mène à moi. Ils ne se douteront pas que je suis à l'intérieur. Ils ne l'attaqueront pas.

— Ils ne l'attaqueront pas ? Et vous pensiez que mon téléphone pourrait être sur écoute ? » Chatham secoua la tête, abasourdi. « On vérifie ma ligne chaque matin. Qui pourrait bien la mettre sur écoute, et d'ailleurs qui oserait prendre le risque d'attaquer cette camionnette alors que je m'y trouve ?

— Les hérétiques.

Encore ce mot troublant.

— Ils n'ont pas hésité à tuer Brian Hamilton, observa Tess.

Chatham était trop choqué pour répondre.

— C'était un homme important. Alors pourquoi hésiteraient-ils à tuer le directeur du FBI ? Pour arriver jusqu'à moi, dit Tess, pour atteindre leur but, pour m'empêcher de révéler leur secret, ils feront n'importe quoi.

— De quoi parlez-vous ? Qu'est-ce que c'est que ce secret ? Quels hérétiques ?

Tess lui tendit plusieurs photographies et une petite torche électrique. Encore plus déconcerté, Chatham braqua le faisceau lumineux sur les clichés, toujours conscient d'être intensément surveillé par les hommes au visage neutre.

Une des images arracha une grimace à Chatham.

— Un homme sur un taureau, en train de lui trancher la gorge ?

— C'est une sculpture.

— Où avez-vous...

— Vous n'avez jamais rien vu de pareil ? demanda Tess.

— Mais non ! Bien sûr que non ! Mon Dieu, je me souviendrais certainement de quelque chose d'aussi affreux.

Les hommes au visage neutre ne cessaient de le dévisager.

— Tess, je vous ai montré ma bonne foi. Je suis venu seul. J'ai fait tout ce que vous me demandiez. Maintenant, au nom du ciel, dites-moi de quoi il s'agit.

L'homme assis devant l'interrompit.

— Comment saviez-vous que Tess et le lieutenant étaient censés contacter la police d'Alexandria ?

— Mais je ne le savais pas, fit Chatham.

— Ça ne tient pas debout, dit quelqu'un derrière lui.

Il se retourna instinctivement pour regarder l'homme assis à côté de Tess.

— Vous avez téléphoné au chef Farley, dit l'homme. Pourquoi ?

Chatham se sentait désorienté, son regard allait de l'avant à l'arrière, de l'homme au visage neutre assis près du conducteur jusqu'à celui qui était installé derrière.

— C'est vous, le lieutenant Craig ?

— Répondez à ma question, fit l'homme d'une voix rocailleuse. Si vous ne saviez pas que Tess et moi étions censés contacter le chef Farley, pourquoi lui avez-vous téléphoné ?

— Parce que j'avais promis de le faire.

Tess se pencha soudain vers lui, ses doigts se refermant sur le bras de Chatham.

— Promis à qui ?

— À Kenneth Madden.

— Madden ? » fit brusquement l'homme assis devant. « De la CIA ? »

Chatham pivota vers l'avant, plus déconcerté que jamais.

— Oui, le directeur adjoint des opérations clandestines.

— Qu'est-ce qu'il a à faire avec... Pourquoi Madden vous demanderait-il d'appeler la police d'Alexandria ?

— Parce que la juridiction de la CIA ne couvre pas les affaires intérieures. C'était plus facile et ça posait moins de problèmes si le Bureau entrait lui-même en contact avec la police locale.

— *Pourquoi ?* demanda l'homme assis auprès de Tess.

— C'est une question d'orgueil. La police locale n'aime pas que nous intervenions si le crime ne relève pas automatiquement de notre domaine. Mais la police d'Alexandria aurait encore moins apprécié que la CIA eût essayé de s'en mêler. Ça n'aurait pas manqué de provoquer des réactions, sans parler d'un tas de coups de téléphone furibonds. Le problème... » Chatham détourna les yeux de l'homme pour regarder Tess, « c'est que vous ne comprenez pas à quel point les amis de votre père s'inquiètent à votre sujet. Ils sont bouleversés par la mort de votre mère. Ils craignent que vous aussi ne soyez en danger. Alors ils ont utilisé le système. Ils m'ont demandé de contacter la police d'Alexandria, les responsables du maintien de l'ordre auxquels vous vous adresseriez logiquement pour demander protection. Mais les amis de votre père veulent vous voir bénéficier d'une plus grande protection.

— Par « amis », vous voulez dire la CIA et Kenneth Madden.

De la banquette avant, la voix sévère de l'homme au visage neutre obligea de nouveau Chatham à se retourner.

— C'est exact, dit Chatham. Pour Tess. En souvenir de son père. Mais ce que vous ne comprenez toujours pas, c'est que cette envie de la protéger va bien au-delà du Bureau et de l'Agence. Beaucoup, beaucoup plus haut.

— Jusqu'où ?

— Jusqu'à la Maison Blanche.

Ce fut Tess qui réagit et Chatham pivota une fois de plus sur son siège.

— Vous êtes en train de me dire, fit Tess en serrant plus énergiquement le bras de Chatham, que le président lui-même sait que je suis en danger et qu'il veut me protéger ?

— Non. Le vice-président.

— Alan Gerrard ?

L'homme assis près de Tess semblait surpris.

— Oh, fit Chatham, je sais ce que les journalistes écrivent à son sujet. Mais en tout cas il se fait du souci. Il a dit à Madden de prendre contact avec moi, et Madden à son tour m'a demandé d'appeler le chef Farley. Je n'aime jamais beaucoup travailler avec l'Agence. Leur juridiction couvre l'étranger, la nôtre le territoire national, et il est important de ne pas mélanger les choses. Mais quand je reçois un ordre du vice-président, dès l'instant qu'on ne me demande pas de violer la loi, je fais de mon mieux pour obéir. L'essentiel du message est que je suis censé demander à Tess d'appeler Madden.

— Et Madden prétend qu'il la protégera ? demanda l'homme assis devant.

— Non, Madden n'est qu'un relais. C'est le vice-président qui veut la protéger. Et ça veut dire, j'imagine, qu'il a l'intention de faire appel au Secret Service.

Tess secoua la tête.

— Pourquoi me porterait-il tant d'intérêt ?

— Je vous l'ai dit, à cause de votre père. Comme tant de gens du gouvernement, Gerrard se sentait proche de votre père et il veut que le gouvernement paie sa dette envers lui — pour son courage et son refus de parler sous la torture — en s'assurant que vous êtes protégée.

Tandis que la camionnette revenait sur Virginia Avenue, ses occupants songeaient en silence à ce que Chatham venait d'expliquer. Sur les voies opposées, on voyait passer les phares d'autres voitures.

Ce fut Chatham qui rompit le silence.

— Qui sont ces hérétiques dont vous n'arrêtez pas de parler ?

Tess jeta un coup d'œil à l'homme assis à l'avant, haussant les sourcils comme pour lui demander sa permission. L'homme acquiesça de la tête. « Vous connaissez les limites », dit-il. Tess soupira.

— Eric, j'espère que vous avez l'esprit ouvert.

— Après plusieurs années passées comme directeur du Bureau, il n'y a plus grand-chose qui me surprenne. Allez-y. Tentez l'expérience.

— En 1244...

Cela prit une demi-heure. Chatham écoutait, stupéfait, sans jamais interrompre. À la fin, il reprit de nouveau la petite torche électrique pour examiner la photographie de la sculpture. « Et voilà tout. Il n'y a rien de plus », dit Tess.

— Ce n'est pas tout à fait fini, dit l'homme assis à l'avant. Mais c'est tout ce que vous avez besoin de savoir.

— J'imagine que le reste vous concerne, et j'imagine aussi le rôle que vous jouez dans tout cela, fit observer Chatham.

— N'imaginez rien. Ce que vous savez suffit déjà à vous mettre en danger. En savoir plus vous ferait courir un risque encore plus grand. Qu'est-ce que vous comptez faire ?

— Pour être sincère, si je n'avais pas vu ces photographies... si ce n'était pas Tess elle-même qui m'avait parlé de ça...

— C'est vrai, Eric. Tout ce que je vous ai dit est vrai.

Tess le regardait droit dans les yeux.

— Mais quelque chose d'aussi insensé... De toute évidence, il faut que je vérifie.

— Alors vous allez ouvrir une enquête ?

— Absolument.

— Avec discrétion, j'espère, dit l'homme à l'avant. Faites-le vous-même. Ne vous fiez à personne. La vermine se cache là où vous le soupçonnez le moins. Souvenez-vous de ce qui est arrivé à Brian Hamilton. Si vous n'êtes pas prudent, vous serez leur prochaine victime.

— Faites-moi confiance. Je n'ai pas toujours été un bureaucrate, dit fièrement Chatham. Pendant treize ans, avant de devenir directeur, j'ai été un rudement bon agent. Je n'ai pas oublié l'art de mener une enquête sans attirer l'attention sur moi.

— Alors, dit l'homme assis à l'avant, faites-le. Prouvez combien vous êtes habile.

— Comment puis-je vous contacter ? Comment vous ferai-je savoir ce que j'ai découvert ?

— Pas de problème. C'est nous qui vous contacterons.

— Et habilement, j'en suis sûr. Mais je ne vois pas pourquoi je devrais vous faire confiance, fit Chatham.

— À cause de Remington Drake, de Melinda Drake, de Brian Hamilton et de Tess.

— Certainement ; à cause de Tess, à cause des vivants.

— Il va nous falloir le numéro de téléphone de Madden.

— Je l'ai. Il y a le numéro de sa ligne directe sur cette carte. » Chatham se rembrunit. « Mais je n'arrive toujours pas à admettre ce que cela implique. Si ce que vous dites est vrai, si tout ça n'est pas qu'une illusion, alors Madden et Gerrard, le directeur adjoint des opérations clandestines de la CIA et le second personnage du pays après le président pourraient faire partie de cette bande.

— Comme je vous l'ai dit, la vermine se cache où l'on s'y attend le moins. » L'homme assis à l'avant jeta un coup d'œil par la fenêtre. « Ah, je vois que nous avons bien calculé les choses. Au moment même où nous terminons notre conversation, nous arrivons devant chez vous. Au fait, votre voiture a été retirée du parking du mémorial Lincoln. Vous la trouverez devant votre garage.

— Et je parie que l'homme qui l'a conduite jusqu'ici me ressemblait.

— Précisément. Il est passé derrière votre maison et a disparu.

— Je regrette que vous ne travailliez pas pour moi, dit Chatham.

— Contentez-vous de savoir que nous travaillons *avec* vous.

La camionnette s'arrêta. L'homme qui avait escorté Chatham depuis le mémorial Lincoln fit glisser la porte coulissante, descendit et fit signe au directeur du Bureau de sortir.

— Eh bien, dit Chatham, je ne peux pas dire que cette promenade m'a plu, mais elle m'a certainement appris beaucoup de choses, même si elle m'a troublé.

— Nous espérions que vous ne vous sentiriez pas tant troublé que... » L'homme assis à l'avant hésita.

— Effrayé ?

— Oui.

— Alors, répondit Chatham, vous avez parfaitement réussi.

## 3

La camionnette démarra tandis que Tess, Craig et les membres de l'équipe du père Baldwin regardaient Chatham passer devant sa voiture garée dans l'allée et entrer dans sa grande et belle maison. Le père Baldwin demanda :

— Est-il des leurs ?

— C'est difficile à savoir, dit Craig. Je l'ai observé attentivement. Il n'a pas les yeux gris.

— Ça ne prouve rien, répliqua le père Baldwin. Seuls certains membres de la vermine conservent cette caractéristique. Qui plus est, ils utilisent parfois des verres de contact pour dissimuler la couleur de leur iris.

— J'ai bien observé Chatham aussi, fit Tess. Il a réagi à ce que je lui ai dit comme on pouvait le prévoir. Il était crédible.

— Bien sûr, dit le père Baldwin. Un vrai professionnel est *toujours* crédible. Ça me paraît évident. Je ne sais pas si je dois lui faire confiance. C'est pourquoi, en son absence, son téléphone a été mis sur écoute, sa maison truffée de micros, tout comme son bureau. Il se vante que les mesures de sécurité qu'il prend sont vérifiées chaque matin, mais ses précautions ne suffisent guère devant les techniques dont nous disposons. À partir de maintenant, chaque mot qu'il prononcera sera enregistré. Il sera soumis à la plus étroite surveillance. Et s'il donne le coup de fil qu'il ne faut pas, s'il voit la personne qu'il ne faut pas, s'il dit les mots qu'il ne faut pas, nous saurons qu'il appartient à l'autre camp.

— Mais je ne pense pas que ce soit le cas, fit remarquer Tess.

— Cela reste à déterminer, déclara le père Baldwin. Ce qui reste *aussi* à déterminer, c'est le statut de Kenneth Madden et d'Alan Gerrard. Nous montons toujours plus haut. Peut-être ces très hauts fonctionnaires de la CIA et de la Maison Blanche sont-ils aussi bien intentionnés que, selon vous, l'est Chatham. Mais la vermine émet une odeur, et j'ai les narines irritées. L'odeur est très forte. Donnez ce coup de téléphone.

— À Madden ?

— Oui. Suivez le plan qu'on vous a donné. Gravissez les niveaux de la bureaucratie. Nous finirons par trouver la vermine.

— Tout ce que je veux, dit Tess, c'est rester en vie. Je ne suis pas sûre de vouloir encore prendre le risque de...

— N'oubliez pas, ils vous tueront, à moins que vous ne nous donniez la chance de les exterminer, eux.

— Mais si je donne ce coup de fil, si je passe par la CIA par l'intermédiaire de Madden et que j'aille jusqu'à l'exécutif avec Gerrard, je serai toujours en danger, dit Tess.

— Mais Craig et moi serons avec vous, dit le père Baldwin. Et, rappelez-vous, les chaussures qu'on vous a données à tous les deux ont, dans les talons, des dispositifs autodirecteurs ainsi que des microphones. Mes agents sauront toujours où vous trouver si vous êtes en danger.

— C'est un maigre réconfort si l'on me tue pendant que vos hommes essaient d'arriver jusqu'à moi !

— Tess, sans nous, votre mort est certaine. Avec nous, vous et le lieutenant Craig avez une chance de savourer ensemble le restant de vos jours.

— Je suis d'accord, dit Craig. Allons, Tess. Nous ne pouvons pas renoncer. Puisque nous sommes pourchassés, combattons ces salopards et, si nous échouons, en tout cas nous aurons fait de notre mieux. Il n'y a pas d'autre choix.

— Mais j'ai si peur !

— Je sais. Si ça peut vous consoler, moi aussi.

Craig la serra dans ses bras.

— Donnez ce coup de téléphone, dit le père Baldwin. À Madden. Et, après cela, à...

## 4

*Base aérienne d'Andrews*

1 heure du matin. Presque aveuglés par les projecteurs, Tess et Craig arrêtèrent la voiture qu'ils venaient de louer devant l'entrée de la base militaire que protégeait une haute clôture au faîte hérissé de barbelés. Une sentinelle aux larges épaules et à l'air méfiant réagit aussitôt quand Tess et Craig déclinèrent leur identité, sans prendre la peine de vérifier la liste des noms sur son tableau. « Absolument, vous êtes attendus. Pièces d'identité », demanda-t-il, ajoutant, avec une sévère courtoisie : « S'il vous plaît. »

Tess et Craig présentèrent leur permis de conduire.

La sentinelle vérifia leurs papiers, compara leurs visages avec les photographies des permis, et leur indiqua où se trouvait le salon des VIP de la base.

Tandis que Tess passait sous la barrière de l'entrée qui venait de se soulever. Craig et elle entendirent le rugissement d'un avion à réaction qui décollait derrière des rangées de bâtiments officiels illuminés par le feu d'autres projecteurs.

— Le père Baldwin nous a menti, observa Tess. Il avait promis d'être avec nous.

— Avait-il le choix ? » fit Craig avec un geste d'impuissance. « Baldwin ne pouvait pas venir avec nous alors que Madden vous a demandé de retrouver le vice-président ici, à Andrews. Vous et moi travaillons ensemble depuis assez longtemps pour que je n'attire pas les soupçons. Mais si nous amenons un inconnu, une tierce personne à laquelle on ne s'attend pas, ça aura l'air d'un piège. Nous ne pourrions pas expliquer la présence du père Baldwin. Son dossier ne résisterait jamais à un examen sérieux. Et si Gerrard est bien votre ennemi, nous lui ferions ainsi comprendre que nous le soupçonnons. Nous foncerions dans un piège.

— Vous êtes en train de me dire que nous ne sommes *pas encore* dans un piège ? » Tess roulait nerveusement vers l'imposant bâtiment des VIP, brillamment illuminé. « Si nous les appelons à l'aide, les hommes du père Baldwin ne pourront absolument pas pénétrer à l'intérieur de cette base.

— Avec toutes ces sentinelles dans les parages, il ne peut rien nous arriver. En tout cas, pas ici. Pas maintenant.

— Vous faites confiance à ces sentinelles ?

— Ces soldats travaillent pour l'Air Force, pas pour Gerrard lui-même. Ils ne peuvent pas tous être des ennemis.

— Mais ensuite ? fit Tess en frissonnant. Que faisons-nous ici ? Pourquoi Madden nous a-t-il dit de venir sur cette base ? Et si Gerrard nous demande d'embarquer sur un jet ?

Craig réfléchit.

— Nous ne sommes pas sûrs que Gerrard veuille vous tuer. Pas plus que Madden. Tout ce que nous faisons, c'est suivre la filière qu'on nous a indiquée. De Chatham à Madden, de Madden à...

— À Gerrard. On dirait une équipe de base-ball.

— Ne vous affolez pas, dit Craig.

— Dites donc, je n'ai pas comme vous l'habitude de risquer ma vie !

— L'habitude de risquer ma vie ? Depuis que j'ai débuté, dans une voiture de patrouille dans le Bronx, je ne m'y suis jamais habitué. Et même aux Personnes disparues, je ne m'y suis toujours pas fait. Je me réveille chaque matin en sachant que, si on frappe à la porte, je vais peut-être me trouver nez à nez avec un maniaque brandissant un pistolet.

— Eh bien ! Ce ne sont pas les pistolets qui manquent autour de nous maintenant.

Tess arrêta la Plymouth de location devant les sentinelles, raides comme des piquets, qui surveillaient le bâtiment des VIP.

— Vos noms, je vous prie, dit l'un des soldats.

Tess et Craig répétèrent le rituel.

— Papiers d'identité.

De nouveau, ils obéirent.

— Veuillez descendre de voiture.

Les gardes utilisèrent des détecteurs de métaux portatifs pour les fouiller. Quand l'un des détecteurs émit un sifflement, une sentinelle lança à Craig un regard agressif.

— Je suis un officier de la police municipale de New York, dit Craig. J'ai mon arme de service.

— Plus maintenant. » La sentinelle prit le revolver dans le baudrier de Craig.

Tess, qui n'avait pas de permis de port d'arme, avait à contrecœur laissé son pistolet au père Baldwin. Elle se sentait désemparée, vulnérable.

Distraite par la fouille, elle n'avait pas remarqué un homme vêtu d'un costume bien coupé qui s'avançait vers elle, semblant surgir de nulle part. L'homme avait une trentaine d'années, il était grand, avec un visage avenant, des cheveux bruns et courts, un regard joyeux et un sourire affable.

— Mademoiselle Drake, lieutenant Craig, soyez les bienvenus. » Il leur serra la main. « Je suis Hugh Kelly, l'assistant du vice-président. Vous êtes juste à l'heure. Le vice-président a hâte de vous voir. »

Les manières rassurantes de Kelly mirent Tess un peu plus à l'aise. Après le cauchemar qu'elle venait de traverser, il avait l'air si normal, si raisonnable, qu'elle commença à se demander si elle n'avait pas tort de voir en Gerrard une menace. En même temps, la remarque de Kelly, « vous êtes juste à l'heure », l'intriguait.

— Voulez-vous me suivre ? dit-il.

Tess pensait qu'il allait les conduire au salon des VIP. Au lieu de cela, il les entraîna sur le tarmac et, au bout de quelques pas, Tess, regardant du côté des projecteurs, aperçut quelque chose qui la fit s'arrêter brusquement.

— Mon Dieu ! fit-elle.

— Impressionnant, n'est-ce pas ? dit Kelly. Il est commandé depuis 1986. Les retards ont été un vrai casse-tête ; les dépassements de budget ont posé un vrai problème politique, puisqu'on est passé de 265 millions à 650 millions de dollars ; mais le voici enfin, et je dois dire que, malgré tout, ça valait la peine d'attendre.

Ce que Tess contemplait, abasourdie, c'était un avion haut de six étages et si long qu'il aurait fait paraître minuscule un terrain de football : le plus grand 747 qu'elle eût jamais vu, aux contours (y compris la bosse au-dessus du nez) d'une incroyable finesse, respirant la puissance, un grand drapeau américain peint sur le gouvernail, les mots UNITED STATES OF AMERICA s'étalant en lettres capitales sur un flanc, où le blanc prédominait avec des touches de rouge et de bleu.

— Je n'ai jamais vu... » Tess était si impressionnée que, pendant un moment, elle ne put prononcer un mot. « Même du vivant de mon père, je n'avais jamais vu ça ! À la télévision, oui, dans les journaux et les magazines... Mais jamais en vrai. D'aussi près, c'est difficile à croire. Ça me coupe le souffle. » Elle reprit, d'un ton plein de révérence : *« Air Force One ! »*

— En fait, *Air Force Two,* dit Kelly, mais on ne peut vraiment pas les distinguer l'un de l'autre. Bien sûr, les photos que vous avez vues étaient celles de l'ancien modèle. Le 707. Il a fallu le remplacer parce que ce modèle-là était dépassé et que les pièces détachées étaient difficiles à trouver. C'était un superbe appareil. J'ai été navré de le voir partir. Mais cet avion-là ne peut absolument pas se comparer à ce nouveau modèle ni à son homologue. Ils se sont vraiment surpassés, chez Boeing. C'est assurément un des plus beaux avions à réaction pour passagers, peut-être *le* plus beau du monde. Vous verrez ce que je veux dire quand vous monterez à bord.

— À bord ? demanda Craig, surpris.

— Vous voulez dire qu'on ne vous a pas prévenus ? fit Kelly, l'air tout aussi étonné.

— On nous a simplement demandé de venir à la base d'Andrews aussi vite que possible.

— Je me demandais pourquoi vous n'aviez pas de bagages. Ne vous inquiétez pas. Ça ne vous posera pas de problème. Nous avons tout le nécessaire : brosse à dents, shampooing, rasoir. » Kelly lança à Tess un regard poli. « Et des articles plus personnels. Et une baignoire avec douche. Tout ce qu'il vous faut. »

— Mais... » Tess hésitait, consciente de l'émetteur radio miniature installé dans sa chaussure, sachant que le père Baldwin devait écouter, qu'il serait aussi anxieux qu'elle de connaître la réponse à sa question. « Où allons-nous ?

— En Espagne.

Tess crut avoir un étourdissement.

L'Espagne. Le pays où le père Baldwin avait dit que les hérétiques, fuyant la France, avaient trouvé un nouvel asile après l'attaque de Montségur en 1244.

L'Espagne ! Cela voulait-il dire que Gerrard était bien son ennemi ? Ou bien n'était-ce qu'une coïncidence ?

Tess se sentit pétrifiée. Aussitôt, reprenant le contrôle de ses muscles, elle s'arma de courage. Tout son instinct la poussait à tourner les talons et à s'enfuir en courant.

Mais pour aller où ? Et *comment* ? Les sentinelles l'arrêteraient. Elle ne parviendrait jamais à sortir de la base. Elle s'agita d'un pied sur l'autre.

— Quelque chose ne va pas ? demanda Kelly.

— Non », dit Tess, essayant de reprendre ses esprits. « Je suis simplement surprise, voilà tout. Tout se passe si vite. Il y a deux heures, je ne comptais pas venir ici, et maintenant vous me dites que je pars pour l'Espagne.

— Je comprends votre surprise, dit Kelly. À minuit, je

ne savais même pas que nous allions avoir des visiteurs. » Il consulta sa Rolex en or. « Nous ferions mieux de nous dépêcher. Le décollage est prévu dans dix minutes. »

Tess tourna vers Craig un visage calme, mais elle savait que ses yeux révélaient sa panique. Craig lui pressa la main et lui lança un regard qui signifiait : *nous sommes coincés. Il faut en passer par là.*

Kelly les guida d'un geste vers l'appareil brillamment éclairé. Ils arrivèrent au pied d'une énorme rampe d'embarquement montée sur pneus. Tess compta vingt-six marches et franchit un panneau ouvert derrière une aile gigantesque. Une fois à l'intérieur, proche de la nausée tant son pouls battait vite, elle comprit qu'il n'y avait plus moyen de revenir en arrière.

Derrière elle, en bas, sur la piste, le personnel au sol retirait la plate-forme d'embarquement. À l'intérieur de l'appareil, un steward ferma la porte et la bloqua.

Elle était prise au piège à bord de l'*Air Force Two.*

## 5

En examinant les lieux, Tess remarqua que la largeur de la cabine était encore soulignée par sa longueur réduite. Devant et derrière, des cloisons munies de portes restreignaient l'espace. Les sièges — elle en compta soixante-dix — ressemblaient à des fauteuils de première classe sur des avions commerciaux, mais ils étaient encore plus larges et paraissaient plus confortables ; le couloir central, lui aussi, semblait plus large que de coutume. De nombreux téléphones étaient fixés aux cloisons avant et arrière.

Ce devait être là que voyageaient la presse et l'équipe du président — en l'occurrence, du vice-président — , songea Tess, bien qu'elle fût surprise de trouver la cabine vide, à l'exception du steward.

— Nous allons bientôt décoller, dit ce dernier, mais je crois que vous avez le temps de boire une coupe de champagne.

— De l'eau minérale, ça ira très bien, dit Tess.

— Même chose pour moi, dit Craig.

— Qu'est-ce que vous servez ? demanda Kelly au steward.

— Du dom pérignon.

— Je vais en prendre une coupe.

— Très bien, monsieur.

— En attendant, reprit Kelly, je vais avertir le vice-président que ses invités sont arrivés.

Il se dirigea vers l'avant de la cabine, frappa à la porte et attendit. Après avoir marqué une pause discrète, il frappa de nouveau.

La porte s'ouvrit.

— Ils sont ici, monsieur, annonça Kelly.

— Excellent, répondit une voix sonore.

La porte s'ouvrit toute grande. Alan Gerrard apparut.

Bien que Tess eût souvent vu Gerrard dans des réceptions chez ses parents et parfois lors de réunions moins officielles, elle ne l'avait pas rencontré depuis qu'il était devenu vice-président.

Il s'approchait d'elle en souriant et semblait toujours le même : beau comme une vedette de cinéma, avec un hâle parfait, des dents éblouissantes, des traits photogéniques et des cheveux magnifiques. La seule différence était que ces six années lui avaient donné un air plus responsable, plus sage, plus mûr, malgré sa réputation de s'intéresser davantage au tennis qu'à la politique. Peu importait. Oubliant la méfiance qu'elle nourrissait à son égard, Tess ne put s'empêcher d'être sensible à son aura de réussite. Le vice-président ! Dans son esprit, les mots avaient une résonance magique. Elle faillit presque céder à son charisme.

Mais elle se ressaisit.

Elle devait se rappeler sans cesse qu'il pouvait fort bien être son ennemi.

Gerrard était vêtu d'une tenue de sport impressionnante : des mocassins cousus main, un pantalon de toile au pli impeccable, une chemise sur mesure en voile de coton, tout cela dans des tons de vert et de beige. S'approchant, il lui tendit les bras.

— Tess !

Il la serra contre lui, posant sur sa joue un baiser plein d'affection, de réconfort et de compassion.

— Votre mère », fit-il en hochant la tête. « C'est une grande perte pour tous, pour tous les hommes politiques, moi compris, qui ont un jour bénéficié de sa merveilleuse hospitalité. Mais surtout c'est une perte pour vous. Elle restera comme un personnage légendaire par sa force, sa générosité, dans cette communauté blasée qui a besoin de chaque exemple d'excellence qu'on peut trouver pour lui montrer le bon chemin. »

Tess recula, frottant ses yeux où montaient les larmes. Elle résolut que la meilleure façon, la plus naturelle, de réagir, c'était de se comporter avec lui comme elle le faisait avant la mort de son père.

— Merci, Alan, mais vous ne croyez pas que la rhétorique vous entraîne un peu loin ? Après tout, vous n'êtes pas en campagne. J'apprécie vos condoléances. Sincèrement. Mais un simple « je suis désolé » aurait aussi bien fait l'affaire.

Gerrard l'examina, visiblement peu habitué à l'irrévérence. Ses yeux aussitôt se mirent à pétiller : des yeux bleus, remarqua Tess, bien que le droit parût irrité, strié de rouge.

— Bon. Je suis heureux de voir que vous ne vous laissez pas abattre, dit-il. Vous êtes toujours aussi mordante !

— Je crois que je ne peux pas m'en empêcher. Je tiens ça de mes parents.

— Dieu les bénisse tous les deux. Ils vont beaucoup me manquer. Lieutenant Craig, je crois savoir que vous avez été d'une aide formidable à Tess dans les dangers qu'elle a courus et dans sa peine. Soyez le bienvenu ici.

— Merci.

Le steward apporta des verres d'eau minérale pour Tess et pour Craig, des coupes de dom pérignon pour Kelly et le vice-président. Pendant qu'ils buvaient, Gerrard semblait un peu embarrassé.

— Eh bien, dit-il en se frottant les mains, avant que je vous explique, avant que nous bouclions nos ceintures pour le décollage, si je vous montrais le reste de l'appareil ? J'en suis très fier.

Tess s'en moquait éperdument, mais elle acquiesça.

— Montrez-nous le chemin, Alan. » Elle espérait que sa voix ne tremblait pas. « Ce sera un plaisir et un privilège. »

Avec des gestes souples, Gerrard s'avança vers l'avant et leur fit les honneurs de sa cabine. Tess, malgré sa peur, fut stupéfaite du luxueux aménagement : toilettes, baignoire avec douche, coiffeuse, penderies, lits jumeaux, une installation de télévision capable de recevoir simultanément huit chaînes, y compris des images transmises par des caméras télécommandées, installées à bord de l'appareil, pour permettre à Gerrard d'estimer l'importance de la foule avant de débarquer... Et deux crochets insolites au plafond de la chambre. Déconcertée, Tess les montra du doigt.

— Ah oui... Parfois, cela m'empêche de dormir, dit Gerrard. Ce qu'ils impliquent. Je n'aime pas y penser. Ce sont des crochets auxquels fixer des tuyaux pour une perfusion au cas où je serais — pour dire les choses avec délicatesse — blessé. Cet appareil possède également un mini-hôpital. » Il marqua une pause et reprit d'un ton sombre : « Et un emplacement pour un cercueil. Mais... », reprit-il avec une expression plus gaie, « ne soyons pas morbide. Vous avez encore beaucoup de choses à voir ».

Il les ramena dans la cabine centrale, se dirigea vers la porte de la cloison arrière, et là, Tess fut encore plus impressionnée.

Elle s'était demandé pourquoi les sièges de la cabine centrale n'étaient pas occupés. Elle comprenait maintenant. Dans une salle de conférence qui semblait tout droit sortie du siège social d'une multinationale, une douzaine d'hommes étaient installés dans de grands fauteuils capitonnés autour d'une vaste table rectangulaire. « Des gens du Secret Service », expliqua Gerrard. Ils mettaient au point leur tactique pour le protéger quand il arriverait en Espagne. Des téléphones et des ordinateurs leur permettaient de coordonner leurs plans avec leurs homologues espagnols.

L'Espagne. Le mot, de nouveau, fit frissonner Tess. Elle dut faire un grand effort pour ne pas montrer sa peur.

Dans une autre salle se tenaient une douzaine d'autres hommes, les assistants du vice-président, utilisant eux aussi des téléphones et des ordinateurs aussi bien que des imprimantes et des duplicateurs : ils préparaient les discours, vérifiaient les itinéraires et rédigeaient les communiqués.

Des moniteurs de télévision occupaient une cloison tout entière.

Laissant ses adjoints à leurs tâches, Gerrard ramena Tess, Craig et Kelly dans la cabine centrale. « Il y a mieux. *Beaucoup,* beaucoup mieux, dit-il. Une salle de presse, encore que, pour ce voyage on ne me permette pas d'emmener des journalistes. Deux cuisines avec de grands chefs qui peuvent nous servir une truite aux amandes ou tout ce que vous voulez. Du ravitaillement pour une semaine. Un système antimissiles. Un blindage spécial pour protéger les commandes de l'appareil des ondes électromagnétiques éventuelles provoquées par des explosions nucléaires. Quatre-vingt-cinq téléphones. Cinquante-sept antennes. Une installation stéréo à six pistes. Trois cent quatre-vingts kilomètres de fil électrique. Un équipage de vingt-trois hommes, logés au-dessus de nous. Voyons, je sais que Tess ne fume pas et, lieutenant Craig, mes documentalistes me disent que vous avez sagement renoncé, même si j'entends encore le sifflement de vos bronches, mais, en guise de souvenir, pourquoi ne prenez-vous pas ceci ? »

Tess saisit une pochette d'allumettes et la regarda. Elle portait l'inscription À BORD D'AIR FORCE TWO. On lui offrit aussi des serviettes, des blocs-notes et un jeu de cartes arborant la même inscription.

— Je ne sais pas quoi dire. » Craig hocha la tête ; il semblait rayonner de gratitude. « Je suis très flatté. Je n'ai jamais été un collectionneur de souvenirs, mais ceux-ci, je vais les garder précieusement. »

Il empocha les objets.

Un instant plus tard, son attention fut brusquement attirée par le hurlement croissant des quatre réacteurs de l'appareil.

— On dirait que nous sommes prêts, fit Gerrard.

Un steward vint reprendre leurs verres.

« Votre attention, s'il vous plaît », dit une voix dans les haut-parleurs. « Nous sommes prêts à décoller. Tous les passagers sont priés de regagner leur siège. » Dix secondes plus tard, les agents du Secret Service ainsi que les assistants de Gerrard entrèrent par la porte arrière, choisirent leur place et bouclèrent leur ceinture de sécurité.

Tess et Craig en firent autant.

— En général, je reste dans ma cabine pendant le décollage, mais avec vous deux à bord, c'est une occasion particulière. Si vous voulez me permettre... » Gerrard vint s'asseoir auprès d'eux. Tandis qu'un steward expliquait les sorties et les procédures sur ce Boeing 747, le vice-président se pencha vers Tess. « Manifestement, dit-il, vous êtes intriguée. Pourquoi est-ce que je vous ai fait venir ici ? Et vous devez vous demander : pourquoi sommes-nous en partance pour l'Espagne ? »

Tess lutta contre l'appréhension qui lui serrait l'estomac tandis qu'*Air Force Two* roulait sur la piste et se préparait au décollage. Elle savait que le blindage spécial de l'appareil empêchait le père Baldwin d'entendre le message de l'émetteur radio miniature inséré dans le talon d'une de ses chaussures. Malgré tout, elle avait besoin de savoir.

— C'est vrai, Alan. Que faisons-nous ici ?

Le jet arriva sur la piste de départ et ses quatre moteurs prirent de la puissance — c'était un rugissement plutôt qu'un vrombissement — ; l'avion était propulsé avec une force telle que Tess était plaquée contre le dossier de son siège.

Le nez de l'appareil se braqua aussitôt vers le ciel. Très vite, le 747 prit de l'altitude. En même temps, elle entendit sous le fuselage un grondement et un choc sourd tandis que le train d'atterrissage se repliait sous la carlingue. Craig était assis auprès du hublot mais, en se penchant vers lui, Tess parvint à regarder au-dehors. Avec une étonnante rapidité, les lumières de la base d'Andrews devinrent bientôt des points lumineux. On apercevait des villes dont les lumières brillaient à droite et à gauche. Puis la nuit enveloppa l'appareil.

— La raison de ma présence ici, déclara Gerrard, la raison pour laquelle je me rends en Espagne, c'est que le président du parlement espagnol est mort ce matin. Crise cardiaque. C'est une grande perte non seulement pour l'Espagne mais aussi pour la Communauté économique européenne. On m'envoie à l'enterrement comme représentant officiel des États-Unis. Mais vous et le lieutenant Craig êtes ici parce que je n'imagine pas d'endroit plus sûr pour vous qu'à bord de cet avion. Si *Air Force Two* peut survivre à une guerre nucléaire, vous n'avez, tous les deux, certainement pas à vous inquiéter d'une attaque éventuelle tant que vous êtes avec moi. J'ai donné pour consigne à tous ces agents du Secret Service de veiller à ce qu'il ne vous arrive rien. Jusqu'à ce que nous en ayons fini avec cette affaire, votre protection est assurée.

La logique était séduisante. Si Tess n'avait pas nourri des sentiments aussi ambivalents à l'égard de Gerrard, si elle n'avait pas été préoccupée par l'idée qu'il puisse être un ennemi, ses craintes se seraient apaisées. Théoriquement, dans les circonstances actuelles, elle était absolument protégée, aussi en sûreté que possible.

— Depuis qu'on a attaqué la nuit dernière la maison de votre mère, reprit Gerrard, j'ai fait travailler sans relâche mes enquêteurs. J'ai appris la mort de votre ami à Manhattan samedi dernier. Brûlé. » Il secoua la tête, horrifié. « J'ai appris aussi que vous et le lieutenant Craig aviez tenté de savoir pourquoi il avait été tué. » Après un moment d'hésitation, Tess acquiesça.

Gerrard poursuivit :

— Vous êtes venue à Washington pour voir votre mère à Alexandria hier soir, ce qui me laisse penser que vous comptiez utiliser les contacts de votre père pour vos recherches ; ce qui me fait également supposer que l'attaque de la maison de votre mère et l'agression contre votre ami sont liées, et que c'est vous, le dénominateur commun. Je suis convaincu en outre que la mort de Brian Hamilton a quelque chose à voir avec tout cela. Mes enquêteurs ont appris par sa secrétaire que vous aviez appelé Brian à son bureau hier et qu'il a manqué hier soir une réception donnée en l'honneur de l'ambassadeur soviétique pour aller voir votre mère — traduction : pour aller vous voir, vous. Après votre conversation avec Brian, ce dernier a été tué dans un accident sur l'autoroute alors qu'il se rendait chez le directeur du FBI. Je sais que Brian a téléphoné de sa voiture pour solliciter ce rendez-vous, car le directeur du FBI l'a dit à Kenneth Madden au cimetière d'Arlington cet après-midi et que Madden me l'a confirmé par la suite. Enfin, une attaque similaire à celle qui avait provoqué l'incendie de la maison de votre mère a eu lieu à Washington cet après-midi. Les propriétaires de la maison ont disparu, mais l'un d'eux, le professeur Richard Harding, vous enseignait l'histoire de l'art à l'université de Georgetown. Là encore, c'est vous, le dénominateur commun. La coïncidence me trouble. Étiez-vous là-bas, Tess ? Non, ne détournez pas les yeux. C'est trop important. Dites-moi. Soyez sincère. Étiez-vous chez le professeur Harding cet après-midi ?

Lentement, à contrecœur, Tess acquiesça, encore bouleversée par le souvenir de ce cauchemar.

— Tout cela est assez évident. Tess, pour dire les choses carrément, qui tient tellement à vous tuer et, pour y parvenir, n'hésite pas à tuer les gens que vous avez récemment contactés ? *Pourquoi ?* Ça me rend presque nerveux d'être moi-même en contact avec vous.

Il y avait manifestement une certaine exagération dans cette dernière remarque de Gerrard, étant donné la présence du Secret Service. Mais peu importait. Le vice-président gardait un air tendu.

— Vos enquêteurs sont très minutieux, Alan.

— C'est pour cela qu'ils travaillent pour moi. Ce sont les meilleurs.

— Alors, peut-être ont-ils découvert pourquoi je suis en danger.

— Non. Sans cela je ne vous le demanderais pas. S'agit-il des hérétiques ? Ce sont *eux* qui veulent vous tuer ?

Tess se sentit pâlir.

— Les hérétiques... ?

Elle ne s'y attendait pas. Elle ne pouvait pas y croire. S'efforçant de respirer calmement, elle ne parvint qu'à le dévisager sans rien dire.

— Votre ami qui a été brûlé à Manhattan ? Mes enquêteurs ont fait sur lui une enquête en profondeur. C'était bien un hérétique, précisa Gerrard. Nous connaissons depuis quelque temps leur existence. Au début, ce n'étaient que de simples rumeurs. Des bruits qui couraient à travers le monde. Et puis les choses ont commencé à se préciser. Des décisions diplomatiques inhabituelles. Des changements stupéfiants dans la politique de nations étrangères, surtout en Europe. Des assassinats. La mort inattendue de diplomates étrangers, peut-être même la disparition du président espagnol. Il se passe quelque chose — nous ne savons pas quoi. Il y a eu des chantages. Des hommes politiques sont soumis à des pressions irrésistibles. De grandes industries ont peur parce que plusieurs de leurs principaux dirigeants ont été assassinés. Ce ne sont pas les Soviétiques. Leur système est en plein effondrement. C'est autre chose. Une nouvelle menace se dessine maintenant que la guerre froide semble terminée. Tout cela à cause d'un groupe de fanatiques qui ont réussi à survivre depuis le Moyen Âge et qui ont décidé de préserver leurs thèses religieuses en se dissimulant et en s'infiltrant dans les grandes compagnies multinationales et les principaux gouvernements. Nous avons du mal à identifier les hérétiques — ils ont des siècles de pratique de la clandestinité —, mais nous reconnaissons leurs traces et nous savons qu'ils sont décidés à anéantir tout à la fois la démocratie et le capitalisme. Ils pourraient bien constituer une menace plus grande encore que les Soviétiques autrefois — qui, je le pense toujours, s'efforcent de dissimuler leurs intentions profondes derrière toutes sortes de camouflages.

— L'empire du mal, observa Tess. L'administration Reagan était obsédée par cette idée-là. Ne me dites pas que cette administration-ci croit aussi que les Soviétiques...

— Au diable les Soviétiques ! Pour autant que je sache, j'ai tort de croire qu'ils cherchent à nous tromper. Il se pourrait bien que ce soient les hérétiques qui aient pris le contrôle là-bas et qui soient responsables de la chute du parti communiste. Ce dont je parle...

Après une dernière poussée, puis un léger changement dans le régime des moteurs, *Air Force Two* termina son ascension pour se maintenir à son altitude de croisière. On éteignit le signal lumineux demandant d'attacher les ceintures. Dans les haut-parleurs, une voix annonça : « Tous les passagers sont libres de circuler dans l'appareil. En cas de turbulences — et vous serez prévenus à l'avance —, veuillez regagner vos sièges et boucler vos ceintures de sécurité. » En un instant, les agents du Secret Service, suivis des assistants du vice-président, s'empressèrent de sortir par la porte du fond pour reprendre leurs travaux.

Gerrard se pencha vers elle.

— Tess, ce que je vous demande, c'est : croyez-vous que les hérétiques soient ceux qui veulent vous tuer ? À cause de votre amitié avec l'un d'eux ? Parce qu'ils craignent que vous n'en ayez trop appris à leur sujet ?

Tess lutta pour cacher sa stupéfaction. Elle ne savait pas à quoi s'attendre quand Gerrard les avait fait venir, Craig et elle, à bord d'*Air Force Two.* Elle ne s'attendait certainement pas à voir Gerrard lui-même aborder le sujet des hérétiques. Ce que le vice-président venait de lui dire d'eux — l'étendue de leur conspiration était plus que ce qu'elle connaissait déjà. Peut-être s'était-elle trompée à son propos. Pourquoi se montrait-il si ouvert, en révélait-il tant, s'il était l'un d'eux ? Ou bien employait-il la franchise pour gagner sa confiance, pour faire taire les soupçons qu'elle pouvait avoir ?

Ne sachant trop que faire, Tess décida qu'elle ne pouvait pas faire semblant de tout ignorer. Elle devait le suivre.

— Pour autant que je puisse l'imaginer, Alan, la réponse est oui. Mais, bien que je sois par moments tombée sur eux, la vérité est que je ne sais rien sur leur compte. » Elle fouilla dans son sac et lui montra la photographie du bas-relief. « C'est la seule preuve que j'aie. J'ai découvert la statue dans la chambre de mon ami, mais plus tard la sculpture a été volée. La raison pour laquelle je suis allée voir le professeur Harding, c'est que j'espérais qu'il pourrait me dire ce qu'elle représentait.

— Et il l'a fait ?

— Pas lui, mais sa femme. L'homme monté sur le taureau est un dieu appelé Mithra. Le serpent, le chien et le scorpion représentent ses homologues maléfiques. Ils essaient d'empêcher le sang d'arriver jusqu'au sol, le blé de pousser, le taureau d'être fécond. Ces renseignements — et le fait que les hérétiques ont survécu à une purge au Moyen Âge puis qu'ils ont infiltré divers gouvernements —, voilà tout ce que je sais.

Gerrard plissa les yeux.

— Alors c'est *qui vous êtes,* non pas ce que vous savez,

qui à leur avis les menace. Ils craignent de vous voir utiliser votre influence auprès des amis de votre père, moi compris, pour les dénoncer. La terrible ironie du sort est que leurs meurtres ont été inutiles, que leurs efforts désespérés sont vains, puisque nous en savons déjà beaucoup plus que vous à leur sujet. La mort de votre mère et celle de Brian Hamilton étaient sans raison. Quel gâchis ! Je suis désolé, Tess.

La jeune femme avait la gorge serrée par le chagrin. En même temps, elle conservait assez de présence d'esprit pour se demander pourquoi — si les principaux dirigeants du gouvernement connaissaient l'existence des hérétiques — Eric Chatham avait prétendu ne rien savoir à leur sujet.

Assurément, le directeur du FBI avait dû jouer dans cette enquête un rôle essentiel. Chatham se méfiait-il tellement du groupe du père Baldwin qu'il avait décidé de faire semblant de ne rien savoir des hérétiques ? À mesure que Tess envisageait les différentes possibilités, l'incertitude lui donnait le vertige. Ce qui semblait de la sincérité pouvait être de la duplicité, et une apparente duplicité pourrait bien être de la sincérité. Son esprit s'embrumait. Son sens de la réalité était menacé.

Gerrard la tira de sa rêverie en lui prenant la main.

— Je vous promets ceci : j'utiliserai tout mon pouvoir pour leur faire payer ce qu'ils ont fait à votre mère.

— Merci, Alan. Si seulement ce cauchemar pouvait prendre fin.

— Je vous fais une autre promesse. Je ferai de mon mieux pour qu'il prenne fin.

Le silence se fit dans la cabine où l'on n'entendait plus que la légère vibration des réacteurs. Gerrard lança un coup d'œil vers Craig.

— Lieutenant, mes enquêteurs me disent que vous êtes amateur d'opéra.

— Exact, fit Craig, surpris.

— Inutile d'être étonné. Mes collaborateurs sont minutieux, je vous l'ai expliqué.

— Mais qu'est-ce que l'opéra a à voir avec... ?

— Si vous voulez bien regarder dans la pochette devant vous...

Craig y découvrit une paire d'écouteurs.

— Mettez-les, dit Gerrard. Branchez-les sur la console auprès de vous. Tournez le cadran sur le canal 5. Vous allez entendre ce qui est, à mon avis, le plus grand de tous les opéras : l'*Otello* de Verdi.

— Verdi, c'est bien, mais j'ai toujours préféré Puccini.

— On ne me l'a pas dit. Je suis désolé... Sur ce vol, tous les opéras que nous avons sont de Verdi, de Mozart et de Wagner.

— Verdi ira très bien. » Craig se mit à tousser « Mais... pendant que j'écoute...

— Tess et moi allons nous installer à d'autres places. Ça fait trop d'années que nous ne nous sommes pas vus. Nous avons des souvenirs à évoquer, des questions privées dont nous devons discuter.

Craig parut un peu nerveux.

— Le privilège du prince, dit Gerrard. Savourez l'opéra. Tess ? fit-il en se levant.

— Il est tard », dit-elle en se levant à son tour. « Madrid, c'est loin. Vous allez être épuisé si vous ne dormez pas un peu, Alan. Et moi, je suis déjà épuisée. Ne m'en veuillez pas. J'aurai envie d'aller m'appuyer contre l'épaule de Craig et de dormir un peu.

— Je vous attendrai, dit le policier.

— Nous ne serons pas longs, dit Gerrard. C'est juste une petite histoire que je veux lui raconter.

— J'espère qu'elle est aussi fascinante que l'opéra, dit Craig.

— Bien plus, dit Gerrard.

— Alors, elle ne peut pas demander mieux.

Craig coiffa ses écouteurs. Consciente de la tension qu'il s'efforçait de ne pas montrer, Tess laissa Gerrard l'entraîner vers une des nombreuses places vides au fond de la cabine.

— Et maintenant ?

— En fait, commença Gerrard, j'ai *deux* histoires. L'une à propos de vinaigre. L'autre à propos de grenouilles.

— Du vinaigre ? Des grenouilles ? Je ne vous suis pas, Alan.

— Vous comprendrez quand j'aurai fini.

— Tout d'abord, fit Gerrard tandis qu'ils bouclaient leur ceinture, il paraît que, depuis la dernière fois que je vous ai vue, depuis que vous avez passé votre diplôme, vous êtes devenue une écologiste, pas seulement dans vos idées, mais aussi dans votre profession. Vous êtes rédactrice à *Earth Mother Magazine.*

— C'est exact, fit Tess.

— J'avoue que je n'ai pas lu cette revue, mais mes enquêteurs s'en sont procuré plusieurs numéros. Ils me disent que vos articles sont bien informés et le style tout à fait remarquable. Ils ont été particulièrement impressionnés par une étude que vous avez faite sur la disparition avec une inquiétante rapidité des régions marécageuses et des espèces rares qui les habitent. Ce qui a frappé mes enquêteurs, c'est qu'il ne s'agissait pas d'un sujet qu'ils s'attendaient à trouver intéressant, mais que vous êtes parvenue à le présenter de façon passionnante, et que vous les avez convaincus en fait de l'importance de ces marais. Les photographies accompagnant l'article — prises par vous — étaient, m'ont-ils dit, d'une qualité exceptionnelle et leur ont fait comprendre la beauté des insectes, des oiseaux et des poissons rares qui habitent ces régions, et l'importance que revêtirait, pour la planète, leur disparition. Pour l'écologie du monde.

— Remerciez-les du compliment, dit Tess. Maintenant, s'ils voulaient poursuivre et adresser leurs dons à des organismes qui se consacrent à la préservation de ces régions marécageuses...

— À vrai dire, c'est ce qu'ils ont fait.

Tess se sentit satisfaite.

— Je vous en prie, remerciez-les chaleureusement pour moi.

— Je n'y manquerai pas. Maintenant, voici où je veux en venir. Bien que je n'aie pas lu *Earth Mother Magazine,* je suis aussi un écologiste. Vous avez peut-être lu des articles sur la controverse que j'ai provoquée en votant contre le président à propos du projet de loi sur la pollution atmosphérique présenté au Sénat.

— En effet, répondit Tess, et je dois dire que j'ai été impressionnée. Vous avez pris la position qu'il fallait.

— Le président est d'une opinion différente. Vous n'auriez pas aimé vous trouver dans le Bureau ovale quand il m'a engueulé pour m'être montré déloyal. Ce qu'il ne sait pas, c'est que, pour les problèmes concernant l'environnement, je vais *continuer* à être déloyal, même si cela signifie qu'il en choisira un autre comme candidat à la vice-présidence pour les prochaines élections. Il arrive un moment où il vous faut prendre position, quoi que cela puisse vous coûter personnellement.

Tess sentait ses soupçons se dissiper. Malgré la crainte qu'elle éprouvait toujours, Gerrard commençait à gagner son respect.

— Il ferait une erreur s'il vous laissait tomber.

— Écrivez-lui une lettre. Dites-le-lui », fit Gerrard en riant. Quelques instants plus tard, il redevint grave. « Comme vous êtes spécialiste de ce domaine, vous connaissez peut-être cette histoire, mais je vais quand même vous la raconter. »

Il fut interrompu par une voix qui demandait :

— Monsieur, désirez-vous une boisson ?

Gerrard leva les yeux. Un steward était planté auprès de lui.

— Comme d'habitude. Un jus d'orange.

— Pour moi aussi, dit Tess.

Comme le steward s'éloignait, Gerrard reprit :

— J'ai entendu parler d'un homme qui vit dans l'Iowa. Un fermier. Il s'appelle Ben Gould. Il fait partie de la société nationale Audubon. C'est un météorologue amateur. Près de sa grange, il a construit un abri avec un pluviomètre, un baromètre, un anémomètre et divers autres instruments pour analyser le temps. Voilà deux étés, après une longue période de sécheresse qui a bien failli faire mourir sur pied sa récolte de maïs et de soja, sa ferme a bénéficié de plusieurs jours de grosse pluie. Ou du moins Gould croyait-il que c'était une bénédiction. Il a chaussé ses bottes de caoutchouc et a pataugé dans la boue jusqu'à son abri météo. Son pluviomètre était presque plein. Il en a versé le contenu dans un récipient stérile, qu'il a emporté dans son atelier, et il a versé le liquide dans un appareil qui analyse le contenu chimique de l'eau. Cet instrument était informatisé. Des chiffres rouges sont apparus sur une console : 2,5.

Le steward tendit à Tess et à Gerrard deux verres de jus d'orange. Ils le remercièrent d'un signe de tête.

— 2,5, répéta Gerrard. Ce que représentaient ces chiffres, c'était le pH de la pluie, son degré d'acidité. Le principe est que plus le chiffre est bas, plus la teneur en acide est forte. L'eau de pluie pure est à 503. Mais 2,5 ? Gould a été très surpris. Il s'est dit qu'il devait y avoir une erreur, alors il a recommencé ses mesures en utilisant un autre prélèvement de pluie. Mais la console a affiché les mêmes chiffres : 2,5. C'est le degré d'acidité du vinaigre. Gould a soudain compris pourquoi ses récoltes avaient un air rabougri. Du vinaigre ? C'est ce qu'on met dans une salade, pas sur des récoltes ! Il pouvait pleuvoir toutes les semaines : les récoltes avaient toujours l'air rabougri.

Affolé, il a examiné ses cartes du vent. Le réchauffement global et ses effets imprévisibles avaient fait dévier loin vers le sud le Jet Stream. Sur le Nouveau-Mexique. Puis sur l'Iowa. Les fonderies du cuivre du Nouveau-Mexique sont connues pour rejeter dans l'atmosphère des quantités scandaleuses de fumées sulfureuses. Ce sont ces fumées, comme vous le savez, qui produisent les pluies acides. Et la pluie acide, qu'on n'avait encore jamais vue avec une concentration aussi intense, empoisonnait la terre de Gould.

Gerrard marqua un temps et but une gorgée de jus d'orange.

— Bref, voilà mon histoire de vinaigre. J'aimerais pouvoir dire qu'elle a eu une fin heureuse, mais en vérité les récoltes de Gould continuent à être empoisonnées et il n'y aura pas de fin heureuse avant que nous disposions d'une législation qui impose à ces fonderies de cuivre et à d'autres industries lourdes de purifier leurs déchets. Pas seulement une législation en Amérique, mais dans le monde entier. En Allemagne et en Tchécoslovaquie, il y a des milliers de kilomètres carrés de forêts qui ont été totalement noircies, voire détruites, par les pluies acides.

Tess acquiesça.

— Je connais ces régions d'Allemagne et de Tchécoslovaquie, mais votre histoire concernant l'Iowa est nouvelle pour moi.

— Alors, écrivez un article là-dessus. Cela servira peut-être à quelque chose, cela fera réfléchir les gens, ils seront peut-être assez motivés pour écrire à leur représentant au Congrès et exiger des contrôles.

— Je vais le faire, déclara Tess. L'empoisonnement de forêts n'a pas l'air de gêner les gens tant qu'ils n'ont pas vu le désastre. Mais une aventure personnelle comme celle de Gould pourrait faire prendre conscience de la crise.

— Et, pendant que vous y êtes, écrivez un article sur l'autre histoire que je m'en vais vous raconter : celle des grenouilles. » Gerrard termina son verre de jus d'orange et le reposa. « Le principal personnage de cette histoire est un biologiste du nom de Ralph McQueen. C'est un spécialiste des amphibies et, tous les ans, il fait un voyage d'étude dans la Sierra Nevada. Il y a dix ans, il a repéré trente-huit lacs et les a trouvés foisonnants de grenouilles à pattes jaunes. L'été dernier, quand il y est retourné, il n'a pas pu croire à ce qu'il trouvait, ou plutôt à ce qu'il ne trouvait pas. Les grenouilles avaient disparu de tous ces lacs, sauf un. Bouleversé, il a essayé d'en découvrir la raison. Son hypothèse la plus solide était qu'une sorte de virus mortel avait exterminé presque toute la population locale de grenouilles. Mais quand il s'est rendu à un congrès d'herpétologie à Bruxelles l'automne dernier, le choc qu'il a éprouvé a été encore plus grand. Il s'avère que la Sierra Nevada n'est pas la seule région d'où les grenouilles disparaissent. Il a appris de ses collègues que le même phénomène s'observait dans tous les États-Unis et même dans le monde entier : au Costa Rica, au Japon, en Europe, en Australie, en Afrique, en Indonésie, en Malaisie, en Amérique du Sud, partout. Les grenouilles sont en train de mourir, et personne ne sait exactement pourquoi. Les pluies acides, les pesticides, la pollution de l'eau, la pollution de l'atmosphère, le réchauffement du globe, un excès de rayons ultraviolets provoqué par le trou dans la couche d'ozone — peut-être la conjugaison de tous ces facteurs. C'est difficile à dire. Mais ce qui est intéressant à propos des grenouilles, c'est qu'elles n'ont pas d'écailles pour les protéger et qu'elles respirent par la peau, laquelle est très sensible. Cela les rend extrêmement vulnérables à des changements nocifs de l'environnement. Autrefois, dans les houillères, les mineurs descendaient un canari en cage dans le puits où ils travaillaient. Si des gaz toxiques inodores s'y accumulaient, les mineurs le savaient parce que le petit canari mourait le premier. Les mineurs avaient alors la possibilité de fuir le puits. »

Gerrard fronça les sourcils et reprit : « Peut-être les grenouilles sont-elles les canaris de la planète. Leur extinction massive pourrait être un signe nous avertissant que quelque chose va très mal. Qui pis est, leur disparition pourrait avoir des effets désastreux sur l'écologie du monde. Les grenouilles dévorent d'énormes quantités d'insectes. Sans elles, mouches et moustiques — pour n'en citer que quelques-uns — vont proliférer de façon démesurée. En même temps, des êtres vivants plus grands, comme les oiseaux et les animaux, dépendent des grenouilles pour leur nourriture. Sans elles, ces autres formes de vie vont disparaître. Des grenouilles », continua Gerrard en secouant la tête. « Ça a l'air si banal. Si commun. Elles font tellement partie de la nature que c'est à peine si nous les remarquons. J'imagine qu'un tas de gens s'en ficheraient si elles mouraient, mais ils ne comprennent pas que les grenouilles sont une pierre angulaire de l'environnement et que sans elles... » Gerrard baissa la voix, l'air accablé. « Écrivez ça, Tess. Une épitaphe pour les grenouilles, pour leurs chants qui se sont tus. Un avertissement à tous ceux qui n'ont pas encore compris à quel point le monde est en danger.

— Je vais le faire. Je vous le promets.

Gerrard lui saisit de nouveau la main.

— Je ne vous ai pas raconté ces histoires seulement parce que nous partageons les mêmes soucis ou parce que ces récits ont un rapport avec votre travail. J'avais un autre motif, qui concerne les hérétiques.

Étonnée qu'il employât ce terme, Tess prêta encore plus attention.

— Ce que je ne vous ai pas encore expliqué, reprit

Gerrard, c'est que, pour autant que nous puissions le déterminer, la conspiration des hérétiques destinée à terroriser les grandes sociétés et à infiltrer les gouvernements, à assassiner des hommes politiques et à les remplacer par les représentants des hérétiques, à en faire chanter d'autres afin de contrôler leurs votes sur la législation concernant l'écologie — tout cela est dû à la crainte que ressentent les hérétiques au sujet de la sécurité du monde. La photographie que vous m'avez montrée est un symbole de leurs motivations. Un dieu bon essayant de féconder la terre. Un dieu mauvais s'efforçant de l'en empêcher. Les hérétiques sont persuadés que le dieu du Mal a pris le contrôle et qu'il déploie tous ses efforts pour anéantir la planète. » Gerrard, de nouveau, fronça les sourcils. « Je suis sûr que vous pouvez comprendre le point de vue des hérétiques. Les preuves de la destruction de la planète sont tout autour de nous. Les intentions de ces gens sont les mêmes que les vôtres et que les miennes, même si leurs méthodes, bien sûr, sont répugnantes. Mais une partie de moi, je l'avoue, compatit. Quand on est suffisamment alarmé, si les méthodes légitimes ne donnent rien, il faut parfois prendre des mesures désespérées. Je n'approuve pas, mais je m'identifie à leur désespoir, le même désespoir qui m'a poussé à voter contre le président pour faire adopter par le Sénat le texte de loi sur la pollution atmosphérique. Le point où je veux en venir, c'est que le bien et le mal ne sont pas toujours aussi faciles à distinguer qu'on pourrait le croire. Si les hérétiques parviennent à sauver la planète, peut-être qu'à la longue leurs méthodes se justifient. Je n'en sais vraiment rien. Je suis un homme politique, pas un expert en morale. Mais je vais vous dire une chose. Il y a des moments où j'hésite, où je me demande quel acharnement nous devrions mettre à les pourchasser. Si mes enfants vivent pour avoir des petits-enfants, et si ces petits-enfants respirent un air non pollué, boivent une eau pure, mangent une nourriture non contaminée, et s'ils prospèrent, peut-être que ces hérétiques auront été dans le vrai. Je n'en sais tout simplement rien. »

Il examina Tess, attendant sa réaction.

Tess prit un moment pour répondre, rassemblant, organisant ses pensées.

— Je comprends ce que vous voulez dire, Alan. Comme vous, une partie de moi s'identifie aux hérétiques, ou du moins à leurs mobiles. On devrait demander des comptes à des sociétés irresponsables. On devrait chasser du gouvernement les politiciens indifférents. Il y a une crise planétaire et il faut y faire face, s'attaquer au problème et le résoudre. Mais le *meurtre,* Alan ? Le chantage ? Les vies gâchées ? Les familles plongées dans l'affliction ? Je n'ai jamais soutenu la peine capitale, même si j'ai eu envie d'étrangler le commandant du pétrolier de la Pacific-Rim qui a laissé son penchant pour l'alcool embrumer son jugement et qui a fait échouer son bateau si bien que sa cargaison a pollué la Grande Barrière. Je n'ai jamais rencontré ce commandant. Je ne le connais pas. J'ignore ses qualités et ses points forts, alors c'est facile, pour moi, de le détester de loin. Mais il y a une chose que je sais : mon ami qui est mort brûlé à New York, lui, n'était pas d'accord avec le chantage et le meurtre. Et Brian Hamilton n'a jamais rien fait pour mettre en péril l'environnement. Et ma mère, Dieu bénisse son âme, était une mondaine superficielle, gâtée, navrée, pitoyable, qui n'a jamais rien fait pour nuire à qui que ce soit. Malgré ses défauts, je l'aimais. Profondément. Quand les hérétiques l'ont assassinée — je vois encore le sang jaillir de ses blessures — pour essayer de m'avoir, moi, quand ils l'ont fait, cela a rendu toute cette histoire très personnelle. La peine capitale ? Non, je n'y crois pas. Mais la vengeance, Alan ? Après ce que j'ai vécu, après l'horreur de ces derniers jours, je n'aimerais rien tant que de les pourchasser et de les faire payer. Est-ce que vous ne m'avez pas promis cela tout à l'heure ? De m'aider à les faire payer ?

Gerrard acquiesça.

— Alors, voyez-vous, Alan, peu m'importe que les hérétiques se consacrent comme moi à sauver le monde. Ce sont des salauds. Des gens mauvais — plus mauvais en fait que le dieu du Mal qu'ils croient combattre. Ce sont des pervers, et je ferai tout pour les envoyer en enfer, à leur vraie place, et ils méritent encore pire que ça. Peut-être cette planète ne mérite-t-elle pas d'être protégée si l'on confond le bien avec le meurtre, et si ma mère est morte à cause de cela.

Gerrard la dévisagea, puis soupira.

— Bien sûr. C'est exactement ce que je m'attendais à vous entendre dire. Je suis absolument d'accord. Je voulais simplement souligner les complexités morales de cette situation. » Il jeta un coup d'œil à sa montre. « Il est tard, dit-il en se levant. Je suis content que nous ayons eu cette conversation, mais demain j'ai des obligations. Si vous voulez bien m'excuser...

— Oui, nous sommes tous deux épuisés. Mais — avant que vous partiez —, dit Tess, votre assistant a dit quelque chose à propos de brosse à dents, de trousse de toilette, de baignoire avec douche, d'un endroit où... Je crois que j'ai envie de faire pipi.

Gerrard rougit.

— Notre steward va s'occuper de tout ce dont vous avez besoin.

— Merci, Alan. Et c'est bon de vous revoir.

— Vous êtes l'invitée que j'ai le plus de plaisir à recevoir sur Air *Force.*

Tess attendit que Gerrard eut disparu par la porte avant dans sa cabine privée. Puis elle s'adressa au steward qui l'accompagna jusqu'à une salle de bains à l'arrière de l'appareil. Dix minutes plus tard, elle regagnait la cabine centrale, bouclait sa ceinture de sécurité et se blottissait auprès de Craig.

Il ne dormait pas encore. Ôtant ses écouteurs, d'où Tess entendit sortir les échos assourdis d'un opéra, Craig demanda :

— Comment ça s'est passé ?

— Déconcertant. Compliqué. Troublant. Mais je suis trop fatiguée pour... je vous raconterai plus tard.

La tête appuyée contre l'épaule de Craig, Tess ferma les yeux et ne tarda pas à s'endormir, pour s'éveiller à plusieurs reprises, frissonnant de pressentiments.

## 7

Le vol vers l'Espagne dura cinq heures, mais avec les cinq heures de décalage horaire il était presque 11 heures du matin quand l'appareil atterrit à Madrid.

Tess fut frappée de constater à quel point l'air y était brumeux. Un moment, elle ne comprit pas pourquoi le smog semblait être pire ici qu'à New York. Puis elle se souvint qu'en Europe la plupart des voitures n'avaient pas de pots d'échappement catalytiques et que l'Espagne ne s'était pas encore convertie, comme le reste du continent, à l'usage de carburant sans plomb. Les gaz d'échappement empestaient l'air. Cela lui rappela aussi autre chose : l'insistance de Gerrard, la veille au soir, sur la nécessité de prendre des mesures internationales pour protéger l'environnement.

Comme l'énorme 747 se posait avec une remarquable douceur, elle aperçut le terminal de l'aéroport sur sa droite, mais *Air Force Two* ne s'en approcha pas et continua jusqu'à une partie isolée du terrain avant de s'arrêter dans le hurlement des réacteurs.

Plusieurs voitures entourèrent aussitôt l'appareil, des hommes armés sautèrent à terre pour se mettre en position, leurs fusils d'assaut braqués en une haie de protection. Dans le même temps, une limousine arborant un drapeau diplomatique sur le côté du capot s'approcha de la plate-forme de débarquement qu'un équipage au sol approchait d'une des portes avant de l'appareil. Les occupants de la cabine centrale se mirent aussitôt en branle. Après avoir débouclé leur ceinture, des agents du Secret Service débouchèrent dans le compartiment avant, tandis que les assistants du vice-président regagnaient précipitamment leur bureau à l'arrière.

Tess et Craig gagnèrent le côté gauche de l'avion. Curieux, ils regardaient au-dehors par un hublot et virent un chauffeur en uniforme ouvrir la portière arrière de la limousine. Deux hommes à l'air distingué, aux cheveux gris et vêtus comme des diplomates, en sortirent, serrèrent la main de Hugh Kelly, l'assistant de Gerrard, échangèrent quelques mots avec lui, redressèrent les épaules et grimpèrent les marches pour gagner la cabine présidentielle.

« Et maintenant qu'est-ce qu'on fait ? » se demanda Craig. Un peu plus tôt, après un petit déjeuner composé de fruits frais et d'une tranche de saumon fumé sur du pain complet, il s'était brossé les dents, lavé le visage et rasé.

Malgré cela, bien qu'il eût dormi quelques heures, ce long vol auquel s'ajoutait le décalage horaire l'avait fatigué. Il jeta un coup d'œil à ses vêtements froissés.

— Je ne suis pas très présentable, dit-il. J'espère que nous aurons l'occasion d'acheter quelque chose d'un peu plus habillé pour ne pas nous faire remarquer, étant donné les fréquentations que nous avons.

Tess regarda son corsage froissé et ses jeans, et acquiesça. Ce qu'elle désirait surtout, c'était changer de linge.

— J'ai dans l'idée que, quand on voyage avec le vice-président, il suffit de demander quelque chose pour que quelqu'un vous l'apporte, dit-elle.

Elle sursauta ; un bruit inattendu la fit se retourner vers la cloison avant. La porte de la cabine du vice-président s'ouvrit toute grande.

Alan Gerrard apparut, vêtu d'un costume gris immaculé, avec cravate à rayures et chemise blanche. Ses chaussures noires étaient soigneusement cirées.

— Alors, dit Gerrard, j'espère que vous avez bien dormi. » Il se frotta les mains avec enthousiasme. « Nous sommes prêts ?

— À quoi ? demanda Tess.

— À embarquer sur un autre avion.

Tess ne put maîtriser sa surprise.

— Les funérailles n'ont pas lieu ici, à Madrid ? Le président espagnol... » Elle plissa le front, déconcertée. « Je pensais qu'il allait y avoir des funérailles nationales dans la capitale.

— Vous avez raison. La cérémonie aura lieu à Madrid. Mais elle n'est prévue que dans deux jours, expliqua Gerrard. Je dois voir auparavant plusieurs diplomates importants, mais j'ai demandé au gouvernement espagnol de ne pas annoncer à la presse que j'arrivais aujourd'hui. Il y a quelque chose que je dois faire avant de commencer ma mission officielle. En fait, un des diplomates que je dois rencontrer, un ami que je me suis fait lors de précédents voyages ici, n'est pas en ville. Il y a de fortes chances pour que le congrès des députés espagnols l'élise bientôt président à son tour. Nous allons donc prendre un appareil plus petit, moins voyant, et aller lui rendre visite dans sa propriété. Ne prenez pas cet air réticent ! Sa maison est merveilleuse, son hospitalité somptueuse. Cela vous plaira. Vraiment. Entre les gardes de mon ami et mes agents du Secret Service, vous continuerez à être bien protégée.

« Cela semble raisonnable », essaya de se dire Tess pour se rassurer. Mais elle avait le cœur serré et comme pris dans un étau de glace. Déconcertée, mal à l'aise, elle surmonta son hésitation et suivit Gerrard dans sa cabine. Craig la prit par les épaules tandis qu'ils attendaient que le vice-président descendît sur la piste avec les deux diplomates. En bas, des gardes entourèrent le groupe tandis que les trois hommes, debout près de la limousine, échangeaient des poignées de main.

Gerrard se retourna et fit signe à Tess et à Craig de descendre.

— L'avion est juste là.

Arrivée en bas, Tess regarda sur sa droite. Elle n'y connaissait rien en avions, certainement pas assez pour pouvoir reconnaître un type d'appareil ou l'usine qui le produisait. Elle comprenait seulement que celui-ci était plus petit qu'elle ne s'y attendait ; c'était un appareil effilé, un avion d'affaires bimoteur.

— Mais, ce n'est pas dangereux pour vous de voyager dans quelque chose d'aussi...

— Peu protégé ? fit Gerrard. Vous voulez dire parce qu'il n'a pas de blindage spécial ni de matériel de communication sophistiqué ? » Il secoua la tête, ses yeux bleus pétillant d'une lueur d'amusement. Son œil droit paraissait moins irrité. « Je suis sûr que vous savez ce que les chroniqueurs politiques disent de moi. Je suis anodin, selon eux. Qui voudrait me tuer ?

— Mais un terroriste pourrait fort bien ne pas se soucier de ce que disent les chroniqueurs. Après tout, vous êtes le vice-président des États-Unis.

— Ne vous inquiétez pas, fit Gerrard. J'ai déjà fait ce petit crochet. Et, en ce qui concerne la sécurité, seul un très petit nombre de fonctionnaires de confiance savent que je suis arrivé un jour plus tôt que prévu. Je vous garantis que nous ne risquons rien.

Incapable de résister à la main de Gerrard posée sur son bras, surtout devant la foule des gardes à l'air sévère, Tess se laissa escorter jusqu'au bas des quelques marches qui menaient à la porte ouverte de l'appareil.

Elle se sentit prise de claustrophobie en ne voyant qu'un étroit passage avec une seule rangée de sièges de chaque côté. Paniquée, elle constata qu'avec le pilote, le copilote, Gerrard, Hugh Kelly, Craig et elle, il n'y avait de place à bord que pour cinq agents du Secret Service. Son pressentiment s'accentua lorsqu'elle constata que les forces de sécurité autour d'elle commençaient à se réduire. Elle tressaillit en entendant claquer la porte derrière elle quand le copilote la ferma et la bloqua. Une fois de plus, comme quand elle avait embarqué sur *Air Force Two,* elle se sentit prisonnière. Mais plus encore, cette fois-ci. Il lui fallut toute sa discipline pour empêcher ses doigts de trembler tandis qu'elle bouclait sa ceinture de sécurité.

Elle jeta un coup d'œil nerveux vers sa droite, vers Craig, qui était assis derrière Gerrard.

Craig lui fit un clin d'œil. Cela changea tout.

Tess répondit par un sourire et se rendit compte à quel point elle se sentait attirée par lui. Quoi qu'il arrivât, quels que fussent les risques, sans se soucier de l'éventuel danger qui les menaçait, Craig et elle étaient ensemble dans cette affaire, et ce qu'ils éprouvaient l'un pour l'autre était assez fort pour leur permettre de survivre et de vaincre n'importe quel ennemi. Il le fallait.

*Je vous en prie, mon Dieu, aidez-nous,* pria-t-elle. *Je vous en prie, aidez le père Baldwin. A-t-il réussi à nous suivre jusqu'à Madrid ? Pourra-t-il recevoir les signaux du microphone et du dispositif auto-directeur installés dans mes chaussures, et nous suivre là où on nous emmène ?*

Le pilote reçut l'autorisation de décoller. Deux minutes plus tard, l'avion fonçait vers le ciel à travers la brume épaisse. Tess se sentait plus désemparée que jamais.

Essayant de prendre un air détendu, elle se força à regarder par le hublot. Comme l'appareil atteignait son altitude de croisière, elle découvrit l'immense plaine aride, les pentes qui s'élevaient jusqu'à des plateaux aux teintes cuivrées.

— Où allons-nous ? demanda-t-elle d'un ton qu'elle espérait nonchalant.

— Vers la côte nord de l'Espagne, dit Gerrard. Dans la région de Biscaye. Nous allons nous poser à Bilbao.

— Bilbao ? » Elle s'efforçait de faire la conversation, espérant que le père Baldwin écoutait. « Est-ce qu'il n'y avait pas une chanson à propos du...

— *Le Clair de lune sur Bilbao ?* En effet, mais c'est une chanson qui date d'un certain temps. Je suis étonné que vous la connaissiez. Je ne suis pas sûr que ce Bilbao-ci soit resté le même que celui de la chanson.

— C'est loin ?

— Tout juste une heure de vol. » Gerrard haussa les épaules. « Le temps de faire un somme. »

Craig se pencha en avant.

— Pourquoi le Président lui-même n'est-il pas venu à l'enterrement ?

— Normalement, il l'aurait fait, fit Gerrard en se retournant. Il va y avoir ici pas mal de chefs d'État européens, l'occasion d'un sommet officieux. Mais son programme est trop chargé. Il va bientôt partir pour un voyage prévu depuis longtemps et qu'il ne peut pas remettre : au Pérou, pour une grande conférence sur la lutte contre la drogue, analogue à celle à laquelle il s'est rendu l'an dernier en Colombie. Vous vous sentez nerveuse, alors imaginez ce que lui peut éprouver, avec tous ces seigneurs de la drogue bien décidés à l'assassiner. C'est pourquoi il ne peut pas remettre ce voyage. Le Président ne veut pas avoir l'air d'être effrayé par les seigneurs de la drogue. Son courage est extraordinaire. Même si lui et moi ne nous entendons pas, je prie le ciel que rien ne lui arrive.

Ils s'enfoncèrent dans leurs fauteuils tandis que l'avion traversait le ciel. Tess ferma les yeux et, malgré son malaise, essaya de dormir. Si ses pressentiments se justifiaient, elle savait qu'elle aurait besoin de toutes ses forces.

## 8

Le choc des roues touchant le sol la réveilla. Tess frotta ses yeux gonflés de sommeil et regarda au-dehors. Auprès de l'aéroport de Madrid, celui de Bilbao paraissait tout petit et l'atmosphère à l'extérieur y semblait moins embrumée. Peut-être la brise, soufflant de l'océan tout proche, dispersait-elle les gaz d'échappement des voitures, songea-t-elle. Là encore, ils évitèrent le terminal, et l'appareil s'immobilisa sur une partie isolée de la piste.

Dehors, Gerrard montrait autant d'enthousiasme que lorsqu'ils avaient quitté Madrid.

— Êtes-vous prêts pour un nouveau vol ?

— Encore un ? Mais je croyais que notre destination était Bilbao !

Tess continuait d'espérer que le père Baldwin était toujours à l'écoute.

— Seulement le temps de changer d'appareil. Nous allons nous diriger vers l'est maintenant, au-delà de Pampelune.

Tess réprima un frisson ; elle se souvenait que Pampelune était situé près de l'endroit où Priscilla Harding avait découvert des représentations de Mithra cachées dans des grottes. Tess était en nage, elle avait envie de s'enfuir en courant, mais là encore des agents du Secret Service l'entouraient.

— La propriété de mon ami n'a pas de piste d'atterrissage, expliqua Gerrard ; alors maintenant, nous allons utiliser cet appareil.

Il montra du doigt un hélicoptère. À sa vue, Tess se sentit abasourdie. Impuissante, les jambes molles, déroutée de perdre le contrôle d'elle-même, elle se laissa conduire à bord et, dans un affolement croissant, constata qu'il n'y avait de place que pour un pilote, Gerrard, Hugh Kelly, Craig, elle-même et seulement deux agents du Secret Service. Sa protection ne cessait de diminuer, son isolement d'augmenter. Malgré la confiance que son attirance pour Craig lui avait inspirée tout à l'heure, elle se sentit soudain condamnée.

Les pales de l'hélicoptère émirent un gémissement, se mirent à tourner, lentement d'abord, puis de plus en plus vite, jusqu'au moment où leur bruit devint un rugissement pétaradant. Dans un élan puissant, l'hélicoptère s'éleva à la verticale, et Tess, qui lançait à Craig un regard désespéré, remarqua qu'il avait l'air tout aussi tendu qu'elle. Cette fois, il ne lui fit pas de clin d'œil, et elle ne sourit pas non plus.

Elle se força à regarder autour d'elle, sachant que chaque détail était important et qu'elle devait rester maîtresse d'elle-même. *Examine bien le paysage,* se disait-elle. Si *tu as des ennuis, mieux vaudrait savoir où tu es.*

Par contraste avec la partie centrale, aride et plate, de l'Espagne, cette région qui bordait la côte nord du pays n'était que collines verdoyantes. Les vallées étaient occupées par des fermes où des hommes et des femmes, courbés, maniaient des faux pour couper de hautes herbes. Les hommes portaient pantalons, chemise à manches longues et chapeau à large bord ; les femmes, robe longue et mouchoirs noués autour de la tête. L'absence de tout matériel agricole, s'ajoutant aux toits d'ardoise et aux murs de pierre des constructions, donna à Tess l'impression d'effectuer un voyage dans le temps, d'être témoin d'une scène d'un siècle antérieur.

Mais ces impressions furent fugitives — de brèves et vaines tentatives pour échapper à sa frayeur.

— Voici Pampelune, juste derrière ces collines sur la droite, annonça Gerrard. On peut à peine distinguer le toit de quelques maisons. Au nord-est, c'est la frontière franco-espagnole. Nous sommes maintenant en Navarre, et ces montagnes, devant, ce sont les Pyrénées espagnoles.

Tess se demandait avec appréhension à quelle distance l'hélicoptère pouvait bien se trouver des Pyrénées françaises, des ruines calcinées de la forteresse hérétique de Montségur, du site du massacre infligé par les croisés et d'où, plus de sept cents ans auparavant, après qu'un groupe d'hérétiques décidés se fut échappé avec la précieuse effigie, toute cette folie avait commencé.

Les montagnes étaient spectaculaires : de hauts sommets déchiquetés, des falaises calcaires, des gorges encaissées où bouillonnaient d'étroits torrents, des pentes où poussaient dru pins et hêtres.

L'hélicoptère se rapprocha dans un bruit de tonnerre. Les pics parurent grandir, leurs contours s'accentuèrent, leurs pentes se firent plus abruptes. Quelle altitude peuvent-ils bien avoir ? se demanda Tess. Au moins 3 000 mètres, estima-t-elle : pas aussi hautes que les montagnes qu'elle connaissait, celles de Suisse et du Colorado où son père l'avait parfois emmenée faire du ski. Mais celles-ci avaient des pentes plus raides qui les faisaient paraître plus élevées, et leurs ravins étaient plus impressionnants.

Sous l'appareil, au milieu de bois touffus, un étroit chemin de terre serpentait parmi des roches gigantesques pour s'enfoncer dans une gorge. Tess se crispa en constatant que l'hélicoptère, lui aussi, pénétrait dans la gorge ; la pétarade des rotors éveillait des échos assourdissants sur les parois rocheuses de chaque côté, et le passage semblait si étroit qu'elle redoutait de voir les pales heurter une saillie rocheuse.

Soudain, ils sortirent de la gorge. Tess poussa un soupir de soulagement, puis un autre quand l'hélicoptère amorça sa descente. Une petite vallée apparut. Une épaisse forêt entourait des pâturages et, au centre, entourées d'un labyrinthe de clôtures, de petites constructions flanquaient un imposant édifice vers lequel l'hélicoptère plongea rapidement.

Le bâtiment avait des murs de pierre et un toit d'ardoise, tout comme les fermes aperçues dans les champs près de Pampelune. Mais la ressemblance s'arrêtait là, car les fermes étaient petites et modestes. Tandis que ce que Tess, dont le malaise augmentait encore à cause de l'inclinaison de l'hélicoptère, contemplait maintenant était si vaste, si grand, si impressionnant...

— C'est un château, expliqua Gerrard. Pas du genre qu'on voit en Angleterre ou en France ni nulle part ailleurs en Europe. C'est un château espagnol. Dans le Sud, on bâtissait dans le style mauresque, mais ceci est un type de construction courant dans le Nord. Il n'a pas les tourelles, les parapets, les douves et le pont-levis qu'on pourrait attendre. C'est plutôt une sorte de croisement entre un manoir et une forteresse. La pierre et l'ardoise servent de protections contre une attaque par le feu. Les seuls éléments extérieurs en bois, ce sont...

— Les fenêtres. » Tess fit un effort pour se faire entendre au-dessus du rugissement de l'hélicoptère. « Et les volets. Même d'ici, ils ont l'air épais. »

Gerrard acquiesça.

— Et, dans chaque pièce, il y a des doubles portes. Tout aussi épaisses. Elles constituent une barrière supplémentaire pour empêcher les flammes de parvenir à l'intérieur. Mais théoriquement, personne ne pourrait mettre le feu aux volets car, à mesure que nous allons approcher, vous distinguerez d'étroites fentes dans les murs de pierre qui ont un mètre cinquante d'épaisseur. De l'extérieur, un archer ne pourrait pas traverser la zone découverte autour du château ni tirer des flèches incendiaires sans être touché par les archers postés *à l'intérieur* du château, et ceux-ci, dissimulés derrière ces étroites meurtrières, étaient des cibles impossibles à atteindre.

Comme l'hélicoptère descendait encore, effectuant son approche vers une aire d'atterrissage, Tess remarqua des bêtes dans les champs, ici des chevaux, alors qu'ailleurs il y avait....

— Votre ami est éleveur ? demanda-t-elle.

Gerrard parut surpris. Puis son regard s'éclaira.

— Ah, je comprends, vous croyez que c'est du bétail. Pas du tout, ce sont des taureaux. Mon ami les élève, c'est son passe-temps. Certains d'entre eux serviront le mois prochain à la fameuse feria de la San Fermin à Pampelune. Je suis sûr que vous en avez lu des descriptions, les pétards tous les matins, les taureaux déchaînés qu'on force à courir dans les rues, les villageois qui mettent leur courage à l'épreuve en essayant de courir devant le troupeau affolé, certains des jeunes gens qui tombent, pour se faire piétiner et souvent encorner. Huit jours et huit nuits de fête. Huit après-midi de mort ritualisée.

Tess, en effet, avait lu quelque chose là-dessus, et maintenant qu'elle était plus près, elle distinguait les caractéristiques des bêtes, leurs flancs musclés, leur large dos, leurs longues cornes incurvées jaillissant de fronts à la forte ossature.

Des taureaux.

Ils faisaient tellement partie de la culture espagnole que Tess ne fit pas tout de suite le rapprochement. Mais, soudain, elle remarqua un taureau qu'on avait mis à l'écart. Magnifique, il paissait seul dans un champ et tous les doutes que Tess avait pu éprouver sur ses possibilités de faire confiance à Gerrard, tous les vagues espoirs qu'il ne fût pas son ennemi, se dissipèrent aussitôt. Elle revit mentalement la photographie qu'elle avait dans son sac, l'image de Mithra égorgeant un taureau. Un taureau blanc. Semblable à celui qui broutait seul l'herbe du champ, mais blanc.

C'en était fini de ses derniers sentiments ambivalents pour Gerrard. La terreur s'empara d'elle, aggravée encore parce que, le cœur battant et le souffle court, elle ne voulait pas laisser transparaître son soudain affolement. Tout était clair maintenant. Absolument sûr. À l'exception de Craig, tous ceux qui se trouvaient dans cet hélicoptère constituaient une menace. Y compris les deux agents du Secret Service — elle le présumait —, car Gerrard avait certainement une raison de choisir ces deux-là parmi tous les autres. Elle se maudit de s'être laissé ébranler la nuit dernière par le charisme de Gerrard et par les préoccupations écologiques qu'ils partageaient. Elle n'aurait pas dû se laisser entraîner à croire qu'il ne lui voulait pas de mal. Elle n'aurait jamais dû parler avec une telle véhémence des hérétiques quand il essayait de la convaincre que leurs mobiles justifiaient peut-être des mesures désespérées, que les problèmes moraux étaient compliqués. Gerrard avait essayé de passer un marché avec elle, de la mettre à l'épreuve et peut-être de la convertir, mais elle s'était lancée dans la conversation avec tant de fougue qu'elle n'en avait pas compris la vraie raison. La tentative de Gerrard pour faire appel à sa logique ayant échoué, il ne lui restait plus maintenant qu'un recours : la tuer.

Prise d'une terreur de plus en plus forte, Tess sentit son estomac se serrer au moment où l'hélicoptère se posa, le vent de ses pales courbant l'herbe. Le rugissement des moteurs diminua jusqu'à un petit sifflement ; puis ce fut le silence. Gerrard aida Tess à descendre. Hugh Kelly et les deux agents du Secret Service restèrent près de Craig.

*Qu'est-ce qu'il croit que nous allons faire ?* se demanda Tess. *Nous enfuir en courant ?*

*Pour aller où ? Nous n'arriverions jamais jusqu'aux arbres. Le moment de s'enfuir, ou du moins de faire marche arrière, c'était quand nous étions encore sur la base d'Andrews.*

Mais le plan conçu pour déterminer si Gerrard faisait partie des hérétiques lui avait paru si nécessaire qu'elle avait suivi les instructions du père Baldwin et que, maintenant, il était trop tard pour essayer d'échapper à Gerrard. Craig et elle étaient coincés ici, et leur seule chance était de s'efforcer de conclure un marché.

Tess secoua la tête. Non. Il existait une autre chance : que le père Baldwin et ses hommes réussissent à suivre le signal de l'émetteur installé dans sa chaussure et parviennent à la retrouver. De nouveau, elle pria.

*Fais attention,* se dit-elle. *Concentre-toi. Note bien tout.*

L'air était plein de douces odeurs. Elle savoura le parfum de l'herbe des prés et des fleurs de montagne. L'air aussi était d'une stupéfiante clarté, le ciel d'un bleu pur impressionnant. Elle n'arrivait pas à se rappeler la dernière fois qu'elle n'avait pas respiré du smog. Mais c'étaient là des impressions fugitives. Ce qu'elle remarqua surtout, c'était que cette vallée circulaire était entourée de pics, avec un seul accès : la gorge par laquelle l'hélicoptère avait fait son approche.

*Nous sommes pris au piège,* songea-t-elle avec consternation. Elle refusait pourtant de perdre tout espoir. *Bon sang, il doit bien y avoir quelque chose que Craig et moi pouvons faire pour nous protéger !*

Là-dessus, Gerrard prit la parole.

— Mon ami nous attend. Il a hâte de vous rencontrer.

Tess se retourna. Une demi-douzaine d'ouvriers agricoles, adossés à une clôture en bois, observaient un groupe de taureaux. L'un d'eux s'approcha d'un pas vif de l'hélicoptère. Il portait des bottes poussiéreuses et des vêtements de travail tachés de sueur, ainsi qu'un foulard rouge autour du cou. Mais, malgré sa tenue banale, il avait un port incontestablement aristocratique. C'était un homme de grande taille, puissant mais svelte. Ses bras, ses jambes, ses épaules et son torse étaient robustes et musclés. Son visage rectangulaire, hâlé, dont l'épiderme avait presque la texture du cuir, exprimait la force plutôt que la beauté ; son front large évoquait à Tess celui d'un taureau. Elle estima qu'il devait avoir une bonne quarantaine d'années, et elle porta son regard sur ses cheveux bruns, drus et brillants. Ses yeux — bruns aussi, Tess le remarqua — brillaient quand il arriva près de ses visiteurs, arborant un sourire radieux.

— *¡Señor Gerrard! ¡Buenas tardes! ¡Mucho gusto! ¿Como está usted ?*

— *Muy bien. Gracias,* fit Gerrard. *¿Y usted ?*

— *¡Excelente !*

Les deux hommes s'étreignirent en se donnant de grandes claques dans le dos. Quand ils se séparèrent, l'étranger passa brusquement à l'anglais, d'une voix basse et sonore, une voix de politicien.

— Vous êtes resté bien trop longtemps sans venir. Vous savez que vous êtes toujours le bienvenu ici.

— J'essaierai de venir plus souvent, promit Gerrard.

— J'y compte bien. » Ignorant les deux agents du Secret Service, l'homme se tourna vers Hugh Kelly. Avec un sourire chaleureux, il lui serra la main. « C'est un plaisir de vous revoir, *señor* Kelly.

— Tout le plaisir est pour moi.

— *Bueno. Bueno.* Alan, ce sont vos amis ?

— Pardonnez mon impolitesse, fit Gerrard. Tess, lieutenant Craig, je vous présente José Fulano. Son titre et la version officielle de son nom n'en finissent pas, mais quand nous ne sommes pas à la table de conférence nous nous plaisons à garder aux choses un caractère informel. J'ai téléphoné à José pendant que nous volions vers Madrid et je lui ai annoncé que vous viendriez ici avec moi.

Fulano leur serra la main, l'air ravi.

— Pour reprendre votre expression américaine, les amis d'Alan sont mes amis. Vous êtes les bienvenus. Ma maison est à votre disposition. *Mi casa, su casa. Si* vous avez besoin de quoi que ce soit, je vous en prie, n'hésitez pas à le demander.

*Bien sûr,* se dit Tess. *De quoi ai-je besoin ? Par exemple : comment diable est-ce que je fiche le camp d'ici ?* Mais elle ne montra pas sa terreur et le gratifia de son plus aimable sourire.

— Nous apprécions votre hospitalité, señor Fulano.

— Je vous en prie, appelez-moi José.

— Votre demeure est magnifique, dit Craig. Je n'ai jamais vu un plus beau cadre.

Fulano se retourna et s'approcha d'eux pour admirer sa propriété.

— Je passe trop de temps à Madrid. Si j'étais sain d'esprit, je ne bougerais jamais d'ici. » Il soupira. « Mais, comme Alan ne le comprend que trop bien, les responsabilités ne nous laissent guère le temps de savourer les choses vraiment importantes, les beautés de l'existence. » Fulano jeta un coup d'œil à Tess. « Lorsque Alan m'a téléphoné depuis *Air Force Two,* il m'a expliqué que vous étiez une écologiste. Vous serez heureuse d'apprendre qu'il n'y a aucune pollution ici.

— Je m'en suis aperçue quand nous avons débarqué de l'hélicoptère. J'ai l'impression de respirer de l'oxygène pur.

Fulano sourit.

— Vous devez être épuisés par votre voyage, vous avez sans doute envie de vous reposer, de prendre un bain. Je vais vous montrer vos chambres. Je suis sûr que vous seriez heureux aussi de vous changer.

— Merci, fit Tess.

— *De nada.*

Fulano les guida fièrement jusqu'au château. On y accédait par une route pavée bordée d'herbe. De près, le bâtiment semblait moins élevé que vu d'en haut : bien qu'il ne dépassât pas les six étages, sa largeur et sa profondeur restaient considérables. Les pierres des murs étaient énormes. La plupart des volets étaient ouverts, révélant de hautes et spacieuses fenêtres. Aux étages supérieurs, chaque fenêtre avait un balcon, orné de jardinières de fleurs aux couleurs vives et d'une balustrade en fer forgé dont les barreaux dessinaient des courbes gracieuses. Deux grosses dalles de pierre formaient des marches menant à une gigantesque double porte cintrée, faite d'un somptueux bois foncé. Fulano poussa un des lourds battants et fit signe à Tess et à Craig de le précéder. Plus effrayée que jamais, Tess obéit, non sans avoir au préalable remarqué des sentinelles armées, postées à chaque coin du bâtiment. Même si elles faisaient semblant de surveiller la route et les champs, ce qui les préoccupait vraiment — les regards jetés subrepticement étaient assez révélateurs —, c'étaient Tess et Craig.

Dès l'instant où Tess eut franchi le seuil, elle sentit aussitôt la sueur lui rafraîchir le front. De toute évidence, la température extérieure était plus élevée qu'elle ne s'en était rendu compte. Grâce à la pierre des murs comme du sol, il faisait certainement dix degrés de moins à l'intérieur de la maison.

Sa deuxième impression fut de plonger dans l'ombre. Après le brillant soleil, il lui fallut quelques instants avant que ses yeux s'habituent à la pénombre. Une longue table en bois, ancienne, occupait le milieu du vestibule. Deux tapisseries représentant des forêts et des montagnes étaient suspendues aux murs. Une autre représentait une course de taureaux, le matador plantant son épée. Une vieille armure était disposée au fond à gauche.

Ce fut le plafond qui l'étonna : il était formé d'énormes poutres sombres et bien astiquées, parfaitement jointes, ancrées dans les murs de pierre, soutenues par des piliers et par quelques poutres transversales. Tess n'avait jamais vu une construction qui parût plus solide.

— Par ici », dit aimablement Fulano. Il leur fit traverser la pièce, monter trois autres volées de marches de pierre fraîche, tourna à gauche dans un couloir et gravit avec eux un escalier construit dans les mêmes épais madriers qui constituaient le plafond. L'écho de leurs pas était absorbé par l'épaisseur de la pierre et du bois qui les entouraient.

Le deuxième niveau était tout aussi étonnant : une vaste et haute pièce, dont le plancher et le plafond étaient faits de poutres massives ; une autre table ancienne, longue et solide ; d'autres tapisseries ; des fauteuils en bois pareils à des trônes, disposés le long des murs. Entre eux, une porte.

— Voici *votre* chambre, dit Fulano à Tess ; et voici la vôtre, dit-il à Craig.

Les portes étaient éloignées l'une de l'autre.

— Très bien, fit Craig. Mais sans vouloir être indélicat, Tess et moi, nous sommes...

— Oui ? demanda Fulano, intrigué.

— Ensemble.

— Vous voulez me dire que vous..., reprit Fulano en haussant les sourcils.

— Que nous sommes parvenus à un arrangement.

— Mais bien sûr, dit Fulano. Absolument. Pardonnez-moi ! Cette chambre, dit-il à Craig et à Tess, est la vôtre. Vous avez fait un long voyage. Vous voudrez sans aucun doute vous reposer. Mais à 8 heures, veuillez nous rejoindre dans la salle à manger. C'est en bas de l'escalier, puis à gauche par le couloir. Nous avons une surprise pour vous.

— J'ai hâte de la voir. Nous allons faire un peu de toilette et nous vous rejoindrons à 8 heures, annonça Craig.

— *Bueno.*

## 9

Tess et Craig pénétrèrent dans la chambre, immense et haute de plafond, qui renfermait des commodes espagnoles d'époque, des portes-fenêtres et un énorme lit. Son haut dosseret était assorti aux somptueuses poutres sombres du plancher et du plafond.

Craig ferma la porte à clé.

Tess lui prit les bras :

— Dieu merci, vous...

Craig lui posa un doigt sur les lèvres.

— Je parie que la vue, de cette pièce, est magnifique, dit-il. Et ces fleurs. Vous les avez remarquées sur le balcon ? Si nous allions regarder ?

Elle ne semblait pas avoir le choix. La main de Craig, appuyée dans son dos, la poussait vers le balcon.

Une fois la porte-fenêtre franchie, appuyés à la balustrade en fer forgé, ils découvrirent la route pavée et les bâtiments extérieurs, au-delà desquels s'étendaient des champs — dans les uns des taureaux, dans d'autres des chevaux —, puis la forêt et les montagnes qui se dressaient à l'horizon. Une brise parfumée vint chatouiller les narines de Tess, mais ce plaisir ne l'intéressait guère.

— Je suis sûr qu'il y a des micros dans la chambre, murmura Craig. Mais je ne pense pas qu'on puisse nous entendre du balcon. Avez-vous remarqué les sentinelles ?

— Oui.
— Le taureau blanc ?
— Oui, tout particulièrement.
— Nous sommes foutus, dit Craig. Le plan du père Baldwin est un désastre.
— Peut-être pas. Il pourrait encore...
— Vous rêvez, fit Craig. Nous sommes livrés à nous-mêmes. Je ne comprends pas pourquoi Gerrard et Fulano ne nous ont pas encore tués, mais, désormais, oublions le père Baldwin et ne comptons que sur nous-mêmes.
— Gerrard et Fulano doivent avoir une raison de nous laisser en vie.
— Pour l'instant.
Avec un frémissement, Tess acquiesça.
— Pour l'instant. Quelque chose d'autre se prépare. Peut-être la surprise dont a parlé Fulano.
— De quoi qu'il s'agisse, ce n'est pas en notre faveur.
— Alors, qu'est-ce qu'on fait ? demanda Tess. On essaie de s'enfuir ?
— Avec ces sentinelles ? Maudit soit ce père Baldwin ! dit Craig. Il n'avait aucunement l'intention de nous aider ; il s'est servi de nous. Nous aurions été plus en sûreté si nous ne l'avions jamais écouté.
— C'était hier. Nous devons nous préoccuper de maintenant.
— Très bien, fit Craig. Pour le moment, nous sommes obligés de suivre le courant. Quand il fera nuit, nous aurons peut-être une chance de nous échapper, à travers bois, jusque dans les montagnes. La nuit, quand tout le monde dormira, je crois que nous pourrons descendre par ce balcon. Si quelqu'un essaie de nous arrêter, je ferai de mon mieux pour détourner leur attention. Dans ce cas, vous continuerez sans moi.
— Pas question, fit Tess. C'est nous deux, ou ni l'un ni l'autre.
— Tess... » Craig lui passa doucement les mains sur ses joues, l'attira à lui, puis, baissant la tête, l'embrassa. « Ça ne rime à rien que nous mourions tous les deux. S'il faut choisir, je préfère que ce soit vous qui vous échappiez, plutôt que moi. »

Elle lui rendit avec douceur son baiser.

— Vous n'exagériez pas quand vous disiez à Fulano que nous étions parvenus à un arrangement. Simplement, nous n'en avons jamais vraiment discuté. Je veux passer le restant de mes jours avec vous.

Elle le tira par le bras.

Craig résista.

— Qu'est-ce que vous...

— Je rentre. Et, à partir de maintenant, parlons comme si nous étions amants, sinon ceux qui écoutent les microphones vont se méfier. À Washington, vous m'avez appelée « bébé ». Vous disiez que c'était ainsi que votre père appelait votre mère. Eh bien, bébé, terminons ce que nous avons commencé. Si nous devons mourir, alors... » Soudain, sanglotant, elle le serra contre elle. « C'est le seul moment dont nous disposons. Gerrard et Fulano nous attendent à 8 heures. Faisons bon usage de ce moment-là. J'ai très envie d'un bain, et j'ai très, très envie que vous veniez me rejoindre. »

Elle commença à déboutonner la chemise de Craig. Elle lui embrassa la poitrine, et ses larmes tièdes coulèrent sur son torse.

— Vous êtes sûre ? demanda Craig.

— Je n'ai pas l'intention de mourir sans avoir fait l'amour avec vous. Touchez mes seins. Oh, mon Dieu ! Craig, j'ai si peur.

— Je sais. J'ai peur aussi.

— Je ne veux pas mourir. Je... Oui ! C'est si bon. J'ai si peur, Craig ! Plus bas. Touchez-moi plus bas.

Tess avait évoqué un bain à deux. Ils se dirigèrent vers la salle de bains, tout en s'arrêtant fréquemment pour s'embrasser, ôter l'un à l'autre un vêtement, mais ils ne dépassèrent jamais le lit. Chancelante, étourdie de passion, Tess s'y effondra avec Craig et pressa son corps contre le sien. Leurs baisers se firent plus ardents, leurs mains plus insistantes. Gémissant, se contorsionnant, ils continuèrent à se déshabiller mutuellement, Tess tirant sur le pantalon de Craig tandis que celui-ci desserrait la ceinture de la jeune femme. Comme elle saisissait avidement le sexe de son compagnon, Craig se cambra, frissonna et prit dans la coupe de ses mains les seins de la jeune femme, dont les bouts durcis se dressaient. D'un coup de pied, Tess se débarrassa de ses jeans, pendant que Craig lui léchait les seins, puis le ventre, descendant plus bas, faisant glisser ses sous-vêtements, lui embrassant les cuisses. Elle se débarrassa du peu de vêtements qui lui restait et se retourna ; Craig était au-dessus d'elle maintenant, et chacun se pressait contre l'autre, explorant la plus petite surface de sa peau. Leurs langues se rencontrèrent. Elle savoura le baiser, toute chaude et humide d'excitation, et darda plus profondément sa langue dans la bouche de Craig, comme si elle voulait pénétrer en lui, ne faire plus qu'un avec lui ; et quand Craig enfin la pénétra, Tess ne se souciait plus des micros, des étrangers qui écoutaient. Elle se mit à gémir, un orgasme succédant à l'autre jusqu'au moment où, dans un dernier gémissement, ils s'écroulèrent à l'unisson. Ils retombèrent sur le lit, le corps baigné de sueur.

Elle s'efforça de reprendre haleine. Son cœur battait à tout rompre, puis ses battements se calmèrent. Pendant quelques minutes, nul ne dit un mot. Ils recommencèrent à s'embrasser, cette fois avec lenteur et tendresse. Craig lui caressait doucement les seins. Un quart d'heure plus tard, ils firent de nouveau l'amour. Enfin, épuisés, l'angoisse les gagnant à nouveau, ils firent ce qu'ils avaient initialement prévu ; dans une baignoire étonnamment vaste, ils partagèrent un bain tiède et apaisant.

Le temps qu'on leur avait imparti était passé.

— Tu es prête à descendre ? demanda Craig.

— Non. Mais si tu trouves une autre solution, j'aimerais bien la connaître.

— Je suis désolé, je ne trouve rien.

— Alors, soyons braves et allons-y !

— Je t'aime.

— Et moi, je... Embrasse-moi. Oui, c'est tellement mieux ainsi.

Quand Tess et Craig déverrouillèrent la porte et l'ouvrirent, ils trouvèrent les deux agents du Secret Service, assis en face, guettant, attendant. Sans un mot, ceux-ci les suivirent en bas, tournèrent, comme eux, à gauche dans le couloir et pénétrèrent dans une vaste salle à manger. Là, Gerrard et Fulano étaient assis autour d'une table d'époque. Quand ils sourirent et se levèrent pour les accueillir, Tess remarqua que Fulano avait troqué sa tenue de travail contre un pantalon de flanelle et une veste de sport.

Craig et elle s'étaient aussi changés, car un domestique leur avait apporté des vêtements dix minutes avant le moment où ils devaient quitter leur chambre. La tenue de Craig était analogue à celle de Fulano.

Celle de Tess, en revanche, ne lui plaisait pas. Certes, sa toilette était séduisante : un foulard bleu, un corsage de soie assorti, une jupe de cotonnade rouge et des sandales en cuir souple aussi confortables que des pantoufles. Mais Tess n'avait jamais aimé porter de jupes — surtout pas celle-ci, qui lui descendait aux chevilles et la gênait pour marcher — ; pour enfiler les sandales, elle avait dû laisser ses baskets et, plus important encore, l'émetteur installé dans un de ses talons. Elle avait fourré ses baskets dans un grand sac, mais elle ne pouvait s'empêcher de penser que la tenue que Fulano lui avait réservée était délibérément conçue pour qu'elle ait du mal, quand la nuit viendrait, à profiter de l'occasion de s'enfuir avec Craig vers la forêt et de s'échapper par les montagnes. Une fois encore, elle se sentait vulnérable, désemparée.

— Vous êtes ravissante, Tess, dit Fulano.

— *Gracias,* lui dit-elle en essayant de prendre un air modeste.

— Vous apprenez l'espagnol, dit Fulano en riant.

— Je crois, malheureusement, que c'est le seul mot que je connaisse. Mais vraiment, merci. Ces vêtements me vont parfaitement. Ils sont superbes.

— J'en suis ravi.

On avait ouvert les portes-fenêtres de la salle à manger. Le soleil couchant baignait la pièce d'une lueur pourpre.

— Je suis certain que vous vous demandez ce qu'est la surprise dont je vous ai parlé, dit Fulano.

— On dirait une soirée d'anniversaire. J'ai toujours aimé les surprises.

Tout en lissant sa jupe et en prenant place à table, maîtrisant sa peur, Tess observa que les deux agents du

Secret Service s'étaient postés près de la porte par laquelle Craig et elle étaient entrés. Elle nota aussi que, derrière les fenêtres, des gardes armés patrouillaient dans le patio.

Gerrard et Fulano s'assirent une fois que Craig se fut installé.

— Un mot d'explication pour commencer, dit Gerrard. J'ai l'impression qu'aucun de vous n'est jamais venu en Espagne.

— Et je le regrette, maintenant que je l'ai vue, dit Craig.

— Une des premières choses qu'il vous faut comprendre, reprit Gerrard, c'est que les Espagnols ont un rythme de vie agréable et très différent de ce dont nous avons l'habitude en Amérique. Ils travaillent de 9 heures à 13 heures. Puis ils prennent une longue pause pour le déjeuner et, comme vous le savez sûrement, ils font ce qu'on appelle une *siesta.* » Il haussa les épaules. « Ils se détendent, sommeillent, font l'amour, n'importe quoi. Puis ils retournent travailler à 16 heures et s'arrêtent vers 19 heures ; après quoi, ils reçoivent leurs voisins, mangent, boivent et discutent les activités de la journée. Ce qu'ils mangent alors n'est en fait qu'une collation, car leur repas principal se déroule très tard par rapport aux coutumes américaines. Vers 22 heures. Ce qu'ils grignotent auparavant, ce sont des *tapas,* et c'est une des nombreuses gloires de la culture espagnole. Voilà la surprise dont nous avons parlé : vous allez faire l'expérience des *tapas.* »

Déconcertée, car elle s'attendait à une confrontation, Tess regarda Fulano marteler la table des doigts. Trois domestiques apparurent aussitôt, chargés de plateaux d'où ils ôtèrent de nombreux plats.

Comme elle n'avait rien mangé depuis quelque temps, Tess ne put s'empêcher de saliver en sentant l'arôme des mets disposés sur ces plats artistement décorés. Non pas qu'elle eût faim, mais elle savait qu'elle devait se nourrir du mieux qu'elle pouvait pour retrouver ses forces, au cas où Craig et elle parviendraient à trouver une occasion de s'enfuir.

— Tout d'abord, dit Gerrard, des calmars frits. Vous connaissez... ?

— Oui, ils sont délicieux.

— Bien, dit Fulano. Voici des olives, et voici des sardines. Mais, contrairement à celles que vous trouvez en Amérique, celles-ci sont fraîches et échappent à toute comparaison.

— Et là, poursuivit Gerrard, ce sont de délicieux morceaux de poulet frit. Voici des crevettes et, bien sûr, il y a du pain et des pommes frites avec de la mayonnaise, et...

— Assez ! » s'exclama Craig en riant — mais Tess savait que son enthousiasme était forcé. « Si c'est ce que vous appelez une collation, je n'arrive pas à imaginer ce que pourra bien être le repas principal.

— Vous allez être surpris, dit Fulano.

— Je le parierais.

Tess remarquait toujours la présence des sentinelles qui patrouillaient derrière les fenêtres. Aussitôt, elle fit semblant de concentrer son attention sur les mets qu'on lui proposait.

— Pourquoi cette pile d'assiettes ?

— Une assiette pour chaque mets, dit Gerrard. Il est très important de ne pas mélanger les saveurs.

— Alors, attaquons. Je meurs de faim.

Il n'y avait pas de viande rouge, pensa-t-elle. Omission significative, étant donné les préceptes diététiques des hérétiques. Avec un ravissement feint, elle piqua dans les olives, les calmars, et dans tout ce qui la tentait, pour se servir dans les assiettes alignées devant elle. Les *tapas* étaient en effet délicieuses, admirablement préparées, et leurs saveurs se rehaussaient l'une l'autre.

— Voudriez-vous goûter un grand cru ? proposa Fulano. Les vins espagnols sont superbes. Ou peut-être de l'excellente *cerveza.*

— Vous dites ? fit Tess, déconcertée.

— C'est ainsi qu'on désigne la bière, en espagnol.

— Merci, fit Craig, en dévorant de bon appétit, mais je préférerais de l'eau.

— Moi aussi, dit Tess. L'alcool et moi ne faisons pas bon ménage. Ça me rend groggy.

— J'ai la même réaction. Intéressant, dit Fulano.

Il prit un pichet et remplit sa coupe de porcelaine.

Tess attendit, pour boire, que Fulano se fût servi et eût bu quelques gorgées.

— Mon Dieu, je crois que je ne peux plus rien avaler, dit Craig.

— Voilà précisément quand il faut s'arrêter. » Fulano mâcha une olive, dont il déposa le noyau sur le côté de son assiette. « N'oubliez pas, le plat principal viendra plus tard.

— Et maintenant, une autre surprise, fit Gerrard en portant une serviette à sa bouche.

*Et voilà,* songea Tess, *les condamnés ont pris leur dernier repas.*

— Ah bon ? fit Craig en reposant sa fourchette. Une autre encore ? Cette vallée. Ce château. Ces *tapas.* Nous avons déjà été surpris à plusieurs reprises. Et vous nous dites que, maintenant, il reste encore une occasion !

— Oui, quelque chose de vraiment spécial. D'extrêmement inhabituel. Ça n'arrive qu'une fois par an, dit Fulano. Mais une promenade en hélicoptère est nécessaire pour voir ce dont je parle. Je ne doute pas que vous êtes encore fatigués de votre voyage, mais je vous promets que vous ne serez pas déçus. En fait, vous allez trouver cela remarquable.

— Dans ce cas, peu importe la fatigue. Allons-y.

Craig se leva. Sans comprendre la stratégie de Craig, Tess suivit son exemple.

Les agents du Secret Service se levèrent aussi.

D'un coup frappé sur la table, Fulano appela les domestiques. Tandis qu'ils desservaient les reliefs des *tapas,* Fulano entraîna Tess et Craig vers le couloir qui menait à l'extérieur. Cinq minutes plus tard, comme le soleil touchait la crête des montagnes, les baignant d'une lueur plus rouge encore, ils atteignirent l'hélicoptère. Quand Tess grimpa dans l'appareil, sous étroite surveillance, elle s'étonna de constater l'absence de Hugh Kelly, l'assistant de Gerrard, depuis leur arrivée.

Où était-il donc ? Pourquoi ne les avait-il pas rejoints ?

Elle n'eut presque pas le temps d'en analyser les raisons possibles. Une minute plus tard, comme si la situation pressait, l'hélicoptère décolla, vira sur la droite et s'éloigna rapidement en direction des montagnes, au nord. Le soleil était maintenant caché par les sommets, ses reflets rouge sang se reflétant sur un ciel violacé.

L'estomac déjà crispé malgré ce repas qui lui avait redonné des forces, Tess se cramponnait à son harnais, prête, à tout moment, à voir les deux agents du Secret Service l'empoigner, déboucler sa ceinture et la jeter par-dessus bord dans la vallée. Mais chacun resta à sa place ; l'hélicoptère prit de l'altitude en approchant des montagnes qui se trouvaient en partie plongées dans l'obscurité.

— Alan me dit qu'on vous a menacée en Amérique, dit Fulano. Si cela peut vous rassurer, je tiens à vous dire que ce que vous allez voir vous aidera à ne plus penser à vos ennuis.

L'hélicoptère frôlait les montagnes. Au loin, le soleil avait presque complètement disparu derrière les crêtes. Une vallée plongée dans l'ombre s'étendait à leurs pieds.

— Nous approchons de la frontière franco-espagnole, expliqua Gerrard. Bien entendu, nous ne la franchirons pas. Sans autorisation diplomatique préalable, même moi, je ne suis pas autorisé à violer l'espace aérien français. Mais la surprise que nous voulons vous montrer est une coutume du sud de la France qui, voilà des siècles, est parvenue jusqu'à cette région d'Espagne. C'est tout à fait remarquable.

L'hélicoptère survola d'autres crêtes déchiquetées et traversa une autre vallée ténébreuse. Pourtant il y avait quelque chose de différent. En regardant attentivement, Tess, déconcertée, se rendit compte que cette vallée-ci n'était pas complètement obscure. Des centaines de lumières isolées vacillaient dans l'obscurité.

— Qu'est-ce que c'est ? fit-elle en secouant la tête. Ça ne peut pas venir des villages, des lumières aussi petites et ainsi éloignées les unes des autres. Je ne vois rien d'autre, mais on dirait... j'en suis presque sûre, les lumières proviennent des champs.

— C'est exact, confirma Fulano. Ce que vous voyez, ce sont des feux de joie. Les fermiers et les villageois de la région célèbrent une fête.

Gerrard se pencha vers elle.

— Savez-vous quel jour nous sommes ? Je ne veux pas dire quel jour de la semaine, je parle de la date.

Tess dut réfléchir un moment.

— Le 22 juin ?

— Très bien. Et à un moment, situé entre hier et aujourd'hui, c'était le solstice d'été, le début de l'été. Ce que vous voyez là, ce sont des flammes en l'honneur de la nouvelle saison tant attendue, de la croissance des récoltes, de l'accomplissement des promesses de fertilité du printemps.

— C'est un rite extrêmement ancien, précisa Fulano. Bien plus ancien que le christianisme ; même si, bien sûr, comme Pâques, dont la véritable signification est la résurrection de la nature, on y a ajouté des éléments chrétiens. Ces villageois prient saint Jean.

Tess eut un choc. Dans son désarroi, elle ne savait pas si le saint dont parlait Fulano était Jean-Baptiste ou Jean, le disciple du Christ, mais elle pariait plutôt pour ce dernier, le même Jean qui avait écrit le dernier Évangile de la Bible, de nombreuses épîtres et l'Apocalypse.

Elle pensa aux photographies qui se trouvaient dans son sac, et notamment à la photo de la Bible qu'elle avait trouvée dans la chambre de Joseph — une Bible dont Joseph avait arraché toutes les pages, à l'exception des œuvres de Jean et des thèses qui correspondaient si bien à celles des hérétiques, surtout le combat entre le Bien et le Mal à la fin du monde.

— Les fermiers et les villageois sont en prière autour de ces feux, dit Gerrard. Ils brandissent des croix faites de fleurs sauvages et d'épis de blé.

Une fois encore, Tess éprouva un choc. Des flammes. Du blé. Elle se rappela la sculpture : des porteurs de torches, Mithra égorgeant le taureau, le sang ruisselant pour fertiliser la terre, le chien s'efforçant d'intercepter le flot, le serpent plongeant pour détruire le blé que le sang faisait jaillir du sol. Une lutte entre le bien et le mal et, selon le vainqueur, la nature allait vivre ou mourir.

Elle comprit tout d'un coup que la fête qui se déroulait dans cette vallée était une survivance du mithraïsme, que l'hérésie y était plus profondément enracinée qu'elle ne l'aurait jamais imaginé. Des nids d'hérétiques, le père Baldwin avait dit qu'il en recherchait, notamment en Espagne, même si son attention se tournait vers les Picos de Europa à l'ouest, et non pas vers les Pyrénées à l'est. Ce qu'il ne savait pas, c'était que ces nids existaient non seulement dans les Picos, mais aussi dans tout le sud de la France et le nord de l'Espagne, et que les villageois avaient introduit tant de mithraïsme dans la tradition catholique qu'ils ne connaissaient même pas l'origine véritable ni la signification profonde des rites de fertilité qu'ils pratiquaient maintenant.

Ou peut-être en connaissaient-ils l'origine et la signification, et cela rendait alors ces rites d'autant plus redoutables et terrifiants. Comme les villageois et les fermiers rassemblés autour des feux dans la vallée, Tess s'était consacrée à la nature, mais Gerrard et Fulano — qui eux s'étaient destinés à Mithra, le dieu de la Nature — l'avaient en leur pouvoir et peut-être Craig et elle seraient-ils les prochaines victimes sacrifiées au dieu.

L'hélicoptère amorça sa descente en s'approchant des feux isolés dans la vallée.

— Nous ne rentrons pas ? demanda Craig.

— Pas encore, dit Fulano.

— Pourquoi ? insista Craig.

— Nous avons encore une surprise pour vous, dit Gerrard.

— Cette soirée en est remplie. Je suis épuisé. Je ne sais pas si Tess et moi pouvons en supporter davantage, reprit Craig.

— Croyez-moi, cette surprise-ci en vaut la peine, dit Gerrard.

L'hélicoptère continuait à descendre dans les ténèbres de la vallée, et Tess comprit aussitôt que certains des feux avaient été disposés suivant un plan particulier : *ils délimitent une aire d'atterrissage !* se dit-elle.

Dans l'obscurité, le pilote se repérait sur le carré circonscrit par les flammes pour guider l'appareil jusqu'à une zone plane de la vallée. Au milieu des flammes dansantes des feux de joie, le pilote posa l'hélicoptère sur l'herbe, puis coupa les moteurs.

— Et maintenant ? demanda Craig.

— Vous allez assister à une cérémonie si sacrée que très peu de gens l'ont jamais vue, annonça Gerrard.

— Vous m'inquiétez. Je suis de New York, moi. Les montagnes, les vallées, les feux de joie, tout ça me donne l'impression d'être sur la planète Mars.

— Alors, dit Fulano, nous vous invitons à regarder Mars. Je vous garantis que vous allez être impressionnés. Mieux : vous allez être stupéfaits. Ayez l'esprit ouvert. Préparez-vous à ce qui sera le plus grand souvenir de votre vie.

— Puisque vous êtes mon hôte, dit Craig, je suppose que je peux vous faire confiance. J'imagine aussi qu'en tant qu'hôte vous vous sentez certaines obligations envers vos invités.

— Cela va sans dire.

— Alors très bien ; du moment que nous sommes d'accord, allons admirer la surprise qui sera le plus grand souvenir de ma vie.

— Suivez-moi.

Ils descendirent de l'hélicoptère.

## 10

Tess avait l'impression que les ténèbres l'enveloppaient tandis que, dans un carré au centre duquel se trouvait l'hélicoptère, les flammes des feux de joie bondissaient vers le ciel. L'âcre fumée qui s'en dégageait contrastait avec le délicat parfum de l'herbe et des fleurs dans la vallée baignée de nuit.

De nombreux villageois et fermiers, tous en vêtements de fête, se tenaient près des feux, brandissant des croix impressionnantes faites de fleurs et d'épis de blé. En regardant la lumière danser sur ces croix, Tess se sentit vaciller, frappée par le souvenir de ce que Priscilla Harding lui avait expliqué. Bien avant le christianisme, avant la tradition qui voulait que la croix représentât l'exécution du Christ, une croyance plus ancienne avait associé le symbole de la croix à la gloire du soleil. Et maintenant, avec une certitude qui la glaçait, Tess regardait les reflets des flammes sur le blé des croix, et elle eut la conviction que celles-ci, composées de produits de la nature, étaient consacrées au Soleil — et à Mithra, le dieu du Soleil.

Fulano prit une torche des mains d'un villageois et fit signe à Tess et à Craig de traverser le champ par la droite. Gerrard saisit une autre torche et les accompagna, tout comme les deux agents du Secret Service. Mais, de façon inopinée, le groupe grossit soudain car d'autres hommes qui se tenaient à l'arrière des feux se joignirent à eux. Ces nouveaux venus n'étaient pas en tenue de fête ; ils ne portaient pas de croix de fleurs ni d'épis de blé. Ils arboraient plutôt des tenues de sport, et ce qu'ils portaient, c'étaient des armes automatiques. Une fois les feux dépassés, le champ devint étonnamment noir, éclairé seulement par les torches que Fulano et Gerrard tenaient devant eux. Tess se rappela avec crainte les porteurs de torches de la sculpture qu'elle avait aperçue dans la chambre de Joseph. Elle avait froid aux pieds, car la rosée, sur l'herbe qui lui arrivait jusqu'aux genoux, détrempait ses sandales et le bas de sa jupe longue. Dans son affolement, elle aurait voulu tirer Craig par la main et s'enfuir en courant. Ils parviendraient peut-être à s'échapper à la faveur de l'obscurité, espérait-elle. Mais elle comprit vite que les gardes s'élanceraient derrière eux, que les villageois se joindraient à la poursuite et que, sans doute, Craig et elle perdraient tout sens de l'orientation, tournant en rond dans cette vallée qu'ils ne connaissaient pas, en essayant d'éviter les feux de joie jusqu'au moment où ils seraient repris.

Dans le champ, la pente du sol s'accentuait. Guidés par les torches, Tess et le reste du groupe dépassèrent des hêtres, contournèrent des éboulis de rochers et poursuivirent leur ascension ; l'humidité semblait à Tess de plus en plus froide. La pente était encore plus forte, et Tess sentait l'odeur de la résine de pin.

Brusquement, le terrain s'aplanit. La roche céda place à l'herbe. Tess vit que, devant elle, les torches éclairaient une étroite brèche, dissimulée par des buissons, au pied d'une falaise. En s'approchant, elle constata que c'était l'entrée d'une caverne. Mais, au bout de deux ou trois mètres, une porte de fer rouillée barrait le chemin.

Fulano tendit la torche à un garde, prit une clé dans sa poche et ouvrit un cadenas. Non sans mal, en pesant de son épaule contre la porte, il l'ouvrit dans un grincement de gonds. Un étrange silence envahit la nuit ; on n'entendit plus que le crépitement des torches et les pas de Fulano quand il disparut derrière la porte. Cinq secondes plus tard, le bruit d'une manivelle qu'on tournait vint rompre le silence, puis le crachotement d'un moteur, enfin un rugissement au moment où le moteur démarra. L'intérieur de la caverne se trouva brusquement éclairé par une petite ampoule fixée au plafond, et Tess constata que le moteur en question était un générateur à essence.

Quelqu'un la poussa par-derrière. Se retournant, Tess eut un sursaut en voyant Hugh Kelly, qui avait dû les rejoindre au cours de la marche. Où était-il ? Qu'avait-il fait ? Comme les gardes, lui aussi était en tenue de sport.

— Entrez, dit-il. Vous allez trouver des chaussures et un blouson. La caverne peut être glissante. Et puis, il fait froid.

— J'ai apporté mes baskets, dit Tess. Elle les prit dans son sac et les enfila, se sentant les pieds enfin protégés.

Malgré tout, elle tremblait. On posa les torches sur le sol et on les éteignit contre les rochers. Lorsque Craig et elle entrèrent dans la grotte, suivis de Gerrard, de Kelly et des gardes, elle aperçut des vestes de laine devant le générateur et elle en passa une qu'elle boutonna. Malgré l'épaisseur du tissu, elle continuait à trembler.

L'étroit passage permettait tout juste de se tenir debout. Elle avança, puis s'arrêta dix mètres plus loin, juste après un tournant, devant une autre porte de fer. Pendant que Fulano la déverrouillait, Hugh Kelly referma à clé la première porte.

*Ça y est,* se dit-elle. *C'est fini pour nous.*

— Ne soyez pas si nerveuse. » Malgré le rugissement du générateur, la voix de Fulano se répercutait contre les parois de calcaire humides. « Cette porte est fermée à clé strictement pour des raisons de sécurité. Après tout, nous sommes ici de nuit, et, n'oubliez pas, vous n'êtes pas les seuls à courir des risques. Alan et moi sommes des cibles tentantes pour des assassins. Je fais confiance aux villageois, mais l'obscurité pourrait fort bien cacher des ennemis qui auraient suivi nos déplacements et qui n'aimeraient rien mieux que de nous surprendre dans cette région isolée.

Trois gardes sont restés dehors pour s'assurer que personne ne nous attaquera quand nous sortirons. Comme vous avez pu le remarquer, les agents du Secret Service qui escortent Alan n'ont pas l'air ravis de cette excursion.

— J'ai remarqué, en effet. » Tess demeurait convaincue que les gardes s'intéressaient davantage à Craig et elle qu'à Gerrard et Fulano. Malgré tout, elle feignit de suivre son raisonnement : « Mais s'il se passe quelque chose dehors ! Imaginez que vos gardes soient maîtrisés ?

— Nous gardons le contact avec des talkies-walkies. S'ils ne répondent pas », expliqua Gerrard avec un geste désinvolte, « nous utiliserons une autre sortie.

— Vous avez pensé à tout, dit Craig.

— Nous essayons. » Fulano pesa sur l'autre porte, réussit à l'ouvrir dans un grincement de gonds, le battant de fer râpant la roche. « Et maintenant, la surprise.

— Une des plus grandes merveilles du monde, annonça Gerrard. Peu de gens l'ont vue. Seuls ceux qui le méritent, qui sont capables de l'apprécier, qui se soucient de cette planète, de son âme, et vous, Tess, en ont le droit. Parce que vous vous intéressez à cela. Avec passion. Vous l'avez prouvé dans vos articles.

— Et maintenant, annonça Fulano en ouvrant toute grande la porte, vous allez contempler un mystère. Peut-être le plus grand des mystères. Quelque chose de si sacré qu'après l'avoir vu vous ne serez plus jamais la même.

— Je n'arrive pas à imaginer ce que...

— Non, fit Gerrard. N'imaginez rien. Ne vous attendez à rien. Regardez seulement. Restez là et appréciez. Vous allez être transformée.

— Étant donné le tour que prend ma vie, j'ai besoin de me transformer. Pour le mieux, j'espère.

— Pour le mieux, dit Fulano. Absolument. Vous avez ma parole.

Tess les suivit par la porte, serrant fort la main de Craig, et sentant les gardes derrière elle. Fulano s'arrêta pour refermer derrière eux la seconde issue.

*C'est de pire en pire,* se dit Tess.

Des marches grossièrement taillées dans la pierre descendaient jusqu'à une énorme et profonde caverne. De petites ampoules électriques accrochées le long de cet escalier rudimentaire luisaient sur la pierre humide et guidaient leurs pas.

Tess arriva en bas, impressionnée par l'immensité de la caverne. Abasourdie, elle contemplait çà et là de complexes formations rocheuses. Des stalactites pendaient de la voûte, le long desquelles glissaient des gouttes d'eau qui formaient ensuite au sol des flaques que Tess devait éviter. Des stalagmites s'élevaient de ces flaques d'eau, et leurs contours évoquaient vaguement des museaux d'animaux.

Le souffle haletant de Tess projetait des nuages de buée.

— Cette grotte a une température constante de 12 degrés centigrades, déclara Fulano. Été comme hiver. Voilà des milliers d'années, un éboulement en a bloqué l'entrée originelle tout en préservant l'intérieur. Pendant toute cette période, le secret de la caverne est resté caché. Mais, vers les années 1800, un autre glissement de terrain a ouvert une brèche dans la falaise. Un fermier de la région, cherchant des agneaux égarés, s'est aventuré sur la pente ; il a découvert cette brèche et a décidé d'aller l'explorer, moins par curiosité — après tout, ces endroits-là peuvent être dangereux — que par inquiétude à l'idée que ses agneaux auraient pu se glisser à l'intérieur. Il est bientôt parvenu à une autre fissure, si étroite que ses agneaux n'auraient jamais pu la franchir. Un rai de soleil qui filtrait de l'entrée lui a révélé que la grotte s'élargissait considérablement après cet étroit passage et il a raconté cela à sa famille, puis à d'autres fermiers, après avoir retrouvé ses agneaux dans un pré plus tard ce jour-là. La nouvelle s'est peu à peu répandue, et elle a fini par atteindre ma vallée. Mon arrière-arrière-grand-père s'intéressait à la spéléologie ; il décida de monter une expédition, vint jusqu'ici et ordonna à ses hommes d'élargir le passage à coups de pioches et de masses. Le calcaire était assez friable pour leur permettre d'y parvenir. Il utilisa alors des torches pour explorer plus avant et, quand il découvrit ce que nous allons vous montrer, il fit jurer le secret à ses ouvriers. Dès qu'il le put, il fit installer une porte de fer dans la paroi rocheuse à l'entrée et il était seul à en détenir la clé du cadenas. Plus tard, on a ajouté une seconde porte, un peu plus loin. Ces portes ne sont pas celles que nous avons franchies. Voilà des années, les portes d'origine ont rouillé et se sont désagrégées ; il a fallu les remplacer. Récemment, on a procédé à quelques améliorations, on a taillé des marches dans les pentes et accroché des ampoules, dont les fils sont reliés au générateur à essence.

— Mais qu'a-t-il découvert ? demanda Craig. Et pourquoi tenait-il à le cacher ?

— Il tenait moins à le cacher qu'à le protéger, précisa Fulano. Dans un moment, vous comprendrez.

Il fit traverser la salle au petit groupe et s'engagea dans un couloir faiblement éclairé qui tournait à droite, puis à gauche, et les fit descendre un peu plus bas. Tess se sentait étouffée par l'atmosphère humide ; elle avait la sensation que l'air confiné de la grotte exerçait une pression, comme s'il pesait sur ses épaules. Elle enjambait des flaques d'eau et entendait quelquefois tomber les gouttes qui suintaient de la voûte. L'une d'elles, parfois, s'écrasait, glacée, sur sa tête. Un passage menait à un autre — un vrai labyrinthe.

Elle franchit un virage. Une énorme caverne s'ouvrit devant elle. Fulano et Gerrard attendaient devant, avec un sourire joyeux, les yeux brillants d'une lueur si intense que le seul reflet des ampoules accrochées aux parois n'aurait pu leur donner une expression aussi rayonnante.

Craig s'arrêta près d'elle. Derrière, Hugh Kelly et les gardes débouchèrent du couloir et vinrent les rejoindre.

— Et maintenant ? » fit Craig, avec un peu d'appréhension dans la voix. « Pourquoi nous arrêtons-nous ?

— Parce que nous sommes arrivés à l'endroit que nous voulions vous montrer. Vous ne voyez donc pas ? demanda Gerrard en riant. Vous ne voyez pas ? Regardez ! » Son rire retentit dans la caverne, amplifié en formidables échos. « Regardez ! »

Déconcertée, Tess obéit, tournant lentement, braquant son regard dans la direction indiquée par le bras tendu de Gerrard. Tout d'un coup, elle vit, et ce spectacle lui fit serrer les poings contre sa poitrine, puis reculer, stupéfaite.

— Oh, mon Dieu ! » Puis elle répéta, plus haut, presque avec respect. « Mon Dieu ! » Ses genoux se dérobaient sous elle. Elle s'efforça de garder son équilibre, bouleversée par le spectacle qu'elle était en train de contempler.

— C'est magnifique ! balbutia-t-elle. C'est... Je n'ai jamais rien vu de pareil... C'est incroyable !... C'est si beau que ça me donne envie de pleurer !

Craig secouait la tête avec stupéfaction, si surpris, si extasié qu'il en demeurait sans voix.

Tout autour d'eux, au-dessus d'eux, sur les parois et au sommet de la voûte, des animaux semblaient courir, paître, nager, bondir, ou simplement prendre la pose pour se laisser admirer. C'étaient des peintures rupestres, si nombreuses que Tess n'arrivait pas à les compter ni à suivre leurs motifs complexes ; les animaux souvent se chevauchaient, leurs images étaient statiques et pourtant paraissaient en mouvement, comme une immense, éternelle horde.

— Oui, dit Gerrard, d'une voix étranglée, c'est si magnifique, c'est d'une beauté si impressionnante que cela me donne envie de pleurer. Je suis venu ici d'innombrables fois, et l'effet est toujours le même. Cette splendeur m'écrase. Vous comprenez maintenant que je n'exagérais pas. C'est une des plus grandes merveilles du monde. Pour moi, ces peintures représentent l'âme de la planète.

Daims, élans, bisons, chevaux, bouquetins, ours, lions, mammouths... Il y en avait d'autres, beaucoup d'autres, y compris des espèces que Tess ne parvenait pas à identifier, sans doute parce qu'elles avaient disparu.

Certains dessins étaient gravés dans la roche, les contours soulignés au charbon. D'autres se découpaient en rouge, avec un contour continu ou composé de gros points. Les animaux étaient dessinés en grandeur nature. Au sommet de la voûte, un cerf de plus de deux mètres de long avait des bois presque aussi longs. On avait habilement utilisé les irrégularités de la voûte pour représenter les muscles du dos et des pattes de l'animal.

Le style des peintures était d'un réalisme extraordinaire ; on aurait dit que les animaux étaient vivants et allaient, d'un instant à l'autre, sauter au bas des parois. Mais c'était en même temps un style surréaliste, qui donnait à ces magnifiques créatures un air étrangement déformé, certaines raccourcies, d'autres étirées, dans une distorsion qui, paradoxalement, ajoutait à la puissance de l'effet. Les animaux s'incurvaient avec grâce autour des projections rocheuses. Ils ondulaient de façon spectaculaire entre les crevasses et les fissures. Un élan semblait nager ; un cheval avait l'air de tomber. L'humidité du calcaire les faisait étinceler. C'était un spectacle à couper le souffle.

— Mais qui a peint tout cela ? parvint à demander Craig. Quand ? Vous disiez que cette grotte a été découverte vers les années 1800. Mais, avant cela, des rochers en avaient barré l'accès. De quand date...

— Vingt mille ans.

— *Quoi ?*

— Ces peintures remontent à une époque où les êtres humains n'étaient que récemment apparus sur la Terre, dit Fulano. Qui les a peintes ? Nos ancêtres immédiats dans l'évolution. Un type humain qu'on appelle l'homme de Cro-Magnon. De toute évidence, leur sens de la beauté, leur admiration pour la nature étaient immenses. À cet égard, quand on pense au peu de respect que nous témoignons à la nature, peut-être notre espèce, au lieu d'évoluer, a-t-elle régressé. Ces gens sont parfois dénommés « hommes des cavernes », une expression absurde, car l'homme de Cro-Magnon n'a jamais vécu dans des cavernes. Comment aurait-il supporté le froid et l'humidité ?

Fulano secoua la tête.

— Non, reprit-il, ils vivaient à l'extérieur des cavernes. Mais pour des raisons que les anthropologues n'ont pas réussi à déterminer, ils se rendaient parfois dans des grottes, profondément à l'intérieur des grottes, et dans des salles analogues à celle-ci, ils peignaient la gloire des animaux. Selon moi, ces salles étaient leurs églises, ils s'y rendaient pour des occasions particulières, peut-être à l'équinoxe de printemps et au solstice d'été, pour célébrer le miracle de la renaissance et de la croissance, pour initier les enfants à l'âge adulte et leur révéler les mystères de la tribu. Le plus grand des mystères : celui de la vie. C'était un lieu d'adoration, de sublime respect pour tout ce qui concerne cette planète.

Gerrard précisa encore l'explication de Fulano.

— Ce n'était pas le seul sanctuaire de ce genre que l'on découvrit vers les années 1800.

Tess acquiesça.

— J'ai entendu parler, bien que je ne les aie jamais vues, des peintures de Lascaux en France, et de bien d'autres, y compris celles d'Altamira, ici en Espagne.

— Mais on n'a découvert Lascaux que dans les années 1940, déclara Fulano. D'après les historiens, Altamira — qui est située à 300 kilomètres à l'ouest d'ici — a été la première grotte à être explorée. En 1879. Mais mon ancêtre a découvert ces peintures-ci dix ans auparavant. Il savait d'instinct qu'aucun spécialiste de la préhistoire ne croirait à leur authenticité. Comment des hommes primitifs auraient-ils pu créer une si exquise beauté ? Les savants concluraient que ces peintures splendides étaient récentes, que c'étaient des faux habilement contrefaits. Pour empêcher que l'on tournât en ridicule sa découverte, il l'a gardée pour lui, il a fait poser une porte devant la grotte, et l'a gardée pour lui, pour sa famille et pour des amis choisis. Son instinct l'avait bien conseillé, car quand on découvrit Altamira, les experts ricanèrent. C'est seulement avec la découverte, en France, d'autres grottes ornées de peintures que les anthropologues reconnurent leur erreur et considérèrent comme authentiques les fresques d'Altamira. Lascaux et Altamira sont si impressionnantes qu'on les appelle souvent les « chapelles Sixtines de l'art paléolithique ». Mais j'ai vu Lascaux, j'ai vu Altamira, et je vous assure que cela ne se compare pas à ce que vous avez le privilège de regarder. C'est ici la vraie chapelle Sixtine de l'art paléolithique.

« Mon ancêtre a été sage à un autre égard. Il a compris qu'après être restée inviolée pendant des milliers d'années, cette grotte était si fragile que, si des gens se pressaient pour venir admirer ces peintures, la chaleur de leurs corps en affecterait l'écologie. La terre qu'ils amèneraient aux semelles de leurs chaussures laisserait des produits contaminants. Leur haleine ajouterait à l'humidité des parois. Ces peintures, préservées par un accident béni de la nature, seraient détruites par des champignons, par la suie des torches. On ne pouvait laisser entrer que quelques témoins sélectionnés. Le XX$^{e}$ siècle nous démontre qu'il avait raison. Un si grand nombre de touristes ont visité Lascaux que les peintures se sont couvertes d'une moisissure verte destructrice. Il a fallu sceller de nouveau la grotte, en n'y laissant entrer que quelques experts, et encore, seulement après avoir pris des précautions particulières, par exemple un bassin désinfectant dans lequel les rares observateurs doivent tremper les pieds pour détruire les éléments contaminants susceptibles de se trouver sur leurs chaussures. À Altamira, seules quelques personnes peuvent entrer chaque jour, et uniquement sur rendez-vous. Mais ici, dans cette grotte isolée au fond de cette vallée perdue, on laisse entrer encore moins de gens. Les doubles portes fournissent une protection supplémentaire, elles empêchent l'air extérieur chargé de pollen et de graines de pénétrer dans cette salle. On vous a dit que ce serait le plus grand souvenir de votre vie. Je vous assure qu'après plus de cent ans, c'est un souvenir partagé par une rare minorité.

— Et vous n'avez pas encore vu le plus beau, dit Gerrard.

— Il y a d'autres peintures ? demanda Craig avec étonnement.

— Oui, dans une autre salle, annonça Fulano dont les yeux sombres étincelaient. Nous avons gardé le meilleur pour la fin. Venez. Admirez. Recueillez-vous.

— Croyez-moi, c'est déjà fait.

— Pas complètement. Pas encore. C'est juste après ce tournant, dit Fulano. Préparez-vous. Cette révélation va vous... Oh ! pourquoi devrais-je vous dire à quoi vous attendre ? Voyez vous-mêmes.

Il les précéda. Comme Tess débouchait du tournant, elle eut le souffle coupé, non seulement de surprise, mais aussi de peur, tout comme Craig.

Cette salle, comme la précédente, était emplie de peintures, d'images, de portraits d'animaux grandeur nature. Mais ici, il n'y avait que des taureaux. Partout. Et, contrairement aux peintures de l'autre caverne, les contours des taureaux n'étaient tracés ni au charbon ni à l'ocre. Ils étaient polychromes ; il n'y avait pas seulement les silhouettes, mais aussi tous les détails. D'un réalisme absolu. Leurs sabots étaient noirs, leurs flancs bruns, leurs dos rouges ; leurs queues s'incurvaient comme sur une photographie. Leurs cornes acérées, elles aussi, étaient noires. Et leurs regards étaient si vifs qu'ils semblaient prêts à cligner les yeux de colère, furieux d'avoir été capturés pour l'éternité sur ces parois et sur cette voûte, leurs pattes prêtes à bondir, leurs muscles tendus, leurs corps en arrêt, telle une illustration — une célébration — de la force de la nature, de la stupéfiante puissance de l'univers qui, vingt mille ans plus tard, était au bord de l'anéantissement.

— Les couleurs sont obtenues à partir de charbon de bois broyé, d'ocre et d'oxyde de fer mélangés à de la graisse et à du sang animal. C'est ce qu'on appelle la technique polychrome, précisa Gerrard, et il n'existe que deux autres sites, Lascaux et Altamira, où on l'a utilisée à ce point. C'est extrêmement raffiné. Magnifiquement exécuté. La plus grande œuvre d'art jamais créée par des êtres humains. Car c'est le message qui importe le plus : la vitalité sans limite de la nature. Mais comme le démontre la moisissure verte qui a menacé les peintures de Lascaux, notre intervention dans la nature a affaibli sa vitalité jusqu'à la détruire presque. Nous avons une responsabilité sacrée. Il faut à tout prix guérir la maladie qui frappe la planète.

Tess se sentait de plus en plus accablée par ce qu'elle voyait. Et elle avait de plus en plus peur.

Des taureaux. Comme les flammes et les croix, de nombreux éléments de ce cauchemar avaient un rapport avec les taureaux, et, lorsque son regard courut sur une paroi décorée de ces taureaux multicolores, Tess se figea soudain en apercevant une figure plus grande que les autres. Au lieu d'être dessiné en rouge, en noir et en brun, ce taureau était monochrome, d'un blanc de craie, comme le taureau de la sculpture, et sa tête se levait dans un sursaut d'agonie. Le contour d'une lance dépassait de son cou.

Tess suivit la direction du regard du taureau blanc sacrifié. Elle poussa un gémissement en apercevant une autre porte de fer.

Qu'est-ce que Gerrard venait de dire ? « Nous avons une

responsabilité sacrée. Il faut à tout prix guérir la maladie dont souffre la planète. » Et un peu plus tôt, Fulano avait dit que cette chambre était l'avant-dernière révélation. Qu'y avait-il derrière la porte ?

— C'est le seul exemple, dans cette grotte, d'une image violente, fit Fulano, interrompant le cours affolé de ses pensées. Mais mon ancêtre n'a pas été surpris. Il a compris la nécessité d'une certaine violence dans la peinture, et il a compris aussi que la couleur du taureau, sa blancheur, était un signe. Il savait exactement ce qu'il devait faire.

Tess empoigna la main de Craig en regardant Fulano tourner la clé dans la serrure de la porte, puis l'ouvrir, et le grincement des gonds la fit frissonner.

— Je n'ai pas l'impression que nous allons voir d'autres peintures, dit Craig.

— Votre supposition est exacte, dit Fulano. Ce que vous allez voir, c'est la vérité.

Tess serra plus fort la main de Craig. Dans son désarroi, elle hésitait. Mais Hugh Kelly et les gardes la poussèrent en avant. Pleine d'appréhension, l'estomac noué, elle dut franchir la porte.

## 11

La caverne était sombre, faiblement éclairée non par des ampoules électriques mais par des torches. Elle s'assombrit encore quand Fulano eut refermé et verrouillé la porte, empêchant la lumière des ampoules de la salle des Taureaux d'y pénétrer.

— Le sol est humide mais plan. Vous ne devriez pas avoir de mal à garder votre équilibre », fit Gerrard d'un ton rassurant. Leurs pas résonnaient sous la voûte. Comme Tess approchait de la première des torches, elle s'aperçut qu'elle était en pierre et scellée au sol de la caverne. En haut, un récipient était empli d'huile enflammée. Les langues de feu vacillèrent, comme si, en s'approchant, elle eût provoqué une légère brise.

Elle s'avança vers une autre torche et, plus loin, dans le noir, entendit les pas de Gerrard et de Fulano. Un grattement. Une allumette craqua. Elle vit Gerrard se pencher vers une autre torche d'où une flamme ne tarda pas à jaillir. Fulano en fit autant un peu plus loin. Les deux hommes firent le tour de la salle, continuant à allumer de nouvelles torches jusqu'à ce que l'obscurité fût presque entièrement dissipée. Malgré cela, leurs ombres ondulaient étrangement quand ils passaient auprès des torches.

Fulano avait décrit les peintures de la grotte comme la chapelle Sixtine de l'art paléolithique. Mais voilà que, stupéfaite, Tess se trouvait en face d'une vraie chapelle. Elle essaya de conserver sa présence d'esprit, d'analyser ce qu'elle voyait. Le plan de la chapelle, ses colonnes et son plafond voûté semblaient romains, mais, étant donné ce que Fulano avait dit de la découverte de la grotte dans les années 1800, Tess pensa que, malgré l'architecture de la chapelle, loin d'être un monument ancien, il s'agissait plutôt d'une construction de moins de cent ans.

Elle était taillée dans le calcaire et divisée en trois parties. Sur la droite, trois marches menaient à une entrée voûtée, à un bas-côté avec un banc sculpté dans la paroi. Sur la gauche, trois autres marches menaient à un bas-côté identique qui comportait lui aussi un banc. Au milieu, une entrée dont la voûte était plus élevée permettait d'accéder à une longue nef ouverte, plus basse que les nefs latérales et visible des bancs. Le plan était conçu pour que l'attention des spectateurs soit concentrée sur un objet proéminent, posé sur un grand autel carré au fond de la partie centrale, et cet objet — Tess sentit son cœur défaillir — était un bas-relief représentant Mithra, à califourchon sur un taureau blanc qu'il était en train d'égorger. Elle faillit pousser un hurlement. Ses pensées se bousculèrent. Elle crut qu'elle allait devenir folle.

La sculpture était deux fois plus grande que celle qu'elle avait vue dans la chambre de Joseph. Son marbre blanc était usé par les ans, écorné et fêlé, et elle sut au plus profond d'elle-même qu'il ne s'agissait pas d'une copie, comme celle de Joseph. Non, ici se trouvait l'original. C'était la sculpture que le petit groupe d'hérétiques décidés avait réussi à emporter avec eux quand ils avaient utilisé des cordes pour descendre du flanc de la montagne, la nuit qui avait précédé le massacre de Montségur.

— Comme promis, dit Fulano. La vérité.

— Venez. Regardez de plus près, fit Gerrard.

Il passa entre Tess et Craig, étendit les bras et les guida jusqu'au centre de la chapelle. Avant d'y pénétrer, il s'arrêta devant un bassin surélevé sur un piédestal et y plongea la main droite. De l'eau brillait sur ses doigts quand il les porta à son front, à sa poitrine, à son épaule gauche puis à son épaule droite, faisant le signe de la croix.

Mais pas la croix chrétienne, Tess le savait. Cette croix-là, c'était celle du dieu Soleil.

— Une vasque d'eau bénite ? » fit-elle, sa peur cédant la place à la stupéfaction.

— Sans nul doute, cela vous rappelle le catholicisme, dit Gerrard. Mais ce rituel est antérieur au catholicisme. Comme tant de nos rites, celui-ci nous a été emprunté — volé ! — après que Constantin se fut converti du mithraïsme au christianisme au IVe siècle. Après nous avoir persécutés, les hypocrites ont prétendu qu'ils avaient eux aussi inventé la communion, la consécration du pain et du vin, le partage du repas sacré. Mais, contrairement au pain et au vin de leur fausse religion, qui sont censés représenter le corps et le sang du Christ, notre pain et notre vin à nous représentent la fertilité, l'abondance de la terre. De même, cette eau — qui n'a pas besoin d'être bénie, simplement parce qu'elle est déjà sacrée par elle-même — représente la gloire des pluies et des rivières qui apaisent la soif de la nature.

— Ou plutôt qui l'apaisaient, corrigea Fulano, avant que les poisons de l'atmosphère en fissent des pluies acides. Cette eau-là provient d'un ruisseau de la vallée, qui n'a pas encore été pollué.

Ils s'approchèrent de l'autel. Tess frémit en voyant le chien, le serpent et le scorpion s'efforçant d'empêcher le sacrifice qui redonnerait vie à la nature. Sur la gauche du taureau mourant, dont le sang était supposé féconder le sol, la flamme d'un porteur de torche pointait vers le ciel tandis que celle du porte-torche de droite était tournée vers le sol. Le Bien et le Mal en lutte.

— Il est temps, maintenant, déclara Gerrard.

Fulano vint les rejoindre.

Le vice-président poursuivit : « Il était évident pour moi que, quand vous vous êtes embarqués à bord d'*Air Force Two,* vous vous doutiez que je faisais partie des hérétiques — pour employer le terme que vous affectionnez — même si, pour nous, l'hérésie, c'est le christianisme. Nous nous sommes donc lancés dans des luttes verbales, de subtils dialogues où chacun essayait de duper l'autre. Mais aucun de nous n'était convaincant. Malgré cela, ce que vous m'avez dit, Tess, m'a touché. Le profond intérêt que vous portez à l'environnement. Votre évidente dévotion à la sauvegarde de notre planète. À Washington, quand j'ai appris que vous représentiez une menace pour nous, j'ai accepté un plan qui vous guiderait jusqu'à moi de façon que je puisse personnellement organiser votre mort. Dans le domaine de José, il aurait été facile de procéder à votre exécution. Toutefois, je ne suis plus convaincu qu'il faille vous tuer. Je perçois des opportunités dans votre attitude. Je crois que votre talent passionné de journaliste pourrait nous être d'une grande aide. Vous êtes furieuse, et c'est bien compréhensible, de la mort de votre mère. Tout comme moi. Ce meurtre était absurde, maladroit, inutile. Mais c'est arrivé, on ne peut revenir dessus. Alors la question que j'ai besoin de vous poser est celle-ci : pour sauver votre vie, êtes-vous prête à maîtriser votre chagrin et à travailler avec nous ? Réfléchissez bien. C'est la question la plus importante qu'on vous ait jamais posée.

— Le meurtre, le chantage, le terrorisme ? Vos méthodes sont mauvaises, lança Tess.

— Mais elles sont nécessaires, puisque aucune autre n'a réussi, répliqua Gerrard. Toutefois, j'apprécie la franchise de votre réponse. Pour la première fois, vos propos ne sont pas trompeurs. Vous avez eu la tentation de mentir, à cause des armes braquées sur vous, mais vous ne l'avez pas fait. C'est remarquable. Peut-être y a-t-il un espoir, et je serais vraiment navré de donner l'ordre qu'on vous exécute. Vous êtes une jeune femme saine, pleine de vie, athlétique, bourrée de bonnes intentions — un parfait exemple de la force vitale que vous essayez de sauver. Je regretterais sincèrement de vous détruire.

Craig toussota.

— Vous avez quelque chose à ajouter, lieutenant ? Rappelez-vous que la seule raison qui a fait tolérer votre présence ici, c'est votre lien sentimental avec Tess. Si on vous tuait, vous, elle ne coopérerait jamais.

— Exactement, dit Craig. Parce que nous nous aimons, Tess et moi tenons beaucoup à rester en vie. Mais imaginez que je parvienne à oublier que je travaille pour la police de New York. Imaginez que Tess parvienne à oublier que vous autres salauds avez tué sa mère.

Gerrard se crispa un peu.

— Continuez.

— Si nous acceptons vos conditions, comment saurez-vous que nous ne mentons pas ? Comment saurez-vous que vous pourrez nous faire confiance ?

— Vous avez déjà en partie répondu à votre question, fit Gerrard. Tess et vous, vous vous aimez assez pour ne pas vouloir compromettre votre avenir à cause d'une chose que vous ne pouvez pas contrôler. Le plan établi par nos ancêtres il y a des centaines d'années a réussi. Nous avons infiltré les principaux gouvernements, les grandes multinationales, sans parler de tous les réseaux importants de communication ni des institutions financières. Tess et vous ne pourriez jamais échapper à notre attention. Nos agents vous surveilleraient sans cesse. Vous seriez liquidés dès l'instant où vous essayeriez de révéler notre existence et d'inciter des non-croyants à agir contre nous. » Tess ne parvenait pas à surmonter sa peur ; elle se rappelait avec angoisse que le soir précédent, le père Baldwin avait prononcé la même menace : « Si vous tentez de révéler que l'Inquisition existe toujours, nos agents — qui vous surveillent sans cesse — s'assureront de votre silence. »

Elle se sentait prise au piège entre un camp et l'autre. Le bien et le mal. Mais de quel côté était le bien, et de quel côté le mal ? Les deux camps utilisaient les mêmes tactiques, perverses et mortelles.

— Très bien, dit Craig. Ça tient debout. Mais, d'après vous, je n'ai répondu qu'à une partie de la question. Et le reste ? Si Tess et moi promettons de coopérer, comment saurez-vous que vous pouvez nous faire confiance ? Comment pourrons-nous être sûrs que nous serons en sûreté ?

— Oui, dit Gerrard, comment, en effet ? Je dois, sur ce point, m'en référer au jugement de José. Mon pouvoir est limité, même si je suis le vice-président des États-Unis. Mais José est le descendant en ligne directe du chef des hérétiques qui ont échappé au massacre de Montségur. C'est lui qui prend les ultimes sentences de vie et de mort.

Tess et Craig se tournèrent vers Fulano.

L'Espagnol plissa les yeux.

— Vous avez admiré les peintures, la chapelle des animaux ?

— Malgré ma terreur, oui. Elles étaient incroyablement impressionnantes, fit Tess.

— Et vous comprenez leur signification ?

— Parfaitement, dit Tess. Elles représentent l'âme de la nature.

Fulano l'examina longuement.

— Alors, en dépit de nos différences, nous nous ressemblons sans doute plus que vous ne le pensez. Peut-être pourrons-nous parvenir à un accord. » Il fronça les sourcils. « Mais, pour gagner notre confiance, il faut que vous nous donniez un témoignage de bonne foi.

— Comment faire ? Que voulez-vous dire ? Quel genre de témoignage ?

— Il faut vous faire baptiser.

— Quoi ?

— Vous devez vous convertir.

— Au mithraïsme ?

— C'est le seul moyen, dit Fulano, Si vous devenez l'une des nôtres, si vous faites l'expérience du mystère, si vous réagissez à ce rite puissant, jamais l'idée ne vous viendra de nous trahir.

— Un baptême ?

Fulano acquiesça de la tête.

Tess réfléchit rapidement. *N'importe quoi pour sortir d'ici. Me faire asperger le front d'eau ? Quelques prières à marmonner ? Ce n'est rien, comparé à ce que je viens de subir.* Elle se força à paraître hésitante, à peser le pour et le contre, et elle finit par dire :

— Très bien.

— Ne croyez pas que vous pouvez nous duper, observa

Gerrard. Ce baptême n'est pas du genre que vous connaissez. Ce n'est pas le même que celui du christianisme. Je vous préviens. C'est un rite primordial, bien plus profond que vous ne pouvez l'imaginer.

De quoi pouvait-il bien s'agir ? se demanda Tess. En quoi pouvait-il être différent du baptême chrétien ? L'immersion totale dans un torrent souterrain glacé ? Certes, elle avait peur de mourir d'hypothermie ou de suffoquer, mais le baptême par immersion totale était pratiqué par plusieurs groupes de fondamentalistes chrétiens, elle le savait ; et Gerrard avait affirmé que ce baptême-ci était totalement différent du baptême chrétien, et, par conséquent, de ses versions fondamentalistes.

Aussitôt, Tess se souvint que l'immersion totale n'était pas réservée aux fondamentalistes chrétiens. Diverses sectes en Inde la pratiquaient aussi, et Priscilla Harding avait expliqué qu'on connaissait des groupes isolés, fidèles au mithraïsme, qui avaient survécu et qui pratiquaient leurs rites dans l'Inde d'aujourd'hui.

L'immersion totale ? *Si pénible que ce soit,* conclut Tess, *le froid, le courant violent, le sentiment d'impuissance, ça ne se compare quand même pas à ce par quoi je suis déjà passée.*

— Je vous remercie de votre mise en garde, dit-elle, mais j'ai bien réfléchi, et j'accepte. Je ferai de mon mieux. Je me ferai baptiser. Je rejoindrai vos rangs, si c'est ce qu'il faut pour que Craig et moi ayons la paix, pour que nous vivions sans crainte.

— Sans crainte, oui, mais il faudra quand même nous aider, observa Gerrard.

— Mais seulement de façon non violente.

— Bien sûr, dit Gerrard. En tant que journaliste dévouée à protéger la planète.

— Rien ne pourrait m'empêcher de faire ça.

— Lieutenant, est-ce que vous aussi, vous êtes d'accord ? demanda Gerrard.

— Je suis avec Tess, dit Craig. Nous partageons les mêmes décisions.

— Alors veuillez franchir cette porte.

Fulano désigna au fond de la chapelle une issue sur la

gauche, près de la statue de Mithra qui se dressait au-dessus de l'autel.

Tess essaya de faire montre d'une totale détermination, en s'avançant, les muscles tremblants, vers la droite de l'autel. Soudain, elle hésita, en entendant ce qui lui parut d'abord être un son inexplicable, provenant de l'obscurité, derrière le passage voûté.

Quelque chose frappait le sol avec un bruit sourd.

Tess se retourna vers Fulano, le visage crispé de peur et de désarroi.

— Qu'est-ce que c'était ?

Le bruit sourd fut aussitôt suivi d'un violent ébrouement.

— Qu'est-ce que c'est ? fit Craig d'une voix rauque. On dirait...

— ... Un animal, murmura Tess.

— On vous a prévenus, dit Fulano. Ce baptême est plus insolite que vous ne le pensez.

— Primitif.

— Oui. Selon votre réaction, vous vivrez ou vous mourrez, dit Fulano. Nous saurons aussitôt si vous êtes convertis, car on verra tout de suite si vous avez accepté le pouvoir du baptême.

Le mystérieux et invisible animal frappa le sol avec ce qui semblait un énorme sabot, puis il gratta la terre de la caverne, le puissant écho se répercutant de la porte jusque dans la chapelle.

Puis l'animal s'ébroua de nouveau et poussa un grognement rauque, furieux.

Tess se sentit paralysée de terreur.

Mais Hugh Kelly et les gardes approchaient impitoyablement vers elle et Craig, les poussant tous deux en avant, les forçant à franchir la porte.

Gerrard et Fulano s'étaient empressés de les précéder, craquant des allumettes, allumant d'autres torches et, quand les flammes s'élevèrent en vacillant, elles révélèrent ce que contenait la grotte derrière la chapelle.

Tess eut du mal à retenir un cri.

# 12

Enfermé dans une étroite stalle taillée dans la pierre grise et fermée à une extrémité par une grille de fer se tenait l'énorme taureau blanc que Tess avait vu isolé, cet après-midi, dans un champ, au moment où l'hélicoptère descendait vers le domaine de Fulano.

Tess comprit aussitôt où était passé Hugh Kelly, ce qu'il avait fait depuis que l'hélicoptère s'était posé, pourquoi il les avait précédés ici et les avait mystérieusement rejoints dans la montée qui menait à la grotte. On lui avait donné l'ordre de prendre ces arrangements.

Quand les flammes des torches jaillirent, vacillant sous un souffle apparemment provoqué par l'approche du groupe, le majestueux taureau blanc tourna la tête vers Tess, ses yeux injectés de sang montrant la fureur qu'il éprouvait d'être resté emprisonné si longtemps dans le noir. Ses naseaux frémirent lorsque, une fois encore, il renifla de rage.

La bête tendit le cou en avançant une corne, comme si, malgré la distance, elle croyait dans son désespoir qu'elle pourrait atteindre et empaler ceux qui la retenaient prisonnière.

— Dieu tout-puissant, gémit Tess.

— Oui, dit Gerrard. Dieu tout-puissant. C'est la signification de cette statue. Ce taureau blanc représente la lune et, comme la lune apporte la lumière aux ténèbres, il symbolise le triomphe du bien sur le mal. La lune est manifestement l'homologue du soleil, et ce taureau à son tour est l'homologue — un substitut — de Mithra, le dieu du Soleil.

Tess ne put retenir un gémissement.

— Votre crainte est compréhensible, dit Gerrard. Mais j'espère que vous gémissez aussi par respect. Après tout, les rites sacrés n'ont pas d'effet s'ils ne provoquent pas une émotion profonde. De toute évidence, il s'agit ici d'une épreuve. Vous allez tous les deux être transformés, je vous le garantis. Oui, d'une façon ou d'une autre, comme la vie s'oppose à la mort, l'adhésion à la méfiance, vous allez être transformés.

Tess se mit à trembler.

— Avancez plus près, dit Fulano. Par ici. Face au taureau.

Tess et Craig ne bougeaient pas.

— Votre hésitation ne m'encourage guère, dit Fulano. Vous devez faire vos preuves.

Hugh Kelly et les gardes poussèrent Tess et Craig plus près de la stalle, les obligeant à obéir aux ordres de Fulano. À trois mètres du taureau, Tess fixait ses yeux pleins de colère. Mais cette fois, quand l'animal renifla de nouveau, un jet humide sortant de ses naseaux dilatés la frappa en plein visage.

Horrifiée, Tess se frotta les joues, cherchant frénétiquement à faire disparaître la brûlure de ces taches acides. Mais il y eut autre chose qui l'horrifia encore davantage.

Baissant les yeux, elle constata qu'on avait creusé dans le sol de la caverne un étroit escalier et que des marches sombres descendaient, derrière le taureau, jusqu'à un enclos obscur.

Gerrard se frotta l'œil droit, qui larmoyait de nouveau, car l'irritation était revenue. Il prit dans sa poche une petite boîte en plastique, baissa la tête et, écartant ses paupières, fit tomber dans sa paume des verres de contact. Après les avoir rangés dans la boîte, il releva la tête.

Ses yeux, autrefois bleus, étaient gris et étincelaient sous le reflet des torches.

Tess frissonna.

— Encore un secret. Un héritage de nos ancêtres, expliqua Gerrard.

— Un gène récessif. Je sais.

— Alors vous en avez beaucoup appris. Plus que je ne pensais. Mais vous allez maintenant en apprendre davantage. Bien davantage. Il est temps. Descendez dans la fosse, ordonna Gerrard.

Fulano, lui aussi, avait ôté ses verres de contact, montrant que ses yeux bruns étaient en fait aussi gris que ceux de Gerrard. Ils brillaient du même éclat.

Tess frissonnait plus violemment encore.

— Déshabillez-vous, dit Fulano.

— Quoi ? protesta Craig. Attendez un peu.

— Je vous assure, cette demande n'a rien de lubrique, dit Gerrard. Nous ne nous intéressons pas au sexe. C'est un instinct impur qui contamine l'esprit. Nous nous y adonnons à regret, uniquement pour procréer. Votre nudité ne nous affecterait pas plus que la nudité naturelle des animaux. Mais nous respectons la pudeur. Vous n'avez pas besoin de vous déshabiller devant nous. Ôtez vos vêtements loin de notre regard, dans l'obscurité de la fosse. Puis lancez-les sur les marches. Sinon, ils seront souillés quand vous les remettrez.

— Souillés ? Pourquoi ? demanda Craig d'une voix sourde. De quoi parlez-vous ?

— À cause de votre baptême, dit Fulano. Votre hésitation continue à me troubler. Faites vos preuves. Montrez-nous que vous en êtes dignes. Faites ce qu'on vous dit. Descendez dans la fosse. Ôtez vos vêtements.

Hugh Kelly et les gardes continuaient à pousser Tess et Craig.

— Nous n'avons pas besoin d'être forcés par vos hommes, protesta Tess. Nous avons donné notre accord. Nous vous l'avons dit, nous voulons rester en vie.

— Mais seulement si vous réagissez à la force du baptême, et nous allons bientôt le savoir, dit Fulano. Ou bien vous allez comprendre et apprécier la signification de ce rite, ou bien...

— On nous tuera, dit Tess.

Rassemblant son courage, Tess descendit, s'éloignant de la lueur vacillante des torches. Trop vite, pressée contre Craig, elle arriva en bas. La fosse était noire, humide et froide. Étroite. Resserrée. Leurs bras se heurtaient tandis qu'à regret ils ôtaient leurs vêtements et les lançaient sur les marches.

Comme ses yeux s'habituaient à l'obscurité, Tess leva la tête et aperçut les reflets de la lueur des torches par des ouvertures placées en haut de la fosse. Les gros barreaux d'un treillis de fer, assez larges pour empêcher les sabots du taureau de passer entre eux, étaient solidement fixés dans la bordure de calcaire.

— Qu'est-ce qu'il doit se passer ? murmura Craig. Quel genre de baptême...

— Tu as vu la statue. » Tess s'efforçait de parler à voix basse. « Tu ne comprends donc pas ? »

Brusquement, Craig comprit. Elle le sentit trembler d'horreur à son tour.

Un de ses seins effleura le bras de Craig tandis qu'elle levait un regard plein d'appréhension. Malgré ses efforts pour chuchoter, Gerrard avait dû entendre.

— Le sang de l'agneau, dit-il d'en haut. Selon le christianisme, vous devez être lavés dans le sang de l'agneau. Voilà encore une chose qu'ils nous ont volée. Leur version du baptême. Ensuite, ils ont substitué l'eau au sang. Mais le sang de l'agneau était à l'origine le sang du taureau sacré. Du taureau blanc. Malgré les changements apportés par le christianisme, notre tradition est restée pure. Nous conservons la sainteté du rituel séculaire. Cela remonte à l'Irak antique. Le rite a réapparu en Grèce, notamment en Crète où, selon la légende, un taureau d'un blanc immaculé est sorti de la mer et a été plus tard sacrifié par Thésée au dieu Soleil — on l'appelait Apollon — sur le continent, à Athènes. Plus tard, à l'époque romaine, on initiait les convertis au mithraïsme par le baptême. Ici, en Espagne, la course de taureaux est une version ultérieure de sacrifice. En fait, à Merida, on a construit des arènes au-dessus d'une antique chapelle romaine consacrée à Mithra et, dans les entrailles de cette chapelle, il existait une fosse comparable à celle-ci, qu'on appelait un *taurobolium,* où les centurions romains se dévêtaient et étaient rebaptisés avant chaque combat — pour recevoir la force de lutter contre leur ennemi. Le rite s'est maintenu en secret au-delà du IVe siècle, malgré la conversion de Constantin au christianisme. Il a persisté au Moyen Âge, malgré les efforts des inquisiteurs. Il continue aujourd'hui. Aussi longtemps que durera la nature, le rite se perpétuera. À cause de l'éternelle majesté et de la puissance de ce rite.

— Alors, hurla Tess, allez-y ! Finissez-en !

La voix de Fulano retentit, l'interrompant.

— En tant que descendant direct de l'homme qui a guidé son petit groupe de survivants rescapés de Montségur, je prends la place de mon ancêtre. Je prends la place de Mithra. Je sacrifie l'homologue de Mithra.

Ses paroles devinrent mélopée.

Au-dessus d'elle, Tess entendit le taureau blanc se cabrer et piétiner le sol avec fureur. Elle ne pouvait pas le voir, mais elle savait ce qui se passait. Fulano, au péril de sa vie, était monté sur le taureau prisonnier.

La voix de Gerrard intervint, si calme qu'elle en était déconcertante.

— À l'équinoxe de printemps, ce sacrifice représente le retour de la vie sur la planète. Mais au solstice d'été, le sacrifice initie à ses mystères les jeunes de notre religion. Et, à l'occasion, de rares convertis. Ils font l'expérience du pouvoir du baptême et, s'ils en sont dignes, ils comprennent la nécessité du sacrifice baptismal.

Le taureau affolé continuait à s'ébrouer, à frapper le sol et à se cabrer. Tess imaginait Fulano chevauchant le taureau, s'efforçant d'éviter les cornes, d'empoigner le mufle qui s'agitait pour lui relever la tête, pour exposer le cou et y plonger sa lame pour l'égorger, sectionnant des artères, faisant couler...

Un flot de sang jaillit en cascade. Chaud, répugnant, épais et lourd, fumant, plein d'une odeur âcre et salée. Il se déversait en quantité incroyable par les barreaux du treillis. Il s'écoulait, visqueux, brûlant, noyant et suffoquant ceux qui se trouvaient sur son passage.

Bien qu'il eût la gorge ouverte, le taureau se mit à mugir. Il lançait un dernier cri d'orgueil et de défi. Puis ses genoux se dérobèrent sous lui.

Terrifiée, Tess entendit les pattes de l'animal heurter violemment la grille métallique ; son corps énorme et majestueux s'écroula avec un bruit sourd contre les barreaux.

Du sang jaillit encore, lui arrosant les cheveux, lui emplissant les oreilles, aspergeant son visage, coulant sur son corps nu, ses pieds nus baignant dans une flaque horrible et fumante.

Elle perdit tout contrôle et s'écroula sur le sol. Craig essaya de la retenir, mais lui aussi était sans force, sombrant sous la violence du déluge.

— Oh, mon Dieu, dit-il.

— *Maintenant,* est-ce que vous comprenez ? interrogea

Fulano, ses pas résonnant sur le sol tandis que, descendant du cadavre du taureau, il escaladait le bat-flanc de l'enclos de pierre.

En pleine démence, le corps ruisselant de sang, ne frissonnant plus, réchauffée par la force vitale du taureau sacré, Tess essaya de voir clair à travers le liquide rouge et poisseux et s'efforça de mettre de l'ordre dans le tourbillon de ses pensées.

Elle ne pouvait parler.

— Dites-moi ! cria Fulano.

— Le sacrifice, dit-elle à grand-peine, est censé nous enseigner que la vie est précieuse. » Sa voix était rauque, ses mots n'étaient qu'un long gémissement. « Le sang du taureau qui nous asperge est un tel choc qu'à jamais nous nous souviendrons combien la mort est définitive et que rien dans la nature ne devrait jamais être tué à moins que ce ne soit absolument nécessaire. C'est pourquoi vous ne mangez pas de viande rouge. C'est pourquoi vous êtes essentiellement végétariens, parce que les récoltes reviennent au printemps ; un animal est unique en son genre, mais s'il est tué, lui ne reviendra pas au printemps. Si nous en tuons trop, des espèces entières ne reviendront pas au printemps. La planète a ses limites. Si nous ne prenons pas garde, son abondance peut s'épuiser. »

Un terrible silence régnait dans la salle.

Le sang ruisselait sur le corps de Tess.

— Vous avez bien compris, dit Fulano. Soyez la bienvenue. Vous êtes des nôtres.

Tess essuya sa bouche souillée de sang, suffoquant presque en sentant le liquide rouge et salé. Quand elle respira, du sang lui envahit les narines. Elle fit un effort pour laisser l'air pénétrer jusqu'à ses poumons. Furieuse, elle se souvint de la peinture du taureau blanc avec la lance en travers de la gorge. Après la gloire de l'existence vient la mort, et comme on ne peut jamais remplacer cette gloire, il faut toujours respecter la mort. C'était ça, le message.

*Mais la mort...* songea-t-elle. *Vous autres salauds n'aviez aucun respect pour la mort quand vous avez tué ma mère ! Bande d'hypocrites ! Espèces de...*

Un choc sourd interrompit la fureur vengeresse de ses

pensées. Le choc, même s'il arrivait de loin, était suffisamment violent pour faire trembler le sol rocheux sous ses pieds, bien qu'au début Tess crût que c'étaient simplement ses genoux qui tremblaient.

— Qu'est-ce qui se passe ? entendit-elle Gerrard demander de là-haut. Qu'est-ce que c'était ?

Une seconde secousse, plus proche, fit passer des ondes de choc dans la caverne. Quelque part, un rocher tomba dans un bruit de tonnerre.

— On dirait... haleta Fulano ; on dirait un éboulement !

— Non ! Des explosions, fit Gerrard, affolé.

— Allez voir ! ordonna Fulano aux gardes. Voici la clé ! Ouvrez la porte ! Dites-moi ce qui se passe !

Des pas se précipitèrent vers la chapelle.

Craig aussitôt prit Tess par le bras et fonça vers l'escalier. Elle le suivit, glissa sur du sang et tomba. Son entraînement de gymnaste lui fit plier les bras et ployer son corps pour amortir le choc. Malgré cela, elle se cogna l'épaule et tressaillit. Mais aussitôt elle se releva et continua à foncer pour rejoindre Craig en haut.

Le sang séchait sur leurs corps. Nus, ils frissonnaient ; ils se rhabillèrent en hâte, frissonnant davantage tandis que le sang trempait leurs vêtements. Sans s'occuper du pathétique cadavre du taureau blanc dans l'enclos, ils se précipitèrent vers l'entrée de la chapelle.

Fulano, Gerrard et Hugh Kelly étaient groupés autour de la porte cintrée. Par une brèche, Tess et Craig virent les gardes traverser en courant la chapelle vers la porte de la caverne.

Mais, dès l'instant où un garde, tirant de toutes ses forces, eut réussi à l'ouvrir, il se retourna, consterné.

— Il n'y a plus de lumière !

— Deux portes extérieures, deux explosions, dit Fulano en serrant les poings. La première explosion a dû faire sauter le générateur.

— Qui a pu faire ça ?... commença Gerrard.

— Vous savez bien qui ! Les inquisiteurs ! dit Fulano.

— Mais si l'entrée n'est pas bloquée, s'ils viennent nous chercher, ils ne parviendront pas à nous trouver, sans lumière dans les tunnels.

— Ils auront prévu le coup ! Avec des torches électriques ! dit Fulano. Ils n'ont qu'à suivre le fil des lampes. » Il se redressa et cria aux gardes : « Entrez dans le tunnel ! Fermez la porte pour que la lueur des torches ne révèle pas l'endroit où nous nous cachons ! Tirez quand vous apercevrez le faisceau de leurs torches électriques ! Ils feront des cibles faciles ! »

Les gardes foncèrent, s'engouffrèrent par la porte et la refermèrent.

— Les inquisiteurs ! » lança Fulano comme un juron. « Comment nous ont-ils trouvés ? Comment ont-ils su où... »

Gerrard se retourna brusquement vers Tess et Craig.

— Vous ! Je ne sais pas comment, mais c'est vous qui les avez amenés ici !

— Mais comment justement ? interrogea Craig. Vous savez que ce n'est pas possible. Vous nous avez gardés prisonniers depuis l'instant où nous avons quitté la base d'Andrews. Si nous avions utilisé un téléphone à bord de l'appareil, vous l'auriez su. Ensuite nous sommes montés dans un autre avion. Puis nous avons pris l'hélicoptère. Je ne vois pas comment nous aurions pu transmettre un message. Nous avons fait tout ce que vous demandiez, nous nous sommes même laissé baptiser. Nous sommes allés jusqu'au bout pour prouver que nous étions prêts à coopérer.

— Non, mais, d'une façon ou d'une autre... » Fulano s'avança vers eux à grands pas, ses yeux gris exorbités. « On vous a fouillés pour voir si vous aviez des armes. On vous a passés au détecteur de métaux. Comment avez-vous...

— Regardez ses pieds ! Elle porte les baskets qu'elle avait quand elle a embarqué sur *Air Force Two !* dit Gerrard. Elle les a emportés avec elle. Elle les avait dans son sac et elle les a mis quand elle est entrée dans la grotte. Voilà comment ils nous ont repérés. Voilà comment ils nous ont trouvés. Ces chaussures doivent contenir un émetteur.

— Ôtez-les ! dit Fulano. Je veux les voir !

Tess recula.

— Je ne me trompe pas ! cria Fulano.

Tess recula encore.

— Kelly, dit Gerrard à son assistant.

— Oui, monsieur ?

— Abattez-les. Nous leur avons fait confiance. Ils ne le méritaient pas. Ne vous contentez pas de les abattre. Faites-les *voler en éclats.*

— Bien, monsieur.

Hugh Kelly ôta le cran de sûreté de son arme, puis la braqua sur eux.

Craig plongea sur Tess, la poussant dans une mare derrière une stalagmite. Saisis par l'eau froide, ils restèrent blottis derrière la roche.

Mais les coups de feu qu'ils entendirent ne provenaient pas de l'arme de Hugh Kelly ; ils provenaient d'autres armes automatiques dont on entendait au loin le crépitement étouffé, derrière la porte qui menait à la chapelle. De l'autre côté, des hommes poussaient des hurlements d'angoisse.

Brusquement, la porte s'ouvrit, laissant passer les gardes qui se retournaient pour tirer ; ils s'arc-boutèrent tous ensemble contre le battant pour fermer la porte et la verrouiller.

— Ils n'avaient pas de torche électrique ! hurla un garde.

Fulano se précipita dans le fond de la chapelle.

— Alors, comment ont-ils pu nous suivre jusqu'ici ? Comment ont-ils pu voir les fils dans l'obscurité ?

— Ils portent des lunettes à vision nocturne ! Peu importe où nous nous cachions ! Eux pouvaient nous voir, mais nous, non !

— Mettez-vous à couvert ! ordonna Fulano.

Les gardes battirent en retraite et s'abritèrent derrière les torches de pierre et les piliers. Certains laissaient derrière eux une traînée de sang. Tess entendait leur souffle rauque.

Quelque chose heurtait violemment la porte métallique.

— Ils essaient de passer ! fit Gerrard.

Un nouveau choc. La serrure tenait bon.

— Ils vont utiliser des explosifs ! lança Fulano. Couchez-vous !

Hugh Kelly s'était retourné pour contempler la scène.

Craig en profita pour émerger de l'eau, derrière la stalagmite. Kelly l'entendit et pivota, mais pas assez vite. Craig bondit sur lui avant que l'autre eût pu lever son arme et faire feu. Craig frappa Kelly de plein fouet, lui tordit le bras, lui saisit le menton par-derrière et le tira vers le haut. En même temps, il se laissa tomber sur un genou, leva l'autre, sur lequel il projeta l'épine dorsale de Kelly.

Au bord de la nausée, Tess entendit deux violents craquements — le cou et la colonne vertébrale de Kelly. Tandis que le corps sans vie s'écroulait sur le sol de la caverne, Craig s'empara de son arme et la braqua sur Gerrard et Fulano.

Trop tard. Le bruit de la lutte les avait alertés ; ils s'esquivèrent par l'entrée de la chapelle avant que Craig eût le temps de tirer. Poussant un juron, il se précipita à leur poursuite. Mais aussitôt il trébucha, projeté à terre par la violence d'une explosion. Le fracas fut assourdissant : la porte métallique sauta de ses gonds, s'écroula sur le sol et d'autres fragments de rochers tombèrent de la voûte.

Tess avait les oreilles qui bourdonnaient. Elle entendit des gardes tirer vers l'entrée du tunnel. Dans les ténèbres, derrière l'entrée, depuis la salle des Taureaux, d'autres armes ripostèrent.

Une explosion retentit encore. Puis une autre. Dans la mare froide derrière la stalagmite, Tess tressaillit et colla ses mains sur ses oreilles. Des grenades ! Les inquisiteurs lançaient des grenades ! La chapelle se remplit de flammes et de fumée. Tess avait beau presser ses mains contre ses oreilles, les hurlements d'agonie des hommes arrivaient jusqu'à elle.

Les coups de feu persistaient, de plus en plus violents. D'autres explosions ébranlèrent la caverne, d'autres pans de roche tombèrent. Par l'entrée de la chapelle, Tess vit une torche se briser, basculer et répandre sur le sol son huile enflammée. Des balles écornaient les piliers, ricochaient, des éclats de rochers volaient dans tous les sens.

Comme la fusillade s'intensifiait, des silhouettes vêtues de noir débouchèrent de la salle des Taureaux. À travers la fumée, Tess distingua que les silhouettes portaient de grosses lunettes et qu'elles avaient le visage barbouillé de graisse noire de camouflage. Elles brandissaient des armes automatiques et tiraient dans tous les sens, ne s'arrêtant que le temps de lancer de nouvelles grenades. Les explosions ébranlaient les piliers. Des gardes tombaient, le sang jaillissait de leur tête et de leur dos. D'autres étaient écrasés sous les rochers qui s'éboulaient en cascade.

Les survivants — parmi eux Gerrard et Fulano — s'engouffrèrent dans la caverne derrière la chapelle. Quelques-uns ripostaient en tirant des coups de feu, mais la plupart s'enfuyaient, affolés.

Tess fit un croche-pied à un homme qui passait en courant derrière la stalagmite où elle était blottie. Il heurta violemment le sol du menton. Trop terrifiée pour résister à la décharge d'adrénaline, elle se précipita et s'empara de son arme. Son père ne lui avait jamais appris à se servir de ce genre de pistolet, mais elle se souvenait d'avoir vu Hugh Kelly ôter un cran de sûreté sur le côté au moment où il s'apprêtait à tirer. C'était de toute évidence pour armer le mécanisme et, pensant que le garde l'avait sans doute déjà fait, elle visa l'homme quand il essaya de se relever et tira sur lui ; la décharge le plaqua au sol.

La giclée de sang, s'ajoutant au terrible recul de l'arme, lui fit perdre tout contrôle de son arme. La violence de l'explosion fit basculer le canon vers le haut. Tess se dit aussitôt : *souviens-toi de bien le tenir, de viser devant toi.*

Pivotant sur elle-même, pleine de détermination, elle chercha d'autres cibles. Craig ? *Où était Craig ?* Dans le chaos des détonations, de la fumée et des flammes, elle n'osait pas presser la détente, de crainte de le toucher. Puis elle l'aperçut, à plat ventre, qui tirait. Des gardes basculaient en arrière, tombant sur d'autres, leur faisant perdre l'équilibre et les couvrant de leur sang.

Tess visa au-dessus de Craig, touchant d'autres gardes. Pendant ce temps, dans la chapelle, la fumée et les flammes redoublaient. La fusillade approchait. Craig et Tess ne cessaient de tirer.

Tess remarqua sur sa droite un mouvement brusque. Fulano se leva derrière l'enclos où il avait égorgé le taureau sacré. Passant la main sous sa veste de sport, il en retira un pistolet et le braqua sur Craig.

Tess fut plus rapide et cribla de balles la poitrine de Fulano. Le descendant direct du chef des hérétiques fut secoué de spasmes répétés ; il trébucha et s'écroula par-dessus le bord de l'enclos, pour retomber sur le cadavre du grand taureau blanc.

Mais, une fois encore, Tess n'avait pas pu contrôler le recul de son arme. Le canon était braqué vers le haut. Son doigt — toujours sur la gâchette — la pressait instinctivement. Elle se retourna brusquement et aperçut soudain Gerrard dans sa ligne de tir.

Le vice-président poussa un gémissement, leva les bras comme pour protéger sa poitrine, mais les balles frappèrent plus haut, ouvrant des trous béants dans son beau visage, réduisant en bouillie ses yeux gris. Une matière visqueuse jaillit. Sa tête parut exploser.

Puis les explosions projetèrent Tess sur le sol rocheux ; des grenades tombaient en pluie au fond de la chapelle. Elle s'efforça de se relever, sachant que les prochaines explosions ne passeraient plus dans la chapelle. Elles seraient plus près. Elles allaient.. Tess vit une grenade traverser l'entrée de la caverne.

Brusquement, elle se sentit le souffle coupé ; une forme s'abattit sur elle — Craig, qui la plaqua au sol —, et Tess dégringola les marches descendant jusqu'à la fosse, Craig la protégeant de son corps. Elle se meurtrit les genoux, le dos, la tête et se retrouva en bas, abasourdie, affalée dans le sang épais, à l'odeur âcre, qui l'éclaboussait de partout.

Dès qu'elle eut retrouvé suffisamment de présence d'esprit pour plaquer ses mains ensanglantées contre ses oreilles, elle sentit que Craig levait les bras pour en faire autant ; aussitôt la grenade explosa avec un fracas assourdissant, ses éclats frappèrent les parois de la caverne, quelques fragments touchant les premières marches qui descendaient dans la fosse, le vacarme éveillant des échos sans fin dans la grotte, tandis que d'autres rochers s'éboulaient.

Inondée de sang, Tess releva la tête et écouta le crachotement des armes automatiques qui balayaient la grotte. Là-haut, ce n'était que ténèbres, le souffle de la grenade ayant éteint les torches.

— Je crois que nous les avons liquidés, dit une voix rauque.

— Assurez-vous-en, dit une autre voix.

Tess reconnut cette voix de basse.

Le père Baldwin. *Nous sommes sauvés !* se dit-elle. Elle leva la tête et s'apprêtait à crier dans sa direction quand Craig lui plaqua une main sur la bouche et la força à baisser la tête. Instinctivement, elle aurait voulu hurler, mais son amour pour Craig la fit obéir. Elle comprit. Il essayait de lui dire quelque chose. Plus important, il essayait de la *protéger*. Elle acquiesça, relâcha ses muscles, cessa de se débattre et attendit. Quels que fussent ses motifs, ses raisons — si surprenants qu'ils puissent être —, c'était dans son intérêt qu'il agissait.

Des pas lourds retentirent dans la caverne.

— Pas de trace de survivants, fit une voix tendue. Ceux qui n'ont pas été abattus ou tués par des grenades ont été écrasés par des éboulis.

— Vérifiez encore ! ordonna le père Baldwin.

La voix de l'inquisiteur était si étouffée que Tess s'aperçut, toujours blottie contre Craig, que des plaques de rocher étaient tombées sur le taureau et sur le cadavre de Fulano et que certains s'amoncelaient aussi en haut de l'escalier qui descendait dans la fosse.

— Destruction totale, dit la voix tendue.

Un rocher dégringola.

— Mais cette voûte va s'effondrer. Disposez les charges d'explosif, dit le père Baldwin. Partout.

— J'ai déjà commencé.

— Ma priorité à moi, c'est la statue. Je veux la faire voler en éclats. Dieu merci, nous avons fini par découvrir le nid central. Il doit y en avoir d'autres, mais celui-ci est le plus important.

— Et la femme avec l'inspecteur ? Je ne les ai pas encore trouvés.

— Sans doute enfouis sous les décombres. Peut-être même qu'ils respirent encore. Dans cinq minutes, ça n'aura plus d'importance, dit le père Baldwin. S'ils ont réussi à survivre, ils mourront quand les charges explosives feront exploser la voûte. Certes, nous avons une dette envers eux.

Mais on ne peut pas les laisser connaître nos secrets. Leur récompense sera d'être au ciel. Les charges sont prêtes ?

— Je viens juste de finir.

— Et moi d'installer une bombe au pied de la statue. Comme ça, les corps de la vermine iront droit en enfer.

— Partons.

L'homme à la voix tendue se précipita de la caverne dans la chapelle. D'autres pas s'éloignèrent précipitamment.

— Les autres charges ? demanda le père Baldwin, dont la voix s'éloignait.

— Prêtes. Il nous faudra cinq minutes pour sortir de la grotte. J'ai réglé les détonateurs en fonction de ce temps.

— Vite », lança le père Baldwin, dont la voix s'éloignait de plus en plus. « Placez d'autres charges en partant. Je veux que ces cavernes soient complètement détruites.

— Pas de problème. Nous pourrons voir le feu d'artifice du bas de la pente dehors.

Au loin, on entendit une galopade précipitée. Craig ôta sa main de la bouche de Tess. Leurs vêtements étaient trempés de sang ; ils se hissèrent en haut des marches et atteignirent une plaque de rocher qui barrait la sortie. À tâtons, Craig trouva une brèche et s'y glissa, suivi par Tess, qui s'érafla le dos au passage. Bien que la salle fût plongée dans l'obscurité, les flammes de l'huile qui brûlait encore dans la chapelle fournissaient une lueur suffisante pour leur permettre de se frayer un chemin au milieu des éboulis. Ils frissonnaient dans leurs vêtements trempés.

— Il faut sortir d'ici, dit Craig.

— Comment ? » fit Tess en serrant les bras contre sa poitrine. « Même si nous atteignons la sortie avant que les bombes n'explosent, les hommes du père Baldwin nous abattront.

— Nous pouvons essayer de désamorcer les charges.

— Non. Nous ne les trouverions jamais toutes.

— Mais on ne peut quand même pas rester ici en attendant de mourir, dit Craig. Il doit bien y avoir un moyen de...

— Je viens de penser à une chose, fit Tess en lui prenant le bras. Tu te souviens, quand nous sommes entrés dans la grotte et que Fulano a refermé les portes ? Il a laissé trois gardes dehors.

Craig acquiesça.

— Et si les gardes étaient attaqués, s'ils ne répondaient pas à un message par talkie-walkie », continua-t-il d'un ton plus fébrile, « Fulano a dit que nous pourrions utiliser une autre sortie. Il y a un autre passage pour sortir d'ici !

— Et il ne doit pas être loin ! fit Tess, le cœur battant.

Craig s'affala contre un rocher.

— Qu'est-ce qu'il y a ?

— Dans l'obscurité, nous ne trouverons jamais le chemin. » Il se redressa soudain. « Un instant. Je crois que je peux nous trouver de la lumière. Reste ici. »

Désespérée, désemparée, Tess le regarda escalader les éboulis en cherchant.

— Qu'est-ce que tu cherches ?

— Un cadavre. Mes vêtements sont trop humides à cause du sang. Ma veste ne voudra pas brûler.

— Je ne comprends pas.

— Tu vas comprendre. Tiens. J'ai trouvé... » Arrachant un blouson sur un cadavre, Craig sortit de la grotte et se dirigea vers les flammes, dans la chapelle. Il en approcha une manche du blouson et revint en hâte, la manche du blouson en flammes. « Les grenades ont renversé les torches là-bas et soufflé le feu. Mais il doit y avoir de l'huile partout sur le sol. Je le sens d'ici. » Il traîna le vêtement en feu sur le sol, fit des tentatives en divers endroits au milieu des décombres, et soudain des flammes jaillirent, le pétrole s'enflammant parmi les roches entassées.

Tess et Craig reculèrent. La salle était soudain illuminée.

— Par là. Sur la gauche », fit Craig en désignant une direction. « Un tunnel. »

Tandis que des craquements retentissaient dans la voûte et que d'autres rochers tombaient, Tess escalada l'éboulis, cherchant frénétiquement à atteindre le tunnel.

— Va plus doucement, dit Craig. Si tu te casses une cheville...

— Les bombes m'inquiètent plus. » Un morceau de voûte s'effondra dans un fracas de tonnerre. « Et la perspective d'être écrasée sous les éboulis... »

Ils arrivèrent au tunnel.

— C'est sans doute par ici que Kelly et ses hommes ont amené le taureau, dit Craig. Le passage qui part de la chapelle est trop étroit pour que la bête ait pu y passer. Et le taureau devait être si difficile à mener que celui qui a conçu ce tunnel a dû construire un passage aussi court et aussi droit que possible.

Craig avait raison. Des flammes de la grotte se reflétaient dans le tunnel, révélant une sortie vingt mètres plus loin. Mais Tess poussa un gémissement en constatant que la sortie était bloquée par une porte métallique. Elle gémit plus fort encore quand Craig et elle s'efforcèrent d'ouvrir la porte, mais sans y parvenir.

— Cette saloperie est fermée à clé.

Furieux, épuisé, Craig s'appuya contre une paroi, le sang ruisselant de ses vêtements.

— Nous avons perdu notre temps. Il en reste si peu.

— Il y a peut-être une autre issue, fit Tess d'une voix tremblante.

— N'y compte pas. Et même s'il y en a une, ces bombes vont sauter avant que nous ne la trouvions.

— Il faut essayer.

Craig la regarda d'un air décidé.

— Tu as raison.

Ils firent demi-tour dans le tunnel et arrivèrent dans la grotte. Une partie de la voûte s'écrasa encore devant eux. La violence du choc les fit tressaillir et les flammes qui montaient du pétrole en feu vacillèrent.

— Par ici. Derrière, fit Tess. Un autre tunnel.

— D'une minute à l'autre maintenant, ces bombes vont...

— Les flammes, Craig ! Regarde les flammes !

— Qu'est-ce qu'elles ont ? Elles vacillent toujours. Elles penchent vers ce tunnel. Quand nous sommes entrés pour la première fois dans la chapelle, j'ai vu que la flamme des torches tremblait, mais j'ai cru que c'était parce que nos mouvements provoquaient une brise. Il y a de l'air qui s'engouffre dans ce tunnel. Il doit déboucher à l'extérieur.

Craig acquiesça.

— Mais imagine que l'orifice soit trop petit pour que nous...

— Nous n'avons pas d'autre choix ! » Il y eut un autre grincement en provenance de la voûte. « Allons-y ! Avant que... »

Ils se dirigèrent en trébuchant vers le tunnel, au fond de la salle. À l'instant où ils s'y engageaient, une autre plaque de roche tomba, les manquant de peu.

Ils avançaient toujours ; la lumière diminuait.

— Si ce tunnel débouche sur d'autres tunnels, nous n'avons pas une chance, fit Craig, le souffle court.

La lueur des flammes dans la grotte était devenue si faible que Tess devait avancer à tâtons le long des parois.

— Tu ne sens pas un courant d'air ? Tu n'as pas l'impression qu'il est plus fort ?

— Si ! Mais qu'est-ce que j'entends ?

Le tunnel s'incurva et descendit, si bien qu'on ne voyait plus la lueur des flammes. Dans une obscurité totale, ils continuaient à suivre les parois à tâtons. Le grondement prit de l'ampleur, à tel point que Tess pouvait à peine entendre ce que criait Craig.

— *Quoi ?* hurla-t-elle.

— Je crois que c'est...

Le noir était total. Ne voyant plus Craig, elle chercha sa main, fit un autre pas et trébucha soudain en avant, poussée par les ondes de choc d'explosions répétées. La voûte se fendit, prête à s'effondrer. Violemment projetée en avant par le souffle, Tess avança dans le vide. Au lieu de rochers, c'était de l'air qu'elle avait sous ses pieds, et elle tomba comme une pierre. La voûte s'effondra dans un grand fracas derrière elle. Tess poussa un hurlement. Sa main crispée sur le bras de Craig, elle eut l'impression de s'engloutir dans un rugissement continu et de plus en plus proche.

Ce rugissement, elle le découvrit rapidement, était celui d'un torrent souterrain. Son eau glacée la saisit, étouffant son cri. Elle coula, affolée, impuissante, incapable de voir ni de respirer. Elle comprit vaguement que les chocs qu'elle ressentait étaient causés par des éclats de rochers qui heurtaient l'eau, mais la force du courant l'entraîna avant que les éboulis ne l'ensevelissent. Elle se débattit, s'efforçant de relever la tête, espérant frénétiquement que le courant d'air que Craig et elle avaient senti signifiait qu'il y avait un espace entre l'eau et la voûte. Mais malgré tous ses efforts, elle n'arrivait pas à regagner la surface.

Le courant était plus fort. Elle heurta une courbe lisse du chenal, se débattit, heurta une autre courbe, perdit sa prise sur le bras de Craig, se débattit encore pour atteindre la surface et sentit soudain qu'elle tombait. Oh, Seigneur, pria-t-elle, incapable de retenir son souffle, sur le point d'inspirer par réflexe.

Elle continuait à tomber. Brusquement, elle passa par une ouverture, se sentit projetée hors de l'eau. Haletante, elle aspira l'air goulûment. Puis elle se retrouva dans une sorte de lac de déversion, poussée par la formidable énergie d'une cascade. Quand, à force de se débattre, elle remonta à la surface, ses bras battant l'eau de plus en plus faiblement, elle respira désespérément et s'aperçut peu à peu qu'il y avait des étoiles au-dessus d'elle, qu'elle était dehors dans la douce et immense nuit, qu'elle était presque au bord du lac.

Un instant plus tard, affolée, elle se retourna pour chercher Craig. Son corps s'approchait d'elle en flottant. Elle nagea jusqu'à lui et l'empoigna. Il leva la tête, toussant et recrachant de l'eau, tandis qu'elle le tirait jusqu'au bord. Ils restèrent allongés, là, sur une berge couverte d'herbe.

Mais Craig continuait à tousser, il suffoquait. Il vomit de l'eau. Aussitôt, elle le mit à plat ventre, lui poussant la tête de côté, s'assura que rien ne lui obstruait la bouche et appuya de toutes ses forces sur son dos, comprimant ses poumons, sentant l'eau sortir de sa bouche. Il était secoué de quintes de toux. Puis, peu à peu, ses spasmes s'apaisèrent. Il se mit à respirer normalement.

Alors seulement, elle s'écroula, épuisée. La nuit était claire, la lune et les étoiles brillaient de toute leur gloire. Malgré le fracas de tonnerre de la cascade, Tess entendait un torrent voisin qui s'écoulait du lac et ruisselait sur des rochers en direction de la vallée.

Craig remua la tête. Il toussa encore et lui étreignit la main.

— Merci, fit-il en parvenant à sourire.

— Dis donc, il a fallu qu'on se mette à deux pour sortir de là.

Elle lui rendit son sourire, le cœur gonflé de soulagement de le voir vivant.

Puis elle aussi se mit à recracher de l'eau. Elle frissonnait si fort qu'elle en claquait des dents. Côte à côte, ils se serraient l'un contre l'autre en essayant de reprendre des forces.

Cinq minutes plus tard, Craig se releva.

— Cette eau était si glacée... » Des frissons incontrôlables le secouaient de la tête aux pieds.

— De l'hypothermie ? fit Tess.

Il continuait à trembler, l'air inquiet.

— Avec ces vêtements trempés, même par une tiède nuit de juin, nous sommes tous les deux si glacés que nous pourrions mourir de froid. Il faut nous réchauffer et nous sécher. Vite.

Comprenant le danger, Tess jeta un coup d'œil derrière elle en direction de la vallée. *Non,* se dit-elle, *ce n'est pas possible d'avoir survécu à tout ça pour mourir de froid.* Aussitôt, dans une prière muette, elle remercia Dieu.

— Tout va bien. Pas de problème.

— Comment ça ? Le village le plus proche est sans doute à des kilomètres. Nous allons délirer, nous endormir et mourir avant de parvenir à marcher jusque-là, à supposer que nous arrivions même à le trouver.

— Je te dis : pas de problème.

Glacée elle aussi, Tess tremblait de la tête aux pieds.

— Tu crois qu'il suffit de frotter deux bâtons ensemble et d'allumer un feu ?

— Mais non. Quelqu'un l'a déjà fait pour nous. En fait, des tas de gens.

Intrigué, Craig suivit le regard de Tess et poussa un soupir émerveillé. À leurs pieds, dans les champs en bas de la vallée, des dizaines et des dizaines de feux de joie brillaient dans la nuit.

— La Saint-Jean. J'avais oublié, dit Craig.

— Comme des petits morceaux de soleil. Pour une fois, les flammes vont nous rendre service.

Tess parvint à se mettre debout, tremblant toujours, et elle lui prit la main.

Il lui fallut toutes ses forces pour le faire se lever. Bras dessus, bras dessous, blottis l'un contre l'autre pour se réchauffer, ils descendirent en trébuchant une pente herbeuse en direction des feux.

— Au moins, le torrent a lavé le sang de nos vêtements, dit Tess.

Je trouve que, d'une certaine façon... c'était comme un baptême. Sauf que le second baptême a annulé le premier. Le second était vraiment purificateur.

— L'ennui, c'est que nos problèmes ne sont pas terminés, dit Craig.

— Je sais. Le père Baldwin. Qu'est-ce qui t'a fait deviner qu'il ne voulait pas que nous nous échappions ?

— Juste une intuition ; mais, dans mon métier, on apprend à réagir aux intuitions. Je me suis dit que nous devrions attendre pour voir combien il avait envie de nous retrouver au milieu des éboulis. De toute évidence, il estime que nous constituons une menace à cause des secrets qu'il nous a révélés.

— Pour l'instant, je me fiche bien de sa foutue Inquisition. Tout ce que je veux, c'est continuer à te serrer contre moi. C'est si merveilleux d'être en vie.

— Le bien combattant le mal, dit Craig en frissonnant. Dans ce cas, c'est difficile de faire la différence entre eux. Les deux sont le mal. Je suis certain d'une chose : dès que les inquisiteurs vont apprendre que nous sommes toujours vivants, ils vont se lancer à notre poursuite.

Tess hésita.

— Peut-être pas.

— Tu as un plan ?

— Vaguement. J'y réfléchis encore. Mais s'ils décident quand même de se lancer après nous, je suis prête à les combattre. Pour moi, ils ont commis un péché impardonnable.

— En se retournant contre nous ?

— Non. Parce qu'ils ont fait sauter les peintures. Je m'en souviendrai toujours : les daims, les bisons, les chevaux, les bouquetins, les taureaux. C'était si impressionnant, si magnifique, si irremplaçable.

En bas de la pente, Tess aperçut des silhouettes qui se découpaient à la lueur des flammes et comprit que c'étaient des villageois qui faisaient cercle autour d'un feu, en brandissant leurs croix de fleurs et d'épis de blé. Les villageois regardèrent d'abord Tess et Craig d'un air méfiant. Mais elle leva sa main droite, encore trempée de l'eau du torrent, et la porta à son front, à sa poitrine, puis à son épaule gauche et à son épaule droite. Les villageois hochèrent la tête et firent signe à Tess et à Craig de s'asseoir. Le feu eut tôt fait de les réchauffer et de sécher leurs vêtements. Tess et Craig continuaient à se serrer tendrement l'un contre l'autre et ils restèrent là toute la nuit, sommeillant parfois pour s'éveiller et regarder de nouveau, comme hypnotisés, la puissance et la magie des flammes.

## 13

*Alexandria, Virginie*

Réconfortée par la présence de Craig, Tess contemplait la tombe de sa mère, dans un cimetière à la sortie de la ville. Des larmes embuaient son regard. L'enterrement avait eu lieu hier, six jours après que Craig et elle se furent échappés des cavernes et deux jours après leur retour d'Espagne.

Il s'était passé beaucoup de choses. Après la nuit autour des feux, leurs compagnons espagnols les avaient escortés à travers la vallée jusqu'au village le plus proche. Là, non sans difficulté car ils ne parlaient guère la langue, Tess avait réussi à trouver un téléphone et était parvenue à contacter l'ambassade américaine à Madrid. Son coup de fil avait provoqué l'arrivée au milieu de l'après-midi d'une demi-douzaine d'hélicoptères, de fonctionnaires américains et espagnols accompagnés de gardes armés. Dès lors, Craig et elle avaient été longuement interrogés. Ils avaient montré aux enquêteurs l'ancienne entrée éboulée des grottes. Puis ils les avaient conduits jusqu'à la cascade qui les avait sauvés.

D'autres hélicoptères n'avaient pas tardé à arriver, avec d'autres enquêteurs et des gardes. L'interrogatoire s'était poursuivi fort avant dans la nuit. Après quelques heures de sommeil et un petit déjeuner sommaire, Tess et Craig, épuisés, avaient répondu à d'autres questions, répétant inlassablement l'histoire sur laquelle ils s'étaient mis d'accord avant que Tess ne téléphone à Madrid.

Leur version constituait le noyau du plan de Tess pour les protéger tout à la fois des inquisiteurs et des hérétiques. Avant toute chose, elle voulait la raconter aux journalistes, s'assurer qu'elle était largement diffusée, mais, quand les reporters arrivèrent, on emmena Craig et elle sous bonne garde en hélicoptère jusqu'à Bilbao, et de là à Madrid, où les interrogatoires se poursuivirent au quartier général du service de renseignements espagnol, où étaient accourus des agents de la CIA affolés.

Les journalistes réussirent à en apprendre suffisamment de source anonyme pour publier et diffuser l'histoire. Elle ne tarda pas à se répandre dans le monde entier. Sous la pression de nombreux gouvernements, les fonctionnaires espagnols et américains finirent par admettre la vérité de ce qu'ils avaient tenté de faire passer pour des rumeurs. Le vice-président des États-Unis et le présumé futur président du parlement espagnol avaient été assassinés par des terroristes alors qu'ils montraient à deux invités américains diverses curiosités culturelles et géographiques dans la province de Navarre, au nord de l'Espagne.

On ignorait tout de l'identité des terroristes. Ce qui ne figurait évidemment pas dans les comptes rendus, c'était l'agacement croissant avec lequel les enquêteurs s'acharnaient à questionner Tess et Craig.

— Pourquoi diable êtes-vous venus en Espagne ? Comment êtes-vous entrés dans le pays ? Vous n'avez pas de passeport.

— Ma mère a été récemment assassinée. » Tess continuait à répéter ce qu'elle avait déjà si souvent déclaré. « Alan Gerrard est — était — un ami de longue date, un proche de la famille. Il nous a invités, mon fiancé et moi, à l'accompagner en Espagne à bord d'*Air Force Two* dans l'espoir que ce voyage me ferait un peu oublier mon chagrin. Son invitation a été soudaine. Nous n'avons pas eu le temps de prendre nos passeports, et j'étais trop assommée par le chagrin pour avoir les idées claires, pour refuser une invitation qui ne venait pas seulement d'un ami mais aussi du vice-président des États-Unis. Est-ce que vous, vous auriez refusé ?

— Mais qu'est-ce que vous faisiez — comment êtes-vous arrivés dans le nord de l'Espagne ?

— Avant de commencer sa visite officielle, Alan voulait aller voir José Fulano dans sa propriété, près de Pampelune. Les deux hommes étaient amis. Mais je crois bien qu'ils avaient aussi des affaires dont ils voulaient discuter. Bref, on nous a emmenés là-bas. Alan était très enthousiaste, il essayait encore de me distraire de ma peine. Il affirmait qu'il ne se le pardonnerait jamais si nous n'avions pas l'occasion de voir cette partie spectaculairement belle du pays.

— Une grotte ? À minuit ?

— C'est à cause de la Saint-Jean. Alan et José ont insisté pour nous montrer les feux dans la vallée. Puis ils ont donné l'ordre au pilote de l'hélicoptère de se poser pour qu'ils puissent nous montrer aussi la grotte. C'était un endroit extraordinaire, nous ont-ils dit, car elle contenait des peintures de l'époque glaciaire que très peu de gens avaient jamais vues.

— Des peintures de l'époque glaciaire ?

— Oui. Magnifiques.

— Et c'est à ce moment-là que les terroristes ont attaqué ?

— L'attaque a été très soudaine. Je ne sais pas comment les assassins ont su que nous étions dans la grotte, mais tout d'un coup, il y a eu une fusillade. Des explosions. J'ai vu Alan et José touchés à plusieurs reprises. Mon fiancé et moi, nous nous sommes engouffrés dans un tunnel. Les explosions ont détruit la voûte de la caverne. Elle s'est effondrée, mais nous avions auparavant réussi à découvrir ce torrent et à nous échapper.

— Ça me paraît fichtrement commode.

— Nous avons eu de la chance. Qu'est-ce que vous préféreriez... que nous ayons été tués aussi ? Il n'y aurait eu personne alors pour vous raconter ce qui s'est passé.

— Et les assassins. Qui étaient-ils ?

— Je n'en ai aucune idée. Ils portaient des masques. C'était à peine si je pouvais les distinguer dans la pénombre de la grotte.

Et ainsi de suite. Malgré les efforts des enquêteurs pour y trouver des contradictions, Tess et Craig ne démordaient pas de leur récit. Une grande partie était vraie, et les aides de camp du vice-président ainsi que les agents du Secret Service qu'il avait laissés à Madrid confirmèrent ces éléments-là. Ce qu'on ne pouvait pas vérifier, et ce que les enquêteurs devaient prendre pour argent comptant, c'était que Tess et Craig n'étaient en mesure de fournir aucun renseignement permettant d'identifier les assassins.

Cependant, les efforts pour retrouver les corps se révélèrent vains. La montagne s'était complètement effondrée à l'intérieur. Niveler tout cela était hors de question. Les corps devraient rester là, ensevelis à jamais, et le sommet massif leur servirait de tombeau.

Des assassins non identifiés. Aucun point de repère, sinon les peintures de l'époque glaciaire dans la grotte. Ces deux éléments de désinformation — un terme qu'elle avait appris de son père — étaient la clé du plan de Tess pour les protéger, Craig et elle, et elle lut cette même désinformation dans un journal tandis que Craig et elle étaient rapatriés à bord d'*Air Force Two*. L'interrogatoire se poursuivrait à Washington, lui avait-on dit, mais elle était persuadée que les enquêteurs ne tarderaient pas à les libérer et qu'on les considéreraient tous les deux (sans doute en conservant quelques vagues soupçons) comme deux témoins innocents.

Le journal qu'elle lisait pendant le trajet vers l'Amérique était l'édition internationale de USA *Today* et, dans la section économique, elle lut un article qui la ragaillardit. Les protestations scandalisées contre le massacre des éléphants, perpétré dans le but de récupérer leurs défenses, avaient abouti à une interdiction internationale dû commerce de l'ivoire, si bien que le cours de l'ivoire avait dégringolé de deux cents dollars à moins de cinq dollars le kilo. Les braconniers ne considéraient plus les éléphants comme suffisamment précieux pour les massacrer.

L'espèce avait une chance d'être sauvée. En même temps, notait le journal, d'autres espèces disparaissaient au rythme alarmant de 150 000 individus par an.

Néanmoins, le salut des éléphants rendit un peu d'espoir à Tess, tout comme le ciel clair, étonnamment libre de tout smog, lui donnait aussi de l'espoir alors qu'elle essuyait ses larmes devant la tombe de sa mère.

Elle se tourna vers Craig, la voix encore lourde de chagrin.

— Il y a une chose que je ne t'ai jamais dite. Tu sais, la nuit que nous avons passée assis devant le feu, dans la vallée ?

Craig la prit dans ses bras.

Elle appuya la tête contre sa poitrine et trouva la force de continuer.

— J'ai commencé à comprendre pourquoi les fidèles de Mithra adorent les flammes. Le feu jaillit de choses mortes. De vieilles branches. Des feuilles sèches. Comme le phénix.

Craig hocha la tête.

— De la mort vient la vie.

Elle leva la tête.

— Malheureusement, les flammes ne sont pas plus immortelles que ne l'étaient les branches et les feuilles. Le feu finit par s'éteindre aussi, par devenir, par se transformer... » Avec un sanglot, elle contempla de nouveau la tombe de sa mère. « *Les cendres aux cendres, la poussière à la poussière.* » Craig resta un moment silencieux. « Mais répands des cendres sur un jardin, et la terre devient plus fertile. Le cycle de la mort se transformant en vie continue. »

Tess poursuivit, d'une voix étranglée :

— Le miracle de la nature. Sauf que ma mère est partie pour toujours.

— Mais tu es toujours ici. Et tu es la vie qu'elle a créée.

— Je vais essayer de faire ce qui, je l'espère, l'aurait rendue fière de moi, reprit Tess. Pendant tant d'années je l'ai évitée, et je regrette tellement maintenant qu'elle et moi ne puissions plus passer de temps ensemble.

— Crois-tu qu'elle aurait été peinée à l'idée d'être

enterrée ici plutôt qu'auprès de ton père au cimetière national d'Arlington ?

— Non », fit Tess, parlant avec peine. « Ma mère était une épouse de diplomate. Elle connaissait ces règles impitoyables. La carrière de mon père passait d'abord. Elle devait toujours rester à l'arrière-plan. Mais elle ne protestait pas. Parce qu'elle l'aimait.

Craig posa un baiser sur ses yeux gonflés de larmes.

— Et moi aussi je t'aime. Et je te promets que tu passeras toujours en premier, que tu seras toujours la partie la plus importante de ma vie.

Serrés l'un contre l'autre, ils s'éloignèrent de la tombe.

— Je voulais si fort me venger, dit Tess. Mais en tuant Gerrard et Fulano, je ne l'ai pas fait par esprit de vengeance. Ça ne m'a même pas fait plaisir. Ça ne m'a donné aucune satisfaction. J'ai détesté ça. Je ne l'ai fait que pour nous sauver. Ça me donne un vague sentiment d'innocence, je me sens en tout cas aussi innocente que je pouvais l'être, étant donné les circonstances. Tous les hommes que j'ai abattus. Tout ce sang. Cette horreur. Je n'arrête pas d'avoir des cauchemars.

— Je serai là pour les partager avec toi.

Ils passèrent devant d'autres tombes en revenant vers leur voiture de location.

— Personne, en tout cas, ne sait qui a vraiment tué Gerrard et Fulano, reprit Tess. Les inquisiteurs sont persuadés que c'est eux. Les hérétiques vont penser que c'est leur œuvre. On ne nous reprochera rien.

— Mais tu penses encore qu'ils ne vont pas se lancer à notre poursuite ? interrogea Craig.

— C'est un risque calculé. Mais, oui, c'est ce que je crois. Quand on nous a interrogés, nous n'avons jamais parlé du père Baldwin ni de l'Inquisition. Nous n'avons jamais soufflé mot des hérétiques. Nous n'avons jamais révélé qu'il y avait une chapelle dans cette grotte. Les uns comme les autres doivent avoir des informateurs qui savent ce que nous avons dit aux enquêteurs. J'espère qu'ils comprendront que notre silence à leur égard est un geste de bonne foi.

— Tu veux en rester là ? demanda Craig. Tu ne veux pas essayer de les arrêter ?

— Nous n'y parviendrions jamais. Je ne sais pas ce qui est le pire : des hérétiques recourant au terrorisme pour essayer de sauver la planète, ou des inquisiteurs utilisant une tactique de milices privées pour faire échec à ce qu'ils considèrent comme le mal théologique. Que ces salauds se battent entre eux. Avec un peu de chance, peut-être qu'ils s'anéantiront mutuellement et que les gens seront assez intelligents pour sauver le monde comme il faut, par l'amour.

Ils passèrent devant les dernières tombes et arrivèrent à leur voiture. Comme ils s'éloignaient du cimetière, Craig alluma la radio, et une information le fit s'arrêter brusquement au bord du trottoir.

Deux jours plus tôt, quand la mère de Tess avait été enterrée, il y avait eu des funérailles nationales pour Alan Gerrard. Auparavant, comme l'exigeait la Constitution, le président avait désigné un nouveau vice-président, dont la nomination devait être approuvée par les deux chambres du Congrès. Malgré ces événements qui avaient agité le pays, le président Garth avait décidé de ne pas retarder son voyage au Pérou où il devait assister à une importante conférence sur la lutte contre la drogue. Après tout, comme il l'avait courageusement déclaré dans un discours télévisé, il ne pouvait pas laisser les seigneurs de la drogue croire que, en raison de l'assassinat du vice-président, il avait peur d'être lui-même assassiné. Il avait donc pris l'avion pour le Pérou et voilà qu'un bulletin spécial annonçait, avec une surprise à peine dissimulée, qu'*Air Force One* avait été abattu par un tir de missiles sol-air au moment où l'appareil s'apprêtait à se poser sur l'aéroport de Lima.

Tess écouta, abasourdie, s'efforçant d'assimiler ce qu'elle entendait. Une terrible question la hantait. Bientôt, il y aurait à la fois un nouveau président et un nouveau vice-président. Mais l'un de ces hommes aurait-il les yeux gris ?

Composition réalisée par EURONUMÉRIQUE

IMPRIMÉ EN FRANCE PAR BRODARD ET TAUPIN
Usine de La Flèche (Sarthe).
LIBRAIRIE GÉNÉRALE FRANÇAISE - 6, rue Pierre-Sarrazin - 75006 Paris.
ISBN : 2 - 253 - 06502 - 1

# Le Livre de Poche / Thrillers

*Extrait du catalogue*

**Adler** *Warren*
La Guerre des Rose
**Attinelli** *Lucio*
Ouverture sicilienne
**Bar-Zohar** *Michel*
Enigma
**Benchley** *Peter*
Les Dents de la mer
**Breton** *Thierry*
Vatican III
**Breton** *Thierry* et **Beneich** *Denis*
Softwar " La Guerre douce "
**Camp** *Jonathan*
Trajectoire de fou
**Carré** *John le*
Comme un collégien
La Petite Fille au tambour
**Clancy** *Tom*
Octobre rouge
Tempête rouge
Jeux de guerre
Le Cardinal du Kremlin
Danger immédiat
Somme de toutes les peurs
**Coatmeur** *Jean-François*
Yesterday
Narcose
La Danse des masques
**Cook** *Robin*
Vertiges
Fièvre
Manipulations
Virus
Danger mortel
Syncopes
Sphinx
Avec intention de nuire
**Cooney** *Caroline B.*
Une femme traquée
**Coonts** *Stephen*
Le Vol de l'Intruder
Dernier Vol
Le Minotaure
**Corbin** *Hubert*
Week-end sauvage
**Cornwell** *Patricia*
Mémoires mortes
Et il ne restera que poussière
**Crichton** *Michael*
Sphère
**Cruz Smith** *Martin*
Gorky Park
L'Étoile Polaire
**Curtis** *Jack*
Le Parlement des corbeaux
**Cussler** *Clive*
L'Incroyable Secret
Panique à la Maison Blanche
Cyclope
Trésor
Dragon
**Daley** *Robert*
L'Année du Dragon
La Nuit tombe sur Manhattan
L'Homme au revolver
Le Prince de New York
Le Piège de Bogota
**Deighton** *Len*
Prélude pour un espion
Fantaisie pour un espion
**Devon** *Gary*
Désirs inavouables
**Dibdin** *Michael*
Coups tordus
**Dickinson** *William*
Mrs. Clark et les enfants du diable
De l'autre côté de la nuit
(Mrs. Clark à Las Vegas)
**Dunne** *Dominick*
Une femme encombrante
**Erdmann** *Paul*
La Panique de 89
**Fast** *Howard*
La Confession de Joe Cullen
**Feinmann** *José Pablo*
Les Derniers jours de la victime
**Fielding** *Joy*
Qu'est-ce qui fait courir Jane ?
**Follett** *Ken*
L'Arme à l'œil
Triangle
Le Code Rebecca
Les Lions du Panshir
L'Homme de Saint-Pétersbourg
**Forsyth** *Frederick*
Le Quatrième Protocole
Le Négociateur
Le Manipulateur
**Gernigon** *Christian*
Le Sommeil de l'ours
**Giovanni** *José* et **Schmitt** *Jean*
Les Loups entre eux
**Goldman** *William*
Marathon Man
**Graham** *Caroline*
Meurtres à Badger's Drift
**Granger** *Bill*
Un nommé Novembre
**Hayes** *Joseph*
La Maison des otages

**Heywood** *Joseph*
L'Aigle de Sibérie
**Hiaasen** *Carl*
Cousu main
**Higgins** *Jack*
Solo
Exocet
Confessionnal
L'Irlandais
La Nuit des loups
Saison en enfer
Opération Cornouailles
L'Aigle a disparu
**Higgins Clark** *Mary*
La Nuit du renard
La Clinique du docteur H
Un cri dans la nuit
La Maison du guet
Le Démon du passé
Ne pleure pas ma belle
Dors ma jolie
Le Fantôme de Lady Margaret
Recherche jeune femme aimant danser
**Highsmith** *Patricia*
L'Homme qui racontait des histoires
**Huet** *Philippe*
Quai de l'oubli
**Hunter** *Stephen*
Target
**Kakonis** *Tom*
Chicane au Michigan
**Katz** *William*
Fête fatale
**Kerlan** *Richard*
Sukhoï
Vol sur Moscou
**King** *Stephen*
Dead Zone
**Klotz** *Claude*
Kobar
**Kœnig** *Laird*
La Petite Fille au bout du chemin
**Koontz** *Dean R.*
La Nuit des cafards
**Lenteric** *Bernard*
La Gagne
La Guerre des cerveaux
Substance B
Voyante
**Le Roux** *Gérard* - **Buchard** *Robert*
Fumée verte
Fumée rouge
**Loriot** *Noëlle*
L'Inculpé
**Ludlum** *Robert*
La Mémoire dans la peau
Le Cercle bleu des Matarèse
Osterman week-end
L'Héritage Scarlatti
Le Pacte Holcroft
La Mosaïque Parsifal, *t. 1 et 2*
La Progression Aquitaine
La Mort dans la peau
La Vengeance dans la peau
Une invitation pour Matlock
Sur la route de Gandolfo
L'Agenda Icare
L'Echange Rhinemann
**MacDonald** *Patricia J.*
Un étranger dans la maison
Sans retour
**Melnik** *Constantin*
Des services « très » secrets
**Morrell** *David*
La Fraternité de la Rose
Le Jeu des ombres
Les Conjurés de la pierre
La Cinquième Profession
Les Conjurés de la flamme
**Nathan** *Robert Stuart*
Le Tigre blanc
**Oriol** *Laurence*
Le Domaine du Prince
**Perez-Reverte** *Arturo*
Le Tableau du maître flamand
**Puzo** *Mario*
Le Quatrième K
**Randall** *Bob*
Le Fan
**Raynal** *Patrick*
Arrêt d'urgence
**Ryck** *Francis*
Le Nuage et la Foudre
Autobiographie d'un tueur professionnel
**Sanders** *Lawrence*
Les Jeux de Timothy
Chevaliers d'orgueil
Manhattan Trafic
**Simmel** *Johannès Mario*
Le Protocole de l'ombre
On n'a pas toujours du caviar
Et voici les clowns...
**Smith** *Rosamund*
Le Département de musique
**Spillane** *Mickey*
L'Homme qui tue
**Topol** *Edward*
La Substitution
**Topol** *Edward* et **Neznansky** *Fridrich*
Une place vraiment rouge
**Uhnak** *Dorothy*
La Mort est un jeu d'enfants
**Wallace** *Irving*
Une femme de trop
**Wambaugh** *Joseph*
Le Mort et le Survivant
**Wiltse** *David*
Le Baiser du serpent

# Dans Le Livre de Poche policier

*Extraits du catalogue*

**Irish** *William*
Rendez-vous mortel

**James** *P.D.*
La Proie pour l'ombre
L'Ile des morts
Meurtre dans un fauteuil
La Meurtrière
Un certain goût pour la mort
Sans les mains
Une folie meurtrière
Meurtres en blouse blanche
Mort d'un expert
A visage couvert
Par action et par omission
Les Enquêtes d'Adam Dalgliesh, *t. 1 et 2* (*La Pochothèque*)
Romans (*La Pochothèque*)

**Jaouen** *Hervé*
Histoires d'ombres

**Keating** *H.R.F.*
Un cadavre dans la salle de billard
L'Inspecteur Ghote en Californie
Meurtre à Malabar Hill

**Lebigre** *Arlette*
Meurtres à la cour du Roi-Soleil

**Leblanc** *Maurice*
Arsène Lupin, gentleman cambrioleur
Arsène Lupin contre Herlock Sholmès
La Comtesse de Cagliostro
L'Aiguille creuse
Les Confidences d'Arsène Lupin
Le Bouchon de cristal
813
Les 8 Coups de l'horloge
La Demoiselle aux yeux verts
La Barre-y-va
Le Triangle d'Or
L'Ile aux 30 cercueils
Les Dents du Tigre
La Demeure mystérieuse
L'Éclat d'obus
L'Agence Barnett et Cie
La Femme aux deux sourires
Les Trois Yeux
Le Formidable événement
Dorothée, danseuse de corde
Victor de la Brigade mondaine
La Cagliostro se venge

**Leonard** *Elmore*
D'un coup d'un seul

**Leroux** *Gaston*
Le fantôme de l'Opéra
Le Mystère de la chambre jaune
Le Parfum de la dame en noir
Le Fauteuil hanté

**Monteilhet** *Hubert*
La Part des anges
Mourir à Francfort
Le Retour des cendres
Meurtre à loisir
De quelques crimes parfaits
Esprit, es-tu là ?
Devoirs de vacances
Les Bourreaux de Cupidon
Pour deux sous de vertu
Requiem pour une noce

**Raynal** *Patrick*
Fenêtre sur femmes

**Rendell** *Ruth*
Le Jeune Homme et la mort
Un enfant pour un autre
L'Homme à la tortue
Les Désarrois du professeur Sanders
Les Corbeaux entre eux
L'Été de Trapellune
Plumes de sang
La Maison aux escaliers

**Solférino** *Michel*
Meurtres au P.S.

**Steeman** *Stanislas-André*
L'assassin habite au 21
Légitime Défense (Quai des Orfèvres)

**Thomson** *June*
Claire... et ses ombres

**Topin** *Tito*
Un gros besoin d'amour

**Traver** *Robert*
Autopsie d'un meurtre

**Vickers** *Roy*
*Service des affaires classées :*
1. Un si beau crime
2. L'ennemi intime
3. Le Cercle fermé
4. Le Mort au bras levé

**Vine** *Barbara*
Ravissements
Le Tapis du roi Salomon

**Wambaugh** *Joseph*
Soleils noirs
Le Crépuscule des flics

# Dans Le Livre de Poche

*Extraits du catalogue*

## Documents, témoignages

**Christine Arnothy**
J'ai 15 ans et je ne veux pas mourir
**Erwan Bergot**
*Sud lointain 1 :* Le Courrier de Saïgon
*Sud lointain 2 :* La Rivière des Parfums
*Sud Lointain 3 :* Le Maître de Bao Tan
**Roger Borniche**
Le Coréen
**Alphonse Boudard**
Les Grands Criminels
**Iossif Brodski** (*dossier sur*)
Le Procès d'un poète
**Fabrizio Calvi**
L'Europe des parrains
**John le Carré**
Une paix insoutenable
**Varlam Chalamov**
*Récits de Kolyma 1 :* La Nuit
*Récits de Kolyma 2 :* Quai de l'enfer
**Bernard Chevallier** interroge :
L'Abbé Pierre. Emmaüs ou venger l'homme
**Daniel Cordier**
Jean Moulin
**Anne Frank**
Journal
**André Frossard**
Le Crime contre l'humanité
**Philippe Husser**
Un instituteur alsacien
**Joseph Joffo**
Un sac de billes
**Dominique Lapierre**
Plus grands que l'amour
**D. Lapierre, L. Collins**
Paris brûle-t-il ?
... Où tu porteras mon deuil
Ô Jérusalem
Cette nuit la liberté
**Claude B. Levenson**
Ainsi parle le Dalaï-Lama
**B.-H. Lévy** (*collectif sous la direction de*)
Archives d'un procès : Klaus Barbie
**Pierre Lunel**
L'Abbé Pierre, l'insurgé de Dieu
**R. Michael Marrus, Robert O. Paxton**
Vichy et les Juifs
**Pierre Ottavioli**
Echec au crime – 30 ans Quai des Orfèvres
**Gilles Perrault**
L'Orchestre rouge
Le Pull-over rouge
**Cornelius Ryan**
Le Jour le plus long
**Dominique Veillon**
La Collaboration
**Günter Wallraff**
Tête de Turc
**Thierry Wolton**
Le K.G.B. en France
**Alexandre Zinoviev**
Katastroïka

30/7611/4